布老虎长篇小说

绒仙

韩石山　著

春风文艺出版社
·沈阳·

图书在版编目（CIP）数据

绒仙/韩石山著. -- 沈阳：春风文艺出版社，
2025.1.--（布老虎长篇小说）.-- ISBN 978 - 7 - 5313 -
6902 - 8

Ⅰ. I247.5

中国国家版本馆CIP数据核字第202414U5N3号

春风文艺出版社出版发行

沈阳市和平区十一纬路25号　邮编：110003

辽宁新华印务有限公司印刷

责任编辑：姚宏越　周珊伊		责任校对：陈　杰	
封面设计：黄　宇		扉页题字：韩石山	
印制统筹：刘　成		幅面尺寸：155mm × 230mm	
字　　数：585千字		印　　张：34.5	
版　　次：2025年1月第1版		印　　次：2025年1月第1次	
书　　号：ISBN 978-7-5313-6902-8			
定　　价：68.00元			

自　序

我是个作家，很早就写小说，没有写过什么像样的作品，可说在文学界混了大半生。

2012年，得了一场大病，两次进医院，还动了脑部手术。医生说脑梗，也有的说是抑郁，只有我自己知道，是沉重的人生挫败感所致。过后想，自己是个写小说的，常感慨没遇到好的题材，自己的这段人生经历，不就是个好的小说题材吗？

经过多年的构思，终于写了这么一部小说，即便仍是失败之作，写在这个年纪，也只有当作成功之作，自我安慰了。

需要声明的是，书中所写人物事件，全是虚构，若有与现实中人事冲撞的地方，绝不敢说我有如此之幸运，把假的写到乱真的地步，只敢说我的虚构的能力还是不行，还称不上一个合格的小说作家。

今天是农历甲辰年的正月初五，俗称破五，但愿这部小说的出版，能冲冲我的晦气。

2024年2月14日于潺湲室

内容提要

　　这是一个"治病救人"的故事，只不过不是通常的治救程序。年轻的美女编辑杜绒仙，已婚而遇人不淑，患了抑郁症。留德医学博士萧大夫，为她开了两个治疗的方子，她遵照医嘱，努力去做。在此过程中，经历了诸多的世事波澜，结果是治了自己的病，救了别人的人。小说文笔轻松，时见机锋，为作者晚年的心血之作。

主要人物表

杜绒仙——《山河志》杂志社编辑。

渠宝成——杜绒仙丈夫，某银行外派人员。

杨雪君——电利公司某处处长。

郑伯笃——《山河志》杂志社主编。

薛文星——《山河志》杂志社副主编。

吕汾阳——文史研究会会长。

吴悦台——文史研究会副会长。

邵新一——文史研究会研究员，天津知青。

姜宁亭——文史研究会研究员。

夏涑水——文史研究会研究员。

田瑞哉——文史研究会研究员。

舒　玉——文史研究会工作人员。

何其愚——《文史荟萃》杂志社主编。

谢次陇——《文史荟萃》杂志社副主编。

萧东平——中医研究医院骨相科医师，留德博士。

梁玉阁——山西大学社会学系教授。

贺葵生——小贺，龙城精工汽修店技工。

章子茂——甘肃省文史研究会会长，作家。

刘巩义——园林局局长。

沈翠翠——柳林县某银行职员。

目 录

第 一 章

街上是女人的 T 台。

这个微妙的感触，不是此时此刻，走在府前街上才悟出来的。

去年夏天吧，有次我出去办事，穿了件雪青色连衣裙，也是走在府前街上，回头率高不消说了，奇妙的是，我觉得有的男人的眼珠子，像子弹似的射过来，密集在脸上，胸前，还有绝不可能看出名堂的下面。登时我的感觉，像是被一排机关枪扫成了筛子眼，身上倒不疼，只是觉得连衣裙成了丝丝缕缕的碎片，随风而起，拖着也是托着我的身子，飘浮在半空里。街面上的人，对我不再是平视，而是由下往上的仰视，羞得我连忙一手护住胸前，一手遮住裆部。

神经病！

不是骂看我的人，是骂我自己。

裙子丝丝缕缕，只是一种感觉，该说是错觉，再淫邪的目光，如何能撩起裙裾，窥见底里。再说了，就是裙子面料薄，毒眼有穿透力，里面还有蕾丝边的内裤，质地紧密，岂是眼力所及。

这样一想，实际不是想，只是一闪念，手臂也就恢复了正常的摆动。或许手臂摆动的幅度大了些，不经意间，脚下竟走成了猫步，及至意识到不对，扑哧一笑，赶紧调整过来。也就在这一眨眼间，一个念头在脑子里形成了：啊，街上真是女人的 T 台。

今天的情形又有不同。

那天是偶然发现了这个人生感触，今天是有意想感受一下。

时令不一样，穿着不一样，只有心情的迫切，胜过了去年的夏天。

这是春天，2001 年的春天。

湖绿色的旗袍，外面套件短款的羊绒风衣，黄褐色，刚刚过了膝盖，露出了旗袍的下摆，光洁的小腿。脚上是肉色的丝袜，锃亮的半高跟皮鞋，噔噔噔的脚步声，不像是自家脚底发出的，倒像是路边广告牌后面有人给敲着鼓点儿。

已经过了省政府，我走在马路的北侧，该说是逆行，可这么宽的人行道，也就无所谓了。

过来一个中年男子，我仰起脸，甩了一下头发。相错而过的时候，眼角的余光瞥见，他正死死地盯着我呢。

男人贪婪的目光，对女人来说，也是一种精神的滋养。

又过来一个，男的，年轻了许多，还友善地一笑。

我回了个媚眼，他点了一下头，像是在问候。

这感觉真好。

两个中年女子并肩过来，南侧的一个先看了我一眼，似乎要表示惊叹，又倏地扭过脸，像是看错了人，一脸的不屑；北边那个，像是对我的短款风衣起了兴致，多看了一眼。

对女人不能有多高的企求，欣赏你的穿戴，已是心地慈善。

一个年轻女子过来，像是个坐机关的，模样俊俏，衣着不怎么时兴，脸上的妆，绝对是专业水平。眉毛的修剪，形状之好不用说了，浓淡适中，可谓巧夺天工，看去那么舒适，又那么醒人眼目。前面是个公交车站，她像是刚下车，正从坤包里取出一个小镜子，端详着，不是她瞬间站定，我也看不了这么仔细。

她是往西去的，前面不远，就是我刚刚走过的省政府的大门楼。

定然是在省政府某部门上班，要进去了，得看看头发乱没乱，妆有没有要补的。

由自己的心态，揣度这年轻女子的细微动作，蓦地就想起前不久在《龙城晚报》上看到的一篇小文章，谁写的忘了，名字叫《路上的女人你要看》。是写女人的，也是劝男人的。作者的立论很是刁钻，先说女为悦己者容，故而要化妆，将门面收拾得漂漂亮亮的。悦谁呢，作者的怪论出来了，悦丈夫吗，那进家门前化妆才是。悦单位的同事吗，那应当在进单位大门之前，找个僻静的地方化化妆。事实是，女人多是出门前才化妆，也就是说，这妆首先是让路上的人看的。既如此，路上的男人遇上好看的女人，就该多看上两眼，这样才对得起女同胞的良苦用心。

这么想着，不觉就把府前街的这一段路走完了。

前面是首义路，过了路口往北拐，就是我今天要去的中医研究医院。

这个路口，过往人多，车流量也大，红绿灯上的计数，竟多达八十秒。

过来了，扭转身，远远看见一个年轻女人，正站在医院门口朝这边眺望。想来该是雪姐，但也不敢确定。我的近视眼，度数不是多大，配过眼镜很少戴，今天则是有意不戴。戴上眼前清亮许多，可是也少了原本的妩媚，做个媚眼谁也看不见。

来这儿看病，是雪姐给联系的。

雪姐是我的闺蜜，说全了叫杨雪君，是省电利公司的一个处长。他们这个电利公司跟省电力公司不是一家，全名叫电力资源综合利用公司，说是从省电力公司分出来的，可谁都知道，原本是省电力公司的劳动服务公司。

还有一截路呢，我加快了脚步，也不敢太快，平日不穿高跟鞋，今天是为了搭配旗袍才穿上的，走快了总觉得脚脖子扭得难受。

首义路是南北向的，我走的又是东侧，明显地感到风力的强劲。羊绒风衣只有两个纽扣，还偏上，一拐过来就感到下摆被吹起，屁股像是浸到凉水里。不一会儿，连后背都感觉到了。

这当然是因为羊绒短大衣的后襟，阻挡了风的通道，让它只能顺势往上，而丝质的旗袍又太薄，只能由肉质的脊背来承受这西北风的侵袭。更为奇妙的是，不知行走间变换了怎样一个姿势，竟感到吹到后面的西北风，会绕过屁股从两腿之间蹿出来。

"会不会从那儿灌进肚子里，小肚子着了凉会疼的。"

真是胡思乱想，自个儿先笑了。同时又想到了下身的裤头，带蕾丝边的，紧紧的，别说风了，手指要插进去，当下还摸不着缝儿呢。旗袍的开衩较高，穿上之后我还在镜前扭扭身子，看会不会露出内裤的一角。没有，旗袍是湖绿色，内裤是雪青色，就是露出一角也不显眼。

又一阵狂风扑来，顶得喘不过气来，掩住衣襟，扭转身子，让后背承受风的吹力。龙城的春天，是风刮来的，这话几乎成了一句民谣，大人小孩儿都会说。

又有人从身边走过，这么大的风，仍不错过欣赏我的风韵的机会。

街上是女人的T台，不由得又想到这个奇妙的感触。

这话要是说给雪姐，听了不定会生发怎样的感慨。我的这个闺蜜，学的是理科，偏爱的是哲学，常能从俗语中咂摸出大道理。

风势小了，扭过身子，不觉已到了医院门前。

雪姐看见我，一脸的欢喜。

到了跟前，我正要问她是什么时候到的，她却伸直胳膊撑开我，自己又后退了半步，上下打量起来。我知道她的意思，故意做了个媚眼，她满意地笑了。

"行！怎么不戴眼镜了？"

昨天说好来的时间，雪姐特意叮嘱我，穿得鲜亮些，别灰不拉叽的，把自己裹得那么紧。她没说戴不戴眼镜，可我知道，我不戴眼镜比戴上眼镜好看些。戴上眼镜，看人是清楚些，可你眼睛上的好处，别人也就看不清楚了。这是自个儿的掂量，我笑了笑，没有说。

"这个搭配好！"

我知道她说的是里面的旗袍，配了外面素色的羊绒风衣。

"昨天还是长裤子呢。"

还想说一句，今天穿成这样，跟大变活人似的，只是笑笑，表示这都是听了她的话才做的。

雪姐收回胳膊，我跨前一步，两人并肩进了医院，朝门诊楼走去。

雪姐问我怎么没开车，我说离合器出了毛病，不大，送一家店里修去了。她说还以为我怕医院这儿没车位，停在府前街上走过来的。

来这家医院看病，是雪姐催了几次我才来的。

差不多一年了，总是精神不振，这段时间，似乎更重了。整日恍恍惚惚，难以集中精力做事，说心眼儿迷糊吧，脑子又是清清楚楚的。单位的朋友说，可能是抑郁了，我觉得也是呀。跟雪姐说了，她说早就看出我的不正常。这些日子心焦得很，雪姐说，中医研究医院有个好大夫会治抑郁症，她认识，约下今天去，我请了假就来了。

"这两天好些吗？"

"说不上好不好，睡不着，老心慌。你说的那个大夫姓啥？"

我想的是见了大夫的事。

"说了好几遍了，姓萧，叫东平，你别管他叫什么，叫萧大夫就行了。"

真的有那么大的本事吗？这个意思我不是用嘴说出来的，瞥了一眼，雪姐就反应过来了。将她先前说的话，简要地重复了一遍，说萧大夫河津人，山东齐鲁医学院毕业，考上留学名额，去的是德国海德堡大学医学院，硕博连读，没回山东，来了山西，本来要去省人民医院的，硬是让中医研究医院的王院长给挖过来了。

"我是说他的本事。"

要上台阶了，我压住话头。

"本事嘛，放心好了，姐还能哄你？"

雪姐抢前一步，推开旋转门。

门诊大厅里不算拥挤，左侧几个窗口前，都有人排队，我要往那走，雪姐说不用挂号，上去就行了。我不，说挂号是对大夫的尊重，这个钱不能省，雪姐不再坚持，说你就说挂萧东平大夫的号就行了。

轮到我了，我说了萧大夫的名字，里面的女人说，萧大夫的号没有了，见我一脸的失望，那女人又补了一句，说你上去找萧大夫，让他开个加号条子就行了。

离开窗口，跟雪姐说了，雪姐说干脆上去得了，我仍坚持要挂号，她让我在这儿等着，她去取加号条子。

条子取来，挂上号，坐电梯上了三楼。

一个科室一个科室走过，东头北侧的一个门口，门楣一侧的镀铜牌子上的红字是：骨相科一室。

雪姐扭脸冲我一笑，我也笑了笑，两个人都笑了。笑跟笑不一样，她的笑，明显是她没说错吧，萧大夫就是骨相科的。我的则是，我早知道是怎么回事。

发现自己极可能得了抑郁症，起初对谁也没说，觉得凭着自己也还开朗的性格，自认为也还有的毅力，挺一挺就过去了。丈夫和孩子也没察觉出什么，只有我自己知道自己整天处于一种熬煎中，心神不定，难以振作精神做事，动不动就发脾气，静下来又忍不住想哭。看了一本书，还在网上查了查，知道自己的病症已经很明显，真怕这样发展下去，会有难以预料的后果。思忖再三，还是跟雪姐说了。多年的好友，相信她不会对别人说，还会帮我想办法早日解脱。

找萧大夫看病，是她前不久的一个决定。

那天她是这样跟我说的，省城能治抑郁病的医院有好几家，论名气，医科大第一附属医院的神经内科最好，那儿人多，去上两次，满天下都知道了。她打听了，中医研究医院有个医生是德国留学回来的医学博士，治抑郁症很有一套，只是那儿没有相应科室，院长把他安排在骨相科，听起来不对路，时间一长，人都知道是个有真本事的主儿。

我的笑在于，雪姐跟我说了要找萧大夫看病之后，我也找人打听了一下萧大夫的情况。什么科室，多大本事，跟雪姐说的一样，是怎么到了中医研究医院，跟她说的可就两岔里去了。她说萧东平是德国海德堡大学医学院的博士，回到山西科技厅报道，省城几家大医院都抢着要，还是中医研究医院王院长的本事大给抢过来了。

我打听到的情况，全不是这样。人家说，萧东平是最早的一批公派进修的留学生，不是山西派出的，是山东的齐鲁医学院派出的，期限是一年。上的是有名的海德堡大学，一年满了不回来，说读了研就回来，学院宽限了一年。读完研还不回来，说要读博，这下子把学院惹火了，勒令他一个月内必须回来，否则开除公职还要追缴这两年的留学费用。这姓萧的也是有大志气，就是不回来，自然是开除公职，这样山东是回不去了，他原本是山西考出去的学生，只好回到山西。医学博士自然受欢迎，可是一看他学的专业，各大医院全傻了眼：性心理学专业。

前十几年，谈性心理学，还是让人掩口笑的事。中医研究医院的王院长几次给科技厅打报告，要回国的博士。回来一个哈佛的，让人家抢走了，再回来一个，牛津的，又让人家抢走了。他知道，以中医研究医院的名气，想让科技厅给分配一个国外名校的医学博士，等到猴年马月也轮不上。这次听说海德堡大学的性心理学博士没人要，便主动去科技厅要了回来。

要是要回来了，怎么安置，他要是有先见，开个性病科室，说不定早就火了。可那是20世纪90年代初，他还没这个胆量，思来想去，要顾及博士的身份，也要顾及医院的名声，便开了这个骨相科。意思很明白，一察看骨相，便知你病在何处，如何诊治。本是无奈之举，没承想，几年下来，骨相科一下子火了，成了这家医院最吃香的科室，如今已有三个主治医生，名气最大的，还要数这个萧东平萧大夫。

第 二 章

敲敲门，开了，是萧大夫。

我并没有见过萧，是从他跟雪姐的相视一笑看出的。后来才知道雪姐跟萧是好朋友，不是为我的病才打听到这个人的。

诊疗床上躺着一个人，女的，显然萧大夫正在看病，听见敲门声才过来的。

进门左侧是个三连座的塑料长椅，萧大夫指了一下，对雪姐说，你们先等等，前面还有好几位呢。雪姐看了我一眼，我知道她的意思，就说我们去外面等吧。

楼道中段，有个宽敞的地方是候诊区，人不算多，我俩挑了个偏些的位置坐下。

两个女人，知根知底，又是这么个场合，没话也得找话说说。雪姐不怎么漂亮，皮肤白，神态好，颇能招惹男人。上次在半岛喝咖啡，说是有个男人死缠活缠，要打她的主意，她有点动心，又顾忌那个男人的媳妇，也都认识，怕传出去面子上都不好看。

往跟前靠靠，我扳住她的肩头，悄声问："半岛说的那个男人办了没有？"

雪姐眨巴眨巴眼，不像是装糊涂，是真的一时想不起。

"死缠活缠，就想着那个事儿，你说的。"

"噢，你说的是我们单位的那个呀，还吊着呢，且轮不上。"

雪姐这一点最让人服气，不管有没有，说起相好的男人，什么时候都像手里攥着一大把。

"什么时候办了，可得给我说说呀。"

"会的，谁不说也会给你说。"

这话不能说下去了，我想起来时路上，脑子里闪过的《路上的女人你要看》那篇文章，在《龙城晚报》上发的，记得是本地的一个作家，跟雪姐说了，问可知是谁写的。雪姐略一思索，说她也看过，想起来了，是文史研究会姜宁亭写的。我说你敢确定，雪姐说，准准的，这个姜宁亭啊，她认识，有点二杆子气，常发些惊人之论。

前年吧，她听过姜宁亭的一次课，是图书馆办班，请姜给业余作者讲写作。这老兄一上来就说，别的作家讲课都是从头往后讲，讲怎样才能当上作家，他要从后往前讲，讲当了作家该做些什么，这叫杀猪捅屁股，个人有个人的杀法。知道当了作家该做什么，当上以前你就准备什么，准备往热处走的，你准备了冬天的行装不是白费了力气？

"你别说，还真有他的道理，能这么讲的人不多。你不认识他？"

"或许开会打过照面，谈不上认识，听人说是个鲁货，见谁不顺眼都敢骂。"

雪姐说，那是他有这个资格，听说文史会里，有一个时期老人们要推他当接班人，叫一个姓吴的插了一杠子没当成，一肚子气没地方出，骂骂人也是能理解的，有资格才敢张狂。

"要不要什么时候我领你去见见他，人倒是挺好的。"

"不必了。"

没说的了，见我手里捏着《病历手册》，雪姐伸手拿过，看了看封面，说这家医院原来全是平房，前几年才盖起这个三层的门诊楼。

这么干坐着，心里不免焦急，出诊的医生一上午都是三十个号，我的号是夹进来的，要看上该到快下班的时分了。等就等着，让雪姐这么耗着，心里有些过意不去。正思谋着该去楼下的服务店买两瓶饮料，只见一个小护士过来，轻声问："谁是杨女士？"

"我。"

雪姐应了声，护士小姐弯弯手指，示意我俩跟她走，转过墙角，到了楼道上才悄声说，正好有两个挂了号的没来，萧主任让你插在前面。她把雪姐当成了病人，雪姐也不纠正，只说谢谢。进了门，诊疗床已空着，雪姐将我往前一推，笑着说："萧主任，你手轻点，我这妹子可是细皮嫩肉的。"

一听就是老熟人说的话。

"看你说的，除了对你手重，我对谁都不会手重。"

萧大夫笑笑，这回应也够有味的。

"萧主任又胡说了，我咋没觉得你手重呢。"

"你要是能觉得，我把你的肝花肠子都掏出来了。"

"又胡说了！"

我正往诊疗床跟器械桌子之间的空当里走，觉得背后扇起一股风，啪的一声，像是雪姐在萧大夫的肩膀上拍了一下。

我手里还捏着病历本，萧大夫伸过手，手掌朝上，手指动动，知道是要病历本，我递过去，他并不看，顺势扔在身旁的器械桌上。

"你去那边待着，好好听着，看我的手重不重。"

这话是对雪姐说的，是开玩笑，多少能听出对雪姐的手重之说还是介意的。我没扭头，听脚步，雪姐是离开了，很快就听到墙根塑料椅子的咯吱声。

雪姐一走开，萧大夫手一扬，刺啦一声，原已推到东墙那边的遮帘，又飞了回来，淡蓝色的，平平展展的，如一片蓝天，将我与雪姐远远地隔开。

世界一下子变小了。稍微侧一下脸，左侧不远，是房间的北窗，没有帘子，窗外是龙城春天特有的阴沉沉的天空，倒不完全是因为朝了北，就是朝了南，今天这有风的阴天，也是一样的死气沉沉，如同一面墙堵在眼前。

明知这是大白天，在医院的门诊室，毕竟空间太小，只有一个我，还有一个陌生的男人，且有手重的雅谑，我还是有点紧张。造成这种紧张心理的，还有我此刻的姿势。我过来的时候，像是前一个病人刚刚走开，这看似可以折上来的诊疗床，平展的只有靠东三分之一处，有道深深的折痕，表示这一部分是可以抬起来的，还有个枕头，上面印着医院的名字。既是这样的格局，我一上来也就顺势躺了下来。

方才站着看萧大夫，哪里都像个医生，此刻躺下看，哪里都像个中年男子。站着看，光光的嘴巴，青青的胡楂儿，笑起来还有几分和善；此刻看去，下巴里侧一直到脖根，都是胡子楂儿，只是越来越稀，渐近于无。可那突起的喉结，刚才看着不动，此刻看去，无一刻不在动着，怪怕人的。我家宝成也有喉结，也从这个角度看过，小小的，似显不显，没有这么凶险。还有那眼睛，那神态，跟站着平视，完全是两副模样。

这样的对视，让我有些慌张，很想叫雪姐过来，搬个椅子坐在我身子的一侧，肯定不妥，脑子里转了一下，也就打消了。此刻要避开萧大夫的眼睛，又不能断然扭过脸，只能顺着身子朝脚尖那头瞅去。这才看见，不知什么时候，或许一直是吧，方才叫我和雪姐进来的小护士，正站在床头一步远的地方，冲着我微微一笑。

有这姑娘在，我的心，立马平静了许多。

萧大夫似乎也觉察到了我的紧张，宽厚地一笑，慈眉善目的，一点也不凶恶，喉结是动了动，似乎还有种圆润的感觉。

还是右手，方才接过就诊本的那只手，还是掌心朝上，前面几个手指朝上弯了弯，我明白了，是让我脑袋离开枕头。我刚抬起头，就感觉他的脚在床下踩了踩，这边的床头，开始一点一点往上抬起，大约四十五度，停了。他做了个手势，让我往后一靠，正好落在枕头上。

仍是躺着，又像是斜坐着，方才的紧张感没有了。

我是就诊者，面对的是一个看病的医生。

萧大夫挪挪圆椅，离我近些，拉起我的右手，另一只手捏了捏我的胳膊。我穿的羊绒风衣，是短款的，袖子可不短，这样他的手只能在羊绒衣料上捏来捏去。

他苦笑了一下，在自己胸前做个掀起什么的手势，我知道是示意我，将外套脱了。是呀，骨相，不就是摸骨骼嘛，隔着长袖子是不方便。我坐起身子又抬起屁股，要将风衣的下摆抽出来。见我挺费劲的，护士小姐过来帮我抻直了袖子，先这边，再那边，一会儿我的身上，就只有湖绿色的旗袍了。

旗袍的袖子不长也不短，刚遮住肘部，露出藕节似的小臂。

萧大夫眼睛一亮，脸上闪过一丝笑意，又若无其事地翻过手掌，往下压压，我往后仰了仰，靠在枕头上。

右手仍握住我的右手，左手在我胳膊上捏来捏去，尽量不碰我光着的手臂。

是个君子，我心里默默地说。

"雪姐说你有抑郁症，平时是什么感觉？"

望闻问切，这是问。我说："心里烦，身上燥热，能听见别人听不到的声音，脑子里不时会涌现不必要的想法，甚至是字句在盘旋，赶也赶不走。"

"还有呢？"

"总想有个人在身边，一个人待着就心慌得不行，什么事儿也没有，就是想哭。"

"身边想有个人待着，愿意是男人，还是女人，比如像雪姐那样的好朋友。"

"当然愿意跟雪姐在一起。"

我是这样说，不由得又羞涩地一笑。萧大夫也笑笑，表示不认同，但认可。那边雪姐听见了，说我有了这病，头一个告诉的就是她。还叮嘱萧大夫，有什么话就直说，天大的事有她担着。对雪姐的这些话，萧大夫是不以为然的，雪姐看不见他脸上的表情，我能看见。

"你为什么不认为你得的是相思病？相思病也可能发展为抑郁症，毕竟有轻重的不同。"

"我是成了家的人。"

"萧主任，"雪姐在那边说，"她爱人叫宝成，小伙子可帅气了！"

萧大夫不理睬雪姐的咋呼，仍朝着我。

"你这么回答，就跟别人问你多大了，你说你爱吃冰糖葫芦一样，不着边际，让人摸不着头脑。"

"我觉得还是有关联的。"

我笑了笑，多少有点调皮，萧大夫口气变了，是一种被迫的认同。

"当然，拐个弯儿也能联系上。你总在三十出头，问你多大了，你不说岁数，单说你爱吃冰糖葫芦，等于说自己还小哩，心理年龄仍在少女时代。这话跟情哥哥说，不乏诗意，给大夫说是令人费解点。"

本是一句辩白的话，让他绕来绕去，把我绕进去了，好像我是个傻丫头似的。是刁了些，却让你生出些许好感，这世上聪明人不多，遇上一个，不由得会喜欢上。

诊疗床的一侧，连着一个架子，架子上是一个可伸缩的聚光灯。萧大夫伸过手，在什么部位上摁了一下，灯亮了，正好照在我的脸上，眼睛不由得就眯了起来。眯缝着，仍能看见萧大夫脸朝这边，在仔细地端详着。

"你这脸形很周正，天庭也还饱满，刘海儿要蓬起来，不要遮下那么多。下巴浑圆，也还俏，不像有的人那么尖，猛一看是俏，细一看是糙。最贵相的是鼻梁和鼻尖，垂直如悬胆，不像有的人鼻子尖了不消说，还往上翘。"

那边，雪姐又发话了。

"萧主任，你可不能见了我这个妹子，就打着比方糟践起我这个当姐姐的，我这妹子可不像我这么好说话。"

话是尖刻了些，听着满是情义。

"你就乖乖地待着吧，别老打岔儿。"

萧主任一声呵斥，雪姐不吭声了，我这里眼睛一时睁不开，迷蒙中听见小护士在哧哧笑。

灯是太亮了，萧大夫也注意到了，拧了一下，登时柔和了许多。

揣骨仍在进行。

他的一只手捏着我拇指以外的四个手指，一只手在我的手臂上抚摸着，似乎在思谋着什么，又似乎很享受的样子。要说什么，又怕雪姐听见，只是收收下颏，脸上现出赞美的表情。自己的手掌自己知道，细长柔软，怎么比喻都不为过，萧大夫这种无言的赞叹，最是恰当。

他在抚弄时，我注意到他的手臂上有黑黢黢的体毛。常人多在跟手背同一个侧面上，他的也不例外，这一侧面，明显密些。跟常人稍异处，是这么黑黢黢的体毛，竟绕了过来，稀稀疏疏的，布满了跟手掌同一侧面的手臂，越往上越淡，到了肘弯处就没有了。

体毛的分布有它的规律，我忽然想到这大夫身上，一个我不该想到的地方，定然也是如此茂盛。

我身上的体毛也挺多的，都在该在的地方。

正这么想着，他松开我的手，将之摆放在胯骨的一侧。左手上来，隔着旗袍按在我的腹部，不是正中的位置，偏到他身子这边。

大腿外侧一丝冰凉，我以为是风吹进屋里，正好开衩处又张着，是冷气的侵袭。不对，是萧大夫的另一只手，从开衩处伸了进来。

耸了一下身子，想挪开他的手，这才知道他的左手事先占据的位置，恰是防着我的这一招。

要做什么呢？我瞪着他不作声，眼神将这个意思递了过去。

"别动！"这意思也不是他嘴上说的，是眉毛一耸，发出的警告。

真的像雪姐说的，这就是他的"手重"吗？

我在犹豫着，要不要一骨碌坐起来，离开这个禽兽医生。

萧大夫发话了，声音分外柔和，我不得不一一回应。

"平常锻炼身体吗？"

"锻炼，在公园跑步，也在家里做健身操。"

"一天大致多少时间？"

"去跑步，总在一个小时，做健身操顶多半个小时，只是不能坚持，事情一忙，就全丢开了。"

"你的身体状况不太好。"

"你揣出来了？"

"这个地方叫髋骨，土话叫夹板子。"他在我胯骨尖处捏了捏，"像你这个年龄，应当是薄而尖，尖而圆润，你这儿圆润倒也圆润，只是肥厚了些。人的骨骼差异甚小，体型的不同，全在肌肉和脂肪。你的身体有这样的特征，也可说是缺憾，必然会影响到情绪的烦躁，精神的委顿。健美健美，只有健了才是真正的美，可惜许多女孩子识不及此，偏了健美的路子。"

他一面说着一面看着我的脸，我也直直地瞅着他。刚见面，觉得他的脸方方的，有些霸蛮之气，此刻看去，倒也堂堂正正。那不大的有着双眼皮的眼睛，还有些许的俊秀，只是手在下面，仍在摸揣什么，让我不得不小心提防。

男人和女人，眼睛不能对视，对视久了，总会生出邪念来。我相信萧大夫的医术，但我此刻更相信他是个多情的男人。

脖子仰了一下，小护士还在那边站着，不动声色地瞧着我。

收回来，仍与萧大夫对视着。有些难为情了，噫，瞥见他身边的器械桌上，放着一张报纸，折叠着，像是某种大报。

"萧大夫，这光刺眼，请把那张报纸拿过来。"

递了过来。

接住，展开，是一张《光明日报》。

萧大夫解释说，是再早的一个病人带来，走时忘了拿，刚才阿姨进来收拾垃圾要拿走，他让留下，抽屉底子不干净，他要叠起垫上。

我是要遮光，大点好，没有再折，轻轻地覆在脸上，等于在我与医生之间扯起了一道纸质的隔帘。

对着眼睛的，是报头的几个大字。手在下面，稍微往上推了推，高处的边沿，抵住了我的额头。新出的报纸，挺硬的，有鼻尖顶着，说是覆盖在我的脸上，也可说是举在我的面前。

那只揣了我髋骨的手，摊平了，朝里移动，很慢很慢，像是在读着一篇晦涩难解的文章，不时轻轻地弹上两下，像是遇到了好词语，给加圈又加点。

我不理他，装作专心在看报。

报头上的时间是2001年3月15日，星期四，农历辛巳年二月二十一日。

头条新闻，通栏大标题，《黄河上最大的水利工程小浪底水库可望于年底全部建成》。

文中说，小浪底水利枢纽工程是治理黄河的关键水利工程，1991年9月12日进行前期施工准备。1994年9月1日主体工程正式开工，1998年10月28日截流，2000年年初第一台机组投产发电，2001年年底主体工程可望全部完工。主要功能为治沙防洪，辅助功能为发电，世界银行誉之为该行与发展中国家合作项目的典范。

还说了小浪底水库的位置，位于洛阳市孟津县与济源市之间，西北连着山西垣曲县，上游距三门峡水库130公里，控制流域面积69平方公里，占黄河流面积92平方公里，为黄河总流域面积的3%。

接下来讲治沙防洪的原理，没兴趣，又往上推推。

那只罪恶的手，仍在我胯骨靠里的皮肤上移动，一会儿似乎往前了，一会儿又像是退后了。是边退边进，还是一直止步不前，离敏感地带有点距离，一时还感觉不出什么。只是指法有了变化，不再是揣摸，而是让手指的骨节稍稍撑起旗袍的缎面，食指中指无名指三指分作两组，在肚皮上轻轻地叩击着。以我的感觉，是食指单独一组，中指和无名指两个一组，交错上下，就像我平时听京剧，用手指敲节拍一样。

骨相，实则是揣骨。揣了骨，骨肉相连，顺便检测一下皮肤，也能说得过去的。且只在肚皮的边缘地带摸索着，纵是有猎色的嫌疑，也放他一马吧。

他那毛茸茸的臂腕，触着我胯骨靠里的皮肤，轻轻蠕动，似挨不挨，还有一种奇妙的舒适的感觉。

报纸中部是南方某高校加强党组织建设的报道，扫了一眼，没细看，手指捻捻，又往上推了一截。左下角的方框里是国际要闻。共两条，头一条是中国政府支援某个非洲国家建成一个大剧院；第二条标题是《塔利班炸毁巴米扬大佛举世皆惊》。

巴米扬大佛有多大？

我以为就像正定大佛寺里的大佛，也就一二十米吧，看了吓我一跳。

文中说，巴米扬大佛位于阿富汗巴米扬市内，一西一东共两座，西大佛高53米，着红色袈裟；东大佛高37米，着蓝色袈裟。两座大佛均藏于巴米扬石窟中，阿富汗的塔利班武装派别夺取国家政权后，多次声称要炸毁这两座大佛，遭到世界各国人民的谴责。联合国教科文组织专门发表声明予以阻止。而塔利班一意孤行，于2001年3月12日动用大炮、炸药以及火箭筒等各种战争武器，摧毁了巴米扬山中包括两座大佛在内的所有佛像。

这两座石雕大佛是什么年代的?

返回细看,西大佛凿成于公元5世纪;东大佛更早,凿成于公元1世纪。

"造孽!"

我几乎是喊了出来,手在胯侧一拍,啊,这一拍正好拍在萧大夫的手臂上,等于是将他的手臂往里推了一下。是猝不及防,也是我的肚皮太光滑了,他的手指几乎是本能的,往下一抠,要阻止这突然的推力。这推力稍猛了些,他抠着的手指,倏地从我的小腹下部划过,又赶紧往回抽,意在抽回,等于在敏感地带又抚摸了一遍。

我真想发火。

怨谁呢?至少有一半是怨我。

羞得我面皮发烫,狠狠地瞪了这畜生一眼。

萧大夫满脸的羞愧,瞅着我,嘴唇直哆嗦,想说什么又说不出口。

事已至此,说什么都是多余的,看床那边,护士小姐不见了。

"没什么。"

我轻声说,萧大夫长长嘘了口气,神色很快恢复了正常。

"谢谢,太感谢了。"

他的声音比我的还要轻。

那边,雪姐似乎意识到什么,朗声言道:"萧主任,摸揣好了,给我这妹子开个好方子,怎么才能不抑郁了。"

"那是自然,那是自然。"

萧大夫往后推了推圆椅,将我的旗袍抻平,我猜他是怕雪姐过来看出什么。或许是为了掩饰心头的慌乱吧,他讲起了抑郁病的治疗。

"很长时间,中国人不把抑郁当成病,实际上这是重症。神经上的问题,只能神经上治,是神经错乱,也可说是心气郁结,眼下没什么好药物,只有靠个人的意志力克服。"

"要是意志力能克服得了,还用看大夫吗?"

我悄声反驳,将报纸往下抻抻,覆盖在胸前。

他笑了,说办法还是有的,只能是对症施医。神经错乱,就要做专注一事的训练,心气郁结,就要做心气扩散的训练。对我这样年龄的女人来说,专注的训练,最有效的是读学位。问我是什么毕业,说是本科。

"那你就读硕去吧,硕博连读下来,学位到手了,抑郁也消除了。"

"心气扩散呢?"

"这个就不好说了。在西方说什么都没顾忌,治病只说治病,没有那么多道德上的苛求。他们的社会理念,跟人生理念是一致的,就是生命第一,任何时候任何处境,都应当成全生命、保护生命。"

"别瞎叨叨了,你只说我这妹子该怎么做吧!"

雪姐说着走了过来,站在方才小护士站的地方。

直觉告诉我,小护士原本一直站在那儿,萧大夫"手重"的时候,小护士自个儿躲开了。雪姐过来,倒不是怕萧大夫再对我"手重",是仗着自己与萧大夫的情分,让他好生为我支个着儿,尽快治愈我身上的顽疾。

听了雪姐的话,萧大夫似乎不为所动。

"我不是说了嘛,"萧大夫一脸的不屑,"你这妹子,这么年轻又是文化人,要集中精力克服抑郁,最好是硕博连读,三五年内学位也有了,病也好了。她已有丈夫,又不怕成了老姑娘。"

"还有呢,你不是说了两个办法吗,那个扩散的呢?"

雪姐的气势,完全是对一个老情人下的命令。

这倒让萧大夫为难了。想来在别的场合该说什么也就说了,今天对着我,他似乎有所顾忌,敞亮的话,再抵事的也不愿意说出口。看他吭吭哧哧的样子,我都替他着急了。

"说呀,我听着呢。"

萧大夫还是一副冥顽不化的样子,可是架不住雪姐的呵斥,再就是,也真心想给我指一条化解心气郁结的路子,眨巴眨巴眼,又四下里瞅了瞅,见了我胸前的《光明日报》,扯过来上下看看,脸上的阴云一下子散开了。

手臂抬起来了,又扭脸瞧了瞧雪姐,估计他拿报的角度,雪姐看不见他要指的文字。

"你这妹子是聪明人,不用我说,指点一下就足够了。"

他这话是对着站在那边床头的雪姐说的,却在报纸头版头条通栏大标题的中部,狠狠地戳了两下,还怕我没看清,又把报纸往我脸前靠了靠,更用力地在原先戳了两下的地方,再戳了两下。

这回完全看清了,同时猛醒过来,"指点"二字,他说得特别重。怕应对不了雪姐,又补充了一句。

"就是要开朗嘛!"

"是呀,是呀,我懂了。"

我也得配合上去。见我这么配合，萧大夫很是欣喜，做了个手势，让我起来。

"谢谢您，谢谢雪姐，我知道我的病，怎么着才能痊愈了。"

"哦，那就好！"

雪姐也不再追究，以为萧大夫早就给我说了什么，她过来不过是凑了个热闹。

我要下来，萧大夫站起，架起我的胳膊。我能感到，就是这么架一下，他在向我传递着什么。小护士过来了，拿了我的羊绒风衣，撑起来让我伸进胳膊。

见我要走，萧大夫一脸的不舍，又一脸的欣幸，忽然像是想起了什么，冲着我说："哎呀，我还没有问你叫什么呢！"

病历本还在器械桌上放着，我努努嘴，一则是指示地方；一则是嗤笑他，手册就在那儿放着，一接诊就该看看的。

他拿起病历本，本来扫一眼的事，他扫了一眼，似乎又不敢相信，凑到眼前看了个真切，这才一脸茫然地问道："绒仙，你真的叫绒仙？"

"杜绒仙，"我剜了他一眼，"这还有假吗？"

"萧主任，你这个大博士，什么都要追究一下，我俩认识的头一天，就是这个名字，连个小名也没有。"

雪姐这么一说，萧大夫也觉得自己方才失态了。

"好名字，好名字。怎么病历本上的名字，也是用毛笔写的？"

"不是毛笔，是一种灌墨水的软笔，我平时老带在身上。给老先生们写约稿信，我喜欢用这种笔，写下跟毛笔似的。"

"好字，好字！"

说过之后，又盯着病历本，头也不抬，我以为他在思考用药的处方，也就不急，静等着，圆珠笔就在手边，他拿起顿了一下，像是在码齐头脑里参差不齐的思绪。

"你这个病，准能好，准能好！"

我觉得他这是见我漂亮，跟我套近乎，不由得就笑了。

"萧大夫对女病人，都说这个话吧！"

他的眉头轻轻一皱，听出了话里婉讽的意思，大度地笑笑。

"你怎么理解都行。我是说，你写你名字的这三个字，笔画清晰而有力，带笔的地方也很干练，可见是个有恒心有决断的女性，这样的人得了抑郁症，比平常人会好得快。"

他这么一说，我倒觉得自己心眼儿太小了。又问我平常吃什么药，我说帕罗西汀，先前吃过米安舍林，现在不吃了。

"觉得不舒服，可以吃点，不必天天吃。按我说的办法，做下去就是了。"

他的思维，还在我的名字上，又问这名字是谁给起的，我说是我妈给起的。

萧大夫似乎还在想着什么，一面吩咐小护士叫下一个号进来，一面从器械桌上的小盒里取出一张名片递给我，说有啥要咨询的，尽管打电话过来。临出门还补了一句："你这名字耐咂摸，该给你一点人生的启悟。"

我听了，点点头。

雪姐走在前面，摆了一下头，像是没听清，要么就是以为是句寻常话，没有回应的必要。

从医院出来，天色还早，看表才十一点半，雪姐邀我去半岛咖啡厅坐坐，差点答应了，一想还真的有事，说改天吧。介绍了医生看了病，明明还早，喝杯咖啡最便当不过，竟还推辞，雪姐嘴上没说什么，看那神态，对我这"有事"显然不信。

若去半岛，两人一起坐四路公交车前往，既不去了，在首义路口就分了手。她往她的南，我往我的西。要回我住的小区，也不是不能乘四路公交车，可是得倒车。坐七路，往前走上两站路，不用倒车就到了。

第 三 章

没骗雪姐,我说有事,是真的有事。

宝成去吕梁出差,好几天了,说是今天会回来。回来的电话是昨天打的,怕他回得早,见不到我,上午去医院之前,又给他去了个电话,说雪姐约好的,要带我去看病,医院人多,回来不会早。

料不到的是,雪姐有面子,补了个号,还插到前面看了病。

我们小区里面有四条甬道,我家西侧的甬道上,停着一辆车,灰色桑塔纳,近前一看,尾号378,我家的,噫,宝成回来了。

给他个惊喜吧,我没敲门,掏出钥匙开了锁。

一楼是客厅,靠北有个隔断,后面是厨房,前面是餐厅。

中午吃饺子,上午出门前,已在小区菜市场买了肉馅和茴香苗。宝成喜欢吃茴香馅儿的。肉馅儿在冰箱放着,绿茵茵的茴香苗摊在餐桌上,水汽太大,晾一晾回来择。

宝成肯定在二楼。

没有吭声,放松脚步往上走。一进门就换上拖鞋,厚厚的软底鞋,踩在枣红的木楼梯上,跑了半天累了吧,能听见自己的心脏咚咚地跳。

不完全是累了,也是惯常的久别重聚的激动。

刚结婚那两三年,不是在这个小区,是在宝成父亲那幢大房子里,二楼我们那间婚房,每次久别重逢,久也就是两三天吧,宝成总是急不可耐的,将我按在床上亲热一番,过了瘾,这才说家常话,是粗野了些,可我喜欢。

自从有了女儿,收敛了许多,白天的事改为晚上,仍凶猛异常。近两年又有不同,偶尔也激战一通,减了过去的凶猛,也减了过去的热情。三十多的人了,就该这么着。

二楼两间卧室，一间我们夫妇的；一间女儿睿睿的，北墙窗下，摆着一对小沙发。

此刻，宝成定然斜靠在沙发上品茶吸烟，安静地等着我回来，他平常爱坐靠楼梯这边的沙发。往上走着，我打的主意是，一踏上二楼的地面，先啊的一声吓他一跳，再过去紧紧地拥抱。

沙发上没有人，莫非上了三楼？

三楼有两间房子，一间客房，一间储藏室，想都没想，冲着三楼的楼梯口喊了一嗓子。

"宝成！"

没人应声。

"宝成！"

走前几步，站在楼梯口，仰起头又是一嗓子。

"噢，回来啦！"

扭回头，宝成站在卧室的门口，身旁还站着一个年轻女人。

"还以为你去了三楼呢！"

事发突然，慌急中只会说出自己的真实想法。宝成倒不慌，一面说他今天动身早，路上也顺，不到十点就进了城，一面扭身朝向了那个女人。

"这是你嫂子，刚从医院回来。"

"嫂子好！"

"这是离石那边的一个同事。"

宝成说着，指指沙发，示意那女人过去坐下，他也过去坐下，仍在靠楼梯的那边。

"嗯嗯，"事出突然，我一时也反应不过来，也顺着宝成的意思，对那女人说，"坐呀，我换了衣服。"

说罢进了卧室。

睡衣就在房门右侧的衣架上挂着，进了门，一边脱外衣一边瞅床上。

这是一个红木大床，两侧的床头柜也是红木的，雕着暗花，古色古香。档头那边是两个松软的枕头，没动过，好好的。床上，可床铺着一床缎面的被子，上面在半床的位置盖着一条薄毛毯，荷绿色的，上面有粉红的花朵，整体来说也还平整。但就在这边，靠近卫生间的一侧，毛毯上有个不太深的凹陷，凹陷的旁边，还有个较深的印痕。细看，没有翻滚的痕迹。

我的脑子里，立马闪现出一幅图景：

"这是你们的卧室吗？"

"是呀，进去看看。"

"不太合适吧！"

"看看又怎么啦！"

那女人一进来，正盯着那边床头打量，宝成一把将她捺在床上，那女人不反抗，弯起双臂，搂住宝成的肩头。宝成的一只手抚弄着那女人的脸颊，一只手伸到身子下面摸索着，那女人不吱声，笑意盈盈地静等着事态往下发展。宝成腾出一只手，撑在毯子上。

"宝成！"

我是模仿刚才朝三楼喊宝成的那一声，正是我的那一声喊，惊醒了床上叠着的这对儿野鸳鸯，没承想，心气急促，竟真的喊了出来，让我一下子愣住了，不知如何是好。

"有事？"

宝成闻声进来，站在我的侧后，未看脸色，听喘气也能感到他的惊恐。

"哦，"顿了一下，"我的那套浅色睡衣呢？"

我有两套睡衣，独处或只有我与宝成两人，穿那套艳丽的，有了外人则穿那套浅色带暗花的。此刻，衣架上挂的是那套艳丽的，急中生出如此之智，连我都暗暗佩服自己。

宝成像是舒了口气，朝衣架那边瞥了一眼，像是发现了什么。

"神经病，不就在这件下面挂着嘛，露出这么大一角，还瞅不见！"

说着抽出来，张开袖子，站在我身后。

这当儿，我已褪下外套，正在解旗袍腋下的扣子，宝成知道下一步是什么，随手掩上卧室的门扇。

"这是谁？"

我的口气，不是让他重复"这是离石那边的一个同事"。他听出来，仍不改口，只是口气软了些。

"都是做融资信贷的，就是同事嘛。"

怕再说什么话，话赶话吵了起来，让外面那女人听见不好看，我没再说什么，摆了下头，示意我要换睡衣，让他先出去。

待我换上睡衣出去，见宝成正在跟那女人嘀咕什么，我心想，别装洋蒜了，我全看出来了，看你们还能玩出什么花活儿。

沙发一侧，还有把钢管椅，见我出来，那女人将椅子拉过来，起身坐下。

三人坐定，宝成像想起什么，先抱歉地笑笑。

"咳，刚才忘了说名字了，我这同事叫翠翠，姓沈。小沈，你嫂子叫绒仙，姓杜。"

"小沈是离石的？"

"老家是柳林，学校出来一直在离石做事。"

有一搭没一搭地说着，粗粗梳理，知道小沈是吕梁师专毕业的，学的是财会，在县上一家银行做事。宝成去了吕梁，跟上宝成一起做煤炭企业的融资信贷，同时还帮着她父亲经管家庭企业，理理账目什么的。柳林那边开煤矿的多，想来小沈家也是。

"你家也是搞煤矿的吧！"

小沈说不是搞煤矿的，搞的是煤矿设备，我说，哦，搞枕木支撑的。宝成怕降低了小沈家的身价，说现在的煤矿，早就不用枕木了，小沈家的公司专营煤矿掘进机械，最近正在引进意大利的桶式掘进机，一台机器好几百万呢。小沈笑笑，算是默认了。我不懂这些，听是瞎听，说是瞎说，只知道这女子家里很有钱。宝成瞅瞅小沈，努努嘴，像是鼓励她说什么，小沈犹豫着不肯开口，宝成只好自己打了头阵。

"小沈，来之前，你不是跟你爸说好，想在省里看套房子，给公司建个会所，好招待来往的客户吗？"

"是呀，"小沈接上茬，"成哥说他家这个小区建了好多会所，我就是来看看，看上了再让我爸过来看行不行。"

我心想，该不会是看上我家这个房子了吧。

我们这个小区，叫嘉士林，在龙城要算高档住宅区。位置也好，就在南二环边上。里面不是楼房，也不是平房，可说是连体别墅，一段四户，一排三段，中间是甬道，前面是花坛。只在老北头，是四个单元楼，一字排开，说是拆迁户的回迁楼。墙面的涂料，想来是分贵贱的，我们的连体别墅是淡雅的米黄色，屋顶的边缘，是亮亮的马赛克。四个回迁楼，通体全是土红色。想来不是什么涂料，干脆就是哪儿挖来的红土，捣碎搅拌又掺些烟灰涂了上去。有人说这叫赭红，刻薄的人说，是月经红。

平常人说嘉士林，单指前面的连体别墅，不把回迁楼算在里头。

前面的连体别墅，有十排之多，看去一大片，回迁楼倒像是在另一个小区。

两三年时间，原本静谧的嘉士林，变得灯红酒绿，喧嚣不安。白天还看不出什么，只是车多点，到了晚上你看吧，好些住户的门前会亮起霓虹灯招牌，这个叫"云梦轩"，那个叫"品茶斋"，名字一个比一个儒雅，灯光一个比一个鲜亮，闻不见清淡的茶香，扑鼻的是浓浊的酒味。

何以如此，据说是上头三令五申，不准干部在酒楼痛饮，于是这种私人会所便蓬勃而起。这里的房价一下子翻了一番，比汾河边上的星河湾小区还要贵上两三千元。哪有什么新房，全是老住户的二手房，卖的极少，多半是出租。

这种别墅房，开间都不大，但是高，全都是三层，做私人会所，最是相宜。一层客厅，三层厨房，中间一层摆开一两桌酒席就行了。

最早开发的是前面四五排，去年冬天开始，有人开始打后面几排的主意。

我家在倒数第三排，中间一段的西头，紧临甬道，不远处就是小区的西门。紧临甬道的好处，不是进出省事，是停车方便，门前能停，甬道边上也能停。

前不久，我刚出门，就遇上两个穿着体面的中年男人，很有礼貌地问我，这可是我家房子，我说是呀，又问出手不出手，我说不，又问出租不出租，我不耐烦地说，租了我住哪儿，头一摆走开了。

想不到的是，这才几天，打主意的人，竟打到家里来了。

还真让我猜了个准儿。

宝成发话了。

"绒仙，"他往这边凑凑，"记得先前也有人打咱这房子的主意，现在价格又上去了，小沈家有的是钱，又知根知底，要不就出手了吧！"

"出手？"我冷冷地说，"你怎么会有这个想法。"

"汾河边上新起了那么多高层，卖了钱住那边多好。你不是老说丽华苑那边的楼房多好吗？咱要买，买东边的，离你们单位近，过了祥云桥不远就是。"

我说今天别说这个事，我买下茴香苗了，中午咱们吃茴香饺子吧。宝成对小沈说，既来了，就在这儿吃顿饭。小沈说，她有个姨姨，在煤管局工作，她爸交代的，要她去看看，要是没别的事，她这就走了。宝成见留不住，说他开车送她过去，小沈说成哥回来路上开了一路车累了，好好歇着，她打车过去，不是多远。

小沈走后，我开始择茴香苗。

宝成在上面磨蹭了一阵，下来了。

饺子捏起，女儿睿睿也放学回来了。

餐厅在客厅的北侧，有个矮柜与客厅隔开，光线不好，吃饭时也得开着灯。家里只有三个人，四方桌子一面靠了墙，宝成坐里面朝东，女儿坐南面朝墙，我坐外面，离厨房门口近，出来进去方便。

原本想着吃饭时，三个人在一起，会欢欢喜喜，一想到床上薄毛毯的压痕，我的心绪怎么也缓不过来。睿睿问妈妈这是怎么啦，我说上午去医院，跑来跑去累着了，没事儿，睡上一觉就会好的。

"你的病，医生是怎么说的？"

"没啥，就那么回事。"

宝成倒是想说话，起了个话头，看我待理不理的，也就自个儿打住了，埋下头，只顾吃饺子。

宝成埋头吃饭，我正好借此机会，打量了打量他的脸面。

黄黄的脸色，眉毛黑黑的，眉梢明显的下斜，鼻梁也还直直的，只是鼻尖下垂得过了些，说是像悬胆，更像是个鹰钩。嘴里正含着个饺子，太烫吧，一会儿捣到这边，一会儿捣到那边，腮帮子蠕动着，嘴里吸溜吸溜；上下嘴唇，撮成个小洞洞，露出两颗门牙，看去怪模怪样的。这样的面相，上学的时候，还有相恋那两年，觉得是厚道，也是聪明的，今天看去，分明有几分奸相。

别太偏激了，我在心里纠正着自己。

"真香，真香！"

又夹起一个的时候，宝成赞赏起饺子。

"菜场里有韭菜，也有茴香苗，挑的就是你爱吃的。"

不能太拧巴了，我也随声附和。

"妈妈总是挑爸爸爱吃的，我就爱吃韭菜馅儿的。"

女儿嘟起嘴，撒了个娇，显然是想调节一下饭桌上的气氛。

"睿睿，下次爸爸回来，我们吃韭菜馅儿的。"

"还是爸爸回来！"

睿睿的小嘴，嘟得更高了，一看就知道，不是跟谁赌气，是故意撒娇，逗我和宝成开心。

女孩儿的名字，我愿意有明确的性别意向，像花木兰、梁红玉，越想越美。最初给睿睿起的是"玉润"，她上四年级时，嫌那个润字不好，自个儿查字典改成了"玉睿"，觉得也不赖，就随了她。反正叫起来，是润润，还是睿睿，听着也分不清。

我和睿睿的拌嘴，撩起宝成的兴致，又一个饺子咽下，呱巴着嘴唇说开了话。

"家里吃过多少回饺子，就今天的饺子最香。"

我笑了。

"你这个人哪，什么都是眼前的最好，夸了今天的饺子，把我先前多少年的饺子全否定了。"

"是是是，都好，这回的尤其好。"顿了一下，翻翻眼，"这话里有话呀，怎么就是啥都是眼前的最好？"

"别胡思乱想，吃饺子吧！"

我是那样说了，确实没有那个意思，他朝那上头想，只能说明他心虚。毕竟几天不见，我不想饭桌上红了脸，忽然想起一件事，起身到茶几上拿过一张纸递了过去。

"咱那车子离合器有点毛病，我送到修理店去看看，小贺给了这个宣传材料，劝我给车子上个驾意险，你看是上还是不上。"

他去过那家修理店，看了两眼，就搁在一旁。

"全是变着法儿敛财！"

在这上头，我相信他的判断，这些年他搞融资，对保险上的事也一样精通。可是一想起修理店的小贺，那么诚实的一个小伙子，我又有些疑惑了，问宝成，此话怎讲。

宝成笑笑，颇为得意，有这么个卖弄的机会，他的情绪起来了。

先说了保险公司一贯的套路。

"从保险产品推销的角度来说，开发的保险产品承担的保险责任越多，保险金额越高，保险费就会越高。很多时候，保险公司就会开发不同保险责任的产品，推荐给客户，让客户结合自身需要，在不同产品间实现互补。我们平常说的车险，就是这上头说的车上人员责任险，驾意险就是新开发一个险种，两者是互补的关系。"

我说，我还是不明白，小贺跟我说得很诚恳，说咱们过去上的车上人员责任险，只有在咱们的车子承担责任事故时才顶用，不是咱们的责任不顶用，现在路上车多了，好些新上路的，都是马路杀手，事故责任人很有可能不是你。这个保险不管是谁的责任，只要你在车上，就保你的险。

宝成宽厚地笑笑，他知道我在这上头，没有什么头脑。

"是这样，没错。车上人员责任险属于责任保险，被保车辆无事故责任就不赔了。这个驾意险，属于意外伤害保险，不管谁的责任，只要是你的车，你在车上都赔付。可是你想想，不是咱的责任，就是对方的责任，是对方的责任，他就得赔付，除非你想的是，在对方赔付之外，再得到一份赔偿金。可要有这好事，你得先付多少年的保险费呀。"

他这么一说，我就明白了，明天取车时见了小贺就有说的了。

小贺，我俩都认识。宝成解释得这样详细，也是知道我对小贺有好感，怕我一时糊涂认了这个险种。

饭后歇了一会儿，睿睿上学去了，宝成说他去找小沈办个事儿，开车走了。

我原先想的是，睡上一觉，精神会好些。可是上了楼，一躺在床上，虽说掀开被子躺进去，可一想到这个床上，宝成和那个叫翠翠的年轻女人曾碾压过、揉搓过，我的情绪一下子就激动起来。一会儿想着他俩会有怎样下流的动作，一会儿又想着会有怎样肆意的吟哦。

"那个症状又来了！"

我心里暗暗警告自己。这种情绪发展下去，再过一会儿我就会嘤嘤啜泣，说不定还会冲进卫生间，躲在洗脸池旁边的角落里瑟瑟发抖。

这是我的经验，一定是个小小的、结结实实的角落，才会让我感到安全，才会让汹涌的情绪平稳下来。

还有一个办法，就是找人倾诉。

立马就想到了雪姐。

可是那种卑微的自尊心，又让我马上否定了，雪姐的家境太好了，跟她说这些不是自取其辱吗，还是忍着吧。

看书，看书或许能集中注意力，避开那些烦人的思索，这一段我爱看的是钱锺书的《围城》，就在床头柜上放着。取过翻了几页，怎么也看不进去，脑子里老是跳出宝成那奸邪的笑脸，唉，没想到中学时就恋上的男人，会是这个样子。

晚上十点，宝成回来了，醉醺醺的，一看就没干好事。

"哪儿野去了！"

他也不掩饰，说去金昌盛唱歌去了。

"小沈也去了？"

"那种地方，小沈怎么会去。我跟他姨夫一起去的，还有他姨夫一个好朋友，嗓子真好，跟帕瓦罗蒂有一比。"

"叫小姐了吧!"

"那种地方不叫小姐,还能叫消费?"

"小姐可不是白叫的。"

"哎呀,跳舞唱歌而已,肥水——"

知道他下面要说什么,我一下子扭过了身子。

金昌盛在河西,下了迎泽桥不远即是。朝南一个城堡似的大门,进去四周全是一个一个歌厅,家家一进门的大厅,平面床上,坐着的全是半裸的歌女。这儿倒是有一样,很干净,女孩只陪跳舞嗨歌,做别的事去大门对面的酒店,只要开房,什么证件都不要,给够钱就行。我陪一个临汾来的同学去过一次,那次有我,他们没叫小姐,我知道是自己坏了人家的事,再有人请,说什么也不去了。

上了床,宝成还行,或许真的像他说的,肥水没流了外人田。

喘息甫定,趁亲热的劲儿,宝成开导了我几句。说我一上楼,见他跟小沈从卧室出来,满脸的不高兴,可以理解。饭后他说要出去找小沈办事,我的脸阴得能滴下水来,就没道理了,他去找小沈,真的是去办正经事。

"她能给你办什么正经事!"

我不信。

"真的是正经事,"宝成伸过手臂,将我搂在怀里,"宝珍在太原财经专科学校毕业,爹花了钱安排在煤检站,等于是在卡子上班,又苦又累,还挣不了多少钱,我托小沈跟她姨夫说说,看能不能调到省上,在煤管局安排个工作。"

我的心气平和了,往他怀里靠靠。

"她只是个职院毕业,能进了省里的单位?"

宝珍太刁,跟我素来不和,我冷冷地说。

"这年头,功夫下到了没有办不成的事。听小沈姨夫的口风,不是没有可能。唉,宝珍是爹妈的心肝宝贝,我这当哥的有啥法子。听宝珍说,她两口子来过太原,在滨河西路上看好一套房子,叫什么花亭,高层。宝珍调来了,她丈夫也要想法调来。爹说,兄妹俩都在省城,相互间也有个照应。"

"你那妹子可不是好照应的。"

"你呀!"

怕我说出更难听的话,他侧过身子,搂得更紧了。

第 四 章

我还是忍不住，想去雪姐家，跟她诉诉心里的烦恼。

昨天医院出来，她约我去半岛喝咖啡，我没应允，看出她有些不快，去她家聊聊，也算是补上这个亏欠。

电话问问，看方便不方便。

"是雪姐吗？"

接通了，她那边先是回铃，接下来嗡嗡地响，满是杂音。

那几年，手机还没有后来这么普遍，我和雪姐算是用得早的，我的诺基亚不翻盖，她的东芝是翻盖的那种，常是信号不好，还爱出点小故障。

通了！

"在哪儿？"

"刚去了单位，出来办点事。"

雪姐的文教处，有时候会跟外面的文化单位扯上点儿事。

问事情急不急，她说，想急就急，不想急就不急。

"别去了，回家，待会儿去你家聊聊。"

"家里？国辉在写个材料，那？去半岛吧！"

国辉是她丈夫，姓潘，电力公司那边的工程师。

"好耶！"

没想到运气这么好，真是天遂人愿，补足了前天的前嫌。

要不要开车，要开车就得先去修理店提车，那就绕路了，算了，还是打车去吧。

汾河边上的这个咖啡厅，在龙城还是有名的，开得早，又是外国的牌子，文化界的人都认。雪姐在这儿请过我，我在这儿也请过她，有时还不止我们两人，三四个人最好，多了就没了那份风雅的调调，不如坐在包间吃中餐了。

最好的不是咖啡，是这儿的环境。原先是祥云桥畔的一个水榭，不知老板有什么神通，竟租了下来，又往河里延伸出一个宽宽的长廊，三面加了西式围栏，就有了这样一种看着舒畅，又超凡脱俗的风格。

还是雪姐快。我进去的时候，她已占好位置，在西头临水的一个隔断。

雪姐跟老板是老熟人，说她一听我答应了来这儿，就给老板打了电话，指定要这个隔断。

这儿的隔断，开间跟火车上的厢座差不了多少，优异处是，没有那种人造革包皮的俗气，全是带着明显木纹的板材，厚实，也洋派。台面上铺着白布绣花的底垫，摆着锃亮的银质刀叉，给你的感觉，花多少钱都没有白花。

我一坐下，雪姐便抽出玻璃插座上的"店长特别推荐"纸卡，递了过来，意思是，她的点了，我要喝什么自个儿点。知道她点的，肯定是蓝莓黑咖啡，我嫌太苦，点了麦斯威尔咖啡。

吃什么，我就不管了，由着她来。

"这个，你看！科隆美味食品，生猪肉馅儿，配葱头，夹在烤面包里，稀罕，来两份吧！"

"这不是西洋的肉夹馍吗？怕生猪肉馅儿，我们吃不惯。"

"吃不惯就扔了，看一眼也值二十八元。"

咖啡、冰激凌，还有甜甜圈、西洋肉夹馍，不一会儿，我俩之间的台面上全摆满了。

心里烦闷，我没吃早点，这会儿还真是饿了。也是嘴馋，见了好吃的，总想多吃两口，甜甜圈先来了两个。雪姐还跟早先一样，再好吃的东西，也是递到嘴边先伸出舌头舔舔，再将上门牙跟下门牙对齐，撑开一条窄窄的缝儿，将要吃的东西伸进去，上下门牙轻轻一磕，磕下指甲盖似的薄薄一片，这就算吃过了。我是正饿着，只顾了吃，若不急着吃，只看她那娇滴滴的吃相，真想说她个什么，狠毒的话没有，别让人恶心还是能说出来的。

桌上原本就有白瓜子，她又要了一盘开心果，一边慢条斯理地吃着，一边有一下没一下地嗑着。

想起电话上她说出去办事，说急也急，说不急也不急，我问是什么事儿。

"我一个朋友，年前新任了市园林局的局长，总想在汾河边上做点儿文章，前几天饭局上说了这个意思，要我帮他想一想。"

"这倒是个好主意，滨河公园是敞亮了，就是太空了，缺少有意味的景致。"

"是呀，我早就有这个感觉。"

我问她，给人家想到个什么主意，她不说她想了个什么主意，先吟诵起来，听了两句，我就听出来了。

"这不是元好问的雁丘词嘛！"

"是呀，又在汾河边，又要成景致，建个雁丘，再配个楼阁，不就成个景致了吗？"

我问，这么要紧的事，怎么就说急也急，说不急也不急呢，雪姐说，打了电话，说他在单位，正在开个会，要我去了先在他办公室待上会儿。

"哼，我是等人的人？正好你的电话来了，我就说我有个重要的会议，今天不去了。"

"你呀，就能鬼说六道，多么重要的会议，会在咖啡厅里开！"

"不说他了，你是怎么啦？"

"心里烦，"我垂下头，压低声音，"像是又要犯了。"

"不会是想萧大夫吧，我看他对你挺有意思的。"

"胡子拉碴的，有意思顶啥用，还得看上眼，我可没那个意思。"

"这边看着全是桥墩子！"她说着起身，坐到我身边。

"真想大哭一场！"我往里让让。

"哎，昨天临走，我过去见他跟你说治疗的方子，一是专注，一是扩散，专注说去读研，扩散我没听清，看见他手在报纸上戳了戳，啥意思呀？"

该不该说，我心里打了鼓，觉得还是不能说。

不能说，就得编得圆些。

"起初我是拿了张报纸捂住脸，他那眼睛能喷出火似的，我不敢多看。要走了，放下报纸，搁在胸前。他说到扩散的办法，我以为他会说什么，正疑惑呢，他朝报纸上戳了戳，我一看是头条上的一个字。"

"头条是什么？"

"黄河小浪底枢纽工程可望年底竣工。"

"他戳的是哪个字？"

"我看戳的是水字，像是让我多游泳，好消散焦灼的情绪。"

"这倒也是个办法。"

雪姐舒了口气，不再追问。

我这才告诉他，叫她来是有话要跟她说，不说心里就憋得慌。说着，将果盘往她那边推推，示意她吃着，我慢慢说。

深深地吸了一口气，让自己的情绪舒缓下来。尽量装作不动声色，若无其事地说了昨天上午回来，在家里看到的一切。先说上到二楼，不见人叫了一声，宝成和那女孩儿从卧室出来，我进去换睡衣，见床上薄毛毯上有挤压的痕迹。三人谈话时，那女孩儿又如何地不自然，饭也没吃就走了。我们家三人吃饺子，宝成的神态越看越像是操下了二心，吃过饭又开车出去了，定然是找那女孩儿厮混去了。说着说着，我的情绪激动起来，伸手捏住雪姐的胳膊，低声哽咽着。

"姐你说说，渠宝成这王八蛋是不是坏了良心？"

雪姐抹下我的手，搭到她的膝盖上，抚弄着我的手背，我的心气又平和下来，羞涩地一笑，随即抽出手，摸了摸自己的脸颊。

雪姐一时不理我的茬，见我摸脸颊，她自个儿先笑了。

"绒仙，你这个动作，男人见了男人喜欢，女人见了女人喜欢，谁见了都喜欢。在医院不知萧大夫说了句什么，我见你也是这么伸手在脸上摸了摸。"

雪姐说着，抬起胳臂，展开手掌，不去摸自己的脸，而是让我看刚才，我的手形是什么样子。

她的手，在女人的手里，不算多么好看，指头不短，只是骨节大些。平展开的手掌，直直地竖起，大拇指分开，另四指并齐，朝后微微翘着。

"这个手形，比兰花指还有意味，就这么着——"

我以为她要在她的脸上摸摸，不料伸过来，在我的脸上来了一下，还怪重的。

"这是跟谁学的呀？"又补了这么一句。

"我小时候爱害羞，一害羞就觉得脸蛋发烫，自己都觉得红红的，像是暴露了自己内心的秘密，怕让人看出什么，赶紧拿手去遮盖，时间一长，就成了习惯。如今也还会害羞，只是觉得脸上发烫的时候不多了，可还是由不得伸手摸摸，算是一种遮掩内心的习惯吧。"

这话，记得以前跟她说过，再说一遍，心里也挺美的。

"你呀，就是这样子，最是让人怜爱。你这个神态，我先前是怎么说的，哦，给人的感觉，由不得想吻上一下。"

听了雪姐的话，我又要展开手掌，抬起胳臂摸自己的脸，刚离开她的膝盖，想起什么又赶紧放下，在她膝盖上捏了捏，表示赞许，也表示感谢。

五六年来，雪姐这话说过不止三次五次。还有一个版本，说是我这样的女人，谁想教她学坏也学不坏。

对于雪姐的这个赞语，几年来我的感觉，前后也有变化。最初是全盘接受，等于夸我冰清玉洁，百毒不侵，是一个性情温和而品格刚强的女人。这两年她再说，细品品，觉得还有别的意味，不全是原来的意思，有几分是说我是个不开窍的女人，别说我不开窍了，就是有人教我，要我开窍，也开不了窍。这个意思可以体味，没法跟雪姐辩白。

哦，忘了说吃饭的时候，我跟宝成说买驾意险的事。

雪姐原先也有车，公家的，上不上保险不关她的事，怕她不懂，我说这是个新险种，叫驾意险，跟过去的车险有着怎样的不同。我所说的，也就是宝成饭桌上说的那一套，不过换成了我的话，简略了许多。又说，我觉得小贺劝我的话也有道理，如今马路杀手那么多，开车上路不是说你小心点，不出事就不出事的，有了驾意险，出了事总会多些好处。

"你说我们的奔驰GLB，三四十万买的，可驾意险不过三两万他都不肯，是不是操了二心？"

雪姐对社会问题的分析，对男人心理的分析，在不多的几个朋友里是我最佩服的。

前几年，就是我们家要买这辆奔驰的时候，一次雪姐来了，宝成不在，就我俩，也是这么挨着，坐在沙发上，说起买车，她拿起搁在茶几上的购车须知，看了看说，这一项你可不能打对号同意。

当时我一看，是遇事故身亡同意捐献自己的器官。我不解，说人都死了，捐献器官不是件好事吗，她说她看了一则外国报道，说是购车时签了这个同意，死亡率较未签同意高了两倍。有黑社会组织，为了获取必需的人体器官，买通保险人员，专找签了同意的车主下黑手。正是听了此话，买我们的奔驰时，这一项我就没有签字。后来我也看到国外有这样凶险的案例，不能不佩服雪姐的见多识广。

还有，这几年我遇到几件被坏男人纠缠的事，都是听了雪姐的话，有的成功摆脱，有的竟化敌为友，现在还时相往来。在这上头，雪姐有句名言，就是她能将想吃她软豆腐的，成功地化为铁哥儿们。我没雪姐的霹雳手段，见样学样，也受益不小。

雪姐有这等手段，跟她的家庭条件有很大的关系。

她父亲是文化厅的副厅长，她自己是北京电力专科学校毕业，丈夫是电力公司的电器工程师，遇上独生子女政策，一下子就是双胞胎，还是有龙有凤。最奇葩的是，公司原来有小学中学，她这个文教处处长有事做，前年公司的学校全交给了地方，按说这个处该撤了，两年了，一直在着。有人反映到公司，公司经理的回答竟是："学校教育没了，可以进行全员品质教育嘛。"

这会儿我说了这么多，我思谋着雪姐准会滔滔不绝地给我分析一番，开导一番，料不到的是，她眨巴眨巴眼，拈起一个开心果，剥了扔进嘴里，说出的竟是一句平淡无奇的话。

"绒仙，事缓则圆，我不能保证宝成不会变心，我是说，他就是要变心，还没到你应对的份儿上。"

原来她另有心思，讲的是萧大夫说的"专注"之法，我该不该去读研，要读，去哪个学校，跟上谁去读。

该不该，是不用说的了。去哪个学校，读社科类研究生，只能是去山西大学了。

哪个学科，我俩都想到一起去了，在临汾师院，我读的史地系，按平日的爱好，该读中文系的研究生。可是，我觉得中文系最没意思，要读就读个真正有学术含量的。

我问历史系怎么样，雪姐说，山西大学的历史系是不错的，可历史系男教授多，你不能去那种地方，要读得跟上个女教授。

我以为她要让我想办法。

在《山河志》编辑部，认识的学者不是历史的，就是地理的，差不多全是男的，老头子和半老头子，一个女教授也没有，讲师倒有女的，可讲师又不带研究生。

多虑了，雪姐已替我想好了，说去读社会学系，跟一个叫梁玉阁的女教授。梁教授是北师大的博士，如今是省城大学里的名教授，她已跟梁教授联系过了，人家愿意带我这个在职研究生。

"梁玉阁的名气不是顶大，他哥梁玉堂可是大名人，无人不知，哪天咱们去见见梁教授。"

临出门的时候，雪姐还特意叮嘱。

都走到门口了，雪姐问我，明天是星期四，她正好有个空儿，问我有没有事。

"你不去园林局了？"

"找刘局长啊，什么时候去都不耽搁。"

我一想，只请了两天假，明天该上班了，可既去了医院，免不了查出这样那样的病，说不准还要去复查，老主编待我分外宽厚，打个电话续一天假，不是个事。

"听你的，明天就明天。"

"那就得坐你的车了。这样吧，你家离精工汽修店不远，上午九点，你去提车，在店门口等着。我离得近，不会误了。"

第 五 章

明天是一会儿的事。

八点多，我就出了门。

小贺的精工汽修店，在亲贤街西口上，雪姐住的电利公寓在滨河东路，相距不远。我怕误了事，早早赶了过去，店前空荡荡的，这才放下心，款步轻移，走了过去。

这家汽修店不大，也还有点气派，远看去像一个巨大的玻璃四方体，灰蓝色的，两层楼高，走近了才能看见里面粗犷的钢架子，还有从屋顶垂下来的铁链子。临街的这边，有个玻璃幕墙，跟这墙面比较起来，"精工汽修店"一行字显得太小了。也正因了这个小，才让它有一种"精工"的感觉。

门口站着一个人，蓝色工装，哦，这不是小贺嘛！

小贺叫贺葵生，晋东南陵川县人，二十七八岁，个子高高的，留着长头发，是个帅小伙。

紧走几步赶过去，小贺也看见了我，笑嘻嘻地迎了过来。

"修好了吧？"

"不是个大事儿，昨天就弄好了。"

小贺做了个手势，让我进去，我说还要等个人，外面空气清新，就在外面站站。小贺似乎不忙，陪我站着说话。拉了两句家常，又扯起买驾意险的事，我说跟我家那口子商量过了，这个驾意险不过是个扩大保险范围的新险种，买车的时候就买了车上人员责任险，这个新险种就不买了。

小贺有几分惊讶。

"你是说跟成哥商量过了？"

他跟我两口子都熟，管我叫绒姐，管宝成叫成哥。

"是呀，"我觉得这还用怀疑吗，"你前一天跟我说的，第二天宝成回来，我就跟他说了，他说不用买了。"

"嗯——"小贺拉长了声音，像是不凭信我，"就是刚才，成哥来电话，问驾意险的事，分了几个档次，买的手续。"

"刚才？"

我也蒙了。

早上起来，我弄了些吃的，宝成说有一笔业务急着办，上午就要赶回离石。我想准是沈翠翠的事办完了，他俩要一起回去。这话不好点破，我只问他，近期什么时候回来，下个月5号是睿睿的生日，最好能在一起。他回答得很干脆，说这是大事，再忙也要赶回来，说罢就开上车走了。如果接小沈，不耽搁时间，一路畅通，这时候该过了汾阳。走之前没再说驾意险的事，这才两个多钟头，半路上就变了主意。

这话不能跟小贺说，正寻思着，雪姐从西边过来了，相隔不远，像是走过来的。

跟雪姐打过招呼，扭身对小贺说，这是我的好朋友杨雪君，电利公司的处长，大美女。小贺跨前一步招招手，说可不是嘛，一看就跟个电影演员似的，搔搔头，惊叫道，像日本那个演员，叫真由美吧。

我笑着打趣他，你就看过《追捕》，记住个真由美，那个演员叫中野良子，我们雪姐，人都说最像的是山口百惠。

"听他们胡扯，我哪能跟人家比，该走了。"

小贺手里有钥匙，一按，门向两边退去，现出宽阔的厅堂，我的奔驰GLB，一身光亮，就停在眼前。

"姐，刚才小贺说宝成跟他打问驾意险分几个档次，买的手续，像是想买。"

"你没问他是怎么回答的？"

雪姐扬起下颏，指指前面的小贺。

小贺耳朵尖，听见了我俩的对话，不等我问，就扭身说，他跟成哥说这个险分两个档次，高的十年八万，低的五年三万，赔付额不一样，我问要什么手续，小贺开起玩笑。

"拿来买车的全套手续，验明正身，付了款就办了，绒姐的身子，我们可不敢验，看上一眼都是福气。"

"净鬼说六道，验车的身子，怎么拉扯上我了！"

小贺就这一样好，爱打岔，还会开个带荤腥的小玩笑，我来这儿办事，最想遇上的就是这个大男孩儿。以往取车，要是小贺不当班，我会借故走开，迟上一两天再来。

按规矩，小贺过去，驾车驶出店门，下了车才将钥匙交给我。

去山西大学有两条路，一条是往东拐，到并州路上，一直下去就是。一条是往西，拐到滨河东路上往南，是远了点，路好走，也快。

想都没想，我选择了滨河东路，雪姐知道我的脾气，不图近，要的是快。

这条路，是前几年才修起的。原来只图早日修成，没顾上修上下桥的匝道，俗话叫"耳朵"，喻其形状。这样，内侧的车还好办，外侧的车，都得拐到横路上，到了路宽的地方掉头再过桥。就这个掉头，不知撞死了多少人。实在说不过去了，去年才修起了这些耳朵，如此一来，上下桥方便了，真的成了无障碍通道。

我们不过桥，插个空子，就拐到了另一侧的路上。

快车的感觉真好。

"哎，河里那条龙，脑袋真的掉过来了。"

车子也很平稳，河边的树还未长起绿叶，可以一眼望到河面。一条金黄色的游龙，正逆流而上，朝北游去。太大了，像是钢铁架子上，又覆盖了塑料片子装扮成的。好多年了，这是这条河里的一个景致。

可我记得，早先龙头朝南，表示顺流而下，直奔大海。近来听人说，新来的省委领导听人说，龙尾朝北，于升迁不利，让管河道的将龙头掉过来朝了北。原以为是传言，今天看了，这龙头真的掉过来了，我不由得发了个感慨。

"这一掉，大头儿该高升了。"

雪姐听了，微微一笑，这事上，她的经见要多些。

"我们小区在河边，河里有什么变化看得清清楚楚。今年正月里，要闹红火了，河里的龙头龙身子，外面全叫扒了，说是要重新装修，待装修完成，一看是掉了个头，原先往南游，换成了往北游。头向北方，说是逆流而上，预示着好兆头。"

"哼，真是穷疯了。"我不屑地说。

"可别这么说，咱们不信，有人真的信，当官的信得多，官越大越信。前几天有个同学从南方回来，说是南方的官员，信这个的可多啦。"

雪姐说着哎了一声，低头翻手上的坤包。

我以为她要说什么，瞥了一眼，没细看。

手伸过来，是一把车钥匙。

"绒仙，我有好车了，看！"

雪姐当处长，原来有辆桑塔纳，去年还是前年，企事业机关整顿，说处级干部全不配车，交了车改发车补，这才多大会儿又配了车。我说你们公司有钱，配了车还给车补。

"车补也不动，这个车是我们大头的，上头查得紧，厅级干部一律配国产奥迪，不准坐外国高档车。这是雪佛兰·沃蓝达，当初五十万买下的，才用了几年，还新着呢。大头外出坐越野路虎，这车只在市内跑，几年了才五万公里，还新着呢。"

雪姐特意强调新着，是怕我说她开的是旧车。

"大头不能用，你这处长倒能用？"

"这不能叫专车，是公务用车，处里就三个人，不是专车也成了专车。你是说业务处室那么多，怎么就给了我们这个文教处，是吧？"

雪姐的好处是，心里有什么，不等你问，她就全说了。

"这车该给哪个处室，也不是没有争议，一个副总就主张给了他分管的综合处，说这个处业务量大，只有一辆公务用车跑不过来。最后是大头放了话，说文教处是公司的面子，还是给了文教处吧。"

我笑了。

"说文教处是公司的面子，还不如说杨雪君是公司的面子，大头打上你的主意了吧！"

雪姐将钥匙收回，食指套在钥匙的皮带上，轻轻地旋着圈儿，看得出来，提起这个话头。她蛮兴奋的。

"办公室里女孩子好几个，又年轻又漂亮，人家哪会看上我。不过大头那几年，还是副总的时候，可没少在我身上下过功夫。"

"得手了吧！"

我笑笑，这号话题，雪姐从来不恼。

"那些年，哪轮得上他，丑倒不丑，就是太矮了，不够尺码。"

"没得手还这么护着，可见是个有情有义的男人。"

"我不是跟你说过嘛，只要不是坏人恶棍，敢打我主意的男人，我总有办法把他变成我的哥儿们兄弟。女人不能太冷了。"

说话间，拐到长风街上。

我的脑子走了神，想到我们老主编对这条路的痛诋。

真是痛诋。是有一次在编辑部，谈起太原市的城建时说起的。他说比一下迎泽街和长风街，就知道城市建设上是进步了，还是退步了。新中国成立没几年，迎泽街那么宽，差不多比上北京的长安街了，最高明的是，就了南城一片洼地，挖了个湖，建起了那么大一个公园。这些年，周边叫侵占了好些地面，还那么大，在全国的城市公园里都不能叫小。可这个长风街呢，是前些年才修起的，从东山下来，照直过了汾河，十几公里长的街上，竟连个公园也没有。据说，原来是留下公园的地方的，这个来说情，那个来说情，留下的地方，最后还是给了开发商，盖了楼房。老主编说到这里，拍了桌子，说一伙土包子，哪能建设成一个现代化的城市，不是没出息，是没脑子。

　　这情景，我脑子里也只是一闪而过，只是每次开车路过这条街，总由不得会想到老主编轻蔑的神态。

　　"这条街上，是该有个公园才好。"

　　这么想着，嘴上就说出来了。

　　"又想起你们老主编说的话了吧。"

　　雪姐跟我们老主编也认识，挺佩服，有次请客，还让我叫上老主编，没有事，就是在一起聊聊。

　　"你们主编姓郑，名字挺有文化的，叫什么来着？"

　　"郑伯笃，'文化大革命'前老北大的学生，邓广铭的研究生，学宋史的，对山西历史尤其熟悉。一说起这条街就来气，说没有一点现代城建的理念。"

　　雪姐说，这算什么，要说最绝的，还不数这条街上没建公园，最绝的是南边修了个体育场，就把北边那个老体育场卖给开发商建了住宅楼。文史会那个叫姜宁亭的作家，有一次饭局上说，这些人真是爱市如家，把市当成了家，谁家里有一个茅房，还再修一个茅房，有一个体育场就够了，那个旧的就没用了，不卖了做什么？

　　"你说的姜作家，就是写《路上的女人你要看》的那位，是你那天在医院说的。"

　　"就是这个，有点二杆子气，常放些冷话，发些高论。什么时候我介绍你认识一下，个子高高的，挺英武的。"

　　"该不是雪姐的情人吧。"

　　"人家的品位高着呢，咱可攀不上。"

　　正说着，手机响了，一手握方向盘，一手去接。

宝成来的，说他爸和他妈隔几天去河北阜平，妈的老家，过太原住一晚上，让我到时候去接一下，他在离石有事赶不回来。

我问爸妈去河北做什么，说是妈老家的一个舅舅过生日，老两口回去转转，在太原停一天，是宝珍看上一套房子，想让爸妈去看看，好了就定下来。

挂了电话，我嘟囔了一句："讨厌！"

离得近，雪姐已听出所为何事。我的这对公婆，她也见过，平时不时谈起，她知道我对这两位长辈没有一丝一毫的好感。

"你们家睿睿都这么大了，老两口还是嫌你没生下个儿子，也太过分了。"

"哼！"我的气上来了，在方向盘上拍了一下，"比前几年更凶了，有次回柳林，婆婆拍桌子踢凳子，当着我的面，说村里一个女人如何如何，实际上是说我，说不会生男孩子的女人就不是女人。我听我一个本家婶婶说，就是她，背后撺掇宝成跟我离婚，一个老妖婆，真不是个东西。"

雪姐知道我婆婆生了两男一女，常以此自豪。也知道我公公的心态，跟我婆婆一样，也觉得没个孙子是一大憾事，只是没有婆婆的表现那么明显，那么恶劣。

"关键要看宝成的态度。"

她很郑重地说了这么一句，我也只有实话实说。

"前几年没说的，这两年发了大财，就不一定了。"

"你可要多操个心。"

"想叫我走，没那么容易的！"

说了这句话，一瞬间我觉得，我也不像平日的我了，倒像个我平日怎么也看不上眼的农村泼妇。我还内疚呢，雪姐却大为称赞。

"你这话还有几分杀气，女人不能太窝囊了。"

说话间，进了山西大学校园。

我们是从北门进去的，直插下去往右一拐，便是文科大楼。

雪姐知道梁教授的办公室，乘电梯上去，四层西头北侧的一间便是。

事先打过招呼，知道我们快到了，梁教授不做什么，专门等着我们。

门半掩着，没等雪姐手抬起，梁教授已拉开门迎了出来。

进去一看，不大的房间，整整齐齐，桌上已放着两个玻璃杯，对面两个塑料椅子，一看就是为我俩预备的。坐下后趁倒水的空儿，我打量了打量主人，个子不高，也还白净，额头亮亮的，眉毛黑黑的，眼镜片太厚了，一时看不出眼睛是大是小，只有脸上的笑意，看得出是个灵秀的女人。估摸年龄该比雪姐还要大上十岁八岁，怎么也在四十五六上下。

倒罢水，梁教授在皮转椅上坐下，这回该着人家打量我了。

不是盯着看，是一边跟雪姐拉家常，一边眼睛朝这边不时瞥上一下。听口气她跟雪姐并不是多么熟稔。说起雪姐的单位，她说，哦，是迎泽街上那个戴帽子的大楼吧，我一听，这是把雪姐当成省电力公司的人了。雪姐也不纠正，说起这个大学近年遇到的一件窝囊事，借以表达对梁教授的关心。

"你们学校评211的事就这么定下了，真的没救了？"

雪姐说着还把塑料椅子往前挪挪，似乎离得近点，她的关切的热度就高点，梁教授感受到的力度就强些。

大概这种话，近来听得多了，梁教授苦涩地一笑。

"理工大那边早就敲锣打鼓开过庆祝会，这边的校领导蔫得什么似的，过去好几年了，还提不起精神，觉得百年名校毁在他们手里，不是对得起对不起学生的事，先就对不起全省人民。"

这事我也关心过，觉得不给山西大家实在说不过去。

"早先听说省上有话，这个指标先给了理工大，过后再跟中央要个指标给山大。这么多年了，还要不下？"

梁教授冷笑一声。

"这号话是当初安抚这边校领导的，当时还有人信，现在鬼都不信。211评选那么严，河北河南也就一个，怎么会再给上山西一个！"

雪姐不愿在这个话题上纠缠，说起两人都认识的一个女人，是山大南边，隔一条马路的山西经济管理学院的。雪姐说，前几年合校时，这个朋友心说离得这么近，他们经管院肯定要合到山西大学了，白高兴了一场，没有跟近处的山大合并，反而远远地跟城里的财经大学合了。听说是经管院的领导，怕跟山西大学合了他们顶多能做副校长副书记，跟财经大学合了，争一争，说不一定能当了校长书记什么的。

原以为这个话题会缓和一下气氛，没承想反倒激起梁教授更大的义愤。

"你们是没注意，经管院的牌子，过去都是在校门口挂着的，现在成了财经大学的南校区了，把山西财经大学几个字，做下那么大，一个一个的字，立在教学楼顶上，不知道的人还以为山西大学是财经大学的南院呢。"

"就没人管管吗?"

"这怎么管,人家在人家的教学楼上立几个大字,是校名又不是反标,只能说格局不大,欺人太甚,又不犯法。"

雪姐又说了句什么,教授笑了,说有次在家里跟她哥哥说起理工大定了211的事,他哥说了句玩笑话,说省上的大领导是矿工出身,那几年又吵吵着要把山西建成全国的煤炭重化工基地,幸亏山西没有个煤炭大学,要是有,理工大都成不了211,大领导桌子一拍,煤炭大学就是211了。知趣吧,真该感谢大领导呢,理工大总还是个像样的大学。

雪姐扭过身子,拍拍我的胳膊。

"绒仙,我跟你说过,梁教授的哥哥叫梁玉堂,社科院的副院长,可是个大名人。"

梁玉堂这个人,我早就听说过,我刚来那两年,编辑部里常常说起,我们的郑主编,夸起这个梁玉堂,跟夸山西近代史上的名人一样。

"梁教授,你哥哥真是了不起,计划生育都定成国策了,梁院长硬是据理力争,争取下了一个可以生二胎的试点县。是浮山,还是翼城?"

夸她的哥哥,略等于夸她,我也就顺顺当当说出了口。

"翼城。唉!"

梁教授叹了口气,说她哥哥感到在山西太憋闷,正在联系往上海社科院调呢。怕这个话题引起我和雪姐询问,淡然一笑,说,咱们还是说绒仙同志读研的事吧。

雪姐接过话头,夸我怎样勤奋好学,还说我会写文章,在好几个报刊上发表过作品。

梁教授起了兴致,问都写了些什么,我说全是山西历史人物方面的,没啥意思。又问怎么会喜欢上社会学,我说我看书杂,前两年看过一本叫《金翼》的书,不是大陆出的,是港台那边印的,是一个留美的学者写的,叫什么名字忘了,觉得社会学是一门很神秘的学问,跟眼下的生活很贴近,有意思,既见才华又见性情,不像那些大名家的学术著作,端起架势吓唬人。

梁教授笑了,说《金翼》的作者叫林耀华,他可不是一个普通学者,哈佛大学的人类学博士,在中国学者的社会学著作里,是最棒的。梁教授似乎还想知道点什么,说这么一本书就激起了对一门学问的兴致,本科你学的是历史专业,做史学研究不也挺有意思吗?

我说了我对史学研究的一个看法。

"在《山河志》当编辑，看史学文章多了，我有个感觉，历史是学问，更是一种学术方法的训练。学好了该去别的学问上用，不能老在古代史里纠缠。现在的学者，最会讨巧，古人的一个感悟，他能找很多例子，写一篇大文章，再把古人那个感悟作为例证。"

"啧啧！"教授惊讶地咂咂嘴，"你这个看法倒挺新鲜，是你琢磨出来的吧，能举个例子吗？"

想想，该不该说，没啥关系，还是说了。

"最近有个学者写了篇文章，谈《史记》和《汉书》里，写道人物籍贯时，地名用字的不同。《史记》多用县名，实则是春秋时的地理概念，《汉书》记西汉时事，不在乎县不县，多用州郡名，实则是战国时的地理概念。揭橥的史实是，史家在标明人物籍贯时，籍贯作为一个文化概念，会迟于这一地理概念取消的时间。好多人都赞赏这位学者见解的超卓。我在他的文章里看到，东汉班彪在评论《史记》时曾说过，《史记》书里写道司马相如，举郡县，著其字，而写道萧何、曹参、陈平、董仲舒这些同时代人，不记其字，或县而不郡者，盖不暇也。也就是说，一个人的籍贯用字，有的是县，有的是郡，古人已注意到了，只是古人认为，这是因为一个人写这么大一部书，文重思烦，关照不过来。我们这位学者的聪明在于，给它赋予了一种历史文化的意义，区域的名字已废除了，但在历史文献中还要存留一个时期，由此看出文化的概念更长久一些。关键的关键是，古人已经发现了，有的人用县，有的人用郡，只是解释不同罢了。他的文章里，把这么重要的发现归结为古人不懂两者的差别。"

"哦哦！"梁教授赞叹不已，"还有吗？"

"钱锺书先生的文章里，发现了什么，举起例来，一举就是十几二十个，总觉得这些例子里的某一个，就是他的发现生成的母本。这只是我的一个感觉，小女子无知无畏，胡言乱语，在高人面前亵渎前贤了。"

"大教授，绒仙说错了你可别见怪呀！"

雪姐怕我这一通胡扯，惹起教授的反感，坏了我拜师读研的大事，一直在注视着教授表情的变化，很快她就觉察出她的担忧是多余的了。

"哪里会呢，我听了喜欢还喜欢不过来呢。"

说着，又将我细细打量一番，似乎要看出先前没看出的什么东西。或许是为了掩饰内心的什么，也许是为了思忖一个什么决定，教授提起暖水瓶，要给我俩的杯子续水，雪姐见状，起身代劳，教授做了个手势止住了。先给雪姐的杯子续上水，再给我的续，我发现续水时她的眼睛连杯子都没瞅，却一直盯着我的脸。

这目光太亲切了，对视了一下，赶紧苫下眼皮，瞅着身边的桌面。

我坐的位置靠里，身边的桌面上堆着一摞书，有两本厚厚的，一本是日本学者宫崎市定的《中国科举史》，一本是美籍华人何炳棣的《明清社会史论》，我没有动书，是从书脊上看出的。

续罢水，教授坐回她的位置，喜眉笑眼地开了口。

"雪姐，我见绒仙这么叫你，我也这么叫吧。"

"我比你小呢。"

雪姐忸怩起来，教授说了自己的理由。

"叫雪姐不在谁大谁小，是这么叫着显得亲切。"

"那我跟你叫梁姐了。"

雪姐真会来事，一下子拉近了两人的距离。

教授笑笑，默认了。

"雪姐，我得感谢你，给我介绍来这么好的学生。"

说罢，扭过身子，挪挪转椅，正面朝了我。

"绒仙同学，我现在就可以这么叫你了。"

接下来说，我的基本情况，她都了解了。雪姐介绍了我的本科学业，还说我的英语已达六级，另外《山河志》的老主编郑伯笃跟她也认识，我是怎样一个人品，他曾在电话上跟郑先生交流过。今天叫雪姐领我来，是要当面看看我这个人灵性不灵性，方才听我说了对史学的看法，知道我平日爱看书，爱思考，这是做学问的关键，我这个研究生，她是收下了。

"只是不能读研，得读博。"

"什么，什么？"

我以为自己听错了，手没地方放，在桌面上一滑，差点把杯子碰倒。

"哦，这可没想到。"

雪姐的惊讶，不亚于我，见我俩这么惊奇，梁教授自个儿先笑了。

接下来，说了读研和读博的程序，又说了她个人的权限。

研和博，两个学位层级，招考的时间不同，录取的程序也不同。考研在12月，录取在第二年的春季，开学在秋季，跟本科生入学的时间差不多。考博报名，在本年的春季1至3月，各校的时间不同，考试多安排在3月第二周。英语过了关，政审没问题，从考试的难易上说考研难，而考博易，考研看重综合成绩，考博看重专业成绩。一个教授带几个研究生，基本上是学校分配，博士生就不同了，成绩说得过去，基本上由教授定点。

先说着，一会儿面朝我，一会儿面朝雪姐，说到后来，全朝了我。

"明白了吧，你要考研，能不能分配到我名下，我定不了，可能有你，也可能没有你。考我的博，可就不同了，英语过关，政治过关，专业成绩，全在我的出题。现在是3月，正是招博的时候。"

看这口气，像是已经将我录取了。

"那也得考哇，我怕考不上。"

没有心理准备，道理是明白了，还是免不了胆怯。

"今天初试就过了。"

"没有考哇！"

雪姐几乎是惊叫起来。

梁教授摘下眼镜，取过一块绒布擦拭着，大概是脸上出了汗，水汽潮了眼镜片。这时我注意到，她的眼睛不是多么大，但秀气，妩媚，一看就是个绝顶聪明的女子。说缺憾只是近视度太大，眼珠子有些凸，不能细看。

放下眼镜布，朝我笑笑，自负地撇撇嘴。

"我这眼睛，八百度的近视，看路看不准，看人一看一个准儿！"

我笑了，雪姐也笑了，正当我俩感慨运气咋就这么好的时候，梁玉阁教授发话了。

"你们别以为我就多么傻，你们编下的套子，我就欢欢喜喜地往里钻，我也有我的小九九呢。"

接着她说了个情况。说年前她申报的一个国家社科基金项目批下来了，十二万元，可不能叫少，题目是《新时期以来（1978—2000）中国社会阶层的变动研究》。这个题目是她哥哥引导她做的，目的在于消除过去的阶级划分观念，真正认识中国的社会现状。她设想过几个进行方案，有的难度太大，有的容易得到资料，实际意义又不大，只有放弃。前两天她去省文史研究会开会，她是这个会的常务理事，得悉该会今年秋天召开全省会员代表大会，进行换届选举，选出新的会长和副会长。全省有一千二百多名会员，参会的代表初步定下三百人。她想，这是个好机会，一是人员不是她限定遴选的；二是这些人员多是新时期以来进入学术界的。从这些人的身上，能较为明显地看出当前社会阶层变化的轨迹。

"明白了吧?"

说到这里，她神秘地一笑。我和雪姐，都不明白她的意思，只好生硬地一笑，等着她自个儿破解。

"你们刚才说着，我脑子里就在转这个念头，觉得接纳下绒仙这样一个读博的人，正好可以完成这个任务。"

"啊!"

我大吃一惊，没想到这个梁教授这么有心计，怕吓着我吧，立马又让我释了疑。

"不是什么难事，你不是《山河志》的吗，你们跟文史会打交道的机会比较多，可以通过业务关系，游说那边的人，在《代表登记表》上增加一个小栏目，就是写上父祖两代人的职业。他们收回来，你统计一下，得出百分比就OK了。"

说着，抬起右手，拇指和食指围成一个圆圈，在面前一扬，我注意到，她的这个手指的形状，实在是太好看了。指头尖尖的，指甲白白的，像是壁画上佛的手形。

她这样器重，又说得这样轻巧，不等雪姐说什么，我先表了态。

"梁教授这么看重我，我一定想办法完成这个任务。"

"是呀，"雪姐也跟上说，"做这样的事，绒仙有的是办法。"

"哦，下面我还有一节大课。"

梁教授抬起手腕，看看表，我们当即站起。梁教授送到门外，一一握手。

"雪姐，往后绒仙一个人来就行了，你就不要操这个心了。"

第 六 章

在外面晃悠了两天，该去上班了。

郑主编一向来得早，我也提前了十分钟，为的是在众人上班之前，跟郑老头儿说说话。人前我们叫他郑主编、郑老师，背后都叫他郑老头儿。读博的事，梁教授说事前跟他通过气，别让他多了心，以为我想跳槽似的。

好些人说我单纯，傻乎乎的不谙世事，实际上我知道，我也有小心眼儿，鬼精鬼精的，怎么会傻呢。

真是巧啦，我刚上了二楼，正遇上郑老头儿下楼打水，不由分说，夺过暖水瓶转了身。

再提上暖水瓶进了主编室，郑老头儿笑嘻嘻地指了指桌子前面的一把椅子，让我快些坐下。

"读研了？"

"你咋晓得的？"

"梁玉阁来电话，问你的人品如何，还问文笔如何，我一听就晓得是什么事了。好像她说，如果是个人才，读博她的主动性更大些，见了定下什么？"

"读博。我有多年的工作经历，够本科读博的条件。"

"好哇。"

"你同意我读博吗？"

"当然同意，只要不离职，不去外地读。"

"怕我跑了呀！"

"不是怕你跑了，怕我眼前不亮梢。"

他说的这个亮梢，可能是他老家襄汾县的方言，文雅点的说法应当是赏心悦目，新词儿该是养眼。

这是我们编辑部的一个典故。

我们刊物叫《山河志》，是省史志综合局的机关刊物。前几年，编辑人员老化，经局长办公会议决定，招聘三个年轻编辑，我就是那时招进来的三个中的一个。

招聘的事，郑主编一手操办。

那时不兴考试，全靠主办者自己物色，眼界不广的话，就请朋友推荐。条件只有一个，必须是大学本科，专业对口。两个男的，很快就定了下来，全是山西大学当年毕业的本科生，一个学中文，一个学历史。郑老头儿不愿意全是一个学校出来的，也不愿三个全是男生，就让他的一个在临汾山西师大教书的师弟，给推荐一个女的。师弟问，本科，女的，就这么两条吗？老郑说，还有一条，用着说吗？师弟心知肚明，也提了一个条件，问不是应届生行不行。老郑说，只要漂亮，大上两三岁不是个事儿。

两三岁不是个事儿，四五岁也不是个事儿。

两下摊了牌，师弟说，前几年他们历史地理系有个女生很优秀，他想留校当他的助教，系里都通过了，让分管校长给否了，说是太漂亮了，怕出什么事儿。这样只好分回老家当了中学老师。他一直觉得对不起这个学生，既然老学长有这个条件，他如实相告，若老学长肯接收，也算是给了他个大面子。

就这样，我在柳林二中当了四年中学教师后，不费吹灰之力，调到了省级机关，成了《山河志》的一个女编辑。

据说最后拍板的时候，这个小学弟不放心，还是多问了一句，说，调这么漂亮的一个女孩子，真的不怕人家说闲话吗？亲近女色，这可是官场之大忌呀！郑老头儿的回答更是出人意料，他说，我这把年纪，还怕人说这个闲话吗？调个漂亮女孩儿，你说她是花瓶也好，我图的是编辑部生态平衡，人心稳定，现在老的小的全是雄性动物，你纪律再严，也拴不住他们的心，这地方，就得有个花瓶，让人看着赏心悦目，精神健旺。

这话不知怎么传了出来，于是"赏心悦目"，便成了编辑部的一个典故，用郑老头儿的说法则是"亮梢"。

刚来那两三年，我对这个编辑部的感觉好极了。

《山河志》这个名字，就让人觉得美。在这儿上班，有种神圣的感觉，觉得自己在做着古代史官的工作。这个名字，还代表着这儿的三项工作，各有各的标准。"山"，就是要高耸巍峨，体现政策，体现思想；"河"，就是要流动清澈，吸引读者，扩大发行；"志"呢，就是要史实确凿，叙事清楚，不能叫砸了牌子。

感觉神圣，只是一个方面，另一个方面是气氛融洽。

气氛融洽，包括两个方面。

一是年龄分层次，相互包容，和和气气。约略说来，主编老郑和老编辑牛全胜是一个层次，都五十大几；副主编薛文星和两个中年编辑，是一个层次，都四十多了；再就是我和那两个新调来的大学生，他两个三十一二，我稍大些，三十四五。

二是学术气氛浓郁，都有自己做的。这要感谢郑老师的倡导，他说，学术刊物的编辑，要提高修养，最好是自己也做一门学术研究，题目不必大，是自己喜欢的就行。我们说这是做副业，他说不是，这是主业的实际操练。后来换了个说法，说这叫作小生意，也是郑老师叫开的。这上头，牛全胜做得最好，专门研究牛氏宗姓，已经出了一本书，叫《中古陇西牛姓碑刻考证》。我想写小说，知道这话摆不到台面上，研究嘛，总得有个选题，郑主编曾私下里问过，我说我教了几年书，对汉语语法感兴趣，想写一本实用语法书。郑老师大为夸奖，说这是正经学问，做大学问的人，后来都转到对语法的关注上。

时间久了，才发觉，内里还是有纠葛的。

最大的纠葛，该是郑主编年龄大了，谁来接这个班，隐隐约约地感到，副主编薛文星的心事重些，时不时地，暗地里下些功夫。

我来找郑主编，不全是为自己的事，也有近来稿子上的一些事。

前几天送上一个稿件，叫《中原大战后徐永昌任山西省主席期间的治晋方略考辨》，是省实验中学一个历史老师写的，他有个亲戚在台湾，办山西同乡会，给他寄来几种书刊，掌握的资料挺多的，文笔也还说得过去。

好几天了，想郑老师该已看过。

我说了文章的题目，郑老师在身后的案子上翻了翻，找了出来。

"看过了，不错。"

说是这么说，似乎还有什么不放心的，又摘下眼镜，俯下脸，鼻子几乎贴住纸面，眯着眼睛，移过来移过去看了又看，边看边喃喃自语。

"嗯，嗯，《徐永昌先生函电言论集》，近代史研究所史料丛刊第三十四种；《徐永昌传》，赵正楷编述，山西文献社印行；《赵正楷先生访问记录》，近代史研究所口述历史丛书第四十八种。嗬，还有《传记文学》上的文章，《大成月刊》上的文章。好，有这么多引证资料，这文章就站住脚了。"

接着抬起头来，换了商量的口气。

"全是台湾的资料，是不是跟作者说一下，也可以加上些大陆正式出版的资料。我记得《近代史资料选辑》哪一册上，就有中国记者写的徐永昌在密苏里号军舰上，代表中国政府签字的文章。多了内地的文章，不光是征引全面，还有个编辑倾向的问题，明白吧！"

"还是郑老师考虑全面。"

郑老师这才说，徐永昌这个人，在民国史上是个杰出人物，如果光有当过绥远、河北、山西三省主席的经历，写他治晋方略这样的稿子，我们是不敢登的，前几年可以，这几年不行。这个人一生中有一个最大的亮点，就是日本人在密苏里号军舰上，签署投降书时，他是中国政府代表团的团长，再就是解放战争时期，任陆军大学校长，没有跟共产党的部队打过仗。有这两条，尤其头一条，我们登这样的文章，爱找碴儿的人也就不好找碴儿了。

"有你老人家坐镇，没人敢找碴儿。"

"你还年轻，不懂得这一套。别看我们是个文化单位，也有不文化的东西在里面。编辑部有个什么响动，有人操着心，不时向上头汇报呢。"

"又是那个人吧！"

我努努嘴，指了一下隔着一堵墙，他旁边的那个屋子，郑老头儿笑了。

"除了他，谁操这个心。"

说着我站起来要走，郑老头儿眉头一皱，伸手朝下按按，我只好又坐下。

我以为他要说什么，说的还是徐永昌。

"徐永昌这个人，真是了不起。早在1926年冬，他从绥远来太原看望阎锡山，帮助阎锡山规划全省的教育事业，提出一个很好的方案。他建议阎，将晋祠至天龙山一带，辟为学区，利用地形，规划校舍。将城内的大中专学校，全都迁过去。先将农业学校迁到半山上，植树造林，绿化环境，再将其他各校，陆续迁过去。在晋祠建一个大图书馆，各校共用，由太原修筑一条电车路，连通学区，教育即易整顿，城市亦免拥挤。"

说到这里，将文章放下，用他厚厚的手掌，轻轻地敲着桌面。

"山西这些年，给人的感觉，是有历史没文化，最大的缺失在教育上。教育不得彰显，省城就没有文化品位，省城不行，其他地市就寡淡了。你想想，全国各省会城市，都有自己的大学区，北京有海淀区，武汉有珞珈山，西安有城南，我们呢？从新中国成立初期到现在，几十年了，几个大学想拢个堆儿都拢不起来。东一片西一片，你能说哪儿是大学区？要是按徐永昌的这个建议，把晋祠一带建成学区，太原早不是这么个形象，山西的文化品位不知会提高多少。"

我听了，也由不得心生感慨。

"可不是嘛，三四个有名气的大学，谁都不挨谁。山西大学在南，中北大学在北，理工大学在西，财经大学和医科大学，又在城里头。"

这是应和他的话，我心里惦着的还是那篇文章，说要不要告诉作者，引用资料增加些，文化部分再充实一下，最近稿子要是不挤的话，下期能用就用上。

"别着急，先改着。这一段上头压下来的稿子多，别说得那么死，就说留存备用吧。"

郑老头儿还想说什么，有人敲门，不等应声，已推门进来，是史志综合局办公室的高主任，想着上级来人，定有要事，我起身告辞。

"慢走！"郑主编说着从桌上拿起一个打印的本子递了过来，"这是梁玉堂先生近来写的一组文章。前几天，文史研究会开会时，玉阁教授给我的，说是她哥哥让她给我，让看看，不一定发表。她是那么说，真有好文章，还是可以发一下的。"

我都转过身，要出门了，郑老头儿又叮嘱一句，待会儿再过来吧。

我们几个编辑，在三楼一间大办公室办公，我的桌子在西边的窗前。

这个大办公室，摆着六张桌子，有的横，有的竖，编辑部做文字活儿的都集中在这里。

靠门口的桌子没人，成了堆放信件的地方，其余五个桌子，我占的这个桌子在西侧窗下，东侧窗下是一个老编辑，老编辑背后是一个中年编辑，我背后是两个年轻人，其中一个叫陈侃，跟我处得比较好。

东窗下的老编辑，叫牛全胜，大我差不多二十岁，比陈侃就更大了，我们几个年轻人，都叫他老前辈。

老前辈原本是近郊的农民，老中学生，猴年马月，福至心灵，写过一篇考证晋阳古城的文章，就叫郑伯笃的前任破格录用，成了正式编制的编辑。此人有一样好处，就是从不回避自己的农民身份，再就是脑子好，机警，会说笑话，常逗得满屋子人大笑。

老前辈可谓编辑部的元老，对编辑部的往事了如指掌。有次办公室没有外人，我问这老兄，人家都说，好好的一个编辑部，硬是让前任主编搞坏了，这是怎么回事。老前辈也不客气，开头便说，不是搞坏了，他一个老农民，盖上十八层被子，做梦也到不了省上这么有名的衙门吃公家的饭。

那时候，改革刚开始，人的脑筋还在“文化大革命”中，一时转不过弯，做什么都想的是自己的安全，调人要调自己的人，做事先看对自己有多大的好处。《山河志》刚创办，只给了四个编辑指标，主编和副主编，各谋各的事，副主编调来自己的同学，主编调来自己的老乡，他跑得勤，碍不过面子，说是吸收新鲜血液，也给调来了。

他的长处是遇事机灵，有见识，缺点是文字水平不高，有时还有错别字。

我倒觉得，编辑部有这么个活宝也挺好的，至少是常逗乐，不寂寞。

我刚坐下，老前辈就侧过身子，笑眯眯地朝向了我。

“绒仙姑娘这是做甚去了?”

叫我姑娘，就没安好心，我故意噘起嘴，朝他努了努。

“咋的嘛，你都知道，还用问我，不就是个赏心悦目嘛!”

我学着说他的阳曲土话，自然是不像，只有不像，也才可乐。他嘿嘿一笑，不再作声。他知道他的明嘲暗讽，斗不过我的伶牙俐齿，还有时不时的刁钻古怪。

“你行，你行，俺说不过你。”

正在这个时候，有个年轻人，不敲门就进来了。

“这儿是《山河志》编辑部吧!”

胳肢窝夹着不大的黑皮包，说着将整个办公室，大模大样地看了一圈，像是什么大领导下来视察。

我和老前辈，都以为是个投稿的作者，见他这么不懂礼貌，也就没有好脸色。是我先看见的，问他可是来送稿件的，他笑笑，没说是，也没说不是。老牛也回过身来，上下打量了一下，问话就跟我不一样了。

“有公事吧?”

“当然是公事。”

年轻人这才搭了腔。这时我再看他，确也像个办公事的，一身黑西装，留个板寸头，表情很是严肃。

"办公事，该去那边主编室，这儿是编辑部，看稿子的。"

老牛这么一说，年轻人的态度也缓下来，说他去过副主编的办公室，没有人。老牛说，主编在呀，年轻人说，他只找薛副主编，不找主编。

"哦?"老牛听了，由不得起了疑心，"敢问你是哪个单位的?"

"汾河公安局桃花坡派出所的。"

有多次办身份证、户口本留存的记忆，我一听就知道，这个派出所的管辖范围，包括我们单位在内。

牛全胜的警惕性，显然比我高，说话的声调，完全变了，好像遇上个多年失散的兄弟，一口阳曲话，明明是虚情假意，听来却分外动人。

"哟，那你来我们单位，有何贵干哪?"

"最近形势紧张，领导让我来这儿，了解一下你们这儿的监控对象，有什么情况。"

"哎呀，我们这儿还会有监控对象? 好怕人哪!"

"当然有，没有我会来吗。"

"这种事，找郑主编不一样吗?"

"各负各的责，不关你们郑主编的事，领导让找薛文星，我就找薛文星。"

这倨傲的口气，显然激起了老牛更大的兴致，站起来，指了一下靠墙的小沙发，示意年轻人坐下。年轻人不坐，仍笔直地站着。还是老牛厉害，当下提出一个让对方不得不面对的问题。

"既是公事，怎么不穿警服呢?"

年轻人并没有任何尴尬的表情，反而爽朗地笑了。

"嘀，你倒是有眼色的人，告诉你吧，穿不穿警服，得看办什么案子，像你们这里的事，按规定，是不让穿警服的，怕吓着你们，明白吧?"

从脸上看得出来，这话惹得老牛不高兴了，不过他的脾气真是个好，一点也不生气，反倒劝年轻人不必着急，坐下喝杯水，或许薛文星家里有什么事，一会儿就回来了。年轻人有感谢的意思，却不买这个账。

"下午还要去另一个单位，这样吧，你告诉我，薛文星家在哪儿，你们单位，不都在这个院子住吗?"

老牛不回答年轻人的问话，却面朝了我，问文星的家是在一单元三层，还是二单元三层。我一听就识破了他的鬼心眼，不过是怕将来出了什么事，全怪罪到他一个人的身上，太精明了，不由得就回了一句："哪个单元，你还能不知道嘛！"他假装猛醒一样，说，噢，想起来了，是二单元三层。

年轻人听了，转身出门，下楼去了。

小伙子一走，我对老前辈说，这种事怎么来找老薛呢，咱们这儿有主编，不是主持全面工作的吗？老牛诡谲地一笑，说你还是太单纯，各有各的系统，往后说话留点神，别让贼惦着了。

老牛说罢，去阳台上抽烟去了，我开始看郑主编让我看的梁玉堂的文章。

自从雪姐给我介绍了梁玉堂先生争取下计划生育试验县的事，又拜玉阁教授做了博导，我对玉堂先生产生了好奇，充满了敬意。要是这样的人出在北京上海，我不奇怪，那里的名家高人有的是，道理讲明白了，高层会给这个面子的。而梁玉堂办这个事的时候，还是省社科院的一个普通工作人员，这要多大的见识，多大的勇气。

郑先生给我的是个打印本子，两面印字，机器装订，还配了淡绿色的云纹硬纸封面，拿在手里，感觉跟书一样。开本大了些，该说是稿本吧。

封面正题为《晋、晋阳、晋水考》，另有副题为中国国家起源笔记。

里面是一篇篇文章，又归拢为四个单元，粗略地翻了一下，基本上全是考辨晋国史上的诸多疑难问题。我在师院上学的时候，古代史老师反复强调，春秋时的晋，只会在晋南一带，最北不会超过现在的霍山（霍州境内）。到了太原后，见到的史迹，跟我们所学全是拧着的，搜狐救孤，在盂县，介子推烧死，是在介休，唐叔虞供在晋祠里面，晋祠的主殿，供奉的又是圣母娘娘，给人的感觉，全乱了套，跟书上的记载没有一个对得上号。

"据实究史，以真求正"，郑主编给我们定的办刊宗旨实在是太对了。

反正一会儿还要去见郑老头儿，这会儿无事，且看看玉堂的文章，改天见了玉阁教授，夸她哥哥也有说的。郑老头儿要我待会儿去，不会是谈梁玉堂的文章，他知道这么厚一大本子，不是一时半会儿能看完的，我急着看，主要还是我喜欢。

先挑感兴趣的，第三单元里打头的一篇叫《唐叔虞所封之唐在哪里》，就它了。

先说《史记》有言，"唐在河、汾之间，方百里"。要确定唐的地理位置，这是最早也是最准确的依据。将唐定位在太原，始作俑者是东汉的班固，《汉书·地理志》里说"晋阳，故《诗》唐国，周成王灭唐，封弟叔虞"。春秋时晋的北边，没有越过霍山，周成王封其弟在晋阳，绝无可能。后世也有人说古唐国在翼城的，距汾近，距河太远，对不上号。古代的涑水，也称汾，确实是沿中条山北麓而西，在中条山西端南侧注入黄河，而现在，不说汾水涑水的位置了，河在风陵渡，掉头向东，几乎是紧贴着中条山的西端流过的，河与山之间绝无"方百里"的地面，可以建一不小的公国。

这里就见出梁先生大学者的智慧了。

这一段，我看了一遍，不过瘾，还要再看一遍。

文中说，现在的黄河紧贴着中条山的西侧南流，因遭遇到华山的横向拦截，在这里画了一个九十度的弯道，掉头东去。历史时期，中条山与峨眉岭之间，也即运城盆地，尚属湖泊湿地。如果按现在的思维，因为黄河紧贴着中条山西侧流过，所以那个时候的首阳山除了南北山下少量土地以外，大致也就只是一座被称为雷首山、独头山或首阳山的山峰。其实并非如此。历史时期，首阳山和西面的黄河之间，还有一大片土地。原来，地球在无时无刻和永不停顿的自西向东的自转运动中，形成一定的平均速度和自转速度，使得南北向的黄河自然产生了一个侵蚀和切割河道东岸的力。黄河东岸的土地不断地遭受黄河侵蚀和冲刷，天长日久，河道也逐渐跟随向东偏移，以至形成现在紧贴着中条山脚下流淌的态势。但在历史时期，那里的地理格局却不是现在这样。

文中的首阳山，即中条山西端的小土山，过去的鹳雀楼即建在这个小土山上。这地方我去过，河水切割东岸的情形，也曾亲眼见过。

我是1982年考上临汾的山西师范学院历史地理系的，1984年，师院改为山西师范大学，历史地理系也分为历史与地理两个系，我留了历史系。历史系有两个老师，一个叫李孟存，一个叫李安启，都是运城那边人。四年级，我们实习的时候，李孟存老师带队去的运城，他把李安启老师也叫上去了，说李老师在那边学生多，好办事。经费充裕，我们先过河，到了西安，游览了乾陵、茂陵和法门寺。市内只参观了大雁塔和碑林，再就是去陕西师范大学拜访了两个教授，一个叫史念海，一个叫卫俊秀，都是山西人，见了我们分外亲切。卫先生是书法家，班上两个爱好书法的同学，当下就拜了师。史先生是著名的历史地理学家，请到宾馆里专门给我们开了个学术讲座。他的《河山集》第三集，出版不久，市面上还有卖的，两个李老师做主，去的人一人一本，请史先生签了名。

回来在永济住下，李孟存老师是芮城人，领上我们参观了永乐寺，还有唐代的一个小寺庙。主要项目是在永济参观了普救寺，还特意去蒲州老城看了看，西门外就是黄河滩涂。李孟存老师说，古代建州城，哪有建在黄河边上的，这是因为河水东浸，蒲州城几乎淹没。那时，黄河大铁牛刚挖出来，还盖着不让人见，文管所的所长是李安启的学生，破例让我们进去看了。

真正看到河水切割河岸，是在李安启老师的家乡万荣县的荣河镇，参观了秋风楼出来，由县文化局的人引导，开车走了几里路，到了河边一个土崖上站定，静观沟对面临河的土崖，怎么一劈子一劈子往河里塌。文化局的干部说，再这么踏上一百年，荣河镇就成了陕西的了。他的意思是，这边冲毁多少，那边就长出多少，冲陷的土地多了，荣河这片土地就归了陕西了。

有这样的经历，我相信玉堂先生对唐国的考证，是完全站得住脚的。河水的冲刷是眼见的事实，而玉堂先生能想到地球自西向东的自转，真是太聪明了。

管印务的小女孩儿推门进来，说郑主编叫你呢，哦，光顾了看好文章，差点忘了郑先生的叮嘱。

我刚起身，座机响了，伸手接起，刚喂了一声，那边说你是小杜吧，叫老牛接电话。办公电话，常叫人按了免提，老牛似乎已听出这是谁的语音，过来接过话筒。谁呢，说话这么横，我假装忘了带什么，又返回座位在抽屉里胡乱翻了几下。一时间也回味过来，那女人是薛文星的婆娘。

还真是的，电话里的声音高了三分。

"我说老牛，你咋这么缺德，这种烂事关我们老薛什么事儿，局里有分管副书记，你咋不让他去楼上找，打发到我家是什么意思！"

老牛满脸是笑，大嘴巴都快咧到腮帮子上了。

"我哪里知道是啥事体，心说是你们老家来的什么亲戚。咦，这儿还有人，怎么就是我打发到你家去的。"

"还犟嘴！那小伙子说是个老同志指点的，不是你个坏熊，还能是哪个！"

"好妹妹，我是坏熊，往后遇上这种事要问清楚，再也不敢胡乱指点了。"

挂了电话，见我还没走，朝我吐吐舌头。

出了大办公室，无意间朝楼梯口那边瞅了一眼，见副主编办公室的门半掩着，像是有人。看这情形，那个年轻人刚走开，薛文星就回来了。想着他下班回到家里，老婆不定怎么责怪呢。

郑老师叫我来，不知道是什么事。

推门进去，郑主编正笑呵呵地等着，没戴眼镜，一边笑一边揉眼睛，像是乏困了。见了他，我也不由得笑了笑。

"领导跟你谈完话了？"

"狗屁事，不知谁又在局长那儿奏了一本，说我编刊物，政治倾向有问题，经常发些颂扬国民党和阎锡山抗战的文章，领导不好直接跟我谈，让办公室主任下来跟我打个招呼，往后学习啦讨论啦，不能只布置不检查，要认认真真走过场。"

"人家肯定不是这么说的，让你一转述，就带上情绪了。"

"噫！"老头儿笑了，"一读博，果然是博的水平。"

"郑老师叫我来，有什么事儿啊？"

嘴里说着，屁股已在方才坐过的椅子上坐下来。

"什么事儿？"老头诡谲地一笑，"刚才是谈工作，你没弄混吧？"

扑哧一下，我笑了。

这是多年前，我跟郑老师的一个约定。

1992年我调到《山河志》编辑部，头三天上班，郑主编在办公室跟我说话，见他近视镜片后面的眼睛，直勾勾地盯着我，满脸的笑意，我以为我是逃出狼窝，又入了虎穴，遇上了一个跟柳林二中副校长一样的老色鬼。在柳林二中，校长是个老好人，从一个小学提上来的副校长是个有名的老色鬼，头一次跟我谈工作就动手动脚，名分上是握手，捏着我的手就不丢开，还用另一只手在我手背上蹭来蹭去，寒碜得我浑身直起鸡皮疙瘩。

后来才知道是我错看了人，郑先生真是那种好色而不淫的正人君子。时间久了，我反倒觉得，对这样的老了的好男人，我像是欠了他一份情似的。郑先生在这种事上，有一句名言最是警策，在好几个场合，他公开说，他这个年纪，早就死了花心，只是年轻时候惯下的毛病改不了。年轻时见了漂亮女人，总想撩逗撩逗，吃不上羊肉也闻闻膻腥，现在不一样了，见了漂亮女人，个个都是我妈，年轻的是年轻的我妈，年老的是年老的我妈。

有一次在他办公室，说完公事我要走，他说再坐五分钟，我问为啥要再坐一会儿。他倒也坦荡，说，方才是工作，这五分钟是他的雅兴。我笑了，说郑老师就这么爱看女人。郑先生正色言道，不能这么说，他只爱看漂亮的女人，过去他的办公室总挂着一个美女的照片，先是刘晓庆，后来是巩俐，我来了以后他就什么也不挂了，想看美女就去编辑部办公室转转，你以为是检查工作吗？很下流，就是去看活的美女。

我笑了，说我们老师跟我说过，你就好这口，看来是真的，要是只是个看，那你就看个够吧。

后来我俩约定，来他办公室谈完工作，有五分钟静默时间，欣赏美色，慰情聊胜于无。

就是不谈工作，一星期之内，总有那么三两次，我也会来主编室，跟郑老师说说闲话，聊聊天。今天他说刚才算是工作，等于说我还欠他五分钟，既已坐下，就有一搭没一搭地，跟他聊起来。

我还是有正经话的。

"刚看过梁玉堂先生的一篇文章，就是你给我的那一个本子里的，叫《唐叔虞所封之唐在哪里》，我觉得可以在咱们刊物上登一下。"

"那你就编吧！"郑老头儿说了这个话，手在脑袋上一拍，"啊，有个事，差点忘了。你是昨天前晌去的梁玉阁那儿吧！"

"是呀，怎么啦？"

"昨天后晌，玉阁教授就给我来了个电话，说有个事儿还要请我帮个忙。我问啥事，她说就是前几天，她去文史会开的那个会，我也去了，她报了个课题，叫《新时期以来（1978—2000）中国社会阶层的变动研究》。那天的会上，不是说文史会要换届选举嘛，选三百名代表，选代表就会有代表登记表，她在想，如果代表登记表上加上祖父和父亲职业一栏，不就可以看出这些家庭在新时期社会地位的变化了吗？"

他说到这儿，我已明白梁教授打电话的用意了。

"梁教授是不是让你帮忙，多准我几天假，让我去文史会活动活动。"

"你呀，总爱这么自作聪明，不等别人说完，就急着说自己的。"

"那她意思是什么？"

"她的意思是，看我能不能想个办法，让你能名正言顺地去文史会跑跑。"

啊，没想到梁教授会想得这么周到，我望着郑老师，看他能想出什么好办法。

"先前我还想着，我给那儿的吕汾阳打个电话，又一想，这话不能说透，说透了人家肯定不干。我在想，你要圆满完成任务，就得有个正当的身份。"

"我能有个什么身份呢，一个小编辑。"

"可别小看了这个身份，你没进来前我就想过了。你要做成这个事，还就得利用编辑这个身份。咱们《山河志》是核心期刊，文史研究会的那帮人都想在咱们刊物上发表东西。这样吧，赶明儿我拟个约稿函，就说我们要出个山西文史作家专号，我再给吕汾阳和吴悦台打个招呼，就说将来专号的作者以文史会人员为主，叫他俩在他们机关发动一下，这样你找谁谈事都是理直气壮的，不会让人说闲话了。"

"太感谢您老了，没想到您老这么老奸巨猾。"

我是真的感谢，只是用词上带点打趣的意思，这样的表述，也是他老人家最为喜欢的。

抬头看表，五分钟过了一点点。

"正好。"

"多了十秒。"

他心里倍儿清。

出了办公楼，手机响了，是雪姐打来的，问我下班了没有，我说正要回去，又问开没开车，我说没有。

"好！先别回去，顺着滨河东路往前走，在我们楼下等着我，让你看一样东西，还有几句要紧的话要跟你说！什么？听话！"

第 七 章

雪姐要我到楼下等着，不是她单位的办公楼，是她住的电利新苑小区的楼，她单位在长风街上，走着去就太远了。

刚到小区门口站定，雪姐就过来了，一身好打扮，鲜亮耀眼，又素净大方，像一朵含苞待放的玉兰花。站定后，我不由得赞美了一声。

"真漂亮！"

"我是打扮起来漂亮，你是天生丽质，怎么着都漂亮。"

"你说看一样东西，几句话，先把话说了。"

一见面，我就想知道她要跟我说什么话，看什么东西，我倒不在乎。她比我还精，笑了笑不搭理。

"说呀！"

"先看一样东西。"

"什么好东西，再好也不会给我。"

"前天去山大的路上，不是让你看了我的车钥匙吗，今天让你看看我的车。"

"车在哪儿？"

我随意问了一句，知道肯定在前面某个地方，步子也就迈了出去。

"慢着。"

雪姐转身，指了指前面不远处，地库的入口。

我以为看车，要下地库，便扭转身，朝那边坡道上的口子走去。我们小区的地库，就是这样的格局。雪姐拦住我，指了指院子里的一个八角亭子，初看似乎是为老年人休息用的，到了跟前，才知道是下地库的通道，有台阶，还有一部小电梯。电利新苑是新建的，果然先进了许多。

电梯出来，是一条通道，两旁全是车位，这条通道很长，直直地通到老远处的墙根。想来地上正是他们那座东西一长条，分了四个单元的住宅楼。

车不会就在跟前，那就往前走吧。

正要迈步，雪姐伸手在我胸前一拦，说有个小本事教教你。

车钥匙在她手中，胳臂朝远处一扬，说她的车在尽东头那个车位上，少说有一百米吧。说着摁了摁钥匙，那边没有响动，也不见有斜射出的灯光。这里的车，都是南北放着，解了锁前灯会闪个不停。

我心想，这回你可演砸了。

雪姐仍是笑盈盈的，看不出失手的意思。

"钥匙解锁，用的是无线射频技术，凭的是电磁效应，钥匙这么小，磁场不会大，设计效应也就五十米，远了也就七八十米。这通道在百米上，磁场覆盖不过去，再按解锁键，那边也不会有动静。"

雪姐不愧是学电气工程的，讲起这些轻声细语，又头头是道。

"往前走走不就行了。"

我觉得这就不算个事儿，别说设计效应是五十米，就是三十米又怎么啦，身子带着腿，走来走去，总有离得近的时候，不就开了。这么想着，就移动了脚步。

雪姐又拦住我，跟上次不同，这次是正好有辆车要出去，我俩朝后退了两步。

车过去了，雪姐跨前一步，叮嘱我往前看，看前面老远的地方。

"见证奇迹的时刻到了！"

说着她抬起手，将钥匙在她梳的油亮，后面还有个小髻的头发上蹭蹭，手一扬，又摁了一下。

地库很静，隐约间听见轻轻的一响，随即看见地库尽头，斜刺里亮起车灯的光，"嘟——嘟——嘟"，车也欢快地叫了起来，似乎淘气的孩子在唤着娘亲。

雪姐笑了，一面朝前走，一面解说着。

"钥匙举到脑袋上，你以为是举得高了，电磁场的覆盖范围就远了？"

我"嗯"了一下。

"不是的。"

"那是为什么呢？"

实际上，我是装疯卖傻，前些天我刚在一本杂志上看到这个"生活小窍门"，还是憨憨地问了一句。

雪姐的兴致更高了，高跟鞋敲在水泥地上，像小马驹一样欢快。

"这是有科学道理的，据一位外国科学家说，人的大脑里水占了差不多百分之八十。车钥匙一摁，就产生电磁波，在电磁场的作用下，脑子里的水就会分离为正电荷和负电荷，正电荷和负电荷在震荡的过程中，就可以把它的电磁信号逐步放大，这个范围可以达到五十米至一百米左右。"

"啊，是这么回事。"

我知道我娇憨的神态非常可爱，这样的神态配上这样的话语，谁听了都会非常受用。这个傻，还要装下去。

"谁教给你的？"

又来了这么一句，雪姐好生得意。

"我们老总把这辆车交给我时，就在这儿给我演示了一下。"

不知道为什么，我忽然想到，在这幽暗的地库里，他们老总在做完这个示范动作后，还做些别的动作，才将钥匙塞到雪姐的手里。

这个话，我自然不肯说。

上了车，顺着通道往前走，又来到方才出电梯的地方，往左一拐，上了坡道，又拐了个弯儿，眼睛一亮，前面已是滨河东路了。

要上滨河东路，得拐到辅路上，将拐未拐之际，我看到正前方，就是隔了河道，滨河西路那边，一座高层建筑的楼顶上，赫然立着几个红红的大字：富贵华庭。

脑子一转，想起宝成带沈翠翠来家里那次，说他妹子在滨河西路上，一个叫什么花亭的小区看上一套房，看来是宝成听错了，定规是这个叫"富贵华庭"的高层住宅楼。

下了辅路，上了滨河东路。

雪佛兰·沃蓝达真是好车，过减速带只是飘了一下，一点震颤感也没有。雪姐是老司机了，很少双手握方向盘，另一只手不是掠掠头发，就是抹抹胸前，不让闲着，那个优雅劲儿，我这辈子也学不来。

我问雪姐，为何这个时候，才让我看她的车。

"先前没贴窗膜，我连开都不想开。"

"这又是为啥，大头把车给了你们部门，就等于给了你，开着就是了。"

"不贴膜，开车去了单位，有的人一看是我开着，不定会说什么闲话。"

不知哪儿起的念头，我忽然想起雪佛兰的车标。

"雪佛兰确实是好车，沃蓝达的配置绝对高档，不知为什么，我就是不喜欢雪佛兰，总觉得美国人设计这个车标带点邪味。"

"金色的十字架，斜斜的，多亮眼。"

"那是你喜欢，我看着总觉得跟女人的卫生巾似的。"

"你呀，看着厚道，刁起来没比你更刁的。"

我笑笑，想起她说的，有要紧话跟我说。

"什么要紧话，三天两头见，早些不说，憋到现在才想起说。"

话是这么说，实际上是催她快点说了，不然心里着急。

"不着急，这会儿路上没人，让我飙上一阵子，到了前面，慢了再跟你说。"

她推了一下档，我瞥了一眼，时速已达一百二十。

"太快了吧！"

"快了才过瘾。"

还要加速，我挡了一下，总算是稳住了，眨眼就过了迎泽桥。

路旁的绿化带一片翠绿，有一片桃树林，品种的关系吧，粉红的花儿开得正艳，应当说这几年的城市建设，还是大见成效的。

车速减了下来，前面有个宽些的地带，靠了路边，雪姐解下安全带，像是要跟我长谈似的。

"绒仙哪，那天萧大夫说了，要消除抑郁症，一是要专注于学业，二是要开朗性情，又听你说要多在水里泡，我就想着，有个什么法子，才能让你得到解脱。"

"是多游泳，不是在水里泡。"

"意思是一样，就是多见水嘛。"

看她的样子，像是要在这儿，好好开导我一番，我的担忧来了。

"雪姐，咱们不能停在这儿，在车里说话，叫外人看见了，还以为有人在这儿车震呢。"

"哈哈，"雪姐笑起来，"真要是车震，传出去，可有好戏看了。"

"你看，"我指指前面，"那儿一片桃林，我们去那儿走走。"

说着我就推开了身边的车门，雪姐觉得有道理，从那边下了车。

太原这个季节，最先开花的还要数这片山桃林，说是山桃林，也点缀着几株梨树。山桃树开的是粉红的花，梨树的花儿，白生生的，跟撒了白粉一般。两种花儿，交错开放，比平常见到的桃树林，还要粉红，远远看去，像是一抹朝霞，映红了路边的林带。

正走着，雪姐停了脚步，直愣愣地瞅着我，一脸怪异的神色。

"啊，绒仙，我原来以为你漂亮，可没想到你这么漂亮！"

"雪姐，你说什么呀，都这个年龄了，还说什么漂亮不漂亮。"

"唉，真叫我有舍不得的感觉！"

雪姐就算是个漂亮的女人了，可她多次说过，跟我一比，还是算不上怎样地漂亮。

这是因了什么，我还是能悟出来的。

我不算胖，脸蛋上还有点婴儿肥，看去红润润的。论丑妍，恰是古人说的，增了一分就怎么，减了一分就怎么。可这感觉，只能对着镜子自叹自赏，不能跟人说，甚至流露都不好。雪姐是我的好朋友，白，俏，就是瘦了些，可我从不说她瘦，只说自己太胖了，要减减肥。有次大概是语言缺少真诚，叫她训了一句，说瘦猪哼哼，肥猪也哼哼，你肥个啥，正好。纵然被她看穿，我仍坚持自己太胖了，要减肥，减肥的举措之一，就是少食。要少食，而我又偏爱甜食，这她是知道的，常感慨我不知珍惜自己。

同是女性，有那么几次，我总觉得雪姐对我的呵护超过了女性间的友爱，带上了一种异性的亲热，她又没有过分的举动，我也不好说她什么，只是告诫自己，要守住最后的边界。

"啊，"雪姐惊叫一声，"这儿正是我跟刘局长说的，要建雁丘的地段。"

我不明白，她怎么会有这样的感慨。

雪姐说，就是今天上午，他去园林局参加了一个会议，议题是在哪儿建雁丘，型制如何。会上，有专家说，应当建在胜利桥南一点，推测忻州来赶考的生员，乘骡车到了这儿，就要拐到进府城的路上。那么，元好问看见两雁双亡，买下垒起雁丘的地方，就该在这儿。雪姐不同意，说只要建在汾河之畔，没有超过潇汾桥就不算错，因为当时并州府的衙门，跟阳曲县的衙门在一起。现在都知道，阳曲县的衙门，就是现在山西中级人民法院的地方。这个弯拐的是硬了点，现在要考虑的是，太原作为一个旅游城市，有南移西进的趋势，雁丘作为一个新的景点，不能太靠北了。靠了北，本地人不会去，外地人连知道都不知道，对城市的发展起不了促进作用。迎泽大街是东西轴线，要让人到了迎泽桥上，能看得见才好。

"建了雁丘，附近还要建个雁阁，至少得是个三层的木结构建筑。"

她这么一说，我立马应和。

"有道理，一低一高，一圆一方，相互辉映，成为一个响亮的景点。"

能想象到，建成以后，是怎样的一个景观。

以前，雪姐也跟我说起过这位刘局长，我总觉得，这位刘局长怪神的，一个行政干部，怎么就会想到在汾河边修筑一个雁丘呢。这是金代的事，明清有没有不知道，至少民国时期没有，新中国成立后也没有，到了他手里就想到了，可见是个不俗的人物。

我问雪姐，这个刘局长究竟是个怎样的人。

"这人哪，怎么说呢，在他这一级干部里，该是个有精神追求的人。在清徐县，当到副书记了，副书记这个官职，很是微妙，有人提拔，就升上去了，没人看好，就窝在那儿了。以他的才干，是可以提为书记的，可是市里的安排是，去阳曲当县长。县上的官，书记是一把手，县长是二把手。他知道，去了阳曲，不干上三年五载，当不了书记。他是想干实事的，就跟市里说，他想做些实事，正好园林局局长调走了，一时找不到合适的人，问他愿意不愿意去。他一想，这是个做实事的官，就来了，实际上心里是不爽快的。"

"官场太复杂了。"

我轻声喟叹，好像自己是个深谙为官之道的人似的。

"刘局长这个人，不爽快是不爽快，但干起来，还是蛮有劲头的，他说，太原城市建设欠的账太多了，就让他从滨河公园做起吧！"

"太原缺少水域，这个思路倒是对的。"

"噢，忘了跟你说了，过几天要请几个专家，实地踏勘，我跟刘局长说了，到时候也要把你请上。"

"请专家就是了，我一个小编辑，来了做个什么。"

"你是史志综合局的，又编《山河志》，这是给三晋河山添彩的事，最有资格了。"

她这么一说，我也觉得有道理，可我脑子里还是惦着她叫我来时说过的，有要紧话跟我说这个事儿。

"啥要紧的话，快说呀！"

"你的事，我真的操碎了心！"

这么开了头，接下来的话，我听了还真的心碎。

她说，在医院听萧大夫说了，要治好我的抑郁病，一是专注学业，二是开朗心情。专注学业，既已选了读博，等于解决了，而如何开朗心情，她知道宝成的变心，对我造成的伤害太大了。性的郁闷，是多少女人抑郁的起因。由此便想到，我实在该放纵一下自己，至少对医治眼下的疾病是有好处的。前天在山西大学又听了梁玉阁教授的安排，要我去文史会做增添项目这件事，一下子来了灵感，觉得我去了文史会，那儿多的是文化界的名人，跟这些人有私情，不降低身份不丢人，完全可以放纵一把，做到开朗心情。

"哎呀，你说什么呀!"

"绒仙妹子，我说的是真心话，先把病治好了，别的都是次要的。"

"可治病也不能这么治呀。"

"不，什么上头得的病，就在什么上头治。我想好了一个方案，权且叫作FH计划。"

"什么什么，还有代码!"

"是呀，我们总不能叫放荡计划吧。"

"那你说说，FH是什么意思。"

"F是俘虏的意思，H是老虎的意思，就是你要降伏老虎，像景阳冈上的武松一样，将老虎擒拿过来。"

"哎呀，听起来真是太壮观了。"

"梁教授不是说了吗，下一步你要去文史会办那个增加项目的事，就从这件事上开始吧，办好了梁教授托付的事，也做成了咱们的FH计划。"

说完这些，雪姐又叹了口气。

"我的心情，也是矛盾的，一面是想把你调教成一真正享受人生的好女人，一面又舍不得你走上这条路，你走上了这条路，我跟你的情分就要减退好多，至少不能像过去在一起那么随意了。"

不知为什么，雪姐说了这个，我心里也有种悲戚的感觉。

又说到与宝成的关系上，雪姐问我，不说那些赌气的话，只说跟宝成在夜里的感觉如何。

这正是我要请教雪姐的地方，也就没了顾忌，是有些害羞，还是说了实话。

"宝成有个怪癖，只要是打骂了我，总要强迫我跟他来一场，而且劲儿特别地足。一边做一边乞求我的宽恕，常说的一句话是：看着打在我身上，实际疼在他的心上，我有多疼，他就有十倍的疼。奇怪的是，每次行完房事，我就再也不记他的仇，觉得男人跟女人就该是这样一种扯不清的关系，要不老人们怎么会说夫妻无隔夜之仇呢。"

雪姐叹了口气。

"你呀，真是个好女人，谁娶下你，谁享一辈子的福。"

"我也觉得我是个好女人，只是错进了他们渠家的门。"

雪姐不再叹息，近前一步，揽住我的腰，还把脸贴了过来，没有挨上，只是左右摆了两三下。

"绒仙，我实在是太喜欢你了，不说我自己了，我非得把你调教成一个真正的女人不可。"

我不知该说什么才好，只是羞涩地笑笑。

第 八 章

今天去文史研究会，送我们刊物的征稿公函，也是要会会这里的几个头面人物。

我换了一身素净的衣裙，让自己看起来像个本本分分的年轻女子。带着打印好、盖了公章的征稿信，觉得自己像个拿了度牒文书的游方僧，到了哪个庙里都会让挂单的。

扮了和尚该心地慈悲的，我却没有这种感觉。开车去的路上，有那么一会儿，想到雪姐为我制订的FH计划，心里由不得竟像金庸笔下的梅超风一样想着，看哪个逃得脱小女子的"九阴白骨爪"。

开的是我的奔驰GLB。出地库前特意擦了又擦，此刻迎着日光东行，坐在车里仍觉得黑亮晃眼。但愿在文史研究会院里停车时，就能遇上个要找的人，仅仅看到这么高档的私家车，也让他艳羡不已。

文史研究会这个院子，先前来过。是前年吧，他们开个什么会邀了我们郑主编，老头儿说他有事不能去，叫我去了充个数儿，实际我知道，他没什么事，只是不想来。

就是那次，几乎见全了这儿的几个头面人物。吕汾阳和吴悦台，一正一副两个会长，以前在别的场合也见过，头次见的是姜宁亭、何其愚、夏涑水、谢次陇一类的大腕学者。

今天要来，昨天晚上跟雪姐通了电话，请教该如何进行，她让我去了就找姜宁亭，我说我是带着公事去的，怎么也先该去见见吕汾阳老会长，还有主持工作，在党内也有职务的吴悦台副会长。雪姐听了大不以为然，说姜宁亭在文史会德高望重，霸道得很，他同意了，玉阁教授的事不算个事儿。又说吕汾阳是个老头子，吴悦台也五十多的人了，找他俩做什么，先把姜宁亭拿下再说。

她关心的是她的FH计划，让我先伏一虎，初战就大获全胜。

这也把我的本事看得太大了，以为只要她打打气，我就能气壮如牛，上去扑倒一个男人。也可说，她把她的本事看得太大了，不管什么样的女人，只要受了她的指点，就能轻易降服一个男人。

让我先找姜宁亭下手，也有她的道理，说这个男人的风流是有名的，容易得手，初战告捷，可提升再战的信心。

想了想，觉得还是先见吕会长和吴副会长，毕竟梁玉阁教授派给我的任务更为重要，FH计划只能捎带着进行。雪姐说姜某人德高望重，在文史会说一不二，我也觉得不靠谱，这么大个机关，怎么会让一个连副职都不是的人横行霸道。

文史研究会在东便门西头，有假山，有花坛，还有一座西式三层楼，据说新中国成立前是晋军高级将领赵承绶的私宅。老式的宅院门，已改为新式的机关门，说明来意，老传达让我开进来停在花坛东侧，还特别叮嘱，走的时候不用倒车，绕到楼前就转过来了，看着窄，那是有假山挡着，卡车都能转过来。

只有文化机关的老传达才会这么体贴，这么啰唆。

或许还有几分好色，我下车的时候，他就盯着我的胸前瞅个不够。今天怀了勾引男人的坏心，临出门前特意换了个文胸，将乳房部位垫得又高又尖，钢圈勒得我胸前一直隐隐作痛。

我问老传达吕汾阳会长的办公室在哪儿，他指指二楼带阳台的一个房间说在那儿，说的时候眼光仍不离我的胸前。又问吴悦台副会长，说也在二楼，就在吕会长的旁边，门上都有牌牌。

待我要上去了，又在身后喊，吕会长去省人大开会去了，吴会长在哩，他刚给送了报纸上去。

太热情了，差点让我忘了待会儿还要办的事。

"大爷，我还有几封征稿信，是给这儿的几个学者的，待会儿给你，你分报纸时给夹上。"

我们单位处理这类信件，都是用这个办法，想来这儿也不会两样。

"不是个事。"

老传达满口应承。

敲敲吴会长的门，里面传出的声音很是威严。

"进来！"

及至见了，谈不上多亲热，只能说也还客气。

他看征稿函的空儿，我趁机将他打量了一番。

长方脸，薄了些，或许是因为我在他办公桌的对面坐着，正对着他的脸面，如果侧面去看，后脑勺不是很平的话，也是个有分量的脑袋。这样的脸或许不应当说是薄，该说是平，所以造成平的感觉，不是颧骨不高，也不是嘴唇不厚，实在是因为鼻梁不挺，鼻尖不光不高，还朝下弯了些，再弯一些就是鹰钩鼻子了。真的成了鹰钩鼻子反倒好点，可给他的脸上增添一些凶悍之气，看去反倒有几分英俊。现在这样，说弯不弯，说挺不挺的，是有那么点儒雅的感觉，同时又觉得懦弱了些。

让我想到了他的出身之地。

前两天，曾在网上查了文史会几个头面人物的简历。

吴先生原籍是浙江宁波，不是宁波市里的，家在一个叫姜山的镇上。他曾在自传里，说到少年时求学的艰难，中学毕业，图了省钱，考上江南煤炭师范学校，毕业后分配到山西，山西又把他打发到潞安矿务局子弟学校。不甘心当猴儿王，原本就爱写作，审时度势，知道要改变命运，还要靠手中的这支笔。写散文诗歌，也写历史小品，一来二去，先调到矿务局宣传科，又调到晋东南地区宣传部。他总是江南文人的脾性不改，跟部里几个文化人合不来，又搭上了文史研究会老会长吕汾阳，调到省里来，一来就当了文史会的副会长，后来在党内也有了相应的职务。

写下这么多，在我脑子里只是一闪而过。

征稿函，悦台先生看完了，脑袋没动，脸仍平挺着，只是眼皮往上翻了翻，从镜框上面看着我。

"哦，哦，好事嘛。"

"还要请吴会长在机关发动一下。"

"哦，哦，好事嘛！"

语气重了些，目光未变，还是那么直愣愣地打量着我。只是一只手松开纸页，食指中指无名指三指并齐，在桌面上轻轻地磕着。指尖上下弹着，听不见响声，该是指肚儿弹着桌面，指甲没磕着。

这动作，显示脑子里正在思谋着什么。

仍盯着我，显然这思谋里掺和了对我的容颜的考量。

"我们这儿，这种征稿太多了，前两天北京的《史学研究》还来过呢，这种事嘛——"

"还请吴会长多多关照，我们郑主编说了，吴会长是文史学界有影响有建树的人。"

"老郑，这个人过去可看不上我们文史研究会，哎，绒仙同志是哪儿人哪？"

"柳林的。"

"柳林也出美女呀。"

"吴会长，还是关照一下嘛，最好在全省文史研究会系统发动一下，以学会的名义，把我们的征稿函转发一下。"

我知道自己的分量了，说完这些，还嗯嗯了两下，跟着身子扭了扭，这声调这动作，男人没有不喜欢的。

不是我故作娇憨，以色相诱人，这种不经意的姿态，几乎是一种本能的反应。若探究原委，非是眼前的吴会长身上的什么让我动了心，而是多年来，对来山西工作的南方人有着特殊的敬意。

这敬意最初的产生，缘于对我在师大读书时认识的一位广东籍的老师，叫黄竹三，不是我们系的，那几年学校的好教师不多，几乎是人尽其才，充分利用。黄老师是中文系的，历史地理系这边，主要的课程实际是历史，教古代史的人多，讲到元明清史，没有合适的教师，便将中文系那边教元明清文学史的黄先生拉来顶了一杠子。你别说，黄先生讲文学是好把式，讲历史也是好把式。

黄先生给我最大的感触，是个子高挑，相貌英俊。个子多高呢，那时候没有一米多少的概念，后来推测该有一米八二吧。师大的主楼还没建起，上课的教室全是平房，我们班的教室是老房子，门框更低些。每次黄先生来上课，进教室总要弯一下腰，有次忘了弯腰，差点磕着额头。

好学问，好长相，若论来山西后的遭际，让人愤懑，也让人心疼。他是中山大学名教授王季思先生的研究生，1965年毕业后分到山西，山西将他分到榆次轻工学校，"文化大革命"时期，中等学校不招生，又将他下放到乡宁县一个村子里。一待好几年，直到改革开放，山西师大（那时还叫师范学院）恢复招生，才调到临汾。

有对黄先生的同情和敬重，还得加上几分喜爱，学校出来后，凡遇上南方来山西工作的人士，我都有几分敬意。有次在史志学术会议上，我甚至说山西文化的积累，文明的提升，很大程度上是南方的文化人带来的。他们的来山西，不管是自觉自愿还是强行分配，在我看来都有一种古代人士贬谪戍边的感觉。记得当时在座的有两位南方名校分配到史志综合局的老大学生，其中一个竟激动地说，谢谢绒仙同志的同情和理解，如果当年我们局的领导也有这样的同情和理解，再苦再累也心甘情愿。

我以为这么说总是一片好心，不料有一回，竟碰了一鼻子灰。

　　《山河志》是个刊物，省城有什么文化活动，总愿意让我们也去个人，我是刊物的门面，遇上这种事，郑主编多半打发我去。有次省上给一个老画家办回顾展，我去了，先参观，后座谈。老画家是江西休宁人，辽宁美院毕业来山西的，六十多岁了，还在画山西的山山水水，最爱画的是太行山的悬崖绝壁，吕梁山的荒山秃岭。对他的画作，我是不以为然的，发言嘛，总得说好听的，于是将心里同情的那个意思说了出来，不料老画家当下翻了脸，说他是响应号召，主动要求来山西的，山西是老革命根据地，在山西几十年，他感到光荣自豪，绝没有被贬谪的感觉。我听了先是一愣，接下来连连道歉，说我觉悟不高，误解了前辈。座谈会后还有饭，这还吃个什么味？一完就溜走了。

　　吴悦台还在打量着我，该不会也跟那个画家是一路货吧，还得说几句恭维的话才好。

　　"吴会长是省城最有声望的文史专家，你得说句话，我才放心，要不回去见了郑主编没法交代。"

　　"哈哈，得让你有个交代，得让你有个交代。"

　　"能不能发个文件，把我们的征稿函转发一下？"

　　"那倒不必，开业务会时，我在会上强调一下就行了。"

　　他这么说，反让我更为敬重，若是我嗯嗯了两下，扭了扭屁股，说啥是啥，反倒让我小瞧了。先拉上关系，代表登记表上增加项目的事，暂且不谈，就在这一瞬间，我心里忽然冒出一个念头，看吴会长白净的脸面，我觉得眼前的这位，说不定又是一个黄竹三先生。

　　"听吴会长的口音，该是浙江一带的人吧！"

　　想和南方人深谈，一定要先确定他的南方人身份，再谦虚的南方人，都有一种身份上的高贵感。

　　"噢，你能听出来？山西的饭食我倒能习惯，就是说话的口音改不了。"

　　"不用改，带江浙口音的普通话听起来柔柔的，脆脆的，特别好听。听说吴会长是宁波人，那可是个好地方。"

　　"说宁波人是大致的归属，实际上，我老家在的那个地方叫姜山镇，属鄞县，是宁波的市辖县。在浙江，你说鄞县，谁都知道是什么地方，在山西就不行了。你说鄞县，这个鄞字读银，二声银，看字形读半边，不知道的都读成了谨，起初还纠正，后来嫌烦，就说是宁波的，一说都清楚，没人会误读了。"

我听了，心里暗想，是个文化人，也是个实在人。同时隐隐感觉到，只有对着我这样一个也还漂亮的年轻女子，他才会这样条分缕析，讲个清楚明白。

又说了一通南方人提升了山西文明的套话，悦台先生说，那倒是的，他初来山西，在潞安矿务局子弟学校教书，全校没有一个大学生，就他一个，实际他也不算本科生，是江南煤炭师专毕业的。

"你是江浙人，该回南方啊，浙江没煤矿，江西那边有哇。"

和敬重的人聊天，一定要往痒痒处挠。我刚才想到黄竹三，希望他能说说，跟黄竹三一样，是被强制分配到山西的。

这一招失算了，吴会长坦然一笑。

"我是新中国成立前出生的，1958年毕业，正是二十岁，学的师范，只会分到煤炭系统，想到山西是煤炭大省，分配到山西还是很兴奋的。"

不能说黄竹三了，再说黄竹三，眼前这位吴悦台先生说不定会跟那位老画家一样，教训我一通。

不是被迫，苦难还是有的。

"是高高兴兴来的，刚来那一两年，也还兴致勃勃，回去结婚，把我爱人的工作关系也转了过来。又过了一段时间，就知道你们山西人的厉害了。我爱人是学医的，安排在矿务局医院，我先教小学，后来教中学，还当了副教导主任。原先很好的同事，有人跟我疏远了，有人暗地里使绊子，还有人写匿名信告黑状。"

"不会吧，吴会长有才气，人又和善。"

我知道有才气的人，多半会遭人忌恨，何况他是双职工，挣钱多，更会的。我把这个意思说了，吴会长果然赞同。

"哈哈，你算是说对了，那时还有稿费，我又爱写文章，同事里有人气不打一处来，总想着怎么能让我栽个跟头。"

"后来呢？"

这个问句，一定要说的又娇又憨，让听的人觉得你是依偎在他怀里说的，一边说一边还喘着气。

这一招果然灵。

吴会长说，他以为矿区人员素质低，才会有这么些嫉贤妒能的人，城里会好些。晋东南地区的首府是长治市，市里有个文史研究会，原来有一批作家学者，新中国成立后这些年，陆陆续续都调到省里去了，可说叫抽空了。他找到市里管事的领导，没费多大劲儿就调了进去，还当上副会长，会长是个女的，老根据地留下的，不漂亮，也没多大本事，不知为什么将他视为眼中钉，整起来那个狠哪，好像他是个逃亡地主，从南方逃到北方，让她逮住了似的。

我说，那是吴会长年轻英俊，又不跟人家套近乎，要是套了近乎，肯定跟你亲得不行。

悦台先生笑了，说他当时确实没想到这一层，只是那个女会长相貌太凶悍，他就是想到了，也下不了手。又说，要是那个女会长有绒仙同志一半的模样，他也会动心的，不用教，也知道怎么去做。

"我要是那个会长啊，遇上吴会长这样的江南才俊，一定不肯放过。"

"唉，那时候长治市里的女干部也土得很，差不多全是农村的基层干部进了城，换了身份的。我和爱人走在街上，看的人跟看稀罕物件似的。"

"后来呢？"

"待不下去了，一次去省里开会，见了省里文史研究会的老会长，就是吕汾阳同志，说了我的难处，老会长心地最好，说小地方留不住人，来省里吧，就这样，我一家又调到太原。"

"哦，是老会长搭救了你呀。"

我这话引起了吴会长的警觉，皱皱眉头，又觉得不必跟我较真。

"不能这么说，是工作需要。我刚来那两年，这儿也是烂摊子，费了好大劲儿才理出个头绪。"

今天的谈话，出乎意料地好，我原本想的是打通关节，登记表加一项的事，下次见了再说，总是求胜心切了些，还是把想说的说了出来。我没提梁玉阁教授，只说是我自己业余做社会流动研究，觉得文史研究会要换届，代表填表时，能否在"经历"一栏里加个小注，填上父祖两代的职业及经济情况。

吴会长沉默不语，又像起初那样，目光从镜框上面打量过来，我还有意笑了笑，不是多妩媚，总是示好的意思。显然这次对我的容颜的考量，没有影响了他的理性的判断。经过这么友好的交谈，又不愿一下子峻拒，毕竟有丰富的官场经验，轻轻地将此事推了出去。

"这次换届，为了以示公正，我和吕会长都不参与具体事宜，怎么安排，具体操作，全由秘书处办理。姜宁亭同志是秘书处主任，有什么事儿情你跟他去谈谈。他在三楼办公室，你自个儿上去吧！"

应当说他的回答是得体的，我无话可说，起身告辞。

吴悦台起身相送，走到门口，还亲切地拍了拍我的肩膀。

该着找姜宁亭了。

跟吴副会长的交谈，不光沟通了感情，最重要的是获得了一个信息，此番换届组建了个秘书处，主任就是姜宁亭。雪姐说，此人在文史会德高望重，看来真的是这么回事。

三楼的景象跟二楼完全不同，二楼是欧式建筑，房间都在南侧，北侧是半人高木雕栏杆，很是敞亮。三楼像是后续的，南边也是房间，北边却是一堵砖墙连个窗户也没有。一层上二层，是中间楼梯，这儿也是中间楼梯，只是上来对着的是一面砖墙。墙上没窗，全靠两头的窗户采光，地面暗了许多。二楼的房间是木地板，过道也是木地板，三楼过道是水泥地，房间里想来也是一样。

这个三楼，想来是个加层。

还有一点让人不舒服，东头像是机关的仓库，连过道都堆满了杂物。

为了安静吧，西头一上楼，安了个双扇门，上半截玻璃，下半截木板，常推开的一扇门的玻璃上，贴着个字条，写着"请随手关门"。

我进去，顺手关上门。

史料室，民俗室，依次过去，尽西头北边，门上贴着一张白纸，写着"换届秘书处"，看来这就是姜宁亭的办公室了。

那两个处室的名字，都是长条玻璃上印着红字，伸出来挂在墙上，这个秘书处就那么一张白纸贴在门扇上，一看就是个临时机构。

进来坐下才发现，整个楼房的格局，是一个大大的U字。中间长长的一排南房，两头朝后伸了出去，各有大大的一间。东西墙上，开着窗户。

果然是水泥地面，屋里也还整洁，办公桌的摆放位置，跟吴副会长房间的摆法不同。吴副会长是大老爷坐大堂的摆法，坐东朝西，桌前一把木椅，你进来只能隔着桌子，坐在他面前，自己觉得先矮了三分。姜宁亭这儿，桌子摆在窗下，靠里的一头是文件柜，靠外的一头是把椅子，你坐在椅子上跟他说话，像老朋友对谈，要亲切得多。

"你这办公地点好，两道门，安静。"一坐下先夸了这么一句。

"嘿嘿，临时机构，凑合吧！"他倒不回避这一点。

还是跟在下边一样，将我们的征稿函递了过去，姜宁亭的路数，跟吴悦台不一样，不是先看征稿函，而是先看着我。或许在他看来，我还算漂亮吧，直勾勾地看着，嘴角还带出了笑意。

来省城这些年，对这类火辣辣的眼光，早已见惯不怪，今天离得这么近，又几乎是面对面，还是有些不自然。

先还对视着，我自信我的目光，在这种情况下，还有相当的消解力，对视上一小会儿，对方的目光便会散漫开来。

这次不灵了。

姜宁亭显然是风月场上的老手，知道如何对付我们这样的年轻女子，脸面看够了，目光往下移动，停在我的脖子上，想来他心里会泛起个旧词儿，"粉颈"。笑了笑，又往下移，我穿的是开领小西装，里面是敞口花衬衫，能感到他的目光在领口处停留片刻，刀子似的划开了胸前的纽扣。

我坐不住了，表情还绷着，心里已然慌乱，再不敢跟他对视，微微侧一下脑袋，先瞅方才进来的门口，再瞅前面不远处，房间东边的窗户，透过窗扇上的玻璃，能看到对面伸出来的那个大房间。

窗户的一侧，贴着一张红纸，上书"换届机构职能表"。

"噢，你们的换届机构都有了，叫我看看都有谁。"

我故作惊喜，说着起身，站在职能表前观看，仍能感到背后有一道肉眼的激光射了过来，背后的衣服被划开了一道细长的口子，露出跟脖颈一样粉白的皮肤。

这个表上，列出的换届领导组成员五人，组长吕汾阳，副组长吴悦台，成员三人，前两名不熟悉，第三名就是姜宁亭了。

领导组下面就是秘书处，主任是姜宁亭，还有三个组，组织组、宣传组和后勤组，组长分别是何其愚、邵新一、孙良玉。三个人里，我只知道何其愚也是个文史学者，另两位就不知道了。

"姜先生是秘书处主任，负全责呀。"

没有回身，就这么对着墙壁说了一句。

"嗯，嗯。"

他这么应承着，我知道他的目光还正忙着。

"何其愚我知道，我编过他的稿子，邵新一是做啥的。"

"天津知青，也是个学者。"

又问孙良玉，说是机关行政处的，管车辆接送，还有吃饭住宿。

"你们这机构，倒挺全乎的。"

"三百人的会，一摊子事。"

感觉背上不那么灼疼了，回到座位上，再看姜先生，眼神涣散了许多，嘴角一直浮着的笑意也消散了。他手里捏住征稿函，见我坐下，抖抖纸页。

"这种事情，你去跟《文史荟萃》何主编去说，他管稿件，联系的人也多。"

"我见他在你们秘书处，还是组织组组长呢。"

"也是他联系的人多，让他甄选参会的代表，具体事情有创联部承办。"

要是别个，可从约稿入手，先拉近关系，再相机行事。姜宁亭的情况我还了解一些，资历老，威信高，文笔不行，写起文章来，和跟人吵架似的，全是大话硬话，连个弯儿都不会拐。真不知道这样的人，怎么能混下这样的名声。

"姜先生负责换届的事儿，下一届谁的会长，能不能透露一点信息。"

要套近乎，只能挑他喜欢的事情说。

"这个嘛，按说是组织机密，不便向外人透露，你是外单位的，说一下也无妨。"

"我就知道姜先生是信任我们的。"

这种地方，本该说我的，说个我们要亲热许多。这也是我上黄竹三老师的"元明清史"课，得来的一个小常识。

黄老师的专长是明清戏剧，讲历史顺带也会讲到戏剧。他说，旧时代女性社会地位低下，在日常用语上也有体现。明清戏剧最为显著，女角说到自己，要么奴家，要么我们，就是只说自己个人，也自称我们。这叫女性的谦称。我后来看老戏，还真是这么回事。再后来看钱锺书的《围城》，孙柔嘉心里委屈，向方鸿渐发泄，也是一口一个"我们"。

从对方的表情上，能看出，我这个谦称博得了姜先生的好感。

"绒仙一看就是个懂事的女孩子，我给你透露一点，这次换届，吕汾阳的会长怕保不住了。"

"啊，真的?"

我有点故作惊讶的意思，实际也真的是个不小的惊讶。在我的感觉上，吕汾阳是山西文史界的老前辈，其地位是谁也撼不动的。

"谁接呀?"

"当然是吴悦台了。"

"这可是想不到的。"

嘴里说着想不到，实际我心里想的是，刚坐下才说了几句话，姜先生就来了句"一看就是个懂事的女孩子"，这"一看"他又咬得重了些，分明是向我传递一种特殊的信息。他是大同人，鼻音挺重的，加上或许是我心里有鬼才感到的灼热的目光，一瞬间我竟觉得他会朝我扑了过来。有了这个不祥的预感，实际也有几成，是我的抑郁症又发作了，忽然感到脸颊上一阵滚烫，由不得就伸展手掌，先是掠了一下鬓发，又移下来，在脸蛋上抚了两下。

瞥了一眼，姜先生仍跟先前一样，平静地笑着，没有发现我表情的变化，或许是发现了而不太在意。

还是该多打探一些换届的事。

"我听我们郑主编说，吕汾阳老师对山西文史事业的发展，贡献大得很，最早的文史研究会，就是他手里办起的。"

姜先生大不以为然。

"别听你们郑主编胡扯，文史研究会最初是在解放区成立的，是吕汾阳挑的头，这个不假。可你知道他们为啥要成立这么个组织吗？那是因为解放区出了两个大作家，一个叫马烽，一个叫西戎，人家成立了个文协，还有一帮子也写作又没大名气的人，就成立了个文史研究会。进了城，省里的领导全都是解放区过来的，有的还是他们的老领导，知道一个槽上拴不下两头叫驴，也就睁一只眼闭一只眼，让马烽那边成立了个文联，作家协会也在这里面。这边就让吕汾阳继续干他的文史研究会。那边省文联是全省性的，这边吕汾阳跑了几趟省上，也弄成了全省性的。真正的写作人才，全在那边，爱写作名气不大，跟文史沾点边的，全在这边，要不怎么就有上千的会员呢。"

"姜先生这么一说，我就全明白了，可我听说吕汾阳老师蛮有行政能力的。"

"有啥行政能力，就会招兵买马，笼络人心。我们前面不远，就是省文联，你看人家那阵势，再看看我们这摊场，根本没法比。都是接收下阎锡山麾下高官的私宅，人家那儿两座小洋楼，多整洁多气派。我们这儿，是阎锡山骑兵军军长赵承绶的私宅，前面有假山，旁边有花园，中间是两层的欧式楼房。吕汾阳手里，花园平了，盖了宿舍楼，欧式楼房上头又加盖了一层。把这么好的一个欧式建筑给糟蹋了。再让他干下去，这个机关非垮了不可！"

"那是得换了。"

"当初打倒了，就不该再站起来。你看看，别说把吴悦台耽搁到五十出头，还是副职，我们这些大学毕业的，四十多了，还在机关打杂。"

我问他是哪个学校出来的，姜先生苦笑了一下，说能是哪儿呢，破山大呗。

我当下就想到，那他肯定是恢复高考后，头两届考上的，有的是应届毕业的高中生，有的是叫耽搁了的老高三学生，应届生和老高三学生差下八九岁，最多的差下十一二岁。

"那姜先生肯定是老高三的，改革开放后，首届上了大学的大学生。"

姜宁亭长长叹了口气，脸色一下子变了。

"他妈的，要是就好了，现在这伙小子正得势呢！"

"那？"

我迷惑了。

"高三毕了业，回到农村，积极表现，累死累活入了党，才叫推荐上了大学，落了个名头，是工农兵学员，在政界还没什么，在学术界比狗屎还臭，他妈的，这世道变得也太快了！"

工农兵学员在学术界的处境，我是知道的，看眼前的姜先生，相貌堂堂，一表人才，不由得也动了怜悯之心。

"你们那一茬学生有的回了炉，有的干脆考硕考博，说法就不一样了。咱们省现在的科委主任，起初也是工农兵学员，后来出国留学，拿了博士，前几年还当过我们师大的校长呢。"

"一毕业就三十大几的人了，老婆孩子要养活，哪有心劲儿再去念书。"

外面像是起风了，我觉得背后凉凉的，扭头一看，是靠我这边的窗扇半开着。

咚地一响，不是很大，原先半掩着的房门磕住了。

房门一关，总让人以为是个凶兆，我瞪了一下，姜先生看出我的心思，起身朝房门走去。

"这个门扇，楼道上的那个玻璃门一开，空气对流，一抽就把房门带上了。你听！"

听见对面民俗室的房门响了一下。

见我听见了，姜先生笑了。

"民俗室这个老女人，跟长了尾巴似的，每回上楼都忘了拉上玻璃门，你上楼见了，门上贴个字条说请随手关门，那是我写的。也就是开门这一下子，待上一会儿就没事了，风大了也不行。"

姜先生过去将房门拉开，半掩着，又回来坐好。

见他这么体贴，这么细致，尤其是方才还表露出对我的一丝好感，我的心思又活泛了。按FH计划，将他拿下，眼下似乎还不到火候，玉阁教授嘱托的事，倒是该早早打个招呼，事到临头，怕就难以措手了。

"姜先生！"身子朝前倾倾，"有个事，我们要求求你哩。"

"有事只管说，看你就是个懂事的女孩子。"

我说了，想在登记表上"经历"一项里，注明父祖两辈人的职业，这话题太突然，姜先生始料不及，一时没了主意。

"经历一栏可以有，你不说我们也会有，我们会叫简历，出身学校，获得过什么奖项就够了。现在连出身都不说了，你叫人家填父祖两代人的职业，不太合适吧。"

没想到姜先生如此老于世故，我一时语塞，有些尴尬，略显慌乱之际，朝东墙那边一瞥，见了"组织组长何其愚"几个字。

"你们组织组长是何其愚，要不我跟他说说。"

我这样说，也算是一种暂缓之计，让他全否了，往后就不好再说了。

"快别找那个人，见了你会后悔的，你是不知道，那个人哪！"

"哦，我倒想听听。"

反正没有可说的了，听听他对何其愚的评价，也算是增加对文史会的了解吧，凭我的耳闻，何其愚还是个不错的人。

"听人说，何先生还是个有才的。"

"他那点儿'柴'，一把虚火就烧光了，有才无德，只能说是歪才。"

哦，这么严重？

咚地一响，房门又磕上了。

姜先生正在气头上，也是前面已解释过了，没理这回事，只管说他想说的话。

"你真的不知道这个人？他那德行，省城文化界没有人不知道的。"

对一个同事，犯得着下这么恶毒的断语吗，我心里犯起嘀咕。

"我在我们郑主编那儿见过一本书，是他送给我们郑主编的，叫《鲁迅文化视野之考察》，郑主编夸他写得好呢。"

实际上，这本书是雪姐自个儿买了给我的，当着姜先生的面，我不愿意说我真的看过何其愚的书。

"抄的，抄的，全是抄的！"

"啊，你看过？"

似乎为了说服我，姜先生放缓了口气。

"何其愚这种人的书，我是从来不看的。我们单位有个研究鲁迅的专家，叫夏涑水，看过他那本书，跟我细细谈过，说他的书是抄袭李长之

080

的书，李长之20世纪30年代就写过《鲁迅批判》，鲁迅是魏晋文章托尼思想，他把人家的研究全搬了过来。这个人缺德就缺德在，人家说托尼学说魏晋文章，是说鲁迅好的，文章高古，思想深邃，他搬过来，跟胡适相比，说这是鲁迅的短板，文章模拟前贤，思想落后时代，完全是哗众取宠，博人眼球。"

你别说，姜先生的这番滔滔之辩，还真的将我对何其愚的敬重消解了许多。夏涑水研究鲁迅，还有些名气，写过一本名为《〈呐喊〉音量探微》的书，在鲁研界广获好评。近年来，致力于河汾学派的研究，说要在山西建立新的河汾学派，顺便还研究山西地方史，对三千年文明看山西又有提升，省委宣传部的分管部长多次在会上表彰过。

姜先生对何其愚的攻击，开了头就没有停，越说越来劲儿。

"前一任书记是他的同学，不顾民意，让他当了《文史荟萃》的主编，你看他把刊物办成了什么样子，他有两个弟弟，这期发他大弟弟的小说，下期准发他二弟弟的散文，机关里人都说，把好好的一个'荟萃'，办成了个'杂烩'。还有刊物的经费，一年拨款十几万，他半年都发不出一期的稿费——"

砰！砰！

有人敲门，姜先生忙起身去开。

开了，门外站着一个黑瘦细长的中年妇女，一脸的怒容。

"我早上出门忘了带钥匙！"

听来是姜先生的夫人，姜先生忙解下腰上的钥匙串儿递过去。

那女人转身走了，咚的一声，把门甩上。

"大白天还关着门！"

这话是在楼道上说的，怒气似乎抽动了楼道上的玻璃门，这边的门扇又呼地吹开了。

"没办法，她就是这么个脾气，医院骨科的，天天见的不是少胳膊就是没腿的，再好的脾气也好不了。刚才说到哪儿啦？"

"说到何其愚的为人。"

"不说他了，不说他了，说些轻松的吧。"

这样的人还会说个轻松的，我心里暗笑。

"你跟雪姐是朋友吧，我好像记得雪姐说起过你。"

"她会说我什么呢？"

"我不说。"

"嗯，嗯，说说嘛！"

我又使出了娇憨的本事。

"老早了，她说她有个朋友，想学坏怎么也学不了坏，我光记得名字里有个仙字，刚才看了征稿函上的联系人，猜想就是你了。"

"有雪姐那句话，姜先生一定认为我是个坏女人了。"

姜宁亭连连摆手，说不会的，只是他很奇怪，如今世上怎么还会有想学坏学不坏的女人，好些女人都是不想学坏，活在这么个社会里，身不由己就变坏了。

"今天见了你这么纯洁白净的模样，又这么腼腆羞怯，才相信雪姐的话或许是真的。"

"不是或许，就是真的。"

"真的想学两手的话，你该拜我为师。"

"那雪姐就真的成了我的师姐了，好几回在我面前，都夸姜先生本事大得很，见一个爱一个，从来没有失手过。"

这样夸一个男人，听着就不像好话，姜宁亭极力否认，说这都是些污蔑不实之词，实际他这个人最讲情义，不到那个份儿上，不会动那个心，说着说着，又感慨起来。

说他们这代人的婚姻，是极为不幸的，正当男婚女嫁的年龄，遇上了时代的风暴，男女多是政治的结合，少有真正的感情基础。待到形势好转，已是人到中年，只能将就着过日子。他夫人当年在村里，是铁姑娘队的队长，天天担着担子上工地，过身子都不休息，原先还水灵灵的一个女孩子，硬是累得吐了血，成了这么干瘦的模样。唯一的好处是改变了命运。同一年，他推荐上了山西大学，那时还没有结婚，只能叫对象，他这个对象推荐上了山西医学院。

又说，他有个大姨子，就是他夫人的姐姐，现在还在农村，前几年穷得很，全靠他两口子接济，这几年儿子出去打工，才缓过劲儿来。

说起这些，姜先生一脸的悲怆。

我说，雪君跟我说起过你，很是敬重。

"杨雪君不是敬重我，是同情我。"

"你这么高大英俊，我相信雪姐是真心喜欢你。"

"她真心不真心我不知道，不过她有次说的一句话，却让我高兴了好长时间。"

"什么话呢，我想听听。"

我知道一定是一句什么稀奇的话，才会让姜先生说的时候，带上那么自负的表情。

“没到那个份上，不能给你说。”

“我不是说了嘛，雪姐真的成了我的师姐了。”

他还在犹豫着，真正是欲言又难止的那种模样，我嗯嗯了两下，又扭扭身子，似嗔不嗔地噘噘嘴，姜先生心里最后一层薄冰融化了。

“这话倒不是我俩单独在一起的时候说的，有一次在江南饭店吃饭，小包间四五个人喝了茅台，都喝高了，有个女朋友说我正直，敢批评邪恶，很有几分像鲁迅先生，雪姐说净胡扯，姜先生是疾恶如仇，可鲁迅有姜先生这么帅吗！她觉得我像另外一个文化名人，不说了，不说了。”

姜先生要打住，我不依了，说他这叫吊胃口，简直就是吊膀子，要是不说，我出去要说他的坏话了。

他只是卖了个关子，我这里刚说罢，他就顺顺溜溜地说下去了。

“雪姐说了那个话，觉得稀奇的不光是我，跟前的三四个人也都催着雪姐往下说，说清楚我究竟像哪个文化名人。雪姐没办法，只好说了，说她觉得我最像的是胡适。为什么这么说呢，这理由可就谁也没有想到。她说，胡适娶了个缠过脚的小脚女人，人们就把他夸了又夸，多么忠贞，多么高尚。我媳妇又高又黑又瘦，跟个干柴棍儿似的，还不是一直守到如今，生下两个儿子，要说夫妻不般配，就见出品质的高尚，她觉得我姜宁亭不是比得上胡适，而是超过了胡适。”

这么回事呀，我暗暗地松了一口气。

看出我已是一副受了感动的样子，姜先生的语气缓和了许多。

“时日还长，往后多交往，你就知道我是个什么人了。”

该走了，我起身告辞。

“再坐坐嘛!”

姜宁亭起身相拦，伸过来的手臂，像是要拦住我的去路，又像是要攥住我的胳膊，我伸手挡开，微微一笑。

“姜先生别急嘛，等我跟上雪姐好好修炼，功德圆满了，总有雪融冰消的那一天。”

“好，要的就是这句话。”

姜宁亭让开身子，我急匆匆地出了房门，过楼道上的玻璃门时，还不忘拉开再推上。下楼梯的空儿，看看手表，十一点半出来的，正是时候。

传达室的大爷在传达室门口站着，见我出了楼，堆起笑脸打招呼。

"你不是说有啥东西要夹在报纸里吗？"

哦，想起来了，是给几个名家的征稿函，他要不提醒我还就真的忘了。

进到传达室里头，从挎包里取出一沓信件，一件一件往老师傅跟前推过去，嘴里念着名字。

"何其愚——谢次陇——夏涑水——黎之诚——邵新一。就这几个，大爷分报时给夹上。"

"已过了分报的时间，要夹上得到明天上午了。

大爷在一旁收拢起来，说有两个的报纸还没拿，他这就夹上。

退回院里，一面往过走，一面摁了钥匙给车解了锁，大爷怕我磕着碰着，跟出来绕到假山那边，打着手势给我指路。

来的时候，叮嘱我如何停车，我老疑心这大爷在盯着我的胸脯，这会儿才发现这个大爷是个斜眼儿，从哪个方向看，都觉得他在不怀好意地盯着你的胸前。

要出机关大门了，摁了三下喇叭，大爷听来该是"谢谢你"，我心里想到的则是"错怪你"。

路上想得最多的，不是此番走动的成败，甚至不是吴悦台、姜宁亭这两个男人如何，挥之不去的，反是姜夫人那瘦高的身影。年轻时，她当"铁姑娘"累坏了身体，如今是二院的大夫，但是跟那个与她年龄相仿、一直待在农村的姐姐相比，她这样的人生沉浮，又有多少成功可言？

又想明天是不是来文史研究会见一见老会长吕汾阳，还有夏涑水、谢次陇，也该见一见。复念，还是过几天吧，眼下的关键，是拿下姜宁亭，在代表履历上加上父祖职业这个内容。

刚过了迎泽街，手机响了，宝成来的，拿起摁了一下，那边知道是在听着。

"前几天跟你说过，爸和妈要去河北阜平，今天下午坐班车去太原，估计到了怎么也在八点，你去汽车站接一下，住上一晚上，明天晚上，送他们上火车。到了石家庄，阜平怎么去他们知道。"

"噢。"

"听见了吗？"

"这么大的声，还能听不见。"

第 九 章

应承起来，待理不理的，做起来还得认真。

汽车不比火车，宁可早点，不敢晚了。

那几年西站还没建起，柳林那边来的车，都是到迎泽东街的老站下客。是不太远，说是八点，怎么也要七点四十到了，在出站口等着。

估计回来早不了，我要睿睿吃过饭，早点做完作业早点睡，不要等我。

汽车晚点，九点才到，回到家差一刻就十点了。

将公婆领进门，我让他俩先歇会儿，洗把脸，我将车子送进车库就回来。待我回来，老两口洗漱已过，公公坐在长沙发中间抽烟，婆婆在单人沙发上坐着，正在看一个纸片，见我过来，扬了扬手里的小纸片。

"你看睿睿这孩子多懂事，知道我们来了会在沙发上坐，写了封信，拿烟灰缸压住一个角角。"

公公也开了腔，说他洗过脸，坐下要抽烟，点着吸了一口，要弹烟灰了，往烟灰缸边边上一碰，见压着个纸片片，心说是绒仙的什么，也就没管，再一瞥，见纸片片下面写着孙女睿睿，猜想是睿睿写给爷爷奶奶的，这才看了，他看了又让奶奶看看。一面弹烟灰，一面直夸睿睿是个好孩子，才上初中二年级就这么懂事，字句不多，但文理通顺，语文好，别的功课也差不了。

我能想象出睿睿会写些什么，不外是说爷爷奶奶来了，她很高兴，明天还要上学，不早了她要去睡觉，祝爷爷奶奶晚安。这孩子学习不是很好，但乖巧，嘴甜，就这一样叫人喜欢。

奶奶手里的纸片，还在举着，以为她夸了，我会接过去看看，我不想往她跟前走，斜里过去，系上围裙，要进厨房。见我要做饭，公公说来的路上，在车上吃了，问吃了什么，说跟婆婆两个，掰了一个油酥饼子。

"那叫压压饥，颠了一路，到了家里，该吃点热乎的。"

"那就简单点，有碗热汤就行了。"

婆婆这么一说，等于是认可了。

离家前已做了准备。一盘六味斋的酱肉已切好，在冰箱里搁着；素菜是海米炒油菜，油菜已切好，码在盘子里；主食是晋南火烧，烤箱里热一下就行了。要做的是鸡蛋挂面，这一向南城区新接上煤气管道，气压不稳，火苗忽大忽小，最怕的是正做着断了气。还好，轻轻一扭，火苗就蹿起来了。

端上饭菜，请公婆入座。

我不吃，也不离开，在下位坐着，陪老人说说话。

两人像是饿了，吃得很香，油菜海米不怎么感兴趣，六味斋的酱肉最对胃口，一会儿就下去半盘子。吃得差不多了，这才腾出嘴来说话。

"嗯嗯，这回跟你妈，去阜平转转，说是宝成的大舅过生日，只是个由头。嗯嗯，快清明了，实际是你妈想回一趟老家，给他们老宋家的先人上个坟，烧个纸。你妈不容易，为了这个家操碎了心，别看这么胖，身子虚得很。"

这本是夸人的话，婆婆听了并不受用。

"我们家是贫农，嫁到你们渠家那些年，受苦不是个事，受欺负才是大事。这些年好了，你跟你儿子，只管在外面挣钱，家里什么事都不管，油瓶子倒了也不会扶一下。"

公公只是嘿嘿地笑，不接这个茬儿。他碗里的挂面捞光了，只剩下半碗清汤，我端起，进厨房给他添上些面，又加了些热汤。

餐厅到厨房要拐一个直角，看不见人，说话听得清清楚楚。

婆婆："该说的话，就说了。"

公公："急个甚，慢慢说嘛。"

双手递过碗，又将六味斋的酱肉盘子朝婆婆那边推了推。

"你妈说的是实话，她过门的时候，我这个富农子弟还在村里担稀茅粪，她过了门，运气才变了。镇上让我到一个山圪崂村子教书，连民办教员都不是，叫工分加补贴，三十个工外加六块钱的补贴，嗯嗯，这么着日子才好过些。"

公公不愧是教过书的，会写文章，这一笔搭得可够远。

渠家的发家史，这些年我听得都快反了胃。公公若接下去说，会说他教书教得好，公社发展社办企业，让他当了社办企业的会计。他的算盘打得好，那年头看一个人是不是经营人才，全看你算盘打得怎样。当了社办企业的会计，是渠家发家的第一步，后来是承包煤窑，再后来就是自家新开了两个窑口，成了柳林县孟门镇上头号煤老板。

这是最荣耀的版本。

还有一个不太荣耀的，也不怎么丢人的版本是，他在镇上上初中的时候，小小年纪跟班上一个女生谈恋爱。那时柳林没有高中，初中毕业，除了极为优秀的，全都各回各家。转眼到了男婚女嫁的年龄，他曾特意到女方家去求婚，女同学家在黄河边上一个小山村，找见了，女同学也还念旧情，无奈爹妈死活不同意，用女同学她妈的说法是，谁家雪白的袜子往泥里捺。一听就知道女同学家是贫农，嫌渠家的成分高，是富农。吃了闭门羹，等于头上挨了一闷砖，蔫蔫地往回走，旁边就是黄河，连死的心都有。料不到的是，女同学从后边追了上来，拉住他就上了旁边山峁上的一个圈过羊的土窑里，说她嫁不了他，要把身子给了他。后面的事是，这女同学嫁给村里一个小伙子，小伙子出身好，表现好，提了干，先在县上，没几年就来孟门当上了公社主任。不晓得那女同学背后使了什么劲儿，公社主任很快便发现教小学的渠百堂老师是个人才，调到公社企业办当了补贴制干部，一个月干薪三十元。没多久，女同学曾以身相许的事传开了，人们不说那女同学如何风流，也不说渠百堂如何幸运，只打趣他跟公社书记是连襟，等于是把那个女的分成了两个人，一个是公社主任的，一个是渠百堂的。

后来看了《围城》，才知道钱锺书先生还有个说法，叫"同情兄"，意思是两个人钟情同一个女人。钱先生说的是恋情阶段，像公公和公社主任，是睡过同一个女人，还是叫连襟恰当些。

两个版本，比较而言，我更愿意相信这第二个版本。

这个版本，最初是听一个本家嫂子说的。那是我跟宝成结婚的第二年，还没有调到省城，还在柳林第二中学当历史教员。

本家嫂子跟我说公公这事的时候，一脸鄙夷的神情，好像多丢人似的，我听了一点也不反感，反而觉得公公那个女同学很了不起，是个有情有义的好女人。同时觉得，出身不好的公公，在那个年代有这样的艳遇，也不枉了那段青春年华。我嫁过来的时候，公公才四十五岁，除了腰板不是多么直以外，整个人精精神神的，跟个小伙子似的，只是眼睛近视，戴的又是老式眼镜，让人觉得不好接近。再就是不知怎么一下，就长长地叹口气，像是心里憋着多少冤屈似的。

我嘴上不会说，实际上心里是敬重我这个公公的。后来看过一个日本女作家写的一本小说，书里写的是大学里的事，说是一个年轻的女助教，跟一位老教授的儿子结了婚，丈夫不是多么优秀，而婚姻还维持着，实际她的心里，一直爱着的是她的公公。看这本书的时候，我已调到《山河志》编辑部，有时夜里还梦见我跟公公在一起，我就是那个日本高校里的年轻女助教。

这感觉真好，让我改变了这个臆想的，是这十年间发生的几件事。

哦，忘了说了，我给公公准备了酒，是他喜欢的竹叶青，下酒菜除了酱肉，再就是半碟油炸花生米，还是宝成上次回来吃剩下的。

公公抿了口酒，长长地唉了一声。

"想说啥就利利索索地说，甭跟狗见了棍儿似的，唉个啥味气！"

婆婆的眉眼一下子就变了，恶声恶气地扔过来一句，跟砖头块子似的。

我后来断了对公公的臆想，主要的是，这个男人让老婆攥在手心里，空有男人的体格，没有男人的魂魄。

要是受制于一个漂亮女人，也能说得过去，可这个女人一点漂亮也谈不上。只能说也还高大，可女人高大了，看去就粗糙了，白点还遮丑，而她黑不溜秋的，还一脸的不公道，尤其那一双吊梢眼，一看就不是个省油的灯。

公公先是在公社企业办，公社改乡镇后，企业办撤销，他自己承包了一个公家的煤窑，该说是集体企业吧。赶上煤炭价格放开，也是经营有方，发了大财，又乘势开了两个口子，一下子成了孟门镇上出了名的企业家。村里好些人都惊奇，说渠老师，好久了人们还叫他渠老师，是个文化人，会念书，会教书，没想到还会开煤窑。有人夸赞就有人糟践，糟践他的说法里，最恶劣的是村里一个叫贫嘴的吹鼓手说的，说不看人家渠老师娶的是啥婆娘，黑不溜秋地跟个炭堆子似的，渠老师天天黑夜下煤窑，早就是老窑工了，只怪咱们有眼不识泰山。

贫嘴的嘴，"忽悠"起来跟风箱似的，没几天公公就有了"老窑工"这么个难听的外号。

心里这么想着，听了婆婆那句"想说啥就利利索索地说"，知道公公该开口了。

这个没出息的男人，比喂熟了的狗还听话。

毕竟是个有文化的人，先嗯嗯了两下，接着开了口，这一笔搭得不算远，也不能说多近，一开始我以为他还是在扯闲篇。

"邓小平南方谈话以后，煤炭经济好了几年，这两年又不行了。"

这是个引子，我静静地听着，且看他往哪儿引。

"那几年多好，买煤炭的人来了，一捆子一捆子提着钱，连数都不用数，拿个尺子量一下高低，就知道是十万还是八万。你上大学时，已经跟宝成恋爱上了，我们是把你当作女儿待承的。1978年正月里结婚，那场面十里八村都没见过，乐人请了三班，天天晚上吹到半夜，还请县里的剧团唱了一晚上的戏。"

我最不爱听的就是这号话，这么些年，只要一说这号话，准没好事。

他说的倒没错，原打算稳扎稳打，把接手的煤窑办好，挣几个良心钱。时势比人强，旧窑刚刚完成技术改造，新窑眼看就要出煤，煤炭价格一下子暴涨，原先几百块一吨，一觉醒来就上了千，以为止住了，仍噌噌地往上涨。渠家一下子发了家，发得让人措手不及，让人提心吊胆。好在柳林是山西煤炭大县，横着发财的，不是他姓渠的一家，始而惭焉，久而安焉。再后来，就只剩下炫耀了。

说他像女儿一样待承我，这话也对，也不对。

得承认，我们家的家境确实不能算好。

我是随了母亲，从北京回到山西，原打算回河津老家，投奔我的一个大伯。到了太原，从一个同乡处，得知大伯在前两年的武斗中，被打死了。母亲一时没了主意，正好她的一个在太原工作的女同学，是柳林的，说柳林中学有个杜仕铎老师妻子过世两三年，跟前孩子多，想续弦，母亲也就应了这门亲事，带着我来到了柳林。我才两岁，原来姓许，上户口时就改为姓杜。养父的前妻，留下四个孩子，最大的才上初中。我妈过来，又生一个孩子，还是个女的。一家八口，全靠继父那点薪资，日子的艰辛，可想而知。

跟宝成恋爱，是在高中二年级。凭良心说，并不是我看上他家的钱财，是我很少跟男孩儿接触，他一示好，我自个儿就神魂颠倒，直到他亲了我一口，才知道这就算恋爱了。

宝成领我到他家里去过一次，回来说他爸他妈也都喜欢，从此以后我跟宝成的恋爱关系就确定下来，我们那儿的说法是，没过门的媳妇。

从此以后，我在学校的所有开销，宝成家全包了，临毕业那年春节，我去他家拜年，宝成爹一次就给了我五百元。宝成的妹子宝珍，那时还小，公公说这是压岁钱，宝珍五百，你也五百，你就是我家的一个闺女。

让我警觉到我不是渠家闺女，甚至连渠家媳妇都不是的，是1982年我和宝成在县城中学毕了业，我考上临汾师范学院史地系，宝成也报的师院，却没有考上。宝成不愿意复习，嫌丢人，觉得跟上他爸经营家庭企业就挺好。他爸火了，训斥他说，绒仙是咱家供养起来的小媳妇，她上了大学，你上不了，她毕了业拿了事还不把你蹬了。这话是宝成第二年考上山西财贸学校，在太原见了面，一时高兴亲口说给我的。

供养起来的小媳妇，还不就是童养媳嘛！

此时我才醒过来，这么多年，我不是渠家的闺女，不是渠家未过门的媳妇，只是渠家的童养媳。

"那几年多好。"从公公嘴里说出来，还只能说是个引导，我静静地听着，心里却是恶狠狠地念叨着，看你还能放个啥臭屁！

果然比方才臭了些。

"我们老渠家是大户人家，祖上做生意，做到库伦，哦，恰克图，先是贩运城的潞盐，后来又贩湖南的黑茶。到了民国，家道衰落了，可瘦死的骆驼比马大，土改时还有一百多亩好地，要不怎么定成富农呢，唉，大有大的难处，这两年手头不宽裕了。"

我最为反感的，就是这套说辞，什么大户人家，先前我还信这号鬼话，后来到了太原，单位组织去祁县乔家大院参观，才悟出公公这套祖上的光荣史，全是从乔家祖上发家史套过来的，基本上原封不动，只是说到贩盐时，祁县乔家只说贩盐，他说成运城的潞盐。真的祖上发过大财，能祖祖辈辈住在黄河边上孟门这么个小地方。在山西，谁不知道有句俗谚，"有钱的住在郡府州县，没钱的住在黄河两岸"。

吹他是大户人家还则罢了，最可恼的是，说起我们家，有那么两次，竟说我们家是小家，头一次不是说我，是说到本村一个媳妇多么抠掐，一脸不屑地说："小家出来的，都是这个德行！"当时过门不久，也就没有多想，明明说的两家旁人嘛，何必往自家身上拉扯。第二次，也好多年了，我跟宝成在一起的时日长了，难免会拌拌口舌。在老家，我们跟公婆，住在一个单片子楼上，就是那种一面有房间的住宅楼，中间是楼梯，他们住西头，我们住东头。有一次我俩吵架，宝成生了气，躲到他父母房间抽烟去了。小两口斗气，当老人的该劝解才是，可我听见那头公公的说话声，像是问为什么，宝成说什么，瓮声瓮气地听不清，忽听见公公提高了嗓门训斥儿子："那种小家出来的女孩子，再上学也改不了根子上的穷气。"

我本来是跟丈夫撒娇，嫌他不疼我，叫公公这么一说，我这小家出来的女人，一辈子别想在他渠家有出头之日了。

当下就趴在床上呜呜地哭了。

如今，经过十三四年婚后的磨砺，渠家老小再难听的话也不会伤心了。

公公小气成性，又爱说大话，这上头有时他还不如婆婆。记得那年我考上师院，第二年宝成考上太原机械专科学校，暑假在柳林，我去孟门看望宝成的父母。吃饭时说起我和宝成上学的花销，公公说，绒仙在临汾，小地方，花销小，一个月二百就够了，宝成在太原，大地方，男孩子紧慢有个应酬，花销大，一个月三百吧。我听了不作声，婆婆不依了，说公公，你净胡说哩，女娃家总要买点化妆品，比男娃还费钱，别鬼胎了，三百就三百，咱家又不缺那几个钱。

唉，都是过去的事了，今天的情势看来比以往严重得多。

公公还在东一榔头西一棒子地"引导"着，只是越走越近了。

"当初买这房时，你和宝成都还没有积蓄，全是我给付的款，现在要再买这么一套房，我可付不起了。"

眼看近了，又跳开了，婆婆的气上来了，筷子往桌上一扔。

"嘴上塞了棉花套子，没一点利索劲儿，绒仙不是外人，该咋说就咋说，还怕了谁吗！"

借了婆婆的胆气，公公这才把话挑明。

"宝珍在离石窝着，不畅快，他哥正给她往省里办。她的事办成了，小冯是搞营销的，公司总部就在太原，甚时候回来都便当。他们回来了，我和你妈，总得给娃安个窝吧，这就不能不在现有的房子上想办法了。"

公公说的小冯，叫冯世昌，是宝珍的丈夫，在一家药企做营销，是吕梁那边的主管。

"你是说让宝珍两口子住在我这儿？"

这个主意太可怕了，想一下都不寒而栗。

"哪能呢，得另想办法，怎么着也得有个他们自己的住处哇。"

公公猥猥琐琐，婆婆看不下去了，挺身而出，大加斥责，说了他们的雄才大略。

"看你那眉眼，见了绒仙说话，舌头就短了半截，叫狗咬了一样，来时说得好好的，到了这儿就口齿不清了。"

婆婆说罢，面朝了我，吧嗒吧嗒说了个清楚明白。

"绒仙，是这么着，一儿一女，不能偏着谁向着谁。要是手头宽裕，在太原给宝珍买上一套房子算个屁。不宽裕就得说不宽裕的话，你这套房子当初是我们给你和宝成买下的，全款一次付清，你们一分钱的月供也没出，当初多少不说了，上下三层二百平方米，一平方米一万算，少说也值二百万，卖了你跟宝珍，一家一百万，再各买各的房，不是公公道道吗？"

我听了，一时都气蒙了，说不出话来。

"还有呢，"又补了一句，"宝珍在滨河西路上看了一套房子，像是亮得很，叫什么花亭，我们只给她一百万，不够了他们自个儿想办法。"

"不是房子叫花亭，是那个小区叫富贵华庭，离丽华苑不远。"

公公将功补过，纠正了婆婆的想象。

"你有了，她也有了，这么一说你就清楚了吧！"

婆婆不理这一套，要的是交代个清楚明白。

是听清楚了，可我不用想，也知道这是在坑我。当初买房子，我是没掏过钱，可这是我调太原时，你们家给我和宝成买的，户口本上都写的是宝成的名字，相当于我们的婚房。现在一句话，就要由你们处置，一刀子下去就把一半劈给了你们的宝贝女儿。

不能动怒，我深深地吸了一口气，缓缓呼出，让自己的情绪平静下来。

不说，不是怕他们，是怕我一开口，控制不住情绪，说出难听的话。

公公已看出我心底的怒涛翻涌，怕一家人当下撕破脸无法收拾，又哼哼哈哈地装起老好人。

"嗯嗯，我们来的时候，听宝成说河西的富贵华庭，是个高档小区，房子敞亮，价格也不算太高，这儿卖了，你两口子跟宝珍两口子，一家在那边买上一套。我们来了，看你们也方便，不用远走。嗯嗯，我们这么做，这也是没办法的办法，绒仙你也别多想，有话慢慢说。"

"紧着说，慢着说，都是一样，我老两口的房子，一儿一女，谁都不偏向。"

婆婆仍是一副霸蛮的语气。

我不说话，只能抿紧嘴唇，盯着婆婆那张不要脸的黄脸。

婆婆在这个家里的威势，跟宝成恋爱那几年，还不怎么感觉到，就是婚后有了睿睿那些年，也没觉得她有多么可恶。时不时还觉得，在那个年代，丈夫懦弱，还就得这么个强悍的女人，才撑得起门楼子。这几年，越来越发觉，这女人真是个不讲理的母老虎。

墙上的挂钟已指向十一点，婆婆还要说什么，我一句话就顶了回去。

"这事要等你儿子回来说才顶事，不早了，你们上去休息吧。"

"休息吧，改天宝成回来，让人家小两口过了话再说。"

公公说着站了起来，婆婆似乎心有不甘，可也不好再说什么，两人相跟着朝楼梯口走去。

往常来了，他们都住三楼的客房，我已铺好床单，换了一床拆洗过的被子。

"楼梯陡，你们小个心，我收拾了桌子就上去，给你们端盆洗脚水。"

等我端了洗脚水，上到二楼，眼前的景象让我大吃一惊，爸妈并未上三楼的客房，而是进了我的卧室，坐在床沿上正在脱袜子。

我的火气一下子就上来了，真想将洗脚水泼在地上，又一想，将洗脚水盆子往地上一搁，跨前一步在房门口站定了。

"楼上的房子都收拾好了，你们怎么不上去？"

"这是我们掏钱买的房子，我们来了还不该住正屋！"

婆婆瞥了我一眼，一脸的不屑。公公站了起来，一脸的无奈，像是打圆场又像是赔不是，喃喃地说："你妈这一向腿不好，上三楼不方便，就一晚上，还是在这儿吧！"

"我腿好着！"婆婆一点也不买丈夫的账，"我的房子，我想住哪儿住哪儿，三楼我能住，你就不能住？"

唉，真是遇上恶鬼了！

公公原地转了一圈，手足无措，伸手扯扯婆婆的衣襟，似乎说了句"咱就上去吧"，婆婆胳臂一甩，拨开老头子的手，腿往上一提，屁股随即一扭，展开腿坐在床上。

真的没办法了吗？我也是急中生智，转身弯腰，端起原先放在小茶几前面的水盆，这是让他们洗脚的，成了这阵势，还是我洗吧！

端着水盆进了房间，靠小卫生间那边宽些，原本就放着个粉色的塑料矮凳，就是我平日洗脚用的。脸朝南坐下，伸手试了试水烫不烫，抬脚脱了袜子，挽起裤子，露出雪白的小腿，将脚丫子伸进盆里。

我的这一举动，一下子把老两口镇住了，婆婆当下也想不出厉害的话，嘴角哆嗦着，说什么又想不出词儿来。公公一反常态，像是被激怒了，刚才还有向着我的意思，一见我如此放肆，也火了。

"这成了甚摊场！"说罢，过去拉起婆婆，"走，我们走！"

"去哪儿啊，我不去！"

"小区对面就是酒店，我们住店去！"

婆婆趿上拖鞋，老两口气咻咻地下了楼。

是不是过分了？我由不得自省，还是拦回来，就让他们在这间住吧，这么想着，我也顾不得擦脚，湿漉漉地就趿上拖鞋下了楼。他们来时带的拉杆箱已不见了，腿脚倒挺利索的，我哼了一声，急忙朝门口走去。

迟了。这个小区自从建起众多的会所以后，前半夜热闹异常，私家车扎堆停放，出租车往来不断。要业主的车夜晚必须入地库，就是为了给这两类车行方便。我刚推开大门，就见一辆出租车开了过来，司机正下了车，接过公公手里的拉杆箱，往后备厢里搁。定然是刚送客人到前排的会所用餐，不用掉头，后退几步就接了这么个买卖。

拉杆箱都放上去了，怎么上去拦，又该说什么话，我一时愣住了不知怎么是好。

走就走吧，谁还怕谁，我也是赌了气。

及至公婆都上了车，不知哪根筋抽的，我竟举起胳膊招招手，不是五指伸展招的，是平日跟闺蜜分手时的那种，五指蜷曲着，像猫爪子挠痒痒那样挠了挠。在我几乎是一种习惯性动作，想到公婆见了，定然以为是羞辱他们。匆遽中，似乎看见婆婆怒目圆睁，黑地里都能看到怒光闪闪（或许是前面会所墙上的霓虹灯映的），公公一直紧抿着嘴，终于从牙缝里挤出两个压瘪了的字："小家子！"

或许是我的想象吧，但这映象，一直在我眼前晃动。

回到楼上，睿睿光脚站在她卧室门口，扑了过来，哭着说，爷爷奶奶怎么这么厉害。我问孩子，我跟爷爷奶奶的争执，你都听见了。睿睿点点头说，她没睡，听见外面响声大，站在门口什么都听见了。

"没什么。"我安慰孩子。

"他们这不是要赶走我们吗？"

"不会的，还有爸爸跟我们在一起。"

哄孩子睡下，过到我这边，洗了脚刚刚上了床，宝成的电话来了。他倒还顾忌孩子，先问睿睿睡了没有，我刚说睡了，他的嗓子就变了。

"你把咱爸咱妈赶走了，一晚上都不叫住！"

我尽量压住火气。

"往常来了，也在楼上住，今天硬是要在我这边睡，我不让，他们就走了，我有什么办法。"

"他们想睡哪儿就睡哪儿，这是他们掏钱买的房子!"

"明明是我调省上工作，你也来了，给咱们买的房子嘛。"

宝成忽然提高了嗓门。

"我说是啥就是啥!"

我的气也上来了。

"你们家人都这么不讲理呀!"

那边宝成静默了一会儿，呼呼地喘着，像是在调整情绪。我以为我这么一说，他会有所醒悟，说上两句安抚的话，不料电话里炸雷似的响了一声："我看你是皮紧了!"

第 十 章

心情不好，想着近期不去文史会了，叫梁玉阁教授训了一通，知道不是要去，是要赶紧去。

见玉阁教授，是她叫我去的，告诉我专业考试通过了，名单已报上去，还要过一关，需校学术委员会通过。还告诉我，这不是个事，多少年了，她报上去的研究生名额、博士生名额，从来没叫卡过。说完这些，又说她申报的专题，跟北京的几个专家谈了，都说好。近年来，文学创作和史学研究兴盛，选一个省的文史人才作"社会阶层升降"的数字依据，得出线性模型，更是眼光独具，好上加好。之后就问我，代表登记表上加一项的事，办得怎么样了。

我说去了文史会，见过吴悦台、姜宁亭二人，眼下还有相当的难度。吴悦台她认识，知道是副会长，姜宁亭她不熟悉，问是做什么的，我说原先是专职研究员，现在是换届秘书处的主任。玉阁教授说，这个人你要紧紧抓住，登记表上肯定有"经历"，在"经历"栏加一个内容是能说得过去的。

"你这么能干，这么个小事还办不了吗？"

她这么一说，这文史研究会就不能不赶紧去了。

这只能说是不得不去，硬着头皮也得去，还要办得成。

增加了我去的兴致的，是郑伯笃主编的几句话。

郑主编喜欢我，着意培养我，这我心里清清楚楚，也算是恃宠而骄吧，有时也在老头子面前耍点小脾气。是从山西大学回来的第二天，去了单位刚坐下，郑老头儿过来了，问我梁玉堂那本书里，还有没有通俗一点的文章，我也不知哪儿来的一股子气，将梁的那个印本朝他面前一推，冷冷地给了一句："他就不是个通俗的人，你算是找错了人。"老头儿不恼，说我这是生的哪门子气，我也不客气，说了去文史会感觉到的厌烦，说了玉阁教授隐含的批评。老头儿笑了笑说，真是个傻妞儿，摊上这么好的事，不知珍惜还要撂挑子。

还说，他常说的一个观点，到用的时候我反给忘了。

"研究历史，要秉持一个观念，历史是古代的社会，现今的社会就是将来的历史。中西攸同，古今一理。认识社会，千万不能迷信那些动听的教条，要从纷乱的人际关系中理出是非的头绪。只有有了这样的训练，研究历史才能不蹈空，不妄言。玉阁教授给你的任务，是她急着要的东西，你做起来要多个心眼儿，做别人的活儿，长自己的本事，这叫一鱼两吃，也可说一心二用。"

"你真是个老狐狸！"

得了我这么一句夸奖，老头子圆圆的脸盘，喜得跟一朵绽开了的花似的。

就这样，不再有什么心理的压力，我又来到了文史研究会的院子里。

来时已做好预案，这次不见吴悦台，也不见姜宁亭，这次要见的是老会长吕汾阳，文化学者谢次陇，还有号称"小诸葛"的邵新一，听说此人是吴悦台的高参，要说服吴悦台，先得打通他这一关。

还跟上次一样，将车停在假山东侧。

刚下了车，门房大爷认出来，出了门喊道，上次放下的信，给的人都拿去了。

我表示感谢，老人一脸的欢喜。

要见吕汾阳会长，得上办公楼，路上我暗暗祈祷别碰上什么人。

怕什么，偏是什么。

刚上二楼，要往左拐，头顶上砸下一声响。

"哎呀，绒仙又来了！"

抬头看，姜宁亭提个暖水瓶，站在三楼上，一只脚下了头一个台阶，一只脚还没离了楼道的地面。

"姜老师去打水呀。"

"你先上去，我打了水就来。"

他以为我找他，我也不能说就不想见他，只好撒了半个谎，说我先去找吕会长，待会儿再上去找他。

还好，吕会长的门开着，人该是在的。

门虚掩着，推开个缝儿朝里瞅瞅，没人，再看，一侧的墙边有个阿姨正在抹窗台。按说问一声，知道会长不在，该退出去的，此刻退出去下了楼，会正遇着姜宁亭，那就非得上楼坐坐不可，叫缠住了，今天的采访可就泡了汤。

要拖延时间，只有跟搞卫生的阿姨说上几句话。

"阿姨，吕会长还没上班？"

"来过了，噢呢，又走咧，说是去省委开会去嘞。"

她的模样还行，口音太重，"说"是"薛"，"委"是"尾"，我一听就是我们那一带的人。

"阿姨是哪儿人，听你说话怪亲的。"

"临县家，你也是那边人？"

"噢，怪不得亲呢，我是孟门的。"

"那你是柳林家了。"

我们那一带，说起籍贯，哪个县的，就说哪个家，好像一个县的就是一家人似的。外人可以这么理解，我听黄竹三老师的课，黄先生说这个家极有可能是个语尾词，增强感叹语气。元明戏曲里常用，写作"价"。

"你是临县哪儿的？"

"碛口的。"

"碛口我去过，念中学去的，有个黑龙庙是吧？"

一边说着，一边侧耳听着，有脚步声上了楼，又听见一声响，是楼道上的玻璃门扇合上了。

吕会长不在，那就只有去看谢次陇先生了。

看望谢次陇，是我昨天晚上定下的。光是登记表上加一项，谢次陇起不了多大作用，他是《文史荟萃》的副主编，这种事上没有发言权。是我听了郑老头儿的告诫，要从人事纠葛入手，理清文史会的是是非非，求得完成玉阁教授托付的最佳门径。还有一点不便说明，缘由是看过他的几篇文史杂论，对这个人有一种莫名的喜欢。

编辑部不在这个楼上，在东侧的配楼上，想来也该是原有的建筑，从位置与模样上看，该是下人和卫士住的地方。也是两层，明显比这边的两层矮了许多，这边后来加了一层，它就更矮了。

编辑室在二楼，也还亮堂，副主编门上挂着玻璃牌子，敲门进去，谢次陇起身相迎，不能说热情，只能说也还尊重女性。

跟他不能说登记表的事，只能说是看过他的文章，喜欢，找吕会长有事，不在，顺便拜访一下大学者。

我的用词平淡无奇，脸上的表情满是夸张的敬慕，这一招没有学者不喜欢。说他学问好，比夸他的人好更受用。一面动着心思，一面打量着眼前的本尊，他的身材相貌实在没什么可称道的，尤其是那颗脑袋，长就长点吧，还戴个深度近视眼镜，一圈一圈的镜片，不光遮住了眼睛，也遮住了眉毛，再多情的女人也给他还原不出眉清目秀的容颜。

要命的是他那头发，无论位置，还是多寡，都当得起"头上之发"的实称，"头上"不假，那"发"却不能简单地理解为"毛发"，而应当据实理解为"蒸发"，稀稀疏疏的，如同苦苦戍边，不得轮换的士卒。倒也是个诚实君子，没有染不消说，知道染了也是事倍功半，再黑也掩不住原本的荒芜。只能采用俯身隐退的法术，剪短点，尽量不惹人注意。这样的发型，正是一个伟人复出后，市面上流行的"板寸"，不同处是伟人有英气，头发直棱着，次陇先生多了书生气，短是短了，仍那样的绵善。

我不该盯着他的头顶，多看了那么一两秒钟，他察觉到了，伸手抚弄抚弄头发，一面抱歉地笑笑。

"天气太热，天气太热。"

我笑了，心里想的是，这先生也是情急语失，"天气太热"，莫非到了冬天你的头发会稠密起来？

好在我的笑也还可爱，跟年轻女孩子见了名人的惊喜差不多，谢先生愉快地领受了，一面伸手让座，一面又坐回他原先的位置。

放尊重点，我暗暗告诫自己。

"谢先生，我看过你好几篇文章，特别喜欢。哦，我还没有自我介绍呢，上个星期放在传达室的征稿信你见了吧。"

"见了见了，我们见过，你来我们这儿开过会。"

"可我不记得见过谢先生啊。"

"头儿们在前面的桌子跟前坐着，我们都是在靠墙的椅子上坐的。"

"我是跟我们郑主编一起来的，你们吴会长说我是客人，一定要让我坐到桌子跟前，那你就坐在我对面吧。"

实际是我一个人来的，这么说谦逊些。

"美女坐在哪儿，瞎子都能看得见，记得住。"

没想到他还这么风趣，文章上看不出来，可见还是要见本尊的。

"你的文章不长，看了让人很受益。"

"你看过哪几篇，我听听。"

我说我有他的一本书，叫《过去的岁月》，印象最深的是那篇说"寡母抚孤"的文章，太有新意了，也太深刻了，不是对中国文化做过深邃研究的人，发现不了这样的材料，达不成这样奇妙的联想。

说到心里去了，给我倒了一杯水，轻轻推了过来，一个印着卡通娃娃的纸杯。

"谢谢！"

跟这种地位不高又暴得大名的中青年学者打交道，你得处处小心，他们谦恭的表象下，常常怀着的是一颗睥睨群雄的心。来之前，我做足了功课，他要是太狂了，我会轻轻地刺他一下，让他晓得相貌姣好的女人，不全是头发长见识短。该不该出手，就看他今天的造化了。

谢先生对我说他"奇妙的联想"，很是欣赏，夸我有见识，能体味到他的文章的精妙之处，说他近来在研究《围城》，刚写了一篇谈"联想力"的文章。说着，拿起书案上的一沓稿纸，并不看，只是让上下对的整齐些。

他不是个口齿伶俐的学者，手里有个物件摆弄着，可以平稳自己的心境，其作用相当于中小学老师讲课时，手里拿根教鞭，不是打学生的，而是为了增添自己的威风，壮自己的胆子。

对齐了，放在一旁，手掌压在上面，几乎是得意地说开了文章里的精彩部分。

"钱先生博闻强记，有瞬间将相同或相异的事物建立起关联的能力，无论制度、器物、观念、心理现象，或艺术规律等等，均能将异同事物，汇聚一处观察比较。这种学术联想力，是钱先生事业成功的关键，也是我们现解钱锺书的关键。他晚年出版了大量的读书笔记，好些人以为他只是抄书，没有自己的学术主张，更谈不上学术体系，还是没有体悟出钱先生的超卓之处。"

"是说他的《管锥编》吗？"

"是呀，《管锥编》一出来就有这种说法，还说他的《谈艺录》也是材料堆砌，一地的小钱，没有穿起来。"

"哦，太刻薄了。"

"钱先生不是抄书，是归类，是比较异同。全凭的是他强大的学术联想力。这种能力之可贵，平常人体味不出来，其特点是瞬间产生，无规则可循，产生即是完成，无须论证，也无从论证。想要充实，只是程序的完善，材料的加添。"

"看来全是天分了。"

这时候要帮个腔，就像名角唱戏，唱到高昂处，小铜锣要"噇"上一下。

"天分是没说的，还得平日的功夫下到。学术联想力的基础，自然是博闻强识，但关键是联想力。电脑越来越先进，机器可以在相当程度上代替单纯的记忆，但联想力为人所独有，尤其是在那些表面上看起来没有关系，而实际是同异现象或同异器物的东西面前。今天人们对钱锺书的赞誉，不单是赞赏他的记忆力超群，更为钦佩的是他超强的学术联想力。"

他说道"联想力的基础是博闻强识"时，我本想帮衬一句，说有天分还得有勤奋才行，他的语速不快，但气息不断，我想插话未能插上。这会儿他说完了，端起茶杯润喉咙，我也是太珍爱自己的思考了，想到的也跟捡到的一样不愿丢弃，不失时机地说了出来。

"光有天分，没有勤奋也不行。联想力再强，也得有可联想的东西。"

谢先生不认这个账。

"这你就浅了。我常给人说，勤奋是天才的第二特征。第一特征是聪明，第二特征就是勤奋。钱先生看了一辈子书，晚年视力不好了，也还是个看。你说是勤奋吗？光说勤奋就俗了，这是他的天性，你看着苦，他乐在其中。只有天分高的人，才会有这样的勤奋，那些木头脑袋的人，一看书就打盹儿，你拿鞭子抽着，他也勤奋不起来。"

也太不识相了，明明是帮腔的话，也要纠偏指正，等于是训上一通。

啜口白水，我笑了笑，让他以为他的教诲我已谨记在心。

"谢先生，我可愿意看你的小文章啦，一两千字，句句都那么平实，揭示的道理，却让人心里通透，眼前一亮。"

这一招又挠到痒处了。

谢先生憨厚地一笑。他的面相太寡气，只有这种憨憨地一笑，还有几分对女性的和善，这或许是因了他的肤色也还白净的缘故。

"现在的文风太坏，主要是高校的论文评比体系引导的，文章不说质量，只看长短。学术论文必须六千字以上，五千字写了多少篇都不算，两三千字理都不理。我所以写得短，是有意要提倡一种纯正的文风，叙事平和，立论坚实，一篇是一篇，不制造文字垃圾。当然，这也是因为我在地方学术机关，在高校怕也得随大流。"

"谢先生好像特别看重学术随笔。"

他又往前走了一步，不是真的走了一步，是他的立论，又往偏激里进了一些。

"这是当下不良的学术环境造成的。前些日子，我去南方的一个城市做学术讲座，说当今之世，专著不如论文，论文不如随笔。那个地方的报纸把我的谈话发表了，在学术界引起一阵轰动，也有挖苦的，我不以为意，仍坚持这个看法。"

我心中窃喜，顺着他的话说，却话里有话。

"谢先生的愤世之情我理解，可一个郑重的学者，不能因愤世而说过头的话。学术著作，不能以体量做比较，要比较得看质量。"

他已然意识到他的论断的欠缺了。

"是呀，只能以质量比较，我说的就是质量啊。"

他还是太自负，没有意识到自己的判断，在逻辑上的缺陷。

"谢先生，学术著作的比较得是相同的体量，再说质量的高下，你不能拿一坨子烂铜跟一小块真金子比高下。优秀的学术随笔要比，只能跟优秀的学术著作相比。你能说一篇极有见地的政治思想史的随笔，比萧公权的几十万字的《中国政治思想史》还要厉害吗？"

"那是不能，那是不能。"

看他嘴软，我该见好就收，可是女人的劣根性上来了，见了好欺负的还想再欺负一下。也是来之前，头天晚上做足了功课，不能明明会答的试题交了白卷。

"谢先生，我非常喜欢你的这些小文章，可我是学过史学史的，史学史的经典著作，也还看过两三本。教我们明清史的黄竹三先生，是王季思的研究生，他要求我们精读章学诚的《文史通义》，精到能像骂人的话那样冲口而出。"

"黄先生我认识，搞戏剧文物研究很有成绩。《文史通义》就得那么读。"

我还是笑了笑，不愿意让这个老实人太难堪了。

"你也这么认为，那我就直说了。章学诚在《文史通义》里，对清代偏重考据、崇尚博雅的习尚，有所不满，说考据不成家，博雅仅是求知之功。他认为，考据札记这类文章，仅是治学之阶梯，积久贯通之后，方可成为学问，但本身绝不是学问。"

我以为听了我这番话，谢先生纵不勃然起怒容，也会稍稍面带愠色的，料不到，他竟伸开手掌掩住他那略显大些的嘴巴，嘻嘻作声地笑了。实际他的嘴巴并不大，只是稍稍前突，嘴唇又厚了些。

"有道理，有道理，是个跟上正经师傅，念下正经书的。"

他还要说些什么，进来一个年轻人，说来了个年轻小伙子来送稿子，又说非得见见谢老师不可，他知道谢老师有客人，可那小伙子怎么也打发不走，没办法，问谢老师能不能先出去见上一下。

我见编辑部那边有事，起身说我也该走了，谢先生做了个重重的按下来的手势，要我坐着不要动，还有要说的话没有说。都迈开步子要走了，像是怕我会不辞而别，拿起一本刊物又扔下，捡起下面的一个薄薄的小刊物递了过来。

"这上面有一篇小随笔，你看看，别走哇，我马上就回来。"

太欣慰了，我也不想走，见了高人，总想多领教些。

拿起翻看，一本极为简陋的小册子，内文和封面，用的都是克数不高的有光纸。名为《开卷》，是南京凤凰台的出品。目录也就一页，龚明德、谢泳、朱航满、王稼句，全是名噪一时的随笔大家，不上不下的位置，有谢次陇先生的一篇文章，名曰《杨绛对〈围城〉的误读》，这题目先让我一阵惊喜。杨绛是钱先生的夫人，黑夜白天在一起，对有肌肤之亲的夫君的作品，怎么会有误读之嫌呢？

且看下去。

仍是谢先生惯用的平实的笔调。先说《围城》是名著，操心也就多些，看过几遍，书中有四个疑团，迟迟不得索解，有的是别人提出的，有的是他自己认为的。

接下来——罗列。

第一个是"围城"这个主旨，小说里两次提到，先让人生疑。第一次提到是在第三章，赵辛楣请客，褚慎明说罗素曾说过，婚姻仿佛金漆的鸟笼，外面的鸟想住进去，笼内的鸟想逃出来。苏文纨接上说，法国也有这么一句话，说是被围困的城堡，城外的人想冲进去，城里的人想逃出来。第二次提到，是在第五章里，一行人去湘西的路上。店里住下，方鸿渐跟赵辛楣谈起此行的困惑，说他还记得那一次褚慎明还是苏文纨讲的什么"围城"。长篇小说的叙事法则，主旨应隐而不显，由读者勘出，这里却是作家自个急于道破，如此一来，其本意当另有所在。

第二个疑团，是方鸿渐回国的轮船上，与鲍小姐发生性关系。后面的叙事中，方是个散漫而风趣的文人，并不是个多么强壮而风流的汉子，何以让他一出场就蒙上人生的污点，这是他始终不解的一个疑团。

第三个疑团是唐晓芙这个人物，那么天真，那么多情，对方鸿渐不无好感，偏偏在最后关头听信了表姐的一番谰言。连杨绛都认为，作者如果让他们结为眷属，由眷属再吵架闹翻，那么，结婚如身陷围城的意义就阐发得更透彻了。钱先生多么精明的人，在小说的整体结构上，怎么会有这么大的疏漏。

第四个疑团，是方鸿渐与孙柔嘉的关系。方孙二人，一起离开上海到湘西，相恋且结婚，又回到上海，从行程上说是进去又出来了。这样的处理，也还符合"围城"的意象。结了婚又不和，几近破裂，似乎是要体现"围城"比喻婚姻的本意。书中写到厌恶，写到沮丧，甚至写到绝望，毕竟没有写到离婚，就像画一个圆，没有让两头连住，仅仅是留下一点悬念，这又违拗了"围城"的题旨。没有破裂，也即没有逃出"围城"，岂不成了攻进城里，再也出不来了？不能不说，又是一个疑团。

> 多少年了，这四个疑团，一直梗在我的心里。直到最近一次重读《围城》，忽然有一天，我明白过来了。至此，也才知晓，钱先生对唐晓芙的设置，多么合理而又必要。才知晓，杨绛对唐晓芙这一人物的非难，对《围城》连带对她的夫君，全是误解。实在说，钱先生的高明，是自诩聪慧的杨夫人，难以企及的。

谢先生的看法是，那样轻易地说了"围城"这个典故，且两次提及，肯定不是这部小说的主题或者意旨。极有可能是作者的一个障眼法。先把这一点确定下来，或许能开阔他的思路。

中国旧小说，也叫说部，叙事上有个规律，可概括为八个字："邪思淫喻，逞才使性"。从《金瓶梅》到《醒世姻缘传》，莫不如此，笔墨全都集中在女色上。《金瓶梅》写了潘金莲、李瓶儿、庞春梅三个女人。《醒世姻缘传》写了素姐、计氏等几个女人。说这几个女人代表着几种婚姻关系，那是高抬了，撩开说，是几种性的关系。这也是从男女两方着眼，才扯上"关系"这么文雅的字眼。撇开男人一方，单从女人这边说，则是几种显示性本能的形态。去掉了动作的显现，以承载物而论，即阴器的几种类型。

这样一推勘，《围城》里的四个疑团，当下全都迎刃而解，化为春水一样清澈明净。

"围城"者，女阴也。

书里写了的四个女人，依次指示了四种进入的方式，且用四字句，一一概括：

鲍小姐：长驱直入，索然无味；

苏文纨：诱惑进入，逡巡不前；

唐晓芙：意欲进入，知难而返；

孙柔嘉：引诱进入，苦不堪言。

最后揭示的主旨该是，诱人的地方必有灾殃，越是诱人，灾殃越大。

我看完了，由不得心里暗暗感慨，谢先生真是当今世界上，勘破《围城》的第一人。对这些疑团，星星点点，隐隐约约，我也曾经有过。看过夏志清的《中国现代小说史》，见那么大的学问家竟无一点疑惑，我也就将自己的疑惑归于杞人忧天，不再萦绕于心了。今天让谢次陇先生的文章唤醒，我一面责怪自己的迟钝，妄自菲薄，一面又不能不佩服谢先生的智商超卓了。

待会儿谢先生回来，我一定要向他表示我虔诚的敬意，以此来抵消方才对他的怠慢与嘲讽。

果然不多一会儿，谢先生就回来了，一边往桌前走，一边笑着说："妄人，妄人！"

他这话让我想起朱自清先生的一个小故事。朱先生在清华教书的时候，有次在课堂上介绍了一本书，说图书馆有，可借来看看。有个同学去了图书馆，找了没找见，便打电话给朱先生，要朱先生过来给他找。朱先生还真就来了，后来有人责怪朱先生，怎么如此信惯学生，朱先生不说别的，连声说"妄人妄人"。

见了个作者，回来也不动气，连说"妄人"，该是怎样奇葩的事，我不问，只是笑意盈盈地看着他。

一坐下就说开了。

"你刚才不是还说到，寡母抚孤现象那篇文章吗，他不知道从哪儿看到了，知道这篇文章最初是在香港一家杂志上发表的，怕空口无凭，我不认账，他还拿个字条写着杂志的名字，是香港《二十一世纪》。他拿来一篇文章，要我推荐给这家杂志发表。"

"一篇长文章吧！"

"顶多八百字，写在两张白纸上。妄人，妄人！"

我忽然觉得，几十年前，朱自清说这话时，也是谢次陇先生这么一副神态。

咯咯咯，我笑了。

谢先生的眼睛，在厚厚的镜片后面，不是睁大了，而是变成两个黑亮的圆点，一脸的茫然，以为自己说错了什么。

我说你不是一向认为论文胜过专著，随笔胜过论文吗，人家写了随笔，要胜过你的论文，你又不乐意了，还说人家是妄人。

谢先生知道我是跟他淘气，憨憨地一笑，问他走了，我可看了他那篇《杨绛对〈围城〉的误读》。

"看了，这回我可得收回方才对你的指责了。这篇随笔，不光比许多研究《围城》的论文强，甚至比一些研究《围城》的专著强。我不是说拿好的比差的，是拿好的比好的。"

谢先生惊讶了，伸手遮住嘴巴，眼睛又成了小黑点，圆圆的。

"哦，你看过关于《围城》的专著？"

"只看过两本，连两本都说不上，一本专谈《围城》，一本里头只有一章谈《围城》。"

"一章谈围城的，可是夏志清的《中国现代小说史》？"

我说是呀，圆圆的小黑点变大了，脸上也是不太相信的样子。

这得解释一下。

我说我只是爱看书，没有研究的兴趣。我们《山河志》的老主编郑伯笃先生，是北大历史系的研究生，导师是邓广铭先生。这个人是个钱锺书迷，说他上学时在北京见过钱先生。邓广铭是宋史专家，钱先生的《宋诗选注》出来，邓先生请他来学校做过一个讲座，佩服得不得了。省史志综合局是政府部门，跟外文书店有协作关系，可以订购港台出版的山西史料书，包括军政要员的传记和日记。编辑部每次下订单购书时，郑主编总要加上几本他喜爱的文史著作。史的主要是宋史方面的，文的比较杂，有胡适的，有白先勇的，也有夏志清的。回来就放在编辑部资料室，编辑部的人都可以看，史书看的人多些，文的除了他看就是我看。

"那一整本的是什么？"

"台湾出的，周锦写的，就叫《〈围城〉研究》，三十二开，蓝皮皮。"

"哦，我还没看过。"

我说谢先生想看，下次来文史会我可带来，他几乎是羞怯地答应了。在这上头，我又胜了一筹，心里暗自得意，随即提出一个方才看文章时闪过的念头。

我说，你的文章，是将《围城》在人物设置上，好些人认为的乱象打通了，故事也理顺了，这是夏志清和周锦都没有看出来的，可你说《围城》最后揭示的主题是，诱人的地方必有灾殃，越是诱人灾殃越大，这我就不明白了。书里最后写到两人之间怄气扯皮，也是婚姻的常态，说不上是怎样的灾殃啊。

再矜持的大学者，也喜欢年轻女人这种傻乎乎的提问。

谢先生笑了。

"多么好的小说，也跟七宝楼台一样，拆开了也不过是琉璃砖瓦。用七宝楼台打比方并不恰当，最恰当的是搭积木，哪一块在什么位置，起什么作用，是事先设计好了的。鲍小姐这一块，起的作用最直白，第一章用完就扔了。唐晓芙这块，是麻烦些，两章里面都有。苏文纨拉的长些，后面还出现了。孙柔嘉不用说，几乎是个女主角。这些写的都是跟女人纠缠的方式，进入只是个俗气的说法。体现主题深刻的，用了两个木块，一个是赵辛楣，一个是汪太太。那么冷傲的一个女人，他居然就看上眼，只是因为这个汪太太长得太像苏文纨了。情难自禁，越陷越深，竟做出寅夜寻访的憨事，被汪先生和高校长撞见，百口莫辩，只好仓皇出走。这一组人物，说的正是越是诱人灾殃越大。"

"啊，明白了！太精辟了，这绝对是夏至清、周锦没有想到的，也是杨绛这个夫人没有想到的。"

我真的拍了拍手，是现在女孩子那种最典型的手势，手掌展开，但不对齐，怎么拍也没有响声。

"智不及此，又自专自负，没有办法。"

谢先生大度地一笑，其自专自负，一点也不次于他蔑视的那几个人。

我所以这么撩逗得让谢先生兴奋起来，是有我的小九九的。郑老先生的指点太重要了，最好的学术训练，就是从纷乱的现实生活中，理出头绪，做出自己的判断。换届启动，文史会的乱象已显露出来，最大的症状是姜宁亭透露的，一伙人要搞掉老会长吕汾阳。我要在这乱象中做出判断，不光是看一场好戏，也是为了找到完成梁玉阁教授任务的有效途径。

眼下最重要的是摸清几个主要人物的底细，品质的，本事的，才好确定在谁身上下我的功夫，同时践行雪姐给我制定的，那个不怎么宏伟，却极具疗效的FH计划。

一瞬间我觉得，也该把眼前这个男人列入我的FH计划，他看去比姜宁亭壮实多了。

"谢哥！"我分外诚恳地盯着他，见他吃惊，赶紧补上一句，"你只比我大几岁，叫你老师怪疏远的，叫你先生，嘻嘻，怕跟我先生混了，还是叫你谢哥亲近些，你说是吧？"

谢先生显然没有料到我竟如此的伶牙俐齿又乖巧生香，几乎是腼腆地也是痛快地应允了，没吭气，仍是那么憨憨地一笑，可爱极了。

登记表加项的事，暂且不能跟他说，学术人最体贴的是学术问题，想研究新时期社会人士升降现象这一课题，是可以说的。他一听我现在跟上梁玉阁读博，选的又是这样一个课题，大加赞赏，兴致更高了。

"玉阁教授我认识，他哥哥我也认识，这么说，我就收下你这个学妹，学术妹妹，叫你绒妹子吧。"

他说这话，是出乎至诚，但语调涩滞，一半是不习惯，似乎还有些胆怯，不像我，这种甜言蜜语，张口就来，从不打奔儿。

"谢哥，我想把文史会这一茬出了名的文化人作为研究对象，想知道他们各自的人生经历，学术成就，性格品行，不要多么详细，大致了解就行了。"

"行啊，这个不算什么，权当聊天嘛，你想了解哪几个人。"

"就从你说起吧！"

瞟了一眼窗外，蓝天白云好天气。院里有棵山楂树，高高的，分枝处的主干，已高过二楼的窗台，分枝处又斜出一根嫩枝，落下一只灰灰的鸟儿，扭动着脖颈朝里张望，大概是看见这么一对男女在室内攀谈，也跟有窥探癖的小人一样，期待着发生什么龌龊的情况。飞起又落下，啾啾了两声，像是在催"快些快些"，见我俩不像有料的货，又是啾啾两声，飞走了，我听了像是在叫"没戏没戏"。

唉，人要是来不了事儿，连鸟雀都瞧不起。

谢先生说开了，说他的学历不高，只是个专科生，忻州师专毕业的，先留校后调到省上，最想去的单位是作家协会的《批评家》杂志，管分配的人说，刚把一个武汉大学的分过去了，还有一个山西大学毕业的也缠着去，就别凑这个热闹了。文史会跟作协级别一样，都是正厅级单位，那里也有刊物，就这样把他打发到《文史荟萃》杂志社，熬了十多年才是个副主编。在这儿最大的好处是轻闲，可以由着自个儿发展，最大的坏处是颇烦，没有一样看着顺心的事。时间一长，他才知道这是自家目光短浅，只看了面子，没有看见里子。面子是紊乱些，里子清晰得很，波浪翻滚，暗潮涌动，聚焦点只有一个，就是利之所在。

"文化单位太穷了，看着这么多人，可吃的东西只是街上小铺子里卖的一个小酥饼那么大。"

说着伸出右手，人拇指和食指相向弯曲，形成大半个圆弧，比了小酥饼的大小。我没在意他比的与实际相符不相符，只注意到他的食指白皙而修长，是个文化人的物件。

"太小了吧！"

"实际比这还小。多少人围成一圈，人人都张大了嘴，中间就这么个小饼饼，真要吃起来，哪个嘴张得大了些，一口咬下去，都极有可能咬破对面那个人的嘴唇。你说这样的单位能安生吗，能不有事吗？"

"谢先生是中层干部，吃不上大口，小口也能咬上一点。"

我笑着说，谢先生急了，觉得这是对他的误解，将方才比了小酥饼的右手，朝我这边伸伸，展开来，拇指弯曲，其余四指并在一起，连摆几下。身子俯过来，脸躲在手掌后面，诡谲地一笑，这神态，太好玩了。

他说，他一遇上有利益可争的事，马上给自己下一道指令：滚开。

这种处世的态度，让我由不得肃然起敬，甚至有了三分的爱意。

"还想知道哪个？"

"就说说夏涑水吧！"

我对夏涑水一点印象也没有，只是觉得这个名字太有意味了。姓夏，敢叫夏涑水，该是有大本事的。在临汾念书时，曾与同学结伴去过夏县，参观过司马光的祠堂和墓园。书上说他德高望重，人称涑水先生，他有本书叫《涑水记闻》。

"他是夏县人？"

"不，是闻喜县的。"

"噢，涑水似乎就是从闻喜发源的。"

"这个人哪——"谢先生拉长声调说开了，"论头脑，怕是文史会最聪明的，不，该是最精明的，比聪明还高了一个档次。聪明的人，是应付了公家的事，顾了自家的事，他不，对公家的事，不是一分力气都不肯多出，是一口气都不肯多出。"

"这么会计算哪！"

"别人的聪明是藏在心里，他的精明是写在脸上，从这点上说，倒也是个坦诚君子。"

我问此人在学术上如何，谢先生说，脑子好的人什么功课都不会差。头一次评研究员没评上，第二次就评上了，我们这儿最讲究的是，研究的项目要能弘扬山西的历史文化，谁在这上头出成绩，谁就出风头得好处。这个夏涑水，前一向跟几个搞古代史的，提出两千年历史看陕西，三千年历史看山西，最近听说要提升一下，改为两千年历史看陕西，三千年历史看河南，四千年历史看山西。依据是陶寺遗址发掘出来，经考证将山西的历史往前推了一千年。

"靠谱吗?"

"外省信不信没关系，只要本省信就行了。"

这类事我知道的就不少，也就没有再问什么。

我又提出一个人，说吴悦台副会长身边有个高参叫邵新一，此人是个何等角色。

谢先生说高参是瞎叫，不过此人确实是个人物。父亲是哥伦比亚大学出来的，新中国成立初期回国，一直在天津大学当教授。邵新一初中毕业，来山西插队，推荐时有清华的名额，没轮上，上了太原一个专科学校，出来先在企业，不得志，写了两篇史事钩沉的文章，吴悦台手里调到文史会。有这层关系，人都说他是吴的人，以他的智商，哪里会把吴悦台搁在眼里。确实聪明，也确实清高。唐太宗是"天下英雄尽入吾彀中矣"，邵新一的抱负该是，天下的事情都在他的计算中。

这样的人该会会的，心里想着，又问黎之诚这个人怎么样。

文史会这地方，看着不怎么样，全是一伙人精，谢次陇来了这么一句，不知是对前面言谈的概括，还是对后面言谈的开启。

"黎之诚嘛，也是天津知青，推荐上的西北大学，回来分到地委机关当秘书，写了个小说获了奖，一时风头甚健，吕汾阳手里调来的。说来丢人得很，前两年一次会上还把我抢白了两句。"

有这种事，我不言语，眼睛眨巴着表达了想听的意思。

次陇先生说，知青这个话题，过去不敢说，有那么一阵子，一些老知青总说"青春无悔"。韦君宜的《痛思录》出版后，敢说了，他写了篇文章，说知青作家应当反思而不应当怀念。有次单位开会，就在他们这个楼的一层会议室，他又说了这个意思，冷不防坐在对面的黎之诚，指着他高声说："次陇啊，我告诉你，历史的意义是你理解不了的。"

我也惊呆了，都什么年代了，文化单位里还会有这种当面痛斥的事。怕记错了人，又小心翼翼地问，黎之诚那个获奖小说，可是叫《酒盅盅舀米圪堆堆满》。

谢说是呀，很有生活气息，里面引了好几首陕北的酸曲儿。

后来呢，我问，以为这样两人就结了仇，谢说，那倒不会，见了面笑笑就过去了。该提出谁呢，想想，该问问何其愚这个人，怕他有忌讳，先说了句，这个人的闲话可不少。

"是呀，"谢说，"何先生这个人，就不是三言两语能说得清的了。"

该怎么措辞呢，他还真的在心里掂量了掂量，这从他脸上看得出来。

说起来倒没怎么打奔儿。

还是他的那个理念，说看人要看身世，看经历。这里头有品格，也有思想境界。何其愚是晋南蒲州人，家里是地主成分，初中毕业没有资格上高中，那时候兴贫下中农推荐，你学习再好不推荐也是枉然。在农村劳动了六七年，遇上粉碎"四人帮"恢复高考，考了两次没录取，第三次考上南开大学历史系。回到山西，在下面教了几年书，也是吕汾阳把他调进来的。

"地主家出来的。"

一听地主家庭出身，我就由不得想到了我公公的德行。我总觉得，这种人一旦翻过身子，对社会有着一种刻毒的报复心，品质不会好到哪儿去。

谢先生看出我的这种偏激，怕我对何先生的品德有误解，说他家庭成分是地主，但祖父和父亲都是读书人，做公家事的。祖父做过国营商店的经理，父亲一直在河南洛阳一个司法机关当干部。何先生就是在洛阳出生的，后来机关革命化，动员干部家属回乡参加农业生产，父亲才把他母子送回蒲州老家，老家有爷爷料理，也没怎么受罪。受罪是在"四清"之后。那几年，爷爷叫开除了公职，戴上地主帽子回村劳动改造。读书人家，风气不一样，纵是在村里劳动，何先生仍不忘看书学习，跟上爷爷练习书法，有这样的根底，才能劳动好多年，二十出头了考上名牌大学。

"品行呢?"

"自负，极端的自负。"谢先生皱皱眉头，大概觉得这么说不周全，又补充了一句，"有一样是常人难及的，就是敢自嘲自污，说自己是三流学者，堪比郁达夫的自命王八，泥地曳尾而行。"

"哦?"连我都惊奇了。

"这正是这老兄高明的地方，这才是有境界，真聪明。"

"学术上怎么样？"

"他的长处是叙事能力强，短处是缺乏思想的深度。早先是写小说的，还小有名气，知道自己在写小说上，比不过山西的几个小说名家，到了文史会以后，就专搞人物传记，在学问同行看来，只能算旁门左道。前几年还研究《围城》，写过两篇文章，没什么见解，这两年放弃了，转到王阳明心学研究，专攻《传习录》。鼫鼠五技，鼫鼠五技！"

我又问，听人说这个院子里，何其愚跟你最友善，是真的吗？谢先生倒不否认，只是说何先生在这个院子里人缘不怎么好，还能谈得来的，在外人看来就是好朋友了。

时间够长的了，起身告辞。谢先生在身后的书架里，找出一本他新出的《逝去的年月》，签了名送我，一面谦虚地说，不怎么样，翻翻，翻翻。

送我到楼梯口，握手告别，有意思的是，还鞠了一躬。

快下班了，院里有人走动，怕遇到熟人，匆匆走到车前，刚拉开车门，背后响了一声吆喝。

回头一看，是姜宁亭，我点头笑笑，算是礼貌性的问候，正要将车门开大点扭身上去，姜先生已抢前一步，伸手过来要握一握。

没办法，忙将车钥匙捯到左手，展开手掌递过去，以为不过是轻轻一握即松开，不承想那只大手，捏住我的小手还揉了揉，食指与中指并拢，在我掌心挠了两下才放开。

什么都不能说，只有赶快离开，回到家先洗洗手。

回家的路上，我打定主意，近日见见雪姐，告诉她，文史会我还会去，玉阁教授布置的任务一定要完成，她给我制订的FH计划，还是取消了好，那种事不是我这样的人做得了的。

第十一章

前几天跟谢次陇聊天，谈及的几个人里，印象最深的夏涑水，准确些说，不是对夏涑水印象深，是谢次陇评价夏涑水的话，给我的印象最深。"对公家的事，不是一分力气都不肯多出，是一口气都不肯多出"，自私到这个份上，得有多大的定力。

料不到的是，今天我就见到了这位高人。

《山河志》编辑部有个不成文的规定，就是上午必须按点上班，下午想来就来，不想来就别来了。何以上午严下午松，用郑主编的话说，这儿是史志综合局的办公楼，不能让文化人带坏了行政干部。他们当主编副主编的，倒是上午下午都在。

今天是4月16日，星期一。下午大办公室里，就我跟坐在我后面的陈侃在，牛全胜和他后面的小张都没来。我来是嫌家里太清静，室静思绪易激烈，弄不好会犯了病。陈侃来，大概是为了写他那本《明代九镇防守研究》，资料太多，家里摆放不开。全是线装书和挂图，他的一个大柜子堆满，这边我的柜子还占了两层，一张九镇详图，从他案子一侧的墙上直铺我这边的墙上。铺者，钉也。

我在看备用稿件，一篇谈抗战期间根据地税收政策的稿子，数据不全，文理欠通，郑主编说是省里一个秘书写的，让我精心修改，务必用上。文理不通，可以顺得通了，数据不全，总不能编上几个吧！

正气恼着，有人敲门，陈侃离门口近，喊了声请进，像是问了句什么，或是来人指了我一下，陈侃说，绒姐你的。

回头一看，是个男的，这陈侃，说话也太随便了，"绒姐你的"，我是坐台小姐吗？

"绒仙同志，忘了吧！"

来人也真的像什么客似的，一边呼着名字，一边快步走了过来。

办公桌旁边有把椅子，我没起身，打了个手势，他扭身坐下。

看着面熟，想不起在哪儿见过。

"你忘了吗，我是文史会的——"

以为说了官府名字，我就该知道是何等长官，见我浑然不觉，这才加上他的名讳。

"夏涑水，夏商周的夏，涑水，跟司马光一个字号。"

"哦，夏老师呀！"

我是真的惊喜，不是装的，拟定的接触名单里就有此人，原说去了见见的，他竟不请自来。一时间，谢次陇的介绍，还来不及起作用。

"我在传达室给你留了信的。"

"这不是吗。"

说着从攥在手里的一个脏兮兮的白布袋子里，取出了我们的征稿函。征稿函上的联系人写的是我，想到自己就这么着，在这个脏袋子里闷了半天，由不得长长地舒了口气。

夏先生为了证实我跟他确实见过面，应当遵循"头回生，二回熟"的民俗礼节，以熟人相待，特地说明那次文史会开什么会，我是几点到会的，坐在什么位置上，来宾发言时我又说了什么话。那额头前突，像是左右夹扁了的脑袋，储存能力够强的。

不用我问，他就说了来找我的用意。

说那天取回报纸，见里面夹着征稿函，联系人是我，信封上的姓名，也像是我写的，知道见过一面，我还没有忘了他这个老文史工作者。这些日子特意准备了两篇文章，一篇是旧稿翻新，一篇是全新撰写。本想按征稿信上邮箱发过来的，见我这么有情有义地亲自将函件送过去，他怎么能无情无义不将应征稿件送来呢？

说着又撑开我刚从里面出来的那个布袋子，取出两沓 B5 纸打印的稿件，怕给袋子弄脏了，递给我之前，上下嘴唇还撮成圆圆的圈儿，从上到下，又从下到上吹了吹。还真是有必要，从下往上吹的这次，果然有个小纸片或是馍馍屑儿，从首页上飞起，落在离他远、离我近的桌面上。

果然是个精明人，他也看见了，右手递稿件时，有意往高里抬了抬，左手伸过去，将这个小纸片或馍馍屑儿拨拉到桌下。

两份，曲别针别着，一份是《杨家将史源探真》，一份是《河东4000年文明史略稿》。两份叠压，四千年文明在上，杨家将在下，我对这几年山西从上到下，热衷于争几千年文明没什么好感，瞥了一眼，便将上下顺序调了过来。

夏先生原先的顺序，显然有其用意，见我将"文明"压在下面，似乎要拯救文明于水深火热似的，急得都结巴起来，尖尖的喉结一耸一耸，像是要从喉咙里跳了出来。

"你，你，你还是先看那份。"

他自己伸手将"文明"抽出来，盖住了"杨家将"。

"三千年文明史，都有虚火，至今没有发现可称之为文明的东西。"

我说了自己的看法，他撇撇嘴，很不以为然。

"哦，二里头的石器陶器，极有可能就是夏代的器物，是经过碳14鉴定的。"

我想说朝代是文明的历史遗存，没有文字，光有器物，只能说是人类的遗存，不能说是文明的标志。一想这样的道理，跟一个坚守山西本土文化，且要以历史年限与周边省份一争高下的老学者讲，不是对方不聪明，而是我自己太愚蠢了。

他既然如此执着，我也不好一下子就驳了他的面子，装作认真的样子，翻过前一两页，看后面论证部分。

四千年文明史的最得力证据，是近年来陶寺遗址的发掘。本来也只是些盆盆罐罐，古人遗骸，奇妙的是发现了一个天文台遗址，有十三个夯土基础。据此设想，基础上当有十三根土柱，土柱与土柱间有窄窄的缝隙，而通过这些缝隙观测对面塔尔山的日出方位，可以确定季节时令，安排农耕。考古队曾在原址，以复制模型进行实测，从第二个窄缝看到日出为冬至日，第十二个窄缝看到日出为夏至日，第七个窄缝看到日出为春分秋分。

我尽量慢慢地看，别让他认为我太草率了。

我看着，他的嘴还不停地说着，不是说他的论证多么严谨，而是此文若在《山河志》上发表，会获得怎样的荣誉和奖励。

"现在省上正在制订一个弘扬山西文化的计划，这篇文章发表了，肯定能引起领导的重视，获得年度社科论文一等奖没问题，奖金五千元，作者得一份，另外还给编辑一份，少点也少不了多少。"

这些我从来不想。我想的是，陶寺遗址正在发掘中，正式的发掘报告还没出来，他怎么会有如此精确的引证。我有两个同学在考古所，这几年一直在襄汾那边搞这个遗址的发掘，回来聚会时曾说过他们的工作进度。

我问了，夏先生说，他有个朋友在考古所办公室，他看过最早的发掘报告，都是往早里说，说了就不会退回去。

不是退回去不退回去的事，是这么做先就不地道，我心里这么想，嘴上没有说。又翻了一页，不能不佩服夏涑水的头脑，还真是不简单。就是这个时候，想起的谢次陇对他的评价。

他将陶寺观象台与古埃及观象台做了对比，又提出古印度的观象历史与器物，推论说，这三大文明古国的历史，是并列发展的。中国的古文明，纵使稍缓一步，也不会迟缓多少。古埃及有六千年历史，陶寺既有观象台，少说也有四千年。

瞥见我看到这儿，夏先生的得意劲儿上来了，跷起二郎腿，尖头发白的黑皮鞋，鞋尖朝着我这边，一颤一颤地抖动着。我是在看稿子，趁着将稿子往上推的空儿，朝下瞥了一眼，怕他的臭皮鞋猛地一抖，甩出去磕在我的小腿上。人坐着，裙子拥上来，穿的短袜，桌子下面就两条光腿。或许心里厌恶吧，又一个疑惑涌上心头。

"夏先生，这儿下午可来可不来，你是怎么知道我在班上的？"

"嘻嘻，"夏涑水神秘地一笑，"我有内线哪。"

"郑主编告诉你的？"

"你们这儿不会是一个领导吧！"

我明白了，不用再问了，肯定是薛文星这个"毛居神"给说的。下午三点我上的班，不多一会儿薛就过来，说了两句闲话又回他的办公室去了。毛居神，是编辑部给他起的外号，一是鬼里鬼气，再是常把内部的事翻给外人，跟那种专偷自己家里东西的神鬼一样。

有这个事，我忽然发现，这位夏先生跟我们的薛副主编，长相还有几分近似。都是狭长的瘦刀子脸，鼻梁高挺，两颊塌陷，鬓角跟门板夹了似的，朝里缩回。原本也正常的额头，朝前突起，也就显得窄了，要是宽些，该是福相的寿星头。最为相似的还是两人的眉毛，又黑又宽，不像是自小长成，倒像是后来贴上去的。

太有特色了，我又想起那天在谢次陇那儿，谢先生说夏先生的一句话。他说，夏先生的评论文章写得好，最为擅长的是带着政治激情的长篇大论。好几年前，省里有位宣传部部长看上了他的才华，想调到部里当理论处处长兼部长秘书，去了好些日子又打发回来，谁都不知道原因是什么。有人说是年龄偏大，有人说是学历不行，后来从内部传出的消息是部长嫌弃他那两道"恶眉"，说是看了不舒服。自此之后，单位有人叫他夏恶眉。

大概是恶眉太难听，还是叫他"夏夹头"的多。

离得近，打量了一下，我觉得还是夹头更具特色。

"说说你怎么个看法？"这意思，夏先生那边，不是问话说出来的，是那两道恶眉下，也还周正的眼睛里，波光的闪动传递出来的。

"夏先生，这样的稿子我做不了主，得送到薛老师那里二审，还得过了郑老师那儿的终审才行。"

"老薛那儿没问题，郑伯笃那儿还得你美言两句，叫高抬贵手。"

说到这儿，我将"文明"推到一边，拿起"杨家将"。

不便露出情绪来，实在说，对这种探究历史人物的稿件，我一向都是喜欢的。是开启了另一个程序，可我心里还在嘀咕着方才的疑问。这个夏涑水，跟我们的薛副主编，长得实在是太像了，会不会是改了姓的亲兄弟呢。省报的李杜，跟开尔雅书店的靳小文，一个姓李，一个姓靳，谁也不会想到是亲兄弟，可竟真的是亲兄弟，小文是过继给他舅舅改了姓的，要不跟李杜一样也姓李。

不可造次，且试探试探，一个诱人的联想是，薛文星乃夏县人氏。

"夏先生叫涑水，该是夏县人了。"

我说这话的前提是，夏县的司马光，人称涑水先生，夏先生叫涑水，该是夏县的。这会儿我全忘了谢次陇跟我说过的实情。

夏先生摇摇头，似乎在笑我的孤陋寡闻。

"我是闻喜人，涑水是从闻喜发源的，宋元时期经夏县流入黄河，明代以后，涑水改道，从猗氏注入五姓湖，再入黄河。我这涑水是货真价实的涑水，司马光的涑水，只能说是陈年旧账了。"

"佩服，佩服！"

遇上这样的人，除了佩服真不能说别的。

我不想说稿子的事，想借这个机会做些社会学的训练。

我的博士考试全部通过，成了梁玉阁教授今年招收的三个博士之一。我是在职读博，另两个，一个是考人大差六分调剂过来的，还有一个是本校应届生考上的。玉阁教授学问多好，眼下还体会不到，办事之利索，真是让人服气。这才两三个星期，已经给我上了四节课，节节都有精辟的内容。昨天上课，一句话让我对社会学有了深一层的理解。她说，人是社会学最优质的材料，做社会学研究，必须"穷殊相"。讲到这里，她轮番瞅瞅我们三个学生，问谁知道"穷殊相"的来历。那两个都是干瞪眼不说话，我不知哪来的机灵，想起念书时背过杜少陵的《丹青引·赠曹将军霸》里，有两句是"弟子韩干早入室，亦能画马穷殊相"，唯一心虚的是，以玉阁教授之博雅，这样三个字，该出自《易经》什么的，至不济也该是《战国策》上的，怎么会是唐诗上且是杜少陵诗上的。可也不愿误了这表现自己的好机会，于是吭哧了一下说，是"亦能画马穷殊相"这句唐诗吧。玉阁教授大为惊异，继而大加赞赏，还说了句自贬母校的话，说她老早就说过，山西师大的文科比山大的文科功底好。

我的理解，社会学的"穷殊相"，就是要了解各种各样的人，多积攒些优质的社会学的材料。

不知什么时候，陈侃已经走了，空荡荡的办公室里，就我和夏先生两个人，门开着，光线很明亮。

我起身，给夏先生续上水，递到他面前。

"夏先生，歇歇吧，说说文史会的事，你们那儿可是人才荟萃呀。"

"有优秀的，不是很多。"

"夏先生该算一个。"

"那是。"

他坦然言道，断不会想到我这是引他上钩。

"谢次陇的学问怎么样，你该是知根知底的。"

问话不能太宽泛了，越具体，得到的答复越确定。

夏先生清清嗓子，尖尖的喉结又上下跳动起来，说谢次陇不是一个会做学问的人，这两年选择研究《围城》和民国学风，既见学识又见思想，可见是个聪明人，旧学功底差些，要是在旧学上下点儿功夫，前程还是有的。

他对谢次陇有这么高的评价，是我没有想到的，听下去更惊奇了。

"次陇那一拨，进来四五个年轻人，我看好的有三个，一个是谢次陇，一个是张学诚，还有一个叫李文儒。几年下来，倒是没走了眼，三个人的发展各有不同。次陇的父亲早年受过处分，能给孩子起名叫次陇，可见还是有文化的。次陇学历不高，爱看书，爱思考，可说天然就有思想。张学诚是干部家庭出来的，人极聪明，本科硕士一口气拿下。思想，说不上多么深刻，琢磨琢磨，还是能说到点子上的。李文儒，农村考上来的，人是本分人，关注点不在学问上，怎么想也不会有了思想。学问上的事不关学历，不关人脉，全看有没有灵气。古人言，诗有别裁，非关学也。做学问跟作诗，也还是相通的。"

高论，我心里暗暗叫好。

姜宁亭呢，我提出来，听说他俩颇要好，也就更想知道。

先是探究地盯了我一下，还眨了眨眼，这是在看我是诚心还是有诈。真是个机灵过人的家伙。大概我的这一张也还漂亮又憨憨的小脸让他放了心，说起来了，不像说谢次陇那么坦荡。

"这个人哪，起步早，名气大，本事嘛，配不上。他是老高二的学生，回到村里一直当大队干部，后来又调到公社管宣传，靠推荐上的大学，学的是政治学，毕了业分配到省文化局，吕汾阳重新组建文史研究会，又跟了过来。"

"他跟吕汾阳的感情该是很深的了。"

我插了一句，夏先生白了我一眼。

"以常情论，该是这样。你小，可能不记得了，在粉碎'四人帮'之前有个反击右倾翻案风，当时省里的形势很紧张，要求重新出山的老干部务必选好年轻的接班人报上去，形势再发展，老干部下，年轻人上。文史会报的就是姜宁亭，谁又能料到，一年之后'四人帮'给打倒了，老干部站得更稳了，姜老兄等于空欢喜了一场。"

我想起那次见姜先生，他说了句"打倒了就不该再起来"，夏先生这么一说就对上了。

"这老兄也是想不开，你就那么点本事，夤缘时会，到了这么高的位置上，把老先生伺候好，主持工作不过是迟早的事。"

"他不就是个研究员吗?"

"研究员里就他是党委委员，不定什么时候就会升职的。"

"主持工作他不行吧，前面还有吴悦台呢。"

"那怎么也是二把手，副厅级呀，坐等即来的事，他却跟猴子似的，急得挠腮帮子抠屁股。"

我说，这次换届成立秘书处，姜宁亭是主任，负全责，威风得很呢。夏先生嘴角一撇，说姜宁亭哪是吴悦台的对手，吴知道自己是外地人，在本省没有姜宁亭的群众基础好，利用他的二杆子劲儿，为自己打场子。给了他夏涑水，才不做这种痴熊事呢。

"那是为何?"

我疑惑了，夏先生得意地笑了，抬手将食指与中指并拢，在自己干瘦的脑袋壳上敲了两下，轻蔑地笑笑。

"这儿不行，神仙也没治。"

不敢问得太多了，太多了会引起夏先生的警觉，我说了何其愚的名字，说别多说，简单来几句就行了。

"坏人，坏人！"

夏先生的评价果然简单而决断，又觉得太简单了，不像他这样的聪明人说的话，找补两句，仍是一样的简单而决断。

"小有才，小有才。"

我将两句连在一起，重复了一遍，笑笑，意思是太经典了，顺手拿起那篇写杨家将的文章。

夏先生正等着转到正题上，见前面一篇我的兴趣不大，放下二郎腿，扭扭膀子，似乎自己给自己鼓鼓劲儿，要把这篇推上去。一开口，先定了奖项的等级。

"绒仙同志，这篇在《山河志》上发了，评奖时怎么也是一等奖。"

我也毫不掩饰我对这类题材的喜欢，说杨家将的事，是到了厘清的时候了，多少年了，史学家不能光跟在民间艺人屁股后面跑。

夏先生大喜，说他这一篇文章，可说一下子就廓清了近千年来，笼罩在杨家将身上的迷障，重新为山西树立起一个抵御外患的历史英雄人物。

"你是说谁?"

"蒲州的杨博，明代的兵部尚书，这才是真正的杨令公。"

"哦，我倒要认真看看。"

恰在此时，听见身后的房门响了一下，我以为是陈侃回来了，扭头一看，是郑伯笃托着一函线装书进来了。不是找我的，朝陈侃的桌子扫了一眼，对我说，陈侃想找一套《三云筹俎考》，省图没有，史志局也没有，他昨天去看了一个搞明史的朋友，说起此事，正好这位朋友有，就借来了，稀罕书，珍贵着呢。陈侃不在，让我先收着，我起身接过来，他要走了，都到了门口，又扭身说，这么贵重的书，要是陈侃不回来而我又要走，记住锁在柜子里。

就在这一扭身间，他认出了夏涑水，只是认识不是很熟，打个招呼就出了门。他一走，夏涑水坐不住了，让我且看稿子，他过去跟郑主编坐坐，将来终审时好过关。

说着就站起来，走动带起一股微风，能闻着一股老男人的汗臭味。

我且看下去。

杨家将的史实，尤其是戏目，我还熟悉。黄竹三先生是戏曲专家，给我们讲明清史，也上溯到宋元，常由戏曲导入，再扩展开来。讲到宋辽金的关系，就讲到杨家将的《金沙滩》，还讲到周信芳演的《澶渊之盟》，曾说过，清代不能演明人抗清的戏，杨家将的戏才大行其道。

夏涑水这人是真聪明，这篇文章史料充实，叙事也还酣畅。一上来他就指出杨继业其人，正史不着笔墨，仅见于北宋文人欧阳修写的一篇墓志铭。墓主名杨琪，官职为供备库副使。全文为：

> 君讳琪字宝臣，姓杨氏，麟州新秦人也。新秦近胡，以战射为俗，而杨氏世以武力雄其一方。其曾祖讳宏信，内州刺史。祖讳重勋，又为防御使。太祖时为置建宁军于麟州，以重勋为留后。后召以为宿州刺史、保静军节度使，卒赠侍中。父讳光扆，以西镇供奉官监麟州兵马，卒于官。君其长子也。君之伯祖继业，太宗时为云中观察使。与契丹战役，赠太师中书令，继业有子延昭，真宗时为莫州防御使。父子皆为名将，其知勇号称无敌。因天下之士至于里儿野竖，皆能道之。（《欧阳永叔集》第29卷）

既然这是唯一的可靠依据，接下来由此生发，也就无可厚非了。

文中，怕读者无地理概念，对上文中的地名一一做了诠释。

麟州：今陕北榆林市神木县。

宿州：今安徽宿州。

保静军：驻防山西保德至静乐一带的军事建制。

也即是说，这个杨琪的曾祖杨宏信，祖父杨重勋，除了祖父曾一度内调为宿州刺史，连上父亲杨光扆，祖孙三代一直都驻守在宋朝的边远州郡。

以正史而论，没有杨继业、杨延昭父子的名字，反而有曾祖杨宏信的名讳。《资治通鉴》卷291有言："麟州土豪杨信，自为刺史，受命于周。"如果承认正史比私家著述可信度更高的话，那么杨琪的家人提供给欧阳修的资料水分就太大了，原来杨信（宏信）的麟州刺史的官衔是自封的，他不过是当地的一个土豪而已，且自封的时间是在宋王朝建立之前。

这样的身世，又是这样的乱世，其伯祖杨业、其堂叔杨延昭的名将身份也就值得怀疑了。

接下来从史实、传说、戏曲、年画、行走五个方面，一一证实宋代杨家将故事的不可信。

史实部分，列了辽代九位皇帝在位年表，跟杨家从曾祖杨信到伯祖杨业再到堂叔杨延昭的卒年对应，可知杨业即杨无敌并未参与过宋辽之间大的战事，这样无敌的称号也就蹈了空。

最有趣的该是以戏曲，反证杨家故事的荒唐可笑。戏曲中，杨家的故事全都发生在山西北部雁门关一带。《坐宫》中杨延辉听说母亲押粮草来到前线，急于前往，见母亲一面即回还，其夫人铁镜公主说："宋营离此路途远，一夜之间你怎么能还？"他说："宋营虽说路途远，快马加鞭一夜还。"戏曲上的马都是神驹，日行千里，夜走八百。一个公主，一个驸马，说这话时是在宫中，辽都在承德，宋营当在雁门关前，两地相距千里，白天也不可能一日还，夜晚再快马加鞭，翻不过太行山天就亮了，如何能见母亲一面即回还？

金沙滩一战，杨家众儿郎为了保护宋王爷，战死的战死，逃亡的逃亡，更是荒唐可笑。宋朝立国后，除过宋真宗曾去澶渊走过一趟外，没有一个皇帝到过黄河以北的。徽钦二帝，倒是过过黄河，可惜是被金兵押着过的。

于此可知，后世锣鼓喧天，唱的响彻云霄的杨家将的戏，全是编下的。

是编的，于史无据，却不能说没有缘由。

那就是暗喻反清的大义，要褒扬一位曾给北虏以重创的明代伟人——曾总督蓟辽保定军务，又多年任兵部尚书的杨博。下面的论证可说是八面出锋，文采飞扬。

先抄了《明史·杨博传》上的一节文字，嘉靖朝史实。

初俺答薄都城，由潮河川入，议者争请为备。水湍悍，不可城，博缘水势建石礅，置戍守，还，督京城九门。时因寇警，岁七月，分兵守障。博曰："寇至，须镇静，奈何先事自扰？"罢其令。寻迁总督蓟辽保定军务。博以蓟近京师，护懿甸陵寝为大，分诸将，画地为防。三十三年秋，把都儿及打来孙十余万骑犯蓟镇，攻墙，帝忧甚，数遣骑侦博。博擐甲宿古北口城上，督总兵官周益昌力御。帝大喜，驰赐绯豸衣，犒军万金。

寇攻四昼夜不得入，乃并攻孤山口，登墙。官军断一人腕，乃退屯虎头山。博募死士，夜以火惊其营，寇扰乱，比明悉去。进右都御史，荫子锦衣千户。明年打来孙复入，益昌击却之。遂擢博兵部尚书，录防秋功，加太子少保。

然后说，古北口的杨无敌庙，明里是奉祠宋代的杨业，暗里是奉祠明代的杨博，表达的是对故国的怀念，对清人的仇恨。

其论证的方式居然也是由两句唐诗引发，白居易诗《奉和令公绿野堂种花》有句：

令公桃李满天下，
何用堂前更种花？

这里的令公，指的是唐代名相裴度。此人曾亲自出镇，任一方最高军事长官，督统诸将平定淮西之乱。晚年留守东都洛阳，官中书令，与白居易、刘禹锡多有酬唱，故而白诗中称他为令公。接下来笔锋一转，说杨博数度统兵，官至兵部尚书，曾一身而系天下安危。又言，兵部尚书，执掌当朝军令，俗称大令，亦可尊之为令公。有此比拟，后来的戏曲中才称杨业为杨令公。

看到这里，由不得在桌上轻轻拍了两下。

夏涑水进来了，坐下，一脸的喜庆，看来跟郑主编的交谈也还顺遂。不说话，先直地看着我，要从我的表情看出他的文章的命运。

"是不错。"

我不好说别的，只能这么说。

"你看，你看——"

说着，从怀里的脏布袋子里掏出几本书，去主编室没带他的布袋子，一回来又搂在怀里。

几本书摞在一起，我随手拨拉了一下，见是郝树侯先生的《杨业传》，张云平的《杨家将史话》，还有一本封面花花绿绿的，字小，没看清作者，书名叫《杨家将的历史真相》。

"夏先生参考的书目够多的。"

看了就不能不说话，说话只能是夸奖。显然，这样的夸奖填不满夏先生的欲壑，两道恶眉皱了皱，像是凭空升级，给自己加上了顶戴花翎。

"过去老的小的，没有一个说到脾气上，我这篇文章，可以说一扫千年迷障，见出世道人心，还原历史真相！"

我还是提出了我的一个不明白，说我去北京开史志会，主办方安排我们游览过古北口，那是个镇子，街上确实有杨无敌庙，庙里墙上刻着几首宋人写的赞颂的诗，这是怎么回事。

"你以为那是宋代建筑，真要是宋代建筑，那就比故宫还要值钱了。"

我不会那么蠢，他用了这么不屑的口气，我也不想分辩。

"澶渊之盟后，宋辽能相安百年，全赖辽国第八位皇帝辽道宗的开明和善，他叫耶律洪基，在位四十多年，临终还告诫子孙切勿生事。在他手里，宋辽的边界往后退了一大截，等于把以前侵占的中原土地全退给了宋，古北口这一带实际是在宋朝这边，往前走就是辽邦了。因此，宋朝的使臣才会在这里流连咏叹，写下了这些诗篇。"

说到这里，眼珠子一转，看见了西边墙上陈侃的那张明代九镇详图，捅了一下我的肘子，说那儿有九镇图，蓟辽这儿能看清宋辽的边界，说着起身，从我身后绕到九镇图前。我不想动，他连说"你看你看"，没办法，只好起身站到图前。

"这儿，就这儿！"

他伸手在图上指指戳戳，我没细看，也是我眼睛不好，再细看也看不清古北口的具体位置，只有假装看见了，应对着。

"这儿，就是宋辽最初的分界线，辽国第六位皇帝耶律隆绪，他母亲就是杨家将戏里的萧太后，率部南侵，直到澶渊城下，订立盟约，大胜而还。你看，到了辽道宗耶律洪基手里，退出了多么大的一片土地。"

这个我倒要看看，往前攒了半步，离九镇图近了。正在找古北口的大致位置，忽然感到后背麻酥酥又冷冰冰的，像是一条小蛇在爬行，正要惊叫一声跳开，瞟了一眼，不见夏先生左边的胳膊，方意识到这是他那只脏手在我脊背上轻轻抚摸。

顿时起了反感，什么东西，也要占老娘的便宜。

一瞬间我意识到，定然是他以为他那句，"宋代建的比故宫还要值钱"的嘲讽，将我慑服，才敢如此放肆的动手动脚。说实话，如果此一刻，他猛地抱住我，亲上一下，纵然反感厌恶，还得承认是一个男人的作为。如此偷偷摸摸，从背后下手，轻轻抚摸，无异鸡鸣狗盗之徒的下三烂动作。

我扭动一下身子，坐回椅子上。

见我如此决绝，没有一点回应，他也觉得失礼而失落，"没什么没什么"，一面嘟囔着一面退回去坐下。

"夏先生，稿子的事，我按程序办，今天就这样吧。"

"好的好的，我去薛主编那边坐坐，拜托了。"

他去了，我没有送。一时间觉得自己实在可怜，一个多小时的耽搁，得到的竟是这样低级的骚扰。他太下流了，我也太不值钱了。

猛古丁地，又想起玉阁教授说过的一句话，人是社会学的最好的载体。

这叫个什么载体，恶心，隐约间觉得抑郁的症状又起来了，难以控制，也不想控制，只想对人倾诉，谁呢，只能是雪姐了。当即取出手机，走到楼道上。

"是雪姐吗?"

"是我，绒仙，你在哪儿?"

"在上班，你有空吗? 我想见你，跟你说说话。"

"不行，我在园林局跟刘局长商量个事。"

听见那边压低了声音，说，她出去一下。

"我想见见你。"我凶狠地说。

"晚上在一起吃饭吧。"

"现在!"

"那不行，我离不开，要不你来滨河公园吧!"

"不去了，当下死不了。"

手里这个手机要不是太贵，真要狠狠地摔在地上。

第十二章

隔了一天，我还是听了雪姐的话，去滨河公园见了她想让我见的刘局长。

停了车，刚跨过窄窄的铁栅栏小门，没走几步，老远就看见雪姐朝这边招手。

雪姐今天的打扮，可是够潮的，银灰色的小西装，刚过膝的一步裙，雪青色的皮凉鞋，跟儿不高也不低。最为惹眼的，是脖颈间系的丝方巾，红黄绿相间，绿条儿特别鲜亮，不知怎么打的结，一个尖角儿飘来荡去，路标似的，总指向胸前隆起的地方。

走前几步，见她身边还站着一个人，不用问，猜着也是那位刘局长，介绍了，果然是。

名字，电话上雪姐说了，我没记住，好在这位局长也还谦恭，一面伸手相握，一面自报了家门："刘巩义！"

刘局长还带来两个搞测量的，正在河边忙活着，那边有人打个手势，像是有什么要说的，刘局长抱歉地一笑，自个儿走了。

剩下我跟雪姐，这才跟我说开，他们怎么起的意，又怎么看上这个地方。

建雁丘的事，她不止一遍跟我说过。前一向在桃林前谈FH计划时也提过，见她兴致这么好，也就不便点破，任由她说下去就是了。我能做的，只有傻乎乎地应和。

"你是学历史的，爱说傅青主啦元好问啦，你可晓得元好问写过一阕祭雁的词？"

"我只记得他的一两首诗，词是一阕都记不得了。"

见我认了输，雪姐清了清嗓子，就在原地，一边来回踱步，一边背了起来。

> 问世间，情是何物，直教生死相许？天南地北双飞客，老翅几回寒暑。欢乐趣，离别苦，就中更有痴儿女。
> 君应有语：渺万里层云，千山暮雪，只影向谁去？
> 横汾路，寂寞当年箫鼓，荒烟依旧平楚。招魂楚些何嗟及，山鬼暗啼风雨。天也妒，未信与，莺儿燕子俱黄土。千秋万古，为留待骚人，狂歌痛饮，来访雁丘处。

不等背完末一句，我就鼓起掌来，用的还是眼下小姑娘惯用的那种拍法，手掌笼在袖子里，只露出手指，幅度甚大，可是听不出声儿。

"哎呀雪姐，真有你的！"

动作是虚了些，心里则是由衷的赞美。

雪姐越发来劲儿，说她上小学时最爱背的是唐诗，到了中学，教语文的妈妈说，女孩子该多背些婉约派的词。后来她见爸爸妈妈常在一起谈论元好问，说他的诗词不比唐宋人的差，实在是因为是山西人，又生逢金元之际，文学史上就逊了些。上了大学，学的是电力机械，也开文选课，代课的是个副教授，忻州人，特别推崇元好问，甚至说古典诗词，元好问之后无第二人。这首《雁丘词》，词牌为"摸鱼儿"，也叫"迈陂塘"，足足讲了三节大课，而且要求背诵，连前面的序一起背。起初觉得太乖张了，是以己之好，强人所好。离开学校这些年，才觉得这个老师实在是太高明了，光一句"恨世间，情是何物"，就值得咂摸一辈子。

"那序你还能背下吗？"

"试试吧！"

说着又踱起了步子。

> 乙丑岁赴试并州，道逢捕雁者云："今旦获一雁，杀之矣。其脱网者悲鸣不能去，竟自投于地而死。"予因买得之，葬之汾水之上，垒石为识，号曰"雁丘"。同行者多为赋诗，予亦有《雁丘词》。
> 旧所作无宫商，今改定之。

"雪姐，你简直是伟大啦!"我跷起大拇哥，在她面前晃了几下，随即又提出一个疑问。

"你背的时候，首句是'问世间，情是何物'，刚才说起那位老师讲解，又说'恨世间，情是何物'，怎又换成了个恨字?"

"哎呀，我不是说了吗，这个老师绝对是个元好问专家，他说，这阕词在流传的过程中，有两个版本，字句稍有不同，起首的这个字，有的是问，有的是恨，他认为都能讲得通，但是恨字更富感情，也更有分量。"

"我听了，也觉得还是恨字好。"

说着，我又起了个邪念，前两天在文史会，听谢次陇说他给中国旧小说总结出的八个字，"邪思淫喻，逞才使性"，我忽然觉得，好朋友之间的谈话，也在这八个字的概括之内。

"这么一下——"我将右腿伸出去又勾回来，"就把刘局长忽悠得要修个雁丘了。"

"没到那个份上。"

"我不信。"

"一会儿刘局长来了你问问，是谁先起的意，刘局长是代县人，一来园林局就有这个念头，我只是给他使了使劲儿，快快做起来。"

我还真想试试。那边的事完了，刘局长过来，笑吟吟的，像个好脾气的男人。

"哎呀，刘局长，汾河边上太空旷了，修个雁丘，这个主意太好了，刘局长是学中文的吧!"

"哪里，我是学经济的，这全是雪君同志出的点子，是个好主意，我很感谢!"

不等刘局长说完，我朝雪姐吐吐舌头，做了个鬼脸，雪姐不恼，只是在我肩膀上拍了一下。

"有你这么问话的吗!"

刘局长他们测了地块的宽，还要测地块的长，留下一个人立标杆，另一个拿起三脚架朝南走去。刘局长对雪君说，你们且聊着，他还要去那边看看，说罢跟着拿三脚架的去了南边。

天热起来，这儿没有树荫，雪姐扭身瞅瞅，见半坡上有个亭子，说去那儿坐坐吧。

走着我问雪姐，几天不见，怎么又做起这营生来了，帮着园林局搞新景点策划。雪姐说，单位的事情不忙，春天来了，人都活泛起来，吃请跳舞的事也就特别多。刘巩义原是清徐县的副书记，调到园林局当局长，是有情绪，也算是升官，朋友们庆贺把她也拉去了。宴席上说起太原城市规划的乱象，都是一肚子的气。河西那几个大建筑，大剧院啦图书馆啦什么的，若不是挤在一起，而是散在全市各处，每一处就是一片绿地，一个景点，太原不大，新增上那么五六个景点绿地，城市的整体面貌一下子就大为改观。现在挤成一疙瘩，只能远处观赏，走到跟前都不容易。

雪姐的这番话也引起了我的感触。

前些日子，我领上睿睿去迎泽公园，东门里忽然冒出一个晋商博物馆，青砖围墙，雕梁画栋，像个古建筑群似的。当时心里就想，这是哪个大领导，这么有眼光，选址选到公园里，不用拆迁，不用平地，多省事。又想，要是来上十个这样的领导，这个公园可就毁了。

雪姐说，就是这些年这种乱象，引起了宴席上一些人的愤慨和思考，说成立一个城市设计学会，协助政府机构做这方面的规划，是协助也是监督。桌上有民政局的人，说叫这个，肯定通不过，省市都有城建机关，这名字一听就是跟政府机构叫板的。后来又开了一次会，定下来叫城市美容研究学会，果然一报上去就批了。

"你是会长？"

"我哪是当会长的材料，我是分管联络的副秘书长，会长是市里一个退下来的副市长。有了这个名堂，活动起来就方便多了。"

上坡路，走起来慢，多亏有歪歪斜斜铺了石板的小径，高跟鞋的后跟戳不到泥地里。这儿有旋转的水龙头，一会儿喷一圈水，地上湿漉漉的。

快到亭子跟前了，我又生了一个疑问，说现在的滨河公园还是一期工程，橡皮坝拦在长风桥南边，漪汾桥到长风街这一段，水面平，景致也好，你们建这个新景点，为啥选在漪汾桥北这块地方，往南移移不好吗。

这话戳到雪姐心里了，她干脆停了脚步，说上次见面，就跟我说过，开了个会，研究雁丘的选址，最近又开了个会，仍是选址的事。有个老同志，挺有学问的，仍坚持说应当选在胜利桥以北。局里的工程师讨论过了，主张南移，建在迎泽桥北侧，游人多的地方。她表示反对，说我们是建新景点，也是恢复旧古迹，元好问词序里，明明说他买下这一对大雁，葬于汾水之上，垒石以为识，可见当时是有个石垒的坟堆的，我们找不见原址，但大致位置不应该错了。

"哦，你找到史料依据了？"

雪姐白了我一眼，看她那个意思，以为我是找她的碴儿。

"就在词序里。"

接下来说，词序里说他们几个人是泰和五年，赴试并州。她查了，这是金朝的年号，泰和五年，对应的是南宋开禧元年，相当于公历1205年。那时候较远距离的交通，靠的是马车，应试要带许多东西，骑马不方便，只会是车，马车或骡车。现在忻州到太原走的公路，那是填沟架桥才有的通畅，古代这条路，那可是山岭重重。骡马车要走得快，只能是走平川，忻州到太原的平川路，只会是汾河两岸，西边的路再平，快到太原了，也得拐到东边来。词序里，也是这样说的，"横汾路"三字，就说的是这种情形。也就是说，起初是在河西走，快到太原了，从河上过来。这样也可以推测，他们垒起的雁丘，也只会是在河这边，当年人烟稀少的地方。

"明白了，雁丘就得建在漪汾桥北一个地方，他总不能带着两只死雁去府衙报到吧。"

"你呀，这张嘴呀！"

雪姐做了个伸手要拧的动作，在我脸前一晃。

说话间进了一个亭子，四根柱子四个角，进来之前，朝上瞥了一眼，悬着的小匾是眺河亭，我瞅了一眼，冷笑了一声。

"会不会起名字，眺河亭，念起来就成了跳河亭了。"

"没办法，不怕没文化，就怕有小文化，要装成大文化，没有不出乖露丑的。"

"有你这高参，刘局长不会露这种丑。"

临河的这边敞开着，另三面柱子之间是一尺宽的长凳，供游人歇息之用。南边的长凳晒着太阳，想来发烫，北边在阴凉里，雪姐指指，我俩各自坐下，斜侧着身子，几乎是面对着面。

四下里看了看，雪姐又说起她给刘局长出的主意。说将来雁丘建成了，丘前的甬道两侧，要建个不大的碑林，碑上刻历代咏雁丘的诗词。元好问说雁丘垒起后，同行者多为赋诗，可见当时就有人写了诗。推想后世，也会有人写的。查一查，要是不多的话，可征集当代诗人撰写，但必须是旧体诗词，新诗一首也不要。再请著名书法家写了刻在碑上，这样景区就丰富了。

又指指右侧开阔的地方，说那儿将来要建成一个楼阁，叫什么名字还没定下来。

"也是这次的选址会上，有人说叫雁来楼，有人说叫栖雁阁，我说，别那么烦琐，干脆叫雁阁好了，跟雁丘正好对上。不能太低了，至少要跟西安的大雁塔那么高，将来名气大了，人们会说西安有大雁塔，太原有大雁阁。"

雪姐说起来还是那么神采飞扬，眼珠子滴溜溜地转，我却不然，一坐下，满肚子的委屈就涌上心头，将一条腿盘上来，扭扭身子对着雪姐，未开口，先嘤嘤地哭了起来。

"怎么啦，怎么啦?"

雪姐握住我的手，大为不解。

她越是不解，我越是伤心。

"刚才还好好的嘛!"

"都是听了你的话，把我害惨了!"

抹去眼泪，抬起头，自个儿又笑了。

"神经病!"

雪姐嗔一声，跷起指尖，在我额头上一戳，自个儿也笑了。

不管是真的还是装的，那一阵儿过去了，我跟见了亲人一样，诉说着自己满腹的委屈。

先说了我是怎样将她的 FH 计划与玉阁教授填登记表的设想，结合起来一步一步向前推进。

"我是先考虑 FH 计划，不考虑填表的事，总觉得老虎都制服了，登记表加上一项多几个字，不算什么。去文史会，当然要先见见会长和副会长，会长吕先生那几天有事不在机关，见了的是副会长吴悦台;印象还好，可他挺拘谨的，让我无法下手，使了个媚眼也待理不理的，反正他也不在 FH 计划之内，我也就没当回事。那天倒是见了你推荐的头号人选，真跟你说的一样，那家伙一接触就能感觉到是个老色狼，眯眯着眼，鼻梁子一耸一耸的，我还以为他在闻我身上喷的香水呢，耸的多了，见他老擦鼻涕，才知道是他有鼻炎。"

我说得太啰唆，雪姐听不下去了。

"做了吗?"

"在办公室呢。"

"你呀!"

"那副眉眼我先看不上。"

"老姜多好的一个男人,国字脸,眉毛上挑,个头儿还那么高。"

"可你没见他那面皮,跟癞蛤蟆脊背似的,一想到那样的脸贴在我脸上,心里就膈应。"

"还见了谁?"

"去编辑部楼上想见的是何其愚和谢次陇,见了的是谢次陇。"

"那可是个好后生,比你大不了几岁,白白净净挺憨厚,你只要开口肯定能约出来。文史会后面的巷里,就有好些个单间的小歌厅。"

"我倒是挺喜欢他的,一见就喜欢上了,可他一笑,就用手捂住嘴,憨憨的。明知他比我大好几岁,可我感觉上觉得他好像我的一个小弟弟似的,不忍心教他学坏。"

我诉说的时候,雪姐脸上的表情,不时发生着变化,一会儿是欣赏,一会儿是惋惜,一会儿是难以理解,一会儿又是深表同情。说到谢次陇,说我一见就喜欢上了,她认为以谢次陇的憨厚,以我的姿容加上她传授的勾引手法,这回定然是手到擒来,拿下FH计划的头一单。

听到最后,我竟因谢次陇的憨厚像了我弟弟而不忍下手,雪姐倏地变了脸。

"去你娘个蛋,教都教不会!"

以为她会训我一句什么,没想到她竟爆了粗口。

她这么着,按理我该生气的,人家诚心诉说,要的是同情,是理解,是安抚,她竟如此粗暴,如此不近人情,可我一点也不生气,只是觉得委屈,觉得自己太无能了,猛地扑过去,伏在雪姐怀里呜呜地哭了。

"你呀,你呀!"

雪君俯下身子,一手握住我的手,一手抚摸着我的背,顺下去,又逆上来,我觉得后背凉凉的,定然是上衣拥上来,露出了一截背上的皮肤。

我等着她扶我起来,跟我说个什么。

没有,她就这么轻轻地抚着我的背,上去了又下来,下来又上去,后来我才发觉,是这么着谁也不看谁,好些话她才能说出口,不难为情。

"绒仙,这么些年,你能感觉到咱俩之间这么亲,跟亲姐妹似的,我把你当亲妹妹,你把我当亲姐姐,你这么看,别人也这么看,别人这么看没有错,你要这么看可就错了。我不是把你当亲妹妹看,我是把你当我自己看。我只比你大四五岁，可家庭情况不同，我经历的事多，心理成熟早，跟两代人差不了多少。你的这个病，我以前也得过，是靠着自己硬挺，挺过来的，当然也有贵人的搭救——"

她说到这儿，我真想仰起脸问她，在病患中搭救了她的贵人可是现在电利公司的老总。要是平日谈笑间，我会这样问的，今天不行，她在情绪中，我也在情绪中，说了这种话，就太没人情味儿了。

雪姐似乎意识到什么，顿了一下，我俯在她怀里，撒娇似的嗯哦了一声，意思是催她说下去，果然她也就没在意，仍是语调平缓地说了起来。

"知道一个年轻女人抑郁起来，心里是多么的饥荒，多么的痛苦，真是死的心都有。我说你就是我，是我深知你的痛苦，救治你也是救治当年的我，只有你在我的料理下身心健康起来，我才觉得自己过去的痛苦没有白受。人生在世，普度众生是不可能的，但是拯救自己一个小妹妹，还是能做到的，救了她，自己的灵魂也纯洁起来。"

"你真是我的好姐姐！"

头也没抬，就在她怀里闷声闷气的来了这么一句。

"今天把话说开了，再要说的话就重了。"

"我不嫌重，你就狠狠地说吧！"

仍是埋在她怀里，又往深处拱了拱。

"你还是坐好听我说吧！"

雪姐抽回手，扶起我的肩头，往上一推，我也趁势使了点劲儿，挺起腰身坐了起来，这时才发觉，雪姐说前面那些话的时候，是流着泪说的。见我抬起身子，这才从身边的小坤包里抽出一张面巾纸，擦拭眼睛。

有些害羞，她自个儿先笑了，立马又严肃起来。

"绒仙，我们订的FH计划，听起来像是闹着玩儿的，实际上是个正经事，是为了让你从病情中解脱出来，疏散郁结，激活性情，要说是学坏，也可以说是学坏。"

我点点头，认可这种说法。

"坏也不是那么容易的！"

这句话，她是绷起脸，咬着后槽牙说出来的。

雪姐的话，又勾起了我的心事，由不得又想哭，鼻尖酸酸的。

"我原来也以为，学好不容易，学坏还不容易吗？"

雪姐也像是触到了心底的软处，动了感情。

"这道理我早就想通了，不是谁教的，是我自己悟出来的。过去我认为学坏是堕落，是下坡路，是坐在坡顶往下出溜。等我做过以后，才知道不是那么回事。学好是顺着人性走，才是下坡路，学坏是逆着人性走，才是上坡路。上坡路肯定难走。你以为学坏跟跳崖一样，眼一闭就下去了？"

她说得太有趣了，我又由不得笑了。

"道理不是说的，是要想的。"

道理说到这儿，该止住了，不是我感觉到的，是雪姐的表情告诉我的。她的面皮松弛下来，溢出甜甜的笑容。她的舒缓，让我的胆子也大了起来，提出了好些天一直闷在心头的疑问。

我努努嘴，想说又觉得会不会惹她不愉快。

她看出来了，先是眼神鼓励我说下去，见我还在犹疑着，这才开了口。

"有啥想说的就说说嘛，别那么欲言又止的，让人看着难受。"

"我说了，你可别不高兴。"

"看你说的，话都说开了，我会不高兴吗？"

"接触过姜宁亭之后，我怎么也想不通，雪姐会选他作为FH计划的第一人，是雪姐你跟他有什么特殊关系，拿我去送上门去？"

雪姐不回答我的问题，只是诡谲地一笑。

"你看过他的博客吗？"

"看过。"

去文史会之前，那几个人的博客，我都细细看过。

"那你说说，看了之后的感受。"

姜宁亭的博客换的不算勤，放了好些他过去的文章，还有获得的两次不大的奖励。最有名的一篇，是他前年写的，对山西要建成全国能源重化工基地的批评。立论之尖刻，是常人想不到的，我看了很欣赏作者的胆识。

"还挺敢说的。"

"没留心他的自我介绍？"

想起来了。博客头像下都有博主本人的自我介绍，此人的自我介绍竟是：一级作家，著名学者，一个纯爷儿们。博客都是想博人眼球的，狂言谵语有的是，说个纯爷儿们也不算什么。

我说了自己的看法，雪姐颇不以为然。

　　"你不觉得荒唐吗？说这话不就等于一个男人赤身裸体，提溜着不大的棒槌，满大街要找个窟窿插了进去。还是个文化人呢，流氓也要装一装。"

　　太刻毒了，我皱皱眉头。

　　"有这么好的一个揽活儿的，让你试试胆子不也挺好嘛！"

　　"你真坏！"

　　"接触了一回，你看上他，我高兴，看不上他，我也高兴。"

　　我迷惑了，问此话怎讲，雪姐的解释，让我心服口服。

　　她说我看上了姓姜的，说明我听信了她的话，抱定冒死犯难的决心，再不情愿也要把FH计划做下去。我看不上这个人，不往下做，说明我还不是眼一闭就往下跳的傻姐儿。再说要学坏，我还是有底线的，就是得悦适自己的心性，不违拗自己的良知。

　　雪姐是为舒缓我的心理压力才这么说，我觉得这一时刻，我自己也该把心里的话，跟她说说。

　　我说，我怕是早就得了一种病，后来看书多了，觉得近似受虐待狂。宝成这个人，个头儿不算高，外表也不算多壮，可他实在是个性交上的狂人。新婚头一夜，将我翻来覆去地做，我都哭了，求他别做了。反而我越哭，他越来劲儿。时日久了，觉得男人就该是这个样子，我也能从这样的对待中得到生理上和心理上的满足。就说他带着沈翠翠来我家那天，晚上他回来，我心里不高兴，拌了几句嘴，他那个劲儿上来了，把我放倒，又是一番折腾，我一边怨他不该带女人来家里，一边感受到了性事的快活。

　　说到这儿，我停了一下，瞅瞅雪姐的脸色，她正喜滋滋地听着。

　　"雪姐，你说我是不是太下贱了？"

　　"不能这么说，我看过一本外国人写的谈性事的书，说这是女人的一种性心理，称之为习惯性服从，也可说是一种深层的卑贱意识在作祟。"

　　"不说这个了，我想把那个FH计划，改为HF计划，我不逮老虎了，让老虎来吃我吧。"

　　雪姐笑了。

　　"我们的FH计划，是要你走出抑郁，过一种健康开朗的社会生活。要是把FH改为HF，半夜你到迎泽公园走一趟，总有那些流浪汉上前搭讪，甚至不用搭讪，上来就把你放倒。"

"那你说我该怎么办呢？"

"做，勇敢地坦然地做下去。"

接下来她帮我分析了眼下的态势，见了哪几个人，还有哪几个人没有见。我说，我昨天见了吕汾阳老先生，还见了天津来的知青作家黎之诚。雪姐手一挥，说一个太老一个太糯，不予考虑。又说了两个学者，她眨眨眼，也否了。忽然悟过来似的，拉住我的手。

"何其愚你见了没有？"

"去见谢次陇那次，本来也是要见何其愚的，两个人的办公室挨着，何其愚不在，谢次陇说他一上班转了一圈就走了。"

"这个人名声也不太好。"

雪姐说着笑了笑，我知道她说的名声不太好，是什么意思。

"他比姜硬挺小好几岁，脸也光光的，平日装的像个人儿似的，实际是个花心大萝卜，你这俏模样，使个媚色就上来了，容易得手。"

她要不说后面这几句话，我还会真的鼓起勇气去做，她后面这几句话，说得太轻巧了，我反而胆怯了，就算何其愚再花心，叫我主动勾搭，也是难为情的事。一个陌生男人，对我来说就是一个沟壑，怎么给自己鼓劲儿，一步也跨不过去。

看见刘局长朝这边走来，知道测量的事完了，该回去了。

"大胆去做，一举拿下！"

雪姐站起来，伸伸懒腰，朝我做了个胜利的手势。

这话让我一下子振奋起来，极为突然地，也极为冒昧地，我的头脑里闪过一个念头。

"雪姐，我想练练胆子。"

"怎么个练法？"

她不经意地问，又扭头看了一下远远走来的刘局长。

"人熟了好下手，再勾搭，自己也不害羞。"

"找个熟人，谁？"

"我想在国辉哥身上练练手。"

国辉姓潘，是雪姐的夫君，初一听，她愣了一下，随即咯咯咯地笑了起来，略一思忖，抬起手，伸直食指，在我的脸颊上刮了两下，朗声言道："行，让那个笨人也尝个鲜。"

我顽皮地一笑，朝她做了个亲吻的口型。

"好姐姐，真是我的好姐姐。"

刘局长走近了，都能看清眉眼了，我忽然想起刚才的谈话中，我的一个疑问，问雪姐，方才说起姜宁亭，怎么称呼他是姜硬挺呢。

"你都去过几次了，真的不晓得姜宁亭的绰号叫姜硬挺吗?"

"真的不知道，怎么是这么个绰号呢。"

刘局长快到跟前了，雪姐笑笑，说往后再说吧。

刘局长到了跟前，说中午去吃海底捞，不远，就在迎泽街口上。

第十三章

昨天上午，在眺河亭跟雪姐一番畅谈，我兴头的，准备今天上午就去文史会，一举将何其愚先拿下，完成我们FH计划的第一单。

回到家里，有个情况让我很是不爽。

一楼客厅的长茶几上，备有一个玻璃烟灰缸，宝成不在家的时候，总是洗净了搁在下层的隔板上。一进门就闻见一股烟味儿，浓得都让我轻轻咳嗽了一下，再一看烟灰缸跑到茶几面上来了，里头有烟灰，还有拧灭了的过滤嘴。先打开窗户，透透气，再拿了烟灰缸倒进厨房的垃圾桶里。到之前瞥了一眼，六七个过滤嘴，成色还不一样，一种是纯黄色，一种黄色上面带有白点儿。可见是来了两个人，都有品位，各抽各的烟。

一个肯定是宝成，另一个是谁呢？

立马就想到前两天在门口，曾遇到过两个看房的人，问是不是我家的房子，出租不出租，我当下就给怼了回去。定然是宝成回了太原，又遇上个看房的人，让进来看看屋里的格局，议议价格。

真快呀，我愤愤地想，将烟灰缸往茶几底下搁了，起身的一瞬间，瞥见茶几的一角还有一张带格的纸，拿起看时，脑子嗡的一下像是炸裂了。但见纸上写了两行字：

> 杜绒仙，这房子是我爹买下的，这几年我们只是借住，我们过不成了，爹要收回他的房子，你和睿睿趁早搬出去租房住吧。识相点，若不识相，法庭上见！
>
> 渠宝成2001年6月12日

租房还是高看了他，不是要租出去，是要收回去。

没多想，赶快上楼去看房本。

卧室西墙，有个大立柜，拉开穿衣镜，底层是个扁扁的抽屉，正中是嵌在木头里面的圆锁。我有钥匙，宝成也有钥匙，相当于家里的保险柜，重要文件还有珠宝首饰，都在里头搁着。心里急，明明对准了锁眼，就是插不进去，深深吸了口气，让心情平静下来，再试，开了。

果然不出所料，房本、户口本全都不见了。

拖着重重的双腿出了门，连下楼的力气都没有了，一屁股坐在北窗下的小沙发上。

我意识到，一场家庭财产的争夺战开始了。

面对如此凶恶的丈夫，我是真的有些胆怯，不，是真的有些害怕了。

幸亏没有先打电话过去，文史会今天是去不成了。

喘了喘气，腿脚蹬开，让身子舒展些。双手原先就搭在胸前，上下揉搓着，让胸口的郁积之气缓缓呼出，觉得平舒了些，留下右手压在胸口，左手移开，想搭在小沙发的木扶手上。臂膀甩得猛了些，手掌磕在茶几的边上，像是触着了一个本子，顺手拿起，举到眼前，睿睿的作文本。是昨天晚上女儿拿来让我看，看过搁下，今天没有作文课，也就忘了放回书包。

宝成留给我的那封绝情信，用的就是这种带浅绿色格子的纸，掀起作文本的封底，果然有扯去一页的痕迹。想来是要给我留言，下面没有合适的纸页，上楼见了睿睿的作文本，扯下一页，下楼写了那封信。

昨天晚上，睿睿拿出刚发下的作文本让我看，也是累了，没怎么细看，只是连声说好。睿睿似乎有什么隐情，也没有像过去那样，若我空口说好，定要依傀过来问怎么个好才罢休，只是撇撇嘴，就进她屋做作业去了。

是心绪恶劣，也是疲累无聊，右手没动，左手掂了一下，将作文本翻过来，举到面前，大拇指捻了一下，掀开第一页。这是个新本子，满共只有两篇作文。明知该看的是第二篇，反正没事，先看第一篇再说。

题目叫《记一个最好的朋友》。

我最好的朋友阿诗，总会在我最需要她的时候出现。橙黄色的天空，预示着这一天的美好，可是班主任的心情是不能根据天气预报预测的。"谁没有带数学作业，起立！"我下意识回避老师的眼神，阿诗看出我的心虚："给你。"我猛地深吸一口气，直到班主任教训完毕，俯在阿诗耳边，诚恳地说了句"谢谢"。就这样两个女孩子的友谊正式确立了。

阳光明媚，正如我们的友谊一样暖烘烘的坚不可摧。"阿诗，以后我们毕业了，会不会不联系了呀。"阿诗笑了："怎么回呀，别想那么多，走啦，上课去了。"

天空阴沉，乌云翻滚，稀里哗啦的雨点从天而降。这天我们坐在阳台上闲聊，阿诗突然对我说："我有家族遗传的精神病。"我愣住了一下，随即笑起来："得了吧，你有精神病？"她认真地对我说："真的，我昨天去医院检查，轻度的抑郁症。"我想了想还是不相信。阿诗看到我这样扑哧一声笑出来："你还真信哪，哈哈哈！"我脸一红，"好哇，你还骗我。"

那天我们因为一件小事吵起来，明明就是一件很小很小很小的事，可是她就是跟我吵起来。我一气之下说："那绝交好了。"

一个月我都没有主动联系她，她也没有联系我。开学前一周，我实在忍不住心里的思念，去阿诗家里找她玩，一进门就愣住了，小小的客厅里，小小的桌子上，摆放的竟是阿诗加了黑框的照片。真的死了，我哇的一声就哭了起来。阿姨带着哭音对我说，阿诗是半个月前病故的，临去世前两天，还说病好了去看望睿睿呢。

全都怪我，不该沉默时沉默，假如可以重来，我愿意把该说的话早早说了，不留下这样的遗憾。

全文也就七八百字，没想到她竟写得这么有感情，这么好，才初中二年级呀。我初二时可写不下这么通畅，这么有条理的作文。

有两个字是错的，老师光顾了在好句子下面画一个又一个的小圆圈，这么明显的错别字竟未指出来。一个是预示预报预测的预字，左边的予字旁，写成了矛字，一个是"怎么会呀"，写成了"怎么回呀"。回字可能是笔误，预字写成那样，定是老早就没有对过。

再看第二篇，题名为《你身边的一个普通人，喜欢的或是厌恶的》。

这题目有意思，我教过初中，代的不是语文，但知道语文课上的规矩，比如作文题，要引导学生写美好的人物与事件，就是个必须遵守的规则。睿睿的老师，大概对这一套厌烦了，觉得应当引导学生认识世界的多重性，又不好单独出题写什么，才出了这样两可的题目，放开马儿跑，想写什么写什么。

睿睿会写什么呢？

定定神，看下去。

　　我有个奶奶，黑黑胖胖的，眼睛不大，挺有神，看去就是个有本事的老人。过去我很喜欢她，也很敬重她，今年过年，妈妈带我回老家住了几天，经历了两件事，我才发现不是那么回事。

　　一件是正月初三，妈妈和爸爸去县上看望他们的老同学去了，爷爷让人叫去喝酒也不在家。我们家挺大的，有个院子，还有个两层楼房，中间是楼梯，上去朝南是空的，北面是房间。西头两间，分了里外，爷爷奶奶住。东头两间，一间是爸爸妈妈的，另一间是客房，姑姑和姑父他们回来了住。

　　奶奶房子的外间有电视，我没事了就过去看。这天我刚看到半截，奶奶端着一盘水果进来，有橘子还有香蕉。她坐在我跟前，剥了个橘子递给我，我说谢谢。奶奶说睿睿大了，知道咱们家几口人吗，我说知道哇，五口，又问哪五口，我说爷爷奶奶、爸爸妈妈和我。奶奶说："是五口，可不是这五口，你要记住，这五口是谁，是爷爷奶奶爸爸，还有姑姑和你。"我说："姑姑都嫁出去了，再一个就该是我妈。"奶奶说："你妈跟咱们不是一条心，咱们家里没有她，奶奶跟我娃最亲。"

　　奶奶怎么说这样的话呢，这件事已让我心中生疑，不料当天又发生了一件更让我心烦的事。

　　后晌，就是下午，姑姑和姑父来了，姑父在镇上有同学，找同学打牌去了。我在外间看电视，奶奶和姑姑在里间说话。奶奶是个大嗓门，也不回避我，跟姑姑两个，说的是姑姑工作上的事。姑姑说她现在的工作很累，挣不下多少钱，跟哥哥说了，正托人往太原调，要是办成了，你们也要给我买一套哥哥嫂嫂那样的房子。奶奶说，你哥跟那个女人不一定能过下去，到时候他买下更好的房子，那一套就是你的了。我在外间听了，心里顿起反感，奶奶也太狠了吧，为了姑姑，竟打起我们房子的主意，还说爸爸和妈妈肯定过不下去，这是什么话呀！

有了这两件事，再看奶奶那个大脸盘，不是怎样的能干，而是带上了凶相，一脸的不公道。

从那天起，我厌恶透了这个黑脸的老女人。

真没想到，睿睿写的，会是这样的事。原来宝成他妈，我那婆婆，早就想着法儿，把我这个儿媳妇踢出渠家的门。

悲从中来，不由得暗暗垂泪。女儿作文上说的事，跟这几天的事联系起来看，可知渠宝成的用心何在，往后只能是我与睿睿母女两个，过孤苦的日子了。

一阵烦躁涌上心头，我有预感，这是抑郁症要发作的征兆。过去不好控制，只能是蒙住脑袋，嘤嘤啜泣，自从见过萧大夫，知道精神专注在别的事情上，可以减缓症状的加剧。我摸索出的办法是看书，看自己喜欢的书，往深里探究书中的理义。

双手在沙发扶手上用力一撑，站了起来，回到卧室。在床头柜上取过《围城》，怕头晕，不愿意转动身子，几乎是后退着回到外面，仍坐在沙发上。这是1992年出的本子，是我刚调到《山河志》时买下的。随便翻开一页。

《围城》的好处是，随便翻到哪儿，都能看得下去。

第68页，在左边，又是左手拿着，右边重了些，书往下沉，倒在右手上，拇指卡在缝隙处，这就稳了。眼睛盯在这一页最上头的一行，想都没想，就看了下去。

斩截地："那可不知道。"又幽远地："她自然去呀！"

"你害的什么病，严重不严重？"鸿渐知道已经问得迟了。

"没什么，就觉得懒，懒出门。"这含意是显然了。

"我放了心了。你好好休养罢，我明天一定来看你。你爱吃什么东西？"

"谢谢你，我不要什么——"顿一顿——"那么明天见。"

这个小情节，说的是方鸿渐住在周家，苏文纨来了电话，两人之间原本有些许的恋情，唐晓芙插了进来，电话上便斗起了心眼。

抑郁起来，思维有一种穿透力，就像是有人手里握着一把刀子，扎进去，又使劲地拧着，往深处钻着。过去看过不知多少遍了，只是觉得两人的话语，机警而有趣，都在试探着什么，又提防着什么。这回不一样了，思维往深里推进了一步，觉得这样的句式，太奇妙了。

两人不见面，是在电话里交锋，几行文字里，是谁在说，全没有提示。最突兀的是，第一句里，一个"斩截地"，一个"又幽远地"，就把事主与声调，全交代清楚了。第五句里，中间夹了个"顿一顿"，也是同样的作用，多么简略，又多么传神。

在中学教语文的老师，在大学教写作的教授，总是要求学生，写文章，一定写成完全的句子，不能跟说"三句半"似的，只有主语没有谓语，或是只有谓语没有主语，这里倒好，只有一个状语，就完整地表达了。

写完全的句子，课堂上灌注的这个语法的法典，不知害了多少人，文章里真要满是完全的句子，那还叫文章吗？

我看过民国时期，一个作家写的《古文文法》，里面说，承上文，能省的成分要尽量省去，以看得懂为原则，省的越多，文章越精粹，越古雅。

以前看《围城》，就注意到了，书中有许多句式的书写，与常人大异其趣。今天看了这一小节，思虑更深了。何不细加研究，写一本《钱锺书的国语文法》？

这样一想，又精神起来，觉得什么恶婆婆，什么渠宝成，都不是个事，我要比你们过得都好。

不能让这些人与事，耽误了自己的人生，眼下则是，不能让这些糗事，败了自己的好兴致。

该做什么，还是要做！

先给《文史荟萃》主编室打电话，光嘟嘟没人接。又给谢次陇挂电话，通了，问何其愚可在单位，说刚才还见过，像是跟前有编辑部的人，小声问了一句，回复我说，有人见了，回家里去了。看看才十点过几分，挂了电话，把自己收拾收拾，驾车直奔文史会。

第十四章

　　一拐进文史会的大门，传达室老伯就出来了，站在车前不远，打着他那谁也看不明白的手势，我完全是靠着个人的感觉，将车稳稳地停在假山东侧。

　　真也凑巧，刚下车就遇上了吴悦台，他一见是我，原本要走开的又折回来，喜孜孜地问这次来是找谁。我说是找何其愚先生，他那两道眉中间的竖纹，又往紧里缩了一下，随即和颜悦色地说，哦，哪天再来我办公室一下，我们还没有谈完呢。我说，会去的。这时从办公楼里出来一个年轻女孩子，吴副会长招呼了一下，让她领我去见何其愚。

　　他说这话的意思，是我会去旁边编辑部的楼上，待他一走开，我对那女孩子说，我打过电话，何先生此刻是在家里，我要去家里见他。

　　"那我领你去他家里。"

　　女孩子很热情，我不好拒绝，实则何先生的家，我是知道的，刚刚谢次陇在电话里跟我说了。

　　还是有人领上好，按谢次陇说的，我还真是弄错了。

　　文史会的职工宿舍有两处，一处在东侧，三层的旧楼；一处是西侧，五层的新楼。谢次陇大概在南方跑得多，说方位用的是前后左右，他说右边那座楼，我以为是我来到文史会，面朝大门的右边，那就是东边稍远处的三层楼了。那女孩子领我出了大门，转脸就朝了西，我才醒悟，谢次陇说的右边，是把主楼当成一个人朝南站在那里，右边只会是西边。或许是他在办公室里，是朝南坐着，说的是他自己的左右。

　　这让我想起，我当编辑曾犯过的一个错误。刊物上要配图，往往几个人一排，有一个主角，两边还有人。旁边注明的文字，会说左边第几人是谁，右边第几人是谁。我起初总也弄不清这个左右，是看图人感觉到的左右，还是中间那个主角的左右。问过郑主编，他说当然是以看图人的方位说的。我将一本杂志倒着递到他前面，说你右边第几是个谁。从他那边看，跟从我这边看，当然是反着的。他笑着说我这是故意捣蛋。我说，要标注，有主角的，还是应当以主角的左右标注为好。时间久了，才知道，没人像我这么较真儿，都是以读者的左右为左右。

西边的五层楼，跟这边的院子，隔了一条窄窄的甬道。楼宇门不是开在前面，是开在后面。路上走着，领我去的女孩儿，主动做了自我介绍。

"我叫舒玉，机关办公室的，我知道你是《山河志》的编辑，叫杜绒仙。"

"你怎么知道我的。"

"去年冬天我们这儿开个会，你来了，坐在前排，还发了言。"

"哦，是呀，那是我头一回来文史会。"

"你走了，我们这儿的人都说，你真是漂亮。"

"我漂亮吗？"

在别的场合，有人说我漂亮，通常我会这么反问一句，对方便会列举几项，以佐证我是真的漂亮。今天这一招不灵了，我说了这话，等着具体的夸赞，这女孩的一句话，却让我一时语塞，没了脾气。

"你的头型真好看。"

说我漂亮，不说脸面眉眼，也不说身材打扮，竟是头型，这么说，还不如说我是脚指头漂亮呢。郑主编也说过我头型漂亮，那是一个老男人，要别出心裁，你舒玉是个女孩子，就不能说得具体些吗？只是这么想了一下，没有吱声，主要是这姑娘太殷勤了，没法跟她较这个真。

"往后你叫我小舒，我就叫你绒仙姐吧！"

"好哇！"

我巴不得在这儿有个亲密的女性朋友。

"啊——祖国啊——"

转过楼角，听见一声悠长嘹亮的歌声。

我看了舒玉一眼，并未开口相问，舒玉说，一层那边是谢次陇的房子，他夫人叫童圣爱，是人民医院的护士长，她跟童老师是好朋友，都是省政协女高音歌唱团的业余演员，童老师人可好了。

她说的这个好，不光是容貌，还应当包含了品质，这倒符合我对谢次陇的感觉。

"绒仙姐，你自个儿上去，四楼右手，我不上去了，我要跟圣爱姐拉呱拉呱。"

这女孩儿真可爱，这么热情又这么爱说话，我在省城文化界待了这么些年，还很少遇上这种类型的女孩子。

看来是谢次陇给何先生打了电话，到了门口，敲了两下，门就开了。

"听说前两天就来过，这次不凑巧，我又在家里，没事，赶个小稿子。"

"贵人难遇呀，能在家里见上，也算是我的福气。"

心里怀了鬼胎，嘴上也跟抹了蜜似的。

客厅的摆设全是中式家具，也不是什么名贵木材，款式也还古色古香。木质沙发，近似圈椅，只是靠墙的大沙发长了许多，看样子一个大男人蹬展了腿，都能躺得下。我以为主人该坐主位，便在靠门口的单人沙发上放下包包，何先生做个手势，让我在长沙发靠他那头就座，他已在那头的单人沙发上坐下。长茶几靠他的那头摆着茶具，看来这样的主客格局，在他家早就是定式了。

"绿茶？"

"可以。"

"嫂夫人不在？"

"月底了，她是会计，天天加班。"

一阵欣喜，今天我是准备成事的，这个基本情况得先摸清楚。

"你放心，家里没监控。"

何其愚来了这么一句，倒是我没有料到的。

"何先生真会逗乐子，我可不是小姑娘，能吓得住的。"

"绒仙同志还是有点幽默感的。"

他先夸了我一句，倒弄得我脸红了一下，为了调节气氛，先扯了一通闲话。

"那天见了谢次陇先生，他说你们是主副职关系，也是十分亲近的好朋友，次陇先生可是个厚道人。"

"我不知道，你这是夸我还是损我。不了解一个人，先看看他的朋友，有时是旁证，有时也可能是反证。再奸诈的人，交朋友也愿意找厚道的人。骗子骗不了骗子，能骗的都是老实人。真要看人，还是看他的仇人最好。"

一交手就领教了此人的刁钻古怪，怪不得他在文化界没有好名声。

不必绕圈子了，还是直来直去吧。

"领教，领教，早就听人说文史会的何先生刁得很，好发些奇谈怪论，时常引起些小轰动。"

"说这话的人，先没安下好心。这年头，人人说话都是顺应时势，说好说坏，都是按照规矩来。说一个人好发奇谈怪论，等于说他心怀二志，对现实不满，这还不是有意编织，陷人于罪吗？我从来认为，我是一片赤诚，公忠体国，只是位卑未敢忘国忧，聊尽绵薄，拾遗补阙，在大人先生思虑不周的地方，贡献一点点刍荛之见。"

他这番话，说得滴水不漏，真还有古代贤士大夫的风范。

这种人我见得多了，重要的，得看他具体事情上的见识，但我不想现在就跟他谈论多么沉重的话题，愿意多扯扯闲话，感情上拉近些。

"何先生，我来找你，是对你这个人感兴趣，来过文史会几次，见了好几个人，说你好话的不多，说你闲话的可不少，这才撩起我找你谈谈的兴致。"

"闲话，怕是坏话吧。谁个人前不说人，谁个人后不人说，说我什么，倒想听听。"

说什么好呢，不能说实话，先编上两句看看再说。

"说你真本事上没两下子，就是出来的学校还行。"

"哈哈，"他笑了，"这种破单位，哪里需要两下子，一下子就行了，有两下子的，多半是又想搞业务，又会巴结领导。"

没想到这么轻易，就让他怼了回来。

"还有人说何先生很聪明，孩子学习不好，常生闷气。"

"是呀，我的孩子只上了个普通中学，没上了中科大的少年班，怎么看，长大了也成不了杨振宁得诺奖。"

"何先生真会说笑话。"

我忽然想起前两次采访时，是谁说过，何先生夫人是搞财务的，持家甚严，把何先生管得服服帖帖，平素跟人大说大笑，夫人一来就低声下气起来，在文史会传为笑谈。

我把这个意思说了，留神他脸色的变化，果然掠过一丝暗影，很快又转为正常，嘴角还浮出一丝奸笑。

"你家养过猫吗？"

这话来得太突兀，我家是养过猫，走丢了，再没养，一时不知该说是养过还是没养过。这话是个引子，不回答也行，干笑笑，等他往下说。

"养过吧！"他代为回答，"我家也养过一个大花猫，老婆和儿子都喜欢，可有一样挺讨厌的，就是这猫爱跟人逗着玩，实际是人爱逗猫玩，猫不知轻重，不知怎么就挠上一下，抓破点儿皮没什么，一划破见了血，娘儿俩赶紧去医院打破伤风针。"

我点点头，表示认可，仍不知他扯这个做什么。

见我认同了，他那里顽皮地一笑。

"我老婆是厉害，可她的厉害，全都是为我好，再凶再训，过后我总用不着打破伤风针吧！"

"是不用，是不用。"

太好玩儿了，我由不得咯咯咯地笑了起来，怕失态也是为了装文雅，掏出手绢捂住嘴，俯下身子把咯咯咯的笑声，捂成了咕咕咕。也就在这捂住嘴咕咕个不停的时候，瞥见何先生给我茶杯续水的手指细长白净，想来也该是绵软软的，真想伸手摸一摸。

"听人说何先生会看手相，生命线感情线什么的。"

"这是前些年的玩意儿，男人见了漂亮女人，借这个由头捏捏手，小儿科，现在不兴这个了。"

"生命线，感情线，还有事业线，会看的说起来挺准的，我们学校有个老教师，生命线一点点，刚过五十就走了。"

我这是胡诌，给自己打圆场。那几年讲究这个，一有聚会，那些臭男人争着给我看手相，一场聚会下来，把我的右手都捏红了，男左女右嘛。他说过时了，确也是真的，见我将手缩了回去，何先生似乎又觉得对人不起，抱歉似的笑了笑。

"早就不兴了，兴起新的来了。"

"新的是什么？"

"也是看线。"

"哪儿的线？什么线？"

他说得很认真，我是真的很好奇，立马就知自己中了埋伏，上了大当。

"乳线。"

"哎呀何先生！"

"我也没给人看过，只听说有的女人得了乳腺癌，有这种癌，那就是说女人身上有这么一种线。"

他仍是那么平静地说着，我差点又要俯下身子咕咕地笑了。

"乳腺在身体里头，外面是看不出来的。"

"隐形在内，必露迹于外，眼睛看不见，以手代眼，摸总能摸得着吧!"

他说着还瞅了瞅我的胸前。

"哎呀，你真坏，你真坏!"

我捏起小拳头，身子朝前倾了倾，在他的肩头上捶了一下，他这人看着不壮，肩头上的肉倒挺厚实的。

"拳头跟拳头不一样，美女的拳头果然比老妻的拳头舒适得多。"

他这一说，倒让我觉得孟浪了。

或许是觉得如此相比较，对我也是一种轻慢吧，他伸了一只手过来。

"作用力跟反作用力是一样的，你看看我的手，跟我看看你的手是一样的。"

说着，手已搭在我的手上。

我托起来，一看还真的有些惊奇，十指修长，绵软白净，一点不像个中年男人的手。由不得就抚了抚，捏了捏，不敢多摆弄，很快推了回去。

"何先生的手，像是弹钢琴的。"

"有个弹钢琴的跟我比过，我的拇指和食指张开，比他的还长了几毫米。"

"你没弹钢琴，实在是可惜了，你这是得自父母的遗传吧!"

何先生苦笑一下，说他上小学的时候，学校改制，实行七年一贯制，七年级上完就等于初中毕业。再要上高中，不考试，由村里贫下中农协会推荐。他父亲虽是行政干部，家庭成分却是富农，只能按黑五类子弟对待，好些学习不好的孩子都上了高中，他只能回到村里劳动。说是十五岁，是虚岁，实际只有十三岁半，长得又瘦又小，想挣全分，只有干跟大人一样的农活，不是镰把，就是锹把杈把，硬是握这些木头把子，把手指给抻长了。

"看着长，实际僵硬，1979年上了大学，手上的茧子还老厚老厚，工作这些年才慢慢退了，软和起来。"

"何先生是吃过苦的人，又看得开，这么豁达，爱开玩笑，怪不得好些个女孩子都喜欢你。"

"也包括你吧!"

"何先生又开玩笑啦!"

话是这么说，我还是挪挪身子，往长沙发的中间攒了攒，真巴望他一下子扑了过来，将我在这个长沙发上放倒，来的时候我穿的是裙子，撩起不麻烦。只这么一想，自个儿都觉得脸颊发烫，赶紧又坐回来，平挺了脸跟他说起正经话。

"何先生刚才说自个儿一片赤诚，公忠体国，是在大人先生思虑不足的地方，补苴罅漏，贡献一点刍荛之见，能不能说上一两件具体的建言献策，让我听听，长长见识。"

"这个嘛，说来话长，刚改革开放那阵儿，有个理论话题是什么，不知道你记得不记得。"

"你是说实践是检验真理的标准吧？"

我不敢确定，只是这么猜了一下。何先生点点头表示是对的，正要往下说，书房那边的电话响了，他起身去接听，听见"可海"什么的，像是有个编辑要给他谈下一期一篇稿子的事，很急，要当下给出意见。可能考虑到会费点时间，何先生说了句等一下，我以为他要翻找什么——审稿意见？——跟对方核实，却不是，从我这边能看见他搁下话筒，在跟前的书柜里抽出一本书，一边翻书一边走过来。

"这一篇文章你看看，先在天津一家刊物上发表，又收进这本书里。"

将书递给我，又折回去跟那个叫可海的编辑谈稿子去了。

一本比正常32开还窄些的小书，"作家人生笔记"丛书之一种，名为《常情常理》，作者何其愚，中国青年出版社出版。翻开，版权页上印着2000年1月北京第1版，同年同月第1次印刷，印数1—10000册，定价9.60元。我没看目录，直接翻到何先生递给我时用手夹着，我接过来也用手夹着的地方。

第20页，文名《实践在"真理"之前》。是有这么个空当，也是为了平复方才有些慌乱的心理——该说是性心理吧——我静下来，认真地看了下去。

前面几段说今年是《实践是检验真理的唯一标准》发表二十周年，好多人都写了文章，如今热闹已过去了，道远心诚，他也贡献自己的一点看法。这么说，等于说了自己写此文的背景和时间。往后翻了几页，见文末标的时间是1998年6月4日。

这个题，高考时有过，改革开放的标志是党的十一届三中全会，时间是1978年12月18日—22日。《实践是检验真理的唯一标准》最早在《光明日报》上发表，时间是1978年5月11日。这是一个肯定得分的题，我们反复背诵，跟刻在脑子里一样。1998年我已调到《山河志》编辑部，各大报发表纪念文章的热闹劲儿，至今都还记得。我们刊物，经薛文星副主编的一再督促，也接连发过两篇纪念文章，一篇是文史会夏涑水的，一篇是薛文星自己的。我们都说，要写也该郑主编自己写，轮不上你薛文星来凑这个热闹。因为郑主编说过，他跟写了"标准"的主要撰稿人胡福明有私人交情，都是北大毕业的，校庆的时候见过面。陈侃劝过郑老师，要他写，他婉拒了，这才上了薛文星的那篇。

继续看下去。

实践是检验真理的唯一标准，这话是在特定历史条件下提出来的，具体地说，就是为了反对"凡事"派。那么这里的"真理"二字也就有了特指的对象。因此，这句话若要准确地陈述，应当是：实践是检验"凡是"的标准。真理在这里失去了它的本色，屈尊纡贵，替人受过。

何以如此，作者的解释也很直白。说这一点，大家心里都亮堂，就是那些"凡是派"，心里也明白，只是有口难言罢了。这类文字游戏在当代中国耍了不止三次五次。不过，这绝不影响它那堪称伟大的意义，与实际的作用，只不过加上一点儿中国特色而已。

对这个意义，作者也有明确的揭示。说它的意义，简括点儿，可以说是打响了思想解放运动的第一枪，对中国人民思想的觉醒，中国社会历史的发展，都有不可估量的推动的作用。不光是思想的解放，也是心灵的解放，甚至是肢体的解放。它的意义和作用，怎么说都不过分。想想吧，如果今天还在"凡是"着，不等解放世界上那三分之二处于水深火热之中的各国人民，我们早就饿得死过几次了。

这么说是有道理的，但是，作者在"然而"之后做起了文章。说然而，二十年之后旧话重提，若仍停止在当初的理解上，就显得浅薄了，应当有更深层的思考。

他用了"浅薄"一词，实际上是一种委婉的说法，要说的是这个"唯一"的谬误，一时可用，长久是说不通的。

实践是检验真理的唯一标准，细细品味一下，这话的前提是，已然有了一个真理在那儿放着。接下来才是它对不对呢，得用实践检验一下。这个前提先就可疑。既然还没有经过实践的检验，怎么能说就是真理呢？也就是说，这个真理是一个假定的真理，而假定的真理就不能说是真理。

这句话，若剔去它的特指，真按字面的意思来，准确无误地表达，应当是：有人若要说他说的是真理，究竟是不是，不能光他说了算，得通过实践来检验，经检验后是正确的，才是，否则就不是。纵然如此，仍抹不去它特指的痕迹，因为马上就可以接着问一句，谁疯了会说自己说的是真理，谁疯了会硬要说某人说的话全是真理？

痛快，痛快！何其愚还在书房里跟那个叫可海的小编辑喋喋不休着，我朝那边望去，对着那略微弯曲的背影，不由投去爱慕的一瞥。

后面还有两三段，要叫我说更为恶劣，他竟然要求将"唯一标准"发表的这一天，定为中国的思想解放日，其理由也是他不说别人不会想到的。

> 真理标准的讨论，作为中国当代思想史上的第一枪，是应当纪念的。出书，开会，都可以。我觉得最好的纪念，莫若把《实践是检验真理的唯一标准》发表的那一天，定为"思想解放纪念日"。每年到了这一天，全国所有的报纸想登什么都可以登什么，只要你说出自己的道理；全国所有的公民，想讨论什么都可以讨论什么，只要你能说出你的道理。事情明摆着，若当年的新闻钳制是完全而彻底的，这篇文章先就登不出来。不能说你的出来了就完事，再也不准别人的真知灼见或异端思想有出头之日，将心比，同一理，老百姓这句话说得再透辟不过。

接下来说了"唯一标准"一文发表的艰难过程，引的是叶永烈的一篇纪实文章中透露的事实。

末后，作者普及了一个知识，说了真理是怎么来的。

既然谈真理，就应当说说真理是怎么来的。实践出真知，这是通识；真理不过是真知的一种，或者说是更真的知。既称之为真理，就应当是业已被实践证明了的，而不是还有待实践去证明的。也即是，对真理的确立来说，实践应当在前，而不应当在后。还有一点就是"真理"二字，往后轻易别提，无论社会科学，还是自然科学，发展都这么快，动不动就说真理，保不定哪天要闹出笑话。

作者十分地自信。文末说，这是他对"实践是检验真理的唯一标准"问题的一点思考，他认为他说的是对的。

服了，我真是服了，不是说他对他的立论，做了怎样精辟的阐述，而是在举国认同又举国欢庆纪念的时刻，此人能有如此清醒的认知，并且敢于写下来，发表出来收进书里。

电话打完了，何先生出来，坐回他原先坐的沙发。不是口说，而是眼睛示意问我可看完了。我说看完了，佩服他敢写，也佩服天津那家刊物敢发。出书我知道相对容易些，刊物发过的一般不会为难。

"这篇文章，刊出不久，国务院的一个内部刊物还选登了，记得叫舆情什么的，当时在网上见了，没有见过正式的刊物。"

他这样说了，我的疑问也来了。

"敢问何先生，当时怎么就想到写这么一篇文章？"

"这个事情，往深里一想就觉得有问题。原本是对凡是派的批评和否定，竟制造了这么个经不起推敲的理论。要不要写，确实有一番掂量，最后还是觉得要写出来，且争取公开发表。这是源于我的一个治学立身的理念的。"

我问是个怎样的理念，何先生伸出手取过我正捏着的书，翻到前面的扉页处又递了过来。

大大的一方红印，凹进去的字体，我知道是阴文，丢人的是第一个字先就不认识，左半边像个心字，右半边像个瞿秋白的瞿字。

不好意思地笑笑，将书页伸到何先生面前，他瞥了一眼。

"惧后世责我生于当今。"

"哦，好大的口气。"

"我觉得这是一个学者治学立身的基本人格，能不曲学，能不阿世，看出不对的，一定要说出来。要不过上多少年，后世之人发现了这个错误，会说那个时候何其愚先生不是活着吗！"

这气魄，把我镇住了。

什么狗屁FH计划，在谈论了这么高雅的话题之后，再打那么龌龊的主意，自己心里先就翻不过这个坎儿。还是告辞吧，一想，方才还嗲声嗲气地装正经，这会儿就要拍屁股走人，这腾挪也太快了吧。装高雅就装下去吧，那就再谈会儿学问。

"刚进门的时候，何先生说正在写一篇小文章，可不可以说说写的是什么，我可是有约稿任务的。"

"前几年，我对钱锺书很感兴趣，看过他的《围城》，看过他的《谈艺录》，后来也是自己的学识太浅，聪明不够，就转了方向，喜欢起陈寅恪来了。钱学是深奥，可是趣味不足，陈学面是窄些，但是趣味多，有钻头。"

"你是说他那些旧体诗吧？"

"旧体诗只是一个方面，就是别的上头，他也比钱先生有趣些。我正在写的这篇，是探讨他的小说观的。他跟钱先生，两个人都爱看小说，钱先生还写小说，可钱先生不怎么说他的小说理念，陈先生没写过小说，文章里不时会谈到他的小说理念。"

问篇名叫什么，说叫《陈寅恪的小说理念》。

知道好多学者，不愿意说自己正做着的题目，怕何其愚也有这个忌讳，我没有说想听听，只是身子往他那边挪挪，以手支颐，流露出想听听的神态。他感知了，自个儿就说开了。看得出来，不是对谁都会如此，一半也是因了我是个合乎他想望的听众。

"文章不长，才写了两千多字，完了也不会超过四千。先说了陈先生的小说阅读史，他这个人，也可能是没有别的爱好，做学问之余，最爱的是看中国的旧小说，名著看，就是不怎么有名的也看，用他的话说，就是'虽至鄙陋者亦取寓目'。年轻时看过林琴南译的外国小说。英文好，出了国，外国的小说也看。比较之下，他认为中国的旧小说，结构远不如外国小说之精密。《红楼梦》《水浒传》《儒林外史》等书，其结构都有缺陷。不注重结构，可说是中国小说的一个大毛病。再就是叙事粗略，在这一点上，他还是推崇外国小说。他认为，小说人物一定要描写详细，不避繁杂。具体的说法是，长于烦琐之词，描写某一时代人物妆饰，正是小说能手。在事件的叙述上，善于写非正常的男女关系，而不写或是不善于写正常的男女关系。对古代的作家，他特别推崇唐代的元稹，认为他的《莺莺传》是自述之文，有真情实事，能铺排开来，具备写小说的才能。"

听了他的话，我说，我都想写小说了。我哪里想过写小说，只是图个眼下有话可说，本是浮泛之言，他倒当真了。

"有才情的人，是该尝试一下写小说，在这上头，好多人不是缺少自知之明，而是往往自昧其明。写小说最重要的是语言，要有滋有味，又能铺排开来。"

他的话，让我的思路一下子也打了开来。

"你这么一说，我想起看过老作家章克标写的一篇文章，他说他写的《世纪挥手》，原来写了将近一百万字，在海天出版社出版的时候，编辑给压成三十万字。老人很是不满，说好的作品，就要写许多废话，废话越多，越有味，越是好作品。你觉得他说的有道理吗？"

"有道理，小说这一文体，可说就是废话的艺术。"

"我在临汾念书的时候，教写作的老师，让我们读鲁迅的《答北半杂志社问》，鲁迅说，写完之后，至少看三遍，将可有可无的字词句删去。鲁迅可是小说大家呀，这又怎么理解？"

"鲁迅的这篇文章，我看过，也琢磨过，总觉得不像是在说写文章，像是在说怎样拍电报。"

说这话，他没笑，我先笑了。

"何先生，你这篇文章写好了，是不是给我们刊物发一下？"

"你们是史志刊物，怎么好发这样的东西，以后写下关乎史志的文章，给你们一篇就是了。"

"说好了，还得快些，下一期怎么样？"

"没问题，最近有几篇史志文章想写呢。"

"拉个钩！"

说着伸过手去，何先生也伸了过来，我可着劲儿，拉了几下。

没有完成FH计划，能给刊物约下一篇稿子，还这么使劲地拉了钩，也算没有白跑。

第十五章

那天去见何其愚先生，虽说没有完成我的 FH 预案，还是让我兴奋了好多天。这个人太狂妄也太好玩儿了，生活中遇见这样的人，是可以砥砺自己的。有没有那样的事，反而显得不重要了。

当然，还是有了的好。

我准备过些日子，约个好地方，再见见何先生。

睿睿要升级考试了，学习一下子紧张起来，原来四点半放学，现在统一为五点半。过去我给她报了校外舞蹈班，总是四点半接了她送到河西一家私立舞蹈班上课，现在不行了，得准准的五点半之前赶到他们学校的校门口。

学校是个好学校，叫双塔中学，就是校门在首义路与双塔东街的交叉口上，门前就是人行道，没停车的地方，每次去接，都要早点去，将车停在旁边的巷子里，去迟了连巷子里的空地也没了。

这天，6 月 7 日周四，下午去单位转了一圈，处理了两个稿子，不到四点半就进了小区，没回家，直接由回迁楼前的阶梯通道下了地库。这儿下去，正是地库南墙与北出口的中间，我的车位在南二排，车头正对通道。下来的时候，手里已捏了车钥匙，往常脚一落地，手一扬，那边的车灯就亮了。今天这是怎么啦，捏一下不亮，再捏还不亮，过去一看，车位空空的，不见了车的影子。

大事不好！

我心里一抽搐，马上又清醒过来，不会是叫人偷了，肯定是渠宝成要了什么鬼花招。要离婚，除了房子，车是一笔重要资财，以此人之贪婪，不会不在这上头动心眼，下黑手。监控室就在车库里，靠出口的一边，我过去跟值班师傅说了情况，老师傅是热心人，当下开了机往回倒。

"停!"

停住了，能看见动作，看不清脸面。

"倒一下，再倒一下。"

看清了，渠宝成一脚跨进驾驶室，一面扭头对一个女的说什么，那女的脸正对着镜头，看得清楚，瘦瘦的身子，白白的圆脸，宝成的妹妹宝珍。宝珍站的位置是车的左后门，像是在等那边有人上了车她再上。

"进一下。"

那边的人过来了，慌里慌张的，个子高，进车门时磕了一下额头，不顾疼痛，倏地就钻了进去。是宝珍的丈夫小冯，冯世昌。

又倒到宝成将进驾驶座的画面，师傅问我要不要报警。

"不用，都认识。"

原来的时间，是按驾车去计算的，现在没车了，接睿睿要紧，没走阶梯通道，顺着地库出口出来，路边拦了辆出租车，直奔双塔街中学而去。

路上我在想，渠宝成，你也太狠了，不顾及我，连睿睿你也不要了吗？

放学了，睿睿问我怎么没开车，我说在外面开会，没回去取车，过去也有这种情况，孩子也就没再问。

回来的路上我在想，他们会把车开到哪儿去呢，开回柳林吗？真要那样，要讨回来，麻烦可就大了。

对宝成这个妹子，我一直没有好感，从我进了渠家，她就没给过我笑脸，一直视我为入侵者、夺爱者，夺了她对哥哥的爱。这女孩子，从长相上说，倒也继承了父母两人的优点，眉眼像了她妈，眼睛特别明亮，个头儿像了她爸，身架细瘦高挑。按说这么好的脸盘，这么好的身段，该是一个苗苗条条欢欢喜喜的女孩子，可是不知为什么，天生的吧，脸上总带着凶煞之气，用我们那儿的俗话说，好像谁都欠她二斗年麦似的。

她调太原的事，上个月办成了，等不来我的房子，他爸给他在河西的福贵华庭买了一套，装修好，住进去了。

这次的偷车，用的是钥匙，还是她装修房子时，用了车没还我的那把。渠宝成去吕梁拓展业务，公司给他配了车，奔驰的那串钥匙留给了我，他妹子用车才拿去。或许从那个时候起，这女孩子就打上了这辆奔驰的主意。至少也是，她手里有了钥匙，就起了歹心，先把车弄到手再说。

她就是眼界小，贪，我不恨她，我恨的是渠宝成这个负心汉，当年花言巧语，什么好话都说得出口，如今翻了脸，狼心狗肺，什么坏事都下得了手。

宝珍用过车之后，车还了，钥匙没还。还车的那次，是她把车停在地库，回到她新买的房里，电话打到单位告诉我的。后来还见过面，我问过钥匙的事，不是哼哼唧唧说忘了带，就是拿别的话岔开；有次问起，就在我家，实在没话可说了，说她尿紧，钻进卫生间好半天没出来。懒得再跟她费口舌，我也不问了，后来怕我只有一把，丢了麻烦太大，就另配了一把备用。

接了睿睿回来，做饭，吃饭，都没心绪，又不能跟孩子说，只有暗自思忖。

买车时，写的是渠宝成的名字，真要分割财产，名正言顺有他一半。这么好的车全归了他，他给我一半，也够我买一辆中档小车。现在还考虑不到这一步，眼下最重要的是知道车到了哪儿，我能不能也悄无声息地开了回来。

车在谁手里，谁就占了主动。

在太原还好说，最怕的是他们开回柳林，停在公婆的大院子里。

正在洗碗，手机响了，双手在围裙上一抹，快步冲进客厅，拿起手机一看，是渠宝成来的。

"嘿嘿——"

一声冷笑，我不作声，等着他说下去。

"车不见了吧！"

那个得意狂妄的劲儿，隔多远都能感觉得到。

"告诉你，别枉费心机，胡找了，铁锁开上去了西安了。"

"是你去西安办什么事儿吧？"

我要尽量稳住他。

"办事？我的车现在收回了，哈哈哈！"

这笑声，跟锥子似的扎人心，想来那脸上，不定怎样的狰狞。

铁锁姓黄，孟门镇上人，跟渠家是远亲。去年渠宝成去吕梁拓展业务时，公司给配了车，日本丰田系列的克瑞西达。有了专车，就得有司机，宝成雇铁锁做了自己的专职司机。离石太原之间来来去去，都是铁锁开的车，一来二去，跟我也成了熟人，跟宝成叫哥，跟我就叫了嫂子。

去了西安？

仅仅为了藏车，不会去了那么远。真的去了西安，犯得着跟我说吗？这么说，不过是让我死了寻找的心。骗谁呢，下午调看监控录像，地库里就宝成兄妹，还有他妹夫小冯，并未见黄铁锁的影子。

一下子心眼儿亮了。

不会远走，就在太原。

在太原会在哪儿呢？

连想都没想，就有了自己的判断。

睿睿刚上了楼，还要做作业，之后还要洗漱，上床要在九点半，那就等到十点以后再说。

睿睿在她那边房里做作业，我坐在小沙发上，开了台灯看书消磨时间。

书名《The sociologically Examined Life》，可译为《生活的暗面》，是美国学者Michael Schwalbe的英文原著，该说是此书的第二次修订版。

这是玉阁教授推荐的必读书。她要求我们三个博士生，读国外的社会学著作，必须读英文原著，再有名的书，也不能读翻译文本。应当说，欧美的社会学是相当发达的，新的理论不断推出，读原著跟读译本绝对不是一回事。

守着钟表熬时间，时间的单位是分，而每一个分又得秒针走一圈，才似显不似显的看见分针动了一下。挂钟就在两个卧室之间墙壁中缝的延伸线上，高过门框尺许。门框是暗红的，两边不相连，若连在一起，仿佛一道地平线，有着圆形木质边框的钟表，像是一轮夕阳，怎么也落不下去。我的英语还不错，基本能看得下去，有两处难解的地方，画了记号，明天到了单位，翻翻韦氏大词典不难弄通。

九点半了，轻轻推门进去，睿睿刚上了床，我俯身亲了孩子一下，说妈妈出去办点事，很快就回来，宝宝睡觉吧，睿睿甜甜地一笑。轻轻地退出，拉上门，赶紧过到我这边，把头发扎起，换上一身牛仔衣裤，顿时觉得自己像个古代的侠客，不妨说是一个飞贼要去做杀人越货的勾当。

关了灯，下了楼，选了一双轻便的运动鞋。

路边拦了辆出租车，一上车不等司机问，就说了地方。

"富贵华庭小区。"

"两个门，东边还是南边。"

"哪个门离地库近。"

"东门，东门面朝滨河西路。"

"那就东门吧!"

东门下了车，果然一进大门就看见了地库的出入口。

顺着入口右侧的便道往下走，心急，几乎是蹦蹦跳跳一路小跑到了地库的平地上。一下出租车，手里就捏上了钥匙，一只脚刚踩到地库的平地，一捏，左前方不远的一个车位上就亮起了车灯的亮光。

"这本事!"

我心里骂了一句，是鄙弃宝成兄妹，也是对我自己的赞美。

下来的事情就简单了。

插上钥匙，启动，开上走。出地库门时，旁边闪出一个睡眼惺忪的老头儿，看了一下手里的破本子，思谋了一下，说八块。那几年还没有电磁扫码这一说，车前小柜里搁着一堆零钱，抽出一张十元的递过去，老头儿摸口袋，像是要找零。

"不用了!"

一踩油门，"嗖"地上了坡。

不能开回去，他们会找了过来。

一想就想到了陈侃住的小区。那是个老小区，过去没小区这一说，哪个单位的就是某某宿舍，他住的是他父母的房子，过去叫建二宿舍，说全了是建筑二公司职工宿舍。现在叫建二小区，一律三层楼，前面都有一排小平房，打成格子，过去是储冬菜用的，现在只能是堆放杂物。没有地库，主干道的两边就是停车场，画了白漆格子，有的摆着破椅子、烂凳子，等于正规小区里出售了的车位。此外，就随便停了，没人管，自然也没人收费。

不远，就在嘉士林小区东边，背靠体育馆的一条背巷子里。

怕进我们小区留下记录，特意绕到东边的一条僻街上，拐了两个弯儿，才进了建二小区，就停在陈侃家后阳台下面不远的一个车位上。

要不要跟陈侃打个招呼呢?

想想，不用了，免得他担惊受怕的。

回到家里冲了个澡，舒展身子，躺在铺了凉席的床上，那个畅快呀!

早晨睿睿上学不用我送，她自个儿热杯牛奶吃片面包就走了。

今天是周五，得去上班。

干了一件漂亮事，见谁都高高兴兴的。老牛打趣说，小杜莫不是买体育彩票中了头奖啦。他说这话是有原因的，我们小区往前走，有个卖体育彩票的网点，有时东西就摆在外面卖，有夏利小轿车，有嘉陵江摩托车，还有坤包和高压锅，最末一等奖是红红的塑料桶。我看上了那个精致的仿羊皮坤包，抽了一次没抽上，给个红塑料桶，总是个物件，再不喜欢也得拿上，拿上只能先拿到单位再说。我不信我的运气总是这么坏，一连抽了五天，全是塑料桶，家里用不着，全分给了办公室的同事，老牛自然也得到一个。有人告诉我，那些东西全是摆样子，再抽上一百次，还会是塑料桶。

我的这一蠢行已成了整个大楼里的笑谈。

往常有人拿此事打趣，我还有羞愧之感，今天不，老牛说了，反而更喜欢。心里想的是，把被盗走的车再开回来，一猜就猜到去了哪里，这样的聪明不是人人都有的。

一个烂稿子，往常看上两页就扔到一边，今天心情好，分外有耐心，甚至想，万一后面有新意，我就给他改一改。下面的作者写个稿子不容易，能成全的，还是要成全。

善心不是什么时候都有的，等你有了大成就，才会发这种小善心。

手机响了，一看，一个陌生的座机号。

先不说话，听听再说，有昨晚的事，知道今天宁静不了。

"杜绒仙公民吗？我是小井峪派出所民警，有话要跟你说。"

声音太大了，老牛和陈侃，都朝这边看。

"稍等，这里信号不好，我去阳台上接。"

到了阳台上，顺手掩上门。

"现在好了，你说吧！"

对方说，有个叫渠宝珍的女同志，来小井峪派出所报案，说她的奔驰GLB型小车被人偷了，来的时候拿着小车的钥匙，确实是奔驰GLB车上的，说她的车就停在他们小区地库里。报案人称此车很有可能是一个叫杜绒仙的女人偷的，并且提供了你的手机电话，还有你办公室的座机电话。他觉得还是打手机的好。

是个细心人。

"警官同志，"尽量亲切些，也恳切些，"昨天下午我的车丢了，后来我又找到了，我是用我的车钥匙把车开走的。警官同志，我倒想问问，我的车为什么会在她那儿？"

警官感到了什么，问我和渠宝珍是什么关系，我说过去是姑嫂关系，现在什么关系也不是，要有只能是车主与窃车贼的关系。警官说，看来你们这是家庭纠纷，不是他们管的事，就不立案了。

十点钟，正在改那篇稿子，忽然想到我们的车办过手机定位，渠宝成会开通手机定位找车。

得去看看。

陈侃出去了，办公室只有老牛，我跟老牛说我有个私事要出去办一下，意思是头头们问起，替我遮掩一下，老牛笑了。

"你不在不会有人问的，除非局里要提拔你当主编。"

"我当了主编，先把你这个老前辈开销了。"

早上起来迟了点，还穿的是昨晚找车穿的那一身，连鞋都没换，轻装疾进，一会儿就到了建二小区。黑亮的奔驰小轿车，像一只毛色光亮的黑贝小狗一样，安静地卧在主干道旁的白格子里，可爱极了。是阳光耀的，也是我站的位置的关系，大灯还闪了闪，像是故意朝我眨了眨眼。

这地方够安全的，渠宝成不会想到车藏在这么个破旧小区里。

不去上班了，回家歇息歇息，中午做顿好饭，自己犒劳一下自己。

吃饭的时候又有些心慌，觉得渠宝成安了手机定位系统，车在地面上放着，容易找见，还是藏在哪个地库里好，有地表阻隔，信号会弱些。隔壁的老军营小区，比嘉士林建得早，地库小，停车不多，好，就停那儿。吃过饭就去办了。

这回多了个心眼儿，特意加上方向盘锁。这是我买下就一直在后备厢放着，拢共也没用过两回。这锁是密码锁，我设定的，没人知道。怕宝成猜出，临锁之前，又调了一个数字。

下午没有去上班。

从昨天下午起，差不多一整天，神经高度紧张，又东奔西颠，累得够呛，一觉醒来，已是下午四点。

女人总是女人，加上我又抑郁着，一想什么就容易想到极端上。刚擦了把脸，前一会儿还庆幸，找到个好的藏车处，后一会儿又想到，渠宝成有手机定位，这会儿早就找见车，将车开走了，正在跟他妹妹、妹夫三人在小酒馆吃酒庆贺呢。

得去看看。

去老军营小区，可以走南门，也可从走北门。

我走的是北门，过了一条宽巷子，再过一条僻巷，可以进老军营的西门。

刚转到僻巷，就见渠宝成和他妹妹迎面走来，一瞬间谁都看见了谁，我见他们是一惊，他们见我也是一惊。他们的惊，很快转化为喜，我的惊，很快转为忧，怕他们已经找见了车。

退回去已来不及了，只有硬着头皮往前走。

"嘿嘿，正要找你呢!"渠宝珍尖叫着，"把我们的车偷走了，还给警察说是你的，要脸吗?"

仗着哥哥在跟前，什么话也敢说出口。

"拿来!"

渠宝成看见我手里的钥匙串儿，一下子扑了过来。

一见了这兄妹俩，近似一种本能的痉挛，我的右手就握紧了车钥匙，女人家手小，褐色皮车襻有一截露在外面，叫他一眼就看见了。

见他扑过来，我赶紧蹲下，握钥匙的手，死死压在怀里。

"起来，起来!"

拽住胳膊将我拖起，反手从后面抱住，膀子夹住我身子，双手前伸，攥住我紧握钥匙的拳头，硬要掰开。

我紧缩身子，低下头，要咬他的手背，他空出手来，朝我脸上就是一拳头。

"还敢咬!"

"放开，放开!"

我可着嗓子喊，没人过来，喊也是白喊，一抬头，看见宝珍开了手机在录像。

"录你妈的×!"

我爆了粗口。

宝珍紧抿着嘴唇，寡白的脸上，全是凶狠的戾气。

渠宝成还在使劲地掰我的手，食指和中指间已渗出了血，疼痛难忍，也是怕手指叫掰断了，稍一动念，钥匙就叫抢走了。

兄妹俩扬长而去，我身子一软，瘫坐在地上，这时才发现，刚才挣扎时，我已从路当间蹭到了马路牙子上，一只鞋还在路中间扔着。

重要的是看车。

穿上鞋，一瘸一拐地进了老军营小区，下地库时，腿疼得站都站不稳，膝盖处更是疼得直钻心。牛仔裤挽不上来，看不清是哪儿受的伤。旁边一溜儿冬青，躲在后面解开腰扣，撑开瞅了一眼，膝盖上叫磕破一层皮，正往外渗血呢。掏出手绢垫上，有人过来了，赶紧提起。

扶着坡道的墙壁，一步一步挪到下面。

没了钥匙，不能捏了。

挪过去，还好，车还在。

车门像是没关严，拉了一下，果然是开着的，俯身看一下方向盘，什么都明白了。

亮亮的方向盘锁，将方向盘卡得死死的！

渠宝成有手机定位，找见车不是难事，他们有一把钥匙，打开车门只需一捏，然而，这个方向盘锁坏了他们的好事。锁上的密码像是调过，调的只会是我平时用过的几个数字，这回在锁上之前，我将四个数字，每个都减去了一个"1"，他就是有天大的本事也猜不出来。

坐在车里歇了半会儿，一时间真的没了主意，只隐隐地感到遇上这么凶狠的对手，一对兄妹，一对狗男女，三天两天不会安生。

电话响了。

"谁！"

我没好气地问，那边的回答也粗鲁生硬。

"杜绒仙吧，我是姜宁亭，我们研究过了，换届快到了，工作量很大，跟吴副会长研究过了，打算借调你来秘书处帮忙一段时间。"

事先也不打招呼，就要借我去他的秘书处帮忙工作，正在气头上，待要一口回拒，又一想有这么个机会，完成玉阁教授布置的任务，或许不是难事。

"天天要去吗？"

"不用，一星期来上两三次就行了，主要是整理登记表，数字统计。"

又问跟我们单位说好了吗，说吴会长会跟郑主编沟通，不是个事。

我也知道不是个事，话说到这个份儿上，也就应承下来。姜宁亭那边像是急不可待，说今天是周五，下周一就过来一下。

我说周一是我们编辑部的例会。

"那就周二来一趟，周四或周五来一趟，一周来两趟就行了。"

说到这个份上，只有答应。

这会儿该怎么办呢，我是一点办法也没有了。

想啊想，一想就想到了渠宝成手机上的定位仪，有这个东西，车藏在哪儿都能找见。当下最要紧的是，先拆了车上的定位系统再说。

谁能办得了？

找汽修店的小贺去。

匆匆回到嘉士林，去家里取了备用钥匙又返回老军营小区，下了地库，先开了方向盘锁，再启动车。

开出地库，直接去了滨河东路上的精工汽修店。

小贺在。

开进店里，还没停稳，小贺就小跑着过来了。

"绒姐，又是哪里出了毛病？"

"哪里都没坏，是姐想你了。"见了小贺，由不得就想说句打趣的话。

"我就说嘛，刚才连打三个喷嚏，你看鼻子都擤红了。"说着将脑袋伸到我面前，鼻子还嗅了嗅，"哎呀，好香！"

"一身臭汗，哪有一点香气儿！"

说着伸过手，在他乱蓬蓬的头上拍了一下。

就是这一拍，让我调整了一下身子，不再是刚下车，面对着那个倒链架子，而是对了店门。

哎呀不好，渠宝成开着他那辆丰田克瑞西达出现在匝道上，正要朝汽修店拐了过来。

我一下子明白是怎么回事。渠宝成真是鬼精又鬼精，他知道要将这辆奔驰弄到手，不拆了方向盘锁，神仙也没办法。要得手，只有在这辆车的运行途中。他有手机定位，只要我的车一开动，他就知道了方位，且不难判断出地址。看来是我一启动，他也启动了，要不会我刚进了店，他就赶了过来。副驾驶座上还有他那小鬼一样的妹子，看来是要在汽修店将我堵住，将车截获。

事不迟疑，急忙钻进车内。

"让开！"

我大喝一声，小贺不明就里，猛一后退，我一踩油门，嗖地蹿出店门。

宝成的车也到了门前的空地上，见我出来了，伸出头来骂了句什么，我没听清，只瞥见一张又得意又丑陋的脸，油光闪闪的，像一坨子黄屎。

没走匝道，直接从马路牙子上跳到滨河路上，只能往北，往北，往北，再往北。

直到过了柴村桥后，后视镜里看不见有尾随的车影，这才将车速降到一二〇上。

就算他渠宝成聪明，丰田克瑞西达要追上我的奔驰GLB，且要掉回头拦住，几乎是不可能的。

手机定位太可怕了，不解除，哪儿也不敢停，哪儿也不敢去。

必须解除！

去汽修店，是想让小贺帮我办这个事，现在只有靠自己想办法了。

我这车上的定位系统，是安吉星定位公司安装的，办的时候宝成和我都去了。车主是他，自然登记的是他的名字，我常用，也就留了我的电话，我也留了他们的业务电话。

一边开车，一边翻动手机里的电话簿，很快就找见了。

毕竟是好车，对方的回复也就分外快捷，分外热情。

"请问什么事儿，我帮你解决。"

"我是渠宝成的爱人，他进去了，债主想要我这辆车，请您把定位手机改成我的，求求您，现在就办！"

那年头，办企业的，开豪车的，说进去就进去了，这是最能让人信服的理由，而债主追债，豪车又是第一目标。

"马上办，马上办！"

"谢谢！"

"哎，你这个系统，当初设定了密码，请报一下。"

这是我没有想到的，事已至此，不能认怂。进去的人跟外面的妻子，肯定是一伙的，不会不知道密码，不可犹豫，只有蒙了。渠宝成是个聪明绝顶的人，设定密码绝不会走寻常套路，想到他平常爱说的"打乱组合，神鬼难测"，我们一家三口如此组织，只会是他的年份，我的月份，睿睿的日子，不容再细究，脱口而出，那边居然回复了。

"搞定！"

怎么连我的手机号也没问？一想就明白了，这个刚刚打过去的手机，不是他的妻子的，还能是谁的。想到编造的谎言，心里对渠宝成说，别怪我咒你，以你的德行，迟早会进去的，我不过早说了些时日。

看看是不是换过来了。

一按键，图像出来了，我的奔驰正在化为一个小红点，在一条绿色的线上"奔驰"着。只是图像的显示太慢了，跟我欢快的心情一点也不匹配。

绿线停住了，化为一个笑脸图像，再一试，果然换成了我的手机信号。

上了柴村桥，又走了一截，前面是去忻州的路口，去那么远做什么，回吧。

我是绕道东山过境公路，从杨家峪高速路口下来进的城，看天色，夕阳正红。

手机响了，接起。

是安吉星定位公司那个小伙子的声音。

"哎呀，刚给你办了改号手续，就有一个姓渠的打来电话，说他才是车主，我说你不是进去了吗，进去了还能打手机？他骂了我个狗血喷头，不停点儿，骂了一个多小时，要我立马再改过来，要是不改，要告到公司，砸了我的饭碗，我说你去告吧，我还要谢谢你，我正想跳槽呢。进去的人，都这么凶！"

是该谢谢这个小伙子，他为我争取到一个多钟头的时间，至少在这一段时间里，渠宝成兄妹俩不知道我的行踪，不会在半路上把我拦住。

进了嘉士林小区，进了地库。

停稳车，我将引擎盖打开，鼓捣了一下，卸下中控主板，还不忘再加上方向盘锁。如此一来，再好的车，眼下也只是一堆铁。

提着主板上楼的时候，脚步非常轻快，由不得哼起了歌儿：

晚风轻拂澎湖湾，白浪逐沙滩——

第十六章

星期二一早，我就犯愁了。姜宁亭通知我，今天就去文史会帮忙，而昨天傍晚，玉阁教授来电话，说周二上午十点在文科楼B305教室做课题分析，务必前来听听。

是有冲突，不是不可化解。

姜先生说周二来，下午去了也不能说不是周二，那就先去学校吧。

难题又来了，往常都是开车去，今天开不开车，不能不考虑。渠宝成有手机定位，万一看到我是去学校方向，在坞城路上把我拦住抢车怎么办？

打发走睿睿上学，一个人吃早餐，一边慢慢地啜着牛奶，一边细细地思考着眼下的难题。只有打出租去了，下午去文史会，也不敢大意，奔驰在我手里就是一笔财产，真要丢失，可就惨了。

吃罢早餐，正待起身收拾餐具，手机响了。一个陌生的号码，谁呢？往常见了陌生号码，多半不会接，这两天不同，什么情况都会有，得多个心眼儿。

接了不吭气，等那边说话。

"绒姐，是我，翠翠，离石的小沈。"

仍不吭气。这个沈翠翠，不就是渠宝成领回家，将床铺弄得零乱了的那个女孩儿吗？后来还来过家里两次，都是渠宝成领上来的，说是给他妹子办调动工作的事。想不到的是，后来还真的办成了。那两次，她都叫我嫂子或绒嫂，这次怎么叫起绒姐来了，这个节骨眼上，来电话又是为何事儿？

"绒姐，你听着，别生气。宝成和他妹子在省上偷你车，抢你钥匙的事，他昨天回到离石都给我说了，我跟他闹了一场，说离婚就离婚，一辆车还要偷着抢着弄到手，太下作了。"

我仍不吭气，看她还会说什么。

"绒姐，我跟你说这些，是说他在离石，不会再追你抢你的车了，你该怎么开就怎么开吧。"

"谢谢。"

挂了电话。又想，万一是计呢？让这个女人来电话麻痹我，车一上路他就好下手了。复念，不会的，他妹子跟他是一伙儿，抢下车说不定就给了他妹子，这女孩儿犯不着参与进来，成心跟我结下这么大的仇恨。

既是如此，那就开上车去学校吧。

去文史会帮忙，还是先见见郑主编。车停在机关门口，跟门卫打了个招呼，就上了楼。郑老师刚打水回来，我问这事他可同意，他说吴悦台给他打过电话，说了借调的事，还说这次换届要增加副会长名额，有的驻会，有的不驻会。

"暗示你是不驻会的副会长，你就把我献出去了。"

我故意逗他。

"他们那个地方，八抬大轿来抬，我也不去，什么德行，还没咋的，说话已经是会长上任的口气了。要不是看在吕汾阳老兄的面子上，我才不理呢。"

"你呀，总是看不惯年轻干部上来。"

"杜绒仙上去，你看我喜欢不喜欢。"

不磨牙了，转身下楼，开上我的车，直奔山西大学而去。就这，还是迟了，上得文科楼，进了B305教室，玉阁教授讲得正起劲儿，好在开讲没多久，不算怎么耽搁。

"这个课题很大，分三个面三个点，你们三个博士生，一人一个面，一个点，总题是《百年中国社会阶层升降沉浮之研究》，这个课题是我和我哥哥玉堂先生共同策划设定的。他在上海请教了复旦大学教授田汝康先生，田先生很是赞同，给了许多有益的指导，多做田野调查，就是田汝康先生的建议。他是有国际声望的社会学家，早年毕业于西南联合大学，随后赴英国留学，获伦敦大学哲学博士学位。那可是1948年哪，我哥哥才是那年出生的。"

B305是个小教室，几乎是专为博导授课而设置的。没有排列整齐的课桌和折叠椅，是一种带写字板的木椅，据说是主楼那边"文化大革命"前用过的，看着旧，感觉好，跟博士生的身份很般配，不多，也就十几把，彼此不怎么友好地摆放着。博士生的课是允许研究生来听的，玉阁教授除了带三个读博的，还带十个读研的，今天像是读研的全来了。

见那两个读博的坐在靠前的位置，旁边还有一把椅子，我也就没有犹豫，过去坐下，冲玉阁教授笑笑，表示一点儿歉意。

玉阁教授也笑了一下，表示来了就好，她不介意。

"你的那个面，以前跟你讲过了，下来去我办公室，说说进行的怎样了。"

说着按了一下电脑，黑板旁的白色幕布上出现一个村庄的鸟瞰图，下面一行红字：黄河岸边的车村。

"这是第二个面，也是我哥哥玉堂先生帮我选定的，这个面的田野调查，就交给董哲熙同学了。你是康杰中学毕业的，肯定有几个平陆县的同学，调查起来不是难事，你说是吧，哲熙？"

董哲熙就坐在我旁边，欠起身子回答是呀是呀。这孩子是一路考上来的，读博了也才二十二岁，又高又瘦，脸儿也周正，说话怯怯的，像是动了什么坏心眼，让人窥知似的。我很喜欢，什么时候见了就跟见了一个小弟弟一样。他对我也很友善，见了总叫我杜老师，有次叫了声绒姐，羞得脖子根都红了。

玉阁教授开始讲车村的情况，还有田野调查的设想。

车村隶属山西平陆县常乐镇，地处中条山南端的黄河岸畔，东临范滩村，南望三门峡黄河公路大桥，西连洪阳村直通芮城县境，北与葛赵乡上焦村接壤。往南，隔着黄河，可远眺陇海铁路、连霍高速公路、陕州城区，连绵不断的秦岭支脉伏牛山。

车村村名，始于元代，最初由焦家沟、南庄、大门前三个自然村组成。代代繁衍，房屋增多，遂连成一片，成为车村。1957年三门峡水库蓄水后，焦家沟的村民迁居坡垴，遂名车村坡垴，隶属车村行政村。多年来，村中地窖院、靠坡窑院不断减少，多迁居坡垴，建砖砌窑洞、砖瓦平房甚至钢筋水泥楼房，坡垴与坡下，庭院相接，街巷相通，遂成今日车村之宏大村貌。

截至1999年年底前粗略统计，全村共有1185户4027人（含在外人口）。其中，荆车焦三姓2407人，负周吴谭四姓616人，占总人口75%。其他姓氏人口较少。

所以选择车村作为一个面，不全是因为村子大，人口多，还有一个重要原因，是因为这里文风兴盛，重视教育，送孩子外出求学成为风气。

有清一代，村民中有翰林1人、进士2人、举人6人（含武举），担任过知府、同知、知州、知县等七品以上官吏者有18人。恩拔选贡、邑庠廪生、增广生员、太学生及绅士共100余人。1977年恢复高考至今，全村（含在外）大中专毕业生700余人，其中本科生498人（含第二学历）、硕士43人、博士6人，博士后1人，教授级研究员3人。

这些数字，都是打在幕布上的，我用手机拍了下来。

玉阁教授的讲解，主要集中在提高认识上。

"这个村子，前些年我哥哥玉堂先生考察古晋国沿革及水系时曾去过，对这个村规模之宏大，教育风气之浓郁，留下了极为深刻的印象。今年寒假，该说是去年寒假了，跟我一起策划报社科基金选题时，定下了《百年社会阶层升降沉浮》这个总题，要选几个层面做田野调查，不能光有顺着的，也得有逆着的。逆顺是相对而言，由现任的官员或某一级别的知识分子，往上推求他们的父辈祖辈，这在社会学统计上可说是顺着的，那么，由村中祖父这一辈纯粹是农民，看他们外出求学的儿孙达到怎样的境地，就是逆着的了。顺着的，我们选了两个面，一个是绒仙同学负责的文史学者父祖的职业状况，还有一个是韩慕舟同学负责的地级市所属现任县团级正职干部父祖的职业状况。"

说到这里，问前排坐在董哲熙那边的一个白白胖胖的男孩，没问题吧。那男孩儿并不站起，笑笑说，没问题，他都跟他爸说了。我知道，这男孩儿是朔州来的，他爸爸是市委组织部的一个副部长，做这个事不过是小菜一碟，唯一要考虑的是暴露现任官员的父祖职业，算不算泄露个人隐私。

"逆着的这个，非常难定，基数小了不行，基数太大了也不行，最好是一个大村子，原来还想过洪洞县的马牧村，临猗县的南姚村，我哥哥玉堂先生说平陆县有个车村，最是相宜。"

又是一个"我哥哥玉堂先生"，听到这儿，我不由得笑了一下，以为没出声，离得近，笑意还是让玉阁教授察觉了。

"绒仙你怎么啦！"

玉阁教授侧过身子，来了这么一句，不能说厉声责问，总是有几分不高兴。

这要怪我，不该笑的时候笑了。

也不能全怪我。

对玉阁教授，我一向都是敬重的。论相貌，她谈不上漂亮，但是眉毛是眉毛，眼睛是眼睛，脸面是长了点，但是有股子英俊之气，加上个子高，身材好，男孩子也许不看好，女孩子见了分外喜欢。学问没说的，口才也没说的，只是有一样，初听没咋的，多了就不免好笑。不管是讲课，还是平素聊天，总爱时不时地提起她哥哥，而且一说就是"我哥哥玉堂先生"。她那普通话，带着永济的腔调，永济与渭南隔河相望，实际就是关中腔儿，想象一下就是小品演员郭达的普通话，让一个女孩子说了出来。她单说"我"，也是一个正常的"我"，不知为什么，或许是太爱她的这个哥哥了吧，一说"我哥哥玉堂先生"，那个"我"就带上了晋南的乡土气，听来成了"鹅"。我们三个读博的，背后取笑她，不说"鹅哥哥"，而是说"鸭哥哥"，比如董哲熙从教授办公室出来，遇上韩慕舟，韩慕舟就会问"又鸭哥哥了吧"！

这会儿当着十几个同学的面，玉阁教授如此责问，不回答不好，回答了更不好。我这脑子转得也够快的，马上就想到一个文学上的典故，想到说出来既不失本意又能得到玉阁教授的宽解。

人对他人的笑意，总爱理解为嘲讽，见我不立马回答，果然玉阁教授的认知，又往嘲讽上靠了。

"说说吧，笑什么！"

有了对应之策，我又笑了一下，稍稍有点先惹恼她的意思。

"说呀，我哪儿讲错了，这么好笑！"

我站了起来。

"梁先生，我没有别的意思，是您说起梁玉堂先生，总说'我哥哥玉堂先生'，让我想起《红楼梦》里史湘云给贾宝玉叫二哥哥，总叫成'爱哥哥'，梁先生有这么一个好哥哥又这么爱她，真叫我羡慕，一听你说我哥哥玉堂先生，我就喜欢得不行，不由得就想笑。"

"哦，是这么回事。"

玉阁教授果然前嫌尽释，脸色还分外地甜美。

"没办法，我就有这么个哥哥，这么有本事，对我又分外地好，是他早早参加工作，挣了钱供我和弟弟读书的。我就说嘛，你笑个啥呢！"

说着还那么爱抚地看了我一眼，对我的回答很是满意。

"刚刚我说了我哥哥玉堂先生，绒仙同学笑了，说我对我哥哥，就跟史湘云喜爱她的二哥哥一样。这是真的，我确实非常喜爱我的哥哥玉堂先生，是他引领我进入社会学的大门。就是这个课题，他帮我设计时，还说了一句很重要的话，他说，面上的研究，是寻找规律，点上的研究，是挖掘深度。不要以为你们是在为我做事，你们三个人分担的子课题，对你们来说，也是最好的学术训练。田野调查，是社会学从业者必具的学术技能，掌握好了，会开拓自己的学术事业。"

玉阁教授说这些话的时候，我忽然想到，因了她与玉堂先生的兄妹关系，我们光顾嘲笑她这个傻妹妹，而对玉堂先生的学术成就与奋力抗争，在评价上低估了许多。

记得郑主编在一次聊天时说，清代以来的山西名人，他最佩服的有三个，一个是清初的傅山，皇上传旨进京，他不得不去，去了怎么也不肯当清朝的官。再一个是清末的杨深秀，杀谭嗣同，本来没他的事，他力辩不能杀这样的饱学有为之士，结果慈禧一怒之下把他也杀了，成为戊戌六君子之一。再一个就是当代的梁玉堂先生。国家实施计划生育政策，初起之时，多大的声威，可说如洪水倾泻，排山倒海而来，谁敢阻挡？而梁玉堂，一个山西社科院的普通业务人员，参加上面召开的工作会议，竟能坦陈己见，据理力争，最终撼动中枢，专门划出个县，让他主持做二胎试验，最后证明他的间隔二胎政策是成功的。顺势成功的人很多，这三个人都逆势而为，成就了自己的人生事业，他最是敬佩。

什么时候，这话我要亲自告诉玉阁教授。

玉阁教授还在讲着。

此刻看去，觉得玉阁教授也有她哥哥那么股子倔强劲儿。

前面说了三个面，接下来说了她选的三个点，实际上是三个名人家族，一个是浑源县的王念祖，一个是运城的李岐山，最后一个是河津县的乔鹤仙。

她抬起手，在键盘上一敲，大屏幕上出现了王念祖的头像和简介。

王念祖（1882—1973），名荩臣，字念祖，以字行世。山西浑源县人，1882年出生。1900年十八岁，参加浑源县童生选拔，为案首，即秀才头名。1902年入山西大学堂西斋读书，为山西大学堂首批学生。同年赴西安，参加山陕两省并科乡试，中壬寅科举人。榜发后二年，复返山西大学堂西斋，攻读法学。辛亥年山西光复后，曾主笔《山西民言报》，因言论忤某军官，报馆被砸，先生避祸返乡，主讲于恒麓书院，又为乡绅所不容，避地云中，执教于大同第三中学，垂十五年。1927年复返省城，供职于山西高等法院任民事庭庭长。抗战中，艰难度日。新中国成立后，返回浑源老家，起初还受到敬重，出任山西省政府参事、文史馆馆员。1957年已是浑源县政协副主任，被人诬告，划为右派。大跃进时期，被赶出家门，蜗居于一门洞里，1973年郁愤而亡。第二年县政协为他开了平反会议。其长子王道平毕业于山西工业专科学校，曾任西北实业公司副工程师。其孙女王静若毕业于首都医学院，收集祖父诗作，编成《王念祖诗集》出版。

玉阁教授自己念了一遍，说这样有功名有业绩，子女经历清晰的人士还真不好找，她是偶然得到一本《王念祖诗集》，才注意到山西浑源县竟有这么一位文化名人。说完还说了个笑话。

"有个大有名气的文学家，比王念祖先生还早出生一年，连秀才也没有考上，更别说举人，也许他是早就看透了科举误人，不屑于这样的功名吧，那我们只有加倍的敬重。"

这是说谁呢，我使劲想，也想不出是谁。悄声问身旁的董哲熙，他们在校读博，跟梁教授走得近，大概听说过什么，或是太聪明了，猜出是说谁，俯在我耳边说："梁教授不是说了吗，比王念祖还要大一岁，有名的文学家里，谁是1881年出生的，你想想。"

"啊，鲁？"

"绒姐好聪明。"

小董怯怯地一笑。

梁教授还在讲着。

屏幕上又出现一个人的头像。

文字标注，李岐山将军。

这类研究的选项中，多是文人，怎么来了个将军。

再看下去就明白了。

李岐山（1878—1920），名鸣凤，字岐山，以字行世。1878年生，清末秀才，曾设馆教书。后来考入山西大学堂，毕业后在太原工业学校任教。1905年与同乡景梅九开设回澜公司，组织反清活动，与陕西反清志士多有联系。1911年10月，辛亥革命爆发，李与陕西同志力谋响应，光复运城等地。10月下旬，太原光复，清军进犯，李率部赴雪花山抗击清军。民国肇建，论功行赏，任混成旅旅长，少将军衔，驻军运城。后与阎锡山不睦，被诬陷押解进京，友朋解救，赴西安图谋发展。1920年在西安郊外十里铺被害身亡。长子李卓吾，赴法留学，与巴金相友善。次子李健吾亦赴法留学，研究福楼拜，回国后致力于话剧运动，有多部名剧行世。新中国成立后入中国社科院外文所，为研究员。系我国著名的戏剧家、翻译家、文学评论家、法国文学研究专家。长女李维音留学苏联，回国后供职于中科院某研究所，曾参与秦山核电站建设。

哦，我明白了，有其子李健吾，这就该算是一个文化人家庭了。

对李氏家族，玉阁教授没有多说什么，电脑上一点，大屏幕上的头像和文字全都换了。

看上去是个花白胡子的老头儿，虽是半身像，看脖领和衣袖，一派民国老学究的打扮。

字有些小，玉阁教授伸手捻了一下，字体放大了，看清楚了。

乔鹤仙（1879—1952），名勋，字鹤仙，以字行世，又字笙渔。山西河津县（今河津市）人。中国近代学者、教育家。十八岁考中秀才。民国初年就读于山西优级师范，毕业后留校任教。此后十年间，在山西大学预科、山西教育学院、商专、工专、一师、女师等校任教，教授历史、国文、中国文学、西洋通史等课目，名重一时。

玉阁教授一手持激光指示器，用一个绿点指着屏幕，一面清脆地念着乔鹤仙的生平简介。

卢沟桥事变后，乔先生携眷南归，寄居汾南上河村。民国二十八年（1939年），在上阳村成立"养晦学社"，招收失学的初高中学生，讲解经史并宣扬爱国思想。次年秋，学社被日军捣毁，部分学生被捕，乔先生亦被胁迫去太原。伪省长苏体仁欲委以重任，坚辞不受，仍回河津乡下教书。

民国三十二年（1943年）11月20日拂晓，日军包围上阳村，抓捕民众二百多人，圈于一场院，准备屠杀。乔因隐居沟中，幸未被获，闻乡亲罹难，毅然自入虎口，欲救乡亲于屠刀之下。刚入场院，一日军即向他腿上捅一刺刀，他忍痛挺胸，毫无惧色。因他不通日语，即以手抹脖示意将他杀了。日军头目被他的凛然正气所慑服，喝住士兵，问他有何话说。他即与之笔谈，大意为：被抓的都是安善良民。我在太原上学时，曾有一日籍老师，他讲过日本为世界五强之一，是文明国度，文明的军队岂可滥杀无辜！遂使上阳村民免却一场灾难。

先生生活简朴，酷爱图书，在太原时即有藏书一百多箱，六大柜。日军入侵前夕，他带少量珍品以及自己的著作《河津金石考索》《河津文存》等南归，在太原的大批藏书，皆被日军掠去。新中国成立后，乔已年逾古稀，被聘为山西省人民政府参事。感激之余，将劫后余书，悉数捐赠给河津县图书馆。乔先生有子女多名，著名者为次女乔象锺，中央大学毕业后，与著名美学家蔡仪结为伉俪，夫妇俩均供职于中国社会科学院文学所。幼子乔象铉毕业于山西大学历史系，秉承父业，在太钢中学任教终老。

屏幕全白，玉阁教授开始她的讲解。

"前面讲了三个面，这里显示的是三个点。第三个点就是乔鹤仙家族，这个点我原先考虑的不是乔鹤仙，是临县的牛友兰，后来考虑到他的名声太大，再就是他的儿子牛荫冠新中国成立后当了大官，其子女也就失去了普通文化人靠个人奋斗发展的意义。选牛友兰是为杜绒仙同学考虑——"

说到这里，玉阁教授面朝了我。

"你是柳林孟门人，上去不远就是临县的碛口，离临县蔡家崖牛友兰的故居不远，做田野调查方便些。实在是牛家父子的名声太大了，忌讳也就多些，反而失去了普遍的意义，这才选了乔鹤仙这样一个点。"

玉阁教授这样体谅我，我心里感念，不由得朝她娇憨一笑，几乎是一个女人对男人表示的情谊与好感。

"有一点是对不起你的——"

哦，会是什么呢，我的身子朝前倾了倾。

为了表示亲近吧，玉阁教授也朝这边跨了半步。

"拿乔鹤仙换了牛友兰之后，我还想过董哲熙做车村调查，反正都在运城这一带，顺便把乔鹤仙这个点也做了。刚才你没来，我跟小董商量，问他愿不愿意做乔鹤仙这个点，他知道运城这边还有个点是李岐山，李岐山的儿子是李健吾，就说他有个三姥爷在临猗县统战部，临猗县城离李岐山的家乡西曲马村很近，调查起来方便，这样只好把李岐山这个点给了小董，你就只能做乔鹤仙这个点了。"

我一时弄不明白，做乔鹤仙或李岐山，对我的利弊在哪里，只是茫然地瞅着玉阁教授，觉得她那样说，总有她的道理，只是我难以明白底里。

"为什么定了乔鹤仙之后，我觉得小董做他，让你做李岐山呢，是考虑到你在职读博，不比小董和小韩是全职读博时间充裕。做李岐山这个点，你在省城工作，又是文史机关，有一个很大的方便，写《李健吾传》的韩石山是作家协会的，他那里材料肯定不少，你们是一个系统的，你找他比较方便。

哦，是这么回事，很明显的，我迟到了一会儿，让董哲熙占了先机，这会儿说什么都晚了。不过，好事让了小董，我心里也怪舒畅，至少他再叫我绒姐，不会那么害羞了。反正都不熟悉，姓李的姓乔的，对我都是一样的。

一大节课，就这么结束了，读研的孩子对玉阁教授的开题安排，好些人啧啧称赞。我们三个读博的，各有各的心思，也就没什么特别的表示。只有小董赶过来，挨住我的肩头，轻轻说了一句："绒姐，对不起！"

"谁个对我都一样，你好了我就喜欢。"

我还要去玉阁教授办公室，出门时人挤人，我趁乱在小董的胳膊上掐了一下，小伙子察觉到了什么，故意撞了我一下。这样的嬉闹，让我一下子年轻了十几岁，找到了刚上大学时的感觉。

要说的话，在教室里差不多全都说了，办公室里，玉阁教授跟我说的还是那句老话，登记表上加一项的事办得怎么样了。我不好说办了，也不好说没办，只说是正在办着。玉阁教授显然有些不高兴，说了句在我听来有几分震惊的话："我要是年轻十岁，这样的事，跑上两趟就办成了。"

我听了心里暗暗吃惊，什么长相的女人都对自己年轻时的魅力这么信心十足，相比之下，我还是太自卑了。

离开学校，驾车返回，想到下午要去见姜宁亭这样的人，心里有几分不自在。

未必是作为补偿，总是心有未甘，这个时分，我最想见的，竟是精工汽修店的小贺。

那天，宝成循着手机定位和他妹妹一起开车追来，我一踩油门冲出了汽修店，过后总觉得对小贺不起，至少该向他道个歉，说明原委。别让他以为我的家庭生活一塌糊涂，或者干脆认为我是一个招蜂引蝶的女人，不容于自家的夫君。是该跟他聊聊，别让过去的好感，因了这么件烂事而一扫光。

不全是为了这些事，仅仅听听小伙子爽朗的笑声，还有那些带着荤味儿的玩笑话，也该走一趟。

毫不犹豫，转到了滨河东路上。

第十七章

下午去了文史会，一进换届办公室，发现格局大变。

姜宁亭的办公桌，原先靠在西窗下，现在扭过来对了门，这边新添了一张办公桌，前面还有一把新椅子。不用问，是为我准备的，我坐下，正与姜宁亭隔着桌子面对面。

也有不同，姜那边是皮转椅，我这边是明晃晃的钢管椅，红艳艳的人造革垫子。

"嗬，好阔气呀！"

将挎包往桌上搁了，原地转一圈，由不得夸赞了一句。

姜主任笑笑，站了起来，踱到我这边桌子的一侧，伸出两根手指，挑起我的挎包的带子，挂在墙角的衣帽架上。我这才发现，还有这么个新添的物件。

"哟，这架子可够高级的。"

姜主任没走开，抬手抚弄着衣帽架的立柱，一脸的喜庆。

"添置的几件东西，数它最贵，那个屏风四扇才八百，它一个就上了千，说是紫檀，我看顶好是老挝檀木的。"

"姜主任真是雅人有雅兴。"

"办公室来了美女，就得美化一下嘛，也是吴悦台要升官了，批起条子来大方得很。"

说吴悦台要升官，自然是指这次换届要出任会长，这种事我心里很在意，嘴上不愿多说。下去打了水，回来做我的事。

我的事很简单，就是整理二十多年积攒下的会员材料，弄清文史会现有会员的准确人数。过去的入会手续也太草率，连正式表格都没有，有的是自己写了申请，吕汾阳批个"可以"，有的是他人写了推荐信，吴悦台批个"会上通过"。好在通联部，每年还有个工作总结，知道发展了多少名会员。我的责任不光是弄清历年会员的姓名，还得核实一下这个人是不是还活着，有的电话打过去说早就调走了，有的说早就死了。比较而言，还是活着又能联系上的多，还没核实完，已上千了。

坐在姜宁亭对面，让人讨厌的是，隔上一会儿，他就要问上一句少盐没醋的话。不说话了，我低头看材料，也能感觉到他那个愣愣的眼睛在瞅我。一沓子材料核实过了，要放回靠东墙的铁皮柜子里，关上门的时候，朝屏风后面瞥了一眼，纸箱子不见了，是一张单人铁管床，铺着新床单。姜主任见我朝后看，也站起来。

"全是崭新的，你要累了也可以躺一躺。"

我笑笑，没说什么，拿上一沓新材料，又坐回我的位置，心想，这人是把这个地方做成他的行宫了。过了一会儿，姜主任起身倒水，暖水瓶在我桌子一侧的地上放着，放回暖水瓶的时候，趁势在我腿上拧了一下。

"姜主任！"

我低声给了一句，意思是自重些。

"嘻嘻，过后面歇歇嘛！"

他全不理会，伸过手来，要架我的胳膊。

斜瞅了一眼，恶心得我都要吐了出来，那么一张丑脸，龇牙咧嘴的，哈喇子都要流下来了。

"姜主任，这是办公室！"

我厉声正告，没有一点含糊的口气，他这才讪讪地嘟囔了一句什么，退回他的座位上，又来了一句，这回听清了。

"没什么，没什么，以后熟悉了你就知道我是个什么人了。"

我没作声，整理我的材料，正在这时，背后的房门响了，是办公室的小舒，就是那天吴会长让领我去找何其愚的那个女孩儿。我以为她是找姜主任的，笑了一下，没说什么。

"绒姐，吴会长让你去一下。"

"哦？"

"我给他送机要，他让我上来一下。"

看看表，十一点多了，我拿了挎包，对姜主任说，那我就不上来了。怕他记恨，还特意笑了一下，他倒也装了正经，像什么也没有发生过似的，说不早了，他也要走了。

下到二楼，吴会长的门开着，我一进去，他还像上次那样，做了个手势，让我在对面坐下。

"绒仙同志，在这儿工作，也还习惯吧！"

"挺好的，工作量也不大。"

"你可晓得是谁请你过来帮忙的？"

"姜主任给我打的电话呀。"

"哈哈，他打的电话，那是在会上研究换届工作，他说他那儿人手不够，我提出可以让《山河志》的杜绒仙来帮忙嘛。"

"那谢谢吴会长啦！"

嘴上这么说，心里想的是，我是《山河志》的编辑，来你们这儿做小办事员的差事，亏你们能想得出，不是为了完成玉阁教授派下的任务，我才不来呢。

他对面的这把椅子，跟他坐的那把完全不一样，他坐的是皮转椅，扶手也是黑皮的，支撑扶手的不锈钢管锃亮锃亮，像一双眼睛威严地瞅着这边。这边的这个椅子是一把老式的办公椅，全木制造，后背是几根木条，看去四方的椅面，实则前面要宽些，只有正中钉着一块四四方方的黑皮，周遭全是磨的发亮的泡钉。这是我一到桌前就看到的，此刻坐下，总觉得右边屁股下一个泡钉没钉好，突了出来，硌得我屁股怪痒痒的。屁股痒，身子由不得就扭了扭，坤包还在肩上挎着，由不得就双臂下垂，两手紧紧地攥在一起。

我的这个举动，引起了吴会长的误会。

"绒仙同志，别紧张，不谈工作，随便聊聊。"

我的样子，也确实像是紧张。只有我自己知道，这个样子，至少有多一半儿是装出来的。

见了生人，羞涩地笑笑，是自小就会的本事，上学多少年一直这么着。工作后发现，这一着，副作用太大，常会让人认为是含情脉脉，暗送款曲。

记得刚到孟门中学，一次去教导处，教导主任李老师，忽然抱住我亲了一口，挣脱后我责怪他不该如此无理。料不到的事，李老师竟说我那么羞怯地朝他笑笑，他以为是亲近的表示呢。再后来，跟生人见面，我就尽量做出冷漠的样子，只有熟悉了之后才会流露亲切的表情。再再后来，又琢磨出见了领导，要做出畏怯的样子，是最佳的选择，领导觉得你本分，你心里也多了一层防护。

屁股下面还是有点硌，又扭了扭身子。

吴会长的亲热劲儿上来了。

"包包放在桌子上嘛，哈，离下这么远，怕我打开看哪。"

"啥都没有。"

我将坤包搁在桌上，朝他那边推了推，包包是立着的，离他近了，像是在我俩之间筑起一道短短的屏障。吴会长也感觉到了，将包包往右手那边拨了拨，两人之间的距离没有变，该多远还多远，包包移开了，似乎一下子开阔了许多。

说实在的，以前见过几次，也面对面过，他的脸面从未仔细看过。这回见了，不用细看，觉得吴会长这人还是蛮英俊的。是南方人，个头儿不小，不像好些南方人那样瘦弱单薄，脸面宽宽的，额头亮亮的，还有几分北方男子汉的气派。就是鼻梁塌了些，鼻尖往回收，不能叫鹰钩鼻，只是给人钩了的感觉。嘴唇厚厚的，一笑还有几分和善。

"绒仙同志哪儿人？"

"吕梁那边，柳林的。"

这话上次就问过，我仍如实回答。

"哦，我还以为你是沁水的呢。"

"您怎么会有这个印象？"

无意间我已不称呼会长了，改为您，显得随意，这个小小的变化，吴会长马上就感觉到了，叫我也不外加同志了。

"绒仙哪，你不知道我最早分配到山西，去的是晋城矿务局，矿务局是个大单位，周围几个县都有矿井，一年总得下去几趟。男人嘛，对女人总是感兴趣的，跑来跑去，觉得沁河两岸的女人最漂亮，白净，水灵，一点儿也不比江南的浣纱女差。后来去的地方多了，人们都说大同的女人漂亮，比沁水的女人还是差了些。"

"说大同的女人漂亮，是后来的说法，最早是说浑源的女人漂亮，去了浑源州，回家把妻休。您这是去了沁水州，回家把妻休。"

"哈哈，说笑归说笑，我可不会动那个心。"

"会长一看就是正人君子，我不明白您怎么提议，调我过来帮忙的，咱俩以前没打过交道哇。"

一进来，吴悦台提起这个话头，我就想问，总觉得太唐突了，忍了忍，这会儿情绪放开了，还是提了出来。

"这个嘛——"吴悦台沉吟一下，像是在掂量表述的方式，"说了你也许觉得奇怪，可人对人的感觉就是这么奇怪。你该记得，前一向你来文史会的情形吧，上班没多久，你开车进来了，遇上我，问你这次来了找谁，你说找何其愚，正好办公室的小舒下楼打水，我让她领你去的。忘了吧？"

点点头，表示没忘。

这事我记得清楚，有一点，他可能没注意到。我去找何其愚，问过谢次陇，左右一时没弄清是真的，知道何住几单元几号也是真的。因此上，在院里停了车，并没有问人的意思，是他问了我，我说了，他才让小舒领我去的。

这情形，这会儿我自然不会说，只是笑笑，他下面的话就颇有意味了。

"我在花池边站着，是等小裴开车过来，去省里开个会，你的车停在假山东边，人要出去得经过花池，就在你走到花池边，要从我身边经过的时候，我一下子惊呆了。啊，绒仙同志竟这么漂亮。此前在办公室见过，我那个办公室的外面是梧桐树的树冠，阳光越好，遮的越暗。你上次来是个好天气，我连你的脸蛋都没看清。这回可不同，天气晴，阳光好，一见眼前就一亮。由不得就问了一句，知道你要去找何其愚，正好小舒过来了，我让她领你去，要是她没过来，我真想说，我领上你去呢。"

"那可闹出笑话了！"

我咯咯咯地笑了，侧过身子，胳膊搭在木椅子的靠背上，笑得喘不过气来。

"别动，别动。"

吴悦台提高了声儿，事出突然，懵里懵懂，我真的听从了，伏在椅背上不再动弹。只是用眼角瞥瞥身后，担心姓吴的会绕过桌子，给我个熊抱。再面善的男人，也得防着起了淫心。

"好，就这个姿势别动。"

这是要做啥呢，照相吗？

他还在坐着，我也就放了心。

"绒仙哪，你不知道你这个样子有多美。那天小舒领你去旁边楼上找何其愚，那个楼跟机关院之间是铁栅栏，往北走，穿过宿舍楼一侧的甬道时，你又朝花池这面瞟了一眼，不是自然地扭过头，是甩了一下头发扭过来的。你不知道，你甩一下头发，再瞟一眼，那神情是多么的美，就是那一瞬间，我决定设法把你调到文史研究会。整理选举会材料，只是第一步。"

我一下子愣住了，没想到我还在这儿耍小心眼儿，只想着完成梁教授布置的任务，人家已打上我这个人的主意了。

"这可太突然了，让我想一想。"

"这儿的待遇也不低，你来了，研究室和编辑部任你挑。不是马上办，选举会以后办，没问题。"

这话的意思是，选举会之后，他就是文史会的一把手了。

"吴会长，"我又开始叫他会长了，"这是大事，容我想想再说。"

"好的好的，不是个急事。哎，你们的征文，搞得怎么样了？"

我说到月底收稿，就结束了，已收了二百多件稿子，赶结束怕也到不了三百。来稿质量参差不齐，差的只是个中学生水平，好的是好，可惜太少，郑主编说，若是这样，怕难设一等奖了。

又问文史会有几个人投稿，写的怎么样。

"夏涑水、姜宁亭、谢次陇，还有一个姓董的老先生也写了。文史会的人，水平还是高些。"

"姜宁亭写了个啥？"

"挺长的，记得是谈晋绥根据地如何筹集军饷的，材料还行，文字太粗糙。"

"我猜也是的，这个人哪，思维简单，文笔不行，就不是做学问的料。"

听了吴悦台这句话，我才知道，这两个人表面合作，实际上谁也看不起谁。

这个话题不能说下去了，我打个岔，说前几天北京有个《红楼梦》学术研讨会，听小舒说你去参加了，还提交了论文，受到表彰。

"是呀，对《红楼梦》的庚辰本，我一直有自己的看法，这次提交上去，还受到冯其庸会长的肯定，说有新见地。山西的红学一直不景气，我这次算是给山西学术界争了光。"

"不知吴先生的文章，主旨是什么？"

"过去红学，受政治影响太重，一说就是四大家族，要么就是新旧斗争，索隐影射。我不这么看，我认为作家是在宣扬一种人生哲学，可概括为五个字，叫'正邪二气说'，这在书里，有明确的阐述。《红楼梦》你该是看过的。"

他说着扭过身子，我怕他从身后的书柜里取过《红楼梦》，翻开书页让我看，忙说了书里什么地方有这说法。

"你是说第二回《冷子兴演说荣国府》，说天地生人，原本就带着正气与邪气，荣宁两府的主要人物，各自代表着正气与邪气吧！"

"绒仙真是才女，悟性太高了！"

这话我不能接，只是平和地看着他那张扁平的脸，觉得如此注视，已够他十分受用的了。

看得出来，在北京受到表彰，让他增添不少人生的自信，还要加上对前程的美好估量。

"这次在北京住了几天，发现还是北京文化界，风气开通得多。有好几个作家学者，开会时，公开带着自己的情人，大庭广众之下，亲昵起来，一点都不避人眼目。我们几个外地的学者，羡慕得不行。看来学术风气的浓淡，跟两性社交的风气，是成正比关系的。"

这话我不搭理，只是低下头咪咪地笑。真没想到，外表肃穆的吴副会长，内心竟是如此的多情，噢，该说是好色了。不知为什么，一时间我竟觉得有姜宁亭、吴悦台这么两个宝贝，梁教授交给的那个艰巨的任务，眼下看来不过是小菜一碟儿。

这么一想，心情大好，身子仍稳稳地坐着，桌子底下，舒畅地蹬了蹬腿，不是一下，是连着三下。

又说了几句闲话，吴副会长的神色忽然显得扭捏起来，咳嗽了一下，又不尴不尬地笑笑。

"有个事跟你商量一下。"

我笑笑，没作声，等着看他会说出什么话。

"是这么个事——"

他几乎是很难为情地说开了，每半句都拉长了调子，像是在思考下半句的措辞。

及至说完，我才明白了，是怎么一回事，要我做怎样的勾当。

甘肃省有个大作家，也是个有名的学者，叫章子茂，是甘肃省文史研究会的会长，在北京开会认识，都是南方人，一来二去两人就成了好朋友。这位章先生是有名的风流才子，别看六十多了，精神健旺，到处播撒爱的种子。他在西安有个小情人，两人爱得要死要活。上个月吴悦台去北京开会，跟章子茂两人住一个房间，晚上章先生跟吴会长说，他要会这个小情人，可他在西北的名气太大了，去西安怕飞机一落地，就有人认出他，座谈演讲不断头，跟小情人见一面都大费周章。因此上，他想请吴会长帮个忙，他来太原，让小情人也来太原，吴会长给安排一下，住上三五天。

好朋友这么个要求，又是大名人，吴会长不能不答应。

吴会长为难之处是，甘肃的章先生来了，虽是会小情人，也不能不好好接待，酒饭是免不了的，去歌厅唱歌也是免不了的。可人家身边有个小情人，自己比人家还小几岁，孤身一人陪伴，不说礼仪什么的了，总是脸上无光。因此上，那两天接待章先生，让我暂且扮一下他的情人。

一下子真把我蒙住了，不知该说什么才好。

吴会长看出我心里的纠结，反复声明，只是假扮一下，撑撑场面，他绝不会动真的，有什么分外的企图。

"绒仙同志，我能理解你的心情，可你一定要相信我的品德，不会做一点点出格的事。很简单，就是吃饭时坐在我旁边，顶多陪我和客人喝一杯酒，不想喝酒，喝饮料也行。去了歌厅，跳上一两曲舞，唱上一两首歌，保证安全接来，安全送回。"

"文史会那么些年轻女孩子，你不会挑上一个？"

"我是领导，跟女孩子在一起影响不好，再说，一个单位的，怎么能暗示是情人呢？绒仙同志，是难为你了，可你一定要相信我。"

想到要完成玉阁教授的任务，吴副会长这一关是免不了的，心一横，答应了。

我问章先生带情人来山西，会是什么时间，说还早哩，再早也到下个月了，他是提前做个准备，免得到时候措手不及。怕以后会有别的麻烦，我也提了我的条件。

"吴会长，就这一次。"

"就这一次，就这一次，太感谢你了，太感谢你了。"

从文史会出来，坐在我的车上，一边开着车一边想，这个文史会，真是个虎狼窝。事业单位的风气，真的比不了行政单位，弄个假情人应付场面，行政单位的领导连想都不敢这么想。

第十八章

　　文史会的事并不多，主要是整理过去的会员表。姜宁亭还想让我为吴悦台写换届报告，我推了。他后来找了会里的李文儒，此人是写史评的，写个报告不是难事。

　　这边事不多，单位又不管，两边讨巧，可以放手做自己喜欢做的事。

　　近来最喜欢做的，就是躲在家里看《围城》。

　　看得多了，不免胡思乱想，想得最多的不是故事情节，也不是人物安排，而是这部小说的文法之美。故事再好，人物再妙，没有高明的叙事手段，也体现不出来；叙事手段里，词语的选择，句子的设置，是最为重要的。这些，都属文法的范畴。比如我就注意到，钱先生是个新式的大学者，究其实，也是个老式的旧文人，他的行文，最具特色的，还是作诗练下的对句功夫。

　　比如书中第五章，写五个人到了吉安，学校汇来钱却取不出，最后还是托了妇女协会的一个女同志帮忙办成此事。当那位女同志领了男朋友来到旅馆，五个人见了，那个高兴啊，书里写道："五个人欢喜得像遇见久别的情人，亲热得像狗迎接回家的主人。"别人看了，会说比喻如何的妙绝，我看了，最先感到的则是对句的精巧。

　　《围城》里可连缀成文的素材还有好多，眼下能想到的就有《〈围城〉里的时间表述》《〈围城〉里话语与动作的衔接》。最有意思的是，发现钱先生在书中多次用了"拿糖做醋"这个江南俗语，想到可写一篇小文章，就叫《钱锺书先生的醋作坊》，写下不给外地报刊，就给太原的《龙城晚报》，郑主编见了，一定会夸我"孺子可教也"。

　　正想着，手机响了，雪姐来的。

　　"有事？"

"你忘了吧？"

"没说聚聚呀。"

"想想，雁丘那儿说的事，我那口子。"

啊，想起来了，那天在滨河公园给雁丘选址，临走的时候，我说将FH计划改为HF计划，雪姐不允，我想了一个调皮的主意，要找个熟人练练胆子。雪姐追问之下，我说了国辉哥的名字，以为雪姐会臭骂一通的，没想到她竟同意，还说"让那怂人尝个鲜"。我当时喜的什么似的，只是第二天就遇上了偷车事件，接下来又是玉阁教授的选题讲解课，借调去文史会帮忙，一连几天操劳不断，把预定下的这等好事忘了个干干净净，实在对不起雪姐的慷慨大度。

"好姐姐，实在对不起对不起，我该死我该死！"

"想着你也是忙得忘了，不会是嫌我吃过的剩饭不好吃。驾校练车哪会是新车，是这个理吧！"

"那是那是，姐姐你太好了！"

接下来雪姐压低了声音对我说，今天上午公司派潘国辉去河西一电厂运行科送个材料，没什么耽搁，交给科长就行。她让他路过小井峪进口商品专卖店，给她买两盒俄罗斯巧克力。估计国辉出来，在十点半到十点四十五分之间，让我这个时候在路边停了车，候着，待他进了商店，在门口前面不远处走过去，像是偶然遇见。国辉是坐公交车过去的，这儿离银昌盛歌城不远。

"你领他去那儿，潇洒走一回，穿得港一点。"

"姐，你真的这么放心？"

"他那德行我知道，看电视见了美女都流哈喇子，见了真的就不用说了，就看你的本事了。"

才九点多，时间还宽裕。穿什么呢，雪姐让穿得港一点，没这个必要，国辉是厚道人，太花哨了，会吓着他。裙子就行了，好撩。

不开车，想想还是开，不光是嘉士林到小井峪很有一段路，也是想到要去银昌盛唱歌，那儿的人全是势利眼，开上好车会有不一样的对待。

一路顺当，进口商品专卖店在右侧的街上，挺大的一个门面，一南一北两个门。顶部是一串英文字母，晚上想来金碧辉煌，此刻看去，只见各色的霓虹灯电子管绕来绕去，像一抹乱云飘动，更像女人脱下乱扔的衣服，这个带子那个条子，全缠在了一起。倒是"太原市进口商品专营商店"的白底黑字牌子，悬在门楣上，其威势不像一家商店，倒像个行政机关。想来是进口商品专卖店这个名目，给了他们胆量，不怕没人进来买他们的东西。

这么高档次的商店，前面也不修个上去的坡道，就那么直棱棱的一个坎儿，俗称马路牙子的，不高，能上去。

刚磕上马路牙子，在距这边门口不远处停稳，还没下车，就看见潘国辉晃晃悠悠地过来了。天热，上身短袖衬衫，下身制服短裤，他这人平时就精神头不足，此刻办完公事往回走，还不到搭车的时候，更是懒散得不成样子。雪姐不怎么看得起她这个夫君，我倒觉得有这么个夫君，对女人来说也是难得的福气。至少不用操什么闲心，像我就为渠宝成操了不知多少闲心，最终还是没攥紧，跟抢什么似的叫脱了手。

雪姐让我等潘国辉出来时迎上去，假装碰巧相遇，再邀上一起去银昌盛唱歌。一瞬间我倒觉得，不如在商店里让潘国辉碰见了我，这样对我来说更自然些，至少不必装作那种惊喜的怪样子。

进来了，挺大的，U 型的柜台，有名表有首饰，还有西装皮鞋。我是从北门进来的，食品柜台在靠南门的地方，刚走到柜台前，打量着买个什么吃食，眼角的余光瞥见潘国辉推门进来。我没扭头，反正他也要来这儿，不会见不到我。

一会儿还要去银昌盛，不能买占手的东西，口香糖就好，有美国的，还有意大利的，美国的箭牌满大街都是，那就来两盒意大利的吧。

服务员过来了。

"请问要什么？"

"意大利口香糖，两盒。"

递了过来，我正要付款，肘子叫轻轻磕了一下，一扭头。

"哟，辉哥！"

国辉不惊喜，只是羞怯地一笑。

"看着像你，还想着咋就这么巧呢，还真是你。"

我问他怎么会在这里，他说去一电厂送个材料，雪姐让他顺路买两盒巧克力。

"俄罗斯巧克力吧！"

"你怎么知道的？"

"她那口味我能不知道吗？有次我来河西办事，她也是让我来这儿买巧克力的。"

见他掏出钱包，我挡住了，对服务员说，别找了，再来两盒俄罗斯巧克力。我看了标价一盒三十九元，我给的是一张百元票子。

"这怎么行？"

"哎呀，谁跟谁呀！"

这次不是挡开他的胳膊，而是捏了捏他的指头。

这一招果然灵，他喜的什么似的，不再吱声了。

出了门，我俯在他耳边，悄声说了一句，还将刘海儿在他的耳朵上蹭了蹭。

"什么什么？"

"吓死你，唱个歌又怎么啦！"

"跟我？"

"陪陪我嘛！"

潘国辉皱皱眉头，很吃力地思考了一下，眉头一舒展，嘴角喜得翘了上去。

"好耶！"

"上车。"

银昌盛，早先跟几个朋友来过，靠小井峪这边，眨眼就到了。

这儿的门面，不像金昌盛那边跟个古城堡似的，整体看来，倒像是一处幽静的园林建筑。一进大门，马上就有接客的迎上来，打着手势呼喊："这儿，这儿！"我不理，只管往前开，直到后面要拐弯了，见右侧有个单独的小二楼，门口的牌子写着"漱玉阁"，想来该是个优雅的处所。

车一停，来个小伙子，引领我们进去。

门口有个浓妆艳抹的中年女人接住，一看我俩这年龄与神情，先就估摸了八九分，说他们这儿有四个小歌厅，两个高档的，两个普通的。又怕我们看出是引导消费，心生疑忌，赶紧说普通的跟高档的，差别也不很大，只是音响不同，一个是日本的，一个是德国的。末了试探地问："高档的？"

这话是中年妇女——该是鸨儿吧——压低了声儿说的，不是冲着我，而是冲着潘国辉说的，她把我当成潘国辉领来的女伴了。

国辉正不知如何回答，我也不再作假，冲中年妇女点点头，算是认可了她的建议。中年妇女头一仰，浑浊一声大叫，跟砖头似的甩到了楼上。

"一号！"

我牵着国辉的手上了楼。

一上去是个不大的客厅，没有沙发，中间一个类似单人床的大凳子，上面坐了七八个年轻女孩儿，一个个袒胸露背，短裤长腿，有的还叼着香烟。一号歌厅还在里头，我俩走过的时候，听见一个女孩儿小声嘀咕了一句。

"哟，还自带干粮！"

显然，这话是说给潘国辉听的，我心里暗笑，今天自带干粮的不是这个男人，而是我这个女人。

高档的就是高档。红地毯，头顶一个枝型吊灯，也流光溢彩，一派不安分的气象。长长的沙发，铺着软软的明黄织锦垫子，坐上去就有一种浑身放松的感觉。领我们进来的小姑娘，手里拿着打火机，一进来先俯下身子，将茶几上的铜香炉盖子揭开，点着里面的盘香，再盖上，便有淡蓝色的香烟，从高出炉盖的圆柱上升起，盘旋缭绕，不断变幻着姿态。我想，这就是古人说的香篆吧，至于烟柱何以是蓝色的，该是灯光辉映的缘故。

不一会儿，浓郁的檀香味，便在室内弥漫开来。

小姑娘仍在忙活着，给我俩面前放了两个毛巾碟，两瓶矿泉水，尤为可笑的是，掀开木质抽纸盒子，换上老大一包抽纸面巾，还特意指了一下，意思是若不够用，那边小柜子底下有的是。

做完这些，才将播放器放在潘国辉面前，说了句"先生玩得愉快"，倒退着离开。

国辉盯着面前的播放器，满腹心事的样子，憋了好一会儿，才憋出一个字来。

"你，你——"

我知道他是想说，我怎么起的这个意，邀他来这种地方唱歌。

这个疑虑，必须打消，要不他怎么也放不开。

"雪姐跟你说过吧，渠宝成外面有了人，不要我了。"

"啊，你这么好！"

"就你觉得我好，人家可不觉得我好，男人再不好，不要你了，总是你不好。这些日子，我的心情糟透了，原本就抑郁，像是更重了。就是这样的心情，在外贸商店见了你，才生出想让你陪我散散心的主意，看样子，你挺不乐意似的。"

我尽量放慢语速，压低声音，像失意女子倾诉衷肠的样子。

"我乐意，我乐意！"

国辉连连表白，生怕我对他有什么不满意的地方。

"唱歌是最能释放感情的方式，辉哥，我知道你也疲累，唱个歌吧！"

我拿起播放器，递到国辉手里，他倒是接住了，却一脸窘相，又可怜又可爱。

"绒仙，你先来吧！"

"潘哥，唱个什么？我来点。"

到了这种环境里，称呼由不得就变了，过去我叫他国辉哥或者国辉兄。

"你唱，你先唱个。"

看来得我先唱了。我选了个"路边的野花你别采"，起句音响太吵了，调低了重唱，觉得满含情意，潘哥该能听得出来。

"你来吧。"

他那边有话筒，我还是将我这边的递了过去，几乎是本能地觉得，刚从我嘴边拿开的话筒到了他嘴边，等于是一个有待完成的亲吻。

哼唧了两下，料不到爆出的竟是一个《北国之春》。

这是那几年红得一塌糊涂的一首日本风情歌曲，大陆要数蒋大为唱得最好，难度还是挺大的。潘国辉会唱这样的歌，由不得让我起了几分敬意。序曲响起，潘哥起身跨出沙发和茶几之间的空当，往前走了一步，还轻轻地咳了一下，便看着字幕唱了起来：

> 亭亭白桦，悠悠碧空，
> 微微南来风。
> 木兰花开山岗上，
> 北国的春天，
> 啊，北国的春天已来临——

太好了，太好了，我不由得拍拍手。虽说光着手臂，小手仍像笼在袖子里那样，上下错开一些，连住拍了几下。没想到潘哥的嗓子这么浑厚，咬字又这么清楚，除了一两处拿捏不准跑了调，基本上可说是原汁原味，只比蒋大为略逊一筹。

我一下子来了情绪，不等他坐下，先站了起来，问潘哥，咱俩来个《纤夫的爱》怎么样。要两人对唱了，他有些难为情，我靠过去，拿肩膀在他的胸前揉了揉。

"人家想嘛，人家想嘛！"

嗲声嗲气的，我自己听了都觉得不像是我在说话。

"娘的！"

他一甩手，像是甩掉了心头的什么业障，来了这么一句。

知道他同意了，我急忙过去点了歌，退回原地，跨开一步，拉开对唱的架势。

潘——

妹妹你坐船头，

哥哥在岸上走，

恩恩爱爱纤绳荡悠悠！

杜——

小妹妹坐船头，

哥哥你在岸上走，

恩恩爱爱纤绳荡悠悠！

屏幕上有歌词，调子很简单，顺着往下唱就是了。

唱到后来，再唱纤绳荡悠悠的时候，我靠过去，跟他一并排身子，两手拽住他的胳膊，像是怕自己掉在水里似的。他呢，也一前一后耸动着，像是真的站在船头上，要跌进水里似的。

唱完了，都有些气喘，刚在沙发上坐下，服务员送进果盘，一把黄黄的香蕉，两个红红的苹果。此刻苹果象征着什么，我没想，香蕉象征着什么，我心里是明白的。好兆头，该着往下走了，剥了一根香蕉，咬了一小口，递给潘哥，他居然就接了。往过靠靠，我的手搭在他的膝盖上，隔着裤子，仍能感觉到他的腿在轻微地抖动，想来心里不定怎样的激情难耐呢。

小姑娘又进来，瞅了瞅，问要不要把灯光调小点。

我点点头。

调小了，小到跟夜里差不多，潘哥就坐在我对面，我看他都模模糊糊的。

192

真是个高档厅子，这么暗的灯光，房间里柔和的光线，仍似水波荡漾，又适当其时地响起了"茉莉花"的旋律。

"真没想到，能跟潘哥在这儿一起唱歌。"

"嘿嘿，我也没想到，今天运气咋就这么好。"

"潘哥，你就不想点别的吗？"

"嘿嘿——"

潘哥一直不住地笑，先是嘿嘿，后是嘻嘻，咧着嘴，停一会儿还抽抽鼻子。

又往过靠靠，我伸过手，在他的胸前上下抚摸着。

"嘻嘻——"

仍是个笑。

看来还得往前迈一步。

我俯过身子，将脸面贴近他的胸脯嗅了嗅，又做出一个咽下去的样子，长长地舒了一口气。

"好香啊！"

"香个啥，"他掩掩衬衣的领口，"天气热，走了一身汗，这才落下去。"

我想起不久前在《读者》上看到的一段话。

"潘哥，昨天看了一本书，书上说，告诉一个秘密，在量子力学中，如果一个人足够的想念你，那么他就可以抵达你的梦境；在生物学中，如果一个人身上没有喷香水，而你还可以闻到他的体香，那么就可以证明是你的基因选择了他。潘哥，我真的闻到了你的体香，这是不是说我俩的基因有吻合的地方呢？"

"嘻嘻，嘻嘻！"

潘哥笑得更厉害了。

"怎么啦！"

我有些恼了。

"巴甫洛夫，巴甫洛夫！"

我蒙了，这个时候，该是男女欢愉的分儿，怎么提起了一个做动物实验的科学家。看我真的不懂，潘哥的神色变得凝重起来，起身拧亮身侧的一个壁灯，让房间稍稍明亮了些，抬起左腿，搁在沙发上。身子侧过来，面朝了我，双手握住我的一只手，说开了，语调格外地沉痛。

"绒仙妹子，你的情义我领了，该做什么也全都明白。我老在笑，你不明白，我说巴甫洛夫，你也不明白，我就跟你直说了吧。我就是巴甫洛夫做条件反射实验的那条狗，只不过不是巴甫洛夫训练下的，是杨雪君那个女人把我训练下的。"

"啊！"

我大为吃惊，看似亲热的一对夫妇，一男一女，两个都是人，怎么会一个把另一个训练成了巴甫洛夫手里的狗。

他再说下去我就明白了。

刚结婚那两年，他说他跟普通的新婚男子没有两样，常是心里痒痒的，等不到天黑，就想云雨一番。相恋时，两家都住在文化厅的平房院里，他爸是行政处的副处长，雪君爸是群艺处的副处长，两家是前后院，都是排房，杨家的后门，正对着他家的前门。杨家有两个姑娘，都漂亮，经人说合，他跟雪君订了婚。赶结婚的时候，正赶上大举提拔知识分子，雪君他爸当了副厅长，搬到楼房去住。行政处将一个大学生提拔为处长，他爸还是副处，他们一家还在老院子里住。雪君姐姐嫁到外地，副厅长分的是三室一厅，家里宽敞。婚后雪君在潘家住了半年，他们小两口就搬到杨家去住。

说到这里，潘哥苦笑了一下，我起初没在意，听下去才知道，这次搬家正是他苦命日子的开始。

"搬家那天，"潘哥说着，揉了一下眼窝，不是有泪，总是觉着发涩，"避开儿媳妇，我妈笑着对我说，好女婿都是丈母娘调教出来的，到了杨家，让亲家母好好调教你吧！"

这话我听了很熟。不久前在编辑部，我们还谈起过这个话题。坐在我后面的陈侃，是个性情温和又手脚勤快的人，清洁工只管打扫楼道，办公室的地面，从来都是陈侃清理擦拭。郑主编见了开玩笑说："小陈这做派，一看就是见过教的。"我不明白是什么意思，郑主编说："就是经过丈母娘专业培训的呀。"他走了，老牛说他们村里也有这种说法，哪个后生德行好，要是结过婚的，就说是见过教，受过丈母娘教训的。

想到这里，我附和了一句。

"那好哇！"

潘哥没理我，继续说下去。

雪君妈他也叫妈，住了一段时间，他才知道不是亲生的妈，有多么厉害。

住在杨家，他比过去勤快多了，那几年还不通煤气，做饭用的是煤气罐，什么时候他都不误骑上自行车去煤气站换罐。只有一次，机关有事没顾上，雪君妈就把他训了一通。这都不消说，老太婆竟管起他们的夫妻生活来了。

有一天，雪君不在家，岳父去外地开会了，吃饭时就他跟雪君妈在家。老太婆拿出一本香港版的《素女经》推给他，让拿回去好好看看，别老跟死猪似的，只知道趴在肚皮上。回去一看，上面画着性交的各种姿势，有后位的，有侧位的，气得他肺都要炸了，当下检查房间的墙壁门窗。三间房，前面两间朝南，一间是老两口的卧室，一间是老丈人的书房。他和雪君住后面一间，中间隔着客厅，再大的动静，前面是听不到的。要窥视，只会出在他们这个房间的门上。那时候还没有摄像头这一说，只会是看到的，细细查了，毛病出在门上的那个小窗口上。里面吊着一个浅绿色的小布帘，图好看还打着褶儿，只是绷帘子的细铁丝，不是从窗口的内侧钉上去的，而是在门板上钉了钉子，挂上去的。钉子本就突出，小窗户也有些棱儿，这样帘子离窗玻璃就有一寸宽的间隔。关上门，正面看去，里面的帘子遮得严严的，可是只要站在外面，贴住玻璃往里瞅，正面还是什么都看不见，斜着瞅，正好能瞅见大床上的少一半。如果两人正在云雨，又不盖被子，看见的正是他的光着的屁股，也正是死猪一样趴在肚子上的样子。

潘哥说到这里，嘴里呼呼地喘着粗气，将我的手攥得更紧了，我抽出手，托起他的胳膊，轻轻地抚摸着。让一个老女人偷窥，过后还要挑明，对一个男人该是怎样残忍的伤害呀。

"你没有跟雪姐说过？"

我提出这么一个不能提的问题，很想知道雪姐晓得了她妈的秽行，是怎样一个态度。

潘哥略一迟疑，还是说了。

"唉——"

长叹一声，以为他不会说了，叹罢，还是说了。

"起初我是打算晚上雪君一回来，就跟她说说的。可是我知道，一给她说，她必定会找她妈质问，接下来就是大吵大闹一场。她妈管不了女儿，但能管得了我，从此这个家就不得安生，非闹到离婚走人不可。对雪君，我还是深爱不舍的。多少日子，强忍着不说，正好那两年省电力公司也在加紧盖职工宿舍楼，公司盖楼，力度很大，人人有份。我在想着，只要一分下楼房搬出去就没事了，可是也就在这个时候，我发现我的身体不行了。"

"正年轻着，怎么就不行了？"

"唉，说不清，也不是一下子就不行的。"

我放下他的胳膊，自己的右腿也盘上来，身子一扭，左边裙子的开衩处几乎扯平了，膝盖以上露出白白的一片。

这个男人，命太不济，心又太好了，让我由不得深深地爱怜起来。不管他情愿不情愿，俯过身子，扯起他的裤管，将他支在地上的左腿搬上来，搁在我的右腿膝盖上。

他没有抗拒，任由我摆布着。

姿势摆好后，将他的裤管往上拥了拥，双手抚摸着他的小腿，一手在内侧，一手在外侧。他这人，外表看文文静静的，腿上的毛毛倒是不少，尤其是外侧，黑黢黢的一片，越往下越稀，脚踝处倒是光溜溜的，摸去跟绸缎似的。

电力公司盖宿舍楼，在省城是大事。雪姐先住的是电力公司的楼房，前几年电利公司从电力公司分出来，盖了滨河东路上的宿舍楼，他们一家才搬了过来。

"你们搬出来自己住，不就什么事儿也没有了。"

"我是那样想的，可是出了那事，到搬出来还有差不多两年的时间，在她家住的那段时间里，我就发现我不怎么行了。"

我问怎么个不行，他吞吞吐吐地说，他患上很严重的阳痿病。过去晚上都好好的，自从出了那个事，一到晚上要行房事的时候，就觉得外面有一个人在窗缝里窥视自己，而自己不管怎么努力，也是死猪一个，过去是像个死猪，现在成了真的死猪。

我说你没去医院男科看看，他说看了，啥毛病也没有，就是不起性，电击都不行。好在孩子也有了，她也就死了心。

"这怎么能行，你忍了，雪姐也不依呀！"

潘哥脸上更痛苦了，鼻翼抽搐，滴下两滴清鼻涕，伸手抹去，我急忙探身抽了两张面巾纸，不是递给他，而是伸手给他揩了揩。

"绒仙，你真好！"

他喃喃地说，声调之凄苦，引得我也忍不住落下泪来。

"你说对了，绒仙，我能忍得了，雪君可忍不下去了，两个月不行房事，她的脾气就变得暴躁起来。先是审问，究竟为什么，我什么也不肯说，她越发地暴躁，对我又踢又打，又掐又咬，身上哪儿都打遍了，就是不伤脸面。怕我脸上有了淤青没法见人。起初不管怎么摆弄，我都是老样子，忽然有一天晚上，她使劲掐我的大腿内侧，奇了怪了，一下子就起来了。"

"啊!"

连我都吃了一惊，不知该说什么才好。

"从此我受的罪，你就知道了，不能说了。"

潘哥说着，将拥到膝盖之上的裤管，又往上拥拥，扯开露出一道缝儿让我看，果然大腿内侧，一片紫黑的淤青。

"不怕你笑话，退下去没几天，又叫拧成这样子。"

"你受苦了。"

不是亲闻亲见，我绝不会知道，世上有这么苦命的男人。

潘哥将裤管将下来，又攥起我的手，不像先前那样紧握着，而是揉搓着，一会儿我就觉得手心出了汗。

见我情绪消沉，不言语，潘哥伸手在我脸蛋上拍了拍，像个大哥哥似的，又抚了抚我的头发，像是要说什么了，自个儿先笑了。

人一笑，就是一种沟通，我盼他快点说下去。

"绒仙，我也想开了，世上的事，想开了就没脾气了。"

"哦，快说说!"

我倒真想听听，这么难解的情结疙瘩，他是怎么解开的，他又笑了一下，这才说了起来。

"你想嘛，雪君姓杨，我姓潘，在两狼山，我们潘家先人潘仁美，害死了人家杨家的老令公，还有几个儿子，也是死的死，逃的逃。隔了几百年，人家杨家的冤魂到世上找潘家报仇来了，找来找去找见了我。雪君是手下留情，只是个掐只是个拧，要按杨家冤魂的本意，说不定是一刀结果了我这个姓潘的。"

想不到会是这么风趣的解释!

我听着，笑了起来，假装笑得肚子疼，一头栽在他怀里，还拱了拱，心里想的是，我俩又唱歌又诉说，他的情绪该到了爆发的时刻，趁势将我扳倒，今天最后一个节目就大功告成了。

料不到的是，潘哥扳住我的肩头，将我扶起，他自己也摆正身子，跟我脸对脸坐好。

"绒仙，你是个好人，今天的事情是我不是人，对你不起。你对我的恩情，我心里实实在在是领了，我也不替谁守节，我们往后有的是机会。

哎，刚才你说你从《读者》上看到的那段话，是怎么说的?"

我都忘了是什么，他提示，说量子力学怎么说的，生物学怎么说的，我想起来了，他要我再说一遍。原话是先说生物学，后说量子力学，我为了说他的体香叫我闻见了，将前后调了一下，这会儿再说，又调了回来。

"是《读者》上的一篇文章里说的，一个哲人对一个女孩儿说，告诉你一个秘密，在生物学中，如果一个人身上没有喷香水，而你还可以闻到他的体香，那就证明是你的基因选择了他。在量子力学中，如果一个人足够的想念你，那么他就可以抵达你的梦境。"

背完了，我定定地瞅着潘哥，看他有什么话要说。

"绒仙妹子，这世上的好女人，我就认定了你一个。这段话里有两个意思，头一句你用了，第二句轮上我用了。咱们周围，想念你的男人，不知道有多少，光我知道就有好几个。想谁想多了，就会进到谁的梦里，你梦里的男人肯定不少了。可像我这样的男人，太平常了，不会有女人想的。今天我向你提一个非分的请求，该是恳求，希望你没事儿了，不忙了，也想想我，这样我俩会在梦里再见上的，绒仙，行吗?"

我几乎是噙着泪水，脑袋点了三下。

看了下表，十一点半了，该回去了。捺了一下铃，那个小姑娘进来了，我刚说了句埋单，她那里将打好的单子递了过来，不算贵，不到五百元。给了五张百元钞，小姑娘要找零，我又抽出一张五十元的，加上去，说辛苦了。

小姑娘连声说谢谢，一面收拾茶几上的物件，拿起装满面巾纸的雕花盒子，惊异地说："没用纸呀。"

第十九章

跟潘国辉去银昌盛唱歌的第二天，我回单位上班。

天热了，开车并不舒服，我是走着去，走着回的。

嘉士林的南门，是个仿希腊式的建筑，两边两根大理石柱子，粗粗的竖条纹，直通到上面又翻开来，顶上是个石雕的鹰鹫。太逼真也太凶猛了，每次步行进来，从门柱下经过，都担心它会扑下来，啄瞎我的眼睛。或许是这种恐惧心理作祟吧，只要是一个人进来，手边有包包或者纸袋，我总要举起来遮住半个脸面。起初还以为真的是怕那石雕的鹰鹫，慢慢地就悟出来了，是怕站在石柱下的门卫的贪婪的目光。他们看人，那不叫看，该说是剜，一眼盯过来，就要在你脸上剜下一块肉。

因此上，每次路过大门口，纵有这样那样的遮挡，走过之后，我总要伸手摸摸右边的脸颊，看是不是少了什么。

这次，还没容我做这个惯常动作，手机响了，掏出一看，雪姐的，一捏，接了。

"绒仙你在哪儿？"

"刚进小区。"

"没开车吧？"

"没，你说。"

我的话音刚落，那边就跟机关枪一样嗒嗒嗒地扫了过来。

先说了一句，那天在银昌盛，你跟潘国辉做了。我一听就反感，在潘国辉身上练练胆子，是得到你同意的，做没做尚在两可，怎么倒怪罪起我来了，好像你家老公多么正经，我装神弄鬼勾引了他似的。有啥你就明说，我也没给好气。她那边口气软下来，低声问，是做了吧。这还差不多，我说，做个啥，唱了两首歌，聊了半会儿天，就散了伙。噫，那边仍是满腹的狐疑，只是口气没有先前那么冲了，几乎是亲热地问我，是不是教给了潘国辉什么。你们都是正经学校出来的，又在大机关做事，我能教他什么，我的气又上来了。

"那个，那个。"

声音太低，有点听不清，我干脆不走了，在一个告示牌下站定。

"什么，雪姐你说清楚。"

那边提高了声音，听清了。

"你是不是教给他了什么性交的技巧。"

我差点笑喷了，雪姐跟我私下说起性事，常是小腿往里收，再往外一踢，意思是她这功夫，一抬腿就能放倒一个男人，还笑我，看着就像个农村来的姐儿，只会让男人当马骑，连炮蹶子都不会。今天这才稀奇啦，竟问起我教给她丈夫什么性交技巧没有，不过这次我没有动气，隐约间意识到在她和潘国辉之间，发生了什么不同寻常的事情。

往里靠靠，在一个计划生育的广告牌子的一侧站定。

"雪姐，"我嗯嗯了两下，像是在撒娇，"有啥话你就明说嘛，别让人家老是蒙在鼓里，头昏脑涨的。"

"那我就说了。那天他从银昌盛回来，白天还看不出什么，晚上躺下关了灯，主动过来要跟我行房事。这真是奇了怪了，往常要做一次，我得好好地发动，你见过过去那种汽车吧，要发动得拿个手摇把插到汽车鼻子处的发动机孔里，用手摇的方式给汽车启动。我跟他做事，就得这么费劲儿才发动得起来，可是那天他从银昌盛回来，我还没发动，他就猛地一下起来了，你说能不奇怪吗？"

"那总是你给了他个什么暗示，要不就是他憋得太久了。"

雪姐急忙分辩，说啥暗示都没有，躺下她正就着台灯看一本时尚杂志，是潘国辉主动伸过胳膊拉灭了灯，她也不在意，是不早了，该睡了。可是没料到，这里一灭灯，那里他就一个鹞子翻身，翻到她的身上。往常也有干耸动几下过过瘾的时候，她也就没在意，以为跟往常一样，干耸动几下就下去了。可这次不，下面竟是硬的，铁棍儿似的，哎呀，不说了不说了。

停住了，似乎喘了喘气，才从昨晚的亢奋中平复下来。

"你说，你说我能不想到你们在银昌盛做了什么吗？"

"哎呀，雪姐，我还哄你吗，真的就是唱了两首歌，说了一会儿话，就散伙了。"

"噢，我相信，这就奇怪了，叫我再好好想想，这两天他还见过谁。"雪姐总算听信了我的话，挂了机。

正要挪步，手机又响了，一看，是潘国辉的，赶紧接了听。

"是绒仙妹子吗？你在哪儿，噢，在路上，没开车，好，我要感谢你，说话算数，没有食言。"

这话说得我莫名其妙，雪姐刚说他发了一次威，跟我八竿子打不着，也说是我跟他做过事，或是传授过什么秘籍法术，这会儿他又找上门来，说我没有食言，这么真诚的感谢我。

"国辉哥，你说什么呀，我听不明白。"

又恢复了过去对他的称呼，不叫他潘哥了。

"你忘了，你忘了？"

他有些急，我不作声，等他说下去。

又来了一个"你忘了"，语气舒缓了许多，说在银昌盛，我说了量子力学上的什么。怕我记不起，还把那两句全背了，说我俩当时有个约定，我要在不忙的时候，经常想想他，这样我就可以抵达他的梦境。而昨天晚上，我肯定想他了，一躺下他就睡着了，一睡着就梦见了我，一梦见我，身子就有了反应，把他憋醒了。醒了一看，雪君还在看杂志，不管三七二十一，拉灭了灯，一个翻身就上去了。

听口气他还要说下去，说他怎样完成了多年来未有的壮举，我急忙打住他，"别说了，别说了！"就这，他还不忘叮嘱一句。

"绒仙妹子，可不能只想这么两天，往后没事了也要多想想我呀！"

男人都是憨子，明明是两人对唱《纤夫的爱》，后来又相对而坐，我那么多情地抚弄他的手臂，还有他毛茸茸的腿肚子，激活了他身体的内分泌系统。他竟相信什么量子力学上的说法，说是因了我的思念，我进入了他的梦境。真要这样，压在他身子底下的就不是雪姐，而是我的一个代用品了。

该回去了，一个奇异的景象，让我大起疑惑。

我跟雪姐通话的时候，就有一个中年男人站在离我不远的地方，上下打量着我，我也没在意，只是脑子里闪了一下，来往的小车太多，他或许是在等个空儿啊，要过西边那一排房子做什么。可是，我跟潘国辉通话的时候，没车了他也不过去，只是绕到我背后不远的地方，仍在打量着我。他以为他做这些，我没注意到，那他想错了，从他绕到我背后起，我就知道他不是要瞅个空儿过马路，是在绕着圈儿打量我。这样的暗中打量，这几年在太原没少遇过，我已习惯了，按我们柳林的说法，对这种男人，称之为色魔子。

色魔子一般都表现温和，不会对女人造成伤害。

我瞥了他一眼，心里还挺幽默的来了一句"看够了吧，我要走了"。可是刚跨出一步，这男人就迎上来，喊住了我。

"同志，等一等。"

"哦？"

我吃了一惊，今天遇上这个色魔子，胆子可够大的，还要跟我搭讪呢。

"同志，你是不是在这儿住？"

原来是个问路的。

"你找哪一家？"

"同志，你是不是叫杜绒仙？"

真是奇了怪了，连我的姓名都知道，或许是柳林来的什么人吧？该着我问他了。

"你是——"

"我是北京来的，你是杜绒仙吧！"

话说到这个份儿上，我只有承认，问他找我什么事儿，这一问，他到含糊起来，说在这儿说话不太方便，能不能到我家里，或是到小区外面那个沙县小吃店里坐坐，他有重要的话要跟我说。

看他白白净净的，一身休闲装也还得体，像个斯文人，我说我家就在前面，那就去我家坐坐吧。

到了我家门外，那人苦笑一下，说他刚才就在这个门外等了好长时间，我问他怎么找到这儿的，他说昨天去过《山河志》杂志社，那儿的人告诉他的。

进了家门，我换了鞋，他要换，我说不用，在沙发上落座，沏了杯茶推过去，这才问客人找我做什么。客人有些激动，嘴唇翕张了几下，没能说出话，抿了口茶水，这才平静下来。

"绒仙同志，很冒昧，我也不敢确定，不过十有八九极可能，你是我的妹妹，我是你的哥哥。我是受父亲的委托，专门来山西找你的，这已经是第二次了。"

啊，我不好说什么，心里有些翻腾，强忍着，静静地听他说下去。

他说他叫许融江，1959年的人，今年四十二岁了，是北京社会科学院的研究员，来太原参加一个晋商文化研讨会。同来的有几个人，都回去了，他特意留下两天，要寻找失散多年的妹妹，这是他的心愿，也是父亲临终前的一个托付。

太突然了，我没有听说我在北京还有个哥哥呀。

见我愣愣的，不接这个茬儿，他又说了下去。

"绒仙，你听我细说。"

我将水杯推过去，示意他喝口水，慢慢说，他抿了口水，语气缓和了许多。

"说是失散，也不准确，是在那个特殊的年代里，母亲忍受不了街坊邻居的歧视，怕有更大的祸殃，带着妹妹回了山西。原说回老家的，可是过了几年，世道平靖了，父亲托人在老家打听，才知道母亲和妹妹没有回老家。会去了哪儿呢？再也打听不到，只当是失散了。前些年，有一次人口普查，街道上来订正人口，只能以失踪销了户口。其间，父亲也跟一个死了丈夫的女同事过到一起，去年春天，这个阿姨去世，不久父亲也去世了。去世前拉着我的手说，总觉得你妈妈和你妹子还在世，她那么刚强的人，身边又有女儿，不会轻易去死。说着还从身边的一本书里，取出一张照片，上面是母亲怀里抱着一个小女孩儿，这张照片家里有，在一个老相册里夹着，父亲让我看的是照片后面写的一首诗。"

说到这里，客人将放在茶几另一端的皮包拿过来，取出一个夹子，小心翼翼地抽出一张照片，递了过来。

我接过来一瞅，当下就什么都明白了，泪水一下子就蒙住了眼睛。

柳林我的家里，也有这么一张照片。

那女人就是妈妈，那小女孩儿就是我！

"哥哥！"

不由得就叫了一声，离开单人沙发，移到双人沙发上，跟哥哥坐到一起。

"你看看后面的诗。"

翻过来，泪眼模糊中看去，隽秀的钢笔字，时日久远，已经发黄了。

诀别夫君

家父称硕儒，庆幸早归阴。
夫君学问好，生不逢时辰。
不畏生计苦，难忍无自尊。

携女别夫去，归隐在龙门。

故土若难留，门前有河汾。

"妈妈！"

我不由得低低地喊了一声，那边，哥哥的眼泪也流了下来，我忙抽了张面巾纸递了过去。

"哥哥，你是怎么找到我这儿的？"

哥哥没回答这个问题，先是说了许家的家世。

许家的老家，是老临晋县许家庄，就在县城跟前，是有名的书香门第，官宦人家。清末光绪朝出了个进士叫许建观，当过户部给事中，民国肇建后，还在官场威武过几年，袁氏当国时，做过雁门道的道尹。父亲在世时，曾说过某年社科院历史所组织人员去大同参观，在某寺院的大殿正梁上，能看见一行墨迹，写的是威武将军领雁门道道尹许建观督造。清末废了科举，许家的男孩儿都走了读书做事这条路，大点儿的差不多都留学英美，父亲许预甲是小的，北京大学历史系毕业，学问好，先在山西大学教书，后来调到北京进了中国科学院学部历史所当研究员。

"妈妈呢？"

我最想知道的是，妈妈怎么离开父亲，独自一人带着她到了柳林。

哥哥不急着说这个，跟说父亲一样，说起母亲的身世，或许是为了缓和气氛吧，先跟我来了两个问答。

"妈妈叫什么？"

"乔响铃啊。"

"你叫什么？"

"杜绒仙呀。"

哥哥笑了，说回到山西后，叫成乔响铃，是妈妈伤透了心，也是格外刚强的表示。"文化大革命"一开始，父亲让戴上帽子挂牌子游街，母亲让扫大街，她都能忍受，唯一忍受不了的是街坊邻里的歧视和羞辱。有一次街道上居委会的一个婆娘，叫他们几个反动家属站好训话，那个女人，像是跟她特别有仇似的，叫着她的名字要她老实些，一开口便是"乔象铃！"母亲也有股子倔劲儿说"我不叫乔象铃，我叫乔象铃"，那女人以为这是笑话她不识字，更凶了，"我说你是象铃就是象铃！"唉，没想到她回到山西，真的叫成响铃，那个象字也改成了响字。

接下来，说了我这个名字是怎么起的。

他是1959年生的，我是1966年生的，他叫许融江，融是家谱上这一辈用的字，我生下了起名，也该是融什么。我是春节后生的，起名时已是春暖花开，院子里有棵合欢树，俗名叫绒仙。父亲还在想着融什么，母亲说她就喜欢绒仙花，这孩子也别跟你家那个融字了，就叫绒仙吧，谐了那个融字的音。父亲生性平和，笑笑就答应了。

这才说起母亲的身世。

"我们母亲这边，近世以来的家世家声，要超过我们父亲这边。河津乔家，祖上就有功名，做过南方一个省的巡抚。祖父这一辈出了个大学者，誉满三晋，叫乔鹤仙。"

"什么，什么？"

我吃惊了，前几天玉阁教授刚把这个专题分给我，就这么巧，我是乔家嫡亲的后人。

"乔鹤仙，你知道？"

"刚刚知道，是个大学者。"

"我们的父亲是许建观的孙子辈，北大出来到山西大学教书时，乔鹤仙也正在山西大学教书，是历史系的老教授，见我们父亲年轻，学问又好，便把他的这个女儿许配给了我们父亲。两人差下八岁，跟父亲结婚时，母亲才十七岁，女子师范刚刚毕业。到了北京，本来该去小学教书，父亲工资高，她也就没了那个心，在家里当主妇，相夫教子，倒也自得其乐。后来父亲说，这步棋走错了，若进了学校，接触的是有文化的人，纵然一时受批判，过后就没事儿了，不比在街道上，受一班没文化的街串子妇女欺负。也是大户人家出身，太刚强了，这才留下这首诀别诗，一走了之，再要受凌辱，那就跃身河汾。"

说到这里，哥哥指指搁在茶几上的照片。

不知为什么，母亲的这种再受凌辱就赴死的决心，让我想起看过的一篇文章上，说的林徽因的一件往事。抗战到了最艰难的时期，日军曾一度打到贵州的独山，有直扑四川之势，一时间重庆城里，人心惶惶。此时林徽因困居李庄，病体支离，已经没了再逃难的心境。抗战胜利后，她的儿子问她，如果日本人打到四川，你们打算怎么办，林告诉儿子说："中国读书人总还有一条后路嘛，我们家门口不就是扬子江吗？"

真没想到，柳林县孟门中学杜仕铎老师那位农妇一样的夫人，我的母亲，竟有着这样不平凡的身世，有着这样刚强的视死如归的大境界。

我还是不明白，母亲这么决绝地走了，仅留下一首诗，一个归隐河津的线索，后来并未去，哥哥又是如何找到我的。

委婉地提出这个问题，哥哥的回答倒也痛快。

说安葬了父亲，他就着手寻找我们母女。以为有母亲的诀别诗，来趟山西，去了河津，找到乔鹤仙故居的村子，一问就可以找到母亲和我。去了才知道，1968年那阵儿，就没有乔家的后人回来过，更别说一住就是多少年了。

"那怎么办呢？"

我都替他着急，只是没有想到龙门和孟门会有什么联系。

"多亏了乔家是个大家族，乔鹤仙的儿女大都有出息。"

这么感慨了一句，便说了开来。

他说，乔鹤仙有正妻，还有个妾，妻妾共生了七男二女。我们母亲在正妻所生儿女里是最小的，妾生有一女一男，女儿大男儿小，女儿1948年考上南京的中央大学，毕业后嫁给了一个有名的美学家，两口子都在上海复旦大学教书，社会地位相当高。新中国成立后，父亲一直不得志，母亲也不愿意攀高结贵，加上一家在北京，一家在上海，离下这么远也就没什么交往。去了一趟河津，没什么结果，他就开始在亲戚中打主意，一想便想到了这个在上海的姨妈。正好有个公差去上海，找见这个姨妈，姨妈见了他很是喜欢。他说了母亲的遭遇，姨妈唏嘘不已，说她的这个姐姐小时候性子就很倔，做出这样刚烈的事一点也不奇怪。没回河津会去哪儿呢？她也估摸不出来，不过她提供了一个线索，说他有个弟弟叫乔象铉，"文化大革命"前考上山西大学历史系，"文化大革命"中毕业，先分配到南边的一个县，后来调回太原，在太钢中学教书。他们姐弟关系很好，母亲去了山西，老家不能安身，再去什么地方，这个弟弟该是知道的。

太钢有我个舅舅，我是知道的，来太原工作后，还去看望过。母亲活着的时候，有一年来太原，还带我去过舅舅家。妗子也是河津人，给我们做了一顿别具风味的河津饭，叫"苦垒"，一层拌了面的芹菜和粉条，一层拌了面的五花肉，吃起来香极了。妗子还说在河津老家，只有贵客来了才做这样的饭菜。

"哥哥，这么说，你去过太钢，见了舅舅？"

"可不，一问就全明白了，妈妈嫁的这位杜先生，是她的一个中学女同学介绍的，这才知道妈妈是去了孟门，也才知道你在《山河志》杂志社工作，也才知道母亲前些年就去世了，唉！"

他的唉声刚出口，我正要说句宽慰的话，门铃响了，还未到放学时间，不会是睿睿回来，谁呢？

起身开门，是邮局的邮递员，不是像往常那样交了邮件即走，而是递过一个夹子，说这是法院文件，让我在一份表格上签了姓名和接收时间。签的时候瞥了一眼，纸上印的是"受理通知书收到时间"，不由得心里一紧，渠宝成真的把我告下了。

哥哥在这儿，不愿意让他看出什么，关上门，顺手将快件往茶几上一搁，靠了我坐的这头，又跟他说起话来。

"哥哥，真是难为你了。"

"绒仙，找见你我心里真高兴，了却了父亲的一桩心愿，也了却了我的一桩心愿。过些日子，我和你嫂子，会带上孩子来看望你，你闲了也可以和妹夫带上孩子来北京住几天，我们是亲亲的亲兄妹呀。"

"哥在北京住哪儿？"

"住在虎坊桥，离晋阳饭庄不远，这院子还是父亲一到北京买下的，'文化大革命'期间叫收去了，过了又还回来，不大的一个四合院，你们来了有住的地方。"

"宣武门有个山西驻京办事处，有一年去北京开会，我们主编请我们去南边的晋阳饭庄吃过饭，记得好像就是虎坊桥，饭庄后面就是纪晓岚纪念馆，哥哥住的是好地方啊。"

"怕也住不久了，这几年北京拆迁成风，保不齐哪天就叫拆了，不过北京拆迁比地方上政策有优惠，补偿费还是很高的。唉，绒仙，我听刚才邮差说，让你在受理通知书上签字，受理通知书是法院通知当事人的——你摊上官司了？"

要在平时，即便亲人，提这种伤心事，我还是能忍住，说两句闲话搪塞过去，今天不行，母亲不在了，融江哥哥就是我最亲的亲人。他这一问，我的眼泪马上就溢了出来，哽咽着，断断续续说了我与渠宝成现在的婚姻状况。这回是融江哥哥拉住我的手，抽出一张面巾纸，帮我拭去眼泪。

"绒仙，今天以前是你一个人顶着，往后就不是你一个人顶着了，是咱兄妹俩一起顶着呢。"

说了这句话，哥哥可能觉得这话太沉重了，是为了宽慰我吧，忽然提出一个有趣的问题。

"绒仙，刚才在路上，你站在那个计划生育的广告牌子一侧打电话，你注意到了没有，我前后绕着圈儿看你。"

"是呀，我还以为遇上个色魔子，盯我的梢呢。"

哥哥笑了，说他前后转着，是在打量我的头型呢。说罢，伸手拍拍自己的后脑勺，转身将后背朝了我。

"你看，你看看。"

嘿，这头型跟我的一样，也是前奔楼后脑勺，跟北齐佛像的脑袋一模一样，我不好说什么，只是柔情地笑了笑。

"父亲生前，曾嘱咐我，将来一定要去山西找妈妈和你，他说妈妈性情刚烈，不一定能活得过来，可是一定会很好地安置了你，你还小，肯定活着。他说，有那张照片，多少年过去，容貌也会发生变化，但是有两样东西一定不会变，一是绒仙这个名字，姓会变，这个名字不会变，再就是这个脑袋的形状。你知道我们这样前有奔楼，后有脑勺的脑袋，晋南土话叫什么吗？"

我摇摇头，实际是不好意思说出口，在师院上学的时候，有次去了系里的文物室，我们几个女同学站在北齐佛头前，对比谁的头型最相似，我刚站过去，有个就喊"太像了"！另一个同学当即喊了一声"梆子沙"，晋南土话把脑袋叫沙，念二声，听说西安人也是这么个叫法。

哥哥要说了，总是这样说妹妹，有点难为情，先笑了笑。

"父亲说，一个人从小到大什么都会变，就这个梆子沙不会变，这是我们临晋县许家世代相传的一个形貌特征，爸爸的这个特征最明显，单位里的人都说是寿星头呢。爸爸开玩笑说，他们只顾前不顾后，看后脑勺，该是自行车的屁股座了。"

我笑了，低下头，哧哧笑个不停，哥哥还是心疼我这个妹妹，又往好里扳了扳。

"这头型，在男人身上有些怪相，在女人身上有头发蓬着，分外地好看。我也只是一个姑娘，小时候同学还拿她的脑袋开玩笑，长到十几岁，头发留长了，油光黑亮，又是这么个头型，谁见了都说好看。美得很呢！"

哥哥末后这一句，是学的晋南话，看来是从父亲那儿学的，我听了分外的亲切，说到这儿，他又把刚才的意思重复了一遍。

"绒仙，我们联系上了，往后我的事不是我一个人的事了，你的事也不是你一个人的了。"

真没出息，我的泪水又溢了出来。

兄妹俩正说着，传来敲门声，谁呢，过去开了门，是睿睿，学校中午有饭，怎么这个时候回来？正要问，见她脸色阴沉，像是一肚子的气，也就没作声，进了客厅，我伸手朝那边比画了一下。

"睿睿，这是舅舅，问个好！"

"舅舅好！"

"长得跟你妈一模一样啊！"

融江哥还要说什么，睿睿扭转身上了楼，这孩子也太不懂礼貌了，刚起了这么个念头，又一想，不对呀，平日挺阳光的，今天怎么黑虎着脸，莫不是在学校受了什么委屈。又跟融江哥聊了两句，我说我上去看看，就上了楼。

卧室门半开着，听见卫生间水声哗哗，推门进去，睿睿的衣裤胡乱扔在床上，能想象出一进门就脱个精光进了卫生间的。会是什么事儿呢？猛一瞥，瞅见白内裤上鲜红的血迹，一下子明白过来，是初潮来了，染红了内裤才匆匆回来的。

这时候不能跟她说什么，我心里明白，忙掩上门退了出来。

中午我们是在外面吃的饭。睿睿从饭馆那边就去了学校，我跟融江哥又回到嘉士林。

融江哥想看看妈妈来到山西后的照片，我翻出一个旧影集，找出几张让他看了，他说妈妈的精神比他想象得要好些。

"真是名门烈女呀！"

这是他对母亲由衷的赞叹。

我劝他再住上一天，家里有地方，不用住店，他说不了，一起开会的，上午就回了北京，他坐晚车回去，明天休息一天，不耽搁后天的上班。见我很恳切，又说，他还会再来的，找见了再来，就会多停两天。又说，他很想去一趟柳林，在母亲坟前烧个纸祭奠祭奠，再挖上一袋土，回去撒在父亲坟前，算是将二老合葬了。

融江哥找来，我太高兴了，下午到了编辑部一脸的喜庆，连老前辈牛全胜都看出来了，笑嘻嘻地问我，不会是又有了喜吧。他说话总是风趣而隐含杀机，有了喜等于说怀了二胎，在那几年跟犯了天条一样。他是开玩笑，我也不跟他斗嘴，正好陈侃也进来了，我忍不住将哥哥找来的事，跟他俩说了。

"太高兴了，我是历史所许预甲的女儿，我母亲是乔鹤仙的女儿。"

陈侃在历史所进修过，说许预甲是他的指导老师，一听这个，马上跟我认了师姐师弟。

"哟，往后咱们更亲近了，不过，你这个师姐也太便宜了，得来全不费功夫。"

郑主编楼下打水回来，听见屋里笑语连连，提着暖水瓶进来看热闹，我把这喜事跟他说了。他高兴是高兴，一点也不讶异，说他早看出来了，我这人骨相清奇，必非凡胎。我知道他这是临时凑兴，信口来了这么一句，算是调侃吧，听了还是美滋滋的，又不能不别的表示。

"郑老师初见我，常说我是黄毛丫头，后来见我头发挺黑的，才不说黄毛丫头了。"

"黄毛丫头是说你年轻，骨相清奇是我心里的掂量，当然不能跟你明说了。"

见人都在跟前，郑主编咳嗽了两下，说征文的稿件差不多收齐了，这两天就分下去看，先看初审，选出五十篇，二审选出二十篇，三审叫上几个外面的专家定定名次。叫我们也考虑一下，天热了，颁奖会是不是在下面开，大同怎么样？上面一直强调开门办刊，下去了顺便开个地方史志座谈会，给下面的作者鼓鼓劲。

"是大同好，还是朔州好？"

他踱过来，说是问大家，离我近，问我的意思更明显些。

"去了大同，回来在朔州停一下。"

北边这两个地方，我都没去过，好容易摊上这么个机会，最想的是两个地方都去一下。

"嘿嘿嘿！"

郑主编笑笑，不置可否，我想，主要是我的口吻太像个撒娇的孩子，他得像个拿得住的大人，要是在他的办公室，保险不会是这样。

总是到了我跟前，还是多跟我说了句话。

"审稿，你们是主力，绒仙，文史会那边没啥事就别去了。"

我听了只想笑，审稿，我们不是主力，你还想让薛文星给你做这样琐碎的事？

这一段听说薛文星又在搞什么小动作，究竟是什么，当下还不清楚，是老前辈牛全胜给我透的信息，我想多知道一些，他摇摇头，连连摆手，说过一段儿你就知道了。

第二十章

来过大同，没去过高山堡的，不能说不是一件憾事。

说这话是因为，我们这次来大同就去了高山堡。

此一刻，站在厚厚的城门洞前，仰起脸朝上瞧，正上方嵌在砖墙里的石板上，是"靖宁门"三个端庄的大字。看一眼，似乎整个身子，一下子腾飞到明代的边塞风云之中。

"宁"字右边，似乎还有什么字看不清，我让陈侃帮我认认，他瞅了瞅，说光光的，什么字也没有。

进了城门，地上几条石塄，该是什么建筑的础石，陈凯说，这儿该是瓮城，明代建边堡，北边西边多不设城门，东边有城门，南边不光有城门，还有瓮城。

前面一段残破的城墙，骤然看去，像一堆破碎的砖头瓦块，细看，有的地方是整齐的包砖，石灰缝儿看得清清楚楚。只能说多少年来，当地人刨城砖做他用，整砖拿走了，破碎的砖块，无人收拾，就这么堆在一起，越堆越高，也越摊越开。

本来出了镇政府，十几个人一起走着，我的鞋带开了，见路边有个石塄，踩上去猫下腰将鞋带紧了紧，抬起头，见陈侃在旁边等着。

"哟，你倒挺有绅士风度的。"

我跺跺脚，侧过脸，笑笑，算是对他的善举的一个超值的回报。

"就等着你这句话呢。"

他对答如流，嘴角诡谲地一撇，走开了，开始卖弄他的边堡知识。

"明代边关九镇中，大同是最重要的一镇，大同护卫京师，高山堡护卫大同，从这个意义上说，高山堡可说是明代边关最重要的一个军堡。"

一上来先来了这么一句，是概括，对我来说也算是个震慑吧。他知道我上学，应名儿学的是历史地理，我们那个历史地理，是历史与地理，非是历史的地理，对明代的边防与军堡，肯定是一无所知。

"可我从来没听说过高山堡这个名字，不像个军事要塞，倒像个村子名似的。"

陈侃说，来之前他还是做了点功课的。嘉靖初年，蒙古部落，已经驻牧在河套与宣大边外一带。吉囊和俺答等部落不时侵扰大同，因此，嘉靖二年九月，巡抚大同赞理军务的都御史张文锦提议修筑高山、聚义二城堡，并加派兵马驻守。第二年发生兵变，张文锦被乱兵杀害，工程停了下来。嘉靖十年二月，直隶巡抚御史李宗枢再次提议修筑之事，兵部答应勘察。不想大同再次发生兵变，修筑之事又拖延下来，兵变平息之后，才启动修筑。

"这下子就修好了！"

怕他说得太详细了，语速慢，脚步也会慢，我想走快点，赶上前面的队伍。

"哪能呢。原来就有军寨，这次修筑为了避开武州川水的侵袭，将城址往南移了许多，同时扩大了城址的规模。此后高山堡也被称作高山城，城大了，兵也要多，就在这儿增设了高山守御千户所。这个军堡，与大同城东的聚落堡，一西一东，成了大同安全的最贴紧的屏障，其重要性，一点都不比更西边的左卫右卫差。"

"不会吧，叫左卫右卫，显然地位更重要些。"

"左卫右卫都是在平川，攻不下，可以绕道走，你看高山堡——"他伸手指指远处的山梁，"北边南边都是山，就中间这么一条沟，城就建在当间，就跟一块大石头堵在路当中，它在着，大同就平安无事。方逢时巡抚大同时，所以能达成隆庆和议，保障了明朝后期几十年的平安无事，这个军堡起了很大的作用。"

前面一个墙角转过去，就是正街了。

姜宁亭跟何其愚正站在街边，像是在谈论什么。他俩怎么没跟上众人往前走呢，我有些奇怪，说话间到了跟前。

"我俩在等你俩呢，怕你们两个年轻人走散了。"

姜宁亭笑着说，好像我和陈侃掉在后头，会做出什么有伤风化的事。

"我正跟绒仙讲高山城的来历呢。"

陈侃说着，一面放慢脚步，让我走在前头，他向来机灵过人，知道人家等的不会是他。这时候谦让了，反显得做作，我也就装作不在乎的样子，蹭快了走在两位大学者之间。

“其愚，这次换届，小杜可是出了大力，许多该你们组织组做的事，小杜都替你们做了。”

“看老姜说的，一切还不都在你老兄的掌控之中。”

“你们组织组的事情还多着呢。”

“多和少，全在你的安排。”

何其愚这话的口气，是夸姜宁亭，又多少带有调侃的意思。毕竟我走在他俩的中间，话题很快又转到我的身上。

这回是何其愚先说的。

“绒仙哪，文化界的人传言，《山河志》编辑部的学术风气很浓，每个人都有自己的专题研究，这个我们《文史荟萃》也要学一学，你说说，这种良好的风气是怎么养成的。”

不等我开口，陈侃先说了。

“全是我们郑主编敦促引导的，起初大家也只是看看书，谈些学术上的信息。后来郑主编说，当编辑不能把编稿子纯粹视为工作，要培养自己的学术兴趣，小打小闹，慢慢积累，时间长了就成了某一方面的专家，评判稿子也就有了自己的学术眼光。他说这叫作小生意，做着做着就做大了。我起初也只是对边塞军堡的布局感兴趣，现在扩大到，对促成隆庆和议的大同巡抚方逢时这个人感兴趣，正在收集材料，写本《方逢时传》呢。”

“厉害，厉害!”

何其愚连声赞叹，问我的研究专题是什么，我说我学的是历史地理，可我对历史没有兴趣，对地理也没兴趣，就爱看闲书。小说也看，散文也看，逮住啥看啥，学问嘛，对汉语语法还是蛮有兴趣的，郑主编也鼓励我往这方面发展。

“语法有啥研究的，怎么说就怎么写，不懂语法不照样写文章?”

姜宁亭很不以为然，蹦出了这么一句，何其愚不这么看。

“老姜，可不能小看了语法，好多大学者写到后来，都转向了对语法的关注。如何认识语法，熟练地运用语法，关系着一个人思维的缜密度，和思维的穿透力。文学上的语法，数学上的几何，都是思维的最好的训练。”

我心里暗暗佩服，没想到何其愚对语法有这么高的认识。

远远看见大队人马进了一个院子，我们不再说了，加快步子赶了过去。

该说说这次来大同的事了。

来大同开会是郑主编定下的，一个月前他就说了。

7月9号来，也是他的主意。

这几年，开个不要紧的会，比如研讨啦发奖啦，都爱选在周六和周日。那是为了让位高权重的人能够光临而清誉不受影响，开完会拿了红包就走，一点不耽搁周一正常上班。所谓的位高权重也不是多么的高，多么的重，省上什么协会的头目，什么部门的副局长，差不多就是这个级别。郑主编是老派人物，觉得周六周日是法定的休息日，你可以不休息，不能打扰别人休息。原本说好一入夏就去大同，查了一下，小暑7号是个星期六，接下来星期日，那就只能是9号了。

会议的安排也见出了这老头儿的心机。

噢，忘了说我们这个会议的名目。

一个是征文发奖会，一个是地方史志工作者座谈会，合起来叫山西省史志研究年度表彰会。这也是郑主编定下的，用他的话说，有研究有表彰，可谓两全其美。

会议是9号报道，10号上午开表彰会，就是发奖，下午开研讨会。11号全天参观云冈、上下华严寺，还有大同博物馆，据说里面的藏品很丰富，一点儿不比省博的差。12号离会。离会是指那些来领奖的地方作者离会，我们不离，不光不离，我们的好节目还在后头。这里的我们，包括了编辑部的几个人，还包括应了复审名义的十位专家，说是十位，郑伯笃和薛文星也算在内，还有两个年纪大的没来，满共也就十二三个人。

今天正是12号，该离会的都走了，我们的好节目开始了。

我们的好节目，便是来高山堡游览。

省上来了这么多专家学者，大同还是很重视的，经市史志办联系，市政府给派了辆三十座的依维柯轿车。随行的有市史志办的一个副主任，一个办事员，还有云冈区的一个副区长。还要去左云县，那儿没人来，说是在地头上等着。

我们的第一站是云冈区的高山镇。这是现在的区划名称，按我们做史志的说法，该是高山堡或是高山城，说镇实在是委屈了它。再就是，叫镇易生歧义，历史上镇的级别要大得多，相当于现在的军区吧。清末的军事建制，有叫镇的，相当于后来的军。

来大同，可以不去云冈，不去上下华严寺，怎么也该看看高山城，这是来大同前，郑主编说了不止一次的话。

来了看了，还真是这么回事。

市区距高山镇七十里的样子，在西南方向，路不好走，一个多小时才到。在镇政府喝了茶，随即由宋镇长领上我们去参观。

远远看见大队人马进了一个院子，我以为是什么景点，进去才知道是个咖啡馆。

镇长正在介绍，说是两个回乡青年的创业项目，镇上也给了许多方便，意在吸引游客，扩大高山城的知名度。

还真像那么回事儿，我们刚坐下，就见一个女孩子端着木制方盘过来，里面有咖啡，有绿茶。从解乏上说，该喝咖啡的，脑子一转，就想到了《围城》上写的一个场景：方鸿渐等人去湘西，途中到了金华，住在一个叫欧亚大旅社的小旅馆，这儿居然有牛奶咖啡供应，点了三份，待端上来，居然又黑又香，面上浮着一层白沫。鸿渐问是什么，跑堂的说是牛奶，再问什么牛奶，说是牛奶的脂膏，赵辛楣说"我看像人的唾沫"，他这么一说，方鸿渐和孙柔嘉都不喝了。这个小店的咖啡，断不至于如此低劣，我都觉得自己太刻薄了。可人就是怪，这么一想，再往回扳，怎么也扳不回来。我取了一杯绿茶，端在手中朝小姑娘抱歉地一笑，她以为我是感谢她的服务，也回了一个微笑，只有我自己知道，我这是为自己卑劣的念头向她谢罪呢。

厅堂里有三张桌子，呈品字形摆开，上面这个口字大些，离吧台也近些，郑主编、市史志办副主任和镇长坐在跟前。那边墙根的一个口字小些，没什么人，我去坐下，料不到的是，我一坐下姜宁亭也跟了过来。一瞬间我倒不怎么厌恶他，反倒厌恶起我自己，这是怎么啦，我倒像个粘苍蝇纸似的，一粘就粘上一个。好在跟前还有别人，姓姜的也没说什么二百五话，只是哧溜哧溜地喝着他的带着白色浮沫的咖啡，厌恶，我又想起了方鸿渐他们在欧亚大旅店喝的那种咖啡了。

姜宁亭说了句什么，我做出累极了的样子，没有搭理，正好那边主桌上有人跟他打招呼，便端着他的泛着白沫的咖啡杯子过去了。

何其愚也在这个桌子上，跟我一样，喝的是绿茶。姜宁亭一走，他的话语也放开了。

"绒仙也够傲气的，姜主任那么殷勤地跟你搭讪，你也不理，看，把姜主任气走了，这在文史会，可是少有的事。姜主任在文史会，是没人敢惹的厉害人物。"

"他再厉害，跟我有啥关系，我是借调来帮忙的，换届会一开就回去了。"

"未见得吧，我可是听说文史会想正式调你过来。"

"怎么可能呢，你们这边除了机关几个是干部编制，研究院和编辑部，全是事业编制，我可不愿意把公务员的编制丢了。"

他只是提起这么个话头闲说说，并无深究的意思，像是猛然想起什么，探过身子。

"嗳，绒仙我问你个问题。10号上午颁奖时，我就奇怪，你们这次征文只设了两个一等奖，一个给了临汾的作者，论文是研究晋侯墓祭器的，也还说得过去，另一个给了我们单位的夏涑水，他写的那篇《杨家将史源探真》，原本就是生拉硬扯，怎么能评上一等。我是参加终评的，我们是放在二等奖里，郑主编的解释是获奖作者里业余作者的分量太重，专业作者的分量太轻，所以将夏涑水这个二等奖提了上来，成了一等，又从三等里提了个专业作者，成了二等。这样解释也太勉强了，我先不信。"

评奖的内幕，确实挺复杂，按说我也不便多嘴，想到何其愚毕竟是终评委，我对他还有几分好感，想来跟他说说也无妨。

"何先生认识我们那儿的薛文星吧？认识，那就好说了，你们这儿的夏涑水跟薛文星是好朋友，夏涑水送征文稿件，是我接待的，他当时就扬言，他的稿子，要么不上，要上就要得一等奖。我都觉得好笑，哪有这么脸皮厚的，刚送来稿子就声言要一等奖。后来评委开会，薛文星力主将这个二等奖提上来，我就知道里头有猫腻了。我们的牛全胜老哥，私下里告诉我，说薛文星一直谋着主编的位子，想把夏涑水调过来当他的副主编。"

何其愚哦了一声，做出一副不胜感慨的神态。

"讲究是文化单位，也这么乌烟瘴气的，这就是咱们这儿的地方特色。"

主桌那边有点儿小小的骚动，人们都站起来，在吧台前围住看什么，该不是端来什么好吃食吧，我嘴馋，撂下何先生独自过到那边。

外边围了几个人，中间是郑主编和两个男人，一个是高山镇的宋镇长，一个是云冈区的王副区长。

不是什么好吃食，几根白木棍棍，该是手杖，镇长拿着一支，在手里比画着，一面讲解着这手杖木质的贵气。

"这木质，可名贵了，市场上跟海南黄花梨名气差不了多少。学名叫小叶鼠李，我们平常说起来叫鼠梨木。生长速度极其缓慢，你看这根，还没有擀面杖粗细，没有二十年长不成这个样子。枝干没啥，贵气在茎根上，坚硬如石，打磨之后，光洁如琉璃，正好这儿有个疙瘩，握着可顺手哩！"

说着将手杖递给郑主编，老郑接过，横着掂了掂，又竖着看了看，这才拄在手里，在地板上嘟嘟嘟敲了几下，看得出来，很是喜欢。

"嘿嘿，还没到这个年纪！"

"都年过半百啦，古人说，四十策杖而行呢。"

陈侃引用古文献，当下论证了郑主编用手杖的必要性。

"郑老师拄个手杖，更有风度，也更见精神。"

我也不失时机，献上了自己的诤言。

副区长是个老同志，见识更广些，趁机说，这种鼠梨木往南走，就是有山也不产这种木质，独独高山城北边的焦山深山里有。这焦山，看着在山西境内，实际不是山西的山，从张家口那边斜过来，是燕山山脉的余脉。燕山深山里，也有这种木质，北京人叫麻梨子疙瘩，贵相就在这个疙瘩上，打磨好了，拿到潘家园去卖，一根没有五百块钱拿不下来。

"这么名贵，咱可不敢要。"

郑老师说着要还给镇长，镇长又推过来。

"那是说的打磨好了的，说的是到北京，咱这儿是白木疙瘩棍子，拿到五台山，还没有一根六道木值钱，郑主编，就送给你了，拿上吧！"

郑老师这才笑嘻嘻地接过来，还在地上嘟嘟了两下。

我去过五台山，那儿地摊上的六道木棍子，也就十块钱一根。

歇好了，继续往前走。

来高山城参观，主要的不是看旧城遗址，是看有名的怀德桥。

路过一处院子，宋镇长说这是个红色景点，要不要进去看看。这话是对郑主编说的，老郑正拄着新到手的鼠梨木手杖，戳在石板路上，声儿杠杠的，没注意到镇长说什么，顺口问："不是去看怀德桥吗？"镇长以为郑先生兴趣不大，正要往前走。薛文星做了个手势，拦住众人。

"我们搞史志的人，红色景点还是应当看看的。"

"那就进去吧！"

看得出来，老郑是沉浸在新得手杖的亢奋中，不是不去，是没当回事。

进去了，是个精致的四合院，两边厢房，各有两间，这样这个院子的院心就长了许多。迎面照壁上写着："集宁战役解放军团指挥所。"一旁的厢房里，还有战役期间敌我双方的攻守示意图，红色的是我军，蓝色的是敌军。

宋镇长正要说什么，薛文星说，这次战役的情况，他做过研究，还是他给大家简单介绍一下吧。

我这才想到，在郑主编做小生意的思想的督导下，薛副主编选的研究项目是"革命战争的战略战术研究"。听说已完成一部书稿，正在申请国家社科出版基金，估计肯定能通过，资金下来出版不成问题。

薛文星口才好，又真的做过功课，讲起来果然头头是道。

"这个战役该叫大同集宁战役，是解放战争初期我军进行的一次大的战役，损失惨重，但也取得了丰富的经验，为后来解放战争的最后胜利做了一次大练兵。所以未能达到预期的战略目的，除了我军参战部队多为晋绥、晋察冀两大根据地的地方部队，战斗力不足之外，还因为对手非同常人，而是国民党军队里最会打仗的傅作义将军。"

说到这里，他的小白脸露出得意的一笑，嘴角还撇了撇，接着说下去。

"傅作义将军，现在人们说起来是临猗县人，实际上他一直是荣河县人，就是现在的万荣县。他那个村叫安常，在孙吉乡，这个乡后来划给了临猗县。我在我的书里写过这次战役，说到傅作义的时候，就说他是荣河县人，下面加了个注，荣河县，现为荣河镇，属运城市万荣县，根本不提临猗县。研究史志的，要尊重历史事实嘛！"

何其愚问我，姓薛的是哪儿人，我说是万荣人，他哦了一下，说怪不得跟临猗有多大的仇似的。

出了院子，走不多远，也就出了高山城。

前面是道长长的坡，不远处还拐了个弯儿。

最让我惊奇的，是左手那边有个高高的铁架子，架子上横着圆圆的铁筒，足有几百米长。正好宋镇长过来，我问这是做什么用的，他说是煤矿的选煤设备，这边进去的是坑道运上来的原煤，到了那边出来，就是精选煤。他的用语很专业，我听了就是这么理解的。镇长又说他们这一片，过去属于口泉区，前几年为了发展旅游业，才划归了云冈区，实际上，他们镇的优势仍在煤炭上。又指指对面山上一个什么建筑，说那个焦山寺，就是一个煤老板投资建的，将来高山城要恢复旧貌，还得靠当地的煤老板来投资。

说话间到了怀德桥上。

说是桥，按说该高出地面，上面是个拱梁才对，一点都没感觉，脚都没往高里抬，就走到了桥面上。不就是平地嘛，有啥珍贵的，再一看，人人都吃了惊，有的还呀呀地叫了起来。

石桥，确实是石桥，至少桥面是石头的，嵌在地里，看不出多厚，能看清的，是长短不等的石条，还有石条上，深深的车辙。起初给你的感觉，像是人工凿出来的，细一看，不是，就是过去的岁月里，铁轮子大车碾压出来的。没有几百年，碾不下这么深。

同来的有一位中年男子，个头儿不高，戴个眼镜，文质彬彬，宋镇长介绍说，这位先生叫吴天有。他们请来写《高山镇志》的，对这座桥很有研究，现在就请他给大家讲讲，一面挥挥手，要那边的人聚拢过来，说是有风，远了听不清。

我就在跟前，正跟陈侃抚弄栏杆上的石头，原先应该是个什么兽头，几百年下来，棱也没了，角也没了，像攥紧了的拳头，只是那种滑润锃亮，还透着青色，是现时的什么物件也比不过的。

"各位领导，各位专家，我来给大家讲一讲。这桥在高山城的西门外，这儿很早就是晋蒙两地间的一条通道，桥面上的车辙印痕就是最好的证明。这条路往西一直走下去，就是右卫的杀虎口，过去叫杀胡口，那儿的石板路上，也有这么深的车辙。原本桥头上，还有一通石碑，是清朝雍正年间立的。据碑文记载，最初的石桥，是附近寺庙两位僧人募捐修建的。捐款人主要是归化城的商社和店铺，可知归化那边商家的货物，都是通过这条路运过去的。这桥原来全埋着，近年来才挖开，那边立面上有大大的石刻'怀德'二字。这是个单拱石桥，桥洞高六米，拱顶距桥面十米，有这两个数字，就可知明代修桥时，这儿的沟有多深，水有多急，也就可以想见这桥有多么重要了。下面拱桥的顶上，石头上还有一个大大的手印，传说是修桥时遇到点麻烦，鲁班爷化为行乞人路过，扶了一下就扶正了。那边有坡，想看的可以下去看看，小心别崴了脚。"

"怎么叫个怀德桥？纪念某个有德行的人吗？"

人群中有人问，吴先生解释说："这座桥在通往绥远的官道上，修桥用的是募捐的办法，捐资者多是绥远和湖广一带的商户，起这么个名字，实际是颂扬那些捐资的商人。《论语》上说，'君子怀德，小人怀土'，主持修桥的缙绅先生，不光有文化，还是有点幽默感的，起了这么个名字，等于是说，我们是小人，空有爱乡土之心，而无力造这么大的桥，诸位是真君子，志在德泽广布，捐了这么多钱才修起这么好的一座桥，感谢呀！"

吴先生最后的"感谢呀"，语调竟是这年春晚，范伟在《卖拐》里用的口音，听得众人都笑了。

"这个吴先生，风趣，会说话。"

不知什么时候，郑主编到了身边，冷不防说了这么一句，我和陈侃后退一步，围在他身边，陈侃不失时机地表现了他在古典文学上的深厚功底。

"《语论》里'君子怀德，小人怀土'后面，还有一句，'君子怀刑，小人怀惠'，乡贤说那句话，也暗含着，你们若不捐资，是要被骂的，等着以后受刑吧！"

我知道这是俏皮话，意在卖弄他对经典的熟悉，不可当真，但他说的"君子怀刑"，让我由不得想到人们常说的"刑不上大夫，礼不下庶人"。两句联系起来，是不是可以理解为，君子时时想着刑罚，因而自觉地约束自己的行为，不会逾越规范，有这样的谨言慎行，刑罚也就不会加在他们的身上。

我把这个意思说了，陈侃不以为然地笑笑。

"绒仙以为古代的男女，都是跟她一样的善心人。"

我以为自己的理解错了，登时觉得脸上烧烧的，瞅了郑主编一眼，想知道他的态度。

"绒仙的理解，或许全是臆猜，但她的思路还真合了古人的本意。'刑不上大夫，礼不下庶人'，古人说起来，是先说庶人，后说君子。原话出自《礼记》，说全了该是，'故君子戒慎，不失色于人。国君抚式，大夫下之。大夫抚式，士下之。礼不下庶人，刑不上大夫。刑人不在君侧'。这里的抚式，可以理解为治理，早先的省长，不是叫巡抚吗。《礼记》全书，意在描绘一幅理想社会的图景，你听最后一句'刑人不在君侧'，往前推导，也就不难明白前面的意思。整句的意思是说，礼节不约束庶民，让他们自由自在地活着，大夫知道自我约束，不让刑罚加诸自身，这就是最为理想的社会呀。"

我听了大为振奋，直朝陈侃翻白眼，嘴上也来了劲儿。

"一物降一物，柳木降牛角，卖瓜的时候，也看看跟前有没有砸摊子的。"

陈侃笑笑，一点也不恼，似乎让我奚落两句，比他刚才显摆两句还要喜欢。

郑主编是会上的大红人，那个吴先生不忘趁这个机会，跟他套套近乎，过来请教什么浅显的问题，说那边还有人想听，郑主编一高兴，立马跟上走了。

有人开始往下走，陈侃问我下不下，我见那坡够陡的，有心不下，又觉得辜负了小伙子一片美意，就说"你搀着我，我就下"。陈侃也笑了，说今天咋就这么好运气，刚进城门，差点给美女系了鞋带，这会儿又能搀着美女下桥洞看看，再上来，脸上有了灰，别忘了也得让她给揩揩。

"美死你！"

下了沟底往上看，才能想见这桥刚修成是怎样的气势。

桥洞底下，果然见拱顶有一个大大的手印，说是手印，多半是想象出来，只能说有四个印痕，南边的一个短些。

"怀德"二字在北边的立面上，有人从那面过来，连声赞叹，说古人真是太了不起了，石拱桥建得这么宏伟壮观。我问陈侃过去不过去，陈侃说他下坡时像是崴了一下，在这边坡下等着我回来。

"来了两边都看看嘛，等着我，不准溜了！"

叮嘱之后，我独自去那边。

下来看过的人都走了，我一个人过去，这边也是个深深的大坑，没有下来的陡坡，三面崖面，切得齐齐崭崭，镢头的印痕，密密匝匝，显然是精心规划的。来了，就是要看讲解者说的"怀德"两个石雕大字，看过土崖，转身就朝上瞅，离桥洞口近，脖子太仰，由不得就朝后退了两步。

"哟，别闪了腰！"

随着声儿，感到腰部被人掐了一下。

扭脸一看，竟是姜宁亭。

刚刚过来，没人嘛，这老狗是从哪儿蹿出来的？

不用想，朝左边一瞥，马上就明白了。桥洞挺宽的，我进来脸朝北，身子贴着右边的石墙往下走，到了这边，看看眼前的崖面就转身，没有看左边是什么情况。挖开桥洞时，挖的坑，比桥洞要宽许多，这样两边都有一个齐整的墙角，见地上有摊湿痕，立马想到姜这个人，定然是下来了又想尿，或者干脆就是要尿了才下来，跟着众人过到这边，等众人走了才撒他的尿。

"走开!"

我没好气地说，想到掐我腰部的手，刚扶了他那个脏东西，恶心得要吐。

"小蛮腰，软和得很嘛!"

"正经点，我要喊啦!"

他的手又要伸过来，我猛地拨开，急急慌慌地朝桥洞里走去，还好，姓姜的没跟过来。

陈侃在陡坡前等着，我松了口气，装作什么事也没发生的样子。

"哟，这儿还有个护花使者嘛!"

姓姜的过来了，跟陈侃开了个玩笑。

陈侃没搭理，挽着我上了坡。

依行程安排，参观了怀德桥，高山镇的事儿就完了。下一站是左云县，午饭也安排在那儿，郑主编悄声对我说："县城的饭总比镇上的好些。"还将鼠梨木手杖掂了掂，一脸的满足。

我忽然想起他评价薛文星的话——"小胜辄大喜"，觉得在喜上头，谁都一样。

第二十一章

从左云县回来差不多就六点半了，进了宾馆，史志办的同志说一楼就有盥洗室，简单洗一下，吃了饭再上去吧。又累又饿，大都没上去，洗漱后直接进了餐厅。

那年大同宾馆的餐厅，不像后来重修后那么奢华，较之左云县城的宾馆，还是阔气多了。仍是自助餐，有我最爱吃的羊杂汤和泡泡油糕，取水果时遇上陈侃，他使了个眼色，意思是跟他坐在一起。

餐厅很大，人不算多，也不能叫少，太多了，桌子占满了；太少了，我们俩坐一起太碍眼，不多不少，正好给了我们挑选的余地，又不那么扎眼。

陈侃先坐下，选的是一个角角的四座桌子，我过去选了个背对众人的位置坐下。他那里还笑着，我的脾气一下子就上来了："我们参观楞严寺的时候，你小子溜到哪儿去了？"

"怎么，姓姜的又纠缠你了？"

"那倒没有，只是你不在跟前，我总觉得心里空落落的，做啥去了，该不是在左云也有个相好的吧！"

"哪里会呢！"

说了他的去向，找的人，办的事，我听了羡慕的要死，此番大同之行，全编辑部收获最大的，肯定是陈侃这小子。

离开高山镇怀德桥，一行人乘依维柯轿车直奔左云。左云离高山镇，真的不远，半个小时就到了。左云属大同管，早有一位副县长在宾馆门口候着，郑主编估摸得不错，这儿的饭菜要好得多，摆的是席面，还上了酒。考虑到一上午奔波，都累了，饭后开了房间，休息到两点半才出去参观。去的是县城东南，不远处的楞严寺。楞严寺好大，有五进，我是到了第二进才发现陈侃没来的。

陈侃说，他没去房间午休，吃完饭就溜了。

他有个同学在这儿博物馆当馆长，很早以前就告诉他，馆里藏有一通明代大同总兵马成勋给他母亲王氏立的碑，碑上文字颇有蹊跷之处。当时没在意，这几年他遵从郑主编的教导，做起学术上的"小生意"，先选的是明代的边防，跟老郑说了，老郑说太宽泛，要他缩，他缩成了九边重镇之一的大同镇。老郑还说太宽泛，最好是一个人或一个事件，再缩，又缩成了现在的隆庆和议和方逢时其人。方逢时其时是大同巡抚，和他配合，达成隆庆和议的有两个人，一个是宣大总督王崇古，再一个就是时任大同总兵的马成勋了。

我的饭量小，一碗羊杂汤一个泡泡油糕差不多就饱了，几块西瓜下了肚，觉得凉凉的，想喝点热的。见那边有现磨的咖啡，想到在高山城没喝上的咖啡，知道这儿的肯定正宗，便过去接了一杯，顺便也给陈侃带了一杯。

"王氏墓碑的拓片弄到手了？"

"弄下了，这个同学真够意思，去了就给了我，总不能拿上就走吧，又领着我参观了他们博物馆的收藏。真有好东西，光明代将军的铠甲就有好几副，古战场上的铜箭镞，不是一个一个摆在玻璃柜子里，是一筐一筐堆在地上。青铜鼎镬，型号之大，在山西县级博物馆里，也是少有的。据我这个同学说，是他们迟缓了一步，让古董商人先下了手，要不很有可能是第二个李庄窖藏了。"

怕我不懂，特意顿了一下，定定地瞅着我，看我表情的变化，以便做出他的判断，要不要给我科普一下山西考古史上这一重大发现。

这小子也太小看人了，我心里嘀咕了一下。

"不就是1923年，雁北应县一个叫李庄的地方，大雨冲出一个山洞，里面藏着大量的青铜器。在当时可说是震惊了中国文化界，商承祚先生就是凭了这一批青铜器的图，编成了他最早的青铜器图录的，我没说错吧？"

"厉害，厉害，不愧是女才子！"

我撇嘴一笑，算是认领了这个不值钱的夸赞，随即说出我的一个疑惑。

"研究隆庆和议，自然是个好题目，有了这个和议，明朝和蒙古人封贡互市，边境上平安了几十年，再没起过大的战乱。研究这一事件，必然牵涉到当事人，方逢时也好，马承勋也好，都是情理中人，可为什么要研究这位王老太太呢，这我就不懂了，莫非她是个花木兰式的女人，也曾领兵打仗？"

陈侃宽厚地一笑，我知道遇上我这么真诚的请教，他定有一番边际宽远的宏论。

他先问我，太原晋祠有个刘大鹏，是清末的老秀才，入民国后写过一本《晋祠志》，还有一个让人震惊的文化贡献，你可知道是什么？——我答，写了一辈子的日记，好像山西大学有个乔姓教授给整理了个缩略本。

"对，这个教授叫乔志强，是个很有学术眼光的人，由他倡导在历史系开始了历史社会学这门功课。过去学历史，教也一样，重在典章制度和地理环境，总觉得隔了些，硬了些。自从乔先生引进社会学的理念，历史研究一下子就滋润起来了，鲜活起来了。"

说到这里，嘴里还喷喷了两下，好像吃了什么美味，由不得要品咂品咂。

按说我该及时地夸上两句才是，我偏是不吭声。相处久了，知道他的毛病，夸赞也要省着点，不能惯着，惯得多了，他会跟惯大的孩子一样，变得憨蛮起来，不知礼让。见我没有夸奖的意思，又自个儿又说开了。

"打个比方吧。过去研究历史等于是挖古墓，还是叫盗过的，祭器没有了，只剩下一堆散乱的白骨。史学家过去的工作只是将散乱的骨殖拼凑成一个完整的人的骨架，然后判定出是男是女，再测定出是老是少，进一步还可探究出其死因。有了社会学的理念和方法可就不同了，还要探究出他的身世经历，性格品行，让他活了过来，这一点很像一个古代成语说的——白骨生肉。原本是说感激他人大恩大德的，借用过来正合适。"

"哦，"我的兴趣来了，"莫非你从王氏墓志里看出这个女人的隐私？"

"哼！"陈侃的气焰一下子又上来了，"你算是猜对了，还真是这么回事。"

"我不信，墓志和碑文一样，都是给世人看的，谁家的后人会彰显前辈的隐私。"

墓志和碑文功效一样，对我这一说法，陈侃颇不以为然，轻轻一句就给否了。

"一个当时就立在地面上，当然全是谀辞，一个深埋在地下，若有怨恚，还是可以发泄一下，或许后世会见诸天日。"

说着从搁在空椅子上的双肩包里取出一本书，翻到一页上，递了过来。

"你看，就是这个图。明朝的墓志太大，像王氏这方，规制跟地面上立的碑一样大小，只是文字不像地面上的碑那样，从上往下刻石，而是将石碑侧倒，宽成了高，长成了宽，由左到右，竖刻而成。"

"看看拓片吧！"

"拓片太大，叠起来一堆，就不取出来了。这本书是《左云县文史资料专辑》，上面有我这位同学写的王氏墓志发掘经过，前面有墓志的图片，后面附有墓志的释文。"

我接过看了，他又取回，翻过一页，朝我这边推推，自个儿念了起来：

> 大将军长，袭世禄，骁雄有文风，且时服母训，志父不忘。尤爱健儿良马，任侠，交友之胜己者，即空橐囊不惜。遇匮绌，太夫人尝解簪珥拓其游，自或服粗啖粝所甘焉。终身不御脂铅为饰，性使然也，风节凛凛，足比苍松劲柏，雨露之而巍如，冰雪之而挺如也。娣姒蟒玉交辉，时相过泛，身与之接，曾不著目。自是大将军勋猷振起，四捧元戎之毂，与伯叔先后鼎峙其荣，先父亦赠秩加之。

太长了，我皱皱眉头，陈侃注意到了，解释说，这一段是说他的父亲早年战死殉国，他的母亲未曾改嫁，一直抚养他，资助他，督责他，终使他继承父志，为国家效力，功绩卓著，不光自己曾任四镇总兵，连他死去的父亲也获得追赠。

"关键在下面这几句，你看——"

> 太夫人始色喜曰：而父生前不得者，赖儿功业而得之，岂天生李愬使西平有子乎！母亦藉而叨封一品，足慰此生辛苦，儿其勉之，无忘国恩。大将军持母手而泣曰：人亦有以母封，为天报完节者，儿则以母不得表节于世，为竹帛不朽，徒以儿官故也。儿罪深重，岂敢自名耶。于此可以观慈，亦可观孝矣。

"明白了吧！"

他抬起脸，看定我。

这么浅白的字句，我怎么会不明白，故意逗逗他，说我还是不明白，已是一品夫人，还要什么旌表。

陈侃又一次显示了他这个小白脸的浅薄和自负，摇头晃脑地炫耀起来。

"这你就不懂了。一品夫人是荫庇，是儿子的战功到了那儿，不管你这个母亲的人品，是母亲就会给。这个道理谁都知道，也就不必在意。儿子的意思是说，母亲二十几岁上守寡，如今已是七十多的人了，守节几十年，怎么也该获得朝廷或地方政府的贞节表彰，这是他一直想得到的，曾经多次申请而未曾获准。因此之故，他深感痛惜，自己责备自己，难道是我的官当的还不够大吗？"

"这又能说明个啥？"

我翻翻白眼。

"你呀，还不明白，文中说，他四捧元戎之毂，就是当过四镇的总兵，一点不比叔伯们得到的荣誉差。也就是说这是一个边将家庭，他是有伯伯叔叔的，他母亲是有大伯子和小叔子的。我们不必往这方面想，至少可以推测守寡四五十年，外界对她的德行是有非议的。真要守身如玉，完美无瑕，儿子别说是四任总兵，就是个守备之类的军官，为母亲申请旌表，也是一申请就批下来的。马成勋这么大的官，一再申请而不获准，只能是这个王夫人名节有污点，什么封号都可以给，独独这个贞节的旌表不能给。我是这么看的，我那位同学也认同。"

陈侃说到这儿，又自负地笑了。

这小子的这种探究精神，不能不叫我佩服，不能太啬啬了，我还是给了个笑脸，夸他不愧是历史系的高才生，做起学问来果然有自己的一套。

他忸怩起来，说不是郑主编"做小生意"的督导，他也不会重新激起历史研究的兴趣。

我忽然起了一个念头，觉得陈侃发现的这个题材，是可以写成小说的。

"哎，陈侃，这个题材太好了，何不以马承勋将军的家世为故事框架，写一部历史小说，把方逢时和隆庆和议也写进去，一定热闹好看。名字我都替你想好了，就叫《边将》。"

"这个，我倒没有想过，绒仙，要说写小说，你的文笔好，还是你写吧！"

"我哪是个写小说的人，别埋汰我了。"

第二十二章

"噫，谁埋汰谁呀，两个年轻人？"

何其愚过来了，像是吃过饭，要走了，见我俩在这边，便移步过来，未到跟前先听到"埋汰"的话，借这个劲儿等于搭了个讪。

我说陈侃去左云得了个宝贝，是个墓志铭，上面写了一个将军的家事，透露出这个母亲可能贞节上有亏，他让我拿这个题目写个小说，我哪有这个本事，这不是埋汰人嘛。

"哦，给母亲写的墓志铭上透露出这样的信息，少见，少见！"

"何先生，我觉得这是个好题材，有隆庆和议做背景，还有把汉拿吉归降，场面宏大，加上将军的家事，定可写成一部波澜壮阔的历史小说。"

"绒仙不写，陈侃自个儿写吧！"

"我没有绒仙的才气，要是有，我准会写的。"

何其愚过来，是想约上我和陈侃去宾馆院里走走，天色还早，这个时候进了房间太憋闷。我俩听了齐声说好，陈侃说他将背包送回去就下来，我没说什么，只说我也要上去一下。

何先生说，他在外面溜达着等我俩，大厅里的冷气太厉害，吹得人难受。

我下来了，陈侃比我先下来，换了件圆领的短袖衫，我比他还会换，换了件藕荷色的连衣裙，胸前喷的香水，自己闻着都呛人，我知道这是要给谁闻的。

"哈，真是一对金童玉女呀！"

何先生见了，朗声夸赞。陈侃很知趣，知道金童玉女不是并列词组，而是偏正词组，偏在"玉女"上，当即做了纠正，说绒仙是玉女，他只能是铁童。何先生可称为妙人，马上往回扳了扳。

"没那么黑，白白净净的，不是金童也是个银童。"

那几年小车没现在这么多，大宾馆还是老格局，前面开阔，左右两边总有一边是花园，供客人散步小憩。大宾馆的气派更大些，南侧是一片阔地，有灌木的矮墙，还有垂柳的长廊。

三个人信步走去，起初是何其愚走中间，我和陈侃走两边，有人骑自行车迎面而来，趁这个空儿，何先生主动往外跨了一步，将我往里让了让，这样就成了我走中间，两位男士一边一个。我想夸何先生有绅士风度，心想，这种事在他是自然而然，说开了反而不美。

大同的气候跟太原就是不一样，在太原这个时分，日头落了，还是闷热闷热的，大同不同，日头一落，有些凉意，竟有初秋的感觉。起了点小风，连衣裙的下摆，不知怎么一下，还会夹在两腿之间，明知不会掀了起来，还是不由得身子往前一躬，手往腹部下面按了按。这个动作，不知近旁的两位男士看了是怎么想的，我是一下子就想起画报上常看到的，玛丽莲·梦露那个风中揸裙的动作，一面笑自己，真的成了东施效西施了。

这种散步，脚步要动，嘴巴也不能闲着，没话也得寻个话头说说，我正寻思着，何先生那儿也寻着了。

"在高山城，陈侃你说，你的研究边关的课题，是你们郑主编'做小生意'的督导下诱发出来的，你和绒仙都是学校出来，做个'小生意'不难，我见你们编辑部这次来的那个老同志，那么大岁数了，怕做不成'小生意'了吧?"

"你是说牛全胜吧?"我先订正一下。

"对对对，介绍的时候好像说是姓牛。"

"这个人哪，"我往何先生那边靠了靠，"看着笨笨的，实际可机灵啦，全编辑部做小生意的总有十个人，就他先出了成果。"

"哦?"何先生也表示惊奇。

"我们选的，都是客观的学术课题，就他选的课题是主观的，还是小到不能再小了。他不是姓牛嘛，史书记载，牛氏世居陇西，各地的牛氏，可说都是陇西牛氏迁徙繁衍而来，先秦太少，后世太多，他选了中古这一时段，收集各地出土的碑刻墓志的拓片，两三年工夫就编了一本《中古陇西牛氏碑刻集录》，属史志资料汇集，还印出来了。"

"是聪明，是聪明!"何先生不由得连连赞叹。

"还有更聪明的呢，"陈侃接上说，"郑主编为了鼓励大家做好各自的'小生意'，内部定了一条，小额的资料费可以报销，一次不得超过二百元。他想的是，做研究吗总得买书，学术书都贵，二百元顶多买上三本书，该报就给报了。还怕有纰漏，规定必须是纸质的资料，这位牛前辈就钻了这个空子，碑刻拓片，贵点一张得一二百，墓志拓片一张也就五六十块钱，他买这些都要发票，全能报销，把我们看得直流哈喇子，真是太聪明了。"

陈侃不愿意让话头断了，又提起一个话头。

"何先生，上午在高山老城，我跟绒仙讲高山城的来历，迟了一步，怎么拐过墙角就看见你跟那个姜主任说话，姜主任还说他在等我们俩呢。"

何其愚嗯哦了一下，像是在掂量话该怎么说。

"这个嘛，我跟姜主任一起走着，姜在做我的工作，说吴悦台对我多么好，又说把吴扶上台，文史会将会有一番新气象。正走着，他停下来说，等一等，那两个年轻人留在后头，不知想做什么，我们得看着点。"

"放他妈的狗屁，大白天的，我们能做什么事儿！"

陈侃骂了起来，我也觉得姜宁亭这个人真是坏到骨头里了，何其愚淡淡一笑，说了他的看法。

"我倒不觉得他是关心你们俩，他关心的只是小杜一个人，想等小杜过来搭讪上两句，献献殷勤，要说图什么，也不会是眼下的。"

我没接话茬，暗暗佩服何先生的知人之明。

"哎——"何先生想起什么，"参观怀德桥时，坡太陡，我没下去，桥上的石板栏杆太古朴了，由不得就想摸摸。我摸的是北边的，摸到尽头就想看立面上的怀德二字，这边也是一个四四方方的大坑。站在西边崖上看不清楚，我就绕到西北角上看，真扫兴，看见姜宁亭正在撒尿。正要走开，见小杜从桥洞下过来了，仰头在看立面上的怀德二字，像是看不清，一边看一边往后退。正在这时，姜宁亭提起裤子，绕到小杜背后，我以为要来个凶猛动作，结果只在小杜腰上搂了一下，还是掐了一下，小杜拨拉一下就走开了。"

"啊，你都看见了？"我表示惊奇。

"可不是嘛，你前头走了，姓姜的跟在后头，我怕他在桥洞里做出什么，赶紧绕到桥面上，俯下身子听了听，没动静。过到南边栏杆跟前，见小杜已到了这边，小陈正在陡坡前等着，小陈能看到桥洞里，想来不会有什么事儿。"

"谢谢何先生!"

说着我故意往他那边靠了靠,他穿的是件白白的短袖衫,我的胳膊蹭着他的胳膊,凉凉的,一下子就传到胸前,不由得用手抚了抚胸口。

"噫,陈侃,你怎么就知道保护小杜呢?"

"不是头一回了,跟着绒仙,总让人多操多少心。"

陈侃一高兴,说了句很不得体的话,好像我是个多么风骚的娘儿们。

"哈哈!"何先生放声大笑,"你操心,别人也操心,只是操的心不同,你是操心她的安全,别叫人欺负了,有的人嘛,操的是——"

说到这里,打住了,瞟了我一眼,似乎有所顾忌,我看出来了,又蹭了一下他的胳膊,表示我不会在意的。

"有的人嘛,操的是操的心,姜宁亭说小陈是护花使者,心里不定多恨呢。"

原以为是句风趣幽默稍带荤味的话,没想到竟是这么一句粗俗直率的话,已有了那个表示,我也不便说别的什么,只是心里咯噔一下,在这种事的表达上,男人们都没有什么想象力。

"有我这个护花使者,他姓姜的别想得逞。"

对陈侃的表白,何先生并未表示嘉许,而是侧过脸,压低了声音问我:"姓姜的骚扰你不止这一次了吧?"怕我难为情,特意补充了一句,"你借调过来跟他一个办公室办公,有一段时间了。"

这意思很显然,这么长时间了,姓姜的肯定做过什么不得体的事。

"嗯,还有过。"

"他没有把你压倒过?"

"都没有,只是毛手毛脚地撩逗上一下。"

何先生问我时,压低了嗓门,只是表示对我的尊重,并不是不要陈侃听见,待我说过,姜宁亭只是毛手毛脚撩逗,并未将我压倒之后,他转过身子,朝向了陈侃。

"小陈,你还是要多操点心,"说着扭过脸朝了我,"小杜,主要是你自己要当心,不给他机会。"

这我就不明白了,何先生是不是还有别的考虑。

"何先生,你是说经过几次被拒之后,姓姜的还不死心?"

何先生语重心长地说:"我不是说一定,而是说还会有这个风险,我俩是一个单位的,这么些年了,对他的人品与思维还是了解的。这个人哪，贬损别人什么时候都是站在道德的制高点上，对自己从来都是为所欲为，不受道德约束。在单位里，我就听他不止一次说过，再刚强的女人，只要放倒就服帖啦。他对看上的女人，不放倒是不会罢休的，放倒了，还不顺从，这才会死心。"

天色暗下来了，我没作声，心里默念道，那就让他试试。

陈侃似乎不餍足，问何先生，这个人除了这毛病，整体说来怎么样。

何先生也是放开了，说起来全无顾忌。

"嘴上磊落，实则阴狠，本事不大而想头大的人，差不多都是这德行。可别小看这种德行，有这种德行的人，在单位里全是一霸。"

这个话题够腻味的了，我不想再扯下去，正好到了甬道的尽头，不往回走，也得往回走了，趁拐弯的时候，我想起件事儿要问何先生。

我问的是，昨天上午研讨会时间段（十点半以后），轮到何先生发言，我听了一小会儿，想上卫生间就去了，回来已是另一个人发言，一坐下，坐在我旁边的大同史志办的一个女孩子俯在我耳边，说你没听太遗憾了，何先生讲得太精彩了。

"何先生，在高山城见了你就想问，没顾上，这会儿闲着，你说说你讲了什么，让那个女孩子那么激动。"

"没什么，就是对大同史志室的一个老同志的说法，表示了一点不同的看法，小儿科，小儿科。"

他不是说人家的说法是小儿科，而说他说的不同看法是小儿科。

看出何先生不愿意重复说过的话语，陈侃来了一个自告奋勇。

"确实精彩，绒仙，你没听上是个不小的损失。"

"你给学学嘛。"

陈凯说，研讨会上主要听大同史志办的同志讲，近年来新的发现，新的成果。史志办下面有个云州史学会，全是些退下来的老同志，有个老同志在会上说，他们经过多年的研究，加上实地踏勘，证明花木兰是大同高山镇某某村的人，说那儿过黄河多少里，去燕山多少里，跟《木兰辞》里说的全能对得上。今年挖出大同古城遗址，南门外又圈了一个宫殿，还有城墙，那就是北魏都城的明堂。木兰回来见天子，"天子坐明堂"，说的就是这儿。

我说，这个我听了，觉得不太靠谱，何先生是怎么反驳的呢。

陈侃说，何先生的反驳，几乎全是从《木兰辞》的诗句上着眼的。诗中写了"可汗大点兵"，木兰替父从军，那么木兰就是胡女了。从军打仗，肯定是跟敌军对阵，木兰到了前线，"不闻黄河流水鸣溅溅，唯闻燕山胡骑声啾啾"，这不是跑了老远，自己人打起来自己人了吗？再说，她从军的目的地，是燕山脚下与胡骑对阵，大同到燕山，往北是集宁，过了集宁西北是张家口，过了张家口，再往前就是燕山脚下，怎么肯到西边过了黄河再绕回来，真的过了黄河打仗，该是到了阴山脚下才对。光这一点就可以反证花木兰不是大同人，极有可能是陕北那边人，陕北那边的人要跟胡人打仗才会"旦辞爷娘去，暮宿黄河边"，再往前走，也才会"旦辞黄河去，暮宿黑山头"。

"可不是嘛！"我随声附和，陈侃说，这还不是最精彩的，最精彩的是对诗中一个句子的语法分析。

我赶忙说，快说说，反驳这么个谬论，还用上了语法分析。

陈侃说，他当时听了佩服得不行，如今要重述，却有点儿推导不开，还是让何先生自个儿说吧。

"说说嘛！"

我仰起脸，央求着，天色暗了，若不暗，他会看到我眼神多么明亮，对他是多么的喜爱。

"好！"

我的魔法奏了效，何先生的精神来了。

他说，他分析的是这么四句："昨夜见军帖，可汗大点兵，军书十二卷，卷卷有爷名。"通常，"大点兵"后面都是句号。这种新式标点全是后人加上的，用了句号，下军帖的就是可汗了，可汗征兵征到花家，那花家就是胡人了。古人断句，只有句读，这里极有可能只是"读"了一下，用新式标点，就是个逗号。这样"昨夜见军帖，可汗大点兵，军书十二卷，卷卷有爷名"，就是一句完整的话了。"可汗大点兵"，不是"昨夜下军帖"的主使者，而是下军帖的原因了。打个比方，比如1962年蒋介石要反攻大陆，中央军委给各地驻军下达作战命令，会这样写：军委命令各战斗部队，蒋介石要反攻大陆，各部队必须做好战前动员，全歼入侵之敌。因为可汗大点兵，这边紧急动员，才下了军帖，也才有了花家出一个兵员的指标。因此上，这几句诗不能证明花木兰是胡人家女儿，反而证明只会是汉家女儿，才会去燕山脚下与胡骑交战，回来也才会见她的天子，而不是去见胡人的可汗。

"哎呀，精彩，精彩！"

我太兴奋了，又是鼓掌又是跺脚，真想上去给他一个吻。脚踮了踮，还是走出个平常的步子，只是蹭了一下，让步子调整过来，别让何先生以为我崴了脚。

正在这个时候，何先生发话了。

“走了一路，明天就要回太原了，我还不知道二位对我是怎样的看法。”

知道我会扭捏的，他让陈侃先说。陈侃脱口而出，说早就听人说文史会的何其愚先生，风趣幽默聪明过人，这一路上随侍左右，亲承謦欬，让他大开眼界，证明盛誉之下，必无虚士。

何先生笑笑，连说“过奖过奖”，说罢瞅了瞅我。

我知道该说个什么了，可我不愿意像陈侃那样来个一套一套的四六句子，别说不会，就是会也说不出口。可也不想让何先生小看了我，浪费了这么好的显摆的机会，急中有捷智，还是从《围城》找了个由头。

“我觉得呀，何先生最像《围城》里两个人的合体。”

这一招果然灵，何先生的惊讶不待说了，连陈凯也尖叫起来，吱的一声，又脆又响，不是吹口哨，是猛地往回吸了一口气。

“腿有点累，歇歇再走。”

何先生停住脚步，显然是怕走到尽头要回宾馆，听不全我的诠释。

“我说了何先生可不能生气呀。”

我也停住脚步，这个招呼还是要打的，陈侃立马打起圆场。

“别把何先生想得那么小气，跟那个姓姜的似的。”

“哪两个人的合体？”

何先生面朝了我，神态如何，看不清楚，语调听起来很是郑重。

我说这两个人的合体，头一个是书里写的，做旧体诗的诗人董斜川。《围城》里的人物，除了三两个意有别属者之外，说个个聪明伶俐，博学多才，那是不假的，但要说最聪明最博学的，还要数这个董斜川。方鸿渐赵辛楣这两个男主角，只是想让他机灵的时候才机灵一下，董斜川则不然，他几乎可说是作者的化身，能怎么机灵就怎么机灵，对他的描写已超出了人物塑造，而是尽情地展现作家的聪明才智。说到这里，想到那次在何先生家里，说他以前也是喜欢《围城》的，由不得先要订正一下。

“何先生，你早先看过《围城》，对这个人物还有印象吧？”

何先生说他有印象，书中某处说董斜川对中国古代诗人，推崇的是“灵谷山原”，拢共十几个人，方鸿渐怯怯地问，“不能添个‘坡’吗？”

意思是若论古代的诗人，苏东坡怎么也要算一个的，不料董却说，苏东坡，他差一点。时间久了，记忆可能有误。

"你说的董斜川，可是此人？"

我点点头，说是呀，又做了些阐释。

"最能见出此人博学多识，又机警过人的，不是这些地方，而是他张口即来的风趣言辞。比如书中写苏文纨请客，方鸿渐、董斜川都来了，方鸿渐叫赵辛楣灌酒灌醉了，呕吐不止，董斜川说起风凉话，说凭栏一吐，不觉箜篌，怎么饭没吃完，已经忙着还席了。这种地方最能见出这个人的博学与风趣。我觉得在这上头，何先生跟这个董斜川好有一比。"

"哦，我就是这么个人吗？"

话是这么说，听得出来，将他比作董斜川，还是认同的。

"第二个呢？"

陈侃替何先生说了心中的所想。我笑了，知道他俩以为我说的合体的第二个人物，该是方鸿渐或是赵辛楣，不料我说出的却是另外一个人。

"李梅亭。"

怕吓着了他俩，我说的口气，很是平和。

"怎么会是这个人！"不等何其愚开口，陈侃先打了个抱不平，"绒仙，你就胡说吧，何先生怎么会像了李梅亭！"

"别打岔，听我细细说。"

"小陈，冷静点，看小杜怎么说。"

何其愚倒不怎么心急，我想，他主要是不想显出心里的愤懑。

我说，我所以见了何先生而想起李梅亭，是缘于书中这样一个情节。方鸿渐等五人一路西行，前往三闾大学就教职，各人都带有行李，独独李梅亭的行李是一个一人多高的大铁箱子。行至金华，前一站托运的行李才运到，其中就有李梅亭这个大铁箱子，李梅亭一见，忙打开看看里面有没有损失。大家凑前去看，只见这箱子像口橱柜，上面半箱，一只只都是小抽屉，拉开抽屉，里面是排的整齐的白纸片，上面用红蓝墨水抄着各种古文典籍上的资料。下面半箱，全是各种名贵西药。赵辛楣见了笑道：有了上半箱的卡片，中国书烧完了，李先生一个人可以教中国文学；有了下半箱的药，中国人全病死了，李先生还可以活着。我说何先生像了李梅亭，跟铁皮箱子里的药片没关系，是说何先生对古诗文背得滚瓜烂熟，其用功跟李梅亭铁皮箱子上半截放的卡片一样，中国书烧完了，何先生凭着肚子里记着的古诗文，照样可以复盘中国的传统文化。

何先生没想到我竟是这么一番发挥，愣在原地，不知如何是好，还是陈侃脑子来得快，说我这个比喻不伦不类，用意还是好的，不过是想说何老师积学深厚，日后必有大的建树。

"不敢不敢！"

何其愚总算接住了这个话茬，我以为下面必有几句揶揄我的话，不料，何先生却撇开这个话题，问起了别的事。

"他们都有自己的'小生意'，小杜，你的'生意'是什么？"

不及深思，就做了回答，说我对钱锺书的《围城》最是佩服，但从做学问上说，我喜欢琢磨的是现代汉语语法。

"这两者可以糅合在一起进行。"

"哦，这个我可是从未想过，总觉得语法是学问，喜欢《围城》不过是兴趣爱好，做不得数的。你快说说，怎么个糅合在一起？"

何先生说，这是源自他求学的一个经历。

在南开历史系读书时，他们的系主任是郑天挺先生，老先生主张文史不分家，特别注重文笔的典雅，甚至说，有多好的文笔，就有多好的学问。因此，他们开的课目里除了写作，还有一门叫汉语语法，讲课的是一位北大贬下来的老先生，姓陈。讲到语法史，必大骂北师大的黎锦熙先生，说中国语法本来是两派争雄，各有千秋，谁胜谁败，听凭公断。从势头上说，他的老师何容先生，著有《中国文法论》，力主从汉语实际归纳出中国文法，在学术界还是占上风的，而黎锦熙呢，仗势欺人，称霸学界。新中国成立后不久，便将他与朱德熙合作的《汉语语法讲话》推向全国，再后来何容一派的语法主张，就销声匿迹，再也无人提起。

我漠然地听着，心里惊讶，在汉语语法界，还曾有过如此激烈的斗争。

"我们这位陈先生，就主张沿着何容先生的路子往前走，汉语语法的规范里，不是说以著名作家的经典作品为依据吗？陈先生就主张研究语法，应当选一个著名作家的作品研究。他认为，老舍的作品最能体现汉语语法的精髓，同学们里头若有人有这方面的兴趣，可以写一本《老舍语法》，或许会成为汉语语法的经典之作。"

"哦，我明白了，何老师你是说，我可以拿《围城》做例句，写上一本《钱锺书语法》？"

何先生点点头，说正是此意。

说到这里，他又添了一句，说西方人做学问特别重视文本研究，我若研究《围城》，万不可走虚泛的路子，什么思想深刻呀，意义重大呀，全都不要，要认认真真地一个字一个字地抠。

"先生说的是精读吧！"

陈侃插了这么一句，何先生摇摇头说，还有比精读更绝的一招叫"折校"，接下来问我手头有《围城》几个版本。我说只有这两年出的本子，再就是还有四川文艺出版社出的《围城》汇校本，据说钱先生很不满意，斥之为盗版。

"这本书我也有。你别管他怎么说，有了这本书就等于有了《围城》的初刊本和初印本，对于研究《围城》的字句修改大有好处。"

"我也觉得是这么回事，老先生太较真了。"

何先生又问我有没有改革开放后《围城》的重印本，就是1980年出的那个本子，我说那个时候我才上高中，哪里会有。何先生说，研究《围城》，这个本子得有，稍一沉吟，说道："我有这个本子，送给你吧，回到太原你来我家里取一下。"

"啊，何先生不是也在做《围城》研究吗？这么重要的本子也舍得送人！"

这回不是我惊异，是陈侃先就惊异了。

"做学问，选择什么样的研究对象很重要，选择二流的对象，肯定做不出一流的学问。我起初选择研究钱锺书，看中的是他有一流的头脑，做的是一流的学问，包括他的小说，也可说是举世无双。这样的看法，也是比较出来的，比如我就认为，钱锺书的才情在陈寅恪之上，陈有功底有见识，才情上差得些。但是研究来研究去，我发现钱锺书太聪明了，他的聪明最终害了他。他说过，不能让魔鬼抓住一根头发。是呀，魔鬼没抓住一根，可研究者也抓不住一根。他的学术著作也跟他的小说一样，除了聪明还是聪明，除了博学还是博学，就是他的旧体诗，你也别想挖掘出什么异端思想来。可以说，他把自己裹得严严实实，刀枪都难戳开。反观陈寅恪，则不然，同样处于这么一个时代，凡是他看不惯看不起的人与事，在他的诗文里都有或显或隐的嘲讽，让人看了由不得会敬重三分。解读他的诗文，甚至可以理出一部中国思想文化的秘史来。这几年我的学术兴趣已转到陈先生身上了，学术乃天下之公器，用不着的书送给年轻人，乃是最好的处置。"

八点多了，天凉了，该上去了。

或许是听了何先生一番宏论，又承蒙恩赐，可以得到这么贵重的一本书，我的情绪上来了，走在两旁灌木夹持的甬道上，提出一个憋不唧唧的问题，逼着何先生回答。

"何先生，你问我对你的看法，我如实说了，相处了两三天，你也说说对我的看法，要说实话，不能打马虎眼，嗯嗯，这还用考虑吗，说呀！"

"也要说说对我的看法。"

陈侃总不忘凑这个热闹。

这反倒给了何先生一个缓冲的机会，他说，小陈的研究课题选得好，用社会学的眼光看待历史人物与历史事件，确实是个新路子，做下去定会有大成就。

"该着说我了。"

快到宾馆跟前了，我不能让他搪塞下去，靠过去，揉了揉他的胳膊。

"小杜嘛，很聪明，就是有点浮，要沉下来才好。"

这话不知为什么，让我一下子发了火。他说的浮，不就是轻浮吗？轻浮不就是浪荡吗？

真没想到我这么敬重的何先生，对我竟是这么个评价。

"何先生，我这么敬重你，原来你这么看待我！"

"啊？"

何其愚愣在那里，不知该如何是好。

"绒仙，这是怎么啦？有话好好说嘛！"

陈侃倒还机灵，马上给何先生打圆场，我狠狠地瞪了他一眼，冲口而出："陈侃，你也太让我失望了，下去看桥洞子就几步路，你也不陪着我，眼睁睁看着我让人欺负！"

一面抹眼泪，一面疾步朝宾馆大门走去。

我知道我的火，是对谁发的。

第二十三章

离开大同，又去了朔州，回太原已是星期天。

第二天一上班，我就去何先生家，取了他答应送我的《围城》老版本。

"我来拿你要给我的书。"

进了门，一坐下，就这么硬生生地说。女人就是这上头贱，知道他喜欢你，就敢显出赖皮相。

何先生笑嘻嘻地又是倒水，又是递水果，我冷着脸，只是不理，表示我还在生着大同的气。只在临走的时候，淡淡地一笑，表示对他赠书的感谢。

我是开着车去的，没回家，直接去了编辑部，走过陈侃的桌子，把书在他面前晃了一下，他一把抢过，翻开扉页大叫起来。

"呀，1980年11月出版的，第一版第一次印刷，太珍贵了！刚拿来的？"

我说是呀，刚从何先生那儿回来。陈侃歪着脑袋问："跟何先生和好了吧？"我到了我的桌子前，已坐下了，头也不回，冷冷地说，那么伤害人，怎么个和好。

"你呀，太乖张了，那天晚上你突然发那么大的火，我就觉得简直是丧心病狂，不可理喻！"

编辑部里就我俩，我也没给他好言语，说我知道，你也是那样看我的。陈侃不作声了，我能听见他在呼呼地喘气，我俯下身子，心里暗暗发笑，心想，喜欢我是要付出代价的。想是这么想，不一会儿牛全胜来了，说起大同之行，我们又嘻嘻哈哈没个正经了。

在何其愚家里，何先生教过我如何折校。要折校，就得用最新的本子。昨天下午，去尔雅书店买了个新版的《围城》。白道林纸封面，中间是一片模糊的城墙图案，中间"围城"二字竖排，1992年2月北京第2版，1999年6月北京第8次印刷。这么新的书，要拆了真还有点可惜。

何先生说使点劲儿，用切菜刀就能将书脊切下，我试了试，不行，末后还是带到编辑部，让跑印刷厂的李师傅带到厂里切了。

一连十几天，除了去《山河志》上班，去文史会帮忙，都是在家里，沉浸在"折校"的乐趣中。

真是一种乐趣。校个什么，不管是看一眼印稿，再看一眼原稿，还是看一眼原稿，再看一眼印稿，脑袋摆来摆去，一会儿就有眩晕的感觉，不歇一歇，揉揉眼睛，仰仰脖子，真的能昏死过去。好些老编辑的颈椎病，就是这么得下的。

折校没这个折磨，将要校的一行折出来，放在重印本的这一行的下面，脑袋不用动，只需眼睛盯住，看上下两个字的同与异，同了放过，异了再琢磨。这还不算，最奇妙的是，那个折纸的动作，就那么一行字的宽窄，你得细心了再细心，才能折出来。有那么一会儿，你会有一种小时候，坐在教室里折纸鸢的愉悦感。

萧东平大夫给我开的治抑郁的方子，一个不说了，一个是读硕，实际上是要我借读书专注精神，调理神经，真的读进去了，肯定大见成效。料不到的是我选了社会学，投在梁玉阁教授门下，她是个不注重读书，而注重社会调查的学者，分配给我的任务是调查文史会换届代表的文化背景，等于是将我推进了一个是非窝子。虽说有雪姐为我制订了FH计划调剂着，也激励着，可是费思虑费精神，一点也减少不了我的精神压力，一点也缓解不了我的抑郁的症状。在大同宾馆花园里散步，突然就对何先生发了火，固然有女人对喜爱的男人发嗲的意思，但那种陡然而起的狂躁，谁又能说没有抑郁的成分？

多日来，倾注于折校，我的情绪平和了许多。

何其愚教我，折校时不要光在书上批注，应当准备一个大点的本子做笔记，一条一条记下来，这样能前后照应，发现一些问题。本子大点，宽松，看起来舒服，还说女孩子做笔记，喜欢用小本子，不可取。

听了他的话，我用的是一种十六开的笔记本，厚，格子也比平常的宽些。

真是个好办法，刚校完，我就有个重大发现，就是这家出版社，只管没完没了的印书挣钱，对钱先生的这本书却不怎么负责，好些该改的错处二十年了，一直就这么错着。这事儿，我趁上班的时候跟郑主编说过，说我想写篇文章就叫《〈围城〉里现在还错着的字》，老郑说文章可以写，名字不该这么直愣，是不是叫成《〈围城〉里还应再掂量的字眼》。我笑他老奸巨猾，真要写了，还是听了他的话。

星期六动的笔，此刻是星期日下午两点，吃过午饭没休息，一直整理着。我是在稿纸上写的，完了再录入。不觉已是九则，自个儿都觉得很有成就感，停住笔，从头检查一遍，看有什么漏了的地方。

开头是个引子，挺俏皮的。

这篇文章原先拟定的题名是《〈围城〉通行本里的错字》，经一位老于世故的朋友提醒，才改成这么个没骨气的名字。想想都有些后怕，若叫了原先的名字，只要有一个字不错，钱迷们准会说我是佛头着粪——自个儿找屎（死）。

九则里，我最得意的是第二则和第七则。

（2）第110页第2行，失恋继以失业，失恋以致失业，真是摔了仰天交还会跌破鼻子。

（7）第52页倒数第11行：不过演讲是站在台上，居高临下的；求婚是矮着半身子，仰面恳请的。

这句话里，粗心的读者不会觉得有什么不妥。再看一下，"求婚是矮着半身子"，没错呀，不矮着半身子难道会直挺挺地站着吗？你若是南方人，我不能怪你，若是北方人，再想想，"矮着半身子"，你会这么说吗？这样的情形通常的说法是，矮着半个身子，或矮着半截身子。我是"折校"过全书的，1980年的重印本上，确也是"半身子"，那就不是编辑的责任了，他是照着钱先生给的本子排的校的。

真的钱先生会这么写吗？我总有些嘀咕。

且推测一下，钱先生会给个什么本子。我想，绝不会是又重抄了一遍给的。有初刊本（实则是多本刊物），有初印本（晨光公司印行），只会是给了个初印本。他的修订，据他说，是"乘重印的机会，校看一遍，也顺手有节制的修改了一些字句"。（《重印前记》）也就是说，他在初印本上做了些勾画增删。那就看看初印本上是怎样一个情况。

一查就查到了。《汇校本》第66页倒数第3行明确写着：求婚是矮著半截身子，仰面恳请的。下面的注中，只说"著"改为"着"。按《汇校本》的凡例，这样印出，说明初刊本、初印本都是"半截身子"。而重印本第57页第4行却成了"求婚是矮着半身子"。能说是早年在清华念了四年书的人，把这么个北方人念起来通顺的句子，改得这么别扭吗？谁爱信信去，我是不信的。

还要往下写，睿睿过来，坐在床边直愣愣地盯着我。

她不说话，我也不说话，我知道她是要我问她的，我偏不问，不一会儿，心里毛了，还是我先开了口。

"睿睿，这是怎么啦？"

我担心她在学校受了什么委屈，叫谁欺负了。

她还未开口，"说呀！"我急了。

"我爸去学校看我了。"

竟是这么一句话，周六周日都在家，要去只会是这周的周一到周五。

"哪天？"

"星期五中午，还领我到外面吃了肯德基。"

我说那你咋不早跟我说，睿睿说她爸不让跟我说。"那咋今天就说了？"我有些生气。睿睿说她觉得还是跟妈妈说了好。

"你爸跟你说啥了？"

"他说你没良心，渠家供你念书，现在到了太原，看不起他了，他受不了这个气才要离婚的。"

"他还放了些什么狗臭屁！"

"说你心太高，气太强，将来准没好果子吃。要我安心学习，我将来的教育费他会负担的。又说，我要是个男孩子就好了。"

"这才是他们渠家的病根子。"

此一刻，我觉得我的抑郁症又要犯了，胸口憋闷，脸颊发烧，由不得就想破口大骂，面前是女儿，只能强忍着，人却是痴痴地说不出话来，睿睿也像是吓着了。

"妈妈，"睿睿忽然扑过来，抓住我的手臂，哭着说，"我不想让你们离婚！呜呜呜！"

"这由不得妈妈呀！"我的心软了，不由得滴下泪来，"睿睿，没有十分奈何，我也不愿意拆散这个家庭，可是你也看到了，你爸都带着他的情妇来了咱们家，你爷爷你奶奶来了，分明是要把我赶出去。我现在是先要保住这个房子，离了婚有个住处。"

"妈妈，不管啥时候，不管怎么着，我都跟着你！"

有睿睿的这句话，我心里平舒了许多，又问了问学习上的事，睿睿过她那边去了，我的心却再也放不到稿子上了。

这篇文章，以举例为主。题名《〈围城〉里还应再掂量的字眼》，用的是商榷的口气。提出商榷的是我，要商榷的对象，可不全是这家出版社的编辑，也有作者钱锺书老先生。他老人家在《围城》重印本上的《重印前记》里说，他"乘重印的机会，校看一遍，也顺手有节制地修改了一些字句"。折校完，我数了数，他老人家打了埋伏，他修改的字句不是"一些"，而是多达一百多处。好些是无伤大雅的，比如把状语后面的"的"改为"地"，做连词用的"跟"改为"和"。有的可就不一定了，比如有个地方把"居然"改为"侥幸"，意思就有了差别。我以为我这篇文章，指出编校上的毛病，不过是为出版社做义工，我不做别人也会做，而提出跟钱老先生商榷的字眼，才是一展小女子的雄才大略，不对，该是雌才大略。

翻翻草拟的提纲，写在三页十六开纸上，提给编辑商榷的共十二则，还有三则未抄，提给钱先生的有十一则，还未整理出来。看看时间，才十点半，做午饭还嫌早，那就把前面的三则写了。电脑上做这种事儿，快当得很。受方才心情的影响，这回我不说俏皮话了，只把错处列出来就算了。

这三则里，最得意的是第十二则。

（12）第99页第4行：我深恨发明不来一个新鲜飘忽的说法，只有我可以说，只有你可以听，我说过，我听过，这说法就飞了，过去，现在和未来，没有第二个男人好对第二个女人这样说。

这是方鸿渐给唐晓芙信中的话。前面既然说了"只有我可以说，只有你可以听"，下面假设了这种可能该是怎样的情形，只会是我说了你听了如何如何。而信中，接下来，竟是"我说过，我听过，这说法飞了"，这里的第二个"我"，怎么也该是"你"。

　　你或许会说钱先生这里的意思是，我说了，我听了，也就知道是你听了，有后面的"第二个女人"云云，不会有理解上的讹误。错得太明显了，往往不会造成理解上的偏差，这或许该是认识论上的一个定律。我们只能以常情常理推断，不会因为太明显了，就不以为是错了。还有一个较为有力的佐证是，初刊本初印本上都是"我说过，你听过"，何以到了1980年的重印本上就成了"我说过，我听过"。钱先生已作古不好说别的，只可说编校人员一时疏忽了。

　　这一部分完了，检查一遍，没什么错的，关了电脑下楼做午饭。睿睿受了委屈，做顿好饭安抚安抚，米饭就米饭，炒个她爱吃的鱼香肉丝，还有我爱吃的清炒荷兰豆。正在择豆角，睿睿在楼上喊："妈妈，杨阿姨的电话！"

　　我知道没好事，赶紧上楼去接，一听是我，雪君那边的话，就跟屎盆子一样扣了过来，不像是个女人说女人，倒像是一个凶悍的男人，在骂一个没出息的弟弟。

　　"好哇，你行啦，手机手机你不接，座机座机你不理，这会儿不是睿睿喊还不会接。说吧，去大同浪了一圈，逮住几个老虎！没有？没有，你这会儿这么消停。写文章？写文章能一写这么多天？别犟嘴了，下午天凉了，到滨河公园修雁丘的地方，好好聊一聊！"

　　"好的，好的。"

　　再要说不去，听她的口气，真能把我吃了。

第二十四章

雪姐也真是的，电话里那么凶，见了面也还笑意盈盈的。我说上午通话，你厉害得能把人吃了，这会儿见了你心还嗵嗵地跳呢。

"不那么厉害，你能出来吗，这是大同回来，第三次叫你出来了。"

见睿睿跟在后头，又夸睿睿，这才几周不见，像是又蹿了一截子。我说十四岁了，正是女孩子长个子的时候。

我是开车来的，听说要去滨河公园，睿睿说她也要去，去就去吧，家里又热又闷，到了饭时，跟雪姐三人在附近的海底捞，吃次小火锅，也算是对雪姐表示了歉意。

河边就是凉快，刚从铁栅栏门进来见了雪姐，还不觉得什么，穿过树林往前走，走到岸边的草地上，就明显感觉到了。轻轻的凉风，不像是吹来，倒像是婴儿胖胖的小手在脸颊上抚弄，凉凉的，也温温的，由不得就想做个深呼吸，这婴儿像是刚洗浴过，身上还有一种爽身粉的味道。

睿睿在跟前，不便深谈什么，我能猜到的话题只有一个，就是那天跟潘国辉在银昌盛唱过歌后，雪姐惊异她这个丈夫，过去蔫蔫的，自那天晚上起，跟换了个人似的，趴在肚子上推都推不开。她要问我，那天给了国辉怎样的调教，她也要如此办理，让国辉的雄起之势，长久地保持下去。

雪姐说得不假，前些日子，她的确来过两次电话约我出来，一则是我在写给《围城》挑错的文章，再则知道这是个无聊也委实说不清的话题，都借故推托了。今天见了面，这话题她肯定会提起的，该怎么回答呢，我确实没施了什么法术，不过唱歌的时候蹭了蹭，可男女唱歌挨挨蹭蹭，谁又不是呢，只有好言搪塞了。

路过一个冷饮亭，雪姐买了三个草莓冰激凌，一人一个，睿睿谢过雪姐，蹦蹦跳跳地前面走了。

"啥事情，这么忙！"

不是问，是感慨。我能感到，她是知道我心有提防，才远远地起了这么个话头。

我如实相告，说是原先就对语法感兴趣，最近得到一本《围城》的老版本，对照着读，竟发现有好些该改没改的错字，还有一些作者修改时自己改坏了的句子，正在据以写篇商榷文章。光折校全书，差不多就用了两个星期，还得去编辑部上班，还得去文史会帮忙整理材料。

她知道我这都是搪塞，忽然就对我批评《围城》感了兴趣。

"你是说钱锺书修订自己的书，把有的句子改坏了？"

"是呀。他写的时候是在新中国成立前，没什么顾忌，现在重出，有些地方就不能不有所顾忌。有了顾忌就要改，顾忌是没有了，文理却不通了，这还不叫改坏了？"

"哦，有这么严重。《围城》一出来我就买下看了，去年还重读了一次，你举个例子我听听。"

文章里写过的例子，有的一下子想不起来，有的想起来了，又觉得三言两语说不清楚。有一个例句掂量了再掂量，没有用上，因了这掂量，也就记得格外清楚，便对雪姐说了。

"书中第五章，写一行数人前往湘西的路上，在鹰潭住进一家客栈，有个叫王美玉的妓女也住在这儿。这女人的出场，书中是这样写的：他见顾尔谦在看他，便对顾一笑，满嘴鲜红的牙根肉，块垒不平像侠客的胸襟，上面疏疏地缀几粒不肯露脸出头的黄牙齿。"

"这有什么，挺好的呀。"

雪姐颇不以为然。

"你再听，"我说，"这句话里，'像侠客的胸襟'在《文艺复兴》杂志上初发表，在上海晨光公司出书时，都是'像志士的胸襟'。1980年出重印本时给改了，改成'像侠客的胸襟'，还不是因为一说志士，会联想到革命志士吗？怎么能用革命志士的胸襟来比喻女性疙里疙瘩的牙根肉呢？老先生这么一掂量，只有让古代的侠客去吃这个哑巴亏了。"

"你呀，真是刁钻古怪，连钱老先生的头上也敢动土。"

说是这么说，听得出来，对我的挑剔，她还是赞许的。

"你倒是说说那天——"

我知道该这个话题来了，正思谋着该怎样应对，前面传来一阵响亮的舞曲，睿睿已跑过去了，雪姐也打住不说，一面瞅着一面加快了脚步。

听声音像是新疆舞曲，我也觉得好奇，紧跟着赶了过去。

我们是朝南走的，这儿已是迎泽桥下，宽大的桥面覆盖在上头，加上粗大壮实的桥墩，桥面是后来加宽的，桥墩也就多了几个，使整个桥洞不像个涵洞，倒像个大厅。跳新疆舞的这一摊，只占了临河的一个边角，那几年还没兴起后来的广场舞，这摊子只能说是练舞，也可说是教舞。教舞的是个壮硕的中年女子，个子高高的，脸面白白的，只是下巴有些尖，不像新疆女子下巴那么方正。也不是什么正规的音响，就是一个放磁带的三洋牌录音机，搁在桥墩突出的棱沿上，敢说三洋，是我从桥墩一侧走过，见了机身上一长串英文字母认出的。

那个女教头看起来壮硕，跳起来却是轻盈灵便，虽是热天，穿着短靴，配上裙子，更增添了新疆舞的风韵。最妙的还不是舞姿的轻便，而是介绍动作要领的语言，真叫个生动，真叫个风趣。

"新疆舞表现的，多是男欢女爱，相互追求与表白。男人的这个动作，手臂前后摆动，不时打个榧子，意思就是说，嫁给我吧，嫁给我吧！女人这样摆动前臂，摊开手掌，一会儿伸着，一会儿竖着，不停地摇着，等于在问房子有吗，车子有吗，哎呀，妈妈不同意，哥哥不同意！"

像是早有默契，人群里走出一个中年汉子，耸动肩膀，矮下身子，两人对舞起来。

那女人的身姿真是够灵活的，展开手掌，前后摆动，又是捂胸口，又是扭脖子，眼睛频频眨动，脚步轻快挪腾，肢体的语言也像是变了，成了这个不同意，那个不同意，阿哥呀，可是我同意！

跳过一曲，中年汉子退场，那女人朝一旁的围观者招招手。

"来吧，跟着我跳起来！"

说着，转过身子，背对众人，先是扭肩膀，后是摆手臂，教起了基本动作。

睿睿上三年级时就学过舞蹈，在人群外跟着学了起来。

雪姐用肘子戳戳我，我领会了，过去跟睿睿打了个招呼，往回走去。

我的冰激凌嗓完了，将纸杯扔进路旁的垃圾桶，走了两步，跟雪姐并了肩，她也嗑完了，顺手扔在地上。我放缓脚步，待她走过去，弯腰捡起她的纸杯，后退两步扔进垃圾桶。我不认为这是她没教养的表现，她是要跟我说事儿，情急之下一时疏忽。

"哎，绒仙，这次你们编辑部在大同开会，我看了报上的报道，说文史会的几个大咖也去了，这么好的机会，FH计划总该有个漂亮的收获吧？"

"雪姐，看你说到哪儿去了，学术会议，谈论的都是学术话题，跟谁谈情说爱呀！"

"谁让你谈情说爱啦，如今在外地开会，都是一人一个单间，你不是说文史会有瞄上的吗？晚上打个招呼不就过来把事办了。"

"倒是单间，可那个口是那么好张的吗？"

"哪用张口，来个飞眼吊膀不就得了，又不是不会。"

"哎呀，看你把我说成什么人啦。"

雪姐不高兴了，说我近来总是跟她嘻嘻哈哈打马虎眼，越是这样她越是觉得我背着她得了手，且不止一个两个。FH计划是我俩商量好了的，提议的是她，为的是我，她这么一说，我也觉得自己对人不起。

走了几步，雪姐又开始给我物色人选了。

"那个何其愚，报上说是去了的，你不是对他挺有好感的吗？"

她提起何其愚，我倒觉得跟何先生的事，是该跟她说说的。

说了那天傍晚，我跟何其愚还有陈侃，三人在宾馆南侧的花园里散步的情形，连一些细节都说了，比如有两次我用光光的胳膊蹭了蹭何先生的手臂，还说了几句憨不唧唧的撩逗的话。

"那就没一点动静吗？"

"我觉得他还是感觉到了的。"

"你呀，还是太温柔了些，这种场合要有大胆的表示，比如掐上他一下，等于什么话都说了。"

"哎呀，那一会儿的感觉是，我总算把自己打造成了自己年轻时最厌恶的那种女人。"

"后来呢，成了吧！"

我说了在大同后来的事儿。我的示好没被何先生理解，待我问他对我的看法是什么，他说了个"浮"，我马上想到"浪"，不由得就发了火，快步走开，回我的房间，伏在枕头上哭了起来。

雪姐说发火是对的，发火也是一种表达，只是不该走开，要蹲在原地嘤嘤地哭，等他来哄，再贴在他怀里哭个稀里哗啦的，让他揽着你进到房间，事情准成。

"咳！"我叹了口气，"当时也是急了，觉得好心当了驴肝肺，要是冷静些，跟你说的这样，也许真的就成了。"

怕雪姐笑我没出息，做不成个事儿，我说我真的对何其愚有好感，真的想在践行FH计划中，先将何先生拿下。她问我有具体的办法吗，我说这两年太原开了许多洗浴中心，听说有单间，我想把何先生约出来洗脚，趁便就办了。说到这儿，向雪姐提出一个小小的要求。

"你见多识广，可知道离文史会不远的地方，哪家洗浴店又干净又隐蔽，到时候我好约了何先生一起去，我总觉得我约他，他不会拒绝。"

"嘿，我还真的知道这么个地方，是我的一个好朋友开的，名字里有个兰，我们都叫她兰娘娘，你叫她兰老板就行了。她那个店就在府北街上，那儿不是有个御碑阁吗，她租的御碑阁的房子，就叫御碑阁茶苑，说是茶苑，洗脚洗浴都方便。那儿实行的是会员制，我是金牌会员，惯得很，你什么时候要跟何先生去了，先给我个电话，我让兰娘娘安排就是了。"

"谢谢雪姐，这回保证完成任务！"

说着，双腿一并侧过身子，竖起手掌，举到额角，向她行了个军礼。

又走起来，快到漪汾桥下了，我以为雪姐该问起国辉的事了，还是个没有。她知道姜宁亭也去了大同，也知道姜宁亭老纠缠我，问这次到了大同，姓姜的不会老实吧。

这事是可以坦然相告的，我说了在高山城参观怀德桥，到了桥下面冷不防姓姜的从侧面过来，在身后拍了我腰一下，要不是陈侃就在桥洞那边站着，姓姜的不定还会有什么下流动作。

"怎么，他后来又下手了？"

我说不是，是他调戏我的时候，何其愚正在那边桥上往下看，看见了姓姜做的丑事。这没什么，怪的是第二天晚上在宾馆院里散步，说起这事，何其愚说姓姜的不会停手的，我说我都这么训了他，他能不停手吗。何先生说，姜宁亭有一套降服女人的理论，说是再刚烈的女人，只要放倒，压在身子底下就服帖了，你还没有叫他压倒过，因此上他也就不会死心。

"你别说，好些坏男人都信这一套，还有个说法是再厉害的女人，只要压在身子底下，就剩下哼哼了。"

"那就叫姓姜的试试！"

说话间，我们已经过了停车进来的铁栅口。

我很想问问雪姐，是不是姓姜的在她身上也用过这个手段。想了想，这话太伤人，也就咽了回去。不过，在应对觊觎者的纠缠上，她确有一套高超的手腕，我多次听她说过那句委婉了许多的话："我总能成功地把追求者变成听我调遣的铁哥儿们。"可说是闺中箴言。

"妈妈！"

背后，睿睿呼叫着撵了过来，到了我俩跟前，做了一个施礼的动作，就跳起了新疆舞，一边跳一边学着舞蹈阿姨的腔调说着："有房子吗，有车子吗，妈妈不同意，哥哥不同意！"我不会跳舞，退到一边。雪姐是全才，迎上去左右摆动胳膊，跟睿睿对了起来。睿睿真有跳舞的天分，脖子扭动起来，俏皮极了。

我们又走起来，雪姐夸睿睿，身姿优美，是跳舞的好苗子。

"我什么时候去了新疆，一定买一套真正的新疆女孩儿的裙子和靴子，送给睿睿穿。"

"杨阿姨，我爱您！"睿睿脆生生地表示感谢。

这时我们已穿过了漪汾桥的桥洞，看见规划的雁丘园那边，灯火通明，高高的脚手架，似乎已勾勒出雁阁的高大的轮廓，太高了，我多少有些吃惊。

"雁阁那么高，有三层吧！"

"好多人都说两层就可以叫阁了，刘局长不同意，说修个古迹就要让它祖祖辈辈都能说得过去。后来定下，明里三层，实际上除了底层，每两层之间还有个暗层，总起来有五层高。估计秋天就建成了。"

返回去，出铁栅口，上车前，我问雪姐，原想着你会问国辉哥强壮了的事，怎么就没提一句呢。雪姐说，她倒是想过，可是没有说，觉得追着问这样的事显得太没意思了，毕竟当下治我的抑郁症是头等大事，遇事得先从紧处来嘛。

一瞬间我觉得，雪君姐，真当得起那个雪字，晶莹纯洁，相比之下，我的格局还是小了许多。

雪姐的车也停在这个停车场，为了便于停好车进公园，停车场跟公园之间有个铁栅栏口子，怕有人推着自行车进来，原本四方的铁栅栏中间又插了一个铁栅子。自行车是进不来了，人进来出去，平白地增加了一个障碍，先得侧着身子横跨一步，再扭转身子横跨一步，才能进来或者出去。睿睿先过去，雪姐在我前面，我紧跟在她后头，她来得早，车停在离铁栅口不远的地方，像是看见了车，又想起了一件事。

"公司在沁源县揽下一个电建项目，让我先去考察一下，没人相跟，就我一个人开车去，你要不忙的话，咱俩一起去，去了可以上灵空山玩玩，听说风景美极啦。"

要是往常我会答应的，这次不行，当下就回拒了。

"我哥前两天来电话，说他这几天要来太原，来了我要陪他回孟门给我妈上个坟。"

第二十五章

哥哥当下来不了，我得抓紧做我要做的事。

总算把何其愚约出来了，FH计划的第一个成果就是他了。

地方是前些日子雪姐给介绍过的御碑阁茶苑。怕当天有事，我是头一天下午上班时，给何先生打的电话，他想了一下，说没问题，准去。为了万无一失，头天晚上我还把雪姐请过来，商量该如何打扮自己。

睿睿在她那边做作业，我两在这边，把衣柜门打开，挑选该穿的衣物。

天热又有那样的打算，穿裙子没说的，是长裙子好呢，还是短裙子好，我两有了分歧。我说短的好。雪姐笑了："利索，一撩起来就行了。"说着还在我的胳膊上轻轻地掐了一下，我没说什么，等于是认可了。看见靠边上有一两件湖绿色的碎花长裙，雪姐伸手取出，在我身上比画了一下，说短的不好，就这个，我一看，这是我长裙里面最长的一件，几乎等于睡裙，只在夏天的夜晚，跟宝成一起遛弯儿时穿过几次。"太长了吧？"我有些犹豫。"就要这个效果。"接下来讲了她们电利公司一个女同事给她传授的经验。

说这位女同事，人不是多么漂亮，唯一的长处是白净高挑。她发现，每到夏天，此女总是穿浅花的长裙，长到快遮住脚面，脚指甲上总染着红艳艳的指甲油，鞋呢，总是细襻带半高跟，走起路来娉娉婷婷，别具一番风采。一次两人共同外出办事，路上她就向此女请教，何以如此装扮，此女一句话让她大为赞赏："给男人的感觉就好像你是在被窝里躺着！"说着还翘起脚板扭了扭脚指头。当时她两是坐在公园的长椅上说这些话的。

我就是依照这个精神穿戴起来，来到御碑阁茶苑的。

以前没来过，早早来了，先看看设施，何先生来了，动作起来心里有谱。

雪姐打过招呼，我一进门厅，兰老板就碎步迎了过来，上下打量着我一身的装束，连声夸赞。

"行，行，准行!"

意思是什么，我当然明白，不回应，只是抿着嘴唇想笑。进了茶室，就是那个配殿，正面跟普通茶室差别不大，只能说更其雅致也更其华贵。一个穿旗袍的女孩儿正打理台面，前面有三张实木方桌，一边一把红木的官帽椅。这不是我要的地方，我定的是包间。

包间有两个，一个是中式的，一个是日式的。中式的是雕花大榻，中间一个红木炕桌，我一看就想起民国时期抽大烟的人，就是卧在这种榻上，故而也叫烟榻。陆小曼和翁瑞午，就是在这种榻上，脸对脸抽大烟的。外界传言，说两人怎样怎样，徐志摩听闻，说了句很男人的话，说烟榻上可以谈情不能做爱。看了这个榻，我就想，推开小炕桌，两人脸对脸抽大烟，谈至情浓时，做爱不过是一翻身的事，如何就不能呢，徐诗人不过是聊以自慰罢了。

"这边的好!"

兰老板说着，领我进了隔壁一间。两边是木榻，挡头又相连。中间凹下去，又有一个长条茶几，搭在两边。这种日式雅座，我在别的饭店也见过，滨河东路上就有一家，我和雪姐品尝过那里的生鱼片。这样的雅座的好处是，两人面对面靠得近，腿可以舒适地搁在下面。

"这还不算，你看!"

兰老板蹲下，扣住什么推了一下，下面的一块木板就升了上来，露出一个方方的口子，再一拉，一块带格的木板就滑了出来，上面是两个柏木箍成的脚盆。

"点了汤沐，一开始是一人一个，水里撒着干了的樱花叫樱花沐，过上一阵，再换水的时候，是一个大点的脚盆，两个人的脚全放进去，叫鸳鸯沐。"

"沐完脚就可以做别的事了?"

"看把你急的!"兰老板在我手上一拍。"沐完了，"她总说沐而不说洗，"技师进来，给客人揉腿捏脚，修剪脚指甲。再下来，门一闭就是客人自己的事了。"

"啧啧!"

我不知道，我的如此表示，是赞美兰老板的创意呢，还是为自己消受得起消受不起而担忧。兰老板看出来了，又及时给予指点。

　　"能不能成事，全看最后的微型鸳鸯沐，脚指头会说话的。"

　　"四只小鸳鸯！"我笑了。

　　"还是这间好吧？"

　　"就它了！"

　　旁边那间，那个雕花大榻，总让我想到烟榻。从格调的高雅上看，还是这个日式包间相宜些。至于最后一个程序能否完成，那就全看两个人的兴致了。

　　"你看这个！"

　　兰老板做了个示范动作。

　　那个架在凹处的小茶几，很是轻巧，往里一推就转了过来，靠在墙边，意思是这边榻过到那边榻不用下来，小茶几一推就行了。

　　"没看清这个吧！"

　　将小茶几又复了原位，兰老板伸出兰花指，捏起小茶几上的小茶杯，转着圈让我瞅。我一瞅，惊得眼都直了。茶杯的外圈，又白又细的底子上，竟是一幅五彩的春宫图。一男一女，罗衫拖地，玉腿相互交叠，好事正在进行中。

　　又指着茶罐说，一种是上好的碧螺春，一种是台湾的冻顶乌龙，最好的是，先品碧螺春再品冻顶乌龙，乌龙劲儿大提精神。又说旁边小柜的清酒里，她加了几滴汾酒，让我少喝，劝男士多喝。

　　"准成，准成！"

　　退出包间，回到门厅坐下，兰老板仍不忘给我以鼓励。

　　"绒仙你好哇！"

　　哦，何其愚先生进来了，我急忙起身迎了上去。

　　"我是不是来得早了些？"何先生说。

　　"不早，不早，马上十二点了，正当其时。"

　　进了日式包间，何先生倒没觉得什么，很自然地让了一下，就在他站的那边上了榻，坐在小茶几的一侧，双腿自然垂了下来。我正诧异他竟如此娴熟，思忖自己是不是也该上榻坐定，兰老板进来做个手势，让何先生先下来。后面跟着个女孩子，双手捧着的一个黑漆木盘里，摆着一男一女两套和服。

　　"先生，先沐浴，换上和服再上榻。"

"哦，有这个讲究。"

何先生笑笑，顺从了。

旁边就是卫生间。

女孩儿先送进男士和服，又端着女士和服站在榻边。

一会儿，何先生头发湿漉漉地出来了，兰老板递上干毛巾，擦拭过后。身着和服的何先生，看去跟换了一个人似的，显得又和善又英俊。

女孩又送进女士和服，兰老板使了个眼色，我赶紧进了卫生间。

再出来时一身白底小梅花的和服，脚下是木屐拖鞋，一时间觉得自己成了一个优雅的日本歌伎。

兰老板亲自给沏上茶，头一壶果然是碧螺春。提高茶壶，泻出淡绿色的茶汤，摆好茶杯，还特意将有春宫图的一面，对正了何先生。

"这茶具，可是专为二位预备的!"

这话就多余了，我瞅了瞅何先生，他倒不动声色，好像什么场面都经过似的。

"慢用!"

兰老板做了个手势，退了出去。

方才送和服的女孩儿进来，开始鼓捣微型鸳鸯沐。因为增添了洗浴这一项，单盆洗脚就免了。我以为何先生定然会尴尬的，没想到他竟然神色坦然地领受了。任凭两人四只脚，相当于四只小鸳鸯，在下面自由自在地戏水游乐。

脚在下面，你钩钩我，我蹭蹭你，像是别人的，上面一点也不妨碍我们俩谈文论道。

电话里说有两个学术问题请教，不过是信口胡诌，实际上想的是，由学术谈到人生，渐次入港，最后实现给代表登记表加一项的目的，进而达成我的FH计划，将这个我喜欢的学者一举拿下。按雪姐的提示，这两件事也可以调过来，先将人拿下，后完成登记表加项，我觉得那样做就太卑劣了，成了先以色相拖下水，再胁迫做件坏事。盗亦有道，何况我还没到盗的地步。

说什么呢，一时竟舍不得开口。从两人脚进盆里的蹭揉，我就能感觉到何先生对我是多么的喜欢。兰老板这个设计太有创意了。想想若两个人坐在明处，脚伸进同一个木盆里，会是多么的难为情。这倒好，是脚在暗处，自得其乐，关我两个人什么事儿呢？

我笑笑。

他也笑笑。

脚在下面，先是我拿脚趾在他脚背上挠挠，后是他拿脚掌在我脚踝处蹭了蹭。

我笑了，他也笑了。

总不能老这么干坐着，得先说个什么才好。想到他送我的老版《围城》，我说我折校完了，还写了一篇文章，他表示赞许。

谈话这种事，有个说不来的规律，开了头就跟开了口子一样，总有可说的话题。想起在编辑部，曾跟老牛陈侃说的丈母娘培训的话题，觉得挺有意思的，我倒想知道，像何其愚这样刁钻讨人嫌的人，是不是经过了丈母娘的培训。

大致说了我们的谈论，便将话头甩给了他。

"呵呵，"他笑了，"这个问题，我可从没有想过。"

"现在想，也是一样的。"

我甜甜地一笑，自己都觉得自己眼里秋波荡漾。

他还真想了想。

"从环境钳制上说，有丈母娘跟没有丈母娘是不一样的，娶了媳妇，还有丈母娘，等于是双重呵护，也可以说是双重制约，若说培训，那就是双导师制了。一般来说，丈母娘若是个厉害女人，那是要调教调教这个夈毛女婿的。"

"我看何先生像个没调教好的，要不不会这么刻薄，这么讨人嫌，当然也不世故，有讨人喜欢的地方。"

何先生苦笑了一下，说我算是说对了，他不是调教的好不好的问题，是根本就没有丈母娘调教过。他媳妇是孤女，七岁上死了妈，九岁上死了爹，是奶奶一手抚养大的，嫁给他没几年，奶奶也死了。他又比媳妇大了好几岁，这个媳妇对他是百依百顺，一点也没有要管制的意思。因此上，在家庭生活上，他是只有享用而无拖累，既无好的调教，也无坏的引导，自生自长，好在枝条也还舒展。

记得舒玉跟我说过，何老师的夫人叫玉娘，比何先生小好几岁。

"师母叫玉娘？这名字太好听了，像《聊斋》里的名字。"

"玉娘是个苦孩子，姓温，原来叫温玉良，往太原迁户口时，名字都是手写的，我就给良字旁边添了个女旁，办事员也没细看，到了太原就成了玉娘。又正好赶上头一次办身份证，这个名字就成了铁板上钉铁钉了。"

"再厉害的女人，叫了这么个名字，听去也温柔多了。"

我说这话是有暗示的，何其愚老师听出来了，又往他那边扭扭。

"她这个人，叫成什么，也改不了刀子嘴豆腐心的秉性。"

何先生这个说法，跟外界的传闻不一样，跟上次在他家的谈话也不一样。上次在他家，说媳妇再厉害，训了骂了也不用打破伤风针，等于承认了媳妇管他管得很严。只是这种事不能细究，什么时候承认严，什么时候又说宽，全看在什么场合，是怎样的兴致。谁都会这样，只能说何先生脑子好，辩才无碍，方的圆的都能说个滴水不漏。

既然他不存在这个问题，话头已提起，我不想空撂了，想往开里绽绽，听听他对别人的评价。

"那何先生说说，你们单位里谁是丈母娘培训出来的好男人，没关系，就随便说说嘛。"

"要叫我说呀，吴悦台该是头一个。"

"噫，这倒是我没想到的，我总觉得你对他是有看法的。"

"有看法是有看法，对品质的看法，跟对他工作能力的看法是两回事。从言谈话语为人行事上看，他是受过丈母娘和媳妇双重培训的好男人，只可惜他的心太大，不是想着当个大学者，而是想着当个大官，这就坏菜了。慈不掌兵，善不为官，他这种德行，当个副职没什么，当了大官，只会坏了好名声，不信往后你看吧。"

吴悦台还没当上大官，话只能说到这儿。

我尽量想营造一种闲聊的气氛，减少论人是非的感觉。装作突然忆起似的，说来文史会帮忙，这些日子跟姜宁亭先生坐在一个办公室，闲了不免说说闲话。有一次说起何先生，姜先生让我猜猜，何其愚的模样，像哪个电影里的哪个演员。我没多想，猜的都是些名演员，说了《芙蓉镇》里的姜文，《天云山传奇》里的石维坚，太英俊的我也没敢说，比如《牧马人》里的朱时茂就没提。我提一个，姜主任否定一个，末后笑着跟我说，你看何其愚像不像《咱们的牛百岁》电影里那个男演员，饰懒汉田福的那个。这个电影，我在柳林时看过，当时很轰动，我喜欢的是演菊花的王馥荔，据说有天下第一嫂之称。演田福的那个男演员，憨憨的，很逗笑，叫什么确实记不起了。姜主任见我看过这个电影，特别提示，说饰田福的是陈裕德呀，你看何其愚那个人，斜眉溜眼的不是跟陈裕德很像吗。

"呵呵呵！"何其愚听到这里，忍不住笑了，先还吭吭哧哧地想憋住，终于还是笑出了声。"姜宁亭是这么说的吗？太精彩了。《咱们的牛百岁》前几年演的时候，我也看过，我就觉得饰田福的那个演员跟我有几分像。我也跟你一样没记住演员的名字，可我记住了那个角色叫田福。"

"哦，你也这么认为？"

我有几分惊奇，人都是自以为美的，此人竟自以为丑。

"你瞅，你瞅瞅！"他抬起双手，一边伸出一指，往下抹抹自己的眉梢，又往上推推自己的眼角。"下梢眉，三角眼，这是我们何家男人面相的显著特征，有了这样的面相，不努力也得努力了。"

"这又是为什么？"

"没人喜欢，自己再不努力，不就全完了？"

"我倒觉得何先生这模样挺男人气的，一点也没有姜主任说的那种感觉。"

"他说我相貌不好，不过个由头，主要的还是想说我的品行不端。"

"哦，你怎么知道的？"

我大为讶异，那天姜主任在说了何先生长相像陈裕德之后，确实说了句他品行不好的话，原话好像是："在这个院里人品最差，没人朝理。"

"看看看，你不说我也能猜得出。"何先生给我续上茶，又给他斟满，抿了一口，这才接着说下去，"不过，我觉得他这回又说对了。"

"哎呀，何先生，你可不能老是这么打哈哈，他说个什么你都说他是对的，我就觉得这样的话，你听了肯定是生气的。"

何先生伸过手，捏了捏我的手指头，我在下面，用脚指头在他的脚背上挠了两下，算是一种亲热的回应。

"绒仙同志，算了，不同志了，就叫你绒仙吧。我有个人生的小感悟，是我在不长的人生里自个儿琢磨出的。就是在这个世上，一个人不能占全了，该让出去的东西一定要让出，你得有让人弹嫌的地方，甚至是耻笑的地方。又有才华，又想赢得好品德的赞誉，其贪鄙如同恶棍，欺了男又霸女，肆意侵吞社会资源。在这上头有点才的人，最该让出的就是好的品德。"

"可是多少人都想的是有才又有德呀。"

"你活，别人也要活，总得给难活的人，留一条好活的路哇。"

他这么一说，我全明白了，一方面佩服他的学理的缜密，一方面又暗暗告诫自己，记住，这是个心地歹毒的家伙，轻易招惹不得。

门一响，兰老板闪身进来，见我们还在啜碧螺春，没有换茶，说我们没换她来换，说我俩真会"品"。她说的是"品"，可当下听来便成了成"贫"，我不好意思地笑了。

"过了十二点，该上菜喝两盅了。这样吧，一边喝着，一边让技师过来捏脚，一会儿再有客人来，不知等到甚时分。"

"由你吧，你觉得怎么方便怎么来。"

我瞅了何先生一眼，算是征得了他的同意。

兰老板报了菜名，除了她的招牌菜，清蒸鲑鱼和小酥肉，还有日本生鱼片，俄罗斯鱼子酱，我摆摆手止住，说两个人，你看怎么好怎么上。酒呢？她问，按先前说的是日本清酒，我觉得还是要征求一下何先生的意见。问他清酒怎么样，他说还是老白汾吧，兰老板说那就是瓷坛汾了。

一会儿，酒菜就上齐了。随即进来一男一女两个技师，我还以为男的是何先生的，女的是我的，及至他俩蹲下，才明白，女的是何先生的，男的是我的，先是擦拭干净，再是慢慢揉捏。

给何先生揉捏的技师，就是原先给我们端茶送水的女孩儿，一面给何先生服务，一面还不忘我俩斟酒。见何先生仰着身子，双肘撑在身子一侧，又从柜子里取出两个厚厚的枕头，让我们垫在身子底下。斜躺着更舒服些。

茶具撤了，换上来的酒具，酒壶是豆青色的，很有日本风，酒杯是个六棱筒状体，白色外侧和茶杯一样，也是粉彩的春宫图。举起跟何先生碰杯的时候，我有意将那一面朝了他，还努努嘴，指指杯子，意在引起他的注意。他倒是瞅了一眼，又捻了一下他的杯子，将有春宫图的那面朝了我，"一样一样"，显得我没见过世面，大惊小怪似的。

"今天下午没事吧？"

"没事，有事次陇全办了。"

我心想，好，有一下午时间，且容我慢慢消遣，敲定登记表的事，还要降伏这个虎。

既然如此宽裕，不妨也谈谈学问上的事，在省城文化界，何其愚除了刁钻以外，有才华，有学问，是公认的。

有个小问题，还真得问问，是我前两天看稿子时遇上的。

今年是2001年，去年有人写文章，就说新世纪开始了，今年又有人写文章，说新的一个世纪，该从今年算起。

我提了出来，问该以哪个为准。

他说，他们审稿时也遇到过这个问题。最后几个人争论之后，达成共识。虚数可以从0算起，实数还是应该从一算起。比如坐标轴垂直相交的那个点，标明是0，往前一格便是1。学生用的米突尺，标厘米时，也是从0开始，过上一厘米标个1。0是计算上的数字，没有实际意义，年月是实在的，日积到一定数目才是月，月积到一定数目才是年。也就是说，这个年从它第一天算起，才算有这个年。这样算，只有进入2001年的第一天，才算进入了21世纪。

真是个聪明的家伙，我白了他一眼，心里满是敬意。

又敬了一杯，但愿他及早喝到微醺，据说微醺之际，才是男人最可爱的状态。

何其愚又抿了一杯酒，不光不醺，反显得更其清醒。我心里说，但愿这也是一种回光返照，一会儿就像孙行者降服妖精那样，说句"倒也倒也"，他就进入微醺，听我摆布了。我甚至想好了第一道指令该是"过来呀过来"，第二道呢，一想我自个儿先害羞了。

"绒仙，人们认为公历只是一种纪年法，以为这是一种历史唯物论，粗略看来，不无道理，但何以有此纪年法而不是有彼纪年法，世人从未深究。我以为这一切都是冥冥中的定数，暗中隐含着人类未知的玄机。这个2001年之初，发生了什么事儿，你晓得吗？"

他背部的靠垫，是够厚的，但对他将近一米八的身子来说，还是显得低了些，真的靠上去，有小茶几挡着，他就看不见了我的脸面。未必是这个专一的目的，该是想让他的脸面身姿，显出别一种狂放的姿态，让我看见，他支起半个身子。为了迎合他，我也稍稍欠起身子。在这四目相望的情境中，听他的一番高论，真有醍醐灌顶的感觉。男人就是男人，他们的英雄气概是女人难以企及的。

"公元纪年是西方人定的，耶稣生年为公元元年，看似偶然，存有一种必然。既以千年为一个纪元大单位，必有这个千年独有的蕴含，我以为有件事，可说是这个千年最大的征兆，不知你注意到了没有？"

他这么说，我自然不知底里，只能是略略抬高身子，用一种纯净的神态朝向了他，盼望他直截了当地说了出来，不必和我费神打哑谜。

他也意识到这一点，跟我这样自恃美色而实无根底的女人，犯不着再提示而白费口舌。

他说，本年年初，世界上发生了一件关于文化劫难的大事，好多人以为寻常，他则认为，有一种征兆在里头。什么呢，就是阿富汗的极端组织轰炸了位于阿富汗境内的巴米扬大佛。每当世界进入一个艰难的轮回，必有这种毁灭文化遗迹的大事发生。20世纪，中国发生过什么？不用他说，我也知道，而这次不是中国独自进行的什么革命，而是世界两大营垒在对峙中发生的文化事件。它的警戒的作用，昭示的意义，不言而明后，必有验证。

我又敬了一杯，他头一仰就灌了下去。

给我捏脚的技工，收拾起工具，友好地道了个再见出去了。给其愚捏脚的女孩儿，似乎愿意显示她更负责任一些，临起身，还将其愚的双脚揽在她怀里蹭了蹭，算是给了其愚一个丰厚的回报。此一刻，我都想过去接替了女孩儿的工作，坐在她坐过的圆圆的墩子上，给其愚揉捏一番。再将他的双脚揽在我的怀里，在他感到最舒服的位置蹭上几下。

也只是这么想了一下，待那女孩儿临离开前，跟我打招呼时，我特意向她行了个举手礼，这个怪异的动作，把女孩儿逗得笑出了声。

"吃呀，就着菜，这个鱼才动了几下。"

欠起身，给何先生斟了一杯酒。

"你也喝上点！"

他给我倒了半杯，碰了一下，他喝了，我也喝了，我怕醉了，没咽，趁低头时涸在枕巾上。

"其愚兄！"我的称呼又变了，更亲近一步，"听说你在学校已小有名气，我想知道你最初是怎么显示出自己的才华的。"

"过去的事了，说那个做什么！"

"说说嘛，人家爱听嘛！"

我在这边扭扭膀子，借着空气的震动传导过去，明显看出他领受了我的崇敬与娇憨。

"还在临汾念书的时候，就知道了你的大名。"

夸死人不偿命。只有让他飘飘然起来，才好下手。此一刻，我竟觉得自己好似《西游记》里那个阴狠的白骨精，已经闻到了唐僧的肉香。

他真的说了起来，说的是他上大学时的一件事。

他是1958年的生人，1979年考上南开大学历史系，已经二十一岁了。同班同学有应届生考上的，他比人家大了四五岁。那时，实行七年制，小学到初中毕业只需七年，加上高中三年，应届生上大学也就十六七岁。再就是高考前，他在镇上小学当民办教师，基础也比一般同学好些。那一年，南开算是扩招，刚入学宿舍还没腾出来。历史系和经济系的好多男生就住在学生三食堂的楼上，有一个月吧，才搬到七宿舍二楼。

历史系在南开，算不上重点学科，但是也有几个名师，比如系主任郑天挺先生，就是著名的明清史专家。他们入学的时候，郑先生已经六十出头，身体也不算好，主要带研究生，给本科班带的是"历史文选"。给他们上课的主要是冯尔康、李治安等中青年教师。学生水平不齐，老师基本上是从最基础的知识讲起，听了几个星期他就少了兴致。课还照常上，课余主要是钻到图书馆看书，最爱看的是二三十年代学者写的书，和写二三十年代学者的书。再就是，这儿那儿跑来跑去听名家的讲座。好大学就这一样好处，常有世界著名的学者开讲座，他就听过历史学家何炳棣讲明代税赋，生物学家牛满江讲基因遗传。看杂书听讲座的好处是，可以开阔视野，活跃思维，敢想些旁人不敢想的事。

"怪不得人家说你做学问，专挑没人走过的路子往上蹚。"

我不失时机地补上一句，他听了很是受用。

"你算说对了，有个留美学者，在讲座上说，苍蝇不叮无缝的鸡蛋，一个优秀的学者，选择课题应当比苍蝇还要高明，偏要在无缝处叮一叮，叮出一条缝来。"

"快说快说，你在哪儿叮了一条缝。"

他说，他看一本写无锡国专的书，说国专校长唐文治先生，清末进士，曾任农工商部署理尚书，晚年办无锡国学专修学校，亲自主讲诗词韵律。他创造了一种朗诵的声调，抑扬顿挫，韵味隽永，人称"唐调"。唐先生是进士出身，他就想到这种调子，一定是由古代传承下来，又经唐先生改进而成的，那么古人读诗赋古文又是怎样一个调子呢。

"哟，果然够玄的！"

我又斟满一杯酒，递了过去，给自己也斟了半杯，这次没吐，全咽了下去，胸口火辣辣的，待了一会儿，平复了，又觉得很是舒畅。

何先生那边，想来已进入半酣状态，声音明显提高了不少。

"我不是爱看杂书吗？一天从图书馆古籍部，借了一部线装书，叫《东坡文谈录》，元人陈秀明著。线装书，不准外借，我就在古籍部外面的小阅览室看，抄了一则。书中说苏东坡被贬，到了黄州，地方上仍给他建了一处房子，叫雪堂，长子苏过跟随，且有两个老兵侍奉，都是陕西人。有一天晚上，苏东坡在堂上读杜牧的《阿房宫赋》，读了好几遍，到了半夜仍不睡，每读一遍，即咨嗟叹息。两个老兵值勤，东坡不睡，他俩也不能睡，坐久了很是痛苦。一人操着陕西腔说，'知他有甚好处，夜久寒甚不肯睡，连作冤哭声。'另一人说，'也有两句好（西人皆作吼）。前一人大怒，说，'你又理会得甚的。'这个人说'吾爱他道天下之人不敢言而敢怒。'苏过听了，第二天告诉他参，东坡大笑说，'这汉子也有鉴识。'"

抿了口酒，接着说下去。

"我先引徐志摩《雨后虹》里几句谈私塾念书声调的文字，再引鲁迅的《从百草园到三味书屋》里说念书声调的文字，引申到唐文治先生的唐调再生发疑问，古人诵读诗赋，是何声调，落脚到陈秀明这则记闻上，得出的结论是，宋人读诗赋，其声调之凄怆悲凉，颇类北方乡村之《小寡妇上坟》。全文不足三千字，起承转合，都很自然，郑天庭先生代我们的历史文选，相当于中文系的写作课。写好之后拿给郑先生看了，郑先生大加赞赏，夸我小处着眼，文思缜密。这样的文章校刊上不宜发表，他推荐给《天津日报》的满庭芳副刊，稍加删节，很快刊出。我成了我们这一班，最早公开发表文章的一个学生，一下子在文科各系出了小名。"

我说，为什么不先说鲁迅，而先说徐志摩，他说徐文1925年发表，鲁文1926年发表，举证要先早后迟。那几年，徐志摩还不怎么吃香，先引徐文，让人眼前一亮，先引鲁文，就稀松平常了。

有人轻轻敲门，我应了个声，进来的是兰老板，见我们还是规规矩矩斜躺着，颇觉讶异，开了句玩笑。

"你们这些文化人哪，真能沉得住气，给了别的主儿，早把床板震塌了。"

也不管我愿意不愿意，招了招手，那个女孩儿进来将隔在两榻间的小茶几撤下，换上两块搭板，把两榻之间的凹处弭平，铺上一条长方的织锦。我俩身后原本各有一方织锦，都是山水田园图案，中间搭板上这条织锦一铺，两边就山水接续，阡陌相连，成为一个大榻了。

酒还是要喝的，菜还是要吃的，只是换了个小小的黑漆卧几，搁在我俩头部之间。

何其愚的酒量真可以，看倒酒时坛子倾斜的程度，半斤是下去了。我拢共不到两杯，他喝了当在四两上。刚才还像是微醺了，这会儿又像是刚进入状态。

"其愚兄好酒量！"

我不由得又夸了一句，他双颊酡红，还真有几分英俊的样子。

"嘿嘿，红袖斟酒，这情调不醉说不过去呀！"

能说出这话，也有三分醉意了。

"哎，其愚兄，我听说你曾专注于明清士人心态的研究，近来听说研究陈寅恪之外，又开始涉猎王阳明心学的探究，我听了觉得怪可惜，毕竟明清士人心态的研究像个大的历史课题，王阳明心学是不是蹈虚了。"

"是谢次陇给你说的吧，这话他也说到我当面，他还是太讲究实效，格局上欠了些。"

"此话怎讲？谁你也有说的。"

我的口气虽然有些撩猫逗狗的意思，他正在亢奋中，也就不在乎这些，自斟自饮一杯，接下来又是一通谠言宏论。

是又喝了杯酒，也是豪气上来了——我发现，此公一批评别人，气派就大了许多——往后一靠，身子偏在我这一边。身子偏过来，腿又伸得展了些，忘了我们之间既无条案，也无凹陷，如今，平平展展的且铺了织锦，他的这条腿也就直撅撅地戳了过来，正好我的小腿也在外面晾着，本待抽回，不知怎么一想，也就任他压了上来。

"我在南开上学时，有一年何炳棣教授来了，原本来去匆匆，没有时间讲学，还是杨石先校长的面子大，忙里偷闲，插进一个小型讲座。说好只让历史系和经济系的教师来听，把门的是历史系的一个助教，认识，也就混进去了。还是听大学者的讲座过瘾，全是真经。何先生说，有一年他在美国芝加哥大学教书，数学家林家翘先生来了。谈话中，家翘先生对他说，咱们有几年没见啦，要紧的是不管搞哪一行，千万不要做第二等的课题。这话是什么意思？何先生说，林先生的意思是说，像我们这样的人，做学问，什么时候都要做第一等的课题。明清之际士人心态的研究，起初我还觉得该算第一等的课题，因为还有副题从王世贞到吴梅村。我是要从社会背景、士人心态这两个方面，破译《金瓶梅》和《红楼梦》两书的作者谜团。现在看来，这只能算第二等课题，毫不犹豫就放弃了。"

"我怎么觉得王阳明的心学，是个俗到家的课题，还比不上你原先那个士人心态。"

我是故意跟他较劲，这种人，越是逆着他说，他越是来劲儿。

"你呀！"

他似乎意识到我的挑逗，已经斜过来的长腿，又朝这边一蹬，我干脆侧过身，将另一条腿搭上来，用小腿夹住他的脚踝。他似乎舒服了，也就没有抽回去。

"我真的这么觉得。"

"研究王阳明的心学只是个切入点，最终要解决的是打通中西文化的隔阂。"

"好大的口气！"

"不是口气，是心志。"

又夹了夹他的脚踝，身心舒泰了，话语更流畅了。

他说他是读钱穆先生的《中西文化导论》而起的疑心，也可说是起的初心。钱先生在这本书里说，西方学术重区分，中国则重融通。西方科学家观察外物，遵从一种区分精神，中国科学家，总是以一种整体的感觉来把握外物。他觉得这种说法，似乎肯定了中西文化的差异，还挺周全的，不分彼高此低，各有优长互补。钱先生没有留学经历，可说是个本土学者，这种说法，只能说勉为其难，为中国传统文化争了一点面子。

"你觉得是这样吗？"

说着扭转脸，从垫高的枕头上，朝这边瞟了一眼。

我没作声，知道他这一问，相当于戏剧舞台上的"叫板"，下面该是大段的唱词。

"听起来颇有道理，现成的例子不用他说，我都能想到，古希腊有个哲人叫赫拉克利特，说过一句很有名的话，人不能两次踏进同一条河流。中国古代也有个哲人叫孔子，也说过一句关于河流的话，子在川上曰逝者如斯夫，不舍昼夜。他俩生活的年代差不多，都在公元前5世纪至4世纪之间，孔子只比赫拉克利特大几岁。你看，在赫氏那里，河水是以秒计算的，这一秒跟下一秒就不相同，因此上人不能两次踏进同一条河流。而孔子呢，是以一种恒定的眼光来看的，千百年都是这个样子，白天黑夜都是这么奔流不息。"

"是呀，这不正是中西文化的不同吗，一个重细微的区分，一个重整体的融通。"

"大谬不然！"

他抽回脚，蹬了一下。我知道，并不是生我的气，只是一种强烈的表达，至此，我也舒了一口气。他若不用这种方式抽回他的脚，待会儿明白过来，两个人都会很难堪的。

也就那么愤愤的一句，下面说起来又平和了许多。

先说中国在东半球，东西方的划分，先就是一种人为的设定。本初子午线即零子午线，指的是穿过英国格林尼治天文台的那条经线，以东是东半球，以西是西半球。这条线若当初划在日本东京的天文台，那中国不又在西半球了？至于说东西方两个阵营，社会制度不同，民生状态不同，那不过是历史发展的一个时期，这不，苏联解体了，中国也改革开放了，世界越来越趋向于认同与和谐。在这种态势下，谈中西文化的差别只能说是抱残守缺，孤芳自赏。

接下来又说了两位中西学问都很好的学人，对这个问题的看法。第一个举出的是冯友兰，说冯在他的《中国哲学简史》里说，"中西之别，古今之异"，等于说中西文化没有质的差别，只有时代的差异，一个已进入现代文明，一个仍处于古代的落后状态，奋起直追赶上来就是了。而另一个高人连这样的差别也不承认，这个人就是钱锺书先生。他在《谈艺录》的序里说，"东海西海，心理攸同；南学北学，道术未裂"。等于说，世上哪有什么东西文化的差异，其心理的根基完全是相同的；南学北学，内在的道术，从来没有分裂过。说白了就是天下众生，人同此心，心同此理。

"说了这么多，跟王阳明的心学有什么关系呢？"

我总觉得他扯得太远了，怕他再说下去越扯越远，及时做了个提醒，他不识相，倒怪起我来了，口气倒不是多么生硬。

"你没有听清，钱先生不是说了吗，'东海西海，心里攸同'，我就是要从王阳明的心学上找出这个同。他的《传习录》过去看过，似懂非懂，现在带着这个意愿重读，很有一种豁然开朗的感觉。"

"哦，快说说，我们郑主编也常在我面前说《传习录》，回头你们俩好好的交流交流。"

何其愚说，有一次开什么会，会下他跟郑伯笃谈过《传习录》，郑对版本很熟稔，学理探讨上，还是浅了些。

我没有说什么，觉得何其愚其人，这一点最讨人嫌，谁他也不往眼眶子里拾。见我不吱声，他自个儿说了下去。

他说，学古代史，起初，他是佩服宋儒的，觉得"格物致知"，已近乎探索自然，发展下去就是近代的物理、化学等自然科学，后来方知不然，他们的格物致知，只是个悟，悟出天理来。明儒不是这样，王阳明的心学迥异于朱熹的心学，他的心学，可说另辟了一方天地。朱熹主张理在物中，诚意去格，便可获得。王阳明则认为，物理不外于吾心，外吾心而求物理，无物理矣。心与理是一致的。心虽主乎一身，而实关乎天下之理，理虽散在万物，而实不外乎一人之心。心之本体即是性，性即是理。以此推导，心性即事理，以之用于人群相处，便是道德的准则，以之用于社会管理，便是制度的基石。有此认识，所以他主张致良知，主张知行合一。

"东西方的道德本源，社会理想，在这一点上是相近的，也是可以融通的。这正是王阳明心学的了不起之处，他的心学，是人性之学，是思辨之学，也是社会根基之学。"

他这么说，怕我不明白，还举了一个西方的例子。

"美国的五月花号帆船，还有这些人订立的《五月花号公约》，你该知道吧？"

"知道，世界历史课上学过。"

"现在的书上，都把这一事件说成是美国的奠基之举，好像是这些人把欧洲文明带到美洲大陆，才有了后来的美利坚合众国。"

"你以为不是吗？"

这个人也太狂悖了，跟前的人你看不上眼，连世界史上的定谳，也要翻一翻。

"五月花号帆船事件发生在1720年，当时欧洲还是君主制，英国的立宪制，要到几十年后才实施。这些人多负案在身，他们订立公约，根本不需要参照什么欧洲文明，好人做好事，是顺着心性而为，坏人做了坏事，也知道好事该是怎么做的。这些人在一起，只要本其心性，便可订立一个彼此制约而实现公平合作的公约，也就等于给未来的美利坚合众国奠了基。"

他这么一说，我还真是服了气。

"其哥！"我冲口而出，"真有你的！"

一个"其哥"，让他愣了一下，很快回过神来咧着嘴，憨憨地一笑，是一种满足，也是一种胜利。

得此奖赏，嗓门又大了许多。

"研究王阳明的心学，主要是读《传习录》，可参考的书不多，全靠自己的悟。几年了，总算看出了些门道，可以这样说，人心规划着世界，善意推动着历史。这个规划不是一条一条定下了什么，而是说理想的社会，就是美好心灵的投影，在外部世界的映射。善意推动着历史，更多的是一种修补与矫正。王阳明心学的心即理、致良知、知行合一，揭示的正是社会发展的根本之道。"

理想的社会应当是美好心灵的投影，这道理一想就能明白，善意推动着历史，是不是太一厢情愿了。记得上学的时候，有个教现代史的教授，专门讲过"恶的历史作用"，我们听了也是赞赏有加。我白了他一眼，说这是你心地太好，现当代不说，中国古代史上，经历了多少暗昧时代，如何能证明善意推动了历史。

何先生低头想了想，大概是想说什么又有顾忌，末后摆了一下头，像是甩去什么，觉得还是可以跟我说的。

"绒妹子！"

他对我的称呼也升了一格，不说绒妹，而说绒妹子，听来格外亲切。

"哎，你说。"

不由得我就脆脆地应了一声。

他说，好多人都说他聪明，可是很少有人知道，考大学他是考了三次才考上的。他是1958年出生的，1977年恢复高考时已十九岁，高中毕业都四年了。当了三年民办教师功课没有丢，高考时信心满满，以为准能考上。结果村里不如他的都考上走了，他怎么也等不来通知书。后来一打听才知道这一年高考，还看政审，地主富农出身的全部不要。1978年又考了一次，还是落榜。1979年又到了高考的前夕，他已绝望，觉得老这么政审，还是考不上，丢这个人做什么，干脆不考了。正好放了暑假，公社组织小学教师集训，在一个叫泉杜的村子里，教室里铺着麦秸，自带被褥，接待的是一个五十多岁的老教师。晚上躺下拉起家常，老教师问他为何不去复习，却来参加集训，他说考了两次，伤透了心，不考了。老教师说："憨娃，人家叫考，咱就去考，考上了就去外头做事，在村里待下去，老了，就是我这个样子。"他想了一晚上，觉得还是要再碰碰运气。第二天就骑上自行车，带上铺盖卷回到家里，报名参加了个复习班。

"考上了，一考就考上了南开历史系！"

我替他把这句话说了。

他的话还没完呢。

"你以为是我这一年成绩特别好吗？才不是呢。三次高考，要论成绩，是1977年那次最好。到了南开，班上也有个出身不好，考了三次才考上的。他父亲是县上的干部，懂政策，他也就知道些内情。说不是我们考得好，是大的政策变了。1979年1月，中央颁布了一个文件，叫《关于地主富农分子摘帽问题和地富子女成分问题的决定》，规定摘帽以后，再填家庭成分，可填公社社员，今后入学、招工、参军、入团、入党和分配工作等方面，只看本人政治表现，不得歧视。这位同学说，怎么忽然来了这么个政策呢？就是因为前两年高考，仍拿家庭成分卡人这个情况，对年轻人的伤害太大了。多种渠道反映上去，中央这才狠了狠心，当机立断，颁布了这么个政策。上面的领导并非动摇了阶级斗争的理念，而是出于一种善念，对这些孩子的哀怜。你说这还不是一份善念，推动了历史的进步吗？"

有一点我不明白，当下提了出来。

"你在村里教书，政策这么大的改变，能不晓得吗？"

"妹子，你年龄小，基本上没经过那个年代，不知道几十年阶级教育之下，村里成分好的人，对这个政策是多么的抵制。人的优越感是比出来的，比，主要是跟跟前的人比。记得宣布这个政策时，我们村里也开了会，生产队长在会上说过之后，又发表了个即兴演说，恶狠狠地说，别以为不叫地主富农了，人就不知道你的小名叫什么。帽子在贫下中农手里提着，只要你不老老实实听话，说戴嗖的一下就给你戴上了。我哥去开会了，回来学着队长的样子，手先背在身后，说到嗖的一下，手抽出来，像是拿着什么东西，重重往下一按。我哥做完这个动作，还说了一句，真的平等了，在场的没人信。"

约莫着时间不早了，举起手机看了一下，三点过一刻，能不能伏虎且不说，登记表的事该提出来了。

"哎哎哎！"

虽说就在面前，我像打招呼，跟离了好远似的，响亮而急促地吆喝着。声儿是亮了些，音量也不是多么大，只是听起来分外地亲热。这样的吆喝，引起了何其愚的警觉，好像他忘了什么大事似的。

"啥事儿啊，这么急。"

"上次在你家，跟你说制表的事，行吗？"

"哈哈，记着呢，一惊一乍的，我还以为什么大事呢。"

接下来他说了一个情况，制表的事已迫在眉睫。

"这个星期一上午，秘书处开了个会，吴悦台也参加了，说代表名额不是三百个，增加了五十个，成了三百五十个。还说代表登记表，要尽快印好发下去，换届会有可能提前到10月份召开。"

"啊，登记表加一项的事，是不是就办不成了。"

何其愚笑了，说这事他记在心里，既是经他的手，他就不能不管。他也想好了，这两天他就制个表，重要的是内中有两项，一是家庭情况里注明父祖两代的职业，一是学术业绩里规定不得超过五十个字，所获嘉奖，填最高者一项。有人说起成绩，恨不得中学作文贴过堂上都写上，限定了字数，将来制作《代表名录》时会减少许多麻烦。

我听了一阵欣喜，又不免生疑，这样的表格，要上会经领导审定，能通得过吗？

刚一开口，何其愚就说他已想过了，时间仓促，反而好浑水摸鱼。他制好登记表，同时写一份请示报告，他跟吕会长关系好，由他拿去让吕会长签字，肯定会签的。吴悦台那里，吕会长签了，不会不签。只有姜宁亭那里，他吃不准。

"你跟他在一个办公室，他挺喜欢你的，说句好话，批个字该不是难事。"

虽不是十分有把握，人家何先生已办到这个地步，我能退缩吗？

"吕会长批了，吴会长批了，想他不会刁难的。"

下来该着实现FH计划了，格外深情地瞟了何先生一眼，想着是说句什么话，还是做个什么动作，等于挑明了意向，缱绻了这么长时分，他不会不知道最后的程序是什么。

为了一挑明，就饿虎扑食似的扑了过来，我暗中伸手先将和服的带子解开。别做什么暗示动作，干脆明说了，为他帮了我这么大的一个忙，我想犒劳犒劳他，不全是今天起的意，是那天去他家里采访，我就深深地爱上他了。

"其哥——"

恰在这时，手机响了，真讨厌，来得多不是时候！就在手边，又不能不看。

啊，哥哥的。

接了。

"绒仙吗？上次跟你说过，我想去一下孟门，给妈妈上个坟。"

"我记着哩。"

"今天下午五点到太原，明天是星期六，你安排一下，我们一起去孟门，好吗？"

"好哇，好哇！"

按说，哥哥五点才到，我们在这儿，做什么都不耽搁，可是，一想到将要去孟门，和哥哥一起去给母亲上坟，心里就有了障碍。母亲在那个年代，那样的刚烈，她的女儿在这样一个已不受人欺负的年代，却在做着连自己也不齿的事。过去不知道，现在知道了，我还是乔鹤仙的外孙女，那么刚毅的老人，怎么会有这么龌龊的孙辈！不是没了愿想，是没了面对的勇气，自我释怀的借口。何其愚已听出是什么事儿了。

"没什么没什么，以后的日子长着呢。"

他这么一说，更让我心里难受，一点情绪也没有了，整个人就跟霜打了似的。又一想，费了这么多的心机，好不容易等到这一天，今天这事，不能叫完。这样一想，头发一甩，凄苦地一笑。

"那，咱们得说好！"我的浪劲儿上来了，"不管我欠你的，还是你欠我的，咱俩总得有一回！"

说着扑过去，在他的脸上狠狠地亲了一口。

第二十六章

昨天还在太原，今天我们就到了黄河边上的碛口。

说我们，不只是我和我哥哥，还有睿睿和汽修店的小贺。

去孟门祭扫母亲的坟茔，是哥哥上次来太原就说好了的。何时来，没说准，我只是估摸着快来了。就是这个没说准，昨天又准准地说下午五点到，坏了我的心绪，耽搁了我与何其愚的好事。

怎么去孟门，也曾想过我自己开车，又觉得太冒险，我这本事在市区近郊转转还行，跑远路就胆怯。也曾开车由柳林来太原，统共两次，两次都是宝成坐在副驾驶座上，跟自己开究竟不一样。自家有车，总不能坐班车吧，那就得找个开车的，一想就想到汽修店的小贺，原以为只有五成的把握，没想到一说就满口应承了。

哥哥是周五来的，安排是周六去孟门，周日下午回太原，睿睿不上学，也就一起来了。

来吕梁山里一趟不容易，总不能去了孟门，哪儿也不去了，就这么着回去。想了想，该就近去一下碛口，那是个有名的风景点，好多人都老远专程去，孟门离碛口不远，实在该去一下。

怎么去，跟小贺商量，他查了地图，说到了离石，先去碛口，游了碛口，顺沿黄公路去孟门，比去了孟门再去碛口要顺。

果然，早上六点出发，不到十点就到了碛口。

快到碛口时，我转了向。一路上都知道是朝西走，一进入碛口地界，就转了向，怎么使劲也扭不过来。老觉得我们是在黄河的西岸，看河那边的沟沟岔岔是山西，又觉得怪怪的，这边还有村庄，怎么山西那边，比这边还要荒凉呢。

进了镇子，存车场的老汉，指指对面山梁上的塔，说那边是陕西的佳县，佳县为了压住这边的风水，修了那么个塔，啥事也不抵，红火不过这边。有了明显的参照物，按说方位该扭过来了，还是不行。

站在黑龙庙的台阶上，展望下面的河滩，很是壮观。河水冒着泡泡，哥哥说那是水流湍急，腾起的浪花吧，只是太小了。我上学时来过，知道什么是碛，说春天水小了，会看见一个一个小石窝，有的里面还有圆圆的石头，冒泡泡是河水冲进石窝又翻了出来，水并不深。

明明知道，塔是佳县那边的，我看去，还像是山西那边的。

小贺看我迷迷瞪瞪的样子，教了个办法。

"你闭上眼，眼前是黑的，使劲往回扭，觉得是转过来了再睁开眼，不就正过来了。"

我试了，不行，闭上眼扭过来了，一睁开还是颠倒的。

"这样——"他伸展双臂，拉住我的两手，"闭上眼，闭得死死的，转！"

就在黑龙庙的戏台上，原地转了几转，小贺喊了一声："停！"

再睁开眼，只觉得头晕，远处的景观，真的调过来了。眼前的河水看去南流，这边要是山西，那边就是陕西嘛。

天热，转了几圈，我还没什么，小贺的脸上，已是汗津津的样子。我取出纸巾，抽一沓递过去，他揩了两下，笑吟吟的模样甚是可爱。见一侧的脸上，还有道汗印子，我也不指出，掏出手帕，给他揩一下。

"绒姐的手帕好香耶！"

"香皂洗过的，总带着点香味嘛！"

"我看是绒姐的手上带着香味，帕子才香的。"

"鬼说六道，你闻闻！"

说着我伸过手去，小贺真的要凑过来闻，我赶紧抽了回来。

睿睿原先跟着舅舅在戏台一侧看河景，见我跟小贺说说笑笑，也跑了过来，问清是校正方向，说她也转了向，老觉得黄河水是朝北流呢。说着上前，拉了小贺的手也要转圈儿。

"转！"

小贺对睿睿，不像对我，对我是轻轻地转，对睿睿是使了力气地转，几乎要将孩子轮了起来，睿睿高兴得大呼小叫，快活极了。

哥哥是个厚道人，站在一旁，静静地看着我们嬉闹。

停住了，睿睿站不稳，说她还是扭不过来，觉得黄河水是朝北流的。我看出，她不过是想让小贺再转几转，这时候，哥哥发话了。

"睿睿，转了向，别往远处看，就看脚下面，定住神，一会儿就转过来了。"

睿睿真的站稳了，定定地瞅着脚下，过了片刻，仰起脸笑了。

"噫，真的抵事呀！"

那几年，碛口还没怎么开发，游玩的人不是很多，我们在古镇的石板街上走了走，哥哥对两旁的商铺字号挺感兴趣的。说他们所里研究明清商贸的人，总爱往徽州那边跑，实际上真该来碛口看看，黑龙庙上立的石碑上有多少商号哇。

去李家山是个意外的收获。

旧街出来，该离开碛口去孟门了，停车场收费的老汉说，你们来了也该去李家山看看，不远，就在山梁梁那边，那儿的窑洞，可有名哩。

来孟门，小贺没用我的奔驰GLB，开的是一辆悍马，一个朋友放在他那儿保养的。他怕老汉见好车多收费，刚流露出这个意思，老汉就抢白了他，说他自己只认轮子，不认牌子，你要是八个轮子，他就收两个车的钱，逗得我们都笑了。

小贺还是多了个心眼，以为他让我们去李家山，是为了多耽搁时间多收费，他刚说了这个意思，那老汉就火了，山羊胡子一翘一翘，像给自己的话打拍子。

"我这收费，跟你们城里人不一样，你们是论小时，我这儿是论天，三块钱一天，一天三块钱，明码标价，童叟无欺，更不敢欺负你们城里人。这世上，只有城里人欺负乡下人的道理，哪有乡下人欺负城里人的道理，真要有这个道理，我就不在这儿做这个营生了。放心吧，你就是停到日头压山，也不多收你一分钱。"

我忙笑着打圆场，请老伯别见怪，老汉这才缓过劲儿，气是消了，理却来劲儿了。

"有钱的住在郡府州县，没钱的住在黄河两岸，咱人穷志不短，多收你一块钱就能咋的了，该穷还是个穷嘛！我爹手里分了财主三孔砖窑的一个院子，没几年遭灾了，有人给一布袋粮食就卖了，财主的孙子去了北京，我不是还是在这黄河岸边嘛！"

"大爷看你说到哪儿啦！"

老汉的能言善辩，把小贺逗笑了。

"说到哪儿啦？说到天边，也是一个理，就跟这黄河似的，流到哪儿，都流不到你的碗里。喝口浑水，也得弯下身子用手掬，满满掬上一掬，能有一口到你嘴里都是运气，多少人掬一下，不等到嘴边，全漏光啦，这道理你跟谁说去！"

"好啦，好啦！听你这几句话，碛口这一趟都不算白来！钱呢，现在给还是回来给？"

"现在给！"

"看你挺大方的，钱上这么小气，怕我们回来少给了你！"

小贺是故意逗老汉，老汉说了实话。

"后晌就没什么人过来了，收了你的钱，我就回去了，一会儿你们下来，自己把车开走就是了。"

离开停车场，哥哥对老汉这几句话大加赞赏，说太经典了，这样的话作家是写不出来的。

李家山确实值得一看。

叫个山，实际是一条沟。沟口朝外敞开，两边山坡上全是窑洞，密密麻麻又错落有致。遇见一个村干部模样的中年人，主动给我们讲了这地方的来历，还讲了近年来出名的一个主要原因。

碛口是大商埠，字号很多，旧时做生意，无论掌柜还是伙计，都不得带家眷。这地方太偏了，不比大都会可以寻花问柳，于是商家便把家眷接来，在这道山梁后面的沟里安了家。有钱人家起房舍，当然讲究多，才把这么个山沟沟建得这么讲究。

近年来所以出名，得益于大画家吴冠中老先生。前些年曾多次来这儿写生，又在他的文章里说了这儿如何的好，先是引得美术院校的学生来，慢慢地旅游的人也就多了。

身后是一处砖院子，村干部指了指门两旁的砖雕，说这是财主家的院子，老辈人说这家出过一个举人呢。

我跟哥哥说都什么时候了，一说还是财主院，让人一听就觉得里面住的是黄世仁一流的人物。

哥哥说这还没什么，只是嘴上说说，他上次来太原开晋商研讨会，会上安排去了榆次车辋村的常家庄园，据介绍，常家在清代考上九个举人一个进士。离开常家庄园，又去了有名的古村落，叫后沟的，这么个不大的村子，清代也出过一个进士。可是你能想到门外的墙上，钉的牌子上写的是什么。哥哥说到这儿，特意瞟了我一眼。

"进士第吧？"

"也是财主院。"

"我们编辑部也去过，是薛文星副主编领上去的。这地方是天津一个搞民俗的作家喧起来的，噫，我们是去年去的，怎么没留意到这个。"

"人家门楣上明明嵌着一个大大的木牌匾，上面刻着两个行书大字'松竹'，我们的一个老先生给接待的同志说，这个院子不叫进士第了，叫成松竹院多好。接待的是当地文化局的一个科长，说这些景点，同时也是阶级教育的基地，标示财主院是经过考虑的。他这么一说，我们也就无话可说了。"

我说这要给了我们郑主编，才不跟他们叨嘴磨牙费口舌，肯定当下就骂了起来。

哥哥说你们山西是有许多奇范事，上次开晋商研讨会，会上有两三个山西学者发言，用的是山西土话。三个人的土话，还不是一个地方的，会下我们说，国际会议要求用英语发言，我们开学术会议，连普通话都统一不了。是不好听，大致意思还是能明白的，其中一个说到晋商兴衰原因时，竟然说晋商所以能汇通天下，广有钱财，是他们遵从祖训，让一等弟子经商，送二等弟子读书争取功名。因此，晋商能发大财，功名上差了些。这不是胡说八道吗，现在山西的高考肯定不如北京上海，也不如河南山东，你能说山西的人家送一等弟子出外打工，留下二等弟子参加高考吗？

村口有家小饭店，看着还干干净净，我们便在这儿用午饭。

主食有饺子，有刀削面，我问哥哥喜欢吃什么，他说到了山西还是吃刀削面吧。点了两个菜，一个是炒土豆丝，一个是过油肉。店家推荐说他们的泡泡油糕很有特色，可以尝一尝，要了一盘，只有六个。我和哥哥各吃一个，小贺和睿睿各吃两个。知道这种地方面食的量都大，没有一人一碗，给哥哥和小贺各要了一碗，我和睿睿两人一碗。果然量不小，我又要了一个碗，要和睿睿分开吃，睿睿说她不想吃面条，还想吃泡泡油糕。我瞪了她一眼，说甜食不敢吃多了，她满脸的不高兴，勉强吃了几根刀削面。这孩子也太任性了，可我心里知道，这儿的泡泡油糕实在太好吃了，又香又脆又甜，我都还想再吃两个呢。

出了门，见那个村干部模样的中年男子站在路边，问吃得可好，我说又干净又可口，真是好极了。对方说这是他的小店，希望我们有朋友来碛口，饭点安排在李家山村口这家面食店，碛口那边的饭馆，不干净不消说，宰客的刀子可狠呢。

下到碛口的停车场，果然只有我们一辆车，不见了管停车场的老汉。

碛口到孟门，不过四十里地，我们是三点半动身的，不到四点半就到了孟门。小贺问我是进镇上还是去哪里，我知道哥哥的心意，说先去妈妈的坟上祭奠吧。

妈妈嫁给杜仕铎老师，死在杜老师之后，杜老师的丧事是她一手经办的，她让杜老师跟死了多年的前妻合葬。及至她不行了，亲自踏勘了个地方，就在孟门中学西侧紧邻黄河的一处荒崖上，说葬在这里，她的魂魄可以睡着。黄河南下到龙门，就等于见到他老家的亲人了，我知道她所说的亲人，就是他的父亲乔鹤仙老先生。按照我的指点，小贺开着车，七拐八拐，就到了黄河东岸。一个不高的土塄上。这儿不是哪个村的陵园，只可说是孟门中学几个孤寡老人的坟场，两三年没来，记得原先还鼓鼓的坟头，平塌塌的长满了绿草。好在还有一块水泥碑，有用红漆描出的字迹，我说就是这个坟头。哥哥上前，仔细看去，方辨出是"河津乔氏女锺钤之墓"，献上带来的祭品。哥哥磕了个头，还没抬起身子，先就哇地哭了起来。待情绪平复后，取出带来的一个黄布袋子，在坟头掬起几捧土装上。

接下来去哪儿，我已安排好了，去孟门镇上，看望我的公婆。

来吕梁前在太原，就跟公公通了电话，说我哥哥要来孟门给我妈上坟，我和睿睿都去，去了想领上我哥哥见见你二老。公公说好哇，这是你妈家的人来了，我们要好好招待一下。

回孟门的路上，在车里，哥哥跟我说，咱妈这个人太刚烈了。他们住在东单东罗圈胡同社科院的宿舍，那儿住着好些文化名人，有的人受的屈辱比她大得多，都挺过来了。她才叫剪了一次头发，就一怒之下抱着女儿回了山西，以为她会回龙门的，没想到来了孟门。唉，那个年代，说什么都迟了。

公公够意思，晚饭安排在孟门最好的一家饭店里，名叫"十里香大酒店"。

先去了家里，坐了没多一会儿就到了饭时，公公说走吧，出了门朝西头走去，孟门不大，就一条街，饭店在西头路北。

路上有件事儿让我心里气愤难平。公公见了我哥哥，很是热情，去饭店的路上，两人仍说个不停。宝成也够意思，跟我哥走在一起，不时还问个什么。我领上睿睿跟在后头，小贺不便走开，就傍着睿睿一起往前走。路过一处瓜果摊子，我听见身后宝成妹妹跟她妈说："还没离，就带上野男人来家里了。"我知道她们这是说小贺，真想扭回身子给她几句，一想算了吧，有我哥哥在，大面上过得去就行了，该忍的地方且忍忍。

十里香饭店有包间，公公定的是最豪华的一间，正面墙上画的是八仙过海，顶上的吊灯穗子，几乎垂到桌面上。最时兴的是，大圆桌面上，还有个自动转动的玻璃转盘，不知哪里的机关，菜一放上去就缓缓地转了起来。

桌上的位次，是推让了几次才定下来的。公公坐主位没说的，左侧是我哥，我哥下来是宝成，再下来是小贺。这边，本该婆婆挨着公公坐的，她说她闻不得烟味儿，让宝珍坐在右上位，她挨着她女儿，没有理我，我也不愿意挨她，让睿睿挨着奶奶坐下，我坐在上菜口的位置上。上什么菜，喝什么酒，显然公公早有安排。酒是家里带来的，是那几年正热卖的坛儿汾，也叫十年陈酿。考虑到女人和孩子不一定喝白酒，要了一大瓶雪碧。先上来的是黄河大鲤鱼，红烧的，接下来有红烧肉、四喜丸子、老卤豆腐、鱿鱼卷、炒山药丝。荤的素的不下十样，可谓丰盛。主食上来了，有羊肉饺子、韭菜饺子，还有泡泡油糕。

我不是坐在上菜口吗，服务员端着泡泡油糕过来往转盘上一搁，手在桌面上摁了一下，转盘就转了起来。经过我面前，我没动，到了睿睿面前，这孩子太喜欢吃泡泡油糕了，原本就举着筷子，急速伸过去，没费啥事就夹起一个，太烫，举在嘴边呼呼地吹着。就在这时，坐在公公左侧的宝珍发话了："睿睿，姑姑不是弹嫌你，是教给你要懂礼节，饭桌上的菜，先要转到大人面前，大人吃了孩子才能吃，今天得先转到爷爷这儿，待会儿转到你面前你再吃。"

她说这话时，阴沉着脸，没有一点和善的样子。睿睿的油糕，还在筷子上夹着，一时间不知如何是好，瞅了我一眼，我扬扬下巴，示意吃就是了。我这个动作宝珍也看见了，气得瞪了我一眼。

她的指教，不能说不对，可也得看怎样的情形，孩子已经夹起了，盘子已转过去了，你这么说，是教她吃还是不吃。再则，教孩子懂礼节，有这么板着脸说话的吗？再再说，我一下子就想到上上个月在太原，在背街上兄妹两个跟我争小车钥匙的情形，这不明明是在孩子身上出她的肮脏气吗？

主位那边，公公跟融江哥聊得挺快活，哥哥没来过吕梁，最惊异的是这儿说是山，却没有高峻的峰峦，反倒是一道道纵横的深沟。说了这个意思，一脸的迷茫，表示太不可思议了。这时候就见出公公的聪明与风趣了。他说，他起初也有这个疑问，后来就想通了，定然是上帝制造山川河流大千世界的时候，见吕梁这儿平平展展又是黄土地，就把这儿当成模具用了，深深浅浅挖下去，整成山的形状，再翻砂似的把岩浆灌下去，再拔出来，发落到该有山的地方。因此上，他常对人说，吕梁不是没山，有的是山模子。

他说起来不紧不慢，又活灵活现，融江哥也叫逗乐了。

又一盘泡泡油糕端上来，仍是搁在我侧面的上菜口上。我一下子明白为何两盘油糕不一下子同时端来，定然是泡泡油糕，要的是那个热乎劲儿，炸好一盘赶紧端上来，让客人趁热吃。服务员扭身离开前，也跟上次一样，搌了一下转盘，转盘动了起来，我心想这回可得看着，不能让睿睿先动了筷子。

油糕盘子转到我面前，还没到睿睿面前，咯噔，轻轻地响了一下，停了一下，又动了，却不是往前转，而是往相反的方向转了。

这是怎么啦？往那边一看，只见宝珍摊开手掌捺住转盘，使着劲儿往这边推。这么一推，转盘只会往相反的方向转了。

从我面前转开，眨眼工夫转到小贺面前，怎么会倒着转呢？小贺像是看出什么，小小地一惊。我先还蒙着，这会儿明白过来，冲着宝珍说："你这是要做什么！"

"我怕睿睿不懂礼节，再夹起一个油糕吃！"

"宝珍！"公公说，"这叫什么话，小孩子哪懂得这些。"

"孩子不懂大人也不懂吗！"

这是冲着我来了，"你这是故意找事儿！"这话正要冲口而出，哇的一声，睿睿趴在桌子上哭出声来。这饭是吃不成了，我忽地站起来，对面融江哥见势，连忙站起，双手摊平，直往下按，示意我万不可冲动。我还没坐下，那边宝珍又开始为她的乖张辩护了。

"睿睿，姑姑没说你个啥嘛，姑姑这是教你学好的嘛。你忘了你小时候，就在咱这条街上，姑姑背着你逛集，还给你买过一个布老虎呢。"

"睿睿，好孩子，姑姑是为你好嘛！"坐在睿睿旁边的婆婆，不忘给她的刁蛮女儿打圆场，说了也觉得这样的辩护太偏了，又找补了一句，"宝珍也才是，这么大的人了，会说个话嘛！"

就这母女俩说话，没人再搭这个腔，睿睿不哭了，仍趴着不住地抽泣。

跟太原的规矩一样，泡泡油糕是最后一道主食，按说这个时候，一桌子人还该再絮絮叨叨，拉拉家常，叫宝珍这么一搅和，都没了兴致，宝成结账回来，没说什么就散了伙。

从坟地回来，进婆婆家门前，我就订好了旅店的房间。小地方往往爱起大名号，这家旅店叫黄河大酒店，三层，我要了二层三个房间。

黄河大酒店还在西头，出了饭店，两拨人就分了手。

三个房间，房间号是213、214、215，拿上房卡我就做了分配，213给了融江哥，215给了小贺，214我和睿睿住。

这会儿回到房间，推开窗户，街市声沉寂了，能听到黄河里低沉的水浪声。热气消散了，凉凉的，不知是不是河面上刮来的风。

睿睿的情绪还缓不过来，我安慰了几句，主要是骂那个姑姑不是个东西。睿睿的反应很激烈："我恨死她了，再也不会叫她一声姑姑了。"毕竟是孩子，一天的奔波，太累了，说过这话不一会儿，趴在床上就睡着了。

她睡着了，我可没有一丝丝的睡意。

宝成今天的表现，也还说得过去。见了融江哥，还亲亲热热的，见了我不冷不热，也还说得过去。这也是因为，我没跟融江哥说，我俩闹离婚，且已成了定局，无可挽救。回来一趟不容易，有些话是要跟宝成说清楚的，房子我不怕，只要我住着，谁也别想把我赶走。最当紧的是睿睿的教育费，这可是一个大数目，我是准备高中毕业就送她出国留学的。既然宝成已去过学校，应允负担睿睿的教育费，何不趁这次回来见了面，跟宝成说好一个总数目，一次性付给我，免得将来按时讨要，空添多少麻烦。

对，现在就过去。

会不会遇上宝珍呢，不会的，宝珍家在前头巷里，分手后我就听见她跟婆婆打招呼，说"妈我就不过去了"，这话的意思就是她不去渠家院子，直接回她婆家那边了。今天的晚饭，按说她丈夫也该过来的，听公公说，这小子迷上打牌，早就说好的一场牌局，不去是要认罚的，也就没来。

推醒睿睿，说了我要去哪儿，叫她只管睡，我带着钥匙，回来会自己开门的。又过去给融江哥打了招呼，叫他早早休息，他正在写日记，说来吕梁这一趟太值得了。小贺那边没有惊动，开了一天的车，想来早早洗了睡了。

街上有路灯，不是很亮，有的店铺还开着。

渠家是老宅院，在东街的北侧。过去的人家都是三间的开面，渠家发了财，赶时兴盖了楼房，觉得三间的开面不体面，正好东边是小巷，不怕遮了谁家的采光，就把四合院子全拆了，贴着东厢房的外墙基起线，盖了一排五间的单片子楼。不高，就两层。老院门太小，换成了能开进小车的大铁门，铁门不能一天老敞着，东侧一扇又开了个小门，供人进出。

我到了门口，拍了拍，还好，宝成开的门，见我这么晚了又回来，流里流气地说："怎么，还想尝尝老滋味。"我没理睬，只说去房里，我有话要说。

我们的房间在二楼南侧，紧挨楼梯口，想来宝成还会睡在这里，进去一看，果然还是旧时的格局。所谓的单片子楼，跟城里的筒子楼差不多，只是少了对面的房间，楼梯开在中间。

穷地方的人爱显富，土地方的人爱装洋，屋里摆的还是我们结婚时的意大利式的大沙发。我没有往里走，就在靠门口的单人沙发上落了座。宝成跟进来，犹豫了一下，还是把门闭上了。我知道他不是要强行非礼，是怕我们的谈话惊动了楼梯那边的公婆。

"有啥话你就说吧！"

宝成在对面的单人沙发上坐下，跷起二郎腿，一副狂傲的样子。中间隔着长茶几，我倒觉得是个恰当的距离，如果他坐在长沙发上，我会觉得不舒服的。

我说了自己的要求，意思是包括这几年在国内的花销，他应当在离婚前付给我一百万元，一次性付清，免得后面拉扯。

"哼，胃口不小，当初供你上学，离了婚还要管你的生活。"

"别胡乱拉扯，这是给睿睿的教育费，将来她要留学的。"

"什么时候该给什么钱，我会办的，用不着你操这个心。"

"要这么着，离婚时孩子判给你。"

"那不行，小沈是个大姑娘，怎么能一结婚就有这么大的孩子。"

"那你就得把教育费一次全给了我，谁敢定你今后是什么境况。"

"哼，好哇！"渠宝成忽地站起，三脚两步跨了过来，站在我面前，双手抔腰，气呼呼地说了起来，"我就等着你这句话哩，果然不打自招了。你说，农行纪检组来人查吕梁分公司的账，说我们从企业敛财，向省行领导行贿，骗取巨量贷款额。有两次去领导家，是你陪我一起去的，你说是不是你告的状！"

"我天天上班，下班还要经佑孩子，哪有工夫管你这些烂事！"

"哼，毒如蛇蝎，夫妻不成了，还要把我送进去，把这个大家都给毁了。"

"你把你想得太高贵了！"

"说，是不是你告的状！"

渠宝成扬起手掌，又往前跨了半步，我警觉起来，赶忙站直身子。

"你要做啥！"

"啪！"

一巴掌抽了过来，只觉得眼前一黑，身子由不得往旁边一闪，伸手抓住门把手，把门拉开了，我也跌倒在地。

没想到渠宝成会这么狠毒，我猛一使劲，站了起来，两手舞扎着，朝渠宝成扑了过去。

"你打，你打！有本事你往死里打！"

渠宝成犹豫了一下，似乎往后退了半步，又像是在发力，要冲过来。

我也是疯了，一边往门外退，一边护住自己的脸，外面廊子里宽敞些，能挥开胳膊，宝成的个子不高，占不了多大优势。

宝成也追了出来，舞扎着胳膊要打我，这儿空间大，周旋得开，连着两下，都叫我挡了回去。拳头落在胳膊上，生疼生疼的。

"打甚哩嘛，打甚哩嘛！"

婆婆吼叫着过来了，我听了一阵心喜，有老人在跟前，他渠宝成总会收敛些吧。

宝成举起拳头，又要朝我脸上砸了下来。

"打身上，甭打脸！"

料不到婆婆的劝阻，竟是这样一句话。

就在我愣了一下的空当，渠宝成的拳头，落在了我的胸前，疼得我尖叫了一声。

"人家他哥在哩，打个啥嘛！"

公公过来了，是劝阻，听着一半是呵斥，一半是在做技术指导，兼有伦理顾忌的意思。

渠宝成还在追着打，我挡不住，一面哭着，一面朝后退，朝着西边宽展处退。一退就退到了婆婆跟前。万万没有想到的是，婆婆竟从后面抱住了我，我也是急了，扭动着身子要挣脱。

"有你这么拉架的吗！"我大声喊。

眼见渠宝成的拳头又要落下，我的脑袋朝后一仰，磕在婆婆的脸上。这老女人也是成心要整治我，竟将我往前推了一把。

"打！狠狠打，甭打脸，照胸前打！"

站在婆婆身后的公公，实在看不下去了。

"行啦，行啦，打上两下就行啦！"

也是快到楼梯口了，我终于挣脱了婆婆的搂抱，渠宝成这才住了手。

背后听见公公又说了句什么，像是责怪婆婆不该拉偏架。婆婆强自辩白，说她就是劝架的，可她拦不住儿子，只能搂住媳妇嘛。

我听了，冷笑一声，扭头下了楼。

怎么走过街道，来到黄河大酒店门口的，脑子晕晕乎乎，什么都记不清了。记得清的，只有在酒店门口的树丛里，整整衣服，又抿了抿头发，顺手在脸上抹了抹，觉得左脸颊生疼生疼，还好，没有破伤。

大厅里有个服务员，见是我，也没问，探了下脑袋又伏下去睡了。

上了二楼，站在楼道上，心里难受，恨不得当下就放声大哭，知道亲友近在咫尺，已经哽咽起来了，强忍着不让声儿再大些。面前是214，掏出钥匙就可以进去，可怎么对女儿说呢。右边是213，哥哥在里面，从下面门缝的光亮看，哥哥还没睡下，可我这个样子，怎么给哥哥诉说呢。犹豫片刻，我还是朝左跨过两步，嘴贴在门缝上，抬手在门板上轻轻敲了三下。

"小贺，是我，绒仙。"

第二十七章

周日下午回到太原，请哥哥在桥头街的"认一力"饺子馆吃了晚饭，他买的是九点的卧铺票，又回到家里坐了会儿，仍是小贺开车，送他去了车站。我和睿睿都去了。小贺又把我们送回嘉士林，这才开着悍马回了他的店。

晚上在家里，我在想着，哥哥这次来山西，有高兴的，也有不高兴的。高兴的是，给母亲上了坟，取了坟上的土，不高兴的是，知道了我现在的处境，心里很是难受。

在柳林，第二天要上路了，他都没有觉察出我有什么异样，直到上了车，跟我一起坐在后座上说着话，也没有觉察。出了城，要看这边的景色了，扭过脸，才看见我脸颊上的瘀青，问是怎么回事。本来我还想掩饰，不知怎么一下，悲伤涌上心头，就把前一天晚上的事，原原本本全给说了。一直到过了薛公岭，情绪才平复下来。沉默了好长时间，哥哥才拉住我的手，说过不下去就离了吧，父母都不在了，我们又不在一起，你可要多多保重。

刚洗漱完，雪姐的电话来了，打的是座机，我知道她是要多说会儿话。果然一开口就搭得远远的，说她去了沁源，那个项目还可以，没费什么事就考查完了，当地朋友派车送她游览了灵空山。说我真该去，松树直溜溜的，有好几丈高，山里有寺院，有溪流，风景不比南方的名山差。又说，人家还想让她去花坡风景区逛逛，我不在，她一个人没意思，周六下午就回来了。

问我在孟门可顺利，我说陪哥哥去了碛口，去了李家山，给母亲上了坟，都很顺当，只是在孟门婆家，受了点气，没什么，以后见了面再细说。

我累了，觉得说了这样的话，就该挂了，不料雪姐又来了一句，让我一下子又提起精神。

"你头疼的那件事，我给你搞定了。"

"啥事？"

"就是你说的，给出席换届会的代表登记表上，加上父祖两代人职业那个事呀！"

"这事你是怎么搞定的，姜主任同意了？"

"你不是说了嘛，他是秘书处的主任，得他答应才行，搞定了当然是把他搞定了。"

"那真要谢谢雪姐了。"说完这话，我又起了疑心，前段时间，姓姜的一点口风都不露，如何会雪姐一说就应允了。"你是怎么跟他说的，我想听听。"

"这还不好说嘛，"话是这么说，听得出来，电话那头她还是打了个咯噔，又觉得功劳在身，还是照直说了，"我说，你打人家的主意，这么个事儿，能办的都办不了，还叫个男人吗？我跟他在一起开个会，是当面说的，他连声说好好好，一定办一定办。你什么时候去了文史会，找他就是了。"

"雪姐，你怎么能跟他说这个话。"

"这有什么，他打你的主意，并不等于说你就情愿哪。"

我不好再说什么，她又叮嘱我，话是这样说了，那人是个翻毛驴儿，该说的好话还要说，不敢太冷了，一句话惹翻毛了，又不认账了。

雪姐又告诉我，说中医研究医院的萧大夫，昨天中午在一起吃饭，还念叨我，说我的抑郁症不知有没有减轻。

"绒仙，该去看看人家嘛。"

"会去的，会去的，哎呀，睿睿在那边叫我哩。"

撒了个小谎，那边才挂了电话。

过那边，经佑睿睿躺下。回这边，冲了个澡，腰里搭了条被单，仰面躺在床上，长长地舒了一口气。想到在孟门餐桌上的事，不由得就来气。这个宝珍，也是上过学的，怎么能这样对待睿睿，一面又庆幸，多亏小贺开了朋友的悍马，要是开了我的奔驰GLB，宝珍见了不定会使什么坏。婆婆太不是人了，竟敢搂住我的胳膊，让宝成那么使劲地打。公公还算说了句公道话，可他对那个胖婆娘的威慑力太小了，在这个家里没人听他的，更别说怕了。实在看不下去的时候，才敢说两句人话，平日别的事情，胖婆娘叫他往东不敢朝西瞟一眼。

想到回到酒店，叫开小贺的门，不由得咧嘴笑了一下，脑袋一摆，算是将这件事撂开了，用旧小说上的话说，就是撂到爪哇国里去了。

反正睡不着，回来了，该把下星期的事安排安排。

周一是编辑部的例会，得去的。周二上午该去文史会的，可雪姐说了那个话，我不想这么快就去见姜宁亭那个老色狼，见是要见的，那就推后几天，周四下午去吧。不去了，得给姓姜的打个电话，打就打上一个，说《山河志》这边有事腾不开身子就行了。

研究医院萧大夫那里呢？是该去一下，不知为什么，我对这位留德的医学博士有着一份特殊的好感，爱，谈不上，他有才又风趣，还是让人喜欢的。就像前几年看了不止一场的《巴顿将军》的电影里，将军说过的一句话，"会说话的人是该去救的。"用在我身上该是，"会说话的人是让人想念的。"

什么时候去看他呢？就星期二上午吧，不去编辑部，也不去文史会，干脆去医院得了。

转眼就是周一，上午去了编辑部，下午在家待着，没去上班。去孟门前写的《〈围城〉里还应再掂量的字眼》，走之前发给《龙城晚报》的尹敏了，她是我读师院时的朋友，原先在临汾广播局上班，丈夫调到省上一家出版社，她也就调过来进了报社。见了稿子，她说好，可以提升副刊的学术水平，说先把这个上半篇发了，下半篇写起，最好能另换个题名，不要隔得太久了，写完就发来。

午饭后迷糊了一会儿，精神挺好的，且将下半篇写了，名字没想好，先空着。既然要另起名字，序号也就不必接着往下排了。

引述的是初印本上的文字，对照的是重印本，为了读者便于查验，仍标通行本的页码和行数。

全文共十一则，最为满意的，是第五六两则。

（5）第165页倒数第10行：那女人忽然发现顾先生的注意，便对他一笑，满嘴鲜红的牙根肉，块垒不平像志士的胸襟，上面疏疏地缀着几粒娇羞不肯露出头的黄牙齿。

重印本里"志士"改为"侠客"。有个情况，读钱锺书书少的人或许不知，《围城》甫发表及初版本发行，曾受到进步文化人士的批判。新中国成立后及改革开放之初，钱先生不愿重印此书，说写得不好，只会是托词。当年批判此书的人大都健在，有的且身居高位，不愿再度授人以柄，也该是难以缓解的心结。不得不允诺重印且修订之际，他自然明白自家该改些什么语句。"志士"会让人想到"革命志士"，而"侠客"，通常谓之一介武夫，且多生活在古代社会。略一思忖，笔头便偏向了保险的一边。至于是艺术的忠诚，还是世俗的权衡，暂且就顾不上了。

（6）第184页倒数第9行：鸿渐看见一个烤山薯的摊子，想这比花生米好多了，早餐就买它罢。忽然注意有人作成这摊子生意，衣服体态活像李梅亭，仔细一瞧，正是他买了山薯脸对了墙壁在吃呢。

重印本中，"有人做成这摊子生意"，改为"有人正作成这个摊子的生意"。先不说改后的句子，说改之前的。这是个口语句子，简练，一个"的"字都没有，一看全明白。"做成这摊子生意"，不管是看字还是听音，都明白是在这个摊子上买下了山薯，不会理解为掏钱把这个摊子买下了。改后的句子加了三个字，分别是"正""个""的"。且一个一个地说。"正在作成"，时间明确了，表示交易正在进行中。可后面的"面对着墙壁在吃"，岂不是到了另一个时间点儿？西谚曰，人不可能同时跨过同一条河流，意思是时间不同，状态也就有了不同。李梅亭再有本事，也不可能同一个时间，又是在买又是在吃，且让方鸿渐立马判定做着两个动作的为同一个李梅亭。加一"个"字，成了"这个摊子"的特指，莫非此地还有另一个卖山薯的摊子？第三，加了个"的"字，成了"这个摊子的生意"。纯粹是因为前面加了两个字，为了语气舒缓，不能不来这么个的字。几十年自命正确语法的熏染，积久成习，生是让一个极具才情的老作家，把一个活泼泼的口语句子，改成了全无生气的报章句子。

这篇文章，拉拉杂杂写下来也有两千字之多。叫什么名字呢？总不能叫成《钱锺书〈围城〉里用错的词语》，还是厚道些，就叫《钱锺书先生的笔下误》吧。

细细看了一遍，怪好的，也不能说多么刻薄，鼠标一点，发给了尹敏同学。报上接连发表挑刺《围城》的文章，我在省城文化界必定轰动一时。想到这儿，由不得哼起了前两年学会的歌儿：

> 甜蜜蜜，你笑得甜蜜蜜，
>
> 好像花儿开在春风里——

原本要哼完的，突然停下了。

这是怎么啦，就在这一瞬间，发觉我精神上起了一个绝大的变化。过去别说抑郁犯了，有时烦躁不安，有时强制着自己，别胡思乱想，钻牛角尖，又觉得心如死水，泛不起一点点涟漪，每当此时，总想着死亡或许是最好的解脱。今天可不是这样，不是这会儿才觉得的，写这篇文章写到一半上，我就有了预感。往常别说写文章，就是写稿笺，脑袋也是木木的。若用稿笺，改了又改，一个三百字的稿笺，总要费两三张笺纸才能写起。今天写挑剔《围城》的文字，脑子里清得跟水一样。想到什么马上就捕捉到什么，闪现在脑子里的不是朦胧的意象，而是清晰的句式，连标点符号都清清楚楚。做学问需要联想力，好些人常这么说，不对，有联想力只能平面推进，最重要的是得有穿透力，也可以说是楔进力，有缝儿从缝儿里楔进，没缝儿也要先楔出一个缝儿，再深深地楔进去。

看一下外面的天色，不是多么的明亮，屋里开着空调也不是多么的凉快，这是为什么呢？

啊，一下子明白了。

一切都源于在孟门遭受的羞辱和虐待。

道理呢，一想也就明白了。

心里受了制，生了气会让人抑郁，这道理我先前就懂，嘴上埋怨别人，实际上心里常是检讨自己。这种检讨就像陷进泥淖里，越挣扎陷得越深。

而受了大制，生了大气，就不然了。它让你猛醒，让你一下子看透人世的丑恶。同时也就意识到，过去的烦闷，过去的自责，不过是拿他人的丑恶惩罚自己。小的丑恶，你以为是自己没有及时躲闪，大的丑恶是人家要你的命，再躲闪也没有用，这时你就看透了，悟彻了，也就释然了。

太高兴了，忍不住拿起电话，把这个消息告给了雪姐。

"我的病好了，FH计划可以取消了吧？"

"绒仙哪，别糊涂，你现在的变化，正是我们FH计划的阶段性成果，要巩固，要扩大，还得把FH计划做下去，加油，前进！"

她说这话，完全是个工程项目经理的口气。

第二十八章

　　第二天是周二，我去文史会，看姜宁亭把表格加项的事办得怎么样了，别因为那天的不愉快，他把这事扔开，不管了。雪姐的叮嘱还是不敢忘了的。

　　上办公楼，脚步沉重了许多，我得调整好自己的心态。

　　上了三楼，先长长地舒了一口气。玻璃门开着，见了门上"请随手关门"的贴纸，想到春天初见姜宁亭的尴尬，他老婆刻薄的话语，又想到不久前在这个办公室里，他的粗鲁，心想怎么会是这么个人呢。那天那样对待他，该不会记恨我吧。

　　门闭着，不会没来上班吧？

　　轻轻敲了两下，里面有了响声，赶紧堆起笑脸。

　　姜宁亭开了门，一面往回走，一面说："我还以为把你惹下了，不来我们这儿帮忙了。"

　　"看姜主任说的，我就那么小气嘛。"

　　"那就好，我想着杜绒仙，也该是个见过世面的人。"

　　这话不能接，姜主任已打了水，我给自己倒了一杯，又给他的茶杯续上水，他和善地一笑，算是我俩的关系又恢复了常态。

　　"姜老师，登记表发出去了吧？"

　　"看你说的，把我当成什么人了，答应了的事，我能不办吗？"

　　他办了，正可以印证何其愚设想的程序完成了，只不过这最后一关，是借了雪姐的疏通实现的。

　　"谢谢姜老师，你大人有大量，不会跟我一般见识的。"

　　"你可能不知道，这事儿还上了一次会。你想不到吧，会上，何其愚还表示不满，说好好的一个登记表，加上这么一栏，跟政审表似的，我

288

说了几句，这才通过。"

他这话我是不信的，但也不好说别的，只是笑了笑，表示默认外加感激。这种人说别人坏话是有瘾的，见我不反驳，更来了劲儿。

"何其愚这个人，外表忠厚，实则内心诡诈得很。出身不好，养成了他懦弱胆小，见机行事的品格。听人说'文化大革命'那几年，他在农村还揭发过他祖父的反动言行呢，害得他祖父叫批判了多少次。"

越说越不像话了，我不能不有所表示。

"姜老师，我来这儿是帮助工作的，对你们两位老师是一样的尊重。"

"那是，那是，我也只是闲说说，没别的意思。换届会上的报告打印出来了，你看看有什么不妥当的就说出来。"

说着，将一份文件推到我这边。

总是有那天的不愉快，他还是想跟我套近乎，看我差不多看完了，又起了个话头说起来。

"绒仙，你不知道吧，最近为换届的事，全省文史学界分成了两大派，明争暗斗，热闹得很呢。一派是保吕汾阳的，一派是推吴悦台上的，各有各的理论，各有各的招数。"

"哦，还有理论？姜主任肯定是推吴悦台上的大将。"

"不是大将，是主将，我们就是要推吴悦台上去。吴悦台声望还行，运作能力不行，外省人嘛，基础薄弱，全凭我给他运作。最近我跟几个朋友，把各地市拥吕和反吕的人员过了一遍，觉得吴悦台会上获胜的概率还欠点，商量来商量去，他们都拿不出好办法，我说增加五十个代表名额，全放在省城的两个代表团里。一个是省直代表团，一个是太原市代表团，省城的人好做工作，不愁投票比例上不来。"

这话，在御碑阁茶苑，何其愚跟我说过。

"真是个好主意。"我不是由衷地、听来也还真诚地赞了一句，"你不是说还有理论吗？什么理论，让我也见识见识。"

"这个理论听起来简单，但号召力极强，主要是针对想上位的中青年作家学者的。两条，一条是说，仍选吕汾阳当会长，他们就是儿子，要翻身还不知在猴年马月。选了吴悦台当会长，跟他们是兄弟关系，大家说什么，他吴悦台就会听，就得听。再一条是，选了吕汾阳当会长，吴悦台还是副会长，他们要上去，就少了一个副职的位子。选了吴悦台当会长，吕汾阳那么大年纪，绝不会当副会长，那么就多出一个副职的位子，他们中就可以多上一个人。"

"可是这个位子，不一定就是他呀。"

"这你就不懂了。多一个位子，对要上的人来说，就多一分希望。越是不确定，争的人就越多，号召的力度也就越大。"

"哎呀，这个理论太高明了，姜主任，准是你想出来的。"

"我的脑袋可没那么好使，吴悦台这边高人多着呢。"

"该是邵新一的谋划吧，听说他是吴悦台的高参。"

"大家的主意吧，道理明摆着，稍一点拨，心眼马上就亮了。"

"拥护吕汾阳的都是些什么人？"

我总想知道的多些。

"除了这些年，在他手下做行政工作的几个人，作家学者里头公开表态的，就是何其愚名声大些。"

"何老师还有些号召力吧？"

姜宁亭冷笑一声。

"他那德行，号召自己去吧，号召别人，越号召越坏事。不说这个了，你还是把文件给他送去吧，记住我说的，会上发的与会代表花名册上，个人成绩限定在二百字以内，不能太少了。再跟他说一下，基层的同志脾气都大，他做的工作易招人怨，凡事都要谨慎，多个心眼，别买卖没做成，先把自己搭赔进去。"

说着，将手中的两页纸递了过来。

是接过来了，我却不想马上走开。

就在这一瞬间，我对姜宁亭这个人又生出几分好感。

你看嘛，连何其愚都说跟他有过节，他说起何其愚，也是一脸的不屑。两个人，你看不起我，我看不起你，何其愚看不起姜宁亭的是学问，姜宁亭看不起何其愚的是人品。毕竟长了何其愚十岁八岁，又负着全责，对何其愚叮嘱的这几句话，还是很真诚的。

我想给他几句忠告，也可说是个引导，又不想拿自己说事，想想，还是拿钱锺书老先生说事吧。

"姜老师，你看过《围城》吧！"

"前几年最热的时候，买过一本翻了翻，就那么回事儿，不像谢次陇他们说得那么好。"

"这个小说主题不能说多么深刻，但是在写男女之情上还是有新意的。我们郑主编是个钱迷，他说他看了好几遍，最佩服的是书中写男女调情的章节，互相尊敬，彼此心照不宣，言语挑逗，极富生活情趣。这部小说刚出来，有人说是香粉铺子，还有人说是吊膀子大全，姜先生该再看看，对女人的心态会有更好的把握。"

姜宁亭盯着我，眼珠闪了闪，不知内心在想什么。

"噢，噢，我会再看看的。"

他喃喃地说，像是明白了什么，又像是什么也没明白。

我觉得帮人要帮到底，说话要说个明白，让他听得懂，能受益。想起不久前在一个朋友的博客上看到的一首打油诗，是一个老作家写的。怕念出来怕他听不准，扯过一张纸写下来，推了过去。

> 七十老翁何所求，
> 花花肚肠乱翻腾。
> 今天想着吊膀子，
> 明天想着出大名。

他拿在手上默默地念着，我只管说了我的看法。

"姜老师，我觉得这位老先生的人生态度，是积极向上的，也是可以效法的，其要害在于幽默风趣，乐观豁达。这就好比钩上有香饵，何愁鱼儿不来食。"

"这诗是不错，袒露心迹，无所顾忌。"

姜宁亭点点头，嘴唇咂摸着，像是在品着诗中的味道。

"姜老师，这个老作家敢袒露心迹，写了出来，全在他说的是吊膀子，要是别的举动，怕他就不敢写了。"

说到这里，我注意到姜宁亭的脸色一沉，知道自己犯了大忌，触到此人的痛处，忙亲切地一笑，又补了一句。

"要是换成今天想着进洞房，明天想着出大名，怕就不成话了。"

"老想着进洞房，那准是疯了。"

这一招果然见效，将他的思绪扯回，没让他联想到那天的粗鲁动作。

"吊膀子，对女人耍的都是嘴皮，更厉害的，连嘴皮子都不动，该说是飞眼吊膀了，姜太公就懂这一手，他能直钩就钓上鱼来。"

"你是说学学我那个老先人，来个愿者上钩？"

"我可没有那么说，是你自个儿想出来的。"

"嗯，嗯，不急嘛，下班前送过去也不迟。"

见我将手里的两页文件对齐，以为我这就要送过去。姜先生伸出手，往下压压，示意坐下。我原本就没有马上要走的意思，对齐纸页，只能说是个习惯性动作。听他的口气，知道有话要说，便停下手上的动作，挺挺腰身，做出一个不洗耳也恭听的姿态。

果然有话，还挺重要的。

"跟你说个正经事。这次换届，我们把两边的人挨个分析过了，吴悦台要上位，票上还是欠点，我不是跟你说了吗？"

我点点头，表示记得。

接下来他说了他的正经事。

为了在选票上扳过来，他们增加了五十个代表名额，时间紧，不走选举程序，由他们直接圈定，称为特邀代表。这五十个人，全部来自省城各单位。编团时，除少数几个编进太原代表团，大部分编进省直代表团。这样一来，省直团的人数就太多了，只好分作两个团，一个是省直一团，一个是省直二团。一团以高校为主，二团以省城文史单位为主。一团的正副团长，就是原先省直团的不动，现在他正在考虑二团的正副团长人选。

我心提得老高，这家伙不会打上我的主意吧？

怕什么，偏偏就是什么。

"二团主要是文史单位的人，团长我想让我们这儿的黎之诚先生担任，他年龄大，名气也大，当团长很合适。团长是文史会的，副团长不能也是文史会的，必须是外单位的。我想来想去，还数你最合适。"

说罢，笑眯眯地瞅定我。

我从他的眼神里，看出一种淫邪的东西，几乎是本能地起了反感。

"为什么选我呢？我只是个普通编辑，一点学术成就都没有。"

"怎么能说没成就，你最近在《龙城晚报》上发的那篇给《围城》挑错的文章，任谁看了都说是才女。"

除此之外，还有另外的理由，想到马上就说了，直愣愣地说话，是他一贯的风格。

"原先我还考虑你的倾向，后来听说你跟吴会长的关系不错，这样你的倾向就不必怀疑了，挑选你当副团长，也是跟吴会长商量了的。"

这末一句话，跟一根钢钉似的，把我钉住了，一句多余的话，也不能再说了。

"领导咋说我咋办，只怕我做不了劝人投票的事。"

"有你这个副团长，就不是几票的事。"又加了一句，"我把杨雪君也发展成会员，增补成代表了。"

出了办公楼，去了编辑部，将文件给了何其愚，人多，不便说什么。刚下到院里，手机响了。一看是个手机号，赶紧接了，那几年有手机的不多，打过来的，多半是朋友。

一听，还真的是朋友。

"是绒仙吧，猜猜我是谁？"

那浓重的鼻音，一听就知道是谁，我就是不说，反而跟他打起岔来。

"是卖狗皮膏药的吧！"

"哈哈，精彩！满世界就你敢糟践我这海德堡的医学博士。院里给主任医师配了手机，我试试音色怎么样，头一个就打给你，还行，你一应声我就听出来了。"

他那个骨相科，新增了个艾灸疗法，说是诊疗结合，我去过两次，挺神的。

"又要我去艾灸吧！"

"不是不是，是我想你啦，真的是想你啦！"

不能再扯闲了，该问问有什么事儿，我还没作声，他自个儿就先说了。

"绒仙哪，我这几年一边看病，一边也没忘了我的专业，最近我在研究上有了个重大发现，就是在心理医学上，打通了中西医学的一个障碍，正在写一篇论文，写成了先在我母校的学报上发一下。你什么时候过来，我给你说说。准让你震惊。"

"沟通了中医与西医？"

"不，是打通了中医和西医。"

"那我一定过去听听。"

"什么时间来呀？"

"忙过这两天就去！"

挂了电话，心想这个德国的医学博士，说不定真有两下子呢。

第二十九章

周五，没去上班，不到十一点，去了中医研究医院。

上了三楼，楼道上没有候诊的人，不由得心喜，诊室门虚掩着，轻轻地敲了两下。

"谁呀，进来！"

瞥见诊疗床上有人，退不回去了，只好全推开，身子闪了进来。

"啊，绒仙！"

萧大夫弹跳起来，前倾的身子如同离膛的炮弹，人都到了我跟前，使劲儿地摇着我的手，弹跳起来的后坐力，还让钢管窝回当了支架的椅子摇晃个不停。椅子的摇晃，比他握住我手的摇晃，更能见出这些日子不见面，他对我的想念。这让我一时间竟有些感动，觉得鼻尖酸酸的。跟宝成闹别扭半年了，心早凉了，这还是我头一回有鼻酸欲泪的感觉。

"好久不见，感觉萧大夫更年轻了。"

为了掩饰心头的慌乱，我说了这么一句谁听了都知道不真实的搪塞话。偏偏萧大夫不这样认为，松开我的手，摸摸自己的脸颊，羞涩地一笑。

"真的吗，早上刚刮了胡子。"

他做了个手势，让我在他刚离开的椅子上就座，他自己拉过一旁的椅子，要坐在我的对面，如果我落座的话。

我没有坐下，转身打量着室内的陈设。

室内弥漫着艾绒燃烧的味道。

现在的诊疗床，又有改进，坡度更大了，近似人家的躺椅。此刻床上躺着一个人，看衣饰像个年轻女子，也跟我头一次就诊时那样，拿一张报纸盖在脸上。

萧大夫已在他拉过来的椅子上坐下，又做了个请坐的手势，我过去在他离开的位子上坐下。

"等了这么长时间不来，我当是不来了。"

"萧大夫让来，能不来吗？早来了，有人候诊，这个时间正好。"

"好久不来，真的想你呀。"

我说着努努嘴，提示他，有病人在，别胡说。

"没关系，这女孩儿是个山里娃，耳朵有残疾，咱们说啥她也听不见。前两次来，人多，没顾上细谈，说说吧，我给你开的方子怎么样。你老不来复诊，我就想着，要么没按我的方子办，要么美不胜收，收得多了，顾不上我这个指路人了。"

他的话有几分隐晦，暗含的意思我全明白。读博的事他已知晓，他要问的是，第二个方子做到了没有。

该怎么说呢，想说，又有几分为难，不是我不信他的方子，信是信了，可我没做出可以言说的成绩。

"你那鬼方子，全是害人的。"

"良药苦口利于病嘛，再说我这个方子配的药，程序难些，真要进入了，可是别有滋味，美不胜收。唐人王建有诗云：万里双旌汾水上，玉鞭遥指白云庄。"

一时间，我听不清诗的本意，纵然诗里说的"玉鞭"，真的是镶了玉的马鞭，萧东平用在这里，也便有了借喻的意思。纵然坏吧，能随口诌出唐诗以借喻的人，还是叫人喜欢的，不说几句真话，是不行了。

"有一次，差点就成了。我约了他去府后街上的御碑阁喝茶，你知道，现在的茶室设备都很齐全，可以用餐，还可以泡脚。我和他谈得很是投机，他有情，我有义。又都是躺在榻上，只要一迈腿就可以叠在一起——"

"说呀！"

我眨眨眼，仰仰下巴，指了指艾灸的诊疗床。

"一个山里女娃子，听不见！"

"以为此番定然成事，过后萧大夫问起也有说的，谁知正在这时候，我的一个亲戚来了电话，倒不是没有时间，是没了心情，就这么着，功亏一篑，好事没有做成，太可惜了。"

"在御碑阁，这位是谁呀？"

"文史会的一个名流，名字就别问了。"

"还有呢，这么长时间不会就这么一个，还让打草惊蛇。"

"还有一个，还不如这个，是去银昌盛一起唱歌，也有了那个意思，最后空欢喜了一场。"

遇上自己喜欢的男人，又是这么一个场合，可以用隐语说个痛快，我也就不管不顾，将与辉哥去歌厅的事说了个大概。

"又是出师未捷身先退，长使英雄泪满襟。不过人家是汗巾，你这是红罗巾。"

萧大夫真是个儒雅之人，古诗改了两个字，用在这里竟这么贴切。想到这里，我瞥了他一眼，他竟忘了这是在治疗室里，伸过胳膊，拉起我的一只手，他的另一只手搭上来，抚了抚，又全都松开。

"哎，有个情况，雪君都给我说了，你却连提都不提。"

他说这话，有怨怼的意思，是说我跟他，应该比雪姐跟他更亲近些。

"什么事儿?"我一下子蒙住了。

"你在柳林经历的事。"

啊，我猛醒了，定规是雪姐将我经历孟门屈辱，而抑郁大减的事告诉萧大夫了。从病情变化上说，是应当告诉萧大夫的。我当即说了，我和睿睿在孟门渠家受欺凌受暴虐的情形，末后说，回到太原，突然发现我的思维格外清晰，记忆力恢复了，思想的穿透力也有了。

"萧大夫，你说说，这在病理学上有解释吗?"

对我这样坦诚相告，萧东平很是满意，解释起来兴致格外地高。

"在西方病理学上，这叫刺激疗法，好些病人昏死过去，用电流刺激也是这个道理。抑郁症的致病之由，是心气郁结，不得通畅，施治之道，只能是活气舒血，使之通畅。你这等于偶然之间，受到强刺激，打通了体中的郁结之气，但是这种情形，有它可怕的一面，意志力薄弱的人，很有可能因此而疯掉。"

太可怕了，我不由得深深吸了一口气。

"因此上我一贯主张，女性的抑郁，最好还是用我的第二个方子。你想想，下边进进出出，上边嗯嗯啊啊，不就等于疏通郁结之气吗，明白了吧。"

我不是明白了他说的道理，我是想到那天晚上，我回到黄河大酒店，进了小贺房间的情形。啊，我这不是正应了萧大夫的施治之道，两个疗程，一次完成，怪不得好得这么快。

萧大夫跟我想到了一起，接下来的处置却完全不同，我想的是如何保持这种状态，让病情进一步减轻，他一想就想到，趁此良机，他该有他的作为。

"看来我要身先士卒了。"

身先士卒，这个词也用得好，我莞尔一笑，觉得这样情谊浓烈的对话，真可用"已然身受"来相比了。

这时，艾灸床那边有了动静，先是做遮挡用的布帘摆了摆，像是患者揪住下面某个部位扯了扯。我坐的位置正对着布帘看见了，可我以为是患者无意间触动了布帘的下摆，我正跟萧大夫谈到酣畅处，也就没往别处想。很快，那边又有了动静，不再是扯布帘，而是发出了声响。

"呜——呜——呜——"

萧大夫的身子，挡住了我的视线，稍稍偏了一下头，只见做艾灸的年轻女患者，将覆盖在面部的报纸，错开些位置，露出少半个脸，嘴噘着，发出呜呜的呼唤声。

萧大夫听见了，扭过身去。见他转了身，那患者又呜呜两下，萧大夫明白过来，站起，要过去了，一脸的诡异。

"这孩子，不光听不见，还不会说话，像是艾炷烧完了。"

他过去掀开布帘，取出搁艾炷的不锈钢托盘，又换上一个艾炷，俯身搁在斜床的下面。按说他在布帘那边做什么动作，我是看不清的，可布帘离斜床太近，他站在斜床与布帘之间的空当里，布帘贴着半个身子，有什么动作，布帘上都能显现出来。换好艾炷，似乎还拍了拍患者的身子。

"安静点！"

"我要回去嘛！"

"听话，你要回，她也要走。"

虽是轻声细语，不是很准确，大致就是这么个意思，我起了疑心，这个有花心的洋博士，莫非给这个女孩下了什么药，要等药醒了才放她离开，可是为什么又要联系到我呢，一时还真难理清究竟。

又坐下了，接着刚才的话往下说。

"两个了。"他用三个字，将前面的引诱故事做个了结，"你打别人的主意，难以得手，是情理中事，而你这么漂亮，可说不动声色，即风情万种，打你主意的，定然不在少数。正是盛夏时节，衣单体显，最是撩人情思，有打你主意的，无须前奏，俯允就是了。"

"哎呀萧大夫，你怎么说这个话，把我看成什么人了。"

"这不关你是个什么人的事，是世上就这么个行情，有人再吆喝也卖不动，有人不用吆喝，人就围上来了。"

"你以为别人都跟你一样！"

我笑了，又觉得听了这样的话笑出声，有些贱，赶紧展开手掌捂住嘴，不料手指缝里溢出的笑声，跟手按住琴弦似的，发出的声调更多了淫邪的味儿。

"将心比，同一理，我这么本分厚道的男人都会生了邪心，那些品行不如我的，也就可想而知了。我承认，那些品行不如我的，本事上肯定比我强。"

"还真让你说着了。"

想到姜宁亭的撩逗，几乎是不假思索，我就来了这么一句。

"谁呀？看我认识不。"

"你肯定不认识。"

"文史会的人，我还认识几个。"

"啊！"

后来我才知道，我无意间的这个"啊"，将我的隐秘全暴露了。

"这样吧，你不用说他是哪个部门的，也不用说他姓什么，只要说出他名字中的一个字，我就能测出这个人的模样、品行，还有他做事的方式。"

"真的，你会测字？"

萧大夫说了此中原委。

原来接受他来中医研究医院的王院长，在北京的一次振兴中医药的会上受到表彰，回来之后，动员全院医生挖掘中医诊疗项目，越是传统的，越要赋予新识。骨相科原先就有熏蒸和推拿，艾灸就是新开发的项目，王院长待他很好，他来了才五年，工资提了三级，如今已赶上院里最知名的老中医了。院里凡设个新项目，王院长必先征求他的意见。就在上个月，王院长来家里找他，说古代中医有数理之术，又有谶纬之学，民间最信服的，一是堪舆，一是测字。堪舆与医学关系不大，测字隐显心理的趋向，以之与心理疾患联系，作为诊断的手段，以期达到治愈的目的，不知在西方心理学上，可有坚实的依据。

"你又胡吹了吧！"

"这可不是胡吹，人的不经意的行为，往往暗含着最隐秘的心理症状。这上头，西方的巫师与东方的方士，所操之术有异，而所循之理实同。中国最著名的故事，该是《十五贯》这出戏，苏州太守况锺利用测字，步步紧逼，迫使窃贼娄阿鼠供出实情，落入法网。你不能不说，所测之字与罪犯的心理没有丝毫关系，见微知著，表里相应，原是疾病心理学的基本原则。"

"于是你就揽下了这个差事，还想在你们这个科里增设一个测字诊病项目。"

"是呀，你不看我这些日子都看些什么书。"

萧大夫说着，伸长手臂，从我面前的桌上，取出一本不厚也不薄的书，推送到我面前。

拿起一看，是《语言之起源》，汤炳正著，三晋出版社出版。

"你别看，我先问你个问题，看你这个历史学家怎么回答。"

"哟，你这个神神道道洋博士倒考起我来了。"

萧大夫提出的问题，我们上古代文化史课上曾讨论过，就是汉字在其初始期，是先有字形，还是先有读音。具体的讨论，全都忘了，我只能以我现在的理解来回答。

"当然是先有字形，后有读音，没有字形，读音不就失了依据？"

萧大夫笑笑，从这个笑里，我已感到了他的用意，下来该是怎样反驳我，或是取笑我了。

他没有说话，又是伸长手臂，取过我刚放下的书，只几下就翻到一页，平摊在桌上指给我看。

书中《原"名"》篇有言：

> 《说文》口部云："名，自命也。从口夕，夕者，冥也。冥不相见，故以口自名。"

待我看过，他才说古人白天说道某事某物，以手势表事达意即可，及日夕昏冥，视官失去功能，即不得不代以发诸口舌之读音，以乞灵于听觉，故而先有读音后有字形也。

我一想，觉得这个道理老师也讲过，只是匆促间没有想起，就做了自以为是的回答。毕业这么多年了，还会遇上这样的考核，错了一点也不觉得害羞，只觉得挺有意思的。

"现在可以说那个比我强的男人叫什么了吧？别说姓，名字要是两个字，也别说全了，只说一个字，看我测字的功夫怎么样。"

我犹豫着，该不该说出姜宁亭的名字中的一个字，很想瞎编一个，又一想，这不光枉了萧大夫一片心血，也枉了我的一番期待。我还真想看看这个洋博士，对名字中有这么个字的男人，做出怎样的评判。

桌上有支圆珠笔，还有处方笺，拿起写了一个字。

见我这么痛快地写了他想要的字，萧大夫的脸上泛出欣慰的笑意，几乎是感激地瞅了我一眼，擎起，靠近他那分明近视了却不戴眼镜的眼睛。

果然这个字让他费了踌躇，揉了揉眼睛，看了又看。

好长时间了，我对这样两人相对而坐，总觉得不太舒服。我穿的是裙子，还是不怎么宽绰的那种，萧大夫自从拉了旁边的椅子，坐在我对面，一直是撇开双腿，类似古人箕坐的那种姿势。这种姿势，在他颇有一种预备动作的优越感，在我却只觉得一种难以承受的戏弄感。你无法想象，隔着顶多两层布的那个物件，怎样瞪着那只单眼，贪婪而又鄙夷地瞅着你。实在受不了了，我起身在室内踱来踱去，是等待萧大夫的测字结果，也是平复内心的焦灼。

西边墙上，多了一个白木框的书法作品，不大，只有八个字，意思是赞艾灸，字体是实在的好。

　　知艾者福，善灸者寿。

落款未署时日，只有两个小字，古董。

听人说过，这古董是个年轻的女孩子，其楷书可称得上三晋榜首。

看了一眼，萧大夫还在苦思冥想，琢磨着我写的那个字的人品的内涵，我也不管他的思路是否被打断，还是叫冲散，冷笑了一声。

"哼，我说萧大博士，你挂的这幅字，我看该改一下。"

"噢，你说怎么个改？"

他倒也能分心，马上接了我的话头。

"该改成，知艾者有福，善灸者折寿。艾灸是好事，你做这事，怕要折寿了。"

萧大夫不恼，又把话题引到我身上。

"你才灸了两次，还没见出疗效，待会儿再来一次。"

"我才不呢，那个字不好测吧？"

"好测好测，你过来听我讲。"

我过去，在原先的位置上坐下，萧大夫挪挪椅子，不是离我更近些，是离桌子更近些。那张写了一个字的处方笺，已不在他手上，而是平放在桌面上。

"你看——"

他说了，声音不高，但语气很是肯定。

"这个亭字，楷书写法跟现在的写法不一样。现在是一点一横，下面一个口字，再下面是个不带点的宝盖，接下来是个丁字。起了这样名字的人，哦，不能这么说，该说名字里带了这个字的人，一是个头儿高大，再是自视甚高。但这个高，不是凭了真才实学，而是靠了心力的脆弱硬撑着。这是楷书的写法，你看吗，一点一横下面，是两个竖杠，中间两个短横架起来，不就是个梯子吗？一阶一阶地攀上来，才露出头顶那么一个小点点，可见不是以实力取胜，而是夤缘时会，爬上来才出人头地的。但此人有一大长处，为常人所不及，你看这个无点的宝盖，下面光溜溜的一个丁字，不就是个阳具吗？"

啊，想起杨雪君曾经对我讲过那个人绰号叫"硬挺"，我几乎要笑喷了。

"那你说说，从这个字上，你看出他有什么病，你来治，怎么对症下药。"

"如果年纪不大，还能撑得下去，只怕撑上十年八年，总有撑不下去露了馅儿的时候，这种人得及早吃些救心补肝丸，火气太盛，预后不会好。"

我笑笑，决计跟洋博士开开玩笑。

我说，你这种测字法，我一学就会了。人家名字里有个亭字，亭字下面是个丁丁，丁字是可当阳具解，比如说男人就是男丁，拉年轻人去当兵，就说拉壮丁。可是，你看你这个萧字（我顺手写了个萧字），下面不也是一竖画，一边一个点，两边又是两竖，看去不像是两条裤腿儿，中间夹着个阳具吗？再看你这个东字，裤子没有了，显出了阳具，一边还有一个小蛋蛋。再看你这个平字，两边的蛋蛋全没了，就剩下一根棍子。你比人家不是更厉害吗？你跟那个人相比，只是一个袒露了，一个隐蔽着，你说不是吗？

正在这时报饭的护工敲门进来。

"萧大夫，还是两个肉包子、一碗鸡蛋汤？"

"不，是三份。"

我知道有我一份，两份不就行了，怎么会要三份，我刚露出疑惑，萧大夫就开口了。

　　"那个女孩儿没爹没妈，我们管她一顿饭吧！"

　　"你说我给你测的有没有道理？"

　　打搅了一下，我还记着我的测字，不免小小地得意一下。

　　"是不是裤腿遮挡着，可不是字面上能看得出来的，实践是检验真理的唯一标准，你得实践了才知道留过洋的，跟没留过洋的有什么不同。"

　　"舅舅，你胡说些啥！"

　　那边的布帘忽地一下掀开，躺在斜床上的年轻女孩儿一跃而起，腾的一下跨到萧大夫面前。

　　萧大夫倒不吃惊，吃惊的是我，这不是文史会办公室的舒玉吗！

　　"啊，是你！"

　　"绒姐，我早听得不耐烦了，我这个烂舅舅，留洋前还好好的，留洋回来花了心，难怪我姥姥前两天还找到我家，跟我妈说，你这个弟弟咋就成了这个样子。"

　　"舒玉，有话好好说，毁人名声，可是造孽的。"

　　"造孽？你说我没爸没妈不造孽？"

　　"哈哈，一点幽默感都没有。真要点破了，说你在这儿，绒仙还会跟我说那么多知心话吗？"

　　萧大夫这么说，他不羞不臊的，反倒是我，觉得在舒玉面前丢了人。

　　"哎，舒玉，刚才艾炷燃光了，你不跟你舅舅说话，光嗯嗯个什么，你舅舅也真坏，还说你不光听不见，还不会说话。"

　　"绒姐，你就是说调情的话，也那么婉转好听，我在帘子里，听了还想听，怎么听也听不够。艾炷燃尽了，我要是叫一声舅舅，你不是就听出我是谁了吗？听出我是谁，你还肯那么说话吗？"

　　"舒玉，你说你舅舅坏，我看你跟上你舅舅也学得差不多了。"

　　"绒姐，不管你说啥，我听了只有一个高兴！"

　　门又开了，护工端着一个大方盘进来，里面搁着三份饭。

　　有舒玉在跟前，萧大夫更放开了，我也不拘谨了。三个人三份饭，端起来，各吃各的就是了，萧大夫嫌不热闹，从隔壁借来一个塑料凳子，让舒玉在诊桌那边坐下。还是各吃各的，气氛就不一样了。更绝的是，萧大夫过去，在墙角的小冰箱里，取来一个不锈钢小扁壶，一边拧开一边说，"来点杀菌剂"，到了跟前，我跟舒玉都闻出是酒。

不管舒玉，举到我面前。

"圪抿一点？"

他说的是太原话，带着一脸的坏笑。

我摇摇头，他又问舒玉，舒玉还真的抿了一口，辣得直吐舌头。

"上次是红酒，这回怎么成了白酒。"

看来舒玉没少在她舅舅这儿吃饭。

"刚才我让你舅舅测字，你没听出我是说谁吧！"

明知舒玉是个好孩子，我还是有点不放心，毕竟这是背后搬弄是非。

"我一听就听出来了，你给的是个'亭'字，说的是我们那儿的姜老师。"

舒玉真是快人快语，让她这么一说，我反倒心里不忐忑了。什么事情就怕悬在半空里，真要落了地，也就不做别的想望。

"你觉得这个人怎么样？"

我想一探究竟。

"那个人哪，刚才舅舅瞎蒙，还真蒙对了。没啥才华，就那么硬撑着。多情得很，以为谁都喜欢他。冷不防就来个熊抱。原先大家都不说，这一向听说要当副会长了，都说开了，年轻的女孩子，差不多都叫他抱过。"

"也有你吧！"

这个当舅舅的说话也太随便了。

"他倒是想抱，我早有提防，当下就变了脸，他这才讪讪地走开。"

还有个疑惑，堵在心头想理清，就是我跟舒玉怎么今天就在这里碰了面。问萧大夫，他扬扬下颏，指指舒玉。我转向舒玉，还没容我开口，她先说了起来。

"绒姐你忘了吧，前一向你来文史会，要去找何其愚何老师，正好我下楼打水，吴会长见了，让我领你去。刚拐过弯，路上一块石头硌了一下脚，腰一闪疼了好多天。我跟舅舅说了，他说他们科室刚开了艾灸项目，让我来灸一灸。只要我来了，他就要问你，先是问这两天见没见过你，后来知道你借调过来搞材料，问得就更勤了。我知道他喜欢你，有时明明见着了，也说没见着，今天我打电话问艾灸的人多不多，不多我就过去。他又问你去了文史会没有，我从窗上见你的小车停在院子里，就说你来了。估计我一说你来了，他就给你打电话了。"

"这妮子，净胡说，我是快下班了，才打的电话，绒仙你说是吧？"

我说是呀，又问萧大夫，来了好几次了，怎么不说你有这么个好外甥女在文史会。

萧大夫倒也坦然，说他要是说了，我就知道他在文史会有这么个眼线，我跟他打起交道就不会这么放开了。因此上，一听说我借调到文史会搞材料，就叮嘱舒玉，不要让我知道她是萧大夫的外甥女。

"倒也是呀。"

我承认萧大夫的叮嘱不为多虑。知道他有个外甥女在文史会，甥舅两人关系又这么好，我是什么多余的话也不肯跟萧大夫说的。

说话间我瞥见桌子另一端有一本杂志，封面朝下扣着，从封底的图案上，看出是文史会的《文史荟萃》，拿起一看，是新出的。舒玉说，单位的杂志出来，每期她都要送舅舅一本，今天来医院，路过传达室，正好新杂志到了，就抽了一本给舅舅带过来。

"这杂志你也看？"

我是对萧大夫说的，顺手拿了起来。

"偶尔也有一两篇好文章，何其愚编杂志还是有魄力的，很难得。"萧大夫从我手里接过杂志，亮了亮封面，"你看封面上这几行小字，关心民模，开启民智，健朗文体，纪实风格，这样的话给了好多当主编的，连想都不会想。"

"这一期有好文章吗？"

我问萧大夫，想他是翻过的。

他说，这一期上还真有篇好文章。说着翻到那一页，递到面前让我看，题为《山西文史流派的残阳夕照》，作者张久恒。这个张先生我认识，是山西大学中文系的教授，给我们《山河志》写过文章，文笔好，有激情。让我看了，萧大夫将杂志放回原处，仍是封面朝下。

"我刚看完，很犀利，文史两界都批评了，文学界批评的是山药蛋派，史学界批评的是新河汾学派。"

"批得厉害吗？"

萧大夫的回答，让我意识到问题的严重性。

"这种事，在德国也许不算什么，在中国就是捅了马蜂窝。是哪个西方的哲人说过，如果尖锐的批评完全消失，温和的批评将会变得刺耳。这篇文章就属于这种情况。"

"啊！"

我大为惊讶，没想到这个学医的海归，在社会科学上还有这么高的造诣，我正想问个什么，舒玉说话了。

"舅舅跟我说过，他要不是学医回来，说不定就进了文史会。他一直对文学批评有兴趣。硕士读的是海德堡的文学批评专业，博士本想接着读下去，后来一打听，学社会科学的回来找工作太难了，就转到心理医学上了。"

我没问，只是疑惑地瞅着萧大夫。

"是呀，学文学批评，心理学是必修课，转到心理医学上很方便。"

又说了几句闲话，萧大夫提出一个邀请。

"绒仙，好久了我一直在想着，请你吃顿饭。府后街新开了个粤菜馆子，叫广东酒家，很地道，有烤乳猪，北方人过去很难吃上。过几天我请你吃一次，把杨雪君也叫上。"

他这么真诚，又不是当下的事，我立马答应了。他说到时候，让舒玉跟我联系，舒玉答应得比我还痛快。

说话间，已是下午上班时间，该走了，我问舒玉，她那儿可还有《文史荟萃》。

"今天新到，办公室有的是！"

第三十章

和舒玉出来，一起去了文史会。

楼下拿了杂志，不好在办公室多待，上楼去了换届办公室，心说姜宁亭不在，噫，他在呢。

见我下午还过来，姜宁亭一点没有惊讶的意思，还冲我笑笑。

见我手里拿着《文史荟萃》，警觉地问："你去那边编辑部了？"我说："在一楼，舒玉给我的。"他这才不说什么。旋即低下头，看刚才正在看着的一个文件，一面看一面嘟囔着。

"这个换届报告，讲究还是机关的两个笔杆子写的，写得什么呀，文理都不通。"

我没接这个茬，一接茬，他又不知扯到哪里去了。啜了口水，看《文史荟萃》上的"残阳夕照"，究竟是一篇怎样的文章。

题名医院已见过，说全了是《山西文史流派的残阳夕照》，另有副标题是山药蛋派与新河汾学派的回顾与审视。

前面有个《编者按》，说这是一篇令人痛心，也令人振奋的好文章。张久恒先生是山西大学中文系教授，是一位有成就的文史专家，作为一位山西省的文化人，他的勇气尤令人敬佩，熟悉山西文史发展历史的人，不管喜欢不喜欢，都得承认他说的大致不错。此文曾投寄本刊长期搁置，未予采用。作为编辑，埋没了好文章，我们向张久恒先生道歉，并向《山西大学学报》（社会科学版）表示敬意。现征得张久恒先生和学报同意，全文转载，以飨读者并聊补我们的过错。辉煌留给往昔，我们着眼的是未来。若有人愿就这一问题展开争论，我们将辟出版面虔诚以待。

数了一下页码，全文在六七千字上，分四部分，各部分另有小标题。一、成就在历史巨变的特殊岁月；二、别贬低了文学大家赵树理；三、新时期的尴尬与意外；四、从否定中崛起的新秀。

最震撼的，是第二部分对现今文史两大流派的否定。"成就在历史巨变的特殊岁月"，这标题就带有不屑的意味，等于说，你们哪有什么真成就，不过是恰遇上历史的变革时期，时机凑巧，青黄不接，才成就了你们在文史学界上的名声。作者似乎对史学界的人士不太熟悉，只知道新中国成立后这些年，山西史学界几个说老不老，说年轻也不年轻的史学工作者，在声嘶力竭地叫喊，要复兴"新河汾派"，举的实例并不多。一个是近代史专家蒋迪先生的《捻军史研究论文集》，一个是何书侯先生的《杨家将的历史与演化》。说完这些，下一句狠狠地质问，历史上的河汾学派是如何的辉煌与高超，这么几本因应时势，拼凑而成的小册子，好意思说是新河汾学派吗？

对"山药蛋派"的批评可就扎实多了。

山西"山药蛋派"这一批作家，他们之中除了赵树理外，创作活动均开始于20世纪40年代的革命老区，基本上都是革命队伍中的基层文化工作者。共和国成立后，旧的思想文化遭到前所未有的荡涤，获得解救的国人，包括各界各阶层，对中国传统社会留下的一切，差不多都充满着一种发自内心的鄙夷轻蔑之情以及与之断然决裂的真挚愿望；而对共和国的缔造者们，同昔日革命老区带进来的一切，从扭秧歌到打腰鼓，从《白毛女》到《王贵与李香香》则无不充满着一种由衷的拥戴和热切的认同。这种情况下，那些自感风光难在的老作家、旧文人遂纷纷改弦更张，而过去的相当多的文学作品，也无不面临着被逐出历史舞台的可悲命运。如此，就在特定的时期形成一个特有的也是巨大的艺术真空，亟须为广大百姓提供的文化食粮却突然面临着青黄不接之虞。一方面是巨大的艺术真空，应该填补，一方面是国人对革命老区的新型文学的热爱。这，不正是给后来的"山药蛋派"作家创造了一个大显身手的大好机会吗？

第四部分是对近些年涌现出的中青年作家及他们的作品，做了有限程度的肯定，同时尖锐地指出，如若他们不能跳出前辈的窠臼，另辟新途仍是一味地图解政策，借乡村风俗以掩饰自己艺术上的匮乏，那么，他们的路只会越走越窄，夕阳残照，而日暮途穷。老一辈还有革命功臣的身份可以凭恃，他们靠了几年农村的历练，就能以老革命自居吗？

应当说，这位张先生是个很会写文章的人，讽刺挖苦，尖酸刻薄，让你看了干生气而没有脾气。

"看完了吗?"

姜宁亭友好地问,这才发觉他看完了文件,平挺着脸,等着跟我说话。

"绒仙哪,这几天你没来,单位可热闹啦!"

这是开场白,不用应和,听下去就是了。

听下去,还真是够热闹的。

一件是刊物上发了"残阳夕照",一件是修高速路要求全员捐款。

对"残阳夕照",姜宁亭的看法是,何其愚这个猪脑子,这回可捅了大娄子。

"他是保吕派的关键人物,这么做不是窝里反吗?那边全靠吕会长的威信,他发这么一篇文章,不是朝吕会长心口捅一刀子吗?原先还说这次换届以学术成就而论,他当个副会长问题不大,这么一折腾,怕是鸡飞蛋打一场空。"

高速路捐款的事,怕我不懂,多解释了几句。

这条高速路是太原连接河北的重要通道,大体和现在的太石公路平行。河北那边河北修,山西这边山西修,现在还不能叫太石高速,只能截止在山西境内。东边尽头是平定县的旧关,就叫了太旧高速。山西头一次修高速,未必全是没钱,是为了鼓全省人民的干劲儿吧,省上决定干部职工要积极捐款。说是自愿,各单位也要做好动员组织工作,内部还是有定额的,厅级干部多少,处级干部多少,由上级部门掌握。

"姜老师是多少?"

"我是老处级了,昨天开了会是一千。"

"你们这儿普通干部呢?"

"六百,多了不限,你们那儿还没动员?"

"这几天我没去单位,你们动员了,我们也落不下。"

谈着谈着,姜宁亭的情绪明显高涨起来,他有个毛病,一兴奋就冒汗,也是进入7月,太原的天气格外地热。

"绒仙,昨天去社科院开会,我又放了一炮。本来不想说什么,有那么两三个经济学家,净是胡说八道,我是越听越来气,不由得就放了一炮。"

我也有些热,悄悄解开脖颈下的扣子,拿起《文史荟萃》扇扇风。

姜主任说,他昨天去省社科院参加的是经济研究所的一个发展省域经济的研讨会。从去年开始,有个观点几乎得到了全省的认同,说是中央有部署，要把山西建成中国的能源重化工基地，想想也真让人兴奋。东北是重工业基地，上海是轻工业基地，河南是粮食生产基地，山西若成了煤炭重化工基地，不是在全国经济这一盘大棋上占了足够的分量吗？既是全国的一个重要基地，资金和政策都会向山西倾斜，山西大发展大繁荣的时期马上就要来临了。

经济所的这个会议，就是为中央的这一部署提供理论支持的，多么的英明，多么的及时。

"我先不吭声，知道他们会让我发言的，轮到我了，也就没有客气。我说，前面各位为这个部署叫好，怎么就不想想，这样的决策，对山西的整体发展有多大的危害。至少也应该想想，为什么人家别的省份，你是重工业基地，他是轻工基地，偏偏我们摊上个能源重化工基地。什么能源重化工基地，说白了就是煤炭基地，就是给国家挖煤的，供电的。这样挖下去，供下去，山西将会是什么样子呢？灰渣堆！诸位去山西各地转转吧，凡是有煤矿的地方，几乎没有一处不是地面塌陷，植被破坏，水资源短缺，空气严重污染。有人这两年去过南边吧，介休灵石一带，往车外看看，黑烟滚滚，硫黄味刺鼻，地面全是黑土，说句不好听的话，那一带已成了不适合人类生活的地方了！"

他那带着浓重鼻音的雁北普通话，说到激愤处，还真有一种风卷残云、气吞万里的感觉。

西边的窗上，阳光照在他汗津津的脸上，也不那么疙里疙瘩了，还怪英武的。

"还有呢，我说这些年，上头就没有把我们当个行省，看看在山西启用的大干部，派到山西的大干部，就知道上头是怎么看山西的了。林茂玉是大同矿务局起来的，郝森德到山西前是煤炭部的总工程师，郭富虎来山西前是煤炭部的副部长。从安排的干部看，这哪像个省，分明是中枢的煤炭供应局嘛！要说煤炭重化工基地，山西早就是了，我真不知道听了这个消息，诸位经济专家有什么可高兴的！"

他说了那么几个名字，我都不知道是何时来山西，只知道最后一个郭富虎是这两年新来的，里巷传言，说是白天父老乡亲，晚上北海渔村。

"姜老师说得真好！"

我由衷地赞赏。

他这人当学者是差了些，当志士是蛮够格的。

"残阳夕照"，看过了，这本杂志就没用了，装在包包里鼓鼓的，我可不愿意带回家。办公室里靠东墙，有张单桌堆放着过时的报纸杂志，我起身过去，将杂志搁在杂志堆里。瞥见旁边的报纸堆上头，一张是一份叠起的彩页，像是一个女明星的头像，有几分像是邓丽君，莫非又传开了她的什么新歌？打开不是，只是说她的歌声如何甜美，成了大陆两三代人永难抹去的记忆。我所以喜欢邓丽君，还因为她脸上有些婴儿肥，笑起来很迷人。有人说我的脸型像她，也是有些婴儿肥，也是笑起来很迷人。过去不留心她到底多大，看这里写的才知道是 1953 年 1 月 29 日生人。这一版上还有一篇文章，探讨邓丽君的死因，早就知道是死于哮喘，太喜欢这个人了，总想多知道一些。拿起报纸正要看下去，忽觉得肩头被人扳了一下，扭身一看，正是姜宁亭那张淫笑着的脸。

早有准备的事，真的来了，还是有几分惊慌。

"你要咋！"

连姜老师也不叫了。

"我都给你办了那么大的事儿，还不犒劳一下！"

说着就攥住我的胳膊往钢丝床那边拖。

他使的力气不能说多么大，但要挣脱也不是容易的，我早有精神准备，且在意念中演练过不知多少次。此时此刻说是他把我拖到钢丝床边，倒不如说是我顺势走了过去。我的预案中，给自己定的方略是，绝不能让他把我摁倒。摁倒了再抗拒，就失去了话语上的优势，靠体力挣扎，纵然能摆脱强暴，那样紧密的挤压，也会让人恶心一辈子。

"这还差不多嘛！"

在钢丝床的硬硬的床架子上坐稳，姜宁亭以为马上就要得手了，一只手将我往里按，一只手伸到自己的腰间。天热，他穿的是条米色的制服短裤，低头的空，我扫了一眼，瞥见他大腿上黑黢黢的体毛，知道到了说那句话的时候。

"呵呵！"冷笑一声，"姜主任！"

他愣住了，趁这个空儿，我练了不知多少遍的话语，像刀子一样捅了过去："你以为一放倒就成功了，这智商也太低了吧！"

是斥之为禽兽，还是骂他是流氓，还有别的什么，我不知挑选过多少遍，许多听起来厉害的，自己一想就否定了。你说他是禽兽，说不定此一刻他正以禽兽自命呢，你骂他是流氓，几乎跟夸他孔武有力的效果一样，说不定你这里话一出口，他那里原本不振的家伙嗖的一下就起来了。以为是骂了他，实则无异于火上浇油，让他更为凶狠。而这一句

310

"智商也太低了"，对那些自得自负又自恋的男人来说，杀伤力肯定是最大的。这帮龟孙子，没有一个不认为自己是孔武有力又聪明绝顶的，说他智商不够，等于当下就执行了精神枪决。

"妈的，放这么个屁，再硬的家伙也起不来了！"

"嘻嘻，姜老师的功夫还欠点，多练练，咱们再过招儿。"

我站起来，整整衣服又抿了抿头发。这也是选了又选，练了又练，四两拨千斤的化解之言。是要正告，也不愿意跟这种人结下死仇。

"你呀，让人恨死，又让人爱死！"

"姜老师，今天没事了，我就早点走了。"

说话间，我已走到桌前，拿起我的包包。姜宁亭也还像个男人，随即说了句："路上小心，下周早点过来！"

此一刻，我觉得姜宁亭不像个流氓，像流氓的倒是我杜绒仙，人家是一时兴起，我则是蓄谋已久。

别看在办公室那么冷静，那全是演练了多少遍，做出来的。真的离开办公室，反而心慌意乱，下楼的时候差点绊了一跤。

第三十一章

说差点绊了一跤，实际没绊倒，跟跄了一下，立马就站稳了。

这一跤是在二楼下一楼的台阶上绊的，四下看看，没人瞧见，也就无事人一样走了起来。

出了办公楼，本该往东拐的，只见西边的梧桐树下，几个人在聊天，有个背影像是何其愚，放慢脚步听了听，果然是他。

移步过去，站在一旁听他们聊天。

这个楼，过去是阎锡山麾下高级将领赵承绶的私宅，据说是德国工程师仿青岛一所别墅建造的，大门前是假山，两侧各有一株法国梧桐。前些年，东边的一棵死了，现在只剩下西面一棵，长了七八十年，一个人都抱不来。一个主枝垂压下来，有折断的危险，请了工匠，用一根钢管做成的架子支撑着。这一撑，让原本的树荫面积又大了许多。入夏以后，好几次下午来文史会，都见有人站在阴凉里聊天。

扫了一眼树荫里的另几个人，几乎全认识。

四个人站成弧形，何其愚在东边，他让了一下，我就到了他和谢次陇中间，不是正中，我知道自己的身份，站定之后，又悄悄朝后退了半步。谢次陇过去是夏涑水，夏涑水过去是谁，看着有些面熟，一时想不起名字，那人像是认识我，嘴唇动了动，却没有话语说出口。

他这动作，让谢次陇注意到了，扭头低声问我："田老师，不认识？"

我点点头。

"田老师！"谢次陇亲切地叫了一声，"《山河志》的小杜，你没见过吧，这一段在咱们这儿帮忙整理换届的材料。"

"噢——哦？"对方接了话茬，看神态，脑子里还在搜索着。

"田老师，田瑞哉，文史会的大学者，研究《文心雕龙》的。"

这是对我说的。

"小杜，杜绒仙，《山河志》的骨干编辑，想起来了吧。"

这是给田先生说的。经此一提，田先生的思路也开了。一面探过身子跟我握手，一面说道："哦，小杜，上次我们这儿开会，是你跟郑主编一起来的吧？"

"是呀是呀，我也想起来了，田先生还给我们写过一篇介绍唐代诗人宋之问的文章。"

我可不是应酬，是真的想起来了。文章名字想不起来了，写的什么也想不起来，想起来且清楚记得的是郑老师对他的叙述语言的评价，说儒雅厚重，写这种通俗文章，可惜了。

原本是一句平常的话，说的是一件事情，我说了田先生听成我对他文章的夸赞，那么高大的个头儿，竟有些忸怩起来，说话也磕磕绊绊的。

"不好，不好，我的文章总也畅达不起来，别说跟其愚兄比了，就是跟小谢也没法比，小谢的考证文章，什么时候都是清清爽爽，一口气就能读下来。我的不行，我的不行。"

人都说文史会是山西高等人才扎堆的地方，个个都是出将入相不可一世的人物。我来了这么长时间，觉得确也是呀，像田先生这样谦到自卑的人，还是头一次遇见。再一个让我称奇的是，张学诚、李文儒和谢次陇，三人之间彼此称公，有更年轻的人也跟上叫的，我就好几次听见机关的小青年给谢次陇叫谢公的，而今天，田瑞哉说起谢次陇，竟直筒筒地叫"小谢"，谢次陇呢，也就笑嘻嘻地领受了。我没有往别处想，只是觉得，这田瑞哉在文史会里，威望可是够高的。

说起田先生的文章，夏涑水也不甘落后，特意向我介绍了田先生近期的写作状态。

"杜编辑，你可能没注意到，田先生最近在《龙城晚报》上开了个专栏，一星期一篇，针砭时弊，借古讽今，堪比鲁迅的杂文。"

"哪里哪里，涑水兄，你这是说的个啥呀，小文章，小文章，应景而已，应景而已。"

好多人的谦诚，一听就是假的，至少是"诚"的成色不足，虚与委蛇而已。田先生的谦诚，我听了这一阵子，句句都是成色十足，若说还有什么别的感触的话，那就是，这么谦诚的人在文史会这么个名利场里，怎么还能站稳脚跟？

我总觉得，是我的到来，打断了这班人的话头，证据是刚出办公楼，还没顾上往这边瞅的时候，就听见一阵嘻嘻哈哈的笑声，可见正谈着什么开心的事。一个外单位的女同志，在这样的单位借用，还是别太张扬了，我准备走开，又觉得刚融入，还没说什么就走开，也不太礼貌，几乎是本能地向何其愚表示了自己的歉意。

"刚才你们说啥呢，笑得呵呵的，叫我打断了。"

何先生说，也没个啥，说的是修高速捐款的事。昨天，吴会长在省上开会，回来说山西要修一条通河北的高速，号召全省干部职工积极捐款，还说待通车后如数退还。人家山东高速路都成网了，也没有这么大的动静。现在做大工程都是银行贷款，觉得这种做法有点像1958年大跃进，动不动就是全民动员，搞成群众运动，大家正在分析原因呢，山西就爱搞这一套。

"我刚才的话还没说完，"夏涑水接了过去，"有人说是山西要修，报上去没有批，山西先来个群众捐款，表明是群众的愿望，逼迫上头同意。"

"怕没有那么严重，"谢次陇说，"修高速必须国计委审核通过，没有上面拨的资金，光靠群众捐款，做不成。只能说省里愿意把声势搞得大大的，让全省人民都记住这个大功绩。"

夏涑水似乎更愿意把话题引到对省上的不满上去。

他发表了一个临时性的观点，颇得跟前的人的赞同。我所以说这是个临时性的观点，不是说他的说法没有见地，是觉得他说出来的口气，像是没什么心机，全是一时想起随口说出的。

他是这样说的："修高速，主要是为了晋煤外运，将来的收益从高速收费上就能体现出来。有了高速，大巴肯定走高速，省了一半的时间，大巴收费肯定会提高。若说还有什么好处，那就是，过去领导坐小车去北京开会，得走七八个小时，有了高速，五六个小时就到了，可是这样的提速，对老百姓有什么意义呢？"

田先生像是被这一套论述折服了，又心有不甘。

"不管怎么说，有了高速，太原到北京总节省了三四个小时。"

夏涑水大不以为然，觉得田瑞哉还是没有明白他这番分析的微言大义，于是提出一个极为切近自身的问题："田先生，往常你去北京，大巴走十个小时，收费十几元，现在走高速，没有二十块钱下不来，这多出的几块钱，不是你为高速付的费吗？"

"是呀，是呀！"

田先生实话实说，一边说着一边还连连点头称是。

"你修路，我掏车费，凭什么让我们还没修路先捐款？"

夏涑水的结论斩钉截铁，立即获得了何其愚的赞同。

"像我们这种没资格坐小汽车的，高速跟我们屁关系都没有。我们的水平，说白了也就是个骑毛驴的，谁疯了会骑上毛驴上高速！"

何其愚这话太俏皮了，再加上他还将那双长腿，往外一跨，又往里一收，做出一副跨上毛驴，嘚嘚前行的滑稽模样，惹得跟前的人全都笑了。

这模样似乎引发了田瑞哉的深思，说了他今天早上散步时的一番感受。

早上六点起来，他出去散步，府东街上过来个讨饭的，像是双腿残疾，爬在路上匍匐前行，前面是一个小小的铁碗，爬上一下推一下铁碗，希望有人往他的碗里放一些零钱。他看了，确实有些心动，摸了一下上衣口袋，连个钢镚儿也没有，只好羞愧地看了残疾人一眼，默默地走开。又说，昨天机关开了动员会，说是自愿捐款，但仍定了额度，正处是一千，他当过刊物主编，论级别属于正处，这个不含糊，昨天下午他就去办公室交了。

"可是我感到惭愧呀！"又接着方才的感触说下去，"见了那么一个双腿残疾的人，走一步用脑袋顶一下铁碗，多么可怜，多么无助，我竟掏不出一个钢镚儿，可是上面一号召就毫不犹豫地交了一千元。唉，惭愧呀！"

我没想到田先生这个说话磕磕绊绊的老学者，说到动情处会这样的语重心长，让人听了心里热乎乎的。

夏涑水跟着也是一番感慨。

"真的，有钱该直接给了告贷无门的残疾人，捐出去谁晓得他们花在什么地方！"

何其愚没有接夏涑水的话茬，想的还是他的刊物。

"次陇，记得打通山西运煤通道，民国时期，山西省政府就有过方案，你留心一下，有这种稿子，我们可以发一下，也是配合省委的战略方针嘛。不一定说这条线路，打开山西出口的都行。"

谢次陇略一思索，说还真有一篇，太原铁路局的一个年轻工程师写的。正太铁路是清末修的，阎锡山主政山西后，最初想修的不是同蒲铁路，最初想的是，再打开一条山西通往外界的通道。正太路跟京汉路连上了，这一条通道应当跟陇海路连上，于是便订下计划，要修一条白晋铁路，由祁县的到白圭到晋城，进一步就延伸到郑州了。可惜路况太复杂，1924年动工，直到抗战爆发，还没有修成。

"好哇！"何其愚说，"这说明，山西过去的执政者也想的是打通山西和外界的通道，修桥筑路，铁路公路，都是为了走出去，打开山西封闭的局面。"

谢次陇又做了补充。

"这条白晋铁路，日本人占领时期倒是修成了。抗战后期叫拆毁了，难度太大，新中国成立后也就没有重新修复。现在坐汽车去长治的路上，还能看见山沟里的水泥桥墩子。"

何其愚真是个聪明的家伙，立马就从正太、白晋这样的路名上，悟出了时势的不同。

"有意思！"他先来了这么一句。

接下来说，清末修的叫正太路，由河北的正定到山西的太原，那是要进山西，民国时期，阎锡山当政，修的叫白晋路，由山西中部的祁县，通向东南的大县晋城，再往前就是河南，这是要出山西的。一进一出是时势的不同，也可说是山西的觉醒。

不是说高速公路吗，怎么扯到铁路上来了，我服了这些人的神聊海侃。

"山西通外省的公路也不会晚吧？"

何其愚看了我一眼，又是一番说论。

"公路要晚得多。1926年西安解围后，在清华教书的吴宓要回西安看望父亲，他父亲协助杨虎城守城，也是当时的名人。河南那边不平静，走的是山西这边。在榆次下了火车，一路南行，不是大车就是轿子车，就是带篷的大车，可见那时山西还没有公路。山西大学的姚殿忠写过一篇回忆文章说，20世纪30年代初来太原上学，他是稷山人，来太原是快七慢八，也是坐大车，快了七天，慢了八天，可见到了20世纪30年代初，山西仍没有公路。只有有了汽车运输，才会有公路，最早的汽车，只能在大车路上跑。先是土路，沙子路，后来才有柏油马路。"

时间不早了，田瑞哉走了，夏涑水也要走了，走开前，特意绕到我这边。

"征文的事，杜编辑还请关照关照哇！"

我笑笑，算是一个友好的回应。

"哎，我那儿还有个事儿，得给北京的朋友打个电话。"

何其愚说罢，回编辑部去了。

树荫下，就剩我跟谢次陇两个人，几乎没有什么表示，两人同时迈步向前走去。是一个方向，各自知道要做什么，我是要去开我的车，谢次陇则是要去传达室，拿上他的报纸信件回家。我在这边动作快些，打开车门了，次陇才过来。很想跟次陇说上几句话，停车的时候就掉好了头，驾座正好在次陇要经过的这边。就让车门开着，我站在门边，瞅着次陇笑了笑。

这么友好的表示，没有不停步的。

我是真的有话要跟他说。

"谢公，问你个事儿。"

我这么称呼，他笑了。

"什么事儿，你说。"

次陇的口气，似乎只要我问的，就是国家机密他也会说。

"你们这期那篇《残阳夕照》按语里说，此文先前曾投寄给你们，未被采用。现在《山西大学学报》发了，你们觉得羞愧，所以才全文转载，我看了总疑心，这是个托词吧，不会是真的，谢公你说说。"

我也叫他谢公了。

谢次陇没想到我会提出这么一个问题，皱皱眉头没了刚才的豪侠气概，很快就镇静下来，觉得不能在我面前打诨。

"怎么说呢，何老师最先让我看这篇文章，实在说，发这样尖锐的文章，我有顾虑，何老师也有顾虑。从人际关系上说，他的顾虑比我还要大些。谁都知道，他是吕汾阳老师的得意门生，他发这样的文章，真的是太岁头上动土。我看了，跟他交换意见，说了我的看法，他一时拿不定主意，说那就放放再说，这一放就是一个多月。那边作者张久恒先生等不及了，就近给了他们学校的学报，学报觉得好，很快就发了。"

"那边发了就行了，你们何必转载，惹一身的骚呢?"

谢次陇解释说，这你就不了解何老师这个人了。别人当主编办刊物，是要过官瘾，显示自己的文学水平和政策水平，求的是少出事，不出事。何老师当主编办刊物，是当作平生事业来做的，要的是建功勋，成伟业，不说青史留名，也要雁过留声。听说学报登了，他反而高兴了，觉得这样可以免却背叛师门的责骂。人家都发了，我们不过是转载一下嘛。"

"噢，是这么回事，明白了。"

"哟，说得这么热乎哇!"

快到下班时间，姜宁亭从办公楼出来，从小车后边走过，扔了一句话过来，听着就酸不叽叽的。

我侧身站着，不能算朝着他，理也没理，谢次陇几乎正对着他，谦和地笑笑，算是打了个招呼。

姜宁亭过去了，谢次陇要走了，我有点不高兴。

"他说上一句，你就要逃吗？"

我故意把那个逃字咬得重重的，带上几分鄙夷的意思。

"没事，没事，跟你还是想多说几句，怕你急着回家嘛。"

"哎，都快下班了，刚才何老师还要回编辑部，你们真的就这么忙吗？"

说着话，我干脆关上车门，跨开一步，站到花池边上，跟谢次陇取了相向而立的站姿。谢次陇原地不动，稍微调整了一下身子，是便于交谈，也免去了跟下班的人打招呼的麻烦。

"'残阳夕照'的事吗？"

谢次陇说不是。单位里的人，都知道何其愚的脾气，发这篇文章，背后议论得多，没有人敢说到当面的。这几天忙是真的摊上事了。刊物经费不足，何其愚想的来钱的招儿，是编丛书，申请上一个书号，当然是花了钱的，出上十本八本书一本书加上印刷费收上一万左右，看书的薄厚，薄的少点，厚的多点，最近他们出的这套丛书叫"桐荫文丛"。

说到这里，谢次陇指了指院里的梧桐树，笑了笑。

"何老师这个人做事利索，怎么便捷怎么来，上一套丛书叫桐叶文丛，到了这一套，就叫了个桐荫文丛。料不到的是，这次出了大娄子。"

"政治问题？"

谢次陇说，政治问题反倒好了，跟上面人打交道，何老师还是有一手的，这次出事，是有一本编校质量太差。作者声言要在他们县广场架起火，把印出的书全烧了，还要告到省委宣传部，告到国家新闻出版局，说到做到。上午出版局的版权处已打来电话，问是怎么回事。一下午，何主编都在处理这个事，找熟人，说好话，尽量不要让全国通报了。

"就这么严重？"

"真的很严重，你没见作者寄回的标注错字的书。一页总有二三十个错处，有的是脱落，有的是串行。作者是个县城的小学退休教师，一辈子爱写作，见我们刊物上有出丛书的广告，就联系上了，寄了书稿，寄了钱，以为会体体面面出本书，没想到会这么差劲儿，这么恶心。"

这些年，刊物经费普遍不足，各有各的生财之道，有的是给企业出增刊，有的是印成本的报告文学，还有的就是出丛书，在基层作者身上打主意。我们《山河志》编辑部就出过一套"话说三晋"丛书，就是给地方史学者办的一件好事。这种事只要选对作者，严格校对，除了不能单册定价，跟正规出版社出的书，没有什么不同。就是最近，还有好几个老文史学者问郑主编，能不能再编一套这样的丛书，他们都想加入。

"是不是你们的工作流程出了问题？"

这是一句内行话，谢次陇也实话实说了。

"何主编定的工作流程还是很严密的，按这个流程做，肯定不会出事，前面的校对不用说了，校一本书给一千块钱，可不能叫少。出书的流程是，三校过后，付印前必须将最后的清样，寄给作者本人过目，签字同意付印寄回，再由主编签字才能下厂。"

"这还能出事？"

"哈，定下的流程是一回事，做起来又是一回事。何主编跟我查看原稿和校样，发现这个编辑就没有校对过，印厂录入的是什么样子，最后付印时还是什么样子，而管事的副主编，也就那么下厂了，出书了。"

"你们还有个副主编？"

"有，是个女的。"

"啊！这不是故意砸他的摊子嘛！"

"谁又说不是呢。"

"何其愚知道人家的用心吗？"

"那么聪明的人，怎么会看不出来。"

"这还怎么干得下去，要是我，早辞职了。"

谢次陇笑了。

"何主编要是也这么做，岂不正中了人家的圈套。"

"哦！"我一下子也明白过来。

"这你就知道何主编在这儿的真实处境了。"

时间不早了，我伸出手跟谢次陇握了握手，握的时候，故意使了使劲，这才转身上车离去。

看看车上的表，也才五点半，还没到下班的时候。

刚过迎泽街，手机响了，接起来是吴悦台。

"小杜，忘了吧？"

"什么事儿，吴老师你说。"

"记得吧，前些日子跟你说过的，甘肃文史会的章会长来了，要你做的事。"

"噢，事情——记得，怎么，他这两天要来？"

"不是这两天，是今天。原来说好他由兰州飞，他那个情人由西安飞，到太原会合，后来他情人一定要两人一起到太原，结果是他先飞西安，两人一起到太原。"

"几点到，要我去接机吗？"

吴悦台这才告诉我，不用接机，他已接上，安排住在山西大酒店。明天中午接风，也不用我参加，但今天晚上的便宴，我务必参加。怕我有顾虑，说范围很小，就他吴会长、章子茂和他的小情人，机关里的邵新一和一个司机。

"这多不好，有你们机关的人。"

"这两个人都很可靠，不会传出闲话的。"

"我还是——"

我都想反悔了，那边吴会长的声音更温柔了。

"小杜哇，放心好了，权当给我个面子嘛。"

"嗯，嗯。"

"不用着急，六点半你在家里等着，小裴过去接你，他知道你家。"

前一向我去文史会上班，没开车，快下班了，下起大雨，吴会长安排小裴开车送我回的嘉士林。

第三十二章

回到嘉士林，洗漱毕，刚换上一身银灰色的西式套裙，正在系彩色丝巾，门外的汽车喇叭响了。

匆匆下楼，扭身锁上门，车就停在台阶下。小裴没下车，我以为就接我一个，伸手拉副驾座这边的门，小裴在里面摆摆手，这才看清后座上还有个人。

"哎呀，邵老师！"

"你就坐前面吧。"

"哪能呢！"

我还是过去跟邵新一坐在一起，这才想起，邵新一去，吴会长是说过的。

得先试探一下，看他是否知道我扮演的角色，又是如何看待的。

"章子茂一来，把邵老师也惊动了，你们都是名人，我算个啥呢。"

"吴会长说了，特意请杜编辑出场，是为了显示我们的文化品位，别让人家以为我们是山药蛋派的风格，人也长得跟山药蛋似的。"

真得感谢吴会长的良苦用心，这样一来，说我是吴会长的情人，就当是开玩笑了，也可说是临场打趣，当不得真的。

"邵老师是山西文史界的名人，才是真正给山西长脸的。"

我的这个回应，可说是等额的回报，且声调婉转，悦耳中听。

"我是当冤大头的。这种小型聚会，又是在那么高档的地方，财务上没法报销，完了还要去跳舞呢。"

他倒不作假，句句是实话。

"邵老师，你记住开发票，吴会长是谨慎，放心吧，过后准能报了。"

小裴正开着车，说了这么一句，头也没回。

"报不报吧，小菜一碟。"

邵新一说起来，很是轻松。

早就听说，他原先在化工厂子弟学校教书，学问好，写了两篇论文，吴悦台把他调进文史会当了研究员。这个人交际广，门路宽，来钱容易，对吴会长更是知恩图报，钱上头从不吝啬。

听他这么一说，我知道吴会长没哄我，就是电话里说的几个人，叫上邵新一，是叫了个埋单的。

既坐在一起，该利用这个机会，了解些别的情况。

"邵先生，听说这次章先生来山西，除了游玩，还有为吴会长助阵的意思，是真的吗？"

"有这个传闻，也就这么一说。章子茂是大名人，谁能请来，就长谁的身价。吴会长要上位，偏偏这个时候章子茂来了，也就难怪人们这么说，实际上，他来不来，吴会长这次都会上的。"

"噢，邵先生这么看，我倒想听听邵先生的高见。"

邵新一往这边靠靠，扳着指头讲起来。

"吕会长人很好，多少年来，一直着力培养全省的文史人才，可谓桃李遍天下。但这些人，不是得到长辈的关爱，就会满足的。吕会长多大了，1935年的人，六十六了，吴会长多大，1947年的人，五十四。这次换届，要是两个人都不动，五年以后，吕会长七十一，吴会长五十九，吕会长没什么，只怕吴会长也快退休了。这可不是吴会长一个人的事，他这儿压住了，后面要挡住多少人，这阵势，吴会长不上行吗？"

"我还听人说，邵先生是吴会长的高参，好多理论都是从你这儿出来的。"

"你是说，跟吕会长共事是父子关系，跟吴悦台共事是兄弟关系，还是说吴当会长，就可以多上个副会长？"

他这么直率，我反而不好打马虎眼，说是呀，别人算不下这么精细。

他也不回避，全认了。

"就算都是我说的，也只是说说而已，谁胜谁负，因素甚多。我刚才说的年龄数字，只是一个方面，真正能意识到的没有几个。最重要的，还得看省上领导的态度。刚粉碎'四人帮'那阵子，老同志岁数多大都得上，现在可就不一定了，得看你跟领导走得近，还是走得远。"

"吴会长是该升了。"

"该升和在文史会升，是两回事。如果吕会长不动，吴会长也不是不可以升，可以安排到别的单位担任正职嘛。山西日报社有个副总，年龄大了，都说该升，不就安排到作家协会当了书记，等于提了正厅。"

"邵先生脑子好，分析起来头头是道。"

"我这脑子不能叫坏，分析谁胜不保险，分析谁败，还是有把握的。"

"你的意思是说，这次换届，吕会长是要下了。"

"不能说死了，十有八九吧。"

邵新一那种神闲气定的样子，漫不经心的口吻，任谁听了只有信服。

到了大酒店，一闪过旋转门，就看见吴悦台在茶座那边坐着，脸朝着这边，看见我，招招手让过去。到了跟前瞧瞧我的裙装，说太素净了，又瞧瞧脖颈，说丝巾倒蛮漂亮的。

示意我坐下，说了当晚的安排。

"章先生是大名人，来了得有像样的接待。明天中午是接风宴，今天晚上算个便宴，就在二楼的203包间，没有外人，就我们几个。这会儿章子茂和他的小情人正在房间洗漱，我们不用进去，待会儿直接去包间就行了。"

带着情人出行，说来有些荒唐，吴会长又多说了两句，意思是让我不必在意。

让我不必在意，可他说起来却绕来绕去，不那么利索，我听明白了，是说章子茂怎么跟这个年轻女人勾搭上的。

章子茂的小说《马儿啊你慢些走》发表后，引起轰动，很快就拍了电影。他这个小情人姓马，叫马茹花，是西安一家剧团的，挑演员时，章子茂看上了，让她在电影里饰一个小角色。小马倾慕章先生的才华，一个郎君有意，一个少女多情，干柴烈火，一碰就着，算起来，也好了好多年了。这种关系在小地方是大事，在大地方不是个事，在章先生这种大名人身上，就更不是个事了。

我点点头，表示认可，吴会长还是有点不放心。

"话是这么说，你们出去也不要说章先生带着情人来太原，就说是他的学生，做些具体事情。"

"具体的事，就是晚上陪章先生睡觉吧！"

邵新一听了，冷笑一声，吴会长听了不恼，又加上一句。

"小马这女人，脾气很大，待会儿饭桌上都注意点，这是章先生特意叮嘱我的。"

邵新一去那边吸烟去了，趁这个空儿，吴悦台又跟我说了件事。

"往后几天，除安排在机关做个讲座外，还想安排章先生和小马去五台山住两天，我陪着去，你也去吧！"

"那怎么行！"

我本能地表示抗拒。

"你放心好了，去两台车，他们一台，我俩一台，去了山上，他们住一个房子，我们各住各的，要相信我嘛。"

我点了下头，不好再说什么，心里打的主意是，能不去尽量不去。

小裴下来了，说客人已去了包间。

大酒店一层很高，上二层是个宽大的旋转楼梯。走了两步，吴会长伸过胳膊，意思让我挎着，正要拨开，一想我今天的角色是扮演他的情人，也就伸出手臂，款款地挎在他的臂弯上。

进了203包间，只见离餐桌不远的沙发上，一个老男人和一个年轻女人一起坐着，肩挨着肩，手扣着手，见我俩进来，那男人松开女人的手，身子一耸，跳了起来。

"悦台兄果然艳福不浅！"

不等话音落地，身子又重重地落下，砸进沙发里。

听说英俊，果然英俊。个子高不说了，主要是那脸型，很有几分像演《从奴隶到将军》的杨在葆，比起杨在葆，两颊要塌陷些，却又光洁些。不是多少代的基因培育，还真难长成这么俊秀儒雅的模样。年龄不小了，当在五十四五上，正因为这个年纪，头发灰白了，额上有了皱纹，更显得洒脱旷达。

听了章子茂的那句话，我撇了吴悦台一眼，故意做出一副茫然不解的样子，吴悦台也像是怕惊着我，赶紧打了个圆场。

"子茂兄就爱开玩笑，说哪里的话，算个学生吧，杜绒仙，叫小杜好了。"

吴悦台说着，在我肩头一拍，显示一种非同寻常的亲切。

又是学生！我心里直嘀咕，再过上几年，女学生就成了情人的代名词了。

"小杜哇！"章子茂不理睬吴悦台的遮掩，享受着语言倾泻的快慰。"上次在京西宾馆开会，我跟悦台兄住一个房间，晚上互相交底，他把你夸了又夸，我跟他说，我到了山西，一定要见见他这个情人，好！悦台兄没食言，百闻不如一见，果然赛似天仙！"

"你呀，见了谁都是天仙天仙的！"

小马在一旁，假装吃醋的样子，说了这话，过来拉起我的手，上下打量了一眼。

"是演员吧，哪个剧团？"

我笑了，看来以己度人，是漂亮女人的天性，见我一笑，她也觉得是失言了。

"那你做什么工作呀？"

"在一家刊物当编辑。"

"有学问哪，怪不得这么漂亮，还这么有气质。"

人齐了，入座。

章子茂知道自己的尊贵，起身到了桌子前，坐在主位，马茹花过到那边，挨着章子茂坐下。这边，吴悦台落座了，挨着章子茂，我正要过去陪马茹花，吴悦台拍拍他身旁的椅子，示意我坐这边，只有遵命了。邵新一过去，挨着马茹花坐下，小裴坐在邵新一下手。

我们在那边谈话的空儿，邵新一已点好了菜。

这儿的招牌菜，一是龙虾，二是鲍鱼。我跟上郑主编来吃过，也是招待外地客人，两样都点过，死贵死贵的。鲍鱼不用验，菜谱上是按分量标价的。龙虾要验，正说着话，戴高帽子的大师傅，提着个网兜进来了，在众人面前晃了晃，正要走，小裴过去握住网兜的边沿，伸手揪了一下。待大师傅走开，展开手心，是一小节龙虾须子。

"等会儿上来，看这根须子还是不是这个茬口。"

这个小裴，我见过几次，腿脚勤快，面相憨厚，又聪明伶俐，难怪吴会长这么信任，成了专职司机。在这上头，跟吕会长的小任，就差了些，说话不利索，看去也笨了些。

只是这次，小裴的聪明，没有得到相应的回报。

"现在的厨师，精得跟鬼似的，下锅前都要检查一下须子，换成小点儿的，也让你在须子上看不出来。我在兰州开了个酒楼，一只大龙虾卖了十次都没卖出去，最后还是须子叫揪光了，我们自己做着吃了。"

章子茂说罢，得意地瞥了他的小情人一眼。

"在兰州，谁敢惹你呀？你那马鞭子一甩，还不把他抽死。"

马茹花这话，隐含着一层意思，说章子茂的小说拍成电影《马儿啊你慢些走》，上映后，不光是名气大震，权势也大得不得了。

章子茂不愧是名家，脑子转得快，小马的话给了他启发，张口就来了一通荤味十足的宏论。

"哈哈，这话是说到点子上了。我的电影里，确有个人拿着马鞭子，西北人好拿马鞭子说事，不爱说话，叫三鞭子打不出一个屁来；胆子小的，说是鞭子还没落下，屎都吓出来了。这倒暗合了古语里鞭的实指，虽鞭之长，难及马腹，好些不懂古文的人，以为鞭子抡过去只会抽到马背上，抽不到马肚子上。他们不知道这里的鞭，实则指的是马的生殖器，也可说是借马喻人，说男人对女人的房事，最大的向往是直插肚腹。哈哈！"

"净胡扯，谁的家伙会那么长！"

这个桌上，只有小马敢这么不屑地顶撞章大名人。

章子茂吸了一口烟，很豪壮地喷出，伸手在小马的光膀子上一拍。

"大马难及其腹，你这小雌马还是及得了的！"

没想到这个章子茂会这么下作，我看见马茹花的脸一下子就变了。

"哼，你要是真有那本事倒好了！"

一对活宝，我只是心里这么想着，抬眼就看见正对着的邵新一，嘴角浸出一丝鄙夷的笑纹。

章子茂的马鞭子有多长，谁也不知道，听他说话，能感到的是，他的话鞭子甩得够远的。这是缘于，他紧接着又说了个仍是荤味十足的小掌故。

甩了个远，一下子从山西，甩过长江，甩到了湖南。

"悦台兄，北京会上邀我出来走走的，起先不是你老兄，是湖南文史会的陈会长，他说去了长沙，还要邀我去岳麓书院讲学呢。本来我要带上小马去的，那儿一家出版社，不经我允许，删了我小说里的一个情节，惹我生气。也是老朋友 ，去了难免见面，都尴尬，想想就不去了，正好你邀我，就来了。"

"谁敢删您的小说。"

我大为惊异，随即起了好奇，问删了个什么情节。

章子茂咂咂嘴，说他费时一年，写了一部明代边防战争的长篇小说，三十几万字，若是个寻常情节也就罢了，这个情节实在是太精彩了，删了就跟割了他身上一块肉一样疼。又咂咂嘴，似乎现在还疼着。

"说说！"

连邵新一也来了兴致。

章子茂说了，得承认确实够精彩的。

小说里说，明代嘉靖年间，蒙古一个部落首领叫俺答的，兴兵南犯，越过长城，前锋已抵通州。京师危殆，兵部尚书杨博临危受命，亲临前线，调集兵马，组织抗击。杨博手下有几员战将，各领重兵前来勤王。

大战在即，几人聚在一处院落，等候杨博前来布置破敌事宜。将军们聚在一起，并不谈战事，而是说荤段子消遣。主将是明代有名的将军马芳，马芳一肚子荤段子，众将官撺掇他说上一个。

马芳说，今天我不说了，出个题考考你们。右卫去归绥的路上，有个青冢，人都说是汉代王昭君的埋骨之地。王昭君是从长安到北地，跟匈奴和亲的，你们说从长安到北地，这两千里的路程，她是乘轿子来的呢，还是骑马来的呢。

几个将官一下子都蒙住了，窃窃私语，有的说那么尊贵的女人，定然是乘轿子来的，有的说那么远的路，应当是骑马来的，莫衷一是，只好问马芳，正确答案该是什么。

马芳说，据他的考证，是骑马来的。有人马上就提出质疑，问何所据而言。马芳说，他是看了《汉书》悟出的。将领中也有饱读史书的，说《汉书》里断不会有这样的记载。

马芳说，是没有，他不能胡编，但他可以推勘。《汉书·苏武列传》里，苏武出使匈奴，一队人马不会只带金玉珠宝，定会带去汉家的美姬。冒顿单于得到这些赏赐后，第二天，想来只会是第二天，享用了汉家的美姬后，向着南边，长拜大呼："汉天子我丈人行也！"这句话翻译过来不就是"汉天子，我的老丈人哪！"一下子就甘当女婿了，还会再兴兵南犯吗？王昭君去和番，何以能一举成功，推想也跟苏武带去的汉家美姬，起的作用是一样的，一旦享用，就美不胜收，大呼小叫，把汉天子当成了老丈人。

那是因为王昭君的美貌，胜过苏武带去的美姬，匈奴的单于享用之后，才会答应不再南犯，有个将官提出这个质疑。

马芳说，单于兴兵南犯，内地抢掠来的美妇多的是，何以从长安来的汉女和王昭君，会让单于如此大呼小叫，此中必有不可言明的蹊跷。

又会是什么呢，马芳说，这就要说到汉女和王昭君是怎么来北地的了。

苏武他们是骑马来的，随行的汉女也只会是骑马来的。你想，两千里路，骑马的汉女的阴户，跟鞍桥的摩擦碰撞，会让她们的性欲增强到何种程度。一到草原，夜里进了毡房，那浪劲儿有多大，单于享用后，怎能不大呼：汉天子，你是我的好丈人哪！随苏武来的汉女是这样，王昭君能一举和番，也只会是这样，不是骑马来的又会是什么。

说到这里，章子茂轻蔑地一笑。

"那个湖南老朋友，为啥要把这个情节删去呢，说王昭君是古代文化名人，上头有纪律，三番五次告诫，出版物不能损害古代文化名人的形象。哼，他把王昭君当成汉朝的外交特使了，太好笑了！"

桌上的人都笑了，我没有笑，我想的是这个章子茂，实在是太伟大了，怎么就能想到王昭君和番成功，是因为一路骑马，鞍桥碰撞，性欲大增，让单于饱啖所致呢。

别人还在笑着，我向章大作家提出一个憨憨的问题。我心里清楚，只有这样装疯卖傻，才能解除他的警觉，说出他的真实思路。

"哎呀，章老师，我们上文学课也学过《苏武列传》，知道那句话。哎呀，你是怎么把这句话推演为王昭君和番，是一路骑马去的，我太佩服你了，你是怎么想的，说说吧！"

章子茂果然上了圈套，全交了底。

"我看了一本杂志，是我们那儿的《读者》吧，说女孩子在青春期，会有一种自行车效应：骑自行车时间久了，阴户和自行车座儿的尖头摩擦，会刺激性欲早熟。由此就想到古代女子若骑马而行，鞍桥的摩擦碰撞，也会起一种鞍桥效应，刺激女子的性欲大增，下了马自然会如醉如狂，一解饥渴。"

"厉害，厉害！"

邵新一连声赞叹。

龙虾做起来得一阵子，先上来的是下酒菜，还有鲍鱼。

酒分两种，男人们喝"坛儿汾"，我和小马喝干红。章先生劝小马喝口汾酒，说比你们的西凤酒要绵得多，小马拗不过，喝了一口，辣得直吐舌头，侧过身子，捏起小拳头，在章先生胸前连捶几下。

吴悦台见了，让我也抿口汾酒，我知道，他是想让我也跟小马那样，在他身上捶几下。我才不上这个圈套呢，推说这几天身体不适，正在吃中药，不宜喝白酒。邵新一很有眼色，见我未应允，先端起酒杯，向对面的章先生发出了邀请。

"章先生的电影《马儿啊》，我看了非常敬佩，来，敬你一杯，小马也带上。"

邵新一这人，就算你对他一无所知，听他一开口，就知道非等闲之辈。

不明底里的，会说知青嘛，自然了得。说这话，是不知道知青在山西的分布。山西的知青，除了"返乡知青"哪儿的人都有，属政府安置的只有北京、天津两市下来的。北京知青人多，集中在中北部，天津知青多在南边几个县。邵新一就是先到永济插队，推荐上大学，上了个理工专科，分在太原化工厂中学教书，后来才来的文史会。他父亲是天津大学的热力学教授，自小在天大校园里玩大的，玩伴们也都是高知高干子弟。言传身教，耳濡目染，气质先就不同于街面上那些市民的孩子。不说眼睛长在额头上了，至少也是在眉毛上，就是文史会里，他能看得上的，也没有几个。

"新一的电视剧《蓝冰》，这两年也很火。"

吴会长不失时机地加了一句。章子茂哪里会看什么《蓝冰》，他是从邵新一话语的腔调上，感觉到此人的分量，当即回敬了两个久仰。

"久仰久仰，我早就听说山西文学的摊子，全靠几个知青作家在支撑着，山药蛋派那些玩意儿，谁看哪。"

想想，也真是这么个摊场，山西作家里，除了一个张姓作家接连得了两届小说奖，还真没有能拿得出手的。

龙虾上来了，明显小了许多，小裴拿起揪下的一截须子，倒也能对得上，众人一笑了之。章子茂给小马使了个眼色，两人同时端起杯子，向吴悦台和我敬酒。

"悦台兄，还有小杜，我俩敬你俩一杯。在北京开会聊天，就听悦台兄说过小杜如何地漂亮，刚进来没有细看，这儿灯亮，看清了，果然赛似天仙下凡！"

这么说了，犹嫌不足，还补充了一句："悦台兄，要是在甘肃，我可要挖你的墙脚了，哈哈！"

章子茂能喝酒也能抽烟，他和邵新一都是大烟筒，抽烟的风格又不同，章先生抽完一支喝口酒再抽，再抽时要让小马给他点烟。邵先生是抽上半支，掐灭，过上一会儿再点着，他不用火柴，用的是一种高级打火机，蓝色火苗呼呼地响。

酒桌上的话题，不知怎么一下子转到个人的身世上。章子茂来了劲儿，说他十三岁的时候，一家人住在上海，他上学是小汽车接送，还要跟着一个跟班。他家里住的是花园洋房，在霞飞路上，现在叫成淮海路了，打理房间用的是菲佣，吃饭时有仆人戴着白手套在一旁伺候。后来他父亲去世，家境才败落下来。

看着章子茂的相貌，想到他过去在西北受的苦难，又联想到他的那些粗鄙的话语，我脑子里忽然闪现出过去看的什么书上，记住的西方的一句谚语，说一个人可能是圣徒，但不一定是绅士。

"悦台兄也该是有身世的人。"

说过自己，章子茂礼节性地问候了一下吴悦台。

在这上头，吴悦台没什么可说的，只说他的父辈，算个手工业者，他原先并不喜爱文学，读的是工科学校，后来分配到山西，看书多了，这才喜爱上文学。

邵新一的父亲是留美的博士，家世肯定不凡，可他似乎对这类话题兴趣不大，只是一味地跟章子茂碰杯拼酒。

酒喝得差不多了，吴悦台说起此后几天的安排。

"明天中午是正式的接风宴，我们吕会长和几个著名专家参加，还是在这家酒店，那边有个可以摆两桌的大包间。后天上午，章会长在机关会议室做个学术报告，谈谈西北考察，谈写作经验也行。下午安排两台车，送章会长和小马去五台山，我和小杜陪上。"

"我才不去呢！"

小马立马表示反对，没听清说了句什么，只见将筷子往桌上一掼，嘴噘得老高，还翻了翻白眼。章子茂见惯不惊，搡搡小马的胳膊，一脸的无奈。

"去玩玩嘛！"

小马根本不吃这一套。

"我们这种关系，去那么神圣的地方，不是亵渎神灵吗？"

吴悦台见状，赶紧给另换了个地方。

"那就去乔家大院吧，张艺谋的《大红灯笼高高挂》，就是在那儿拍的，这几年火得很。"

小马还是不去。

"那儿的财主好几房姨太太，我可不想去丢人现眼！"

"那你说去哪儿？"

章先生也发怵了。

"就在酒店待着，哪儿也不去！"

小马说着，身子往后一靠，表示出一种活猪也不怕开水烫的霸气。

章先生叹口气，看得出来，大作家也怕小娇娘，我们的吴会长连忙打圆场。

"这样吧，二位也累了，明天在酒店休息一天，晚上我们去金昌盛跳舞，好吧？"

"好耶，好耶！"

小马嗖地坐起，一甩臂膀，两只小手激烈地拍着，却能不出一点声响。绝难想到，刚才还生着那么大的气，眨了个眼，全没了。这样的气，只能叫脾气吧。

　　小马高兴了，章子茂也高兴了，一高兴又恢复了原先的德行。

　　"我们花花，最喜欢跳舞，扭起屁股来最见风情!"

　　我心想，就是掏了钱，买上票，也看不上这么肉麻的表演。

　　不管怎么说，不用去五台山了，还真得感谢这个小妖精。

第三十三章

在《山河志》工作多年，我对城市名胜有一种也还切实的感悟。好多城市的名胜都在市内，跟城市融为一体，说名胜也即说了这个城市，比如杭州之有西湖，你说你游了西湖，一听就是你去了杭州。太原可不是这样，它的最好的名胜是晋祠，离市区少说也有三十里，说晋祠可以想到晋国和三晋，却难以敏捷地联想到太原。你说你去了晋祠，人们会想到你去了山西，很少会想到你是去了太原才去的晋祠。于此可知，优长若不在正经地方，也会成为累赘，损伤了主体。

在这上头，我经常为太原这个城市感到委屈。

又想，这也是太原人不会计算，不知道适合自己的才是最合算的。要叫我说，太原人最该宣扬的名胜不是晋祠，你宣传多了，宣出去的效果是，太远了，去了太原也不值得去看。这样一来，好像太原一片荒芜，连个名胜景点都没有似的。实际上有个很好的名胜，跟太原很是般配，可惜没有张扬开来，多少人来到太原跟它擦肩而过，竟不知一堂胜景就在眼前。

我说的是太原五一广场西侧的纯阳宫，国家一级文物保护单位，全国著名的道教宫观。前面是碑廊和假山，后面有五进院落，院内文物数不胜数，可谓一精美之园林建筑，亦可谓一皮藏赡富之博物场馆。

此刻，6月中旬某日上午九点，我正站在院里那个四柱三楼的木牌坊前，凝神间，远远看见一个我喜欢的男人正朝我走了过来。

女人见了喜欢的男人，总想给他一点意外的惊喜。

牌楼四柱靠东的柱子外侧，一丛丁香很是茂盛，来不及多想，便隐身其后。刚蹲下身子，何其愚就过来了，我跟老虎似的，猛地一跳，蹿到了他的面前。

"啊呜!"

"哎哟。"

何其愚也做出受惊吓的样子,我总觉得,就是装吧,也该装出真的受了惊吓的样子,不该只是这么平淡的"哎哟"一下了事,正要抱怨一句,马上就明白何先生何以如此了。

"噢,谢先生一起来了。"

"绒仙好!问我?我陪何老师一起来看看,虞弘墓出土的文物。"

一听马上就明白了,我们都是来参加一个会议,省文物局召开的北齐虞弘墓第二阶段的新闻发布会。

虞弘墓是山西近年来考古的一个重大发现。说起来是前年了,1999年7月,太原晋源区王郭村村民在修整村南土路时,极偶然地发现了一处古墓葬。后来经过区市省三级考古机构的发掘,方得知,这是北齐一位大臣名叫虞弘的墓穴。虞弘系西域鱼国人,出使北齐,也就留在北齐做官,直到隋代仍在朝中供职。墓中出土器物甚多,最为罕见的是一具石质棺椁,型制巨大,雕饰精美,这一发掘被列为1999年全国十大考古发现之一。去年开过一次发布会,今年这是第二次,据文物局的通知上说,这一次将有更重要的考古发现公布。

真得感谢章子茂那个小情人,若不是她撒了那么个憨憨的娇,今天一早我就得赶到文史会,和吴悦台一起去酒店,看望章子茂和他的小情人,一起聊聊天,说不定还会去街上转转。也就不会在这么一个风水宝地,遇见我通心里喜欢的何其愚先生了。

一起朝里走的时候,何其愚问我这几天忙些什么,本是一句闲话,我听了当成何先生对我日常行事的格外关心,由不得就腾升起一种倾诉的愿望。

"忙透了,也烦透了!"

这么两个短语,颇似旧戏舞台上的叫板,若是冤屈中人,该是一声拉得长长的"苦哇!"这个流程在我心里,倏忽就过去了,说起来却只能尽量装作平淡。

"记得在大同,一次参观,咱俩都走在后头,我跟你说过,我摊上官司了,挺难缠的。"

"记得,是跟你丈夫闹离婚,争房产的事。"

"还是何老师体贴人,说过就记住了。"

"房产权确定了吧,归了你?"

何其愚的话也平平常常，可那末一句的"归了你"，是问我，热乎乎的像是从他心窝子里掏出来似的。我听了一肚子的委屈，由不得泛了上来，鼻尖发酸，眼角也涩涩地像要流下泪来。

我说，跟渠宝成夫妻一场，这场官司是我没有料到的，心想，他就是不念及我，也该念及孩子，把嘉士林的房子留给孩子，我也就有了住的地方，也就等于留给了我。料不到的是，渠宝成来了个恶人先告状，把房产证拿走，去法院告状，说房子是他父亲买的，提供了他父亲交首付的凭证，还有他代缴月供的收据，一审法院就信了他的鬼话，将房子判给了他。我不服，又提出二审。

"这回公道了？"

说话间进了中轴线上的献殿，顿时感到凉快了许多，旁边有指示牌，说会场在后院的偏殿。我接着方才的话说下去。

"我托人打听了，恐怕难以扳回。都是法院的同事，总不愿意为民众的事得罪了同事。"

"你就认了！"

何其愚愤愤不平的语调，我听了分外开心。

说话间到了后院。

来了才知道，纯阳宫这个景点，对外开放，一星期三次，且只开放前面三个院落，后面两个院落可以进去，只能在院里参观，房间是进不去的。这也是因为当年山西博物馆的新楼还未兴建，博物馆的驻地有两个，崇善寺前面的文庙为一部，五一广场西侧的纯阳宫为二部。后院安静宽敞，虞弘墓的大石棺，最早就是放置在这儿供研究的。

我们来了，先去西偏殿参观了石棺，汉白玉雕成，巨大而精美，只有见了实物，才能感受到它的珍贵。发布会在东偏殿，主讲人是考古所的张庆捷先生，他是山西研究北魏史的首席专家，我在文物局的会上多次见过。他的研究，重在虞弘其人在中原与西域的文化交流史上。虞弘是西域人，能在北齐到隋的几十年间，出任中土的高官，死后享受如此高规格的葬礼，可见当年中土与西域的交往如何密切，完全没有后世的畛域之分。

在这里，意外地见着了邵新一，应该说又见着了，因为昨天在大酒店，我们刚同桌用过餐。他进来的时候，发布会已开了。东偏殿不大，除了前面主讲席有桌子，此外全都是红塑料垫子的折叠椅，见他朝这边张望，像是寻找座位，我旁边有把空椅子，招招手，就过来了。一坐下，就捂住嘴，凑到我耳边，说起悄悄话。

"昨天晚上的饭局，够憋气的!"

"一对活宝!"

我拿起坤包遮住半个脸，他像是刚抽过烟，烟味大得很。

"今天晚上跳舞，我不想去了。"

我一想，不好，他要不去了，就我跟吴会长陪着那一对宝贝，还不把人恶心死。

"邵老师，你可得去，你要不去，我也不去了。"

我知道这话的分量，他不去，我也不去，吴悦台只会把责任推到他身上。

"好好好，我去我去。"

张庆捷真是个大学者，思维周密，言语简练，连上开场白，用了不到一个钟头。讲完之后，由一位副局长做了总结，发给到会者每人一份资料图册，即宣布散会。往出走的时候，邵新一抻了抻我的衣角，仍是捂了嘴说的。

"慢点走，我刚才在外面吸烟时，见了何其愚和谢次陇，说好了，去前院的冷饮厅喝啤酒聊天，你可不能走哇!"

能在这个地方跟何谢二位聊天，我自然是不肯走的。

这样的聚会，肯定是邵新一埋单，他的大方在文史界是出了名的。

前院的冷饮厅，就在碑廊的尽头，不大，没什么人，有冷气，凉森森的，我刚坐下，何谢二位就进来了。

他们三个都要了啤酒，我说我开车，要了杯橙汁，一会儿端上来了，还有好几种干鲜小吃。有一碟蓝莓，服务员摆在谢次陇那边，邵新一将他面前的牛肉干，推到谢次陇面前，将蓝莓推到我面前，虽是一个简单的动作，足见此人用心之细，情商之高。

这儿的椅子，不是锃亮的折叠椅，而是老式的藤椅，给人的感觉不像是专为开冷饮店而购置，新购置的不会这么老旧;谢次陇坐的那把，藤皮都开裂了，是用一截蓝色的电线缠住的。给我的感觉，这些年机关纷纷购置新式桌椅，这类旧式的家具淘汰下来，只好胡乱堆在库房里，要办冷饮厅了，舍不得花钱，就从库房里拿出来用了。

实际上，以舒服而论，这种老式藤椅胜过折叠椅不知多少倍。进步，从舒适上说，常常是一种倒退。

或许是有我的缘故吧，三位男士的情绪都很高，这也是因为前几天的《龙城晚报》上，刊出我给《围城》挑错的文章，凑巧三个人都看了。

谢次陇开了个头，何其愚大加赞赏。

"这篇文章我也看了，《〈围城〉里还应再掂量的字眼》，风趣机警，要不是有作者名字，真不敢相信是你这个女孩子写的。"

"还女孩子呢，都三十几的人了，何老师，你实话实说，真的觉得还看得下去吗？"

"我用得着言不由衷，讨好你吗？我这个人好为人师，你又不是不知道，若有毛病，正好给我一个过过教师爷瘾的机会。好好地指点一番，不是比简单的夸赞，更能讨你喜欢，俘获你的芳心吗？"

何先生的话柔柔的，一口气说下来，像是脱口而出，又像是经过了字斟句酌，听着舒服极了。他那里，不光说着，还带着动作，弯起手指，叩击着桌面，像是给他的话打着拍子。他的指头，白皙而修长，跟他的身材有几分相像。

"我也看了，是有灵气，书你看得真仔细呀！"

邵新一也不甘人后，适时地插了一句，我有点飘飘然了。

"你不知道，是何老师给了我一个重印本，又教我怎样折校的，光靠我看，是发现不了那么多错处的。"

"怪不得，有高人指点嘛！"

邵新一说这话时，脸朝着何其愚，看得出来，他对何还是蛮敬重的。

"什么高人！"何其愚嘴上这么说，实际上是领受了，"我说这篇文章好，好在不卑不亢，脚跟站得稳稳的，心里又轻轻松松的，尤其是自称小女子如何如何，刚看了，能把我笑死，这真是羞死人不偿命啊。次陇，那天你还跟我说了什么？"

"我说，人民文学出版社应该给小杜送一千元的购书券，到哪儿找这么好的特邀校对。"

谢次陇说罢，朝我一笑，看神态，好像人民文学出版社还没给，他自己先给了我一千元似的。

何其愚接着说，他比小谢悲观，觉得世道人心有其险恶的一面，绒仙校对出的错误，若写封信告诉他们，他们也许会感谢的。可你这么一发表，他们就认为是给他们脸上抹了黑，不找你的麻烦就烧高香了。

我说不会吧，错了就是错。想人民文学出版社那么高等级的文化单位，其主事者，都是高学历有教养的人，怎么会跟山西这种地方一个小刊物的女编辑过不去。何先生说，但愿如此，他这是杞人之忧。

话说到这儿，我又说原计划是写一篇长文，分两部分，前一部分是编校过程中因疏漏造成的错误，后一部分是出重印本时，钱先生自己因一时粗疏而没有改或改错了的地方。晚报编辑嫌太长，建议分成两篇，两次发表，后一篇叫成《钱锺书先生的笔下误》，这两天就见报了。

　　"你这哪里是说钱先生的笔下误，分明是说钱先生的灯下黑嘛。"

　　谢次陇说罢，挺喜欢地瞅瞅我。

　　跟三位大咖聚在一起，机会难得，很想了解一些换届的情况。

　　"诸位老师，文史会今年要换届，我来这儿帮忙，做些辅助性的工作，趁便也就了解了一些情况，很想知道三位老师对换届的看法。"

　　我这样说了，三位你看看他，他看看你，一时都没了话说，推想他们不是对我有什么提防，是他们相互之间还有些戒心。最主要的，怕是何其愚信不过邵新一。

　　料不到的是，反倒是邵新一先开了口。

　　还是此人的品格高些，我刚这么想，一听，说的是不着边的事。

　　他说他最近在看一本写历史语言研究所的书，所长傅斯年这个人很有意思，抗战开始后，史语所先撤退到昆明，昆明常挨日本飞机的轰炸。傅斯年打定主意，要把史语所搬到一个日本飞机炸不着的地方，找来找去，选定了宜宾县的李庄。史语所听起来很大，业务部门就两个组，一个历史组，一个语言组，历史组的组长傅斯年兼着，实际管事的是董作宾。语言组的组长，原先是赵元任，来李庄前，赵元任去了美国，组长一直空着。到了李庄安定下来了，傅斯年开始考虑语言组的组长了。

　　邵先生的普通话带些天津口音，听起来有种浊而脆的感觉，比纯正的普通话，要亲切得多。这还不是他话语的特点，最大的特点是语速慢，说得好听点是舒缓，说得不好听点是黏糊，跟稠粥似的，咬字也还清楚，只是字与字之间的连带不利索。此一刻，东拉西扯更显得拖沓，好在说的都是名人，还能听得下去。听着听着，我忽然想起最近在《读者》杂志上看到的一则语录，记得是林语堂先生说的吧，说教养是什么，不就是用来闲谈琐事、附庸风雅的吗？证之眼前的邵先生，还得承认，真的是这么回事。他这毛病，给了山西人，会说是"咬舌头"，即口吃，搁在他身上，只有敬重的份儿。

　　我心里的这番话，他自然是听不见的，还在有滋有味地说着。

　　"赵元任是著名的语言学家，当史语所的语言组组长，那是没说的，谁来继任呢？语言组里，还真有一个够格的，也是著名的语言学家，也是留美的博士，成就一点也不比赵元任差，从国际学术界的认可程度上说，似乎还超过了赵元任。这个人是山西昔阳人，只能说是原籍了，听说他夫人还去昔阳一个村里祭过祖。这个女人也是个了不起的人物，是民国著名将领徐树铮的女儿。徐树铮的名气就更大了，民国初年，国内战乱，外蒙古借机独立，徐树铮率两旅兵力，打到库伦，就是现在的乌兰巴托，迫使外蒙古贵族取消独立。嘿嘿，扯远了，这个语言学家就是李方桂。傅斯年认为，赵元任走了，李方桂就是语言组组长的最佳人选。主意一定，他去找李方桂，以为以他的身份，一说准成，料不到的是，他刚说明来意，李方桂一句话，就把傅斯年顶了回去。"

"说他坚决不干！"

太缓了，我实在熬不住了，脱口而出。

谢次陇知道绝不会是这么一句话，朝我笑笑，算是一种友善的安抚。

"要是这么说，也就成不了典故了。"怕我再说什么，邵先生接着说，"李方桂说，做行政的都是二流人才，我还是做研究吧。傅斯年一听，没了脾气，连声说，我是二流人才，我是二流人才，说完退了出去。"

"好样的，把傅大炮顶回去，真了不起！"

何其愚跷起大拇哥，满脸的敬佩，不是敬佩眼前的邵新一，是敬佩死了不知多少年的李方桂。

至此，大家都听出邵新一的用意了。这哪里是闲话，这分明是说，此番换届选举中，那些个要上的，都是些二流人才。我总觉得意思是好的，绕了这么大的圈子，何不说上句"争着上位的，业务上都欠点"来得痛快。

"那个年代留学回来的，一是有真才实学；一是有鲜明的个性特征，嘻嘻！"

谢次陇的称赞，着眼点又有不同。

和邵新一一样，谢次陇跟人说话也爱捂嘴，同样是捂嘴，又有不同。邵新一是将手掌窝回来成桶状，表示这话是专给你说的，不让或远或近的旁人听见。谢次陇则手掌平展着，朝外，挡在嘴前，像是怕你看见了他的牙龈牙齿，又像是旧戏里小生用的扇子，晃动着显示出一种儒雅的风度。

这一次，或许是看出了我心里的嘀咕，邵先生接下来，明确表达了他的观点。

"换届本来是个正常的程序，只是文史会多年来积怨太深，又缺少胸怀，把事情搞得复杂了，也就严重了。如果大家都各自埋头搞自己的学问，把做行政工作，只当是为他人作嫁衣裳，浪费自己的时间，谁也不愿意去做，那就简单多了。"

今天这个小聚会，很有意思。

在柳林几年，我对朋友聚会的感触，是不能说正事，唯一能达成一致的，只有一条，就是骂单位的领导。聚会上都在骂，过了几天会传出惊人的消息，那个骂单位领导最狠的人，被他们单位的领导提拔了。到了省城这些年，关于聚会，我的感触又有不同，多人场合不一定要说都想说的话，但一定要说都可以听的话。今天这个场合，正验证了我的判断。

正这么想着，出乎我意料的事情发生了。

"新一兄，眼下的情势，如同两军对垒，机关里谁都知道，吴悦台的好些高招，都是你老兄给支的，我听了，都挺佩服的。我没说错吧！"

我听出来了，何其愚指的是，跟吕汾阳是父子关系，跟吴悦台是兄弟关系，再就是，吕汾阳下了台，就会多出一个副会长的名额。这些话，邵新一曾经给我说过，何其愚这会儿提出，显然有嘲讽邵新一的意思。

且看邵新一如何应对。

还真得佩服，他是有定力的，仍是那么一副漠然的神态，慢腾腾的语速。

"其愚兄，你说得都对，我只是想问你，假如你有个好朋友遇到难事，诚心向你请教克服难题的办法，你是糊弄他呢，还是真心帮他的忙？"

"真心帮忙，那是当然的。"

"那不就结了，我是吴悦台调进文史会的，他五十几岁了，还窝在副职的位置上，诚心向我讨教，我给他支支招，又有什么不对？"

谢次陇怕两人翻脸，忙出来打圆场。看得出来，他既想说何其愚保吕汾阳不落选，是出于公心，又想说邵新一给吴悦台出主意，也是应尽之力，想说的多了，语言上就不那么流畅了。

"新一兄你向来足智多谋，为吴会长出个主意，无可厚非，只是你这眼光太独特了，好些人智不及此，难免会有怨怼。何老师是那个时代过来的人，知恩图报，不忍心看到恩师为一班小兄弟欺凌，难免会义愤填膺，加以抨击。"

我对他的道理不感兴趣，留心到的，是他与邵新一的语速。从语速看人，实在是太好玩了。谢次陇语速也慢，跟邵新一又有不同，邵是要尽显他的教养，该快的时候也不让他快。谢次陇则不同，他也慢，可一点也没有装的成分。他是想说的话太多，都往出挤，卡在喉咙那儿，你推我搡，谁也不能先挤出去。

脑子一转，又想到何其愚，他的语速快多了，意在显示他正直的品格，乍一听，还真是那么回事，细一想，不过是狷介罢了。这样的性情，不好说别的，可以说的是，以缺点冒充优点，换个说法则是，将缺点培育成了优秀品质。

邵新一的辩解，似乎给了何其愚一个启发，立马有了回应。

"新一兄，你是说只要诚心请教你，就会设身处地，直言相告。"

"正是。"

"那我问你，这次换届选举，吴悦台一派，最致命的缺陷是什么？"

邵新一坦率地一笑，看得出来，这样的刁难，在他根本不是个事。

"其愚兄如此诚心请教我，也只有直言相告。吴会长这边，如果能顺应省委的安排，消除隔阂，减少摩擦，让换届会圆满召开，胜利闭幕，吴悦台当选，几个骨干也上位当选副会长，都没有问题。现在的状况，是吴派那边，几个人见胜选在望，私欲膨胀，不光自己要上，还想拉拔自己的小兄弟也上。省委定的副会长名额是四个，他们要求增加，增加到六个，省委也勉强答应了。最近听说他们又要求增加到十个，省委的回复，是厅级机关中无此先例。他们说文史工作特殊，山西是文史大省，非如此不能调动全省的文史力量，繁荣山西的文史事业，将来要栽，十有八九会栽在这上头。"

谢次陇表示赞同，说邵先生的分析很有道理。

何其愚有所疑虑，说他总觉得，以吴悦台这一派气焰之盛，他们的任何要求，上级都会同意的，上级一同意，以他们的活动能力，不难水到渠成，大获全胜。

"事情没那么简单的。"

邵新一的这句话，是带着冷笑说出的，我看不出，他是说吴悦台一派痴心妄想呢，还是说何其愚不该杞人忧天。

这一瞬间，我反倒觉得今天纯阳宫这个小聚会，不像是两派的大将在过招，倒像是换届的两派来了个重新组合。吕汾阳和吴悦台是一派，代表文史会的权势力量，何其愚、邵新一、谢次陇这些中青年结成一伙，代表了文史会的智慧力量。如此一来，换届会上的厮杀，必会大有可观，既是新旧的抗争，也是智愚的较量。

十一点多了，该散了。邵新一招呼服务生过来，钱包夹层里取出卡递过去，服务生说他们这里没有POS机，只能收现金。问了多少，抽出两张百元大钞递过去。服务生走了，邵新一捻起桌上的银行卡，在空中一晃。

"这是金卡，起存额是八万。"

"厉害！"

谢次陇不由得赞叹一声。

出了门，邵新一说这儿离古玩城不远，他要去会个朋友，谢次陇说，那他也去一下，两人先走了，是在碑廊前分的手。剩下我和何先生，让我一下子又喜欢起来，中轴线那边是假山，山上有凉亭，瞅了一眼，来了主意。

"何老师，那边山上有个亭子，你能陪我去亭子上坐一会儿吗？"

这样的措辞，该是最得体的，何先生笑着应允了。

亭子很精巧，一边开口，三边是"仙女靠"木椅护栏，坐下能看见东边广场上的人流，南边影都剧院的电影广告。有了上个月在御碑亭茶苑的幽会，我也就少了顾虑，往他跟前靠靠，拉起他的一只手抚摸着。

"何老师的手绵绵的，手指这么长！"

"哈哈，只能说指爪灵便吧。"

"何老师，你还欠我个什么吧！"

"哦？"

"你想想。"

看他使老劲儿想，也想不出来，我提示说，那次在御碑亭茶苑，我俩正热火的时候来了个电话搅扰了，我说了一句什么，你答应了的，该还我了吧。

"哈哈！"他笑得更响了，"是有这么回事，我还以为说着玩儿呢。"

"你们男人哪！"

这句话说得何老师一下子蔫了，过了一会儿，抬起头，眼里竟有莹莹的泪光，苦笑了一下，这才打起精神。

"给你说个文坛典故吧。1938年，郁达夫带着王映霞去武汉，应军委政治部设计委员之聘，曾去台儿庄前线劳军。武汉失守后，退到汉寿县，住在老朋友易君左家里。在这儿，郁达夫跟王映霞因夫妻生活不和谐，又吵又闹，不亦乐乎。有一次大吵之后，郁达夫去了城里一家妓院，找见老鸨，说他要快活快活。老鸨知道他是名人，又有钱，正要招呼院里的漂亮姑娘相陪，郁达夫摆摆手，说他不要漂亮的，挑你们这儿又老又丑的来一个就行了。老鸨只得听从，叫来一个又黑又胖的老妓女过来陪侍，太痛快了，事后郁达夫还多给了一个银圆。"

"呃，还多给了钱。"

"这个我记不清了，没少给是真的，你知道郁达夫何以如此吗？"

"是为了报复王映霞吧，王映霞太漂亮了，郁达夫的心理是，你凭你漂亮跟我闹吗，我偏不跟你睡觉，就要找个又老又丑的，气死你。"

"好些人都是这么理解的，我的理解全然不同。"

"呃，我倒想听听。"

何先生又苦笑了一下，瞥了一眼对面的电影广告，这才扭过脸来，不朝着我，而是盯着我身后的亭柱。

"我认为，郁达夫患了一种病，说是心理障碍，实际是一种生理疾患，简单说就是美女恐惧症。"

"啊，世界上有这种病！"

"有。我是从我的经历总结出来的，我自小就受出身不好的精神折磨，见了漂亮的女同学，转一下那个念头都觉得是罪恶，像亵渎了神灵一样，久而久之，就对美女产生了一种恐惧感。说说笑笑，打打闹闹，都没什么，一想到那事，就跟历史上的昏君一样，朝纲不振了，比昏君还不如，该说是阳纲不举了。"

他那么真诚，又那么沉痛，我不能不信。

"何先生，真是难为你了，我理解。"

"绒仙，对不起，我非常感谢你，希望我们今后仍是要好的朋友。"

何先生的语调，十分悲怆，我也动了感情，往前靠了一下，握住他的双手，摇了摇。

"何先生，你是我的好哥哥！"

第三十四章

到了晚上，装束停当，陪上吴悦台去歌厅。

仍是小裴的车，我和吴会长坐后头，邵新一坐副驾座。章子茂和小马一台车，小任开着，紧跟在我们后头。

料不到的是，来的不是金昌盛，是相隔不远的银昌盛，进的还是我跟潘国辉来过的那家歌厅，更奇的是，还是那个高档的一号包间。

外面的过道上，还是坐着好几个等着叫的姑娘，看见吴悦台扶着我上来了，跟上次一样，还是有人嘀咕，说的话也跟上次一模一样。

"哟，还自带干粮呢！"

歌厅最忌讳的是客人自带舞伴，我没说什么，只是抱歉地笑笑，给她们的感觉该是，对不起，抢了同行姐妹的生意。

这歌厅太熟悉了，一方面让我感到一种莫名的羞愧，一方面又有一种故地重游的欣幸。

小马显然知道章子茂最爱唱什么歌曲，先点了一首《莫斯科郊外的晚上》，又点了一首《北国之春》。唱《北国之春》时，是她和章先生对唱，应当说，她的嗓音也还清纯。章先生的嗓音，真叫个浑厚，富有磁性，连我都想，待会儿瞅个空儿，跟章先生对唱一番。男女对唱，若情感融合，其快感不亚于床笫之欢。

一切都是小裴在料理，也没跟邵新一打招呼，就领进来一个高挑个儿的女孩子，推到邵新一面前，对女孩子说："好好招呼这个大爷！"邵新一没说什么，只是挪挪身子，让那姑娘坐在身边。

小裴真是会来事，安排好之后，自个儿就不见了，再进来，不是上个果盘，就是上些小点心，要么就是瞅瞅盒里的抽纸够不够。

邵新一不跳舞也不唱歌，只是坐在侧面的双人沙发上抽烟喝茶，连水果和点心也不动一下。那女孩子邀了他几次，都摆摆手回拒了。邵新一递过一支烟，女孩子接了抽起来。

见章先生和小马对唱了一回，吴悦台俯在我耳边，悄声说咱俩也来个对唱吧，问我会什么。我觉得强撑着也不是个办法，既是扮演情人，总得像个情人的样子，就问吴悦台你会什么，吴没想到我会这么通情达理，说他会唱《纤夫的爱》。我一想，真是神了，那天跟潘国辉在这儿唱的就是《纤夫的爱》。由不得就想到，莫非我这个女人，让人动情的，恰是在船头摇来晃去的骚样子吗？

序歌起了，只有站起来。

吴悦台揽我腰部的动作，起初还轻轻的，跳着跳着，随着情境的深化，竟死死地抠在我的腰眼上，还不时往他怀里猛地一拽。我本想提醒一下，别过分了，又一想，好几个人在这儿，猛地拽上一下，也就是他的极限动作，忍一忍就过去了。

终于得到解脱。

不是吴会长饶了我，是章子茂见邵新一身边的歌女也还苗条可爱，过来邀着跳了一曲。那女孩子是专业水平，贴得紧，脚步也活泛，深得章先生喜爱，一曲完了又是一曲，竟将小马晾在一边很不自在。吴悦台怜香惜玉，过去邀小马，先是跳了一曲，又对唱了一首《草原之夜》。

还是章子茂会玩儿，跟那歌女跳两曲，就不跳了，太娴熟了，也就少了兴致。我甚至疑心，他请那女孩儿跳两曲，不过是一种机警的过渡，不愿意让我看出他实际在打我的主意。果然，缓步轻移，将那女孩儿送回邵新一身边，连退回去也不用，正好《草原之夜》的曲子又响起，他就弯腰伸手，向我发出了邀请。

还别说，跟章先生跳起来，其感觉跟吴悦台跳起来完全不一样。跟吴悦台跳像是在做一道算术题，加减乘除，一步都不能错了，这一步错了，下一步就不对了。跟章先生跳，就没有跳的感觉，你觉得自己是条鱼，在水里自由地游，你的身子不是贴着他的身子，倒像是他在贴着你随意地推送着，一会儿便有种陶醉了的感觉，似乎偎依着他的臂膀就可以进入梦乡，

我强打着精神，让自己不要失态。是为了自己，也不全是为了自己，似乎还有一种神圣的感觉，别丢了山西职业女性的人，让这个老色鬼觉得山西女人太贱了。

音乐轻柔，正是一个慢四步的曲子。章子茂的个子该在一米七五到

一米八〇之间，我穿的是高跟鞋，又不时踮起脚，才能跟他配合默契。走平步时，感觉额发能蹭着他的下巴颏儿。他的舞姿堪称优雅，进退换步都舒缓有度，只是行进到暗处，要旋转换步时，会猛地俯下头来，贴住我的脸，蹭上一下。起初我未介意，以为是旋转太快，收不住脚步所致，接连两次，方发觉他要的就是这种肌肤之亲。

还有一次，趁低头的空儿，竟在我的耳轮上轻轻地咬了一下。太过分了，我扭了一下身子，表示不吃这一套，他察觉了，一点也不难为情，反而低声耳语。

"这才是真正的香吻之所在！"

真是个老流氓，我心里恨恨地说。

好在后来，他老实多了，没有再来这类动作。

小马毕竟是艺术团体出来的，跳得好也唱得好，跟吴会长唱了《草原之夜》，又一起唱了《刘海砍樵》。我有些累了，稍一示意，章先生就扶我在沙发上坐下，还剥了个橘子递过来。

不能干坐着，也得说说话。

"章先生，听说你这次来山西，不仅仅是陪小马来玩儿几天，还负有一项特殊使命，是吧？"

"哈，是悦台兄告诉你的吧，再机密的事，也过不了枕头这一关，他还要我千万保密，我连小马都没说，他倒先跟你说了。"

"没说啥呀，是我自个儿揣摩出来的，时间不对嘛。"

"你真聪明，我早就说过，女孩子有多漂亮，就有多聪明。"

"别夸了，是不是呀！"

我靠过去，摇了摇他的肩膀，一面在心里骂自己，你就够贱的了，还说人家这个那个的。

"你跟悦台兄是这样一种关系，我也就不相瞒了。"

他点着一支烟，吸了一口，这才说了起来。

说他确曾跟吴悦台说过，什么时候带上小马来山西玩儿几天，只是这么一说，并未敲定准确的时间，来不来还在两可之间。是上个月吧，接到吴悦台的电话，说山西文史研究会要换届了，他的呼声很高，原以为换届会上老会长下来，他来个书记会长一肩挑。最近刚得到情况，说是老会长留任，只是把书记让出来叫他干。他知道我每到一个地方，当地领导都会设宴招待，因此希望我能来山西住几天，见见省上领导，看能不能把这个局面扳过来。

听到这里，我舒了一口气，果然医院里，舒玉的话是不错的。

"见了我们的大领导没有？"

"悦台兄安排的，今天上午就见了，在省委小会议室聊了聊。"

"我们大领导可改变了主意？"

"领导的主意，哪是一下子就能改变得了的。我给他讲了当下文史界的现状，天津的孙老作家多大的威望，不也叫选下来了吗？一茬领导，要有自己这一茬的文艺队伍，不是自己培植的文艺队伍，到时候用不上，还会坏事。"

"章先生真会说话。"

"跟大领导说话，意思到了就行了。"

我又问大领导会不会听他的，他说这个拿不准，全看大领导与吕会长的交情如何，如果交情很深，吕会长是攻不动的，如果交情平常，只是尊重老同志，那就有转圜的可能。

章先生又拿起一支烟，我忙划着火柴给他点上，不是吹灭火柴，而是像小马那样在他面前晃上几下，待火灭了，一缕青烟升起，还凑到鼻下嗅嗅，好像是分享了他的烟香似的。

章先生的兴致大增，从后面揽了一下我的腰，又移到前面拍拍我的膝盖。

"大领导那儿就那样了，主事的是宣传部部长，你们这个部长是广东调来的，很有魄力。部长那儿，今天中午的酒会上，基本上搞定了。"

"哦，是我们宣传部的魏部长吗？"

章先生说是呀，说他要来山西这件事，前几天吴悦台已告诉了部里。昨天一到，悦台就报告了魏部长，部长转告大领导，大领导上午接见，招待就由部里安排了。就是省政府对面的迎春楼酒家，吴悦台也在，饭桌上他大谈了天津的成功经验，说上去的两个青年学者都是他的哥儿们，怎么运作的他全知晓。有一句话把跟前的人都震惊了，他说那些老作家老学者说是有多高的威望，实际上全是空的，像泥塑的巨人，一推就倒。这话魏部长最是认同，最后碰杯时，魏部长当着他的面对吴悦台说：大的调子定了，不好再改。至于选举的结果，我们一定会尊重群众的选择。

说罢，又拍拍我的膝盖，手还往里移了一下，拍了一下大腿前部。

"小杜，你就等着喝悦台的庆功酒吧！"

又一个曲子响起，歌厅的女孩儿过来邀章先生，章先生一跃而起，还没迈步子，手已抠在女孩儿的腰眼上。

吴会长像是累了，又像是有什么话要跟邵新一说，两人在侧面的沙发上嘀嘀咕咕，不知在谈什么。马茹花原本在长沙发那头已坐下，见我一个人在这头，手在沙发靠背上一撑，整个身子就滑到我跟前。一过来，摇摇我的胳膊，亲热得不得了，及至开口，方知这亲热不为无因。

"杜姐，你跟吴会长好了多长时间？"

我能说什么呢，只好笑笑，算是不好意思回答。

"我看你俩是老相好了，吴会长这人，一看就儒雅得多，不像我们老章，外面名气怎大，跟男人打交道还行，跟女人交往，就变成个粗人，就知道个做，连一句温柔的话都舍不得说。"

"可他的小说写得多好哇，情浓浓，意切切，谁读了都说好。"

"那是他脑子好，会拉扯，会瞎编。"

"他可是世家子弟，是多少年的苦难，把他的性情变粗糙了。"

我是真心替章子茂辩解，觉得说章先生这不好那不好，都可以，说他是个粗人，是说不过去的。小马又撸撸我的肩膀，动作更亲热了，话语也深了一层。

"哎，杜姐，你们吴会长晚上还行？"

起初我蒙住了，很快便机灵过来，怎么说呢，只有胡说了。

"凑合吧，他那个年龄怎么也比不上年轻人，章先生体格好，本事也好吧！"

人家这样问了，不问问人家，显得失礼。

"哎呀，起初还行，也只是三下两下的事，这两年全不行了，什么时候都跟个布条子似的。"

"你们一晚上怎么过呀？"

这话一出口，我自己先惊奇了，暗暗骂自己，杜绒仙哪，你也太下流了。

"瞎折腾呗。"

小马不屑地说，听口气一肚子的委屈。

"那你从西安陪他过来，图了个啥？"

女人最见不得的，就是女人的委屈，这一刻，我真的可怜跟前儿这个年轻女人了。

"他说他要为我写一个小说，拍电影时让我演女一号，就跟《马儿啊你慢些走》的女一号从娜姐姐一样。"

"那你催他快写呀，他现在红得不得了，随便写什么都会拍成电影。"

"他现在开了个大酒楼，火得不得了，又是出国，又是进京，忙起来连个影子也逮不着，这次不是吴会长相邀，我还来不了山西呢。"

"好妹子，章先生是个有情有义的人，不会亏待你的。"

我能说什么呢，只好用这样的空话，安慰这个可怜的女人。

吴悦台跟邵新一的私密话，像是说完了，正好一曲终了，吴悦台站起来，邀我跳一曲。

乐声响起，是个慢四步，吴悦台像是也累了，方才跳三步时，动不动就绕个花架子，这会儿也跟章子茂一样，平稳地踱着方步，享受着偎依之乐。只是他的技巧差了些，脚下不利索，旋转时腿插过来，膝盖总是磕着我腿的内侧，感觉不像是跳什么曲子，倒像是前些年舞台上常演的忠字舞。

还是说说话，分散分散他的注意力吧。

"吴老师，跟邵先生说什么呢，谈得那么热乎，工作上的事用得着在歌厅说吗？"

"跟邵新一商量换届的事，有几个地市还没拿下，想在下面开个笔会，做做这几个地市的工作。"

果然，说起话，他的步子轻快多了，不再磕磕碰碰。

刚刚跟章子茂谈过话，知道魏部长对换届的承诺，我明白吴会长此刻说的"拿下"是什么意思。若仅限于当书记，不用操作，坐在家里静等就是了。要连会长一起拿下来，得靠选举的力量，就不能不做许多工作，才能保证选票上的优势。

我本来想问问，是哪几个地市还未拿下，一想，这在眼下还属于机密，我知道了，到时候出了纰漏，会怪罪到我的头上。再说啦，这事也不是我该打听的。

能得到魏部长给的承诺，太让他兴奋了，要么就是邵新一给的分析，让他增强了必胜的信心，跳着跳着，吴会长主动跟我说起开笔会的事。

随着悦耳的乐曲，身子的扭动，他的南方普通话此刻听起来竟满是情意。

"小杜哇，还是叫你绒仙吧，这次你能答应一起来接待章子茂和小马，我是非常非常地感谢。纯粹是吃个饭，跳个舞，文史会也会有女孩子来，可要充当情人，让我在章先生和小马面前挣足面子，她们里头还真挑不出一个。"

"你太夸奖我了。"

"不，是真的。"

"接待章先生这样的大名人，也是让我见见世面。"

"你问我跟邵新一谈什么，不是什么遮着掩着的事。我们分析过了，要保证换届的成功，必须保证投票率达到百分之八十以上，这样即使有什么小的闪失，也能获得圆满的成功。"

我扬起脸，瞅着他，微微一笑。我心里明白，这样的表情比任何催促的话都见效，果然不出所料，吴悦台说话的声调都变了。

"做工作的对象，一个是运城地区，一个是忻州地区。笔会的地点就选了两个，一个是忻州的河曲，一个是运城的河津，这两个地区吕汾阳的势力都比较大，工作相对也就难些。"

"吕汾阳不是汾阳人吗，该是吕梁地区的势力大些。"

"他是汾阳人，但没在吕梁地区工作过，再就是吕梁文史会的头目，跟我表了态，没有问题。运城那边，是他早年在那儿教过书，门生多，忻州这边，是他'文革'中在这儿插过队，当过文化局的副局长，培养了一批文史工作者。河曲开，河津开，各有利弊。"

"你跟邵老师觉得哪儿好，就在哪儿开好了。"

"今天你的身份是我的情人，我很想听听你的意见，你说在哪儿开就在哪儿开。"

我猜想，他这是想学学那些古代的昏君，大事决于中馈，让自己小小地得意一下。不是什么大不了的事，反正就两个地方，哪儿都一样，我不过是给他当了一次抛掷的铜钱罢了。

真要去，我当然是愿意去河津。

"河津。"

我说了，吴会长一听，松开我的手，双手抓住我的两肩，使劲一摇。

"好，就这么定了！"

正好这时，一曲终了，章子茂也要歇下来，不容他走到沙发跟前，吴悦台叫住了他。

"子茂兄，去年在北京开会，我记得你还上台唱了一段京剧，是周信芳的一个段子，今天也来上一段嘛。小马，你听章先生唱过京剧吗？"

"没有，他才不肯给我唱呢，来一段嘛！"

马茹花过到章子茂跟前，双手搂住章先生一只胳膊，摇了又摇。

"好，那就来一段《追韩信》吧。"

他这里说罢，过去端起啤酒灌了一大口，不等他这里拿起话筒，点歌机前，歌厅女孩儿已为他调出了《追韩信》的几个唱段。

"我主爷吧！"

话音刚落，前面大电视上，小王桂卿配像的萧何已迈着台步上了场，水袖一甩，这边章子茂就唱了起来：

> 我主爷起义在芒荡，
> 拔剑斩蛇美名扬。
> 怀王也曾把旨降，
> 两路分兵定咸阳。
> 先进咸阳为皇上，
> 后进咸阳扶保在朝纲。

章子茂唱罢，得意地瞅着我，我马上回过神来，这样的男人打上你的主意，你能逃脱得了吗？刚才他还和我说过，我若有机会去兰州，他定要天天陪着我，让我白天晚上不得安生，这会儿那眼神，真能把我吃了，可就在这时，吴悦台表现了他非凡的气度与才艺。

"尊敬的子茂兄长，同样尊敬的茹花小姐，方才子茂兄唱了周信芳的唱段，我听了，可说麒派的味儿十足。我也要唱上一段。要告诉朋友们的是，周信芳先生的老家是浙江慈城，这个地方，如今属宁波市江北区，我的老家是浙江嵊县，如今属宁波嵊州区，我家那个小镇叫窦山，距慈城不过六七十华里。当年周先生在上海唱红了的段子，我们老家可说，人人都学他的唱腔，也都会唱几句。外地人叫麒派，我们叫麒麟腔。我的这个段子是跟我的一个伯父学下的。今天太高兴了，章先生带了小马来，我这儿绒仙也肯屈尊来凑兴。我在山西三十年了，从来没有唱过戏，今天要唱上一段，让诸位知道吴某人在山西，是受了怎样的憋屈。"

说罢，他向歌厅女孩儿示意，他要唱的还是麒派名段，原唱不是周信芳老先生，而是麒派传人，有"赵麟童"之称的赵某人的《未央宫》。

吴悦台开唱了。

实在是没有料到，看似白面书生的吴会长，一声叫板，全然变成了另一个人。

这一瞬间，我一下子明白过来，一个江南才子，要经受多大的人生磨难，才肯将自己艺术上特长的一面，深深地埋藏起来，而迎合山西的文化趋势，写什么《长平之战遗迹考察》《近代晋城冶铁史》，取悦于当地的领导，获得不次的升迁。苦熬多少年了，也才是个文史会的副会长，想得到会长的名位，还得跟邵新一这样的人精心策划，以求全部拿下。

我是这样想的，吴悦台不管这些，沉浸在过去经受的屈辱中，声调格外地浑厚悲怆。麒派的特点是哑嗓子，他也挤瘪喉咙，哑哑的。

应当说，吴悦台这个江南才俊，在唱戏方面的才能还是震撼了我。我以为他吼上两句，也就过去了，没想到的是，赵麟童《未央宫》里的这段唱词，竟深深触动了他的心。

他唱的是韩信被吕后宣召，进未央宫的路上，起了疑心，一次一次逼问引领他进宫的萧何，会有什么样的危险。在我听来，唱到伍子胥一家被杀，最是动情。

> 尊一声相国听端的，
> 楚平王无道行不义，
> 不该父纳子的妻，
> 金顶轿换成银顶轿，
> 满朝文武谁敢提。
> 伍子胥，他的父上殿把本启，
> 怒恼了奸党费无忌。
> 深宫定下一条计，
> 可怜那伍子胥，
> 一家大小三百余口，
> 一刀一个血染衣。

让我惊奇的，不是吴悦台多年来深藏不露的唱戏的才华，而是他今天得意忘形，袒露心曲的那种了无挂碍的容颜。不管他的对与错，卑劣还是高尚，我总觉得在这片土地上，让一个江南才子受了这么多年的憋屈，实在是一种罪过。这一刻，我觉得我这样一个晋地长大的女孩子，对吴悦台这样的江南才子，真的应当奉献我的一点什么。这块土地，这么多年来还堪称肥沃，还说得上人才辈出，真的不是全赖了本地人才的涌现，更多的是外埠人才大批量的发落过来，才显示了这方水土优异的一面。

正这么想着，吴悦台已将赵麟童的这个段子，唱了一遍，他做了个手势，那边，歌厅小姐又倒回去，将这个唱段再一次显露出来。

这一回还是原唱段，从头到尾再唱一遍，但是快要唱到"深宫定下一条计"，吴悦台后退一步，又朝侧面跨开一步，到了我面前，冲着我，伸出手摆了摆，又往下一按。

在深宫定下一条计，
可怜那伍子胥，
一家大小三百余口，
一刀一个血染衣！

我不是心领，而是神会了，他这样唱，是把我当作了真正的情人，在歌厅这个深宫，任凭我说一不二，定下了笔会的地点是河津，而不是河曲。

"谢君王恩宠！"

我也够乖巧的，他那里刚刚唱罢，我双手握拳，置于腰身一侧，做了个"万福"的动作，表明我感谢他不次的恩宠。

然而，一想到那么善良的吕汾阳老人的命运，猛地感到，我这不是在助纣为虐，当了一回苏妲己吗，不由得在心里恶狠狠地骂了一句，这帮混蛋！

第三十五章

　　章子茂和他的小情人，在山西待了一个星期，今天要走了，吴会长打电话给我，一起去机场送送，以示周到。我知道这周到的意思是什么，也就没有借故推托。他从机关带车去大酒店接上客人去机场，另派车接我前去会合。

　　银昌盛跳舞的第二天，章子茂在机关会议室做了个学术报告，转天就离开太原，去了晋城矿务局招待所。一住三四天，昨天接回，仍住大酒店。

　　飞西安的飞机上午九点起飞，吴会长的电话是七点打来的，我也就没去上班。

　　这回接我的，是任师傅。

　　在文史会待久了才知道，文史会有两辆小车，说是公用，实则是专用，一辆吕汾阳用，一辆吴悦台用。吕汾阳老了，精力不济，疏于走动，公务活动也不多，他的这辆也就成了吴悦台的备用车，随时听从调遣。小裴开的是新款的桑塔纳，任师傅开的叫克瑞西达，过了气的日本丰田车。

　　机场在武宿，过去觉得挺远的，自从有了滨河快车道，也不觉得多远了。

　　任师傅是个瘦高个子，走路弓着腰，迈着八字步，像个农村老太太。他是介休人，说一口介休土话，咬字不清，跟舌头少了一截儿似的。起初我以为他是个"农疙蛋"，接了父亲的班开上车的。后来方知，他是从农村参军，去新疆部队服役多年，退伍后分配到交通公司开大车，经熟人介绍，才来到文史会开上小车的。

　　任师傅有人缘，我来文史会帮忙没多久，就跟他熟络了。

相熟了，说话也就随意了，这个人看着木木讷讷的，实际上灵性得很。

章先生和小马在晋城，送和接都是任师傅的车，我问任师傅，对这二位客人的感触如何。

"蹭上几下过过瘾，来不了实的了！"

一上来就这么一句，不是相熟，我真受不了。

"怎么这么说话，我看人家两个恩恩爱爱的，好不亲热。"

我嘴上这么说，实际上心里很是诧异，这小子的眼睛，怎么会这么毒酽，竟看出两人关系的实情。我是小马跟我说了才知道的，这小子接送了两次，就看了个准。

"真的能干，人前沉得住气，攒下精神人后用，人前太亲热了，人后就没戏了。"

"噫，你这话倒有几分哲理。"

"折着是理，抻开就不是理了，咱想的是，老天爷不会给你一个好笔头子，再给你一个好身体，真要那样，老百姓还活不活！"

"粗俗！"

"话不端理端，哎，杜老师，有个事情我就想不明白，敢不敢问问你。"

"多亲热的话，你只管说好了，我不嫌。"

说完这句，我忍不住扑哧笑了，觉得自己就像空手下了景阳冈的武松，没打着老虎，见了个花狸猫，也想逗一逗。

还以为他会跟我说什么撩情的话，料不到的是，竟让我羞了个大红脸。

"杜老师，我就奇怪了，我们吴会长在单位人品还不错，想攀上他的女孩子也不是没有，你来了这才几天，就把我们会长放倒了，看你也不像有大本事的人哪。"

"你是说我没外功，有内功啊。"

我觉得，还不能现在就说我是冒充的情人，那样传到吴悦台耳朵里，他会恨死我的，男人最怕说什么，我是知道的。

"反正我觉得你是个厉害人。"

"我来到这个世上，还是头一回听人说我这么厉害。"

"看着不厉害，做的事厉害，才是真厉害。"

"好了，任师傅，有你这句话，往后咱俩就是好朋友了。"

354

快到机场了，任师傅接到小裴的电话，说吴会长和客人到了贵宾室，叫他拉上我直接去贵宾室好了。同时告诉任师傅说，吕会长九点钟去省里开会，叫他放下我，赶快回机关等着。

　　进了贵宾室，让我想不到的是，原本坐在大沙发上，跟吕会长正谈着的小马迎上来，拉上我坐在离章先生和吴会长稍远些的沙发上，亲热得不得了。

　　"你们来了这么多天，有招待不周的地方，还请小马多多包涵。"

　　说了这话，我都想笑，自己太会装了，真跟个女主人似的。

　　"绒姐，我真羡慕你跟吴会长的关系，亲亲热热又磊磊落落。"

　　"小马妹子，可别这么说，章先生多大的名气呀，要不是这几天你们去了晋城，省城还不闹翻了天。"

　　我说的是实话，章子茂的名气实在太大了，头两天捂得严，还没什么，第三天就不行了。

　　在文史会做了个讲座，连闻讯赶来的，拢共五六十人。转天可就不妙了，文物局来人，请他去谈西北古城遗址考察，省电影家协会和省电影公司，要他出席《马儿啊你慢些走》的特映会。对这些邀约，章大名人的回答只有一个字，"烦！"他要和小马立马动身离晋，吴悦台苦苦相劝，这才答应去晋城煤矿招待所住几天，躲躲清闲。

　　贵宾室的好处是，送行者能与客人多待些时辰，坏处也在这里。普通乘客在安检口招招手就完事了，这儿你非得等到起飞前三十分钟，客人过了绿色通道才能离开。想来这样的安排，是为真正的大人物考虑的，说不定送机接机都能到了舷梯跟前。章子茂进贵宾室，不是职位高，是名气大。

　　不够格的人享受了够格的待遇，好比枪决犯改了凌迟处死，自己难受，看的人也难受。时间太长了，我跟小马已无话可说，吴悦台跟章子茂也是干坐着，好在贵宾室允许抽烟，他俩跟前的烟灰缸已呈坟头模样，两人端坐着，不知是祭奠谁的爹娘。

　　终于送走了，终于出来了，小裴的车已在门口停着，后座的车门已打开。吴悦台问我，是回编辑部，还是去文史会，意思是由我定，回编辑部也绕不了多远，去文史会那就更不用说了。

　　今天是周二，是该去文史会的，不是应个卯，是真的有个事。

　　我说了，吴悦台很是欣喜，做了个手势，让我先上。

　　回编辑部，过了龙城大道，不一会儿就到了。去文史会，得上了滨河东路，拐到府西街，再走一大截才能到，可以在车上多坐一会儿。有情人对时间的计算，向来是很精确的。

一坐下，裙子就拥了上来，露出光亮的膝头，车里放了冷气，凉飕飕的，很是舒服。

"绒仙同志，辛苦你了！"

吴悦台伸手在我的膝头上拍了两下，轻轻的，跟抚摸差不了多少。我扫了他一眼，又笑了笑，意思是在车里，可别让司机觉察到什么。他眨眨眼，意思是，明白，不会的。随即抽回手，搭在前座的靠背上。得承认这是个有教养的男人，就是拍了那么两下，也不可视为轻浮，也还是一个正常男人的正规动作，不来这么两下，就显得太装了。好比一盘佳肴，搁在面前，连筷子也不动一下，菜就先不高兴。

"绒仙哪，"他免去了同志二字，"你太行了，说话还是行为，都那么得体，文史会还真的没有你这个水平的。"

"看吴会长说的，我看你们这儿的女同志，哪个都比我强。"

"实在是你在你们那儿，环境好，待遇高，又能做学问，要是在别的差点的单位，等换了届，我非得把你调到文史会不可。"

"看吴老师说的，我就那么值当吗？真的共事了，你就晓得我身上毛病可多啦。"

"噢，这个我可看不出来，"像是想起什么，又像是早有腹案，他稍稍动了一下身子，往这边靠了一点点，"你最近在《龙城晚报》上发表的两篇文章，动静可不小哇。"

"吴会长也看了？"

第二篇是前两天才刊出的，我有点不相信，觉得他那么忙，这样的文章不会看的。还真让我猜对了。

"刚发表是没看，昨天下午拿回家，晚上才看的。"

"哦？"

轻声哦了一下，又不知道接下来该说什么了。

我当然不会说你是太喜欢我了，才看我写的文章，我怕的是我表述不得体，他会说出同样意思的话。当然在车上，他不会这么直露，但这个意思他会用他的方式表示出来的。

料不到的是，他所以带回去看，是别有缘故，怕影响我的情绪，才把话头搭得那么远。

"你们史志局，属政府系统，我们文史会属宣传部系统，大点说是省委系统。这样看两个系统是不交错的，实际上又都属于文化系统，这样又交错了。还有呢，你们有刊物，我们也有刊物，在期刊管理上，又在出版局这儿交错了。业务交错，人员也就管上了，这个道理，绒仙你该是懂得的，是吧？"

我点点头，不作声，知道这不过是个引子。

"绒仙，你可摊上大事了！"

他的手在我的膝头朝里的部位一拍，比刚才重了一些，本是要停下来变为抚弄，像是意识到什么，又赶紧挪开。

接下来他说，就在章子茂从晋城矿务局回来的前一天，省出版局通知开会，要求被通知单位的负责同志参加。这种会吕汾阳是不去的，那就只有他去了。有宣传部的一位副部长在，可见规格还是很高的，主要内容是紧跟中央部署，整顿全省报刊出版的乱象。别的就不说了，出版局的一位副局长在发言中点了两篇文章的名，都是《龙城晚报》发的，一篇叫《〈围城〉里还应再掂量的字眼》，一篇叫《钱锺书先生的笔下误》，谁写的呢，副局长没说，旁边一位同志告诉他，是《山河志》编辑部的杜绒仙写的，这样他回去才找来《龙城晚报》看了。

"他批评个啥？"

这回是我沉不住气了。

"他说，山西在出版上是个落后的省份，他们出版局自成立以来，一项重要工作就是跟国家出版部门搞好关系，争取更多的出版资源，理顺更多的出版渠道。具体到出版社，主要工作放在人民文学出版社和中华书局上，一家出文学书，一家出学术书。可是出了这两篇文章，让他们去了北京，都没脸见这些地方的老朋友了。"

"是不是说北京方面怪罪下来了？"

"这个倒没有，听口气，是他觉得自个脸上无光，坏了山西出版界的声誉。"

"不就是两篇学术文章，犯得着生这么大的气吗，他那脸皮子也太薄了。"

不料吴悦台却不以为然。先问了我一个常识问题，说你是当编辑的，该知道出版物允许的差错率是多少，我说知道哇，出版条例上规定不得超过万分之一。

"超过了算什么？"

"算不合格出版物。"

"这不就得了，那位出版局的副局长是晋南人，一口晋南土话，说到这儿，几乎是骂了起来。"吴悦台随即用他的江浙口音学起了副局长暴怒的腔调，"他咬着后槽牙说，这个作者看名字还像个女的，心地太歹毒了，两篇文章挑错字，不多不少，合起来是二十三处。《围城》多少字？二十三万三千，四舍五入是二十三万，狗东西，这不是暗示《围城》是不合格出版物吗，太太阴险了，太太狠毒了！"

"你的晋南话，学得怪像的。"

我笑了，吴会长没笑，继续学下去，不是要恶心那个副局长，纯粹是要逗我笑笑。

"他那晋南话，还真有特色，像是万荣县的，咬字特别重。末了说，整顿报刊，除了违规发行之外，还要整顿这样的人和事，凡有的，绝不能包庇，绝不能姑息！各单位回去，要自查，我们发了文件，就不好看了。"

太突然了，我一下子也愣了，一篇是十二处，一篇是十一处，确确实实是二十三处，可谁能想到，人家会加起来，而加起来又恰与《围城》的万字数目相吻合。

"咋就这么倒霉呢，唉——"

我长长地舒了一口气，表示太意外了，遇上这么挑剔的领导，实在无话可说。

"这个副局长，也太没骨气，不说保护自己的作者，只知道巴结上级部门。绒仙，想开点，不会有事的。"

吴悦台说着，又在我的腿上拍了两下，我倒觉得，这次他该抚摸几下才够意思。

到了文史会，我先上三楼应了个卯，又下楼到办公室见了舒玉。

这些日子发出去的登记表，陆陆续续回来不少。寄出去用的是文史会的信封，寄回来接收的，只会是文史会办公室。舒玉在办公室，管的就是公文的收发与登记。每回来几件，她都拆开，将信封别在登记表上，送三楼换届办公室我的桌子上。头一次送来，我就跟她说了，我在大学读博，导师分配给我的研究项目是什么，让她收到登记表，复印一份，留在她那儿，攒多了给我。

舒玉见我来了，从柜子里取出一个手提袋，里面全是码得整整齐齐的登记表。办公室还有旁人，舒玉攥住我的手拉到外面走廊上，急慌慌地对我说："你可来了，我还怕你跟卜章子茂去了西安呢。"

"你怎么晓得我去了机场？"

"小裴师傅在院里给你打电话，我正好打水路过，听见的。不说这个了，我舅舅这两天来了三个电话，问我约上你吃粤菜的事，定下了没有。还说也跟杨雪君说好了，到时候她也去。今天你来了，就定在中午吧。"

"别，别。"

刚才听吴悦台说了那个事，我心里堵得慌，想缓两天再跟萧东平聚。

"你是不是要推掉哇！"

舒玉不高兴了，我赶紧赔上笑脸。

"不，不，只是今天不，明天，明天一定！"

舒玉这才笑了。

第三十六章

7月18日，周三。

答应舒玉，今天去吃粤菜的，又叫雪君给搅了。怕舒玉不高兴，让雪君打了电话，推后一天，这才释怀。

一早雪姐就来了电话，说今天是滨河公园雁丘落成的日子，园林局有个庆典活动，要我务必参加，还说我们的郑主编也去。我说我应承下舒玉，跟萧大夫聚聚的，要是这样，你给舒玉去个电话吧。又想，不好吧，还是该赴萧大夫的约，雪君说不行，刘巩义局长点名要你去的，这样吧，我过来接你。

想想电利公寓到嘉士林拐来拐去，路不好走，还不如我自己开车去，便说不用了，我去就是。

庆典的开始时间是九点整，不急，我在家里正好洗个澡，天太热了，动不动就是一身汗。正在吹头发，门铃响了，我以为是雪姐，放心不下，还是开车来接我。天热头发易干，用手松松也就好了。下楼开了门，大吃一惊，竟是两个法院工作人员，一男一女，都穿着制服，戴着大盖帽子。倒也客气，说是来核实几个事情，叫我不必惊慌。

接谈之下，方知是渠宝成诉我的案子里提到一辆车、一处房产，问我实情是怎么回事。车，就是前一段宝成和他妹子要劫走的那辆奥迪，至于那一处房产，原在宝成名下，自他动了离婚的念头，我为了睿睿将来的教育费着想，托中介卖了，钱，自然归了我。这一点我不隐瞒，两个法院人员一面做笔录，从脸面上看，倒是同情我的。

时间不长，也就半个钟头，急忙开车去滨河公园。待停好车，去了典礼现场，雪姐见了，先抱怨一通。

"怎么现在才来，急死人了。"

好在典礼说是九点开始，实际定的时间是九点三十，趁这个空儿，见了文史会的吕汾阳、何其愚，还见了给吕汾阳开车的任师傅。或许是那天谈过"美女恐惧症"的缘故吧，何其愚见了我，多少有些不自然。我倒没什么，大大方方地跟他握了握手。

来了总要四处转转。和雪姐相跟着，见了他们城市美容研究学会的几个人，都夸这个项目是雪姐促成的。又见了文史会的吴悦台和邵新一，他俩是坐小裴的车来的。

同一个场合，见了这两组人物，不由得就想到换届选举。都是一个主帅，带着一员大将，各乘一辆战车——机关的小轿车。只是在我看来，吴悦台这边明显占着优势。不说吴悦台白白净净，年富力强，仅以两员大将而论，何其愚在学术界的名气或许大些，而邵新一的儒雅和聪慧，则远在何其愚之上。不说将帅了，仅以战车驭手——小车司机相比，任小伍是个瘦条子，说话不利索，而小裴呢，不高不低，干干练练，机灵远在任师傅之上。

雁丘的位置，比春天踏勘时，往北挪了挪。正好刘巩义局长跟两个工作人员交代什么话，快说完了，见我和雪姐过来，又叮嘱两句，摆摆手将手下人打发走，转身向着我俩，笑嘻嘻地迎了过来。

我在雪姐一侧，还稍后一点，刘局长空过雪姐，先跟我打招呼。

"小杜同志，雪姐说你有事不能来，我说这怎么可以，春天一起踏勘的，建成了怎么也该来看看。"

雪姐替我打起圆场。

"我一说刘局长点名要求的，绒仙马上就说她准来。"

刘局长告诉我们，嘉宾每人一盒善琏毛笔，来了就拿上了，不来送去就不好看了。雪姐问，这个时候了，该开始了吧，刘局长说十点准时开，太热了，刚刚安排人去迎泽公园拉一车遮阳伞来，带插杆的那种，前面两排老同志多，有人中暑了就不好办了。

现在是个空儿，刘局长领着我俩参观雁丘。

这雁丘的位置，跟春天踏勘时的设想不同。那时候，完全是依据元好问《雁丘词》的词意设定的。词序中说，他赴并州应试，道逢捕雁者，买下葬于汾水之上，累石为雁丘。我们觉得忻州来太原的骡车，必傍河而行，道逢此事，就地葬之，也只会在道旁。于是将雁丘的位置，定在现在的水泥便道的东侧。一片开阔的草地，起个石垒的坟头，竖上石碑，碑上刻《雁丘词》，也就是不错的景点。

现在呢，不好细说了，说整体的感觉吧。

前一向傍晚，雪姐曾邀我来滨河公园聊天，睿睿也相跟着来了，走到漪汾桥南，远远看见那边脚手架搭得老高，灯火通明，一看就是在紧张施工。现在可以这么说，白天了，脚手架拆了，建筑物显出来了，是一座巍峨的三层楼阁。这是雁丘北边的，南边呢，眺河亭不见了，起来一座两层的中式楼房。没有北边的高，却宽了许多。

想来楼阁的门楣上该有匾额，匾额上该有字，我是近视，看不清。刘局长指着北边的高阁，说那叫雁阁，南边的楼堂叫什么，他没说。

再往前走，就是新建的雁丘了，也跟我们原来的设想大为不同。

占地多了，规模大了，主要是设计的档次高了。

不是在草地上垒起多少石头，而是公园北侧的半坡上，掏了一个大大的弧地。河这边是个敞开的口子，有四五级台阶。口子两边是石砌的矮墙，很是厚实，如两个长长的手臂伸过去，在河岸下合龙。这样，靠草地这边，石墙还露在外面，往里就嵌进堤岸了。

这个大大的围圈中间，才是雁丘的主体，大小也还适中，毕竟里面葬的是两只雁，不是两个人。半人高的基座上，鹅卵石堆起的圆顶，非是草草堆砌的样子，而是错落有序，如同自然龟裂，石块之间，还勾了白色的水泥。丘前有石雕的香炉，还有个汉白玉石牌，上面是鎏金的颜体字，说明雁丘的来历。

我看了，连声称赞，说现在这样子，又美观又大气。

雪姐就在跟前，刘局长说，杨雪君同志提了许多建设性的意见。

雪姐不愿接受这种夸奖，说整体设计是省建筑设计院的两个年轻人完成的，她只是组织各界人士讨论了两次。

这个墓地的格局，我觉得有些眼熟，稍加思忖，眼前一亮。

"哎，我想起来了，大前年吧，我跟上郑主编去北京，他领我参观了西山脚下的植物园，该返回了，时间还早，他说，走，看个正经地方。又往山里走，就见了梁启超的墓园，就是这种设计风格，先是一个厚厚的石墙，将墓园圈起来，中间才是墓丘和石碑。"

说罢，看看刘局长，我知道，好多领导干部愿意说好主意是自己出的，不愿意说是听了别人的建议或是受了什么启发。

刘局长显然没这个毛病，我一说完，他马上就笑了。

"想到一块儿了。这个滨河公园过去只是寻常花木，我接手后想引进一些既适合咱这儿生长、平常人又轻易见不到的花木品种，于是便带了两个专业干部去了北京植物园，还真引回了几种稀罕花木。完了，准备就近去颐和园的，同行的小王说，他在网上查了梁启超的墓，就在左近，于是我们就去了，那个肃穆壮伟，真的给人以震撼。这次设计雁丘，我还真的跟省建筑设计院的那两个年轻人说过，人家说那当然好啦，那是中国最著名的建筑设计师，给他老子设计的能不好吗？梁启超我知道，梁思成还真没听说过。"

我总觉得，春天踏勘时的设想，也有可取之处，朴实些，让人有身临其境之感。

怕刘局长见怪，委婉地说了出来。

刘局长真够开明的，一点见怪的意思也没有。

"我原先也是那么想的，认为元好问他们买下两只雁，就停下车，雇人搬石头，把死雁埋了，还起了个文雅的名字叫雁丘。现在有句时兴话，叫贫穷限制了我们的想象。能赴省垣参加乡试的，多是富贵人家子弟。他们来参加乡试，哪能耗费这个时间。推情揣理，多半是叫来里正或地保，给些零碎银子，说个样子，让他去办就是了。既叫雁丘，可见小不了。那是古代，现在再建，景点嘛，让人来了有个看头，寒酸了不行。"

"元好问的词碑呢？"

我总觉得，词碑该立在雁丘的一侧，只有见了元好问的词，才能明了雁丘的来历与价值。

这上头，刘局长还是有他的一套理论的。

"景点要宽敞，让人走得开，感觉畅快，是来游玩的，不是来受教育的。雁丘前的汉白玉石牌上，说了来历，再在雁阁北边，辟出一块地，建个碑林，刻上古人咏雁丘的诗词。这是雪君同志的主意。将来这儿，不光是个游览景点，也是一个文化园区。"

说罢，指指南边的一栋新建筑，雕梁画栋，像个殿堂。

"原先想着把眺河亭改建成个什么轩，供游览的人歇脚喝茶，顺便出售字画拓片。后来一想，干脆另建一个楼堂，办起餐饮，让这里形成一个建筑群，人来上一趟，看美景，尝美食，钱有地方花。"

"这个楼叫什么？"

"鸿雁楼。"

"这名字是刘局长自己取的。"

雪姐插上一句。这会儿离得不算远，无奈我近视，看不清楼前的匾额，瞅了雪姐一眼，她就说开了。

"原先有人提议叫祭雁堂，还有人说叫怀雁轩，刘局长说都不好。这个景点叫雁丘，本身就是凭吊这对忠贞之雁的地方，再叫个祭什么怀什么，气氛太压抑了，该豁朗些，向上些。跟我商量，我说该有盼的意思。这一对雁死在这里，并不代表这里的人都是残害雁群的凶手，仍然有好心人，爱护雁的人。过了两天，刘局长给我打电话，说叫鸿雁楼吧。还说《诗经》里有一首就叫《鸿雁》，我听了，觉得也挺好的，气象大，也好听。"

一辆大轿车开过来，在鸿雁楼前停下。

车上有一行大字，我看清了，是"山西省歌舞剧院"。

"哟，还有演出！"

我惊叫起来，雪姐说是呀，用的仍是刚停下来的夸刘局长的语气。

"刘局长在清徐县当副书记，就抓地方剧团，排了好几出大戏。这次搞雁丘落成庆典，是他主动跟省歌舞剧院联系，排了一出《雁颂》。绒仙，待会儿你看吧，可精彩了。"

说话间，又来了一辆皮卡，拉的全是遮阳伞，车帮子上还坐着几个年轻人。一到地头，将遮阳伞卸下，全是白色的，可口可乐的赠品。这种伞配有长杆子，头上是个双股铁叉，有一股还带了个弯儿，脚一踩就能插在地上，稳稳的。不一会儿工夫，雁丘前面的草地上，一片片白帆，飘荡起来了。

"太密了也不好，底下捂，我去看看。"

刘局长说着就走开了。

有人过来摆放扩音器，这儿不是我们站的地方。

我俩站立的地方，正对着第一排嘉宾的座位，我看见吴悦台已在正中偏北的一个阳伞下就座，那边郑伯笃和吕汾阳，正说说笑笑，朝遮阳伞下走来。靠河那边空旷，我努努嘴，和雪姐一起朝河边走去。我俩要坐，也在最后一排。这是我的考虑，后来知道今天雪姐是个重要角色，怪不得走出几步，就不走了。

此刻我才发现，雪君今天着意打扮了一番，显得更漂亮了，尤其是一双眉眼，忽闪忽闪的，像是在跟谁调情似的。

"雪姐，你是不是在打刘局长的主意？"

不由得就问了这么一句。

"哪里会呢，要说相貌，这个人是能让我动心的，上手也不成问题，可是你不知道，他们这些从基层提拔上来的干部，思想多么陈腐。噢，上回我跟你说了没有，刘局长原先是清徐县的副书记，没当上书记，才主动要求来园林局的。"

"我看他眉清目秀，挺活络的。"

"才不是呢！"

雪姐接下来，说了刘局长前不久闹的一个笑话。

"来市里两三年了，跟省城文化名人多有交往，有次他去省人民医院看病，诊疗过后，大夫送他出来，在楼道上遇见省城有名的女画家王木兰，王女士的长项是画古典美女。他认识王画家，转身给大夫做了介绍，随即说，以后有机会了，让王画家给你画个女同志吧。"

"真的？"

"这还有假，前两年，我们常拿这个笑话他。"

"咯咯咯，太好玩了，连美女两字都说不出口！我就说嘛，年纪不算大，怎么一见了我就跟老干部似的，叫我小杜同志。"

扩音器里传来喊声，说雁丘竣工典礼马上就要开始了，各位嘉宾请前排就座，有阳伞，不热，过一会儿又喊起来了。

"没有入座的赶快入座，后面还有站着的，请到前面来！"

我知道这是说我这样的人，又见刘局长朝这边招手，不一定是专招我，叫他看见我这么散漫总不好，便朝前走了几步，挑了个边上的阳伞，跟雪姐一起坐下。

庆典开始了。

先讲话的是刘局长，接下来是市里一个副市长，第三个是建筑设计院的副总工，第四个就是雪姐。

"下面，请雁丘复建的主要策划人、太原城市美容研究学会的副会长兼秘书长杨雪君同志讲话！"

主持人一报上名字，人们就转着脑袋，看谁会站起。

雪姐站起了，跨开一步，就是过道。

怪不得刚才一起落座时，我让她靠里坐，她谦让了一下，还是坐在靠外的位置。

走开了，我坐的位置，正好看见她的步态。

她这人，平常走路，步子不算小，这会儿迈着小碎步，显得很是匆忙，想来她要的，就是这种娉娉婷婷的身姿，步子大了，就没了这种风韵。

不错眼地盯着，嘿，她今天穿的一种叫冰丝的长裤，有点小喇叭的意思，显得脚下飘飘忽忽，如同行走在水上。唯一的失误，该是没有换了里面的红内裤，从我坐的地方都能看见一个红红的三角，紧贴在圆圆的屁股上，一扭一扭，很是妖娆。换了我，绝不会有这样的失误。忽然又一转念，或许她是有意为之，就是要在众人面前显露她的翘臀。

这一刻，我方始明白，我要是有雪姐这一套，FH计划根本就不是个事。什么FH计划，就是个学坏计划嘛！

到了麦克风跟前，该转身了，雪姐又玩了个花活。

不是一脚前伸，站定之后，另一脚斜跨过来，待两脚并拢，身子也就跟着转了过来。她是怎么的呢，我看清了，她是左脚的脚尖一着地，右腿抬起在空里画了个漂亮的弧，身子飘了一下，这才双脚站定，且是一前一后，交错成一个丁字，最女性的那种站姿。

两眼圆睁，扫视了半圈，过去了，又转了回来。

说呀，我都替她着急了。

开口了，一开口，就显出了她的聪明，也把我惊呆了。

来省城这些年，我发现一个规律，就是会不会讲话，跟口才的伶俐关系不大。千篇一律的开场白，不打奔儿地说下来，肯定是好口才，可那除了说明你"烂熟于心"之外，见不出一丝一毫的才智。才智全在你会不会破题上。讲话中间，来上几句名言妙语，基本上是白搭，得要一开口就能抓住人。据说八股文最讲究破题，可见越是程式化的东西，越看重开头这一锤子。

雪姐的这一锤子，砸在了在场的所有人的心上。

只见她稍稍弯下腰，对着麦克风说开了。

"感谢刘局长给了我这么个机会，让我代表几个策划人，说几句话。感谢的话。代表的话，这一句就说完了，下面我想说的是，我对修复雁丘的一点看法。这么热的天气，一会儿还有演出，我的话也要跟我这个人一样，简单点，漂亮点！"

下面哄笑起来了，哪有在这种场合，还不忘夸自己漂亮的。

待笑声落下，雪姐又皱着眉头做个鬼脸，将麦克风从架子上取下，脚下也活泛起来，不时移动着位置。

"这个话筒，太无情调，我这样凑到它跟前说话，它也不说凑过来吻我的腮帮子，一点情调也没有，那就对不起了，我要把它捏在我手上，离我的嘴唇近一些。"

说着，"梆"的一声，对着蒙了红布的话筒，吻了一下，离得近，等于在话筒上猛地一击，会场上空，跟响了一声炸雷似的。

台下又笑了。

待笑声落下，才重新开始说她的话，从不跟笑声抢时间，总是微笑着享受笑声带给她的快感。

接下来，说了个故事。

"我初中上的是十九中，就在汾河东岸的柳溪街上。1980年上初三，头一学期功课不怎么紧，不知怎么的，暗暗喜欢上我们的班长，那时也不懂得恋爱，只想跟这个男同学亲个嘴。"

又对着话筒"梆"的一下，呱呱呱，会场上响起一阵掌声。

"可是总也没有机会，那时候男女同学是不兴串门的，聪明的人总会想出办法来的。柳溪街不就是在汾河东岸吗，就是咱们这次修雁丘的地方，再往北一点。那些年还没建起滨河公园，这里是一大片芦苇地，也不全是芦苇，还有些野生的灌木，荒草遍地，杂乱无章。我的主意就打在这块地上。有一天下午放了学，我在半路上等上我们那个男同学，对他说，汾河边上的芦苇丛里有蚂蚱蚱，我们那时候就这么叫，不叫蚂蚱，叫蚂蚱蚱，会叫的那种。我说我弟弟想要两个蚂蚱蚱，市面上买不下，你能不能陪着我去芦苇地里，逮上两只蚂蚱蚱。班长一听，说行啊，于是我们上了河堤，下到芦苇地里。地里有小路，起初还干干的，越走越湿，倒也没水，只是有些滑。这地方前一天我踏勘过，不能说踏勘，那时我们叫侦察。先是他在前面走，走了一段，我说我晓得蚂蚱蚱的地方，就走在前头。"

说这些做什么呢，我有些疑惑。

很快就听出名堂了。

"我不是走在前面了吗？走着走着，突然惊叫一声'蛇'！身子往后一仰，正好倒在班长的怀里，是往后仰，可我的嘴却噘起来，对准了他的嘴，他一愣，很快回过神来，跟我亲了一下。我站直身子，羞得什么似的，却攥起拳头，在他胸前捶打起来，一边捶打一边还说'你真坏，你真坏！'实际我心里说的是'杨雪君，你真坏，你真坏！'"

会场上笑成了一片。

说到这儿，又换了一副腔调。

"自从知道元好问，曾在汾河岸边买下两只大雁，建起雁丘，我就想着什么时候能把雁丘重建起来。起初只是想着，原来就有这么个古迹，应当恢复起来。后来想的是，要建就要建成一处园林，不光让人观赏游览，还要起到过去芦苇地的作用，应当成为青年男女相恋之地，应当成为中年人的休憩之地，还应当成为老年人的怀旧之地。我永远记着，我曾经在这里的那个吻，我也希望多少年后，有多少像我一样的女人，记着她在这里的第一个吻！我的发言完了，谢谢大家！"

又是"梆"的一下，呱呱呱，热烈的掌声，很是持续了一会儿。

雪姐过去，将话筒插在架子上，都以为要走开了，但见她嘬起小嘴，又凑了上去。

"刚才的主持人是省歌的独唱演员，她下去换装去了，现在我以主持人的身份宣布，省歌舞剧院为雁丘落成，排出的大型歌舞剧《雁颂》正式开演！"

真紧凑哇，她这里话音一落，雁丘围墙里边，彩旗招展，乐声大起，不知什么时候藏身在雁丘后面的雁阵，便扇动着翅膀，分两路绕着雁丘飞了出来。

那雁服，很是漂亮，帽子上一根雁翎，上半身几乎全黑，下半身是长裙，下部张开，带上了孔雀尾似的花纹，翠绿中间有着眼睛似的黑圈。男的近似喇叭裤，花纹与女的略同。两队人马，从两个方向出来，一会儿变成一字，一会儿变成人字，一会儿又男女搭肩而行，暗喻雁阵里的雁们，也是雌雄相配的。

舞的舞，唱的唱，女主唱果然是方才的女主持人。

男主唱的脸，朝了那边，看不清，听旁边人说是省歌的民歌高手牛宝林。

> 江北无梅只有雪，
> 寒空万里清而洁。
> 天边飞来一队雁，
> 嘎嘎嘎嘎叫得欢。
> 突然两只慢下来，
> 不一会儿落了单。
> 砰的一下枪声响，
> 一只大雁掉地上。
> 扑通扑通三两下，
> 顿时断气身已亡。
> 天上一只叫声惨，

盘旋空中不离开。
猎人正欲再举枪，
一下子吓得着了慌。
只见这只大雁呀直直的，
一头碰死在前雁的身旁。

　　并没有出现猎人，雁阵离去，祭台前的地上，躺着两个人——两只大雁。雁丘后面，走出一个青布长衫的书生，旁边跟着一个挑着书箱的书童。这书生，一看就是要充元好问的。

　　歌声起，这次我看清了男女歌手，不再是站在围墙的里侧，而是站在"雁丘"大字石碑的两侧，男的靠这边，全能看见，那女的靠了那边，石碑的边沿挡着，只能看见竖条的半个身子。一会儿各唱各的，一会又合了起来：

正是秋闱前几天，
忻州士子来省垣。
赋诗著文争功名，
荣华富贵在眼前。
内中一士名好问，
本是金人却姓元。
闻听猎户诉原委，
连声感叹是奇观。
不忍大雁受烹煮，
取出银两买下来。
又给猎户银若干，
命在河畔起坟园。
取名雁丘本已定，
心中默诵词一篇。
大雁魂魄未远去，
闻言又附己死身。

　　于是两只大雁又从地上跃起，就在跃起的一刹那，将外面的灰黑色雁服褪下，成了两只一身白衣的精灵。两雁跳着，做了许多感谢的动作，随后与元好问和书童翩翩起舞。

我疑心这一段舞蹈是从芭蕾舞《天鹅湖》借鉴过来的。

"元好问"的舞姿平常，小书童年轻，身手灵活，舞起来特别好看。

伴随着舞蹈，便是男女歌手用山西话，吟诵元好问的《雁丘词》。

> 问世间情为何物，
> 直教生死相许。
> 天南地北双飞客，
> 老翅几回寒暑——

雪姐过来了，跟我坐在一个遮阳伞下。我问她，这《雁颂》是谁的编剧，她说是歌舞剧院的赵越老师编的。

"唱词怎么就这么俗?"

"赵老师是写诗的，原先也很典雅，是我提意见说，庆典是白天开在野外，不可能打字幕，雅了人听不懂。赵老师又改了一稿，白了许多，我还嫌不白，又改了改，怎么你觉得不好?"

"不是，不是。是我觉得这么白的唱词，听起来怪怪的，你这么一说，我就明白了，还就得这样。大雁死而复生，精魂对元好问表示感谢，这一段舞蹈，太有创意了。"

"这可全是赵老师想出的。还有后面，春夏间雁群北归，见了雁丘落下来，搬鹅卵石加高雁丘，也是赵老师原稿上就有的。我问为什么有这么一场，赵老师说这个雁队，二三十个演员，不能出一场就完了，有了雁群搬鹅卵石加高雁丘，整台戏就立起来了。"

这时我看见鸿雁楼门口，支起一张桌子，人们正手持请柬，在领湖笔。有人已提了湖笔盒子，朝停车场那边走去。

一看就明白了，刚来为啥不发，发了你早早就走了，演出时观看的没多少人，岂不败兴。现在演出过半，想走你就走吧。我瞥了雪姐一眼，说这个时候发纪念品也是你的主意吧。她倒坦率，说刘局长在官场，多年历练，这种细节还是能想到的。只是对两三个重要的人物的司机说，领导要是走，可提前去楼里领纪念品。

雁阵飞回来了，死去的两只大雁的精魂又从坟里出来了，元好问不知怎么也来了，满满一台人，先是搬鹅卵石加高雁丘。那鹅卵石，像是央视一个节日砸金蛋里的金蛋，不过是白的，早就在大轿子车那边堆着，

370

这时候一个个大雁，双翅抱了堆在雁丘上，分量不重，又堆得太高，有几个竟滚下来了。

最后是大合唱《雁颂》。太嘈杂，我只听清末后两句是：

> 耿耿忠贞大雁情，
> 世人听闻能不羞！

什么时候雪姐又到了麦克风前，那里歌声一住，雪姐就高声宣布庆典圆满结束，祝光临各位心情愉快，万事如意。

我来得迟，车靠外，想等人少了再过去。

雪姐过来了，提着两个湖笔袋子，递给我一个。我说不是拿上请柬去领吗，她说你是贵宾，那儿有名字，说一下名字就可以领出来。又说慢些走，刘局长想结识一下你们郑主编，特意在鸿雁楼备了一桌茶水点心，没几个人，咱俩都过去。

到了那边，楼内一角，有一堂古树根雕制的茶台，茶台上除了茶壶茶碗，还摆着几碟应时小吃。郑伯笃在，吕汾阳在，还有我们的陈侃，文史会的何其愚。我们刚坐下，刘巩义过来，客气了几句，又走了。我疑心这个小小的茶聚，并非刘局长想结识郑伯笃，是雪姐让刘局长安排的，她好再一次享受朋友们的夸赞。

"雁丘的设计，又厚重又高雅，会成为省城旅游的一个亮点！"

郑伯笃似乎揣透了雪姐的心思，我们一坐下，先来了这么一句。

"二位老师，有什么不足的地方也提一提。"

受了夸赞的人的谦虚，不过是得意的另一种方式的表达。

吕汾阳是个蒲剧迷，还真提出了一条改进的意见。

他说，雁阵里的男女演员，还有化为精灵的穿白衣服的两只死了的大雁，其戏装，现在是敞口袖，太短了，都应当改成水袖。水袖有许多程式，是其他衣袖无法表现的，比如表示寒冷，袖口举过头顶，水袖垂下频频舞动，寒冷的感觉就出来了。用了水袖，雁阵的舞动感，会更为强烈。

说着，他还比画了几个动作，没想到矮矮胖胖的老先生，做起戏剧动作，还那么利索，甚至带着几分妖娆。

没有酒菜，光这么清谈，两个老先生的兴致都不高，也就待了十几分钟，各自散去。

去停车场的路上，雪姐问我，说早点来，怎么那个时候才到。我说正要走，来了两个法院的，核实家庭资产。

"什么事儿?"

"宝成要跟我离婚，起诉到法院了，有两三宗财产不太清晰，法院来人核实。"

"啊，真过不下去了。"

"肯定是过不下去了，我现在只想多为我和睿睿争取点财产，至少嘉士林的房子要保住。"

"这个年龄离婚一定要慎重。"

先到她的车跟前，我的车还在前边。

"明天萧大夫请吃粤菜，早点去呀!"

说着还捏了下我的胳膊。

第三十七章

中午饭，用不着早去，我原本想先去文史会接上舒玉一起去广东酒家，去了舒玉说，离得不远，那条街上不好停车，便把车停在老地方，两人走着去。

一出机关大门，舒玉递给我一个纸袋子，说今天回来的登记表特别多，全复印了装在里面，还有几个领导批的换届会文件，估计我用得着，也复印了夹在里面。我撑开口子看了一下，有两个会长批的，也有姜宁亭批的。

走在路上，我说了近来的烦恼，舒玉听了不说什么，只是微微地叹气。她这种懂事的样子，我最是喜欢。

拐过路口，老远就看见萧大夫站在门口朝这边招手，到了跟前才知道，他是打的过来，定好包间才出来等人。见了面，直夸他外甥女会办事，靠他约，是约不来杜绒仙的。我问雪君呢，说刚打过电话，一会儿就到，开车来，快。

广东酒家的生意真好，还不到十二点，一楼的散座几乎坐满了。多亏萧东平来得早，定下二楼的包间，要是这个时候来，底下有没有座位都难说。

我们上去还没坐下，雪姐就来了，还带来一个客人，就是园林局的局长刘巩义。刘局长见了我，说是听说我来，他才答应雪姐来的。叫他坐上位，怎么也不肯，末了是坐在雪姐的下首。萧大夫定的包间不大，八个人显挤，我们五个人，宽宽松松的很是舒适。

这里的招牌菜是烤乳猪，萧大夫要点，我坚决反对，雪姐未必是想吃，只是对我如此激烈的反对表示不理解。

"这也太矫情了吧。"

五个人，萧大夫居中，她在萧大夫右首，我在左首，等于我跟她恰好对称。说过之后，她瞥了我一眼，又瞥了萧大夫一眼，神情像是笑我在萧大夫面前卖萌似的，这我可有点不乐意了。

"雪姐，我这可不是矫情，养猪就是要杀了吃肉的，可也得长到该杀的时候再杀，才合乎情理。这就好比保家卫国，男人应当上战场，可你让小男孩儿上战场，那就太残忍了。"

"有道理，有道理。"

雪姐嘻嘻地笑着，表示赞同。

萧大夫也说烤乳猪太残忍了，他吃过一次，两三天都缓不过劲儿来。没怎么挑选，就点了清蒸石斑鱼、烤乳鸽、卤水拼盘、盐焗鸡块。主食该是米饭的，他点了荤素两种饺子，还问有没有泡泡油糕，我正要笑话山西人吃什么都离不了面食，不料，服务员说泡泡油糕也有，是正宗的代县黄米面炸的。那就不是山西人离不了面食，而是什么饭店开在山西，只能是山西风味了。

知道没人喝得了白酒，萧大夫带了一瓶木盒装的戎子酒庄的红酒。

我喝过，知道是山西什么地方出的，挺贵的。

怕雪姐再引出什么话题，我问萧大夫，你不是说打通了什么中西医理论，还不快说说。

那天在诊室，原本要说这个事的，光顾了说我的病，没顾上，我还真想知道他的这一研究成果呢。

他说开了，还真有一套。

先说在德国海德堡大学医学院读博士，读的是赫尔教授开的心理医学课程，这一课程分应用心理医学和理论心理医学。应用心理医学近似国内的精神病学科，临床的成分大些。赫尔教授是理论心理医学的权威，他是第一个跟赫尔教授读理论心理医学的中国学生，也可以说是赫尔教授的得意门生。赫尔教授曾夸他思维缜密，有丰富的想象力。

"然而——"

然而一转，他的语气一下子变了，回到国内，他才信了那句俗话，女怕嫁错了郎，男怕入错了行。到了北京，去教育部留学生司报了到，一听说是医学博士，好几个医院都抢着要，及至见了面，一听说学的是理论心理医学，又都挂了免战牌。回到山西也一样，多亏中医研究医院的王院长开恩，才收下了他这个没人要的德国名牌大学的医学博士。

"开什么科呢？还是王院长给出的主意，开了个骨相科，还跟人说我专治抑郁病。"

"噫，"刘巩义问道，"他为什么让你开骨相科，还专治抑郁症呢？"

萧大夫笑了，我以为他一定会胡扯一通，想不到他实话实说了。

"王院长也不懂什么理论心理医学，他只知道骨相和抑郁症，都是神神道道的，全靠能说会道解心结。"

"那不是忽悠人吗？"

雪姐不失时机地插了这么一句，她以为是嘲讽，料不到的是，正好给了萧大夫一个展开话题的由头。

"雪君，你说我这是忽悠患者，忽悠这个词儿，是你看了今年春节晚会上，赵本山和范伟演的《卖拐》那个小品才记住的吧？你这一说算是说到点子上了。赵本山能把范伟说得腿都瘸了，不买他的拐走不成路，可说是一个理论心理医学的典型案例。不过这不是治病的案例，而是一个致病的案例，我这霍州话，治和致分不清，舒玉，你的普通话说得好，你说一下，他们就明白了。"

"人家都能听懂，说你的吧！"

舒玉嘟囔了一句，像是不满意舅舅一个留洋博士，说起话来老这么自怨自艾的没有底气。

"好，我说，我说。"他憨厚地一笑，冲着我，像是独独对我表示他的歉意，"逐层分析，就知道赵本山是一步接一步把范伟往坑里引，一面用语言营造致病的环境，一面自己一瘸一拐做着示范动作，行为引导，加上心理暗示，范伟那双脚想不拐都不行了。"

"还真是这么一回事，记得看了那个小品，第二天是初一，下饺子的时候，端着摆满饺子的笸篮，一想到昨晚这个小品，腿就不由得瘸了一下，把好几个饺子都掉在了地上。"

我不失时机地来了这么几句，心里想的是，给萧大夫助助阵，惹雪姐生生气。

"哈哈！"刘局长笑了，"我的孩子九岁了，看了小品，正月里不由得就瘸上几下，让他妈骂了不知多少遍才改了。"

"往下说呀！"

雪姐也急着想听下文，萧大夫又给大家斟上酒，碰了杯，才说了起来，我瞅了一下他的脸，这个人酒上了脸，也还不怎么显老。

"晓得了致病的层次，逆推过去，就是治病的层次。大自然创造了人，人又适应了大自然，人的所有疾病，都是出现了违和状态。人身上有两个系统，一个是生理系统，就是皮肤、筋骨和血肉，还有一个系统就是精神、意识和心态。古人治病重视精神和心情，所以巫医药师，就能治好病，现代科技越发达，越在人体器官上下功夫，割了这个补上那个，而忽略了人精神上的自愈能力。"

"哎呀，扯那么远做什么，快说你的新发现吧！"

舒玉看出大家的急不可待，催舅舅赶紧往正题上说。

"好，好，简单点。我看了好些中国的医书，发现越是古老的，越是跟我学下的理论心理医学相契合。中国的经络学，实际上是把人的精神系统图谱化，用西方的仪器测定肯定是测不出来，有吗？肯定有。全在精神的运作，心态的调适，正是在这一思想的引导下，我发现由字形字迹入手，是治疗精神疾患的一个微妙而有效的途径。"

"啊，稀奇，稀奇，能不能现场示范一下。"

刘局长那边，表现了极大的兴趣。

萧大夫扭身，从身后的条案上取过一个灰色的皮包，掏出一张白纸，还有一支带套的中性笔，拔下套，看出是一只灌墨汁的签字笔。一面解释说，他知道会有人让他当场演示，所以带了笔和纸，为什么是这种软笔，他的说法是，只有这种软笔写下的字，才能看出笔势的强弱，也才能看出病症的所在与深浅。

说了这些，他并不让刘主任做什么，反而侧过身子面朝了我。

"绒仙，我知道你不信，那就由你先来，你用这支笔在这张纸上写上一个字，没关系，想写什么就写什么。"

我犹豫着，他又说话了。

"嗳，记得春天你头次来医院，我夸你的字好，你说你带着软笔，这回带着吗？"

我还真的带着，我的包包也在条案上搁着，探身钩了过来，取出我的软笔。

"就这个纸，你用你的笔写吧，自己的笔，写下来更见症状。"

"写什么呢？"

我知道这是开玩笑，临到下笔，又不能不有所考虑。那边雪姐也在催，一时没了主意，想到这家饭店叫广东酒家，手边的抽纸盒上就这么四个字，那个广字还是繁体的，于是就写了个"廣"字，写罢，往萧大夫那边轻轻一推。

"嘿，广字，还是繁体的好看，看墨迹就要看繁体的，像这个广字写

376

成简体的，只能视作另一个字，也就看不出个究竟了。"

"哎呀，你就说吧，好舅舅哩！"

测字是中国的方术，我是研究心理学的，觉得在这上头，中西医术完全可以打通。言为心声，字为心迹，人的一切社会行为，说到底，无一不是心性的痕迹，只是在字上的表现，细节清晰，更易测定罢了。

舒玉总觉得她舅舅这样贫嘴，会让在座的人小看，她脸上也无光。

萧大夫白了她一眼，倒不是生气，还是蛮喜欢的，多少有点小孩子家懂个什么的意思。也是有了舒玉这个埋怨，他不再说什么，擎起纸头端详着，不一会儿又放了下来。

"先测字，再说墨迹。你看，这一点一横加一撇，我们平常叫广字头，本身就是屋宇的意思。下面这个黄字，按今世的理解，实际是一种两性行为的品质鉴定，我说了你可别见怪，一下子写出这么个字，说明你想在一个安全的环境里，做两性间不本分的事。"

"哎呀，你就胡说吧！"

一瞬间，我觉得脸颊都烧得发烫了，赶紧拿手捂住，那边雪姐却咯咯咯笑个不停，想来她一定想到我们正在进行的FH计划了。毕竟是成人聚会，不敢太过分了，有点害羞的意思就行，这么一想，觉得烧也退了，便抬起头，友善地笑笑，表示我对萧大夫的胡扯并不在意。

"墨迹呢，说说墨迹呀！"

雪姐像是觉得不过瘾，觉得在墨迹上，萧大夫还会出我的洋相。

萧大夫拿起纸头，看了看，放下，又瞅瞅看我摊在桌面上的手背。

"这个廣字，有外圈也有内瓤，你看你，这个外圈写得多随意，尤其是向左的这一撇，又纤细又随意，而黄字或许是笔画多了些，或许是你就想这么着，写的又规整又密集，这说明什么呢？说明你平日显示在人前的，或许是随意柔和，而你的内心却是规范严整，一丝不苟，我看出的，就是这样，也只会是这样。"

从内心说，我是喜欢他这些说道的，可是有前面的说法，我仍未给他个好脸，依旧是板着面孔说他这类话，全是鬼说六道。

"好好好，这次不算，那你再写个字，让我分析一下字的墨迹。"

说着将纸头推过来，顺便将他的软笔收回。

"随便再写一个字。"

我想，刚才那个"廣"字，让他抓住了屋宇和黄字，胡扯一通，还真的蒙了个八九不离十，这回再写，一定要写个让他摸不着边际，无从瞎扯的字。什么字呢？一下子瞥见坐在我下手的舒玉，不管我写什么，你都能胡拉乱扯，舒玉是你外甥女儿，你总不能胡说八道吧。

于是写了一个舒字，写好之后，推了过去。

他擎起来，朝那边一亮，雪姐和刘主任都看到了。

"舒玉的舒。还是先测字再说墨迹。"

看出来了，他似乎有点作难。

是呀，字是我写的，却是他外甥女的姓氏，由姓氏这个思路上展开，能想起的，也只是作家老舍的原名舒庆春，再就是从字义上推衍，舒字，只能推衍出舒适、舒展，这些联想又能供他怎样的发挥呢？

"舒，"他又念了一声，略一思忖，似乎抓住了灵光乍现的一点启悟，"一边是个予，予者我也，一边是个舍，舍者房舍也，我立于房舍之外，寓意房舍并不重要，可以离我而存在，而我呢，要的是特立独行，无羁无绊。"

妈呀，这个家伙，简直是钻到我心里去了，才能说出这么一番高言谠论。

"墨迹呢？"

这回是刘巩义局长发的声，萧大夫自负地笑了，擎起纸头，朝刘局长晃了一下，表示他马上就会说到。

"绒仙显然是练过书法的，没有练过也是心性与书法有相通的一面，懂得虚实相衬，避虚就实。你们看，左边这个舍字笔画又细又飘，而右边这个予字，先不说上面的折点如何的滞重，光看下面这个竖勾，笔墨多重，说是女人写的，都让人不敢信。这一虚一实，一轻一重，说明执笔者对家舍已经淡了心，最为关注的还是自个儿的人生轨迹。绒仙哪，我不敢叫你完全认同，你凭良心说，有没有对了路的地方。"

我能说什么呢，只能说他还是胡诌八扯，可是在座的，除了舒玉不太相信外，都认为我这样的回应，是认同了萧大夫的判断。

刘局长也来了兴趣，萧大夫收回的软笔，就在靠近他的桌面上搁着，抬手将萧大夫面前的纸头扯过去，思谋了一下，拉开写书法的架势，写了个鸡蛋大的字推过来。萧大夫接住，按在面前，我一下子就看清了，他叫刘巩义，写的是中间那个"巩"字。

"好字，好字！"

萧大夫夸了一句，说还是先测字吧，又端详了一番，这才正式说起来。

"你看你这个巩字，拆开是工凡或凡工二字，这说明你这个人有求实的精神，爱做平凡的工作，不愿意务虚，做虚头巴脑的事。再看墨迹，这边的工字，规规矩矩，笔画粗细一样，这边的凡字就不同了，这一撇粗了许多，这个横折也僵硬了些，最见性情的该是这个弯钩，你的钩不是上挑，而是往回撇，满是愤郁不平之气。"

我一下子就想到，雪姐头次约我去滨河公园，说到刘局长的经历，本来可以在清徐县当书记的，结果回市里当了园林局的局长。

刘局长笑了，说方才是急了些，没写好，起身扯过纸头，拿起笔另写了一个。以为会是别的字，看去还是那个巩字，只是小了些，笔画也细了些，写罢自己先瞅瞅，像是比较满意，这才递了过去。

"哈哈！"萧大夫一接过就开了口，"笔画，柔顺了许多，像是掩饰什么，可你看末后撇上的这个点，又重又猛，实则泄露的仍是胸中的愤郁不平之气。"

怕刘局长难堪，也是想看雪姐的笑话，我提议雪姐也写个字，让萧大夫测测。

雪姐倒也大方，分明看出我的小心眼儿，只是淡淡一笑，并不推诿，一边写一边说，她这一向正在协助刘局长忙雁丘的事，那就写个"雁"字吧，说着也就真的写了。

萧大夫拿上，很是端详了一会儿，要说了，瞅瞅雪姐，又瞅瞅我，不像是琢磨字眼，倒像是在掂量着轻重。

轻声咳了一下，笑着说，前面的这个"厂"字，实则是个庵字，也可说是个庵子，里面一个立人，还有一个立人，右侧一个圭字，这个圭，是古代的一种玉器。等于是二佳人并立，守护着一个瑰宝。如此看来，说不定写字人有同性恋倾向。

他这一说，让我想起雪姐平日对我的亲热情形，觉得这个萧大夫简直是个活神仙。

实际上，以我的一点古文字学的知识，知道厂里，头一个立人可视为偏旁，第二个立人与旁边那个近似圭字的字，合起来是个"隹"字，音（zhuī），指一种短尾巴的鸟。可是在这样的场合，要是指出谬误，那就太把自己当个人物了，我才不犯这个傻呢。

雪姐也跟我刚才一样，笑骂萧大夫，全是胡诌八扯，只是听了，口气先就输了一大截。

不忍心叫雪姐难堪，我突然想起，我来这儿拿的纸袋子里，复印的领导的批件上，有姜宁亭的批字和签名，何不让萧大夫也猜猜，看他能说出这个人是什么德行。趁萧大夫正在应对雪姐的责难，我扭身取过纸袋，翻了几下，取出姜宁亭的批件，又将一侧折回来，挡住那个亭字。这边的姜字不好折，取过桌上的火柴盒，撕下一点磷片，蘸了蘸碟子里的菜汁遮住，然后推到萧大夫面前。

"萧大夫，看看这个宁字，说说你的看法。"

"哦，这个宁字也是繁体，好。先说测字，上宝盖，中有心，又有个皿，表示心浮于皿，不得下沉。下面的这个丁字，可说是雄心勃勃，想要出人头地。只是这个出，不是上翘，而是下戳，说明即便有所作为，走的也不是正道。"

"说谁呀？"

雪姐在那边问，我举起纸头朝她晃了晃，她肯定没看清，但不知哪儿来的灵感，一下子就猜对了。

"说的是他呀！"

我忙示意，让她别点破，先听听萧大夫的测算。

"看墨迹，更准些。你看这个宁字，凡是带尖的地方都很锐利，宝盖的这个右钩，不是向下钩，而是向里钩，尖尖的又重重的。下面这个丁字的竖钩也是一样，又尖又重，说明这个人外表十分的张扬，装作强势，而内心并不怎么踏实。笔画纤弱缠绕，一点也没有干脆利落的气势，说明心里纠结，难以舒展。心字居中，上下护佑，阴狠有余，智力不足。"

他这一番说辞，真把我镇住了，姜宁亭的签名，确实给人一种虚张声势的感觉。刘局长看出雪姐心里有底，问这说的是谁，雪姐快人快语，说不是旁人，是你认识的姜某人。

"前天我还看见他在报上的一篇文章，说他爸是在解放战争后期的一次战斗中牺牲的，他家该享受烈士待遇，又说他妈怎样的刚强，坚决不要这样的虚名，只觉得太豪壮了，不近人情。"

刘局长说话，慢声细语，让人觉得真实可信。雪姐似嫌不足，接着说了她的一番感受。

"这个人哪，我太熟悉了，先前还挺佩服的，越是接触，越看不上眼。人品不说，文品先就不行，别人写东西，你就是信不了十成，也还会信上八成。他写的东西，越说是真的，看了越像是假的。我有一次跟一个也认识他的朋友说，这个姜先生啊，当学者是屈了才，最好是去当个记者。他能把真的写成假的，反过来也就能把假的写成真的，那还不是当今最优秀的记者？"

雪姐的这张嘴，真是服了气，什么话搁她嘴里一说，你不信也得信。

"停一停，"萧大夫做了个手势，"刚才有句话我没说完，叫舒玉给打断了。"

我举起杯子，里面是饮料，算是敬他一杯，叫他不必慌急，慢慢地说。

他说，他方才说到现代科技，只注重人的器质性疾病，而忽略了精神性的疾患，而精神性的疾患给人类造成的苦难，一点也不亚于器质性的疾病。精神性疾患的治疗，最好的方法是逆推，怎么来的，再怎么推回去。

"你不是说了嘛！"

舒玉嘟着小嘴，满脸的不高兴，只有她敢给这个舅舅使这个小性子。

"是说了，可我是要由这儿，往开里说另一个道理。"

"那你说呀，又没人挡你。"

"好了好了，舒玉你别生气。我想往开里说的是，我们的赫尔教授曾跟我说过的一个道理。我跟他学了一年，他发现我的思维挺开阔的。一次跟我说，在未教我以前，他教过两个日本的学生，一个韩国的学生，此前他固有的观念是，东方人缺乏哲学思维，因此，社会形态总维系在多少年前的旧时代。接触了这几个学生以后，他才发现过去的观念是错的，东方人缺乏的不是哲学的思维，缺乏的是逆势思维。比如打人是不对的，东方人制止打人的方法是你打了人，我就狠狠地打你，让你往后不敢打人，这是顺势思维。逆势思维是什么呢，是让你认识到打人是对自己人格的损毁，是对自己良心的伤害，从根子上断了打人的念头。同理，对残暴的逆势推理，会得出和平的可贵，对专制的逆势推理，能得出民主的必须。西方人就是在这样的逆势推理中，一步一步从蒙昧走向文明昌盛的。我对墨迹的研究，根子就是由逆势思维推导而来的。顺势思维只会层层加码，愈演愈烈，逆势思维才能凭果求因，探本溯源。"

说得太多了，停住抿了口酒，润润嗓子。

"病理上也是这样。要由器质上的病变，逆推到精神上的错乱。人体的这两大系统是互相制约的，但是并非没有主次之分。总的说精神统摄着肉体，器质性的病变，多是因精神统摄出了偏差。我的墨迹研究，就是要从细微处入手，寻求精神层面上的原因。像抑郁症这种病，找见精神上的原因，挑明了，说透了，病症自然就减轻了，全好也不是没有可能。精神的作用太重要了，俗话说，一个人精神垮了，整个人就垮了，说的就是这个道理。"

我心里一惊，想起这次回孟门的前前后后，这说的不就是我吗？

时间不早了，该散了，刘局长站起来，像是要说什么，我以为他会为方才重写一次字做点解释，倒是也有这个意思，但人家的格局明显大了许多。仍是他的太原话，喝了点酒，不那么糯了，咬字重了许多。

"今天参加朋友们的聚会，有幸认识了萧大夫，觉得萧大夫不愧是留德的博士，学问见识不是一般的高，让我大开眼界，大受教益。你的墨迹研究确实高超精妙，不服不行。人活在世上，都会留下自己的墨迹。一张不好，再写一张也是一样的，只要一落笔，就会显现你的性情和作为。"

这话有总结兼上纲上线的味儿，当惯了领导的人，到了哪儿都夹不住自己的大尾巴。

往外走的时候，萧大夫特意靠过来，在我胳膊上戳了一下，悄声说："我今天这些话，有一半儿是说给你听的。"

第三十八章

不管文史会的工作多忙，周一我必须回编辑部上班。

周一是例会，不去会耽误事的。

不是全天，就上午。

今天是周一，一上班就去了，等了好一会儿，不见郑主编和薛副主编来，以为不开会了，老牛说他家里有事，正要离去，郑主编进来了。

老郑来办公室有个规律，不是开会，就在地上踅来踅去，要坐，多半会坐在我办公桌一侧，下面作者来了常坐的那个椅子上。开会呢，可就不同了。这个办公室靠东墙，有两个单人沙发，分置在一个木茶几两旁，几上，是一部公用电话。他跟薛文星来了，他坐南侧，薛坐北侧，这已是多少年不变的老规矩了。

搞文史的人爱"叨古"，老牛就说过，郑主编这种坐法不合古礼，右为尊，北为上，老郑这样坐，就是甘居下僚了，官位怕不长久。只有我知道老头子为啥舍尊就卑，多半儿是为我。一开例会我就不能面朝窗户，怎么也得侧过身子，装作在听领导讲话的样子，而一侧过身子，正好和坐在南侧的他打个照面。角度跟他坐在我办公桌一侧相同，只是距离稍远些而已。

这个秘密，编辑部里没人能勘破。

今天有点怪，就老郑一个人来了，踅了一圈，便在南侧的沙发上落了座，我扭过身子，他也没多瞅我一眼。

老郑开例会，从来没有开场白，总是直入主题。

"该做啥做啥，耳朵听着就行了。"

他是这么说的，口气沉重了些，我们几个还是放下手头的事，该抬头的抬头，该扭转身子的扭转身子。

"文星不来了，纪委有个会要他去参加。哎，绒仙，雁丘竣工典礼是周二还是周三？——我说是周三。——隔了一天，那就是周五了，省上有个会，我说让文星去开，报上去不行，非得让正职去。去了，还真是个重要的会，关系着全省的重点工作，也关系着新闻宣传的走向。林副书记讲了话，宣传部的魏部长讲了话。官话套话就不说了，说事吧，这对我们也是个警惕，犯错误，犯个值得的，在车辙里跌了跤，滚一身泥不值当。"

果然有料，我朝前倾倾身子，等着听下文。

老郑的神态，严肃起来。

"什么事儿呢？两件，一件是文史会有个学者写了篇杂文，叫《厚黑学与空碗》，发表在《龙城晚报》的副刊上，讽刺挖苦给修高速捐款，说与其给大工程捐款，还不如给讨饭的施舍两个钱。文章我没看过，听魏部长介绍，大致就是这么个意思。还有一件，没说是哪个单位的，听口气，也像在说文史会的人，说有个当主编的，对省上捐款修高速不理解，不支持，说风凉话，说他坐大巴去北京掏票钱，凭什么修高速要他捐款，他又没有资格坐小车，莫非他会骑着毛驴上高速。魏部长说，大头儿听了非常生气，说这样的人不配当主编，看有没有其他问题，查清了一并处理，坚决调离。"

说到这里，端起杯子喝了两口，瞅了一圈，想听听大家的反应。

老牛离得近，不等暗示就开了腔。

"也太严重了吧？《厚黑学与空碗》那篇文章，是周一刊发的，我看了没什么呀，只是说了句，时下不兴施舍，即使付出，也要堂而皇之地捐给什么大工程之类。现在的大工程多了，前几年有三峡大坝，有希望工程，怎么一说大工程，就是说了修高速？"

说罢，扭身在他桌子上翻了翻，拿起一张报纸晃了晃。

"这报纸还在我这儿，没有搁回去。"

他说的没搁回去，是说没有夹在报夹子里。我见他站起来像是要搁回去，探过身子，伸长手臂接了过来。

"我看看，小文章惹出大事情。"

老郑嘴上这么说，像是在总结教训，看神情又像是在嘲讽，不该这么小题大做。

这种场合，不是人人都要发言表态，实在是郑主编威信高，人又随和，都愿意附和几句，不叫冷了场。

陈侃咳嗽了一下，清清嗓子也说了起来。

他说话，不像老牛那样带着情绪，缓缓的，柔柔的，像是打着拍子带着节奏。

先说这张报纸一到，他就看了。作者田瑞哉，是他敬慕的一个老学者，研究《文心雕龙》的，写过好些有分量的文章。近来他注意到，田先生开始在晚报上写杂文，还是连载，隔一段总会有一篇，几乎篇篇精致，文笔实在是好。这篇里有个细节很传神，像是田先生经历的真事，说他早上出来散步时，遇上一个要饭的残疾人，腿残了，匍匐在地，推着个铁碗，往前挪一截，把碗往前推一下。他本来想给点钱，一摸身上像是没有零钱，又一想现在的乞丐真假难辨，人们捐献都是捐给大工程，一捐就是成千上万，自己还停留在这个小小的善举上，太可笑了，也就将伸进口袋的手抽出，默默地走开，是走开了，又不甘地自责。

陈侃说到这里，稍稍加重了语气。

"写杂文有这么真实可信的细节，我觉得田先生这篇文章实在是漂亮。刚才听郑老师一说，才知道惹恼了省里的大领导，就觉得好生奇怪，人家是自我安慰，就那么说说，怎么就是影射了省里的修高速了，也太敏感了吧。至于有人说，他又不会骑着毛驴上高速，一听就是一句风趣的话，开玩笑的话，这种话怎么敢认起真，要认起真，谁还敢说话？"

"我平常爱说笑话，这种话要揪辫子，我的头发早就揪光了。"

郑老师说着，自个儿先笑了，他就是这么个人，本来是传达省上会议精神的，他也跟着大伙瞎说起来。

还有两个人发言，一个是老编务，一个是新来的大学生，他们什么时候进来坐下的，我竟没有注意。

趁这个空儿，我将报上的文章看了一遍。标题确实是《厚黑学与空碗》，开头好得很，一下子就把人抓住了。

今晨醒得早，无心慵睡，便着衣下楼，信步朝街头走去。街上晨风习习，晴空如洗。晨练的人们悠游地踱着，妙曼地舞着，说不尽的自在惬意。就在这时，眼前出现了让我惊异的一幕。

忽然一个衣衫褴褛，蓬头垢面的老者，拖着两条畸残的病腿，从街那边匍匐而来，头前推动着一只污垢不堪的铁碗，我依稀生出一丝恻隐，踌躇间，下意识地摸了摸上衣口袋。然而，随即走开，仿佛我并不曾看到他。老者依旧匍匐着，推着碗，却默默地并不做无望的乞讨。络绎不绝的身影从他身边晃过，并不曾对他投去一瞥，仿佛根本就没有看见他，或者看见了，也如我。他那碗，也就一文不名地空着，空着……

真像陈侃说的，作者的自责很是诚恳，笔触也堪称细腻。大工程之类的话，也正在这一段里。

> 我郁郁地，像欠了债，很有些不安宁。心想，虽然自己也不过一介寒士，但保住三五角、一两元也并不能因此就变得阔绰。而在那老者，或许就能聊充枵腹之饥。然而，时下不时兴施舍，即使付出，也要堂而皇之地捐给什么大工程之类。至于对乞丐的眷顾，就不是什么体面的事了。我本俗人，惮于世情，自然不会有什么特立独行之举，就终于没有从口袋掏出点什么。

新来的大学生说过了，郑主编朝我这边瞅瞅，我知道该我说点什么了。

"两件事情我全知道。"

一开口先来了这么一句。

"喏喏喏！"老牛用他一口阳曲话惊叫起来，"小杜列席常委会议了，大领导发脾气你亲眼见了。"

顾不上理他，我说了前一向我在文史会院子里，参与过的那场聊天，我敢说，田瑞哉的这篇《厚黑学与空碗》，就是那天闲聊时起的意。他正在写专栏，回去就拿这个意思写了这么一篇文章。郑主编的话里，我也听出，那个说骑毛驴上高速的，准是《文史荟萃》的何其愚主编，他说那句话时，我就在他身边。

我把这个情况一说，老牛狡黠地翻了我一眼。

"哟，还真是在现场，怪不得全知道。"

陈侃的脑子活泛得多，或许不全是脑子活泛，是他对文史会的人事纠葛了解得比较多。先是眨巴眨巴了几下眼，然后用试探的口气问我，大致在什么时间，我粗略算了一下，说十天前吧。我以为有了这个时间界限，他能推出什么隐秘的情况，没有，仍是眨巴着眼，像是在思谋什么，又一问。

"梧桐树下聊天的，都有些谁？"

这还真得好好想一想，噢，想起来了，我是按照当时站立的位置，由西往东挨着个儿说出来的。

"尽边上是田瑞哉，过来是夏涑水，再过来是谢次陇，接下来是我，我这边是何其愚，就这么松散地站了半圈，差不多就这几个人。"

陈侃的心里，像是在计算着。

"吴悦台和姜宁亭不在？"

"他俩都不在，你问谁在跟前是什么意思？"

"我猜猜会是谁翻的嘴，哪儿都有爱打小报告的人。"

"陈侃哪，"老牛发话了，"那你说说会是谁？"

"我还真猜不出，嘿嘿。"

从陈侃的两声奸笑里，我听出他已猜了个八九不离十，只是不愿意在这种场合说出来罢了。郑主编不愿意会议上说这种事，挥挥手，说别瞎说，又朝我这边做了个手势，让我接着往下说。

我说，刚刚我把田瑞哉先生的这篇文章看完了，我觉得这是一篇好文章，入题平易，观察细致，推勘在理，蕴含丰富而深邃，是一篇上好的学者杂文。这样的文章以我的揣测，领导干部是不会看的，现在惹出这么大的事，必是有人汇报上去，剖析一番，指证一番，才惹得领导动了大怒，怪罪下来成了大事。告状的人往修高速上靠，我看领导看了全文，最为恼怒的怕还不是这个，而是最后一段扯到厚黑学，等于是犯了领导的大忌。

"哦，是怎么说的，你念念。"

郑主编也来了兴致，我念了下去——

　　倾向掩盖了真实，自然难免片面。这在当前重利轻义的时尚下，这"导向"怕就不利于世道人心。社会未臻大同，贫富势所难免。我想最该痛心的，还不在穷苦乞丐的存在，而在于社会良心的泯灭。如今，厚黑之学大受推崇，人道、良心、同情已不知为何物了。

"小杜说得对，"老牛说，"这话当官的最不爱听，不听人说嘛，白天父老乡亲，晚上北海渔村。你说他们多厉害，他们不嫌，说他们怎么个不管事，他们不嫌，说啥你都不能说他们又厚又黑，有的人长得就黑，你再说他黑，不是对着和尚骂秃驴嘛。"

"别胡扯！"

老郑及时给予制止。

传达和讨论到此结束，老郑做了总结，两条，一是刊物审稿要注意政治倾向，不能有触犯时忌的话语，任小人抓住辫子上纲上线，影响大家年底奖金；二是平时说话要注意场合，两个人想说什么说什么，三个人就得提防着点。

这个老郑，我心里说，别人做总结，是把小事往大道理上抬，你这是把大道理往俗事上扯。审稿注意政治倾向，一滑就滑到了年终奖金上，俗不俗。

例会算是开过了。郑老师站起来，端着水杯踅来踅去，像是不愿意立马走开，转了两圈，终于说话了，心思还在他的老朋友的处境上。

"绒仙，"朝我这边转过身子，"雁丘庆典那天，完了在鸿雁楼，咱们不是还喝茶吃点心吗？你们几个还没来，我跟吕汾阳聊了一会儿，何其愚和陈侃在门口阴凉处说什么，我趁机问老吕，何其愚发表《山西文史流派的残阳夕照》，你不生气吗，我以为他会发脾气的。料不到这老先生很大度，淡然一笑，说其愚这娃有才有思想，他转发这篇文章，是要扭转山西文史界的风气，振兴文史界的精神。好文章，好事情，只怕积习太深，不是一两篇文章能撼得动的。后来我问他这次换届的事，他还信心满满，说林副书记跟他谈了，他还是会长，书记让出来给吴悦台，让年轻人多担点儿。可是省上这次开会，气氛不对呀。"

陈侃插话，说郑老师跟吕老师聊天的时候，他跟何其愚在门口聊天，也谈到换届的事，何其愚也说省上的意思，是一个会长，一个书记，两人分任，等于把吴悦台提了正职。只是何其愚表示担忧，觉得吴悦台跟他手下那一帮子人，怕志不在此，最想做到的是吕汾阳下台，吴悦台一肩挑。

陈侃的话，只能说传言，郑老师想听的，还是我的看法。

"绒仙，你在文史会帮忙好久了，是不是感到文史会内部，斗争挺激烈的？"

"我是个笨鸟，去了只知道整理材料，我对文史会的了解还不如陈侃多。谁是哪一派，谁支持谁，陈侃都知道，我只是模模糊糊有点印象，说不下他那么准确。"

"绒仙，别太谦虚，我听人说，你在那边帮忙这段时间，动静可大了！"

我本来是夸陈侃的，他不知是哪根筋抽了，竟调侃起我来。

"陈侃你又胡说什么，看我不扯烂你的嘴！"

我只怕他说出我曾充当吴会长情人的事，这事两个人在下班的路上，我跟他说过。我的恐吓这么严重，陈侃也听出隐含的意思，忙改了口。

"人家都说《山河志》来的女编辑，人又漂亮，水平又高，文史会就没有这样的人。"

"还在胡说！"

是这么说了，但我心里清楚，他这已是最好的修正。

不跟陈侃斗嘴，该回答的是郑老师的问话，陈侃已说了何其愚的感慨，我也没必要掩饰什么。

我说，我跟姜宁亭在一个办公室，听姜老师分析过这次换届的一些情况。吴悦台是不是要一心取代吕汾阳，我没听说过，不好下断论，姜宁亭一帮人是铁了心要拥戴吴悦台上位，会长书记一肩挑。为了争取人心，他们还有一套理论，说是吕汾阳还在台上，他们什么时候都是儿子，没有展翅的机会，吴悦台掌了大权，跟他们是兄弟哥儿们，说说笑笑，吵吵闹闹就把事情办了。再就是吕汾阳当会长，吴悦台当了书记，还得当副会长，他们兄弟中间就少一个人上来当副会长，吴悦台一肩挑了，吕汾阳断不会当副职，这样副会长就全是弟兄们的了。

"这些家伙想得圪堆美！"

老牛夸赞了一句，说的是阳曲话，反讽的味儿十足。圪堆美，就是把美堆起来，都冒了尖了。

"不光想，人家也有实际行动。姜宁亭告诉我，原来三百名代表，新近增加了五十个特邀代表。原来的代表，他们一个一个分析过，觉得换届会上选吴悦台的力量，还显得弱些，增加的这些代表，几乎全是会投吴悦台票的。"

郑老师点点头，又说了一个情况。

"那天闲聊，我是有用意的，我从别的渠道知晓了一些情况，很替这老兄担心。下面群众的情绪不可怕，可怕的是，文史会内部的人起来反对他。姜宁亭是倒他的骨干，还有号召力，我是知晓的，那天我跟吕汾阳聊天时，故意问他，听说姜宁亭在下面活动，要拥戴吴悦台双肩挑，你知道吗？你能猜出这老汉怎么说的吗？"

说这话的时候，郑老师从老牛那边踅到我跟前，几乎是盯住我问的。

我摇摇头，表示猜不出来。

"这老兄笑了笑，大声说，怎么会呢，说姜宁亭起初在东山煤矿中学，是他把他调到文化局，恢复文史会，又带过来的，谁拆他的台，这个人不会。文史会里，谁不知道他是我的大弟子。他这么一说，我也不敢往下说了，只好说听来的闲话，没个准儿。我知道这老兄的性情，再说下去，提出一两个确实的证据，他回到机关见了姜宁亭，没准会说《山河志》的郑某人说你拥戴吴悦台，暗里要把他拉下台。"

"可不敢。说了吕会长不会相信的，文史会那边，确实够复杂的。"

我附和了一句，郑老师很欣赏地看了我一眼，对我的实话实说，很是满意。要离开了，又扭过身来，发了一通感慨。

"山西人到了外面还行，窝在娘子关里就知道个窝里斗。"

"还是咱们编辑部好些，有郑老师罩着，一派祥和景象。"

陈侃笑眯眯地来了这么一句，郑老师并不认可。

"也差不了多少！"说着还摇了摇头。

又踱到我跟前，似乎专门给我说似的。

"我年纪越大，就越觉得，那些一肚子心计，满脑子阴谋论的人，是因为智力不够。人跟人，尽管存在个体差异，但从整体上说，足够聪明的、进化更好的人群，通常会倾向于选择公平和正义，更容易具有坦诚和善良的品质。为人行事上，也会磊落得多，不屑于做暗中告状、打小报告这种龌龊事。"

郑老师说这番话，语调有些沉重，莫非他从文史会吕汾阳的处境上，感受到了别的关乎他的什么？

这次是真的要离开了，又问了我一句："河津开会的通知，今天一上班就见了，那儿有个大梯子崖，你去过没有？"

他知道我肯定要去的，才这么问。

第三十九章

前面就是大梯子崖。

这个情况，不是我们眼睛看见的，是河津市文史会的徐汀兰告诉我们的。

上午到，午休起来就近安排，先参观城郊的这个景点。

跳舞时，吴悦台说运城热，过了立秋再来，七耽搁八耽搁，来时已过了处暑。天是凉了些，也只是早晚有些凉意，中午还跟三伏天一样的热。到了河津，一个突出的感受不是绿，而是黄。山上影影绰绰有些绿，定睛细看，一片焦黄，只是折皱处，有些绿意。来时路上，地里倒是绿绿的，可是一进了城，看不见地，也就看不见绿了。

五六十人分乘两辆大轿子车，说是参观大梯子崖，脑子里已将山势描绘成一格一格的梯子，且专注地按图索骥，及至车停下来，仍不知那个大梯子在何处。

下了车，还是看不见。

"这儿，这儿，看，成个之字！"

徐汀兰指点着，比画着，这才看清，前面这面直陡的黄色崖壁上，有两个或是三个大大的之字。高处看不清，低处，也就是眼前，确有一级一级的石阶，想来该是称为天梯的台阶了。

作为地方文史会的负责人，也是当地小有名气的一个作家，徐女士讲解的对象主要是吴悦台和外地市文史会的负责人。按说吕汾阳和郑伯笃也该在其中，两人嫌爬高路陡，腿脚不便，坐上吕汾阳带的小车，先到下一个景点喝茶聊天去了。

我和雪君所以能随着这伙人，实在是因为坐车时选在最后一排，下得车来，前面的路已叫这伙人堵住了。

也好，徐汀兰拿个小喇叭，哇里哇啦地说着，离她稍远点，反倒听得清楚。

"这一带全是沙石岩，很坚硬，修建的时期，据古书记载，是北魏武帝年间，距今有一千六百年之久了。上面有倚梯城，为屯兵之所，可知此天梯为古栈道。现在测量出的是，高一百四十多米，有三百六十五个台阶，每个台阶七八寸高，全是在山岩上凿成。下临黄河，风景独特，是晋南一带，黄河沿岸最为壮丽的人文景观。"

我在后面，蹲下身子，探进手指，摸一摸台阶下面凹进去的槽口，还真是跟左右的山石连为一体。想一千多年前，要凿出这样的天梯，该多难哪！

徐汀兰不愧是文史会的，或许是她知道来的都是文史名家，特意做了准备，竟掉起了书袋。

"这一代在旧的郡县图上，属于乡宁县。唐代的《元和郡县图志》上记载：倚梯故城，在县西南一百五十里，垒石为之，东北两面据岭邻谷，西南两面俯眺黄河，悬崖绝壁百余尺，其西南角即龙门之上口也。以城在高岭，非倚梯不得上，因以为名。城中有禹庙，后魏孝文帝西巡至此立碑，碑今在。"

我在临汾上学时，就闻知徐汀兰的文名，那年来运城一带毕业实习，还见过一面。那时比现在年轻得多。中等个儿，细条身材，小圆脸，花花眼，穿一身粉红的连衣裙，很是俏丽，路上见了，绝不会相信这是一个县城出来的女人。有十年不见，看去是老了些，只有神态，还是那么股子媚劲儿。

稍为平缓一点的石阶，汀兰是倒退着走的，这样子，就能跟吴会长脸对着脸。看得出来，吴会长笑眯眯的，亦步亦趋，很愿意享受这眼前的美色，且不时凑前发问。

"倚梯城现在还在吗？"

"只有关门遗址，还有个大脚印，传说是大禹凿龙门时，蹬腿使劲儿，在这边山上留下的。"

"那就太可惜了，北魏是个崇碑的朝代，皇上出巡动不动就立个碑，起初立在山上，不该就不见了的。"

吴悦台的惋惜声，还在山道上飘着，走在他一旁的姜宁亭接了腔。

他那鼻音壅塞的雁北话，真要以清晰度辨别内容，我是拿捏不准的，好在我是学历史的，对中国古代史尤为熟悉，逮住了几个关键词，稍一连缀，再一扩展，也就明白了他说的是件什么事儿。

他说的是山西书法家林鹏先生，在他老家河北易县，发现北魏太延三年，给太武帝立的《御射碑》的事。我是在一篇自然来稿上看到的，作者对林先生很是崇拜，溢美之词甚多，什么"当代书圣"，什么"草根思想家"，我全删了，只留下发现《御射碑》的事情经过。

我还在思谋着，雪姐靠过来，说起与姜宁亭最近的一次见面。

"上个星期几，忘了，星期一吧，我去府前街办事，从柳北拐过来，迎面走来一个人，打着绿色的小阳伞，胳膊上还套着个白袖子，我心说，这女人可够粗壮的，到了跟前，人家喊住我，原来是文史会的姜宁亭。倒也亲热，说好久没见面，就在路边的树荫下聊了聊，还说起你呢。"

"哦，你俩见面有说不完的话，还会说起我，稀罕！"

"真的说起你。"

"快说，让我听听。"

不管我怎么央求，雪姐只是光笑不开口，我越是急，她越是笑，末后还是说了。

"你要我说，说了可不许生气，他说你这个人什么都好，就是不识相，你们之间有过什么事儿？"

我自然明白，姜宁亭说的不识相指的是什么，不就是说先前曾摸过我的腿，后来还要把我放倒，而我居然严词回拒吗？雪姐问"你们之间有过什么事儿"，想来也是猜出会有搂搂抱抱一类的事。可是我不能说。这样的事，再好的闺蜜也不能说，你说了起初的抗拒，她会想到后来的顺从，你只是因为害羞而不愿意全说，她心里早就认定你是太受活而不愿意与她分享。

也不能什么都不说，想起一件事，还是可以说说的。

"姜老师想调我到文史会，说换届过后，他会接手《文史荟萃》的主编，想调我过来当编辑部主任，我觉得在《山河志》好好的，就没有应承，这就是不识相吧！"

"噢，是这么回事，可不敢瞎应承。他当了主编，把你调过来当编辑部主任，那就把你死死地攥在手里了。"

"我猜也是这么着，谢谢雪姐！"

雪姐待我真叫个好，自己犯过的错误，不想让我再犯。

我俩在后面聊，大队人马前头走了。

崖壁上的大梯子，实则是三个之字形的栈道，石上凿的石阶，低处走还没什么，越往高处走，越是惊险。过去就那么敞开着，似乎身子一侧，就会掉下去，如果掉下去又砸在石头上蹦起来，再落下就掉进波涛翻滚的黄河里了。好处是每到了大的转弯处，崖壁都会往里凿些。想来在古代，既是运兵之用，有上的也有下的，手执兵器，避让处也就宽裕些，否则长矛会伤着侧身而过的兄弟。现在这些地方似乎又加宽了不少，走累了的人，可避在一旁坐下歇会儿。

上了道坡的尽头，要拐弯了，见邵新一坐在石阶靠里的地方，一面抽烟，一面眺望着对面的山梁。这个人，除了脸黑以外，处处显露着儒雅的气息。你看他的坐姿，给了俗人，双腿往前一蹬就是了，而他一条腿是蹬开了，并不直，几乎是弓在那里，另一条腿窝回来，似乎压在屁股底下，实际只是曲回来，窝在台阶之下。这坐姿很像优雅的女人，什么时候只要站定，就是丁字步一样。

从我们上来的位置看去，最显眼的，该是他喝水的杯子。不是精致的玻璃杯，也不是铮亮的不锈钢杯，而是那几年最见身份的一个硕大的雀巢咖啡的杯子。那东西我们只是在高贵的朋友家，偶尔喝上一小杯，就觉得主人洋气得不行，而此公竟有如此硕大的咖啡瓶子，喝完了还废物利用，充了喝水的杯子。

这样的人，你不佩服也得佩服。

"邵老师歇着哇！"

我原以为该我先打招呼的，没想到雪姐先开了口，看来他们的相识肯定比我早。

"太陡，太陡！"

邵新一不说自己累了，只感慨这天梯太陡了。

看看后面，没人上来，我和雪姐也愿意稍停片刻，跟邵先生这样的高人说说话。

"邵老师，我们在一起交谈过，文史会有四大贤，你咋没给我说呀！"

女人对自己喜欢的男人，纵然不惯熟，也愿意一开口就用了很惯熟的口气，做出很亲近的样子。少女时代，我以为这是我的娇憨，不谙世事，长大后方悟出，这实际上是人际交往的一种快捷方式。我说的"在一起交谈过"，指的是前些日子，在纯阳宫开会时畅谈过，很有可能他不在乎，但对我的熟络的表示，倒是完全认可的。

"四大贤这种闲话，哪是我可以跟你说的，你来文史会帮忙，杨雪君肯定给你有交代。雪君，没在绒仙跟前说我坏话吧！"

这话说得多得体，我仍不依。

"我不听雪姐的，我就想听邵老师的，说个什么，话从邵老师嘴里说出来，感觉是不一样的。现在闲着，你就说说四大贤的闲话吧！"

"雪君，你真的没给绒仙说过？"

"我只知道姜宁亭叫姜硬挺，另外三个真的不知道，这里没有外人，你就给我俩说说吧！"

邵新一说开了，用的自然是他那种说脆不脆、说浑不浑的天津普通话。这样的事，用这样的话语说了，味道果然不一样。

说开了，自然头一个就说到姜宁亭。

"这个人，名气大，但没一个服气的，主要是没才气，没有真学问，又好充大头，只能落下这么个不雅的外号。在文史会，没人敢惹，不是他多厉害，是他有股二杆子劲儿，敢跟你硬上。硬挺，实际上挺不起来。说到底，还是在农村待的时间长，参加'四清'工作队出来的，运动积极分子的劲儿还没有过去。这样的人，不是进错了门，是选错了行。到了政界，跟上个有大作为的领导，去打头阵，说不定早就上去了。"

说罢，扭头向了我这边。

"绒仙，你这一向跟他在一个办公室办公，可有这个感觉？"

我点点头，示意他往下说。

他说四大贤，编成顺口溜是"姜硬挺、何三流、夏夹头、谢捂嘴。"

姜硬挺说过了，该说何三流了。何三流是何其愚。

"这人最大的本事，就是不管你说他什么，骂他什么，他只要就地一打滚，就能化险为夷。再起来，那些说他什么骂他什么的话，马上变成了他的一种得意，一种炫耀。这个人平素爱说些荤段子，文章写到精妙处，也爱拿性事做比喻，于是单位的刻薄人，不说他是何其愚，而说他是'何其下流'。他听了也不恼，写了篇文章自辩，说流分上中下，也可说一二三，下流即三流。还说一流是有权势的，二流是得钱财的，他既无权势又无钱财，只能甘居三流，且甘之如饴。叫他这么一说，本来嘲讽他的，反倒成全了他。"

邵新一的这一番高论，实在是我没有料到的，同时心里暗暗佩服我自己，对何其愚多才善辩的感受，竟与这位高人高度的一致。

"夏夹头这个名目，我听说过，可真的不理解，总觉得夏凓水是个聪明的学者，怎么反倒得了这么个不雅的外号。"

这回是雪姐提出疑问，将谈话引向下一个。

这也正是我的疑惑。自从夏涑水到《山河志》编辑部，送来他的关于杨令公的考证文章后，虽说对他的轻浮很是厌恶，但看了文章又不能不佩服他立意的新奇，论证的缜密。品行和学识的巨大差异，让我对此人也难以把握，很想听听邵新一的高见。

"这个人嘛，"邵新一略作沉吟，"还真的难说。据我多年来不经意的观察，得出的粗率的看法，可说是聪明有之，而器识不足。古文里有句话，意思是说，士先器识而后文艺。夏先生的出身经历，我没有深究过，据平日观察，他那种探头探脑、鬼鬼祟祟的习性，怕不是什么高门大第出来的。叫他夏夹头，未必是说他的脑袋前后长了些，左右扁了些，而是说这一种人，脑袋像门板夹了一样，看着聪明，实际上智力不足，至少也是用的不是正经地方。说到底，就是阴了点。"

我真服了这位邵先生，几句平常话语，竟如此鞭辟入里，由不得帮了个腔。

"有起错的名字，没有起错的外号。"

"小杜这话有道理。"

该着第四个了，我没有提醒，雪姐也没吭声，邵先生自个儿说起了起来。

他说四大贤里，人们最敬重的实际是谢次陇这个贤，其他三个贤，多少都有婉讽的意思，这个贤纯粹是一种赞颂。所以归入四大贤里，是他的名声响亮了些，又不能光说好，于是便从他惯常的手势中，拢了这么一句，说话爱捂嘴，叫了个谢捂嘴，归到四大贤里头。

谢次陇说话，时不时地捂一下嘴，这个我也注意到了，没想到竟成了他的绰号。

"嘿嘿，我还以为是说他，爱说些不合时宜的话，刚说出口又赶紧捂住嘴。"

我说了我的理解，邵新一笑笑，不置可否。

正说着，谢次陇、李文儒相跟着一个参会的学者，从山路的那头走了过来。近了，要上台阶转身了，见了我们几个，谢次陇客气地打了个招呼。

"你们几个在这儿歇着哇！"

说是问候大家，还特意朝我招了招手。

地方小，不便停留，打过招呼，三人就继续前行了。

"刚才那个大胡子是谁呀，看着挺有学问的。"

雪君姐对相貌特异的男人，总有一种特别的好感，这一点我早就知道，可是刚才和谢次陇、李文儒一起过去的那个大胡子，我总觉得脏兮兮的，谈不上多么的优异，不知她从哪儿看出他挺有学问的。

　　邵新一说，这个大胡子他认识，某年省上开他的学术研讨会，宣传部开列的与会学者名单中，即有此人，是临汾师范学院的副教授，在文学批评方面很有影响，这次换届会上是两方面争取的对象。

　　这样的介绍倒也平平常常，说是合情合理亦无妨，只是下面的话，让我和雪姐都大吃一惊。

　　"这个人，过去是两方争取的对象，现在第三股势力又介入了，同时成了第三方争取的对象。"

　　邵新一平常说话，就有种莫测高深的劲儿，这会儿这么一说，更让人觉得文史会换届这水，不定有多么深了。

　　我还在咂摸这话的含意，雪姐已急不可待地问询开了。

　　"不就是吕汾阳要保住他的会长位置不动，吴悦台想一举拿下书记会长，来个双职一肩挑，怎么还会有第三股势力，有人暗中使劲也要当你们这个破会长？"

　　"是呀！"我也疑惑不解，"一个文史会的会长倒成了香饽饽。"

　　邵新一没有理会雪姐的"破会长"，朝我眨了眨眼，笑笑。

　　"你的意思这个会长不是香饽饽，该是窝窝头了，告诉你吧，学术界最看重的是声誉。文史会的会长，是一省文史界的最高职位，也是最高的声誉。我说的第三股势力介入，争的不是会长，而是副会长，就是将来候选名单上没有的人，要从选票箱里飞出来。"

　　"啊，太难了，选举程序是上级领导掌控的，候选名单先经过严格审查，没有上了名单的人，群众代表连名字都见不上，怎么会选上他？"

　　雪姐在大企业做事，选举程序烂熟于心，坚信这种逾越常规的事，不会发生，邵新一不这么看。

　　"雪君说的是大企业，党政部门的选举也一样，可是到了文化界，谁想跟企业那么控制选举，怕就不容易了。"

　　我的脑子一转，似乎开了一点点的窍。

　　"邵老师的话，我明白了，一个会长四个副会长，大盘子省上确定了。我们的选举，总会说些如何民主的话，比如说，可以划掉选票上的名字，填上自己要选的人的名字。只是这样一来，必须好多人划去的是同一个人，不能你划这个，他划那个，那样票还是分散的，集中不到一个人身上，要做成这样的事，实在太难了。"

在临汾上学的时候，那时候校园民主气氛很浓，有次选校学生会干部，我们就做过这样的事，最后就失败在没有把拉下来的目标，对准在一个人的身上。

"还是绒仙的脑子好使。"

邵新一微微一笑，看得出来，对我的称赞，没有虚与委蛇的意思。

谁上谁下，说实话，我并不是特别的关心，我就是爱听邵先生那平和的语调分析个什么，从容，自信，似乎一切都在他的掐算之中。他不是一个包打听式的人物，我相信，他所有的判断，即使得自准确的信息，也不会太多，几乎全是凭了他平素的接触，精确的推导，真是一个有神性的人物。

"邵老师，反正闲着，你就给我俩分析一下，这第三股力量是要把谁推上去，又要把谁拉下来，嗯嗯，说说嘛，让我们这头发长的，也长长见识嘛！"

我相信，是我那声"嗯嗯"，触动了这个中年男人脆弱的心，他惬意地笑了。只是示意坐得时间太长了，离开大队伍太远了不好，且边走边说。我过去扶他，他穿的是白短袖，扶的时候故意双手握住他的手臂，还使劲揉了揉，传达了我的一种说不来的敬慕之情。

他倒真也绅士，走起来一定将我和雪姐让得靠了里，他走外边。好在高处的外边都有护栏，有的地方是水泥栏杆，有的地方是铁链子，不会有掉下去的危险。

他对谁上谁下的推断果然精辟。

想上的是田瑞哉。

以田的学历，和学术成绩，是该上个副会长的。他倒不能说就是吕汾阳的人，只能说是吕汾阳当政时调进来的。这次是赶上了，他发表了《厚黑学与空碗》，省上批评，正好吴悦台一伙要把吕汾阳拱下台，就把他算成了吕汾阳的人，这样这个屎盆子就扣到吕汾阳身上了。算成了吕汾阳的人，吴悦台这边拟的副主席名单里，也就不会有他。

这样的处置，按说田瑞哉这样的老实人，只能认个肚子痛，有苦说不出。可是他的几个学生不干了。文史会在20世纪80年代曾办过一个理论刊物，叫《文海探珠》，田瑞哉是主编，给了三个编辑指标。当时多少有点小名气的写作者，都想挤进来。田瑞哉自己是老大学生，坚持必须是大学本科学历，最好是刚毕业不久，已显出文史才华的。这样最先调进来的张学诚和李文儒都没说的，稍后调进来的谢次陇，按说不符合预定的条件。田瑞哉看过谢的几篇文章，太有才了，喜欢得不行，算是破格调了进来。没过两年，压缩刊物，《文海探珠》叫撤销了，这三个人都分到文史会各部门任职。张学诚去了办公室，李文儒去了创联部，谢次陇去了编辑部。三人都为他们的田老师打抱不平，由张学诚提议，三人分头行动，铆足劲儿，要让他们的田老师从票箱里飞出来。

老实人可以吃小亏，不能吃大亏，这是这三个年轻人的共同心愿。因此上说，田瑞哉想上，倒不如说这三个年轻人，要显显他们的品德和本事。

要拉下来的是夏涑水。

说到这里，邵新一换了一种略带嘲讽的语气。斜斜地能看见大队人马已上到山顶了，他也就有意放缓了脚步，完全不是为了拖延时间，把想讲的话讲完，很有几分是因为，说到夏涑水这样的人物，就得是这样一种嘲讽的语气，还得是这样悠闲的步子。

"他们的密谋，我从没有参与，只有一次，办公室的张学诚来找我，说他听说报到组织部的候选人名单里，没有田瑞哉老师，很是气愤，想要找领导反映情况，看能不能把田老师补上。我劝他千万不能做这种事，不管你的理由如何充足，在领导定了大盘子之后，这样做都属于非组织行为，人家不怪罪你们，会怪罪田先生的。田先生这次没有，下次可能有，你们这么一弄，田先生连下次的机会也没有了。张学诚问我该怎么办，我说还是要按照选举程序来，又提醒了一句，不能光想着上的，还要想着下的，没有下的就不可能有上的。张学诚是个聪明绝顶的人，不用多说，他什么都懂了。"

我马上就想到，在纯阳宫冷饮厅，何其愚责怪邵新一不该给吴悦台出主意时，邵新一说只要对方诚心求教，他都会坦陈己见的那番话。

"拉下的人怎么就会选了夏夹头呢?"

刚知道了这个外号，我就用上了。

邵新一边走边给我俩分析。

他说，上面规定，这次换届要充分发挥民主，会长副会长都是差额选举。会长候选人两个，一个是吕汾阳，一个是吴悦台，差下来的那个，自动成为副会长候选人。

我说，听说上面明确内定，吴悦台是陪选，会长还是吕汾阳的。邵新一摆摆手，说那是另一回事，以后再说，现在只说副会长的事。

我做了个鬼脸，吐了下舌头，为自己的不晓事表示了一点歉意。

"副会长，选举名额是四个，差额一个，报上五个就够了。这五个人分别是姜宁亭、黎之诚、李文海、邵新一和夏涑水。李文海是老同志，比吴悦台还大，姜宁亭是文史会一霸，无人敢动，黎之诚是获奖作家，名气在那儿搁着。"

说到这儿，邵新一戳戳自己的胸口。

"你俩说说，是该着我呢，还是该着夏涑水呢？"

我和雪姐都笑了，说当然是该着夏夹头了。但是，我的好奇心，马上就起了个疑问，说夏涑水的学问挺好的，人看去也还和善，至少是不那么凶狠，怎么就会被选为献台上的祭品呢。

邵先生说，文史会这个单位，跟党政机关不一样，党政机关是严格的上下级关系，这里的人际关系至少分了三个层级，一是行政职务，二是论资排辈，三是社会声望。谦和起来，大家一团和气，牛逼起来，可说是谁不鸟谁。你职务比我高半级，可我得过奖你没得过奖，我就敢小瞧你。你是得过奖，可我大学毕业比你早了十年，什么时候看你都是小字辈儿。你是毕业早，可你是山西大学的，我是北京大学的，你那个早也就不算个什么。

"夏涑水嘛，"邵先生沉吟片刻，换了一种痛惜的声调说，"一个不讲公德，就把他的形象全毁了。绒仙，你去过我们楼上，两个单元，一梯两户，一层是四户，两头是四居室的，中间是三居室的，这样整座楼就成了一个凹字形。夏涑水住西边的四层三居室，这老兄不知哪儿来的癖好，养起了鸽子。就在四层厨房外面，紧贴着墙边焊了个鸽子窝，也不是什么名贵的品种，就是那种普普通通的灰鸽子，整天咕咕咕叫个不停，在窗台上拉屎，有时会掉在下面窗台上。他们右边邻居郭先生，有失眠的毛病，鸽子一天到晚咕咕个不停，郭先生深以为苦，找机关反映过多次也不得解决，这种德行，在文化机关是最掉份儿的。"

听他说着，我想起夏涑水的一件糗事，是不久前舒玉跟我说的。说前两年，夏涑水修几个书柜，漆油时嫌外面风沙大，就摆在机关会议室漆油，机关领导很是恼火，拿他也没办法。后来倒是搬走了，好长时间，会议室的油漆味还呛人。

我没有说什么，只是替夏涑水惋惜，做人不讲究公德，看起来是小毛病，到了关键时刻，会坏大事情。

说到后来，邵新一长长地叹了口气。

"一个人只图自己的私利，而忽略了公德的影响，只能说是智不及此，蠢又倍之。"

快追上大队伍了，我们不再说什么，都加快了脚步。

到了山顶上，临河的这边有粗粗的水泥栏杆，不知裹了什么材料，又涂了棕色的颜料，画上树木的纹路，好像粗大的实木做成的。看着很结实，我也不敢往上靠，万一呢。

站在这儿，能看见北边的黄河铁桥，看去比太原汾河上的几座桥还要单薄些，可这是在黄河上，也就非同寻常了。

人到齐了，徐汀兰讲开了："看见北边那个拱形的铁桥了吗，那儿就是龙门口的上口，叫石门，是晋陕峡谷里黄河最窄的地方，说是只有四十几米；南边，看见了吗，有座浮桥，就是龙门口了。大禹凿开龙门，鲤鱼顺流而下，要想化为龙，只有奋力迴游，游过龙门这一段水流，就有化为龙的可能。这是传说，诸位是搞文史研究的，自然不信这个，但是抗日战争期间，就在这个大梯子崖上，驻守着一支国军，朋友们怕没有想到吧！"

这可是从未听说过的，在我的印象里，抗战期间，晋南一带除了南边中条山一带，黄河西岸全为日军占领区，怎么会在日军的占领区，就在河津县城北边不远的地方，还驻守着一支中国的抗日军队。

听下去，方知还真是这么回事。

抗战开始后，为了守住黄河河防，东岸这一带一直有国军新八师一部驻守。

1938年12月23日，盘踞河津的日军，以两个联队和藤田大队为基干，加上伪军共四五千人，大炮二十多门，同时有空军配合，向驻守在东龙门山及禹门口前沿阵地的中国守军，发起进攻。新八师驻守部队奋勇抵抗，多次打退日军进攻，日军伤亡不小，前沿阵地上，新八师官兵伤亡亦达七成以上。其中，守卫云中寺的一个加强排，全部壮烈殉国。前沿多处阵地，一度失守。

12月30日，新八师副师长朱振民将军，命令二十三团翻山越岭，由上游师家滩渡河增援，从龙门山侧面即大梯子崖，向日军发起攻击，收复龙门山所有阵地。此役对日军予以沉重打击，迫使日军龟缩河津、樱山两地，轻易不敢进犯龙门山我军阵地，有力地维护了河防的安全。

新八师为贵州北上抗日部队，此役阵亡连长以下黔籍官兵二百七十一名。

北边的山岭上，似有殿堂式建筑。有人问，那儿是不是就是北魏的倚梯城。徐汀兰说，是呀，城没了，只有个类似城门洞的遗址，新建的是个仿古建筑，意思不大就不去了。现在我们由山后面下去，半坡上有车接，去逛逛大梯子崖的第二大核心景观区——七里画廊桃花谷。

一下午的解说，她的嗓子有些嘶哑，仍提高了声调宣布："晚饭就在下化乡政府招待所，吃河津有名的地方食品，晚上有篝火晚会，有节目的可尽情表演!"

第四十章

下雨了。

没想到会下得这么大。

刚刚在山顶，日头还红红的，偏西了，陕西那边的山梁上空，一团一团的火烧云，一点也不像有雨的样子。现在往回推勘，只能说厚厚的云团，边上的颜色重了些，不是红色，接近紫黑可也不至于说下就下。大梯子崖的东边，山势没有西边那么陡峭，仍是沙石的岩面，平缓了许多，土石相杂，土的成分明显多了许多。杂草荆棘，不再是插在岩石缝里，跟拙劣的插瓶艺术似的，而是一蓬一蓬摊在地上，像是给这荒凉的山坡打了许多绿色的补丁。

一会儿工夫，天全阴了下来。

"这天气，日头说没就没了！"

我一边跑着，一边气喘吁吁地说，雪姐也跑着，还不忘打趣我的话，跟太阳叫日头。

"到了乡下，就说起土话来了，在太原，肯定不说日头什么的。"

不能说她说得不对，可我的脑子转得还不慢，马上就找到了驳回的理由。

"这怎么能叫土话呢，这是唐话，大唐之话，杜甫《羌村三首》的头一首，前两句是'峥嵘亦云西，日脚下平地'，可见日头日脚，是唐朝人用的词。这是杜甫在鄜州时写的，我在临汾上过学，河那边就是鄜州，晋南这边的人，也都是这么说的。河东，可是唐朝的腹心地带呀！"

雪姐也不是省油的灯，当下就找出反驳的依据。

"这首《羌村》，我们的文学课上也学过，日头是日头，日脚是日脚，日头是说太阳，日脚是傍晚时分，日光从云层里射出，落在地上的光。

你别糊弄我！"

"哈，那是牵强附会，要叫我说，日脚这个词，很有可能是老杜自己造出来的。这首诗是五古，平声起的仄声韵。首句前两个字是平声，第二句的前两个字，就该是仄声了。日头是仄平，用了日脚，就是仄仄了。"

我也不知道对不对，就这样胡搅蛮缠一番，雪姐不恼，反而笑着在我腰里挠痒了一下。

"你呀，人样好，又这么聪明伶俐，怪不得做啥成啥！"

"就是逮不住一个老虎！"

说罢，我俩都笑了。

那么大的天，一下子就暗了下来。呼啦啦，一道闪电，一个炸雷，雨点子就砸了下来。

大雨之下，这世界全变了模样。

山梁不见了，树木不见了，只见斜斜的雨点子，像是从远处山梁上飞来的子弹，打在脸上胳膊上，生疼生疼。砸在蹚土路上，噗的一下就是一个小坑坑。本以为就这么下上一阵子，也挺好玩的。转眼间，从山沟里，半坡上，腾起白花花的水汽。而雨点子，也变成了雨柱子。很快又起了风，雨柱子变成了雨鞭子，从半空里抽打下来，给你的感觉这不是雨，倒像是大梯子崖顶上流下来的瀑布，劈头盖脸就浇了下来。

拉我们来的两辆大轿车，把我们送到大梯子崖底下之后，就转到这面半坡上的停车场，准备我们下来之后，就接上去七里画廊桃花谷。

这伙人里，我和雪姐算是自由散漫分子，什么时候都掉在队伍后头，时常还挺得意的，觉得漂亮就得有个漂亮的样子，迟点就迟点，你们等等怕什么。这次可是触了大霉头，前面的人已上了车，雨正大的那阵子，我俩恰在瞅得见车，却怎么也赶不过去的半路上。紧赶慢赶，几乎连爬带滚，到了大轿车的前面，被谁拉了一把才上得车。进了车厢，眼前一片白雾，哪个座位上有人，哪个座位上没人都看不清，只是本能的朝后走去。还好，后面一排座位上没人，也不管会不会洇湿了座位，就那么湿漉漉地坐了下去。

刚下了暴雨，路滑，好半会儿没有开车。

要走了，娘的，不光雨停了，日头也出来了。

这时才发现，还有比我俩迟延，却运气比我们好的人，刚才雨正大的时候，躲在山坡一间破屋里，这会儿正朝着大轿子车走过来。你不能不服气，人家就是能沉住气。晋南有农谚，"沉住气不少打粮食"，意思是在农事上，不能急躁。实际上，什么时候沉住气都不吃亏，事缓则圆嘛。

天放晴了，坐在车上，雪姐还在琢磨着刚才说到的日头问题。

"嗳，你说会不会是老杜觉得，日头在天上，有升有落，等于说是一个人在行走，有了头，也就会有脚，所以他就造了日脚这么个词，也怪生动的。"

我也没细细考究，只是为了压她一头，就胡说开了。

"把太阳叫日头，绝不是把太阳比作人，古人指事，多以俗物取喻，人是方趾圆颅，圆颅就叫头，好多圆的东西，都叫成头，比如馒头、芋头，日头也该是这样。"

"还有男人的那个——"雪姐悄声说，说着还指指我的裆间，我拨开她的手，"滚一边去！"

七里画廊桃花谷，说是个景点，也就那么回事，到了初秋，早就没了桃花，不过是一道河沟里，有一大片桃树林子罢了。

车经过，没有停，理由是时间不早了，好些同志的衣服都淋湿了，还是先去下化乡政府招待所休息一会儿，晾晾衣服，准备吃晚饭。

下化乡，该是个大村镇，在十里开外，一路上车窗开着，凉风习习，不等下车衣服和裤子全干了，只有两腿之间还潮潮的，好在无人知晓，忍一忍也会干了的。

乡招待所，就在乡政府的东边，一个空荡荡的大院子，北头是两三排平房，南边的空地上已架起柴火，中间是个大树墩，一看就是为饭后的篝火晚会准备的。

开了好几个房间，说是可以小憩，也可以换换衣服，如果随身带着的话。我们的箱子都存在河津宾馆，没有人想到会下雨而带了替换衣服的，好在天晴了又有风，该干的都干了。

雪姐要进房间小憩，我说歇什么，出去走走吧。

出了招待所大门，我才说了出来的缘由。

"你穿的是亚麻裙子，里外都干了，我穿的是牛仔裤，厚，外面干了，里面还潮乎乎的，难受。"

"那咋办？找个没人的地方脱了。"

"不用脱，撑开透透气，一会儿就干了。"

招待所前面是条乡村公路，再往前走，一侧是麦茬地，一侧是玉米地。玉米有半人高，密匝匝的，我俩拐进去。雪姐在看玉米穗子上的红缨缨，我解开纽扣，一手揪住一边，不住的呼扇着，顿时就觉得两腿之间清爽了不少，又将内裤撑开，弹了几下，似乎有股清气浸透了全身。

雪姐真淘气，我正撑开弹的时候，她探过身子，朝里瞅了一眼。

"哎哟，黑茸茸的一团。"

"你不也一样嘛！"我没好气地说。

"我可没你那么多！"

不敢多耽搁，又弹了几下，赶紧出了玉米地。

回到招待所已经开饭了，北边的排房中间有一条通道，前面一排的左侧是厨房和饭厅，饭厅靠里，厨房靠外。我们刚过去，徐汀兰就在饭厅门口招手。

"还以为你俩走丢了呢！"

"就在门口转了转，天还亮着，这么早就吃晚饭。"

"吃了饭，还有篝火晚会，完了还要赶回市里的宾馆。"

进了饭厅，扫了一眼，就知道大事不妙。六张桌子，分成两排，靠这头的上桌（北边），全是头头脑脑，下桌（南边），则是各路英雄好汉，我一眼就看见姜宁亭坐在主位上。

我捅了捅雪姐，示意往后走，给徐汀兰挡住了。

"姜老师给你俩在那边留了位子！"

她这么一说，大庭广众之下，我俩只好止住脚步，随了她过到南边的桌子跟前。还好，给我俩留的位置，不在姜宁亭的旁边，在下首的一侧，我这边是谢次陇，雪姐那边挨着夏涑水。

刚坐下，就开始上菜了。

晋南兴水席，讲究四盘子八碗，四盘子是凉菜，八碗则是水席必备的荤菜，三花肉片、鱿鱼片、木樨肉哇，全都是水里捞。凉菜更平常，不过是猪头肉、拍黄瓜、牛肉片、拌豆芽，跟水席的路数一样，全都是在醋水里泡着。

"还说怎么个好，就这呀，也扯淡。"夏涑水先发了句牢骚。

"将就着吧！"姜宁亭没发牢骚，话里带出了情绪。

此时过来一个服务员，将一个半大的粗瓷面盆，搁在餐桌的正中间。

这是要上什么菜？正疑惑间，徐汀兰提溜个凳子过来，一面抱歉说："那几个桌子坐满了，我来你们这里加个塞儿。"一面就在雪姐和夏涑水之间摆好凳子坐下来。我倒是为雪姐舒了口气，刚说过夏涑水的种种不堪，她挨着这人坐，心里一定不爽，现在好了，隔着一个人，不会那么憋气了。

"是要上手抓羊肉吧！"

夏涑水问刚在身边坐下的徐汀兰，我也多了个心眼儿，听徐汀兰如何回答。

"等下就知晓了，这可是我们河津最有名的一道大菜，费工费料，一般待客都不会上，这次是市里特意打过招呼，到了下化乡，一定要上这道菜。"

大菜上来之前，酒已喝开了。喝的是这几年正走俏的"坛儿汾"。我留心了一下，这个桌子上连上刚来的徐汀兰，共是九个人，其余六个全是男士，从姜宁亭左侧算起，依次是黎之诚、何其愚、夏涑水，左侧是邵新一、谢次陇，再下来是我们三个女的，到徐汀兰就跟夏涑水接上了。

什么大菜呢，这么神秘。

正思谋着，上来了。

竟是一个又黑又亮的铁箅子，铺着白笼布，上面是一层粉条，一层带膘子的猪肉片子，又像是拌了酱。这不是粉蒸肉吗，算什么稀罕食品，正疑惑间，服务员过来，将一碗拌了蒜泥的油泼辣椒，往上面"刺啦"一浇，香味就轰地炸了开来。每人跟前原本就搁了一个敞口的粗瓷碗，服务员手持铁铲拌了拌，给每个人碗里饱饱压了一铲子。这时徐汀兰才站起来做了介绍。

"这是河津一道名菜，当地人叫菇蕾，就这么个音，字怎么写都说不来。有的人说这是粉蒸肉，实际比粉蒸肉的制作程序要复杂得多。我倒是觉得我们这菇蕾，可以跟南方的东坡肉媲美，也是肥而不腻，瘦而不柴，入口即化，齿颊生香。跟前有酒的请添满端起，我敬各位老师一杯，先干为敬！"

徐汀兰真是好样的，一仰脖子，满满的一杯真的干了。

"粉蒸肉就粉蒸肉吧，管它叫个啥，好吃就行！"

黎之诚那边嘟囔了一句，这个人常是这样，想说什么，又怕人听见。倒是姜宁亭正好相反，不管多么难听的话，愿意天下人都听见，嗓门也特别地大。

"我看还不如定襄的粉蒸肉，全国都有名！"

定襄的粉蒸肉，原先也许真的不错，这几年在太原卖的，确实不怎么样。淀粉太多，难得见个肉末儿，成片的肉，更是别想。在场的几人，多不以为然，碍于姜宁亭的面子，只是笑笑，没人反驳。

姜宁亭如此贬低主家的肉食，谢次陇颇不以为然，听了徐汀兰的话，一直在琢磨着什么，眉头一皱一皱的，这会儿开了口。

"刚才听汀兰说，这美食当地人叫菇蕾，我倒想起看过的一个小掌故。李健吾先生活着的时候，有一年去西安开外国文学理事会，西安有个戏剧史家叫李尤白，请李先生到他家里吃饭，李尤白两口子都是河津人，李尤白夫人就给客人做了家乡的名吃，文章里写作'菇蕾'。我当时还在揣摩，这'菇蕾'该是多么精美的食品，今天见了，才知道是这么个样子，确实算得上一道极富特色的名菜。"

这话提醒了夏涑水，提出了一个疑问。

"菇蕾是音，这两个字该怎么写呢?"

"这个我确实不知道，那文章是李尤白写的，他的姑和雷确实都是带了草字头的。"

谢次陇说着，伸开五指，在嘴前摆了摆。想起在大梯子崖路上，邵新一说他的外号叫"谢捂嘴"，觉得怪贴切的。真的是有起错了的名字，没有起错了的外号。

又有大菜上来，红烧肉、香酥鸡、黄河鲤鱼，还有一盘子泡泡油糕。

这一桌子人真能喝酒，还没怎么觉着，一瓶"坛儿汾"已空了。汀兰招招手，边上的服务员马上又送来一瓶。再打开斟酒的时候，徐汀兰提议玩"接龙"游戏，就是一个人说个成语，下首的人要接上末一个字，再说个成语，接不上就罚酒一杯。

汀兰大概觉得，这么多文化人在一起喝酒，划拳太吵闹，行令儒雅，也合乎身份。她光考虑到这些人的文化身份，一点也没考虑到彼此性情的扞格。接龙要的是热闹，思绪飞扬，这里有那么两三对，见了面，气就不打一处来，哪里还能出口就接上对方的龙。汀兰见无人响应，大度地笑笑，又劝大家添上酒，尽情喝。

类似粉蒸肉的大菜，音是那么个音，该怎么写，仍是大家关心的话题。

夏涑水的看法是，这样的俗名，用字不该那么纤巧文雅，叫菇蕾，或许是说形状的一疙瘩一块子。究竟该是怎样两个字，按这种土话的发音，确实不好确定。

他的话，让邵新一得到启发。

"老夏的话，有道理。这个名字，极有可能是说形状的，你看嘛，刚端出来，就是一笸子菜，圆圆的跟一盆菜倒扣在笸子上一样，猛一看，就是鼓鼓的垒起，于是就有了那么个音，若写成字，最恰当的该是鼓垒，鼓形的鼓，垒起的垒。"

有赞同的，也有不以为然的，我听了佩服得五体投地。高智商就是高智商，不佩服还真不行。这个时候该有人敬上一杯的，我看文史会的几个人，全没这个意思。想到上大梯子崖的路上，邵先生跟我和雪姐说的一席话，我给雪姐使了个眼色，两人端起酒杯，侧过身子，跟邵先生碰了一下。

"邵先生不愧是大家，这样一解释，廓清谜团，为鼓垒正名，我俩敬你一杯！"

话是雪姐说的，我只是友好地笑笑。

雪姐接下来的话，意思就明朗了，给邵新一敬酒，不过是个由头，她是要借此机会，展现她"逢场作戏"的才华。

细想该是徐汀兰发起接龙游戏，给了她一个灵感，就是调动一桌子人的兴趣，热闹热闹，同时显现主持人的风采。汀兰的失败，在于太敬着这班人了，也就鼓动不起来。再往深里探究，是汀兰的模样，美是美，俏是俏，只是太雅了，让人难生挑逗的念头，也就少了应和的兴致。雪姐可就不同了，她的优势，她是一清二楚的，白净的皮肤，精致的脸形，可说人见人爱，爱到深处多少会起淫意，这一里一外的契合，也就让她带了几分贱相，让人觉得，这是个稍一示意，就可以上手的女人。你要这么看了，可就上了大当，正中她的下怀，却白献了你的殷勤。

雪姐在许多场合，频频出彩，屡屡得手，是她的魅力，更是她的技巧。她的这份"贱相"，还真是学不来的。

记得看过的一本书上，潘光旦说的吧，学外语的好与不好全在于有没有"三分随意"，有了是真学的好，没有还不能说是真学的好。对于女人来说，再是天生丽质，还不能说魅力四射，只有有了这"三分随意"，才是真正的魅力四射，而这三分随意，有一分便是"贱相"。这个不是品质上的事，只是一个聪明女人把握上的事，说是拿捏也行。

我是道理上懂得，把握上不行。

雪姐，绝对是个会把握的女人，这才是真正聪明的女人。

看看她是如何打开局面，展现她主持人的身份的。

"各位大佬，我知道各位的名声，那真是跟刚才下大雨之前，大梯子崖上的那几声炸雷似的，今天河津方面为我们准备了这么丰盛的宴席，上的是名贵的坛儿汾，我可不想听各位文史学问上的成就。我注意到一个别人很少注意的话题，就是诸位师长的名字，怎么就那么好，一听就是个大有学问的人。俗话说，有起错的名字，没有起错的外号，我倒觉得，对诸位来说，有起错的外号，没有起错的名字。今天咱们就乘着酒兴，各人自报家门，说说你这么好的名字，是怎么起下的。有不肯说的，罚酒三杯，也不会让你那么难受地喝下去，就让我这妹子杜绒仙小姐，按住你的脑袋，给你灌下去。各位说好不好!"

写下来很多，她说得极快，卡着表也就一两分钟。

雪姐说话的空儿，我在想，这个人太聪明了，怎么就能想出这么个好点子，扫了一圈，可不，这些人的名字，个个都文气十足，像是专门为后来的事业定制的。

又自问，我要是想到这么个点子，有没有勇气站起来，发起这么个小活动。

不用多想，自个儿就掐灭了。做这种事，要有大众情人的心理素质，跟谁也能"瞎掰"几句，逆来顺受，好言回护。我不行，不是我没有这个雅量，是我平日的"功德"不够，少有人敢在我面前撩猫逗狗，打情骂俏。在座的人中，喜欢我的很有几位，但他们都是私下里，单独面对时聊表情意，没人敢在这样的场合显露心曲。

人哪，有好名声不容易，有坏名声也不容易，甚至更不容易。

何其愚的幽默来了，涎着笑脸说，要是不说名字的由来，任由绒仙按住脑袋灌酒，他什么都不说了，还是请绒仙按住脑袋，现在就灌吧。

"想得美!"雪姐假装恼怒地说，"按你不用她，我来按，我连脑袋也不按，捏住鼻子撬开嘴，让绒仙往里灌，她的手都不挨你的脸。"

"那就免了，那就免了!"

我冲着何其愚直笑，没想到这样的场合，还真有人如此直白地表达了对我的情义。

"姜老师，你在上位坐着，你就先说吧。"

"要说，该是女同志先说嘛!"

我看见他在瞅我，以为他也像何其愚一样，表露一下对我的情义，纵然平日对他没有好感，这种场合他真的说我个什么，还是心存感激的。遗憾，他的眼光在我这儿一溜，落在了跟他打照面的徐汀兰身上。

"从徐汀兰那儿说吧，三个女同志说过，男人从我开始。"

徐汀兰倒也大方，笑笑，站了起来。

说她爸是个小职员，上过中学，一篇《岳阳楼记》背得烂熟，最喜欢的句子是"岸芷汀兰，郁郁青青"。她是长女，一生下来，他爸给她起的小名叫青青，大名就叫了汀兰，起初还觉得不好听，后来觉得还挺有诗意的。

轮到雪姐，她那么爽朗的人，反倒扭捏了几下，说她生下来很白，母亲就想在雪字上起名字，曾打算叫雪莲，后来她父亲一锤定音，就叫成雪君了，实在平常得很，没有多少文化含量。

"绒仙，该着你啦，你这名字肯定有故事，可别藏着掖着！"

姜宁亭说着，还扬了扬手。

不知为什么，或许是一种渴求的心理在作祟吧，此一刻，我倒觉得，他先从徐汀兰开始，再经过杨雪君，不过是最后要将关注落在我身上，这比头一个就点了我，还让我心里受用。

女人就是这样，想可以这么想，说是说不到人前头的。

不必拿捏，还是磊落些吧。

"我这个名字，绒仙，实在没什么讲究的。这是一种树的俗名，正式名字该叫合欢，开粉色的花，细细的，绒绒的，叶子是多片对生，夜里合上，白天又展开了。我家院里有这么一棵树，我是春天生的，正好绒仙花开了，我妈就给我起了这么个名字，俗死了，跟个农村姐似的。"

过去我常跟人说，我姥爷是个老中医，院里有棵绒仙树，就给我起了这么个名字。多上一句，就是母亲跟我说的。自从春天融江哥哥来过太原，知道我是乔鹤仙的外孙女，在我出生前多少年，姥爷已过世了，再也不说什么姥爷给我起这么个名字了。

"我看还有深意，夜合昼开，这个名字太有意思啦！"

姜宁亭又来了这么一句，显出了他粗鄙的吃相。

"好啦好啦，女同志说完了，过去了，刚才说好的，该着姜老师自报家门了。"

雪姐及时做了制止，要姜宁亭兑现前言。

这回姜宁亭不再狡辩，鼻子哼哼了两下，壅塞的雁北话，即刻流畅了许多。

"我这名字平常得很，土气得很，我爹在绥远经商，还有一点文化，我哥生下来叫了姜安亭，到我生下来，懒得动脑筋，安宁嘛，叫成了姜宁亭。我哥哥四岁那年，兵荒马乱的，我爹从绥远回来，正赶上集宁战役，让流弹打着，回家没多久就去世了，不久我哥也染病死了，可说我兄弟俩这安宁的名字，一点也不安宁。名字嘛，就是个符号，就这么瞎胡叫吧。"

"哎，姜老师，我见你给我们的稿子上，署名姜嶷亭，不是宁字了，是山字下面一个怀疑的疑字，这是怎么一回事？"

我提了问题，姜宁亭的情绪又高亢起来。

"这个嘛，也没啥大讲究，我们应县不是在恒山底下嘛，我们村后头有个黄土梁，该是恒山的余脉吧，当地人叫大嶷岭。到了文史会，免不了写文史文章，见人家的名字都挺有文化的，也就思谋着给自己起个笔名。姜字不能动，亭字不想动，可动的只有这个宁字，一想就想到了我们村后的大嶷岭，于是姜宁亭的宁字，就变成了山字头下面一个疑字的嶷字，姜宁亭就成了姜嶷亭了。"

姜宁亭一说完，我朝雪姐笑笑，表示下来该她说话了。

"还是姜老师有文化，会起名字，一字之差，境界全出。黎老师，该着你了，说得详细些，要不可要罚酒的。"

黎之诚做出一副羞怯的样子，还没说话，嘴巴先啧啧了几下。

"黎老师，你这名字，一听就是有大学问的。"

"也平常，也平常。"又啧啧了两下。

雪姐再一次催促，他说开了，只是喉咙里卡着一口痰似的，哼哼唧唧听起来不爽气。

"我老家原在西安，爷爷在延安做生意，后来生意做不下去，就变卖了家产，带着我父亲，过河到了山西的吉县。买了几十亩地，开了个绸缎庄，从西安趸下东西，到吉县卖。抗战时期，吉县是阎锡山的老窝，赋税很重，熬到光复，在山西实在待不下去了，就去了天津，开的还是绸缎庄。爷爷去世，到了我父亲手里，经营不善，又不会做旁的，爱写写画画，就开了个书画铺子。1948年生下我，父亲小时候读过《东莱博议》，就从这本书上的一句话，选了'之诚'两个字，做了我的名字。"

"一句什么话呀？"

雪姐问，黎之诚哼哼唧唧的毛病又犯了，架不住美女追问，末后还是说了。

"不是什么经典语句，是'彼之诈虽千百而不足，我之诚虽一而有余'。来到山西插队，后来推荐上了西北大学，才知道我这个名字，跟一位大历史学家的名字重了，就是写《中国通史》的邓之诚老先生，算是歪打正着吧！"

这种哼哼唧唧的谈吐，柳林老话叫"抻不展"，我在想，以性格特点论，文史会的四大贤，不应当有谢次陇，应当有的是黎之诚。

那边轮到何其愚了，雪姐没点何其愚的名，却点了这边的邵新一，她用的是花插排序法。

这个人识时务，点到就说开了，只是语速算起来，比黎之诚的哼唧还要费时间。

"我父亲是留美的博士，普林斯顿大学的，数学还行，文学不咋样。我是1950年出生的，大概他觉得到了新社会，给孩子起名也要有新气象。可能是还记得《礼记》里有言，'苟新日，日日新，又日新'，就给我起名叫邵一新，我总觉得这个名字不好听，可也不好改。来山西插队三四年，后来考学校的时候，就把这个一新调过来，感觉新一还别致些。那年头，什么都马马虎虎的，我写成了新一，审查的人，居然没看出来。新一也俗得很，没办法，原本就是俗人一个嘛！"

又转到那边了，那边是何其愚。

未开言，先朝着我瞟了一眼，像是跟我打了个招呼。

"刚才之诚兄讲他的名字，也带出了他的身世，我听了只有佩服，佩服他爷爷和他父亲在关键时期的选择。陕北一闹红，他爷爷就变卖家产，到了山西。光复后，山西太乱，又关了铺子，到了天津。这两次，都得有壮士断腕的狠心才能做到。头一次不说了，第二次抗战时期是苦了点，熬过抗战，吉县很快就成了晋绥边区，马上就是土改，像这种庄家搅买卖的，一定成分，准是地主。往后是什么境况，想都不敢想。之诚兄，你家在天津定的什么成分？"

哦，他所以接得这么快，是有这么一番感慨要表达。

何其愚的问话，显然戳到了黎之诚的心病上，不哼唧了，几乎是连个奔儿也没打，就接上了腔。

说他爹的铺子，门面不大，也还精致，定的成分是"小工商业主"，政治上对待相当于中农，不影响子女升学和参军。他来山西插队，去的是永济，有次生产队派他两个知青，去吉县那儿的机械厂，买脱粒机。他们到了吉县，跟农机厂的人聊天，知道爷爷开的铺子，是吉县最大的绸缎庄，不光店面大，乡下的土地也有上百亩。

"想想真是后怕，若不是及时脱身，等到晋绥土改，肯定躲不过去，啧啧！"

这次的"啧啧"，似乎更响一些。

该着何其愚说他自己了。

"我这个名字也是后来改了的。我们家在晋东南，靠晋南，是阳城县的一个镇子，爷爷当过小学教员，新中国成立后是商业局的干部。父亲参过军，转业到了洛阳监狱，当管理干部。听起来不错吧，可惜家庭成分不是按爷爷的职业定的，也不是按父亲的职业定的，而是按我家的土地和雇工定的，地主定不上，定个富农是妥妥的。父亲在外地工作，母亲在老家农村，我们兄弟几个的名字，全是爷爷给起的，大哥叫何其贤，二哥叫何其慧，我叫何其玉，金玉的玉。高考放开后，头一年分数挺高，没录取，第二年也一样，到了1979年，地主富农的帽子全摘了，这才考上。上学四年，都叫何其玉，毕业分配了，我觉得这个名字太秀气，就找到毕业分配办公室的老师，要求分配证上把名字改过来。我都想好了，改个响亮的，就叫何效恪，效法陈寅恪。分配办公室是个女老师，很喜欢我，同意改，但她说学籍登记册上有汉语拼音名字，这个不能动，要动只能动汉字的名字，还得发音一样，我和她一起琢磨，换了好几个字，最后定下这个何其愚，愚蠢的愚。"

何其愚说到分配办的一个女老师帮他改名字时，猜猜我想到什么，说来真是害羞，我竟想到，那个女老师一定是见何其愚这年轻人英俊憨厚，动了爱怜之心，换了我，也会这么做的。

这个改名字的事，确也平常，只能说这个愚字选得好。然而，他下面说的，到了学校以后的一件事，却不能不让我大吃一惊。

他上的是南开大学经济系1979级，这个级数，在有的书上也叫届。他从未弄混过。确认了入学的年份，可称级，毕业的年份才叫届，像他们这一年考入的，只能叫1979级，1983年毕业时，才称1983届毕业生。他们那一年放宽了成分的限制，又明令扩招，南大过去经济系只招一个班，这一年招了两个班，分成甲班和乙班。到了学校，细心的同学发现，出身栏里的填写，分了两类，一类是过去的好成分，贫农、下中农、工人、城市贫民。另一类则是社员、工商业者。政治觉悟高的同学一看就知道所为何来，有的贫下中农出身的同学，助学金评低了，竟公然在班会上说，地主富农成分的人，能上学就是国家优待了，助学金嘛，不能比贫下中农出身的人高。政治辅导员解释说，现在已没有地主富农成分的人了，都是社员，大家一律平等，既是同学，就不应当再有歧视心理。不料那位同学的革命劲儿上来了，说谁不知道填社员成分的，就是原先的地主富农，此后在几次班会上，家庭成分填社员的同学，总是唯唯诺

414

诺地说，他家并没有多少地，日子也很穷困，怎样阴错阳差，违反政策，把他家划成了富农或地主。还有一个爷爷是国民党中将的同学，说他家并没有多少土地，是一个土改干部，为了保护他家不被划成反动军官，才把他家划成地主的。总之一个个都可怜兮兮地声称，他家实际上很穷，因了这样那样的外因，才被错划成富农或地主的。

夏涑水忍不住插话了。

"土改的情形，各地对政策的理解不同，有的地方相当混乱。我的一个本家哥哥，随南下工作团到了四川，参加了巴东地区的土改，那儿执行政策就特别严厉，晋绥土改时只会划为中农的，那儿不是地主就是富农的，有的还被定为恶霸地主，开大会公判，当下就拉出去崩了。"

"涑水兄，你说的跟学校的情形，不是一回事，后来给我的感觉，纠偏的政策，是不是纠得过头了。"

何其愚这话，引起了大家的警觉，都停下了筷子，等着他往下说，他的语调，也变得沉重了。

"到了大三，社会的开放程度，空前地提高，好多观念完全颠倒过来。最有代表性的言论，就是胡耀邦说的，忘记过去，一切向前看。这一来可了不得，一个个都显露了自己的本来面目。那个说他家因本家结怨而划成富农的同学，说他家是他们县最大的富户，半个村的土地全是他们家的。那个说为了保护他爷爷不被定为反动军官，才将他家划为地主的，原来他爷爷是淮海战役中一个集团军的副总司令，突围出来，投降了解放军才保住一条性命。还有一个成分划为小工商业者的同学，他父亲就是天津有名的黄海化工企业的副总，地位仅次于著名的民族资本家范旭东。哎呀，我们那个班！"

何其愚说到这里，故意做出一种惊讶的表情，实际上谁都能看出，他是装出来的，不过是为中国翻天覆地的变化而暗自欣喜，却到了喜形于色的地步。

我听了首先想到的是，我们的玉阁教授，若做近代中国社会阶级升级之研究，真该选一所著名大学，看看1979级都招了些什么学生，这一批学生毕业后首先进入的又是国家的什么机构。如果能得出一组精确的数字，她的论著会充实许多，也精辟许多

正这么想着，何其愚说了他最后的感慨。

"可是这个过了头的纠偏，挽救了多少个家庭，成全了多少个矢志报国的优秀青年哪！"

我就说嘛，何其愚这样以"关心民瘼、开启民智"自命的学者，会责怪纠偏过了头，原来他是正话反说，末了好让他的这句感慨更有力些。

又转到这边，该着谢次陇了，雪姐提示了一下，就在我身边，我侧过脸，瞅瞅他，眼神传递出的是，说得精彩些，压过姜硬挺的风头。

谢次陇的普通话，没有邵新一的舒缓，听来也还平和流畅。

"我父亲是定襄县的一个小学教员，奇怪的是1958年被划为右派。后来才知道是教育系统有指标，中学里划了几个，不能再划了，再划中学就开不成课了；领导说只是为了凑个数，并没有难为他，该做啥还做啥，提薪时还偷偷给他提了一级。可是他知道，成了右派，自己这一辈子就完了。也就在这个时候，大儿子出生了，就是我哥哥，父亲望子成龙心切，又还有点文化，就给这个大儿子起名叫谢伯龙，过了三年有了我，本来该叫季龙的，父亲嫌不好听，就叫成了次龙，意思是第二条龙。先前没有什么，不等于后来没有什么，'文化大革命'一起来，右派归到黑五类里头，父亲的右派帽子早就摘了，地方上反动分子太少，什么时候要批斗了，总躲不过去。还有人说父亲给他孩子起名伯龙、次龙，就是等着变了天，好翻江倒海。那年月不是兴工农联盟吗，父亲就把我们兄弟俩的名字改成了伯农、次农，意思是当个大农民、二农民吧！"

谢次陇说到这里，大概口渴吧，端起酒杯抿了一小口，旁边的黎之诚不失时机地赞了一句："伯农、次农这名字好哇，北京《文艺报》的总编就叫郑伯农。"

我是头一次听说他父亲是右派的，由不得就想到，少年时经受苦难的人，思想的成熟会早些。他和张学诚、李文儒三个，是前后脚进的文史会，文史会有人评价说，谢次陇天然有思想，张学诚想一想也有思想，李文儒再怎么想，也是只有政策的掌握，不会有什么思想。三个人不是三个特例，而是代表了文史界的三种类型，哪儿都一样。

谢先生又说开了。

"我上初中的时候，那不叫中学，叫小学戴帽，小学成了五年制，再加两年成了七年级，就是初中毕业了。学的课本没有历史、地理、自然这些个，有一门叫常识的，实际是历史、地理、自然的综合教材。其中一节，说到中国的铁路，京广线、津浦线，这是南北的，还有个陇海线，西起兰州，东到旧称海州的连云港，书上说，这是中国东西交通的大动脉。那时候人小心不小，总想着我父亲不行了，我要行。龙是虚妄的，农民我从来看不上眼，早就想换了这个字，哈，那就做中国的大动脉吧，于是我把课本上作业本上，全写了谢次陇，陇海线的那个陇。高考时填表，也写成了谢次陇，那时候没人管，写成啥就是个啥。"

"这个字改得好！"

这边，邵新一也赞了一句，料不到的是，谢先生听了没有应和，反而苦笑了一下。

"上了大学，看书多了，才知道叫了这么个名字，只可说是大逆不道，也可说是狗胆包天。你们知道次陇是谁的字儿吗？赵戴文的！阎锡山的老师，山西省政府主席。多亏知道的人不多，也就糊里糊涂混下来了，哈哈！"

说罢，自己先干笑了两声。

"夏老师，该着你了！"

雪姐及时转到那边最后一个人的身上。

夏涑水对这样的话题，很有兴致，谢次陇说改名情形的时候，他的身子就一扭一扭的，好似学校里，上一课时的老师故意拖堂，耽搁了下一课时老师的授课时间。接续速度之快，也出乎我的意料，以我对他的了解，总该说几句淡话才会转到正题上。只能说好的话题，是会激起人的表现欲望，在这上头，不能不佩服雪姐主持的才华。

夏涑水一开口，就把桌上的人镇住了，怪不得他那么急着要说。

"我爷爷是清末双科举人，又是宣统皇帝亲授的新学进士！"

现在还能见到举人进士的后人，而这个人竟是他们平素不怎么看得起的夏涑水，桌上的人的吃惊，全在这个节骨眼上。没有人提问，夏涑水略微摇晃着他那正面看，确实显得扁了些的脑袋，从容不迫且有滋有味地说了起来。

他家在闻喜县东镇东关，不是多大的财主，却是有名的殷实人家，更有名的读书人家。爷爷夏念祖，生于1882年，1900年十八岁时首次参加童生选拔，获案首，就是秀才第一名。1902年入山西大学堂西斋读书，同年秋参加山陕两省，在西安举行的壬寅年并科乡试，顺利中举。原拟三年后进京参加会试，在二十三岁上拿下进士的功名，成为闻喜县有史以来最年轻的进士。不料，1905年即清季乙巳年，朝廷废除科举兴办新学，他爷爷无奈只得重返山西大学堂西斋念书。1908年完成西斋预科的学业，成为山西大学西斋第四期毕业生，被清政府授予新学举人称号。

"这就是双科举人的来历，货真价实，童叟无欺！"

夏涑水说罢，得意地一笑，他喝不了酒，端起酒杯在嘴边晃了一下。

"进士呢，这时科举可是废了呀？"

徐汀兰扭过脸问，不全是有疑问，更多的是急于知晓究竟。

"科举是废了，皇上还在紫禁城里稳坐着呢。"先来了这么一句，这才接着说，"1902年爷爷成为壬寅科举人，朝廷授候补知县衔，且明令规定，不分单月双月，均可补缺。我家不缺钱，爷爷的父亲觉得这孩子年龄还小，出去任知县未必是好事，就让他仍回山西大学念书，选的是法科。这样到1911年8月完成西斋法科学业，奉朝廷旨令，进京面圣，宣统皇帝在太和殿，亲赐进士及第，成为中国历史上最后一科进士。我小的时候还见过爷爷举人的朱卷，说是朱卷，实际是雕版印制的一个册子，后来就不知弄到哪里去了。"

他那里讲完了，全桌的人都兴奋不已，好像跟前坐的不是老进士的孙子，而是老进士本人似的。众人纷纷敬酒，夏涑水也就装模作样抿了一小口。

"我这名字嘛，"他倒还记着今天畅谈的话题，"是我爷爷给起的。我是1949年正月的生人，其时父亲三十六岁，前面三个，都是女孩子，生下我，家里人都喜欢得不行。这时，爷爷已六十七岁，起个什么名字呢，家谱上的命名用字，该是'盛泽祖思久，纯修景仰缵'里的久字辈，祖父说新时代了，不必固守族谱，由他做主给我起名涑水，希望我将来成为司马光一样的大学问家，扬名立万，光耀门楣。惭愧的是，年过半百，在文史会坐冷板凳多年，能不能有出头之日，全看这次换届选举，还望诸位多多关照！"

这家伙，真是够聪明的，饭桌上竟然拉起票来了。

"快出来，快出来，篝火晚会马上就要开始啦！"

文史会的张放，在饭厅门口大声吆喝着。

从我坐的位置，透过窗户看去，能看见院里堆的干柴已点着了，饭厅后面桌上的人，已陆续朝外走去。

张放又喊了起来，酒没少喝，喊声沙哑，似乎带着醉意。

看来今晚的男主持人就是他了，女主持人一时还不知道，不会是雪姐，这是要脸儿熟的事，她在饭桌上还行，人一多怕就不灵了。

我的推测果然不错，男主持人是张放，女主持人是河津的徐汀兰，雪姐和我，都是坐在边上的长凳上观看的。

张放像是喝高了，几乎是搂住徐汀兰的肩膀，推到篝火堆子跟前的。汀兰的小圆脸，在火光的映照下，看去分外俏丽动人。

张放像是叫汀兰的美色迷住了，跺着脚，大声吼叫："徐汀兰这妮子，你们说美不美，俏不俏，我说，就是美，就是俏！这不是人间有的美女，这是黄河里的金鲤鱼，本来要幻化成龙的，听说文史会在这儿有个篝火晚会，幻化成美女助兴来啦！"

说得汀兰不好意思了，火光映照之下，脸儿更漂亮了。

"现在我们两人宣布，文史会龙门笔会篝火晚会——正式开始！"

他握住汀兰的手，高高擎起，大概握得太紧了，疼得汀兰龇牙咧嘴，踮起脚，吊得离了地面。

下面的节目，几乎是张放的指定演出。

"秦石川你来，唱个晋中秧歌！"

于是作家协会那边过来个壮实的小伙子，唱了起来。

> 正月十五闹元宵，
> 张灯（那个）结彩社火高，
> 大姐姐又把（那个）众妹妹叫，
> 众妹妹绣房听见了——

他那个"哼哩哼呀么嗨"的帮腔，粗犷极了。

这个刚唱罢，张放又喊了起来："作协的杨子陵，你来，唱个河曲的酸曲儿！"

那边来了一个大高个子，接过话筒就开了腔：

> 想亲亲想的我手腕腕软，
> 拿起筷子那个我端不起碗——

这里刚唱罢，张放又点了名，这回不是作家协会的，换了文史会的夏涞水。张放知根知底，要夏先生来一段蒲剧。夏先生也不客气，过去接过话筒，干咳了两下就唱开了，是蒲剧《舍饭》里的段子：

> 听妇人声泪俱下说一遍，
> 好一似青钢剑扎我的心间！

夏涞水唱罢，张放仍不餍足，觉得文史会这边出的节目偏少了，朝前跨一步，瞪着大眼睛在人群里搜索，忽然像发现了什么宝贝似的惊叫一声："哎呀，咋就把田老师给忘了呢！"退回篝火堆旁，提高嗓门，郑重宣布："现在请我们文史会最受人敬重的大学者田瑞哉先生，为我们献上他的拿手好戏《空城计》，田先生有请！"

为了表示真的敬重，还过去扶了一把。我想，这恐怕都是因为田先生最近受到批评的缘故。

田瑞哉倒也不忸怩，出来站定，说了句没有伴奏，调门可能拉不长，清清嗓子就唱了起来：

> 我本是卧龙冈散淡的人，
> 凭阴阳如反掌保定乾坤——

我和雪姐后面的长凳上，像是坐的蒲剧院的人，其中一人说："地道，马连良的唱腔。"

按说，有夏涑水的蒲剧，田瑞哉的京剧，文史会的面子算是扳回来了，再要出节目，该请当地的朋友出，不知张放是怎么考虑的，只能说是为显示他"保驾"的本事吧，接着出了个昏着。跨前一步，让自己站在亮处，大声朝前排吼叫道："吴会长，这次河津笔会，你是众望所归，运城临汾来的朋友，一哇声地在我面前夸赞吴会长水平高，堪当大任。我想这些话，你也听见了，你就不出个节目，对大家表示一下感谢！"

这个张放，准是喝高了，吕汾阳就坐在下面，怎么能说这种丢份儿的话呢。可是他的话还真是对吴悦台造成了一种威慑力，想装个谦谦君子都装不成了。原本就在前排坐着，只好站起来跨前两步，又扭转身子鞠了一个深深的躬，用他那江浙普通话说开了。

"感谢龙门笔会的来宾朋友们，尤其要感谢临汾、运城两市文史界的朋友们。我不会唱歌，我的家乡宁波嵊州区，跟周信芳大师的老家慈城相距不远，因此之故，我们那儿的人从小都会唱几句麒派的名段，我也学过，可惜不精，不唱麒派的正宗唱段了，唱两句赵麟童的《未央宫》吧！"

下面有人叫好，张放更是来劲儿，马上把麦克风的音量调大，递到吴悦台手中。

吴悦台一开口我就惊呆了，他唱的竟是在银昌盛歌厅，向我独表情义的那几句：

金顶轿换成了银顶轿，
满朝文武谁敢提。
伍子胥他的父上殿把本启，
惹恼了奸党费无极。
在深宫定下一条计，
可怜那伍子胥，
一家大小三百余口，
一刀一个血染衣！

　　吴悦台唱到"在深宫定下一条计"的时候，还跟在银昌盛一样，明确地朝我这边跨了一步，就好像我是他的奸党一样，跟我密谋好了，要借着换届会把吕汾阳这伙老同志轰下台。当着众人的面，如此露骨的表白，虽然内情只有我一个人知道，我还是觉得吴悦台是在龙门笔会上集结了力量，有了必胜的把握。只是这样唱出来，还是有点得意忘形，太过分了，有辱斯文，不像个有涵养的知识分子做的事。

　　这样的念头，也只是一闪而过。紧接着，袭上心头的则是，能如此在大庭广众之下，对一个心爱的女人做这样的表白，可见这个在北方待久了的江南白面书生，还是有股子男子汉的英雄气概。就在这一瞬间，我竟对他产生了一种强烈的爱意。如果我的FH计划，早早把他定为文史会的头号人选，说不定早就上手了。

　　吴悦台唱罢，场子里竟响起不算稀落的掌声，视为对他唱功的赞赏，倒不如视为对他要上位的预祝。仅此一项，就可知笔会期间的活动起了多么大的作用，由不得我又想起了邵新一的精到的分析。

　　有人又往篝火里添了干柴，是枯了的柏树枝子吧，噼里啪啦燃起，火苗子蹿得老高，空气里弥漫着柏树枝叶的气味，怪香的。

　　人们的情绪更高了。

　　"下面有请《山西文学》的美女王玉勤小姐，唱她最拿手的歌曲《叫声哥哥你带我走》，大家欢迎！"

　　这个张放，忽然变了声调，装模作样的，像是春晚上的主持人似的，声音怪怪的，一听就是在逗乐。这个王小姐，我早就听说过，北师大中文系毕业分配来的，近期《读书》上发了篇文章，在省城文化界，算得上是个崭露头角的新秀。

张放是那样说了，台下似乎不见动静，张放又吼了一嗓子，只见靠东边的角落里，有个人影站了起来，一边往篝火跟前走，一边抚弄着自己的长发。到了张放跟前，不知说了句什么，张放又来了一句："王玉勤说她刚才吃鼓垒吃得太多了，岔住气了，要是唱得不好，还请大家看在她年轻漂亮的份儿上，多给点掌声！"

太幽默了，场子里响起欢快的笑声。

"哎呀，张老师，我是说感冒了，嗓子不好。"

自己的话被扭曲了，王玉勤急得直跺脚，实际上没有纠正的必要，没有人相信，这种场合还有人讨要掌声的。

感冒云云，是不自信的唱歌者最好的背书。王玉勤说罢，头发一甩，歌声也就甩上了夜空，果然又尖又亮，一点也不像正感冒着的模样。

> 我为你备好钱粮的搭兜，
> 我为你牵来灵性的牲口。
> 我为你打开吱呀的后门，
> 我为你点亮满天的星斗——

这时，我听见后面长凳上坐的两个老年人，在评说这个女孩子的歌声。晚会刚开始，听他们俩的谈话，像是临汾蒲剧团的，此刻一个说："这孩子是直嗓子，音色还行，可惜不会打弯儿。"我听了就想，自己是什么水准，这个王玉勤该是知道的，说感冒了，不过是个惯常的遮掩。感冒不是病，该说是一味药，谁的什么发挥不好，用它都能治得了。

从前面几个演唱者的身上，也能看出，作家协会的人的艺术素质要高些。张放似乎也意识到这个问题，朝前走了几步，想在黑暗中辨识几个文史会的人的面孔，还真找见一个。

"杜绒仙，你是单独唱个歌儿，还是和我们吴会长合唱个《纤夫的爱》，一起来个纤绳上荡悠悠！"

太可怕了。我真怕他，这边过来把我拉出，那边过去，把吴悦台拉出推到篝火前，来个霸王硬上弓。

他过来了，我连忙站起，求饶说："我唱我唱，我自个儿唱！"

"我就知道杜绒仙是个懂事的女孩子！"

听这话，又像是吓唬我，这个时候要退缩已经不行了，略一思忖，我唱了首邓丽君的《路边的野花不要采》，这种场合不能唱那种太正经的歌，唱了不是好坏的问题，而是智商的问题，果然唱到"不要采"，张放跟吵架似的应和着："就要采，就要采！"

气氛一下子就上去了。

徐汀兰提名，当地的几个人也出了节目，河津毕竟是蒲剧之乡，有个女孩子学武俊英唱的《苏三起解》，还真有武俊英的又甜又脆的味儿。又有个中年男人，学蒲剧名家阎逢春的《观阵》就差了些，嗓子不宽，也就唱不出苍凉悲壮的感觉。

不早了，吴悦台过去给张放提示了个什么，张放又拉起徐汀兰的手，朝上伸直胳膊高声宣布："篝火晚会马上就要结束了，我和今晚的大美女，我亲爱的搭档汀兰小姐共同宣布，今晚的最后一个节目，全体同唱《小亲圪蛋》，现在开始！"

早有两个粗壮汉子，一人手持一块石头过来，在前排的两个长条凳子跟前站定，做出一副打击的架势。待全体唱起，到了一个大的节拍上，他俩就用石块在凳子面上啪啪砸上两下。有了这样的伴奏，《小亲圪蛋》的歌声，分外地粗犷动听。这是左权民歌，我早先听过，会唱，也放开嗓子跟着唱。一边数着，共是四节，实在太少了，这样的唱词，来上十节才过瘾。

　　　　亲圪蛋下河洗衣裳，
　　　　双圪节跪在石头上，
　　　　——小亲圪蛋！

　　　　小手红来小手白，
　　　　搓一搓衣裳把小辫甩，
　　　　——小亲圪蛋！

　　　　小亲亲来小爱爱，
　　　　把你那好脸扭过来，
　　　　——小亲圪蛋！

　　　　你说扭过就扭过，
　　　　好脸要配好小伙，
　　　　——小亲圪蛋！

本来该宣布晚会结束了，张放将徐汀兰拉了过来，说："等我完了你来宣布。"说着，拿起话筒呼呼吹了几下，说道，"太高兴了，我也要唱个歌儿，唱什么呢，唱个左权民歌《大烟袋》。"说罢便唱了起来：

上一次日本人来扫荡，
狗日的真厉害，
偷走了哥哥的两双鞋，
还有我的大烟袋。
大烟袋呀咿呀嗨，大烟袋！

不等徐汀兰宣布晚会结束，他上去一脚，将烧得红红的大树根踢出老远，火星子四溅，吓得跟前的人赶紧躲开。这才过去攥住徐汀兰的手，高高举起，大吼一声："散伙！"

徐汀兰毕竟是会议的组织者，赶紧补上一句："带上东西，门口乘车，回河津宾馆！"

第四十一章

回到河津宾馆已是晚上十点。

上午来的时候，到河津已是饭时，会务组让大家把随身带的行李集中在大堂的一角，需要洗漱的，在大堂一侧卫生间处理一下，先去吃饭。同时告知，饭后参观大梯子崖，晚饭安排在下化乡，回来再分配住宿房间。

衔接得很好，我们是第二辆车，进了大厅，第一辆车上的人已领了各自的行李，围在一个女同志跟前，等着领自己住宿房间的钥匙。

第一车的人走光了，第二车的人围了上去。

发起来很快，叫到名字，应一声，钥匙便递了过来。

会议册子里印着住宿的安排，吕汾阳、吴悦台、郑伯笃等领导同志，一人一个单间，其他与会人员，同性别的两人一间。

我跟雪姐一室，房号是305。

我领了钥匙，招呼雪姐一声，朝电梯间走去，各拉各的拉杆箱，我的小些，她的大些。

正好有电梯下来，门开了，出来的是徐汀兰，看方向是朝大厅中央正发钥匙的地方走去，手里还拿着一串钥匙。从我俩身边走过，急匆匆地连个招呼也没打，都过去了，又折了回来。

"绒仙姐！"

"哦！"我也止住脚步。

到了我跟前，说了个情况，叫我有几分作难。

她说宾馆的房间不是很多，开笔会差不多全用上了。标间分两种，一种是两个单人床，一种是一张双人床。临汾来的，有两个女孩子，还是一个学校的，会务组就给她俩分了个双人床的标间。她是随头一个轿车回来的，一回来就帮着安排房间，怕出事还是出了事。她随着两个女孩子上了三楼，开了房门一看，一个女孩子马上就翻了脸，说这是欺负她们，两个人怎么能睡一张床。她怎么解释也不灵，只有下楼来看看，能不能调一个两张单人床的。可她心里清楚，宾馆的房间全满了，就算是调了，保不准换了的两个女代表，也会闹同样的别扭。

"这样吧，我看你俩怪亲热的，就委屈一下，住双人床房间吧！"

要是方才没在一个桌上用餐，一个生人要这么调换，我就一口回绝了，可这个徐汀兰方才在下化乡，吃饭时还有说有笑的，怎么好意思立马变了脸呢。

我瞅瞅雪姐。

只要她皱一下眉头，我就回拒了。

看来她的心情跟我一样，碍不过情面，只能是同意了。

"谢谢，谢谢！"

换过钥匙，汀兰连声道谢。

电梯上去又下来，好几个人要上去，我们也挤了进去。

出了电梯，汀兰要我们在这儿等一下，她匆匆左拐，不一会儿便领着两个女孩子过去了。我俩这才左拐。还好，没跟那两个不情愿挤在一张大床上的女孩子打照面，见了面，要是她俩知道是这么两个大姐姐成全了她们，不定羞愧成什么样子。我是这么想的，很快就察觉自己这是枉自多情，人家不过是维护自己的正当权益，没什么可羞愧的。

换过来的房间是324号，最西头的一间。

原以为很逼仄的一间，硕大的双人床占据了一半地面，进来看了，倒也满心喜欢。是只有一张双人床，可茶几沙发一应俱全，也还宽宽绰绰。

当下，最重要的是洗个澡，身上是干透了，可两腿之间就跟过身子似的，黏黏糊糊的。雪姐是自己人，用不着客气，刚把行李箱搁好，我就站在卫生间门口，脱了个一丝不挂，闪身进去。

待我吹干头发，裹着浴巾出来，雪姐还斜靠在沙发上，吸着那种细长支的女性香烟。

我不管她，来到行李凳前，开了我的箱子，取出带来的睡衣。我带来的，就一件新买的轻薄的真丝睡袍，前面系着带子，后面开着衩衩。背过身，抖掉浴巾，快速穿上，往床上一倒，四仰八叉躺下。

"痛快，痛快！"

"屁事也没有，只是见了意中人，就高兴成这个样子，兴奋点也太低了吧！"

雪姐在沙发那边，冷笑一声，能想象出脸上是怎样的不屑。

"满桌子上，你说哪个是我的意中人？"

沙发在落地窗那头，床上我选的是靠外的位置，离她不远，一骨碌翻过身子，两只胳膊交叉叠在枕上。下巴支在手背上，侧过脑袋，笑嘻嘻地问，一点也不生气。真的，很想听听她是一个怎样的判断。

女人总是这样，这号事上，怕被人看出，又想叫人看出。看不出，就好比好东西卖不出，看出了，好比好东西卖了个好价钱。

"我才不说呢，说了让你高兴！"

雪姐真的不说，拧灭香烟，打开箱子，取出睡衣，搁在她那边的床沿上，这才脱衣进了卫生间。我心想，还是人家文明程度高些，待会儿出来换睡衣，不会全露出身子。

里面水哗哗地响。

她会以为哪个是我的意中人呢？摆正身子，一面抚摸着肚皮，一面喜欢地想着。

不会以为是谢次陇吧？

又一想，不会的，她准以为她喜欢的，我也喜欢，那该是姜宁亭了。

也不会。起初以为他俩很是亲近，听口气，也确实很近，说不定她就让姜宁亭放倒过。近来几次谈话，又不像是有什么事儿，听得出厌恶感觉。她都厌恶了，自然不会想到我会喜欢。

那就是何其愚了。

可是在她面前，我从没有说过何其愚什么好话呀。

等会儿她出来，定要问个明白，任她再矜持，我总有办法叫她说实话的。

电吹风呼呼地响，快出来了。

出来了，惊得我一骨碌坐了起来。

啊，洗浴后的雪姐真是"美扁"了。

三十以后，我的小腹已微微鼓胀，她今年已三十七岁，小腹仍平展展的，衬得两条大腿之间的部位，黑黢黢的，格外醒目。纵然灯光不亮，一眼就能看出，她那个黑黑的三角形的边缘处，竟然像眉毛的尖梢一样分明。自家的货色自家清楚，跟她的整齐而鲜明相比，我的可真是乱糟糟的，像是小孩子的涂鸦。

卫生间出来就是床，她是披着浴衣出来的，正对着我也就两三秒，随即扭身坐在床沿上，飞快地穿上睡衣睡裤。身子往后一挺，也来个四仰八叉。

方才我瞅她，以为她没有注意，她一躺下，我就知道我是想错了。

"叫我也看看！"

随着话语，一骨碌爬起，伸手扯开我睡袍的下摆。我赶忙捂住，惊慌地叫起来。

"你要咋，你要咋！"

她瞅了一眼，又给我盖上。

"哎呀，跟张飞的胡子一样！"

"雪姐，你怎么这样！"

我真要生气了，随即扯过毛巾被，盖住半个身子。

"哼！"雪姐冷笑一声，"兴你看别人的，就不兴别人看你的！"

说着也跟我一样，抖开她的毛巾被，遮住半个身子。

没容我问话，她自个儿就先说了起来。

"你晓得我为啥要看看你那儿吗？一是在下化乡招待所外面的玉米地里，你撑开内裤透气的时候，我探过身子瞥了一眼，看见你那儿黑黝黝的，就想再看看。刚才我从卫生间出来，正好你看了我的，我就有了看你的借口，这才掀开看了个仔细。你就是不让我看，待会儿你睡着了，我也会掀起被子，看个仔细，你知道这是为什么吗？"

这种事，我能说出个什么呢，只好摇摇头，表示猜不出来。

她说她爱看闲书，看到有意思的事情，由不得会联想到自己。去年春天，《人间四月天》电影热播，连带着兴起一个看徐志摩的书的热潮，她也买了一本徐志摩诗集看了，不过瘾，总想多知道一些徐志摩的事。有次去双塔西街上的尔雅书店，见了一本《徐志摩书信集》，没怎么想就买下，回去看了，挺有意思的。1931年，徐志摩在上海失了业，应胡适的邀请，去北大文学院当了教授，就住在米粮库胡适家里。毕竟是个三十四五的年轻人，晚上睡下会想到他那漂亮的媳妇陆小曼，写信的时候也会带上一笔，说多么的想她，多么的想跟她来上一下。这年10月，最后一次准备回上海，实际回去到11月了。10月初说想回去的那封信上说：我每天每夜都想你，一晚我做梦，坐飞机回家，一直飞进你的房，一直飞上你的床，小鸟儿就进了巢也，美极。

"读到这儿，我就想，"她往我这边靠靠，"女阴，有的小说上也说是

428

鸟巢，先前没留意徐志摩的这个说法，太形象了，我就由不得想陆小曼的女阴，定然是黑黢黢的，毛蕺蕺的，像我们看到的麻雀窝似的。可我呢，倒是挺丰满的，只是阴毛稀稀疏疏，捋一捋，跟八字胡似的，连个毛蕺蕺的感觉也没有。因此上我就想看看你的，果然你的毛蕺蕺的，是个鸟巢的样子，绒仙，我真羡慕你。"

"哎呀，看你说到哪儿去了！"

我不好意思了，是这么说了，又伸手在两腿之间摸了摸，真的毛蕺蕺的，跟个鸟巢似的。

"哎，你说我们在下化乡吃鼓垒，我见了意中人高兴得什么似的，你说的我的意中人是哪一个，我倒想听听。"

"唉，就那么说说，你的FH计划里，肯定有文史会的人，文史会就那么几苗人，吃饭桌子上个顶个的，肯定有你看上的人，说不定都FH了呢。"

"哎哟，你就没个正经话，人家是诚心问你呢，你说说，真要纳入FH计划，哪个是最合适的人选？"

"我看哪，还要数何其愚和谢次陇。何其愚这种人，卖嘴皮子还行，真要成事，还要数谢次陇，是不是两个已拿下一个？"

"要是姐这么说，那我以后还是多在谢次陇身上下功夫好了。"怕她再说起什么难为情的话，我赶紧扯到别的上，"雪姐，你的口才，我这两回真是领教了，怎么就能来得那么快，又说得那么妙。"

雪姐问哪两回，我说一回是前一向雁丘竣工典礼上，代表城市美容学会发言，入题的巧妙，结论的超卓，都是别人来不了的。二回就是今天在下化乡吃鼓垒，一桌子人，这个叫这，那个叫那，你就能想到他们的名字都会有来历，都会有故事，叫他们一个一个地说，桌上的气氛，一下子就活跃起来了。

戳到兴奋点上，雪姐的情绪一下子高涨起来，坐了起来，将毛巾被斜披在肩头，枕头抱在怀里，不停气地说了起来。

还是说她喜欢看闲书，不过这次带上了理论，说看闲书是最便捷的汲取人生经验的途径。好多真正的人生秘诀，闲书里三言两语就说透了。公众场合讲话要简捷有趣抓住人，就是看张中行的《闲话八股文》悟出的。

我说，这书我也看过，前两三年出的。

她说，里面有个典故，你可记得，说八股文怎么破题的。

我说全不记得了，她说里面讲了个破题的小故事，是这样说的。先生教学生破题，出的题是《二郎庙记》，就这么四个字，看学生如何下手。有的干瞪眼，不知如何下笔，有那聪明的，眉头一皱，计上心来，唰唰唰就是一篇妙文。是这样写的：二郎者，大郎之弟，三郎之兄，老郎之子也。庙前有树，人皆谓树在庙前，予独谓庙在树后也。

她这么一说，我也想起来了。记得在编辑部谈起，只有牛全胜能把这几句背下来。我不吭声，心里暗暗佩服，雪姐的记性真好。

"绒仙，你看，这个故事，好多人说了，笑笑就过去了。我不，我在想任何平常的话题，你说了别人爱听不爱听，听了喜欢不喜欢，全看你会不会说话。人都说见识重要，可也不想想，平常人谁又有多高的见识，有的场合，大多数场合，听众要的是欢愉，是快乐。这种情况下，风趣最重要，见出的是你的智慧，同时也就见出了你的品质。"

得承认，雪姐的话是对的。

"那天你讲完话，我见好几个人那么喜欢地瞅着你，佩服得不得了。那一回算是风趣机智，可是今天晚上在下化乡，让大家谈名字的由来，你是怎么想出这个点子的，打死我也想不到这上头。"

我说的是实话，一点儿也没有故意讨好的意思。

"这种事，全凭临时发挥。徐汀兰让大家成语接龙，太小儿科了，这些人平素和和气气，实际上一个个跟乌眼鸡似的，你看不起我，我看不起你，哪能热闹得起来。起初我是觉得夏涑水这名字好有文化，现在的人，谁会用家乡的山水起名字呢，而且我早听姜宁亭说过，夏先生这个名字不是笔名，是本名。当时想到的是，有意思的，有上三个两个就行了，没想到差不多都有意思，还属姜宁亭的名字最没意思，他后来说他的笔名叫姜巍亭，也没什么文化含量。还数人家夏先生的名字好，爷爷给起的，就叫夏涑水，跟司马光的号一样。"

说起夏涑水，由不得我也想说几句。

"真没想到夏先生这个人，看着不起眼，还有些猥琐，竟是个有身世的人，这样的身世在当今社会，真是凤毛麟角了。"

雪姐接下来说的一个情况，对我又是一个不小的震动。

她说，夏先生说完名字的由来，邵先生还未开言之前，有个空当我不在，像是去外面上厕所去了。夏先生的话刚停住，徐汀兰就提了一个小小的疑问，说乡试都是以省为单位进行的，何以夏老先生得举人那年，是晋陕两省联合乡试，且在陕西省会西安举行。夏先生解释说，这与庚子年间的拳乱有关。现在人们一说拳乱，就是义和团在华北一带制造的屠杀传教士的事件，都以为山东、天津最为严重。这主要是因为后来我们的历史书上，把义和拳作为农民起义看待，尤其是天津，义和拳、红灯照，几乎成了他们光荣历史的一页。实际上，庚子年间的拳乱，是一次残暴的血腥事件，对中华民族的文明进步影响很大。义和拳是在山东起来的，袁世凯抚鲁以后，很快平息下去，没有造成很大的动乱。而原来抚鲁的毓贤，先是免职，后来又官复原职，到山西当了巡抚，且将义和拳的一套做法引进到山西。庚子秋天，在山西大开杀戒，数量之多，手段之残忍，可谓一时之冠。光传教士及其眷属，包括孩子，就杀了将近二百人。其中有四十多人，就是在巡抚衙门前杀死的。因此上，拳乱过后，辛丑条约上，对山西的惩处是最为严厉的。除了赔偿银钱数额巨大外，还有一条，就是山西有十几个州县，五年内不得举行文武科考，山西本省不得举办乡试。直隶也是一样。后来几经交涉，允许其他州县的秀才赴邻省参加乡试。山西的去陕西，直隶的去河南，这样他爷爷这个山西的秀才，才参加了在西安举行的晋陕联合乡试。

说到这儿，雪姐侧身躺下，脑袋并不枕在枕头上，而是将肘子支在枕头上，手掌托着脑袋，脸朝向了我，给我的感觉，有重要的话要说了。

果然是的。

"夏涑水他爷爷是个诗人，他父亲整理老人的诗，有厚厚的几大本子。他爷爷新中国成立后，当过县政协委员，教过中学语文，四清时戴上帽子，开除公职，回到农村。老人也还高寿，活到了1973年，九十一岁上才去世。那时夏先生已参加工作，爱写文章，在当地已小有名气。老人临死前跟夏先生说，你将来有了机会，一定要写一本《晋人祸国史》，从后晋石敬瑭割让燕云十六州写起，一直写到当下。饭桌上，夏先生沉痛地说，他现在什么想法都没有，就是想着如何完成爷爷的嘱托，写好这本《晋人祸国史》。"

这回是我躺不住了，也学着雪姐的样子，抬起半个身子，将一只胳膊弯回来，支住脑袋，面朝了雪姐。

"真没有想到夏涑水有这般的身世，这般的心志。雪姐，他们换届会上，要把夏先生拉下来，我不管别人怎么看，到时候我还要投夏先生的票。"

"我也是。"

雪姐说着，伸手在我的膀子上拍了一下，算是击掌约定了。

两个要好的女人在一起，总会说到性欲上的事，尤其在这夜深人静时分。

宝成要跟我离婚，我也同意离婚，只是因为财产分割不明，闹到法院，雪姐是知道的，她不问判决下来没有，只问我好几个月了，是怎么过的。

"这么长时间，夜夜守空房，就不难受？"

"能不难受吗？过去也有分别三两个月的事，可那是知道，三两个月后又有鱼水之欢，就是你方才说的，徐志摩信上写的，鸟儿又归巢了。可这回不一样，这三两个月不是等的过程，到点就会终结，是个开头，往后的日子长着呢。这样想着，由不得就焦虑起来，有那么几个晚上，心里火烧火燎的，喝多少水还是个干渴，老想推开窗朝外看看。我知道这是抑郁症又犯了，千万不能到窗户跟前去，好多患者，就是站在窗前，一闪念间跳了下去的。"

"正好，我们的FH计划就定在这个时期，俘获个男人，也算是临渴掘井吧。嘻嘻，你又不傻。"

我想了想，觉得该说的事，还是要说的，要不就太对不住雪姐了。

"还多亏了你给我制订的FH计划，起因是为了治愈我的抑郁症，但实施起来增添了我的人生乐趣不消说，更重要的，恰又是在这个时段，也填补了我精神上的空虚。"

雪姐知道我要说到交关处了，放平手臂，侧起身子，面朝了我，床头灯早就熄了，房里灰黑灰黑，仍能看得见她的双眼，闪动着晶莹的亮光。

我决定把跟何其愚在御碑阁的事说了出来。

前面的过程，简略谈了谈，交关处全在中间的床板搭上以后。

"何先生像是也喝多了，床板刚搭上，他的腿就伸了过来，起初我还躲闪了一下，朝里收收。他那脚指头挨上了我的小腿，就跟有灵性似的，往上一抬，就到了我膝盖的内侧。那儿就跟有痒痒肉似的，又跟猫儿见了好吃的肉似的，哎哟，舒服死了。何先生似乎全然不觉，还在絮絮叨叨谈他的学术见解。又谈起山西的文学，说山西的作家比不过陕西的作家，说作家分两种，全世界都一样，一种是文学为人生，一种是人生为文学。这跟成就的大小，关系不是很大，跟作品的格局，关系大些。格局的大小，也是天分的不同，资质的差异。比较而言，陕西作家里，很有几个是人生为文学的，而山西作家，多是文学为人生的，鲜有人生为文学的。"

"太精辟了，你没有应和几句，让他往细里说说，说说山西作家里，文学为人生的典型人物，都有哪几个？"

我说，我正沉浸在那种异性的抚爱里，顾不上他说的那些大道理。我觉得他说的那些，不过是为了讨我喜欢，在吹牛皮说大话，哪里顾得上深究。

"你该问问他的，你问，他会说的。"

"你知道我当时在做什么吗？"

"手伸过去了。"

"哎呀，哪能那么快！"

"那你能做什么呢？"

"我把他那只脚，噢，他是侧躺着的，左边的腿搭了过来，脚掌钩住我的小腿肚子，怪舒服的，我还想再舒服些，就把他的脚扳上来，搁在我的大腿上。榻上枕头垫得高，这样我稍一弯脖子，就能看清他整个脚掌。你猜我看到了什么？"

"一个男人的脚掌子，能有什么好看的！"

"才不是呢，何先生的脚掌子真的很好看，脚弓的弧很美，柔柔的弯过去，到了脚趾那儿，跟蹼似的，薄薄的又翘了起来，五个脚指头都细细的，长短不齐又排列精致，长的长那么一点，短的像是礼让出来的，又紧傍着前面的小哥哥。最让我惊奇的是，那个老二脚趾。西方美女的标准里有一条，说是统计了多少个美女的脚型，都是大拇脚趾旁边的二拇脚趾，比大拇脚趾长出那么一点点，几乎没有短下的，让大拇脚趾一枝独秀，是吧！"

"好像是的，见过这个说法，那又怎么啦？"

"何先生脚上的二拇脚趾，明显地长出大拇脚趾，啧啧，真没想到男人也会有这么美的脚，我真想再往上扳扳，亲上一口。"

"亲个啥，身子一翻就扑上去了，你们都是光着身子穿的浴衣是吧！"

"你别说，我当时还真的这么想了，我俩之间就头部这儿，挡着个小巧的日式黑漆小几，剩下全是空的，就是那个新搭上的窄窄的木板。"

"哎，哎，停住，停住。我想起前几天刚看过的一个小报上说的话，说是一个世界级的名女人，也是大美女了，跟人谈她处男人的经验，说男想女隔座山，女想男隔个板。我看了就琢磨，这里的'隔个板'，是什么板，门板？门一拉开，男人就进来了，还是床板，拍一下，男人就上来了。先前我猜的是门板，现在你这么一说，我倒觉得该是床板，拍一下，男人就上来了。好了，插个话，你往下说，细些！"

我笑了，雪姐以为我应允了她的指令，我想的则是，那天也真是巧了，一翻身就可圆满完成的一次FH计划，就让哥哥的一个电话，全打消了，不全是时间，是心情。可我不愿意把这事跟哥哥联系起来，只推说，那天何先生身子不舒服，我也就打消了那个念头。

"噢，太可惜了。"

雪姐叹了一口气，起初我以为她是为我惋惜，细品之下觉得她是带点醋意，庆幸我没有得手，意思是，给了她早就利利索索地办了。

虽说有小小的不怪，得承认，雪姐有这个能耐。往常说起拿下一个男人，她惯常的动作不是手一劈，而是腿往前一伸，再翘起脚尖往回一钩，就跟篮球场上，高手盘回一个球似的。这一手，我曾暗暗学过几回，要领都能掌握，只是没有那个利索劲儿，连自己都觉得不像。不光是腿脚上的功夫，还得脸上有那么一种气吞万里如虎的豪侠之气。

也是这个环境，这个气氛，让我想起一个憋了很久的话题，过去只是心理猜疑，不好意思说到当面，今天可以说说了。

"雪姐，有个话我说了你可别见怪呀！"

想想，还是先打个预防针为好。

"什么话，还用得着来这一套。"

"那我就说了。萧大夫最早给我看抑郁症，实际是开了两个方子，一个是读硕士，占住心，还有一个，我觉得他也告诉了你，雪姐你实话告诉我，他跟你说了没有。"

停下来，等着她的回答，显然她没有想到我会问这个，眨巴眨巴眼，像是在回想什么。

"过后我见过萧东平，真还问过他。说我看见他在报纸上比画了一下，你的脸立马就红了，想来他指了报纸上某个词语。他说没什么，他指的'开放'二字。想来也有道理，让你开放些，不就是让你在性事上放下包袱，多勾搭几个男人吗？"

"于是你就给我订下个FH计划。"

"啊，那你说他给你的具体指点是什么。"

雪姐这么一说，我也就放下了心，同时觉得萧东平指的那个字，也不妨跟雪姐说了。

"我不是拿了张《光明日报》盖住脸吗，说到这个意思时，他怕我害羞，正好报上头版有小浪底水库即将建成放水的通栏标题，他就指了指那个'浪'字，跟后来他跟你说的'开放'是一个意思。"

"这家伙，还跟我玩这一套，浪字多带劲儿，又生动又传神！"

"哎呀雪姐，别说得这么难听好不好。"

雪姐顿了一下，很快另起了个话头。

"你不在的这两三天，睿睿谁招呼？"

"陈侃招呼，他和他妈住一起，老太太做饭不算个事。他也有个女儿，跟睿睿一个中学，只低一个年级。"

雪姐又问我，离了婚再找，想找个什么样的，我说暂时还考虑不上。

不早了，我有些困，问明天是怎么安排的，雪姐说会议册上写着，上午开会，下午过河去参观司马迁祠，又听说有变化，先去新绛县参观，下午在新绛宾馆开会，整个活动就完了。

"哎呀，太长了，我都想睿睿了。"

这句话，我是强打着精神说的。

我肯定睡着了，睡梦中觉得有人拿个什么，在我脸上划来划去，怎么模模糊糊地看着像是姜宁亭，想到他的咸猪手，想到他要将我放倒的动作，一时怒从心中起，恶狠狠地骂了一声："去你妈郎个×！"

"咯咯咯！"

一声朗笑，我醒了，是雪姐，一手支着脑袋，一手捏着毛巾被的一个角角，在我脸上扫来扫去。记得临睡前，已关了床头灯，这会儿又开着，只是拧在最小的档位上，猛地睁开眼，也晃得难受。

"哈哈，还会骂这么粗鄙的话！"

"我说了啥？"

"去你妈郎个×。我在柳林下过乡，这是那儿村里人骂人常用的腔调，你这是小时候在柳林学下的吧。"

雪姐学得太像了，我只有承认，同时心里闪过一个念头，人在猝不及防的情况下，常会露出自己丑恶的一面。这跟后世的教养无关，全是天性使然。

"哎呀，人家睡得正香哩，你这是咋了，这个时辰了还不快些睡。"

"来的路上我就想好了，晚上跟你一个房间，一定要探明你跟潘国辉都做了什么事儿。"

啊，她要找我算账，我一下子惊醒过来，转念一想，在潘哥身上练练胆子，是她当初答应了的，练成练不成，她都不应该找我算后账。

雪姐说，她跟潘国辉是自小在一起玩大的，上中学时她还不怎么看得上这个邻家的小伙子。架不住国辉学习好，她考上华北电专，国辉考的是天津大学电力设计专业，又都分配到省电力公司，也还算门当户对，欢欢喜喜就结成夫妻。若论夫妻生活，起初就不太协调，主要是国辉对她的美貌，有种畏惧心理，总觉得自己配不上她。晚上行房事，起初还行，后来怎么也来不了劲儿，再后来只有掐着打着，才能振作起来。这让她痛苦，国辉心里定然也不好受。

说到这里，怕我睡着了，扳住我的肩头摇了摇。

"那天，就是你跟国辉去银昌盛唱歌的那天，晚上回来，我累得什么似的，他的劲儿来了，把我扳正了，上来就那么凶，好长时间还停不下来。我就奇怪了，绒仙，你教了国辉什么法术，让他一下子跟个人儿似的。"

我只是哧哧地笑，不答话，这叫我怎么说呢，我真的没教他什么法术哇。

"你先别笑，快给我说说你是怎么调教他的，姐学会了，往后欢欢喜喜过日子，也用不着跟他一到晚上，就气不打一处来。"

"雪姐，我真的没教潘哥什么。"

"那你跟我说说，那天一下午你俩是怎么过来的，都说了些什么话，做了些什么动作，起来起来，坐着说！"

没办法，只好坐起来。

"说呀！"

想想，只有实话实说。

"我俩去了一家歌厅，女老板一看就知道我俩是来偷情的，除了上果盘，抽纸就上了两大盒子。来了总要先唱歌，我唱了个《路边的野花不要采》，轮到潘哥了，他唱了个《北国之春》。（雪姐插话说，这个歌他会唱。）他唱得那么好，我就知道会唱的定然不少，就问他，咱俩合唱一首吧，他说好哇，说了一首什么，我不会，又说《纤夫的爱》怎么样，我会，不太熟。好在歌词简单，往下哼就行了，于是我俩就唱了起来。"

"不行不行，你得跟我说说你俩站的位置，身子是怎么动的，地上是地毯，下来下来！"

我都有些烦了，见雪姐诚心讨教，只好整整睡裙下了床。

"我站在这儿，潘哥站在那儿。"

指点着地毯上的图案，我说了国辉的位置，雪姐立马站了过去，同时嘴里哼起这个歌的序曲。在这上头，她是一把好手，轻轻地唱了起来，比于文华还要多情。

没办法，我也跟着哼了起来，哼到"在纤绳上荡悠悠"时，我就往她那边靠靠，牵着手晃上几下。实际上这个比画不完整，我当时是往潘哥身上蹭了蹭，太骚了，还是不要让雪姐知道为好。

完了，两个人都有点喘，又回到床上躺下。

"后来呢？"

雪姐还是紧追不舍。

我知道，她是想知道我俩做成了事没有。那就得说潘哥只是不停地笑了，还记得他反复说了"巴甫洛夫"，想到这对雪姐伤害太大，我换了个说法，觉得把想说的意思也说全了。

"我是真的想做，跟潘哥做我不会很紧张。我看他裤裆也鼓鼓的，耸一耸的，就知道有戏，可是没一会儿又瘪了下去。我觉得潘哥有顾虑，放不开，就坐过去，到了他跟前，隔着裤子用手轻轻地揉着，很快又鼓了起来。雪姐，这个时候潘哥说了一句话，我觉得你应当记取。潘哥说，雪姐对他什么时候都是命令式的，常是来吧，一点预备动作也没有，更别说这么轻轻地揉哇揉的。"

这么说了，觉得不够真诚，又加了一句久想对雪姐说的话："温柔，才是女人降服男人最厉害的手段。"

说罢，瞅了雪姐一眼，看她是不是听出了什么破绽。

没有，她听得津津有味，还点点头，表示赞赏。

"真的没做？"

"姐，我还哄你吗？是我胆子还不够大，也是潘哥想着你，说咱俩以后再找机会，今天好精神，晚上留给雪君吧。"

"绒仙，你真好，以后有机会，你们做了我不嫌。"

"困死我了，姐，睡吧！"

顾不上她了，头一歪，睡着了。

第四十二章

昨天雨后还在下化乡的院子里开篝火晚会，今天上午天晴了，我们几个人，却在龙兴寺的一个亭子前，观看著名的碧落碑。

下化乡在河津，龙兴寺在新绛，离着一百里呢。

龙兴寺，十几年前，我在临汾上学时来过。那时还能凑到碑跟前，看个仔细，只是旁边的牌子上写着"爱护文物，请勿触摸"。我们是学生，不让摸就不摸，可我看见好些游人还是伸手去摸了，有一处地方都叫摸得又黑又亮了。现在可好，紧贴着碑楼，加了个玻璃框子，别说手触摸了，眼睛想看个清楚都不容易。好在大殿后面的走廊上立着一通仿刻的石碑，一样的青石，原样的大小，看起来跟真的一样，别说摸了，你就是拿脸贴上去也没人管。真碑前人太多，挤过去看上一眼就让后面的人挤开了，这儿清静，我跟雪姐看了个仔细。

跟前面的真碑一样，这儿也有个牌子，介绍碑的来历和价值，不同处在于，那儿是斜斜的，搁在一个架子上，这儿就那么紧贴着钉在大殿的后墙上。

高低还合适，稍稍仰起脖子，就能看个清楚。

此碑立于公元670年，时当唐高宗李治咸亨元年，系高祖李渊第十一子韩王元嘉的儿子李训、李谊、李撰、李谌，为其母姚妃房氏（房玄龄之女）亡灵造像祈福所刻。圆首方座，碑高二百二十六厘米，宽一百零三厘米，厚二十一厘米。行文格式为竖排右起，共二十一行，每行三十二字，除去空缺，实有六百三十字，文为篆体，结体奇古，不类后世。笔画细挺，线条圆润，古朴而富有意趣，为中国书法史上一个奇迹。后世研究者甚多，但难有一个通达的解释。

"哟，看得这么仔细！"

438

最后传来一个声音，熟熟的，扭身一看，是姜宁亭主任。

"雪君也在，我就知道你俩是焦不离孟，孟不离焦，见了一个就能见了另一个。"

"姜老师没去后面看看古塔。"我说。

"我对这些兴趣不大，扫了一眼就出来了。哎，下一个景点是绛守居园池，离得不远，不坐车了，走着就过去了。"

他这么热情地相邀，我俩也就相跟着出了龙兴寺。

龙兴寺的大门，就开在街上，这条街不算热闹，一看就是条老街巷，有的商家，还是旧式的铺板门面。正走着，忽然看见吴悦台了，正从一家店铺出来，手上还捏着一个圆鼓鼓的纸团。身边跟着的，只有司机小裴。

打过招呼之后，我往过去凑了凑，想看清他手里的纸团，是个什么东西。刚从店铺出来，像是从这儿买下的。

"这是什么呀？"看不明白，只有问了。

"没见过吧！"

吴会长递了过来，我接在手里一看，原来是殡葬祭祀用的，锡纸叠成的元宝。

"不是买的，是跟店主要的，快到中元节了，店里开始卖冥锭了。"

我摸出手机一看，可不是嘛，今天是 8 月 23 日，农历七月初五，再有十天就是中元节了。

"吴会长这是调查民俗材料哇。"

这可不是什么吉祥物件，看清之后，就还了过去。吴会长接住，脚步没停，托在手心看了又看。见我和雪姐跟吴悦台说起话，姜宁亭加快步子，前头走了。他一走，吴会长似乎也轻松不少。

"绒仙哪，你知道这东西叫什么吗？"

"锡纸元宝呗。"

"你们北方人叫锡纸，我们宁波人叫锡箔，你知道这种纸，是怎么做成的吧？"

"贴上去的吧。"

想都没想，我就脱口而出，吴会长笑笑，算是原谅了我的无知。我以为他只是说闲话，不料，他接下来的话，还是让我暗暗吃了一惊，原来儒雅光鲜的吴会长，竟有着这样的身世。

"这种纸，全中国做得最多的，是浙东一带，包括宁波绍兴两地。它的工艺过程，可说是打锡成箔，砑在纸上。相传明太祖起兵无军饷，手下一个谋士出主意说，可以向富户借用，等到定都南京，要还了，钱太多，还不起，就做了锡箔纸锭代替。后世就用来做了冥镪的材料。我在山西这么些年，接触的文化人很多，说起南方的好些地方，北方人都有个错判，比如一说绍兴，就以为全是读书人，一说宁波，就以为全是开银行的，一说无锡，就以为全是钱锺书那样的学者。实际上，这些地方，还是受苦、卖力气的人多。比如绍兴，做这种砑纸手工业的人家就很多，素有'锡半城'之称，就是说，全城有一半人以锡纸为业。宁波也是，没有一半人，也有三分之一的人家是做这种事的。"

"噢，这我可不知道，砑纸很赚钱吧?"

雪姐问道，吴会长听了，眉头皱了皱，不是嫌弃，是想起了什么。

"怎么可能呢，旧时代，砑纸属贱业，只能说不必抛头露面，好些人家的女人，都做这个营生。我父亲去世早，母亲和大妹妹，就是靠做这个维持家庭开销的。我小时候，见她们常做到深夜，有时我要做，我母亲不让，说男孩子要好好读书，不能做这种事体。砑纸，不能说多辛苦，但很费时间，很耗精神。"

"这么说，你是见过砑纸了。"

我随口说了一句，吴会长便说起怎样的砑法。

"工具很简单，一根五尺长一手握的竹竿，上端系在竹质弹簧上头，下端镶嵌一个平面的铁块，地上装置二尺高的底板。锡箔就放在底板上，左手按纸，右手握住竹竿向着锡箔来回挤压，让它跟纸的结合更加牢固，表面更为光洁。这样的工序，无须大量体力，因此上，不独贫家小户争着做，就是中产之家的妇女，也有暗中做了卖钱，补贴家用的。我们是贫穷之家，全靠了砑纸过生活的。"

我听了，对吴会长更加敬重，甚至觉得，未来的文史会，就该吴悦台这样的人来掌控，才会有新的气象。

说着话，一会儿就到了绛守居园池的东门。

上了一个高台阶，进了一个不大的门，就等于进入绛守居园池的地面。

真正要观赏这个景点的风貌，还得下个坡往里走，正好前面有个导游，给会上先来的人讲解。

吴悦台有事，前面走了，在这儿，我们又遇上了姜宁亭。

导游说，此园林建于隋开皇十六年，距今已有一千四百多年。

又下了一个坡，感觉是走在一个河槽里，到了中段，上去看见一个横卧的石碑上，刻着四个篆不篆、隶不隶，却甚是古朴的大字。姜宁亭说，这四个字太神奇了，千百年来，竟无一人能辨认出来。有人在猜，我觉得也太不自量力了，古人都认不出的，你能认出吗？好在这个园林不长，往前走了一段，又折回来，仍上了刚才进来的那个高坡，往前走，原来是座桥。

从桥上看下去，这个园池的底部，距桥面竟有两层楼高。不知别人看了，会做何感想，我首先想到的，是黄土高原上，平川地里黄土积累之厚。隋的开国年份一下子想不起了，唐的开国年份是618年，隋朝三四十年，取个中间值，到现在差不多就是一千四百年。一千多年，周边的黄土积累，已达两层楼房之高，于此可知，黄土风沙肆虐的厉害。

我说了自己的感触，姜宁亭说，可不是嘛，这儿是吕梁山南麓，山上刮来的黄土，到这儿就会落下来，更别说还有山洪带来的泥沙。

见我对这个话题有兴趣，他又说了些这一带的历史。

新绛县城制高点上，现在是大堂和绛守居园池位置，前世是北魏正平郡城，最初也是军事堡垒。北齐名将斛律光曾在这一带征战，很早以前，这里曾有斛律光的祭祀台。想来这一大片，古代曾是一个高台，比现在要高出许多，一千多年下来，四周的土地，叫黄土垫高了许多，也就不见得多高了。

我点点头，承认他说得有道理。

来到《山河志》编辑部这些年，别的长进不敢说，最明显的长进是，增强了宏观的历史眼光。这儿的情形，只能说是一处小的地理风貌。若论大的山川阻隔，最明显的该是太行山了。一边是山西，一边是河北河南，好些人以为不过是个大自然的分界线而已，就像黄河峡谷分开了山西陕西一样。可就是不想想，同是一座太行山，为何山西这边多是黄土积淀的丘陵，而河北河南那边，则是高耸的悬崖陡壁，过去那是真的穷困，现在因了风景的绝佳，开辟了好几个旅游胜地。天道轮回，世事难料，似乎冥冥之中，有着什么定数。

正这么想着，不觉已过了木桥，姜宁亭从后面赶上来，跟我谈起了下午的座谈会。

"绒仙，下午的座谈会很重要，关系着我们这次笔会的成与败，你得有个发言哪。"

"我能说什么呢，我是来学习的，听听各地专家们的高见。"

"可不能这么说。记得在太原，在三楼办公室，你说了对山西从南往北的感受，就很有见地。下午会上，你这是一个重点发言，就这么定了，还有几个人也得安排安排，不能叫会上凉了场。"

走过去了，又折了回来。

"绒仙，我跟你打个招呼，选举会上不管出现什么情况，你都得站在我这边。"

"噢噢。"我漫应着，以为他是在为吴悦台拉票。一边走着，他又说了件事。

"记得也是在办公室，你说了山西在历史上的作用，说是像一艘铁甲战列舰，总是游弋在国家都城的近处，拱卫着都城的安全，这个意思太好了，你再发挥发挥，准定是这次会上最精彩的一个发言。"

我也想起当时聊天的情景了，连忙说，那是郑主编的一个观点，我不过是学说了一下，要说该让郑主编去说，我说算个什么。姜主任说，郑主编是宋史专家，已跟他谈过，让他说说司马光的原籍属地问题，这个战列舰的比喻，你就随便说说，出彩就行，不必在乎是谁先说的。说罢，说还有几个人的发言要确定，跟我打了个招呼，就急匆匆地前面走了。

他刚走开，雪姐后面赶上来，跟我并列走着。

"噫，刚才在后面看见姜宁亭跟你走在一起，唧唧咕咕说了好一阵子，怎么，你俩又好上了？"

"那是你的老相好，我可不敢动他的念头。"

"他那个人哪，好起来也真够男人，你说说，唧唧咕咕了些啥。"

我说姜主任是安排下午会上的发言，想让我谈谈，我对山西从南往北的观感。我跟他说过，我们郑主编曾说，山西的地理位置很重要，像一艘铁甲战列舰，什么朝代都游弋在离都城不远的地方，负着拱卫的职责。他让我把这个观点也说说，我说这是郑主编说过的话，他说郑主编说别的，让我也说说这个。

下一个景点是绛州大堂，过了一个偏门，前面是一片办公区。大概是人手不足吧，还养着一只大狗，我俩过来，在铁栅门里冲着外面汪汪的狂吠。雪姐像是没见过这阵仗，双手护在胸前，一路小跑躲了老远，听不见狗叫了，才折回来跟我说话。

"你从南到北的观感，还有什么铁甲战列舰拱卫京师的话，从未跟我说讨，这会儿没人，快说给我听听，让姐也长点见识。"

哎呀，看我多糊涂，方才没有将方向搞错，这会儿写文章，却将前后搞错，都参观了龙兴寺，又去了绛守居园池，还没说我们怎么就从河津市到了新绛县。这要叫人家文章高手见了，准要说行文无法度，前后全颠倒，好在还没到下午开会，补上还来得及。

说是河津笔会，本该在河津开完的，怎么半路上又来到新绛？

原因嘛，说来可笑。姜宁亭有个同学在这儿当县长，听说去河津的多是省内文史学界的名人，专程来河津找见姜宁亭，要求会上人员到新绛参观一天，他一定好好招待。姜宁亭当下就答应了，吕汾阳无所谓，觉得这么些人来了，多参观一个地方是好事。吴悦台有些不情愿，觉得安排好的程序不该随意变动，可能考虑到换届选举在即，好些事情全要靠姓姜的张罗，不便得罪，也就勉强答应了。

河津方面，一天下来，觉得这帮人疯疯癫癫的，伺候得再好，也不会感激，假意挽留了几句，也就恭敬不如从命放了行。

就这样，吃过早饭以后，两辆大轿车开到了新绛县城。

来了，既要参观，也要开会。原本定的是上午开座谈会，下午参观名胜古迹，这样来过新绛的就可以离会了。又是姜宁亭的主意，说来过的人一走，参观的人就少了一半，面子上不好看，还是先参观后开会，不开完会，谁也不得早走。

新绛城在一个高台上，从河津过来，进的是西门。参观过龙兴寺，再往南就是绛州大堂，也是姜宁亭的主意，说碧落碑是唐代的，绛守居园池是隋代的，绛州大堂是元代的，还是先把隋唐时期的名胜看完，再看元代的。这样我们才先看了绛守居园池，再去看绛州大堂。

大队人马早就过去了，我俩落在后头，看见大堂的屋脊了，像是还有一段路，雪姐提出了，不妨说说。所以要说，还有一个不便明说的原因，女人跟一个男人有了那种关系，就觉得那是自己的了，不容许他人再尝一尝。我是看不上姜宁亭，但我知道雪姐跟他肯定有一腿。做人，不能坏了规矩，至于这规矩，框定的是什么，暂且不予考虑。

"我在柳林长大，临汾念书，去过运城，这些年，在《山河志》当编辑，去过晋东南，还去过忻州和阳泉，前一段又去了大同和朔州，可以说山西全省快走遍了。郑老师是北大邓广铭的研究生，常教我们看问题要有历史的眼光，所谓历史的眼光，就是看什么，要做长时段的衡量。过去我看山西，总觉得太穷太苦，难有大的发展，这几年走的地方多了，不这么看了。觉得山西这地方，只要领导有远见，不瞎折腾，因势利导，发展下去，不会比别的地方差，深圳、上海比不上，跟河南、山东还是可以比一比的。”

“啊，”雪姐惊叫一声，“快说说，你的这个感觉是怎么得来的。”

“看山西，不能站在省城的高台上四下里看，要想象着，从南走到北，会是怎样的一种感觉。这样得到的看法，或许更接近山西的实况，更能看清往后该怎么发展。你闭上眼睛想一下，各地区都有什么特征。从南边算起吧，晋南有唐代的铁牛，侯马的晋侯大墓，晋中有明清的商号，还有太原的城市建设，忻州有矿山，大同更是个煤炭工业城市。这样想下来，由南往北走，就有两种感觉，一种是由地下到地上，越来越亮堂，再一种是由农业文明走向商业积累，走到工业文明。这次在大同，听大同的朋友说，别的地方是来了亲戚朋友才下馆子，大同人是高兴了，一家人就去下馆子。为啥？煤矿多，工厂多，几乎家家都有挣工资的人。可以说，发展工业，扩大城市容量，是发展山西的唯一可行的道路。”

“姜主任怎么知道你的这个看法。”

“从大同回来，在办公室整理换届材料，闲了没事，我就把这个看法说了，没想到他会这么认同，要让我在下午的会上说说。”

“姜宁亭这个人，做这种大面上的事，还是有一套的。没有他，吴悦台要扳倒吕汾阳是不可能的，有了他，就不一样了。”

“他这也是无利不起早，跟吴悦台搭伙扳倒了吕汾阳，他就是一字并肩王了。”

雪姐又问，铁甲战列舰是怎么回事。

快到州署大堂了，我也想说过了事。

“这是郑主编说下的一个比喻。他说，近几十年，历史地理得到很大的重视，历史可说是地理的历史，文化也可说是地理的文化。山西因地理的缘故，在中国历史上一直占有重要地位。他说，航母出现前，海上战斗力最强的是铁甲战列舰，甲午海战时，中日双方，最厉害的也是这种战舰。你看山西的形状，多像一艘铁甲战列舰，这艘军舰，两千年间，一直游弋在各朝代都城的周边，拱卫着都城的安全。唐，蒲州近了长安；宋，泽州近了开封。明清都城在北京，南头探不着，不防顾它又掉了个头，大同近了北京。八国联军打进北京，西太后想都没想，就带着光绪帝逃到了山西。”

“噫，叫他这么一说，还真是这么个理儿。”

大堂到了。

从偏门进去，上了几个台阶，就直接进了州署大堂。

刚才还热烘烘的，一进大堂就凉快了许多。县上早就在大堂的一角，放了一大盆绿豆汤，有专人给舀到碗里喝。旁边还有冰镇的雪碧和可乐，小罐的，拿起拽开就能喝，取用的反而没几个人。我和雪姐都要了凉凉的绿豆汤，抿一口，真是爽，一面喝着一面观望，这个州署大堂实在是太壮观了。不说多高多大，光那几根露在外面的柱子就把我镇住了。年代太久远，有的地方开裂了，用铁条箍着，更增加它的沧桑感，还有威武感。想来人犯一到了这样的地方，衙役们喝叫一声，腿都吓软了，哪有不招的理。

大堂上还摆了几把太师椅，该是从民间收集来的，陈旧感跟大堂不配，顶多算是清末的老物件。说不上是文物，摆在那儿就是供人休息用的。

吕汾阳、郑伯笃、吴悦台，还有县上的一位副县长，坐在椅子上聊天，像是吕汾阳说了句什么，几个人都笑了起来。

离得不远，我和雪姐蹀了过去。

旁边还有椅子，县上的同志指了指，让我俩坐下，坐下就离两个老人远了，我俩没过去，就站在郑伯笃的旁边。我靠里，雪君靠外一些。离郑主编不远，还有两个中年人，站在吕汾阳的身边，我认识其中一位，是运城那边人。看着好几个人，说话的只有吕汾阳和郑伯笃，趁他俩间歇的空儿，我跟郑老师说了我发言的事。

"刚才文史会的姜主任，安排我在下午会上发言，叫我讲讲山西是艘铁甲战列舰，拱卫京师的比喻，我说那是你说的，他说你有更重要的内容要讲。明明是你说过的，让我讲这不合适吧？"

郑老师爽朗地笑了，那么亲昵地扫了我一眼。

"这憨娃，什么合适不合适的，不就是个比喻吗，你讲我讲还不是一样的。"

"姜主任说你有更重要的内容要讲，你到底讲什么呀？"我总要问个明白，怕姜宁亭哄了我。

"哎，什么重要的内容？先说一下让我们听听。"

吕汾阳身边，那个运城人说话了。运城人说话口音重，不用订正就知道是运城人。郑老师起初并没有要说的意思，听见这个运城人搭了腔，便问是运城哪儿人，回说是夏县的，郑老师登时来了兴致。

"夏县的？安排我的发言，正是一个与夏县有关的问题，司马光是你们夏县人吧？"

"是呀，那还有假。"

"你别嘴硬，现在人家河南人说司马光是河南人。"

"噫，不会吧？"雪姐也表示了疑惑，"我们小时候，都知道砸缸的那个司马光是山西人。"

郑伯笃不愧是宋史专家，掰开揉碎了，细细地说起来。

"河南人说，司马光是河南人，也不能说于史无据。据宋代地域划分，陕州，就是现在的三门峡市，下辖的除了黄河那边的灵宝县，还有黄河这边的夏县，因此上可以说司马光是陕州夏县人，陕州现在属河南，说是河南人也没有大错。"

"这就怪了，"那位夏县人不高兴了，"明明是山西人，拐了这么一下，就成了河南人，太说不过去了。"

郑主编解释，说现在的省份的分界，人们总认为是大河大山，界限分明，实则古代划分省份时，常会考虑出兵的方便。汉中，无论从物候还是习俗，都跟四川接近，但元代设省的时候，没有划给四川，而是划给了陕西。徐州，怎么看都是中原一块地方，明初划省时把它留给了江苏。大体说来，都城在北的，尽量往南伸出去，都城在南的，尽量往北伸出去。宋的都城在开封，河南是京畿重地，而山西一带难以控制，就将陕州的属县伸了过去。全都是为了出兵的方便，政令的通达。

夏县的同志提出担忧，说以后说得多了，会不会真的把司马光说成河南人。

"那倒不会，"郑老师笑了，"这种事情，一定要分清历史时期，分清了，一地两属，各自表述就是了。姜主任安排我讲这个，是因为河津那边，一直跟陕西韩城，争谁家是司马迁的故里，实际也是个地域沿革的问题，说清楚就行了，不该这么争来争去的。"

正说着，新绛县的县长在姜宁亭的引领下过来了，一脸的喜庆，先跟吕汾阳和吴悦台打了个招呼，差不多是面向众人，公布了一个消息。

"我刚从运城回来，费了大劲儿把运城蒲剧院的青年团请来了，现在正在搭台子，今天晚上演出《红鬃烈马》，全是团里的名角！"

吕汾阳和郑伯笃都是戏迷，一听这消息，脸上喜得像开了花。姜宁亭没说话，站在一旁呵呵地笑。

"县长还给咱们准备了贵重的礼品！"姜宁亭做了补充。

还真得佩服，没有姜宁亭的张罗，这次笔会不会安排得这么完满。

第四十三章

我们是周三去的河津，周四在新绛一天，周五返回，到家就午后了。

这几天，睿睿在陈侃家"存"着，白天在他家吃饭，早晚两顿，晚上在他家睡觉。

陈侃有个女儿叫小芬，比睿睿小一岁，也在双塔中学上初中，两人可以相跟着上学，相跟着回来，晚上睡在一个床上。陈侃他妈随儿子住，待睿睿极好，跟亲孙女似的。有这种关系，不劳陈侃媳妇费心，我也就心安理得。

在河津，送给与会人员的礼品，是一对吕氏孔雀蓝彩釉瓦当，装在一个织锦缎盒子里，据说在外面买，要一百块钱。在新绛，因为有姜宁亭和县长的同学关系，送的礼品华贵些，一人一个澄泥砚，一人一个云雕漆器——笔筒，据说一件都在一百多块钱。回来我想送给陈侃一件，想来想去，还是选了澄泥砚给他。女人就是女人，怎么也大方不起来。理由倒也堂皇，他爱好书法，砚台用得着嘛。

澄泥砚有丝绒盒子，我拿上，正要过去，睿睿自个儿回来了，我也就没有起身。送他东西，最好是当着他们全家的面。那就等晚上，他媳妇下了班再去。

睿睿真是个好孩子，知道我下午回来，中午特意回来一趟，将家中打扫一遍。这次回来，一放下书包就过去，从餐桌上取了一个信封，递了过来。

"妈妈，对不起，我先看了。"

我抽出一看，是《太原市第八中级人民法院民事判决书》。这是一审判决后我不服，在玉阁教授为我介绍的两个律师的支持下，递了上诉书后给的正式答复。没想到这么快，二审判决就下来了。

先草草过了一遍，结论是明确的，我又输了。

标题下有一行小字：（2001）并民终351号。

这个"终"字，就跟一根刺一样，刺进我的眼里，我的心里。

是输了，还是想看看究竟哪儿出了纰漏，好心里明白。

　　上诉人（原审被告）：杜绒仙，女，1966年11月15日生，汉族，山西史志综合局《山河志》编辑部编辑，现住太原嘉士林别墅小区中路8排5号。

　　委托诉讼代理人：申毅民，太原大正明律师事务所律师。

　　被上诉人（原审原告）渠宝成，男1966年8月13日出生，汉族，山西晋源银行融资机构法人代表，住嘉士林别墅小区中路8排5号。

　　上诉人杜绒仙因与被上诉人渠宝成离婚纠纷一案，不服太原市杏林岭区人民法院（2001）并民初593号民事裁判，向本院提起上诉。本院于2001年5月26日立案后，依法组成合议庭对本案进行审理。本案现已审理终结。

　　杜绒仙上诉请求：1. 撤销一审判决关于太原嘉士林别墅小区中路8排5号（以下简称805号房屋）系渠宝成个人财产的认定，依法改判805号房屋为夫妻共同财产，双方各占50%份额；2. 对女儿渠睿睿的抚养费，由每月800元改为1500元，且在每年年初一次性付清，以免索要引起无谓的纠纷；3. 一次性付给女儿教育费200万，应在女儿升入高级中学后一个月内付清，理由同前；4. 对本案诉讼费重新计算，并判决由渠宝成承担本案全部诉讼费和律师费。事实和理由：一审判决认定事实错误，一审法院适用法律错误，请求二审法院秉公裁决，还上诉人一个公道的裁决，尤其必须维护妇女儿童的合法权益。

　　跟申毅民律师商量起诉事项时，我只提了两项，一项是将嘉士林别墅小区，我和睿睿正住着的这套房子定为夫妻共同财产，分的时候分给我，二是将睿睿的抚养费由每月八百元提高到一千五百元，且每年年初一次性付清。

　　现在的三四项是申律师力主加上的。理由是，只有让对方觉得疼了，才会答应不疼的条款。我是觉得，东山上另一小区的房子，我卖了，就是为了给睿睿积攒将来的教育费，比如出国留学的资金。他这么说了，我觉得有道理，主要的目的是保住嘉士林这套房子。

正这么想着，睿睿过来了，依在我身边，像是有话要说，手里还拿着个什么本子。我正要往下看，也就没在意，心说她是两三天没见，想跟我亲热亲热。

她坐下了，我伸手搂住她的肩膀，一面看了下去。

关于嘉士林的房子，判决书上是这么说的：

> 1993年4月18日渠宝珍代理渠宝成（买受人）与太原恒杰房地产有限公司（出卖人）签订《商品房买卖合同》，约定渠宝成购买太原嘉士林房屋一所，房款价602180元，其中首付120436元，银行按揭贷款48万元。嘉士林房屋于1995年15日登记在渠宝成名下。1997年10月18日，购房按揭贷款偿还完毕。本案中，杜绒仙以嘉士林房屋为她调到太原，女儿随迁，渠宝成也正在筹划调往太原，此乃渠家为她一家三口所置房屋为由，应定为夫妻共有财产。渠宝成对此不予认可，主张嘉士林房屋为其父出资购买，应为其父所有，就此向法院提交其妹渠宝珍出具的情况说明及渠宝珍银行账户明细。渠宝珍称嘉士林房屋为1993年春与其父共同选址（其时她在财经专科学校上学），由其父购买，登记在渠宝成名下，其父于1993年4月10日及4月28日将2万元及11万元汇至其工商银行账户，其于1993年4月18日及同年6月12日使用上述款项，向开发商支付了2万元定金和首付款120436元。该房屋后续款、税费及其他手续，均由其代理渠宝成签订。渠宝成则表示，嘉士林房屋购买款项，均来自其父渠百堂为法人的渠氏万盛煤业公司，因此，嘉士林房屋应为其父所有，不得作为夫妻共有财产予以分割。

"全是放狗屁！"

我由不得狠狠地骂了一句。

"妈妈！"睿睿靠在我的肩头，用身子摇了摇我，"这个判决书我看了，也看懂了，就是他们编着谎话，要把这个房子抢了回去，我们往后连住的地方都没有了。"

"他们是痴心妄想，这房子当时买下，是因为我调到太原了，你爸爸也要调来，那时已有了你，我们一家三口总得有个窝吧，家里才买了这房子，说好了是给我们家的。现在你姑姑出来做证，说房子是她经手买的，给你爷爷买的，真是坏了良心，一派胡言！"

"妈妈，你别生气，总会有办法的。你没回来前，我还在想着，要先让你看我这次的作文，喜欢喜欢，再让你看那个破判决书，就是生气，也晚上一会儿。不知为什么，一进门还是先把这个判决书给了你。别往下看了，看看我这次的作文吧！"

说着把手里的本子，举到我面前。

太近了，看不清，推开一点，才看清是她的作文本。

已翻到了要我看的这一篇，题目是《我喜欢的一个人》。

我接过来正要看下去，睿睿探过身子，一连翻了两页，露出老师用红墨水写的批语：

此文甚佳。孩子心很善，观察细致有趣，建议妈妈也看看。

"噫，写了什么，老师会建议家长也看看。"

我来了兴致，睿睿这才翻到前面的一页。

"这个题目，我们陈老师说了，没有最字，有了最字你们会写爸爸妈妈、爷爷奶奶，还会写老师什么的。《我喜欢的一个人》就是要写生活中不常接触，却有好感的人，也就是真正通心里喜欢的人。"

"那你写的谁呢？"

睿睿怕我看了作文的内容，伸过小手，遮住了大半页。

"你猜，妈妈，我会写哪一个，你肯定认识的。"

我仰起头，眨巴眨巴眼，做出一副使劲儿思索的样子。

"雪君阿姨？"

"我才不喜欢她呢，骚女人！"

"别胡说，会不会是郑伯笃大爷？"

"一个糟老头子，你喜欢他吧，我可不喜欢。"

"会是谁呢？"

我显得很无奈，其实从一拿到作文本，我就看见了"小贺叔叔"几个字，多猜几个，全是为了逗孩子高兴。

"你想想，你平时见了谁，总是喜盈盈的，有时还跟人家打打闹闹，拍拍胳膊什么的。"

睿睿帮我猜想，往一个人身上引。

"会不会是小贺叔叔？"

"我就晓得妈妈会猜到的。"

"我是喜欢他，可你怎么也把他当作你喜欢的人？"

我由不得提出了这个疑问。在我的记忆里去汽修店找小贺，带睿睿也就两三次，还有一次好像在东边什么街上，我俩一起逛街，遇见过小贺。再就是，有睿睿在跟前，跟小贺说话开玩笑，小打小闹，都是很有分寸的，这孩子怎么会看出我喜欢小贺，又怎么她也喜欢上小贺。

"我倒真要看看你胡写些什么。"

"妈妈，你看吧，我还有个作业没写完。"睿睿走开了，又补充了一句，"我怕我在跟前，你不好意思。"

　　如果陈老师不讲题，我会写我们班上一个同学，也会写我们家的一个远房亲戚。写同学，是因为同学很多，喜欢哪一个，都不能说最。写那个远房亲戚，是他不常来，来了也不会给我带来什么名贵的东西，多半是吕梁山里的小动物，有时是一个蝈蝈笼子，还有一次是一只小狐狸，妈妈说就是松鼠。可是陈老师一解题，我马上就想到小贺叔叔。

　　小贺叔叔，叫什么名字我不知道，知道的是他那个贺，是祝贺的贺。他的职业是一家汽修店的技工。妈妈有辆奥迪小轿车，时不时会出点小情况，当紧的，去市里的4S店，不当紧的，就去小贺叔叔的这家汽修店。好几次，我也随车去，也就跟小贺叔叔惯熟了。

　　头一次见小贺叔叔印象并不好。到了店里，开到一个带槽子的台子上，小贺叔叔在修车，妈妈站在一旁跟他聊天，我没事儿，见旁边的架子上放着几本画报，就拿起来胡乱翻。这时听见小贺对妈妈说："那是你姑娘吗，长得可没有你漂亮。"妈妈笑着说："女大十八变，还没有到变的时候呢，我小的时候还没有她这会儿好看呢。"

　　去的次数多了，才发现小贺叔叔是个很可爱的人。最大的可爱，是他的风趣幽默，爱开玩笑，说个什么，总是逗得我发笑。有次一见面他就喊："哎呀，睿睿长高了！"我嘴一撅，不应声，心想这才几天，怎么就会高到他能看出来。妈妈也没搭理他，只管自己倒车。趁这个空儿，小贺叔叔说，睿睿你不相信是吧，我们这门上有自动记录仪，你上次来是多高，这次进来多高，都是有记录的。

我说我不信。他过去将门廊的灯关掉，店里暗了下来，他拨拨我的肩头，让我退到他站的位置。只见他伸出手，捏捏手里的一个小电器，门框中间就出现一道绿莹莹的横线。他说，看见了吧，这是你上次来时留下的身高线。你过去比一下，看是不是比那条线高了些。不等我过去，他又捏了一下，门框上又出现一道绿莹莹的横线，说这是你刚才进门时留下的。哟，比前几天留下的高了1.6厘米。他这么一说，我还真的信了。

妈妈也过来了，在一旁说："小孩子不长是不长，要长就猛地蹿一下。"

妈妈跟小贺叔叔说车的情况时，我看见旁边的架子上放着个鸡毛毽子，只有两三根鸡毛了，我取下踢了起来。

睿睿在餐桌上写作业。孩子的作文就这么平铺直叙，唠唠叨叨，不见机锋。我的心思还在判决书上，想看看东山上我卖掉的那一处房产，判决书上是怎么说的。

> 双方婚内曾购置太原东山绿地花园房屋（以下称东山房屋）。渠宝成主张房屋为夫妻共同财产，杜绒仙以房屋产权登记为其单独所有为由，主张东山房屋为其个人财产。经法院询问，双方确认婚内未有该房屋归杜绒仙个人所有的约定。渠宝成表示东山房屋购房款来源于其动用渠氏万胜煤业公司货款。杜绒仙表示"需要时间回想"。渠宝成称本年5月杜绒仙已将东山房屋出售，售房款由杜绒仙持有。杜绒仙认可其出售了东山房屋，并持有售房款194万元。就法院要求杜绒仙提供东山房屋出售材料一事，杜绒仙表示"没有了，房子卖完了就没留"。就法院询问哪个银行账户收取售房款一事，杜绒仙称"想不起来了，我的卡全丢了，卡全都换过"。杜绒仙在本案整个诉讼过程中语焉不详，综合其多次陈述来看，杜绒仙认可东山房屋售房款194万元"由我收取，收取支出情况没有相应银行证明"。

去滨河公园参加雁丘竣工庆典那天早上，法院派人来嘉士林询问，是头一次，后来至少还来过三次，再来，都是先打了电话，在家里见面。真没想到，他们的工作这么细致，一宗宗，一件件，来龙去脉，都理得清清楚楚。让我感到羞愧的，不是最后输了官司，而是判决书上把我的回答一五一十全写上了。后人若看到这份文件，保准认定我是一个装疯卖傻、无理取闹的坏女人。明明卖了那么多的钱，怎么收的，怎么支的，竟一问三不知，不是昧了又是什么。想不到我杜绒仙平时自命清高，搭在钱财事上，跟乡下女人相比也毫不逊色。

"唉——"我不由得重重地叹了口气。

"妈妈耶，不让你看你偏要看，偏要看！"

睿睿回头，看见我手里不是她的作文本，几乎是厉声斥责。

我赶紧放下判决书，重新拿起作文本。

靠墙的大镜子上，能看见小贺叔叔检查了轿车那边的什么部位，转过身来到这边，妈妈也跟过来。小贺叔叔还朝我这边瞅了一眼，妈妈也瞅了瞅这边，看得出来，他俩对我踢毽子的动作很是欣赏。小贺叔叔开始检查这边什么部位了，不知说了句什么笑话，惹得妈妈笑了起来，还抬手在小贺叔叔油亮亮的胳膊上拍了一下。拍罢，又扭头朝我这边瞅了一下。她只能看见我的背影，我在镜子里能看见她的全身。妈妈这个动作，过去跟爸爸好的时候，常用在爸爸身上，平时拍拍胳膊，有时还会拧上一下。这长时间两个人闹离婚，爸爸不回家了，妈妈的牌气越来越大，我也好久没见过妈妈像今天这么快活了。

"睿睿，你都写了些什么呀！"

我不由得朝餐桌那边喊了一句，睿睿扭过身子，满脸带笑，还做了个小鬼脸。

"老师要求我们，写记叙文，一是要真实，二是要写好细节。"

"什么鬼细节，我就不信我当时拍了一下小贺叔叔的胳膊，他光着胳膊汗津津的，我会拍一下吗？"

睿睿笑了。

"你看你看，你承认了吧，只有拍了一下才会说汗津津的，我在远处看了，只会说油亮亮的。"

"啊，啊！"

噎得我喘不过气来。

"你再往下看嘛！"

我还真的想看看后面写了些什么。

车修好了，妈妈带我去西山公园游玩。路上我问妈妈，小贺叔叔的门框上，一道一道的绿线，真的能记录下进来人的身高吗，妈妈笑了，说傻孩子，怎么可能呢，是他逗你玩呢。我说第二道绿线确实比第一道高一点点，那是怎么回事。妈妈说，记得前几天晚上看电视，里面有个美国电影，安吉利娜·朱莉演的。我说就是那个嘴唇厚厚的美女演员吗，妈妈说是呀，接下来说，那天的电影，她跟一个老演员演盗宝的事，她进入密室，一看一道一道的绿光，织成一个网，她硬是凭着过硬的功夫，从网下钻了过去。那网就是电子激光，一碰警报就响了。小贺叔叔店里存放的都是高档车子，怕出事，就在门框上设了激光监控网。你看他手里有个调节器，按一下，光线就上去了，再按一下，就下来了。

虽然知道小贺叔叔在跟我开玩笑，我还是喜欢他喜欢得不行。他待人既热情又诚肯，喜欢妈妈也喜欢我。

出乎意料的是，再一次去汽修店，架子上的那个旧鸡毛毽子不见了，换了一个新的，长长的公鸡羽毛，一闪一闪地泛着蓝绿蓝绿的亮光。我猜想，他是想让我专注地踢毽子，他好和妈妈说说笑笑吧。我更喜欢他了，因为他能让妈妈快活起来。

我本来想训她几句的，看到这里，不由得低下头，悄悄抹去快要滴下的眼泪。

判决书看了，知道官司输了，我还是想掂量一下，他们是怎样措辞的。

经本案合议庭多次合议，认为一审判决，分析事实清楚，并能考虑到婚姻伦理的道德评判，做出的财产分析符合相关法律条款。也即，嘉士林房屋，杜绒仙虽未能提供购买资金明细，仍以婚后夫妻共有财产对待。东山房屋，双方都认为是夫妻婚后购买。而此一房屋，已为杜绒仙售出，所获之款项为杜绒仙独自持有。两套婚后房产，离婚时分割，一人一套，杜绒仙既已得到东山房屋出售款项，则嘉士林房屋理应归徐宝成一方所有。

综上所述，杜绒仙上诉请求不能成立，应予驳回。一审判决认定事实清楚，适用法律正确，应予维持。依据《中华人民共和国民事诉讼法》第177条第一款第一项之规定，判决如下：

驳回上诉，维持原判。二审案件受理费38070元，由杜绒仙负担（已交纳）。

本判决为终审判决。

是输了，可我还得承认，人家的判决，于人情，于法理，都能说得过去。我若有什么过错的话，只能说是聪明误。东山的房屋若不是我卖了，如今还在着，则两套婚后房产，说不定考虑到女儿随我，还会将嘉士林的房子判给我。东山的房屋我卖了，又说收房款已花光，人家只好将嘉士林的房子判给了渠宝成。

给了我，也会这样判的。

说什么都迟了，如果不定期交付，强制执行了，会更难堪。

我杜绒仙半辈子清清白白，遇人不淑，竟落得个这样的下场。

睿睿发现我情绪低落，也许正好作业做完了，又过来像方才一样依偎在我的身旁，稍有不同的是，方才是一种久别后的亲昵，而这次，多了些慰藉的意思。

"妈妈，不怕的，我大了，跟着你呢。"

她说的不怕，只是一种空疏的勇气，我不愿意跟她谈这样沉重的话题，想说说作业的事，扬起手在眼窝上蹭了一下，抹去不经意间溢出的一滴泪水。还故作轻松地笑了一下，连自己都觉得不太自然，像吃凉粉时芥末放多了，鼻子耸了耸。

"睿睿，你的作文先不说写得怎么样，不该错的字又错了。你们陈老师这次粗心了，光说你作文好，错别字就没有看出来。"

"哪里哪里，我看了两三遍了！"

我拿起作文本，翻到中间的一页，指着一个地方让她看。

"这儿，他待人既热情又诚肯，恳字能这样写吗？"

"诚肯不就是诚实肯定吗？"

我在她脑袋上拍了一下。

"要是诚恳是诚实、肯定，那勤恳也是勤劳、肯定吗？"

"那该写成什么呢？"

"好好想想，诚恳总是说心术的。"

"啊，想起来了，银子半边，下面一个心字。"

我又翻到一页。

"还有这个，'妈妈的牌气越来越大'。"

我一念出声，她就知道哪个字错了，只是不像刚才那样狡辩，反而跟我淘气起来。

"这个不能算错吧，平常人那叫脾气，妈妈现在是文史界的大牌，脾气也可说是牌气了。"

这是笔误，谁都会有的，笑笑就过去了。睿睿一点也没觉得这样写我有什么不妥，反而趁机说起陈老师的夸赞，这是最为得意的。

"陈老师还在课堂上讲了我的作文，说观察细致，笔调轻松，有感情。"

"他就没说你有的地方啰里啰唆不干练？"

"我们陈老师讲的时候说了，说看着啰唆，实际是笔下有物，有可写的才能写得这么细。说长木匠，短铁匠，写作文应当是长木匠，长了能锯，短了不能弥。只有会写，写得多，才能写得好，写不出来，也就谈不上多么的好。陈老师还读了一大段，就是小贺叔叔说门上有激光线，能记下进出人身高那一段。陈老师还说，渠睿睿的妈妈看了这篇作文，准会夸女儿是个好女儿。"

我笑了。

"你把妈妈卖了个好价钱。"

"哎，妈妈，昨天我还见了小贺叔叔呢。"

"你去汽修店做什么？"

"不是去汽修店，陈侃叔叔家前面那条街叫什么？——叫牛王庙街，我说——对，就在牛王庙街那儿，不是有个街头花园，立着好多健身器材嘛。有个秋千是别处没有的，我跟陈小芬一起过去打秋千，刚过去，就见小贺叔叔从旁边一个单元门里出来，还跟着一个阿姨，领着一个小男孩儿，我上前问好，他让小男孩儿叫我姐姐。"

"那个女人是他媳妇吗？"

"就是呀，小男孩儿刚给我叫了姐姐，小贺叔叔就说，阿姨和小弟弟刚从老家来，她也是刚在这儿租了间房子，还问你妈妈好吗，我当然说好好好。"

我问睿睿，可留心小贺叔叔的媳妇，个子是高还是矮，睿睿使劲儿想了想，说实在想不起来，要高也不是很高，要矮也不是很矮，很高很矮，会有印象，现在没什么印象，总是不太高也不太矮。

"比妈妈呢?"

她越是这么说，我越是想知道。

"真的说不来。"

"哼，你们陈老师还说你观察细致呢，我看你就是个马大哈!"

到点了，该做晚饭了。

做饭时我心想，不行，嘉士林的房子，我还是要再争取一下的，不能就这么白白让渠家捡了这么大个便宜。

第四十四章

今天去了文史会，跟舒玉都坐在换届办公室。

我坐在我的位子上，舒玉没坐对面姜宁亭的位子，拉了把折叠椅，坐在我桌子的挡头前。

换届会要开了，准备工作进入紧张阶段。

会上要发一个《代表花名册》，供选举之用，要从这里面选出理事、副会长和会长。主办此事的是筹备处组织组的何其愚，我和舒玉算是具体承办人，不难，但琐碎，就是把代表登记表上的内容缩略为二百个字，写在每人名下，主要是文史工作的经历与成绩。不光要填写，还要付印、校对，尽量少出差错。

这些日子，姜宁亭不是在楼下会议室开会，就是去宣传部开会，很少在办公室，舒玉完全可以坐在对面姜宁亭的位子上，可她不，说那是领导坐的地方，她坐着不舒服，愿意拉把椅子坐在我跟前，说话方便些，亲切些。

经过几天的忙活，《代表花名册》已付印，校对了一遍，再校一遍，领导签字后就可正式开印，装订成册了。

我想起个事，跟舒玉商量，看她能不能帮我这个忙。

"舒玉，姐有个事，跟你说说。"

"好哇！"

说罢，粲然一笑，伸手将身下的折叠椅，往前拉了拉，身子也靠了过来。

"这一段我在研究《围城》，晚报上的文章你也见了，还有点反响。谢次陇是钱锺书研究的专家，我想跟他谈谈，让他指点指点，你能不能给约个时间。"

舒玉笑了。

"这算个什么事儿，你说得神秘兮兮的，我还以为你想跟他说悄悄话呢，我这就给他打个电话，在他那儿，还是来咱这儿。"

惯熟了，就这么快人快语，舒玉说着掏出手机，我连忙制止。

"要这样还犯得着求你嘛，他——我又不是不认识。"

"那你想让我做什么？"

"你跟他夫人，不都在合唱团吗？我想让你安排一下，哪天在他家里，跟他聊聊，他夫人也在跟前。"

"这个？"

舒玉俊俏的小脸上不无疑惑，听了我的解释，很快化解了。

"向谢先生请教学问，只是一个方面，我听你说他们夫妇很是和美，我是个婚姻失败的人，我想亲眼看看人家好夫妻是怎样相处的。你说她夫人又漂亮又贤惠，我想看看她长得什么样子，你不是跟她是好朋友吗？求你帮姐了了这个心愿。"

"噢，是这么回事呀，我来办就是了。"

"不着急，哪天都行。"

今天我俩做的事，是将代表们学术成就一项里的自述，压缩到二百字以内。初稿在纸上写的，有的原本就不多，印出来也就不超限，有的原本太多，压缩了印出来还是超限。压缩字数好办，难办的是好几项学术成果，删去哪个，留下哪个，很费斟酌。比如有人在省报副刊发表了一篇随笔，同时，在校刊上得了个优秀奖，只能留一个，该留省报上的随笔，还是该留校刊上的优秀奖。遇上这种情况，我是舍前者，留后者，不管怎么说，校刊级别不高，总还是个奖嘛。哪能料到，这么认真的权衡，在换届会上还是惹下了麻烦。

这是后话，放下不说。

我要见谢次陇，为什么还要在他家里，有他夫人在场呢？

刚才跟舒玉说，有学问上的事要请教谢次陇，说了我就想笑。过去那个年代要打男人的主意，女孩子会说些要求进步、指导人生之类的话，这些年再玩这一手就可笑了，最时兴的便是这个求学问道。这么高雅的举措，掩饰着那么卑劣的用心，也算是开放以来一道靓丽的人文景观吧。我说了之后，舒玉面色平静，想来也是一眼就看穿了我的用意，而我后来的解释那么诚恳，那么切合我现在的处境，她听了立马疑惑冰释，痛快答应办理。

殊不知，这是我谋划的另一条诡计。

前不久看一本翻译的社会学著作上说，女性在婚外，打一个已婚男子的主意，单独向该男子用力，往往难以奏效，和他的家庭搞好关系，营造和谐的气氛，常常会带来事半功倍之惊喜。非独此也，若女子在形貌上独擅胜场，自不必说，就是与其夫人平分姿色，也会让男人有故地重游的欢愉。就是姿色逊于其夫人，友好相处，宛若亲人，男子也会起品尝别一滋味的冲动，对于女性而言，便是稳操胜券，一了夙愿。

看了这段话，回想在何其愚身上的失败，就是单兵突进，而没有先融入他的家庭。若跟他夫人建立起友情，我又不是真的天香国色，他也就不会犯什么美女恐惧症了。

两下里一合计，我决定试一试这个新办法，这么长时间了，雪姐为我制订的FH计划，竟一无斩获，实在是败兴到家了。

"太巧啦！"

舒玉一进来就大呼小叫，她什么时候出去的，我竟没有留意。

她连过去坐下都没有，从背后伏在我耳边就说开了。

"开完换届会你就不来了，我想这事要快点办。见你忙着，我就出去，这事不能在电话上说，我去到那边楼上找谢老师，他不在，有人说回去了。我下到院里给他家打电话，是他夫人接的。他夫人是人民医院的护士长，常是上三倒二，上三天班，休息两天，我没跟她说什么，跟谢老师说了，说你想去家里，跟他聊聊《围城》。他问你在哪儿，我说在换届办公室，他高兴得什么似的，说那就快来吧。好了，去吧！"

我都站起来了，又想到一个问题。

"你该说全了，万一我去了，他夫人要出去买菜怎么办？"

"这你就多虑了，你在家里，童姐会那么傻吗，快走吧！"

去了，谢夫人果然没有要出去的意思，还格外地热情。

"我听舒玉说过，她说你气质好又漂亮，果然是这样的。"

说罢将茶杯递到我手里，顺势在谢次陇身边坐下。他们家的皮沙发是乳白色的，谢夫人在家里穿了件绵绸短裙，荷绿色的，坐在沙发上，显得很是优雅，像是漂浮在水上的莲蓬，我一见就喜欢上了。一想到我那别有用心的策划，觉得自己实在是太下作了，不好，还是打起精神装正经吧。

抿了口茶，搁下杯子。

"谢老师，你晓得我为什么急着要见你吗？"

"我们见面还非得要个正式理由吗？有了河津之行，就是好朋友了。"

这话说得多好，一下子就让人亲近起来。

"那我就直说了，我总觉得你以前跟我说过的，方鸿渐跟四个女人的关系，代表着四种进入方式，新奇是新奇，但在整部小说的结构上，没有明显的体现，我想请你多说说。"

"你是说书中没有把这四个女人放在一起说，那是你看得还不细。"

我笑笑，表示接受他的批评。

"圣婴，你去那边桌上把书拿过来。"

他夫人姓童，而叫圣婴，这名字太好听了，莫非信教？

夫人递过书，他几下就翻到了要找的地方，指点着让我看。

"这儿，这儿，你看看，细细看看。"

绝不相信钱老的书中，会有什么四种进入方式的文字佐证，也就接过来看了下去。递给的书也是1992年出的，在第343页上，鸿渐与柔嘉一次吵嘴后，由不得回想自己前些年与几个女性的接触，带有总结式反省的意味。

> 等柔嘉睡熟了，他想现在想到重逢唐晓芙的可能性，木然无动于衷，真见了面，准也如此。缘故是一年前爱她的自己早死了，爱她，怕苏文纨，给鲍小姐诱惑，这许多自己一个个全死了。

不足四行字，估摸我看完了，谢先生收回书。

"这是方鸿渐的反省，也可说是彻悟，全书就是按这个思路，一步一步写下来的。说四种进入方式，是粗鄙了些，说全书写了方鸿渐跟四个女人的情感关系，还是有文字上的依据。有这么一段话，不能说我是胡乱猜想，厚诬前贤吧？"

"这么说，钱先生在全书的结构上，真是这么考虑的。"

谢先生略显得意地笑了，趁这个空儿，我跟他夫人套了套近乎。

"哎呀，我听谢老师叫你圣婴，这名字太好了，敢问嫂子是信教的吧？"

谢夫人笑得咯咯响，眉毛跳动着，很是欢实。

"我这名字，先也不是神圣的圣，婴儿的婴，大人给起的是胜利的胜，英雄的英，我嫌太愣了，自个儿改成神圣的圣，婴儿的婴，户口上、工资条上，还是原样。有一年病房来了个公安局的副局长，我们照料得好，出院那天他要送我个卡，我没要，只希望他能把我的名字在户口本上改过来，局长说不是个事，过了一个月就改过来了。"

"你就是要了卡，他也会办这个事的。"

我知道这种憨气的话，会让关系更家常，更密切。

果然这个话题，谢先生也加了进来。

"过去她叫胜英，有人给她送个茶叶，我还能沾上光，现在她叫成圣婴，都以为是信教的，圣洁得很，我连个茶叶也喝不上了。"

"我那儿可是常有作者送茶叶的，下次来了我给你带一盒，你是喜欢绿茶，还是喜欢铁观音？"

"说着玩儿的，有人送编辑，还能没人送主编吗？"

真是个聪明人，一句话就把我再来的借口给堵住了。

还是谈学问吧，这个最能讨大学者的欢心。

"你是那么说了，我总觉得《围城》在结构上太松散，有先天的缺陷，钱先生信笔所之，在结构上太不讲究了。"

这话引起了谢次陇的不快，看了我一眼，像是在嘲笑我的无知，幸好没有批评我，批评的是另一个女人。

"你这是中了杨绛的毒，现在的本子后面最不该的，是附了杨绛那篇文章，又长又臭，不是给《围城》加分，是给减分，真不知出版社是怎么考虑的。"

我试探着说，本意还是好的，引导读者理解全书，谢先生冷笑了一下。

"我看不出本意是好的，加上那篇文章，谁看了都知道，《围城》全书，人物设置有毛病，故事结构有缺憾，要叫她写，会怎么怎么，肯定比她丈夫写得好。这是对作者的不尊重，也是对读者智商的侮辱。"

"有那么严重吗？"

我有些不以为然，觉得作为钱夫人，杨绛还不至于这么糊涂。

见我如此顽冥不化，谢先生又拿起茶几上的书，跟洗扑克牌似的，大拇指掰着，唰唰几下就掰到了一个地方。

"你看，你看！"

不等我的目光移了过去，他自个儿先念了起来。

"你听！杨绛是怎么说的——'唐晓芙显然是作者偏爱的人物，不愿意把她嫁给方鸿渐。其实作者如果让他们成了眷属，由眷属再吵架闹翻，那么，结果如深陷围城的意义就阐发得更透彻了'。这不就等于说，《围城》全书，在人物设计上欠考虑，在故事结构上不完美。一部小说在这两个方面都有明显的缺陷，能说是一部成功的小说吗？这是妻子该说丈夫的话吗？还好意思附在全书的后面。"

对于谢先生这番宏论，我只觉得过分刻薄，一时还真不好反驳，该说是我对《围城》全书，没有他那么深入的阅读与思辨。

他的围城暗喻女阴及四种进入方式之说，确实让这本书的架构明朗起来，这是不能不让人佩服的，但统观全书，也有这一意象涵盖不了的，比如全书第六七两章里，着意写了名字里有个"娴"字的汪太太，似乎和方鸿渐的"进入"没有关系，不知谢次陇又做何解释。

"嘻嘻！"

我提了出来，谢先生又用他独有的方式，掩上嘴，笑了笑。

我发现，他得意了，总是会来这么几声，可谓心怀叵测的奸笑。给人的感觉却是，这么小小的一个得意，用不着这么夸张的表露，有大材小用之嫌。

"绒仙，提出问题也能见出思维的敏锐。我说了四种进入方式，你能马上想到汪太太这个角色，说明《围城》的人物故事，你跟我一样，也是熟烂于心的。"

"绒仙一看，就是个灵秀聪慧的女人，你看她这眼睛，又黑又亮，还咕噜咕噜地转呢。"

童圣婴不失时机地帮了丈夫个腔，她对我有好感，让我觉得是一份意外的惊喜。原先我的预期是，只要不反感，不愁降服不了谢次陇这只吊睛白额的小老虎。

"做学问要心眼活泛，不关眼睛转得多么快。"

显然是觉得夫人的夸赞过了头，谢次陇及时做了点修正，也算是一个收束吧，这才讲起我提出的问题。

"你提的这个，不经心思考，确实是个瑕疵，稍一掂量，恰恰显示了钱先生的高明。这就要说到小说的主题了，绝不是什么城里人想出去，城外人想进去，婚姻也罢，职业也罢，人生的境况大抵如此。是什么呢，可以概括为这样一句话，就是，诱人的地方必有祸殃，越是诱人，祸殃越大。作者安排了两组人物，表现这两个层面，一组是方鸿渐和鲍小姐、唐晓芙、苏文纨、孙柔嘉四个女人，一组是赵辛楣和苏文纨、汪太太两个女人，前一组表现诱人的地方必有祸殃，后一组表现，越是诱人，祸殃越大。赵辛楣一个不成功的幽会，就丢了教职，仓皇逃离。"

"这两组人物还有交叉，赵辛楣喜欢苏文纨，苏文纨喜欢方鸿渐，两个人谁也没有得逞，苏文纨嫁给了曹元朗。"

我及时地做了补充，这种地方，我可不愿意他把我当成了傻瓜。

"从故事上说，叫人物的交叉，从结构上说叫用了个榫眼，将两个构件牢牢的咬合在一起，成一整体。如果没有这样的咬合，整个小说就成了两张皮。这样一咬合，看的人就花了眼，中了作家的圈套。"

"哦，谢先生厉害，一眼就看穿了钱先生的小把戏。"

我也够机灵的，真诚地献上了我的虚情假意。

神仙也喜欢夸赞，谢次陇当下就显现了他内在的神仙的品质。

"写小说，结构最见匠心。整体看，全书是个井字结构，两组人物平行推进，经过两个故事战阵，一个是在上海，一个是在湘西。你看竖的两根线，横的两根线，这么一交叉，还不是个井字吗?"

谢次陇伸出两手，这么一比画，那么一比画，像是真的在空里画了个井字，受此启发，我又想到一个问题。

"可是人们都说《围城》全书，就数第五章去湘西的路上写得最精彩，这怎么解释?"

"精彩是因为一路上纠葛甚多，又有李梅亭这么个人物在里头搅和，从结构上说，这一章不过是一次转移阵地的急行军罢了。没有这一章，几个人坐飞机去了湘西，从小说结构上说，一样的完美。杨绛说，唐晓芙这么漂亮的女人，不该一闪而过，是她不明白《围城》的结构，唐晓芙只是方鸿渐这一组里，完成一个理念的人物，用过即丢弃。她跟苏文纨不同，苏文纨同时是赵辛楣这一组里的人物，在香港也就会再次现身，在赵辛楣与方鸿渐之间生出事来。"

我问他，他这么精辟的见解，可曾写成文章发表，他说还没有考虑成熟，成熟了不是写篇文章的事，而是要写本书。我祝他早日完稿，早日出版。

谈学问，不管如何有兴味，对我来说只是个由头，FH也只能说是个未来的期许，眼下最切实的是想知道他和张学诚、李文儒三人在换届会上会有什么动作。自从在河津大梯子崖上，听了邵新一说的话，我就老琢磨这个事。换届会这么高规格的会议，三个半大不小的学者，能翻起多么大的浪花。

这事他们做得很隐秘，我的打探也不能不要个小心眼儿，一步步地引他"入吾彀中"。

"谢先生，换届会开完，我就回《山河志》了，在文史会半年了，觉得这儿的人都挺厉害的。只是我眼拙，看人看不准，谁是个什么，你能给我指点指点吗？不用多说，一两句就行。"

"想知道谁，你就说吧。"

他语调很是平和，我也不能太激烈了。

"先说你们主编何其愚先生吧。"

他没想到，我头一个提出的会是何其愚，不由得就皱了皱眉头，大话即出，自然不能回拒，略一思忖，还是说了。

"我跟他是好朋友，自然了解，我要说，话就长了，借用别人的说法最是简便。邵新一看人是很刁的，他说过何先生一句话，很是经典，他说，不管怎么说，何其愚是个读书人。你听好，这话分两截，不全是说好，有贬也有褒。不管怎么说，等于说这个人毛病很多，甚至惹人讨厌。是个读书人，是说，再怎么你也得承认他是个读书人，不承认他是个读书人，就是你的不是了。"

"好，过。姜宁亭呢？"

这一回可就脱口而出了。

"妄人，没有啥本事，却无端地自负。机关里的人，背后叫他姜硬挺，一点也没叫错。"

"夏涑水呢？"

"很聪明，全写在脸上，肚子里剩下的就不多了。"

"你们吴会长呢？"

"在南方人里，要算个忠厚人，慈不掌兵，太顾及自己的名声了，现在有吕汾阳罩着，是个好领导，等他上去了，就难说了。"

"就这几个吧，哎，还有一个也说说，田瑞哉先生呢？"

"田老师，这个人嘛，学问不赖，人品没说的，去大学当个教授，肯定是一流的，在文史会里蹚浑水，他就不行了。姜宁亭、夏涑水这些人能上去，怎么也轮不上我们田老师。"

最后一个"我们田老师"，最能见出他对田先生情感的分量，该着我了。

"我听人说，你们这次要替田先生出出气。"

"谁说的？"

谢次陇一下子警觉起来，我只觉得好笑，全机关的人都知道他们三个分头活动，要拉到足够的票，把田先生推上去，他自己还以为他们行事多么隐秘呢。

"谢老师，"我改换了称呼叫他老师，"你们要把田老师推上去，你知道别人怎么说你们吗?"

"哦,你说!"

"说田老师是好人,终有好报,有你们这样三个弟子也不枉此生了。人们担心的是,勇气可嘉,成败可疑。"

"哼!"谢次陇一下子来了精神,"绒仙,到了会上你看吧,票箱里会飞出一个副会长的!"

该要探的,都打探到了,起身告辞。两口子送我到门外,童圣婴拉住我的手,十分地友爱。

"常来呀!"

一想到自己卑劣的用心,那一刻真想一头撞死到楼道的墙上。

"换届会上见!"

这话,我是冲着谢次陇说的。

第四十五章

换届大会正开着。

九位省委常委全来了，书记发表了祝贺讲话，九位领导便匆匆退场。今天，三个重要的文化群众组织同时换届，这儿祝贺了，还得去别的地方，祝贺别的大会圆满成功。

九位一走，文史会的领导和换届负责人依次入场，坐到自己的位置上。不会错，桌上摆着座位牌，认得字就行。

姜宁亭坐在中间位置，一脸的威严，他是换届会的主持人。

我坐在代表席上，东侧最后一排的正中间。左边是省文化厅的一位年轻的学者，叫张青林，女的，右边是我的好朋友杨雪君。她们两个以为座位牌是随便摆的，张青林坐下后，还朝我友好地笑笑，我也笑笑算是回报。雪姐更是坦率，我先坐下，她后来，一见我俩排在一起，便惊喜地叫了起来。

"哎呀，一进会场见有座位牌，我心里还嘀咕，跟个什么人坐在一起呢，我可不愿意跟个生人坐在一起，难受死了！"

我没说什么，只是笑笑，表示开会能跟她坐在一起，也很喜欢。

她俩不知道，我是会上特意安排坐在这儿，监督她俩投票的。

换届会原定在10月下旬，不久前省上通知，10月下旬有两位常委要出国考察，这样的会，按惯例是必须常委全出席的，正好9月下旬，常委全在，就定在了9月26日至28日。26日报道，27日上午做上届工作报告，同时选会长，下午选副会长。28日上午省委领导接见三个群众组织新当选的负责人，下午散会。24日是星期二，我去文史会上班，才知道会期提前。姜宁亭倒是一点也不慌乱，说早就准备好了，就等着这一天呢。

这话不假，会议的文件早就印好了，最麻烦的《代表花名册》，光我就校了两遍。上届工作报告，原说吕汾阳做的，吕老有意成全年轻人，说他以后的会长只是挂名，实际工作由吴悦台做，就让吴做工作报告吧。吴悦台也就欣然领受，他的报告的初稿，也是我校对的。

下班了，我要走了，姜主任说还有个正经事没办呢，说着递过一张表，密密麻麻的，全是扁扁的小格子，格子里是人名，怕我看不懂，他也随了过来。见他过来了，我往左侧靠靠给他腾开地方，单怕挨得近了，他的咸猪手会伸了过来。多虑了。人在进行自认为高尚的事业的时候，品行也会变得高尚起来。反倒是他挨过来了，又意识到什么，往外跨了一小步。一时间，我竟觉得自己是以小人兼妇人之心，度了君子兼男士的腹。

表格摊在桌子上，姜宁亭粗短的手指伸了过来。

"你看，这是会场上的座位图。这个图是这次会议的最高机密，你那两天不在，在也不会让你参与这种烂事。是我和张放几个铁杆一起弄出来的。全省十一个地市，一地市一个代表团，省直三个团，一共是十四个团。看见了吧，桌子摆成了十四个方阵，每个方阵是五排，一排都是两个桌子，一个桌子坐三个人，中间这个人都是我们挑了又挑，信得过的。那天定下你，张放说他去跟你谈，我说不用了，星期二你就过来，我跟你谈好了。"

我扭过脸，朝上翻翻眼，他看出我似乎有些不相信似的，收回手臂，抱在胸前，谈兴更浓了。

"会上的代表，我们都分头做了工作，能劝过来的劝过来，劝不过来的也不勉强，只是要摸清底子。劝不过来的不管，爱投谁投谁，要监督的是，答应了投吴悦台的票，暗地里又投了吕汾阳的。"

张青林的情况我不了解，也没兴趣打听，可杨雪君跟她是好朋友，投谁不投谁，她该是清楚的，犯得着我来监视吗？

我说了自己的疑惑，姜主任说，他是跟雪君谈过，劝她支持吴悦台，她答应了。可最近听人说，她很同情吕汾阳在文史会的处境，说提携了那么多年轻人，没想到会背后捅刀子，说了这话，就让人不放心了。知道我与雪君私交甚好，不是让我监督杨雪君，一定要她投吴悦台，是要看清她究竟投了谁。这办法叫人盯人，谁也别想糊弄谁。

"这女人刁得很，别让她投了吕汾阳，出来还说投了吴悦台。"

想到这里，我瞅瞅右侧的张青林，觉得她挺憨厚的，不像是个说假话的人，她爱投谁投谁去，写票的时候我不会朝那边多瞅一眼。

瞅了张青林，再瞅杨雪君，觉得她那么聪明的人，怎么就没有看清姜宁亭的嘴脸，叫姜安排了人盯她的梢。一想到这个盯她梢的人竟然是我，一个她视作亲妹妹一样的人，又觉得自己太卑劣了。真想将这个情况马上告诉她，又一想，可不敢，真要说了，雪姐会上就敢找姓姜的大闹一场。

主席台上，姜宁亭已宣布了会场纪律，第一项开始了，吴悦台代表上届会务委员会做工作报告。

吴悦台的兴致很高，有几分蓝青官话意味的南方普通话，听起来抑扬顿挫，有婉转流畅之美。对吕汾阳为会长的前一届会务委员会的工作，给了极高的评价。说到后来，竟来了一句："让我们对吕汾阳会长的工作成就，表示崇高的敬礼！"

我校对过讲稿，这句话是讲稿上没有的，可说是吴悦台的临场发挥，不，该说是临场窜改。吕汾阳听到这里，竟笑吟吟地站了起来，短胖的身材，还分三个方向鞠了躬。下面的掌声够激烈的，我看了听了，心里却是好一阵子的难受。老先生，你真的没听出来吗，人家这是在欢送你下台哩！

十点二十分，吴悦台的工作报告完毕。

主持人姜宁亭宣布休会十五分钟，十点三十五进场，开始下一个程序。

这个会议室在晋光饭店的三层东侧，是个横的长方形，主席台在北墙前面，东西两边各有大扇的玻璃门通向楼道。会长选举时间短不了，这会儿该方便一下。从我坐的桌子到西边的玻璃门，正好是斜对角，可以绕到最后一排过去，再沿着西墙根往前走，也可以在一个又一个方阵间穿过。我选择了后者，有意从省直一团二团的方阵前经过，不看座位牌不知道，一看座位牌吓一跳，果然三人一个长桌，中间的座位上，全是倾向于选吴悦台的人。这个人盯人的阵势，真够严密的。

从卫生间出来，想透透气，见楼道西头的窗扇开着，便朝那边走去。

邵新一在那儿抽烟，跟前没人。

"待会儿会长选举，会是怎样的结果？"

我问这位精于计算的高人，我也能猜个大概，还是想听听他的判断。

"没悬念，准下。"

邵新一嘴里呜噜着，连玛瑙烟嘴都懒得拿掉。

"下午的副会长选举呢？"

"有了新的情况，你可能还不知道，副主席名额，增加到了十个。"这才拿下烟嘴，夹在右手的食指和中指间。"前天下午，吴悦台见了林副书记回来说的。黎之诚他们想多上几个副主席，早就鼓动吴悦台要指标，林副书记倒是答应了，实际上心里不高兴，提了个附加条件，选票必须过半，选举才是有效。"

"组织这么严密，人盯人，过半该不是个事。"

邵新一笑了，明显是笑我数学知识的不足。

我不吭气，知道他这么一笑，原因是什么，不会不对我说的。

他说，昨天晚上八点多，吴悦台打电话把他叫到办公室，说了增加的名额，也说了林副书记的意见。吴悦台还挺高兴的，觉得自己面子大，说啥领导听啥，又给弟兄们办了事。已布置下去了，重印副会长候选人的选票。他问新增的三个候选人是谁，吴说了，他一听就知道，两个是黎之诚提的名，两个是姜宁亭提的名，还有一个是吴悦台自己提的名。

我说，实选由六个副主席变为十个副主席，怎么候选人就增加了五个。他说，按惯例差额选举，候选人可以超过实选人的百分之三十，选六个，参选的是八个，现在要选十个，参选的就可以是十三个，这样就得再提五个候选人了。这也是因为想上的人太多，提名的又都是实力人物，吴悦台面子上下不来，只好同意，顺便也增加了一个自己的人。

"会是什么结果呢？"

那边门口，工作人员已在吆喝代表们进场了。

邵新一做了个手势，意思是那边催人进场，可以边走边谈，楼道很长，够说话用。

"不妙，很不妙！先前定的八个人，不说票多少，从高往低的数，取八个人就行了。现在候选人成了十三个，选票肯定分散了，还加上个过半才能当选，看吧，惨啦！"

见我不明白，又补了一句："这是个简单的数学题，可惜，可惜！"

我听出他话的意思，是可惜这些笨人参不透，还一个一个暗自得意呢。

话说到这儿，正好走到会场西边的玻璃门前。一时间，我竟觉得楼道有多长，走完该说多少话，邵新一在开步前都已计算好了。要不怎么会，刚要进门了，他的话也就落了音。脑子好的人，凡事预则立，不预则废，古人的话，一点都不假。

发票，投票，统计票，程序之正规，给我的感觉不是在太原的这个大饭店，倒像是在北京的什么大会堂似的。

还有一点，也像是重大会议，就是设立了主席团。选举进行时，我瞅了瞅主席台上坐的主席团的人，只有九个，这也是因为铺了红桌布的主席台，紧靠着会议室的北墙，只有三张长桌，紧紧地只能坐九个人。

吕汾阳仍是那么笑吟吟的，似乎一点也不怀疑，最后是一个他料想不到的结果。

统计票的时间颇长，在同楼层的一个小会议室进行。据说省委宣传部和组织部各派了一个处长监督计票。

不知谁带的头，这个计票的时间成了会议的娱乐时间。

先是市太原代表团的一个作者，唱了一首河曲民歌。

> 对面那个圪梁梁上，那是一个谁？
> 那就是要命的二小妹妹。
> 妹在那圪梁梁上哥在沟，
> 亲不上嘴嘴，你就招招手！

又上来一个，我认出来了，就是河津篝火晚会上唱蒲剧的那个小伙子，大概觉得到了省城，要露一手，又怕唱蒲剧不叫座，自报家门，唱了一首那几年正叫红的《水浒传》电视剧里的《好汉歌》。

> 大河向东流哇，
> 天上的星星参北斗哇。
> 嘿嘿参北斗哇，生死之交一碗酒哇！

他唱了两句，会场上不知有多少人跟着吼了起来，一时间，竟有声震屋瓦的炸裂之感。

> 路见不平一声吼哇，
> 该出手时就出手哇，
> 风风火火闯九州哇——

此人在河津唱过蒲剧《观阵》，嗓子就不宽，今天可能是太亢奋，起得高了，唱到"闯九州哇"，又高了许多，一时岔了气，竟晕倒在地上。前排有人过来，赶紧扶起，抬到外面。

又一个晋东南的中年人上来，唱了一曲上党落子，乱哄哄地听不清，唱前他自己说，是赵树理改编的《三观排宴》里的戏词。他还没唱完，刚才唱《好汉歌》晕倒的晋南汉子已进来，站在他身边等着，他一完，那汉子就接过话筒，说"对不起，刚才太激动了，岔了气儿，我还要唱完的"，说罢就高唱了起来。奇怪，这次起得比上次还高，竟顺顺当当地唱了下来。

又有一个代表上来要唱歌，姜宁亭摆手示意拦住了。他敲敲面前的麦克风，用他那黏稠的雁北话宣布："会长选举的结果出来了，现在由选举委员会主任宣布选举结果！"

哦，刚才忘了说了，这次换届选举非常的正规，也非常的庄重，除了换届领导组以外，还有代表资格审查委员会、选举委员会，各有主任一人，委员若干人。两个委员会的主任，都是省城文史界的头面人物，代表资格审查委员会的主任，是文物局的一个老专家，选举委员会的主任，是我们杂志社的郑伯笃。

郑老师手里早就拿着一张纸，姜宁亭说罢，他把麦克风往自己跟前挪了挪。

"很荣幸，我能担任这次文史研究会换届会的选举委员会的主任，现在由我代表选举委员会宣布，这次会长选举的计票结果。两个会长候选人，一个是吕汾阳同志，一个是吴悦台同志。计票结果是，代表三百五十人，参加选举三百四十七人，缺席三人，共收到选票三百四十七张，其中废票七张，有的是格式错了，有的是胡乱填，比如有的选孙悟空，只能归为废票。有效票三百四十张。其中吕汾阳得票一百四十八张，吴悦台得票一百七十二张。姜宁亭得票五张，黎之诚得票四张，何其愚得票三张，邵新一得票一张，田瑞哉得票一张，杜绒仙得票一张，弃权票五张，宣读完毕。"

底下先是愣了一下，接着是噼里啪啦的掌声。

"静一下，我还有一句话想说，不是以选举委员会主任的身份，是以一个参加会议的年老的代表的身份说的。"

郑伯笃双手握住麦克风，仍能看得见他的手在微微打战，话筒里的声音似乎也喘着粗气，嗡嗡作响。

"说什么呢？"他扭过脸，对着坐在他旁边的吕汾阳说，"老吕，你看你都培养了些什么人，全是一伙儿白眼狼！"

姜宁亭以为郑伯笃会说什么祝贺的话，没想到竟是这么一句，怕他说出更不堪的话，伸手将麦克风移到自己这边，冲着话筒说道："按照选举法的规定，会长选举落选的人，自动成为副会长的候选人。现在我宣布会长选举结束，让我们一起鼓掌，祝贺吴悦台同志当选新一届文史研究会的会长！"

台下响起稀疏的掌声，能感到会场上对吕汾阳落选的悲伤。虽说那么多人没投他的票，真的落选了，还是怪伤感的。

郑老师宣布选举结果时，我手边正好有一张废纸，就在上面记下几个数字，吴一百七十二，吕一百四十八。心里一默算，相差二十四票。听起来不少，换一种算法就不同了，用二十四除以二，得十二，也就是说，投吴悦台票的，要是过来十二个人，两边的票就相等了。再过来一个人，吕的就多了两票了。我一下子想起，在换届办公室，姜宁亭曾跟我说的，他们经过精确的推算，选举会上支持吴悦台的力量还是显得弱些。经他提议，增加了五十名特邀代表，省直代表团打乱另编，由原来的两个团改为三个团。

还真佩服这些人的分析能力和组织能力。

我正这么想着，忽然听见麦克风砰砰地响了两下，抬头看时，只见吕汾阳站了起来，双手端着麦克风，一脸悲怆，用几乎是哽咽的声音说道："我宣布放弃副会长候选人的资格。祝下午的大会圆满举行，谢谢大家！"

啪啪啪，下面响起了掌声，先还不怎么激烈，越拍越激烈，多长时间我没留意，感觉绝不是投了吕汾阳票的人在拍，多少没投他票的人也在拍。

上午的会，就这么结束了。

第四十六章

午饭是自助餐，就在晋风饭店一楼的大餐厅，很丰盛，有我爱吃的石斑鱼，还有山西很难吃到的俄罗斯鱼子酱。自助餐的好处是，你可以随意走动，哪儿热闹不一定往哪儿去，总可以站在旁边听一听。我和雪姐在一个小桌子前坐着，旁边是个长桌，有个从文联会上过来看朋友的，高谈阔论，一点儿也不避讳。文联的会和作协的会都是在迎晖宾馆，程序跟这边不一样，这边是先选会长，后选副会长，那边两个会，都是先选副职再选正职，上午就完了。听他说，作协的会最顺当，几个有名的作家全当了副主席；主席，选上的也是省上内定的人。文联更是毫无悬念，该选上的都选上了。

文史会这边，下午继续开会。

主持人仍是姜宁亭，但见他凑近麦克风，呼呼吹了两下，以为要宣布什么事项，正凝了神要听个仔细，不料竟是几句检讨的话。

"这次的换届会，在省委领导和宣传部的关怀指导下，是做了充分的准备工作的，但是因为我们的经验不足，检点不到，还是出了许多不该有的疏漏和失误。反应比较强烈的是《代表花名册》的编写印制，一是错别字多，二是信息摘录不准确，有的该写的成绩没写上，有的多项成绩只写了一项，现在让筹备处组织组组长何其愚同志给大家解释一下，我也代表筹备处给大家道个歉。"

啊，会有这样的事！

我以为何其愚会过到主席台那边，在姜宁亭旁边的位子上坐下，移过桌上的麦克风说几句话。才不是呢，会场第一排前面早就放了一个单人小桌子，上面也有个麦克风，何其愚过去坐下。

如此安排，显然把《代表花名册》上的过错，全推在何其愚身上了。

背负上这样的责任，也可说是污名，副主席的选举，这个人肯定没戏了。

他似乎没想那么多，只想说明原委，求得大家的谅解。

能想象得出，下面的会上，说到此事，多少人都用仇视的眼光盯着他，狗东西，我们都挺吴悦台，就你他妈的念旧，要保吕汾阳！

会上做个解释，想来也是姜宁亭这些人要求的，无奈之际，他只好答应，实际是承担了全部的责任。

说开了，声调也还平和："《代表花名册》上的问题，我来解释一下。发的代表登记表，一人一张，格子大，好多同志都填满了。《代表花名册》不可能印上那么多，前面有说明，学术成就，每人只摘取最高的一项，有的同志说，他得奖得的是县政协文史委的奖，但受表彰是市政协主席在年度工作报告上提了名字的，选最高奖励应当选市政协主席工作报告上的提名。这是我理解上的错误，在此向误读了的同志道歉。有几个同志只写了他的本名，没有写笔名，提意见的同志说，他的笔名的名气更大些。对名气的判定，他人的感觉和自己的感觉常常存在着一定的差距，造成的这一类失误，完全是我的责任，希望受伤害的同志能够给以谅解。还有的同志提出这个花名册，传出去会对他个人声誉造成不良影响。我已提请大会筹备处，会后将花名册全部收回销毁，有这方面担忧的同志尽可放心。祝选举顺利进行，祝同志们心情愉快！"

说完了，我倒是觉得，这家伙这番说辞，倒不失"何三流"的本色。

副会长选举进行中。

发票，收票，统计，都觉得不会出什么事，还是出了事。

候选人多，入选人也不少，计票时间也就特别长，下午四点，结果出来了。

仍由郑伯笃宣布，他还是不紧不慢的老腔调，只是这次情况复杂，说的话多些。

"很荣幸，上午宣读了会长选举的结果，下午又来宣读副会长选举的结果。副会长的入选，选举条例上有规定，必须选票过半，我们会上，参选三百四十七人，半数为一百七十三点五，人不能是半个，那么半数就定为一百七十四票。上午宣读时，得一票到得五票的都念了，下来有人以此打趣得票少者，接受群众意见，这次不在候选人之列，得票少者就不念了，这样就只念当选者的票数，还有虽未当选而得票较多者的票数。"

说到这里，他瞅了瞅坐在旁边的姜宁亭，意思很明显，看看主持人有没有要补充的，若没有，他就宣读了。

　　姜宁亭还真有说的，又将麦克风往他那边移了移。

　　"有个没有列入候选人的学者，得票也不少，可惜未达到规定票数，这个人的票数也要念一下。"

　　选举结果的单子，送进会场，是先给了主持人，再由主持人递给选举委员会主任。显然，他看到了，知道这个未列名者的票数是多少。

　　郑伯笃清清嗓子，念开了。

　　"名列候选人，得票过半者第一名姜宁亭，得二百三十五票，第二名黎之诚，得二百零三票，第三名邵新一，得一百九十七票，此三人当选本届副会长。名列候选人得票较高而未过半者，有何其愚，得一百二十七票，还有夏涑水，得九十二票，另有未列候选人，得票较多者为田瑞哉，得一百三十一票，宣读完毕。"

　　下面响起稀稀疏疏的掌声，看样子都蒙住了，怎么会是这样的结果呢？蓦地，掌声大作，像是一下子都清醒过来，成了对上午吕汾阳落选的一种报复性的回击。好哇，你们把吕老会长轰下台，你们也没占上什么便宜。

　　"报告，我有话要说！"

　　掌声刚落下，我前面省直一团的方阵里，一个人站起，高举着右臂喝道。

　　雪姐在我的左侧，能看清那人的脸面，低声对我说："文史会的李文儒。"我细看，从背影上也觉得就是李文儒。

　　李文儒平日说话不是很利索，此番肚子里憋着气吧，倒也利利索索，连个奔儿都不打。

　　"方才郑伯笃主任宣布了副会长选举的结果，有入选人的选票数据，有是候选人而未入选者的选票数据，还有一个不是候选人也未入选者的得票数据，对这后一位，我有自己的看法。"

　　"发言请简短些。"

　　姜宁亭似乎已意识到什么，做了个不甚友好的提醒，他是这次换届会的胜利者，不自觉地已显露出胜利者的气势。

　　"我会简略些，恐怕短不了。"

　　李文儒的回敬，一点也不客气。

　　姜宁亭没再说什么，等于是默许了李文儒的强硬。

"我是省直一团的代表，是省直二团计票三人小组的组长，我们团里田瑞哉先生的得票数我知道，是三十五票。我们团旁边是省直一团和省直三团，他们总括时，我听见了也记下了，选田瑞哉的，省直一团是二十八票，三团是三十一票。计票员不能乱跑，但挡不住可以听见，我们南边是阳泉市团，他们唱票的声音高，我听见田瑞哉的得票是二十七票。以上四个团，已是一百二十一票。全省十一个地市，每个团都在二三十个人，我相信其余十个地市团，田瑞哉得票怎么也下不了一百，就按一百计，田瑞哉得票也已二百二十一，超过了当选票数，怎么会落选呢。光我知道的，我们团三十五票，而总计表上只有十五票。因此，我要求复查各团选票，得个准确票数。"

啪啪啪！下面的掌声分外激烈，给人的感觉是，总算出了个事，有热闹可看了。

主席台上没有什么动静，可不可以复查，似乎谁也没有这个权力。惹恼了的是省委组织部的那位处长，他和宣传部的张处长，驻会的任务就是监督并保证选举圆满成功，若出了纰漏，肯定他要担一份责任。他说话了，口气十分凌厉。

"李文儒同志，计票是在严格监督下进行的。我和张处长一直不停点地巡查，总票的时候我俩又都在跟前。我们认为程序是严密的，结果是正确的。现在你可以收回你的意见，我们不追究你的责任。当然不是不可以复查，若查不出问题，你是要负组织纪律责任的，请你再考虑一下。"

后面的人如何，看不清，前面的代表，纷纷扭头看着李文儒。

处长的话那么厉害，好多人都以为李文儒会怂的。

料不到的是，平日看起来还有点窝囊的李文儒，此一刻变得分外强硬。

"处长同志，我坚持复查选票的要求，如果我错了，我不光愿意接受组织纪律的处理，还愿意承担任何刑事处罚。"

李文儒这么说了，处长不再作声，只见他先跟宣传部的张处交换了意见，又跟姜宁亭、郑伯笃嘀咕了几句，便由郑伯笃宣布："刚才的宣读，暂且全部收回，各团计票组人员，再到小会议室重新计票，各位代表可以方便，最好原地不动，复查不会用多长时间。"

按说这个空当，是会议的娱乐时间，可是这回没人表演了，除了上卫生间的，大都坐在自己的位置，三三两两相互嘀咕，静等着复查结果出来。

我在的是省直三团，坐在东边最后一排，省直一团就在我前面，吵嚷声平息下来之后，看见张学诚和谢次陇都过到李文儒跟前，不知是劝慰还是鼓劲儿。听不见说什么，只见李文儒的脖颈儿一棱一棱的，像是在表示一种好汉做事好汉当的英雄气概。

他是计票组的，本来该去小会议室参加复查，都走到门口了，叫挡了回来，这个团另叫了一个不是文史会的人。

张学诚和谢次陇，似乎也不愿意让人看出他们是一伙儿的，说了两句就走开了。

要让票箱飞出一个副会长，他们的这个阴谋，我是知道的，一面为李文儒担着心，一面又不能不佩服三个年轻学者的豪侠之气。这年头，这种古义士的作为，在当今的读书人里面，实在是太稀罕了。

我和雪姐相跟着去了趟卫生间，回来各自坐在原先的位置上，静等着复查结果出来。

会场上静了好长时间，这会儿又乱糟糟起来，雪姐像是想起什么，往我这边靠靠。

"哎，绒仙，上个星期三，我给你打电话，你说你在滨河的半岛咖啡店，什么事儿，不会是在执行我们的FH计划吧？"

"还伏虎呢，现在连个小狗也逮不住。"

我在想，上星期三怎么会去了半岛咖啡店，噢，想起来了。

"梁玉阁教授去省图开会，早早溜出来，说下午还有会，她不想吃会上的饭，约我去长风街那边的第六馆，两人边吃边聊天。第六馆那边的饭馆挺乱的，再说去了那边，梁教授请我也不妥当，于是便约她过了桥，到这边的半岛来。她爱喝咖啡，一说就过来了。"

"你们师生二人倒是挺合得来的，论文开题了没有？"

"说不上开题不开题，梁教授的路数跟他哥哥的路数很相似，主张田野调查，数据说话。我们三个博士生，一人分了一个专题，各自完成之后，她再据此做一个综合性的大专题，当然主要的框架，还是她自己的。"

"她没说几年可以拿到学位？"

"怎么也得三年，我现在倒是觉得越长越好，有上五年，我说不定就能完成一本专著呢。"

"你肯定行。哎，河津回来没有去见萧大夫？"

"穷忙，又是去文史会，又是去山西大学，编辑部也是一摊子事。上星期在文史会见着舒玉，还说她舅舅说了，哪天请我去他的诊室坐坐呢。"

"到时候我也去，我也好久没见萧大夫了，是个风趣的人，不见还想呢。"

雪姐提起萧大夫，真的，她说她还想呢，实际上我也不时想起这个人。

我右边的文化厅的女学者还没回来，时间还有，我忍不住跟雪姐说了件喜庆的事。

"雪姐，我发了一笔大财。"

"哦，快说说。"

我说，我不是跟你说过嘛，北京我那个亲哥哥来太原找我，找见了，除了叙旧情，还说我们家在虎坊桥有个老院子，定下要拆迁。他说将来得了拆迁费，一定要给我一半，还说这是老父亲的遗愿，他一定要做到。前一向去了柳林，回去不久，拆迁款下来了，拢共一百五十万就给我打过来五十万。电话里他说，你嫂子这个人抠门，说这么一大笔钱主要用于孩子们的教育费用，咱家两个，妹妹家一个，该按三下分，他想了想，明知不对，也只有依了嫂子，说妹妹你就收下吧，权当哥哥坑了你。

"你真的收下了，发了大财了！"

雪姐惊喜地喊了起来，多亏会场里乱糟糟的，没人注意到这个角落。

"我哪儿能全收，哥哥讲情义，我也不能不讲情义，再说嫁出的女儿泼出去的水，这是祖产，没我的份的。我当下就给我哥退回十万，说这十万算是我孝敬嫂子和哥哥的。"

"这么说，你留下了四十万？"

"是呀，雪姐，你说这不是意外的惊喜吗。"

"是呀，你这个哥哥真好。知识分子家庭出来的就是不一样。哎，他怎么有两个孩子？"

这事儿，上次来哥哥给我说过。他下过乡，是当年最后的那一批，不久就回到城里，跟社科院管后勤的一个干部的女儿结了婚，生了个女儿。没几年，这个后勤上的干部升了正局级，那女人心也大了，就跟哥哥离了婚，孩子留在哥哥这边。哥哥又找了个对象，也是离过婚的，带了个男孩儿过来，这样兄嫂那边就有了一女一男两个孩子。

我把这个情况一说，雪姐发了句感慨，说乱世也有乱世的好处，重新组合也不全是坏事。你哥哥能做到这一点，实在是了不起。

会场上静下来了，一瞅，是组织部的处长和宣传部的张处长，两人一前一后进来。组织部的处长将一张纸递给了姜宁亭，姜宁亭接过一看，眉头皱了皱，低声说了句什么，处长点点头，姜便将纸页推给郑伯笃。大概他觉得有必要为两位处长开脱一下，便将麦克风往他那边移了移。

"静一静，现在继续开会。我们要感谢组织部和宣传部派到会上的两位领导同志，正是他们接受了李文儒同志的建议，重新统计了选票，帮助我们及时地纠正了一个不小的失误，现在，先让我们对两位领导同志的负责精神表示感谢！"

稀稀落落的掌声与其说表示感谢，还不如说表示嘲讽。

"现在请郑伯笃主任宣读复查的结果。"

姜宁亭说罢，将麦克风朝郑伯笃那边推推，大概得的不到位，郑老师斜了他一眼，又朝自己跟前移了移。还是他的老毛病，不管有痰没痰，先喀喀两声，清清嗓子。清跟没清一样，都是他那种生硬的晋南普通话。

"现在，我代表本届代表大会选举委员会，将复查了的选票结果宣读如下。"

前面的人员票数跟上次一样，人们尖了耳朵，要听的是田瑞哉的票数，终于念到了。

"田瑞哉，得二百三十三票。这样本次大会选出的副会长就不是三个人，而是四个人了，依得票多少排序是：姜宁亭、田瑞哉、黎之诚、邵新一。请大家鼓掌，祝贺这四位同志当选为本届文史研究会的副会长。"

掌声分外热烈，给我的感觉是给田瑞哉的，也是给李文儒的。

当然我也知道，暗中欢喜的，还有张学诚和谢次陇。他们的努力总算得到了回报，票箱里真的飞出了一个副会长。

第四十七章

有些事是料不到的，比如今天，我就料不到刘局长会请客，且是在文史会换届之后没几天，且是在新开业的雁来红茶社里。

我是开车去的，早了些，雪姐比我还早，在雁丘园门口等着我。

10月初的太原，天气凉了，好在今天阳光明媚，气温也没有怎么下降，跟初秋似的，让人只觉得爽，而不觉得凉。

这个雁来红茶社，就在鸿雁楼里，一楼是晋味餐馆，茶社在二楼。

想起曾去过的御碑亭茶苑，我跟雪姐打趣说，是不是也是个准色情的场所。雪姐笑了，说你呀，就记得那个地方，这儿可不一样，叫成茶社，是为了避人耳目，实际上刘局长是要把这儿打造成一个高级会所，设在鸿雁楼内，等于是酒楼的一个分店。

雪姐说，雁来红这名字，也是她给起的，在雁丘旁边，得起个好名字，冲冲晦气。

"来的人多吧？"我问。

"不多，都是认识的，刘局长让我点将，我点了两个，他又加了两个。"

"晚饭请客，中午不好吗？"

"刘局长说，现在机关查得严，中午喝了酒，下午上班脸是红的不好看。"

楼上有几个包间，我们进的这个朝西，叫落霞厅，正对着汾河的河面。再南边不远，就是那条掉过头，逆流而上的花里胡哨的大龙。

雪姐通知我，是今天上午刚上班的事。说雁丘园有个茶社新开张，刘局长想聚聚人气，叫几个文化人过来坐坐，特别点名，一定要叫上《山河志》编辑部的杜绒仙。我觉得在滨河公园，又是茶聚，人不多，挺雅的，也就答应了。

落霞厅里，全是清一色的红木家具，真的还是仿的，我就分不清了。我看着红红的，笨笨的，就当是红木家具。

不知道会来些什么人，我挑了个偏些的位置坐下，雪姐不坐，站了一会儿又下去接人去了。

头一拨上来的是萧东平大夫，相跟的是他的外甥女舒玉。由此我想到，刘局长请客，带点还席的意思。

雪姐陪着上来又下去了，真佩服她的好精神，高跟鞋踩在木楼梯上，跟敲梆子似的，预示着一场好戏马上就要开场了。

还会有什么人呢，没等我回过神来，楼下一阵喧哗，浪似的涌了上来。

我坐的位置，侧过身子，正对着楼梯口，能看见那边上楼人的半个身子，稍待一会儿，又能看见这半个身子变成了谁的面孔。

雪姐领路，是头一个。何其愚，——想来该有他。谢次陇，——有何其愚，多半会有他。邵新一，——怎么会有这个人呢？他可是这次新当选的副会长，何其愚是落选者，两人能坐在一起？任小伍，——想来是邵新一成了副会长，有了坐车的权利，机关给派了车。他来了，我倒是蛮喜欢的，这个人别看是个司机，除了说话口齿不清，脑子可是清楚得很呢。刘局长殿后，笑眯眯的，上了楼又走在前面，朝这边引领。

礼让一番，分宾主坐定，我很佩服自己的预判，先坐下的位置，正好是排下来该我坐的位子。刘局长居主位，一左一右排下来，那边最末一位是舒玉，这边最末一位是我，正好留下一个不算窄的上菜口。哦，该说是上茶口。

桌上摆的是一把清式提梁瓷茶壶，一圈的彩绘，看去是五子祈福图。每人跟前一个盖碗茶杯，正中是围成莲花图案的干果碟子，腰果、核桃仁等。我正惊异，这个聚会品味竟如此之高，随着一阵脚步声，身穿"林香斋"号衣的两个小伙子，抬着黑漆油亮的四层大食盒进来了。一盘一盘摆上来，松花鱼、香酥鸡、宫保鸡丁、白灼芥蓝，满满的一桌酒席菜，那边，服务员正打开一瓶坛儿汾。看到这些，我不由得想笑，山西的文化人聚会，你别想他们会如何的高雅，十有八九还要划拳呢。

刘局长解释说，酒楼还没有正式开业，厨师都还在培训中，怕做不好，直接从市里的林祥斋饭店要了一桌宴席菜。

我的心思，还在这样的聚会，既请了何其愚，为何又请了邵新一，刘局长一句话就解开了，说他跟邵新一好几年前就认识了，对邵先生，他最为佩服的是身世高贵，识见英明。又说，何先生这次落选，他也听说了，这次雅聚，也算是给何先生压压惊。邵新一是何等聪明的人，借着这个话头端起酒杯，虚晃一圈，先跟何其愚碰了一下。

"这年头，不管怎么着，上位的都是我这样的卑劣小人，落选的都是其愚兄这样的坦荡君子，来来来，小人先敬君子一杯。"

"哪里哪里，说颠倒了，群众唾弃的，必然是拿不到台面上的，群众的眼睛，从来是雪亮的嘛！"

何其愚不管心里做何想法，这两句话还算得体，任小伍冷不防来了一句，口齿不太清，我还是听清了。

"这话要看谁说，何先生说这话真不真，我不敢说。这次会上最该说这话的，是田瑞哉先生，要叫夏涑水说，群众的眼睛就全是瞎子。"

跟前的人全都笑了，山西人听山西话，再口齿不清，也能听懂。

起初何其愚还算豁达，酒过三巡，情绪上来了，本相也就显出来了。

"我跌了一跤，正要喊疼，爬起来一看，后头跌倒一大片，也就不觉得疼了。"

"这叫转移疗法，学理上是有根据的。"

萧大夫笑着来了这么一句。

"你还能爬起来，有的人跌这么一跤，怕一辈子都爬不起来了。"

这是谢次陇说的，听话听音，有嘲讽夏涑水的意思。真的，夏涑水这次选上就选上了，叫李文儒几个鼓捣下来，再想上去，怕就没戏了。

任小伍又来了一句。

"有文化的人这么闹腾，我是看了心全凉了，9月天就跟下了雪一样。"

可能是任小伍这个下雪的比喻，又引发了何其愚的感慨。

"今年的冬天来得太早了，还没下雪，就落了个一片白茫茫大地真干净，谁能想到，《红楼梦》上的情景，会在这块黄色的土地上重现！"

我坐在他斜对面，看到他说这话时愤懑的神态，原本细眯的眼睛，竟闪着凶狠的亮光。

他这话的意思，是说原本定下十个副会长的名额，料不到会有七人落选，倒下一大片，等于是一片白茫茫大地真干净。我心想，这么狠毒的话，传出去会得罪多少人，很想说句什么，提醒他留点口德，别太狂了。又想好几天了，他能在这儿说，别处不知说过多少回了，以后有机会单个儿跟他说吧。

女人就是怪，只要有一次肌肤之亲，就觉得成了自己的亲属，对他理应负有呵护之责。

换届的热议，一会儿就过去了，毕竟都是学者，很快就转到做学问和写文章上头。

谢次陇知道我正在读博，也知道我让代表登记表上加一项，是为了写研究论文，问我论文写得怎么样了。我说去河津开会前已写起，交给梁玉阁教授审阅，通过盲评已通过了。他又问研究的结果是什么，这种场合，我不愿正面回答，笑着说，证明了民间的说法，还是有道理的。

何其愚听了，颇觉奇怪，说写学术论文，验证了一个民间的说法，太蹊跷了，快说说。

他这么一问，我就不能不细说了。

"民间不是有个说法吗，龙生龙，凤生凤，老鼠的儿子会打洞，龙和凤没人见过，老鼠可是没人没见过。谁家的老鼠都是在洞里生活的，没见过哪个老鼠不会打洞，在外面让饿死冻死的。我统计了一下，有没收回的，差不多有三百三十几份登记表，父祖两辈是读书人的占了百分之六十几。当过官的占百分之二十几，经过商的占百分之三十几，还有的虽在农村，从事的却是有相当智力的行当，比如风水先生、牲口牙子。真正出身农民的，不到百分之二十。这还不正说明了，啥人家生下啥娃，老鼠的儿子会打洞吗？"

哈哈哈，满桌人都笑了起来。

何其愚还是管不住自己，独自闷了一口酒，突然盯住我问："你的小说写到哪儿了，多少字了？"

我是跟他说过，我想写小说，可那是私下里说的，如同就坡下驴，随意赋形，是为了跟他多说几句话，信口开河说下的。不说我早就忘光了，就是记得，八字还没见一撇，他怎么在这种场合提起呢，不由得就狠狠地瞪了一眼。

"我跟你说啦！"

跟喜欢的人闹别扭，就跟抢白爹妈一样张口就来，不过脑子。

雪姐见我生了气，怕凉了场，说她过去没听说过我要写小说，自从北京的哥哥来过以后，确实跟她说过，想写小说，写我的家世，写我的感情生活。她这么一说，我倒不好反驳了，只淡淡地说，是想写，还不知在猴年马月呢。

料不到的是，跟两位的几句口舌，引出了萧东平大夫的一番宏论。

他先简单说了他曾经说过的那个经历，他在德国海德堡大学，先学的是文学批评，后来听高人指点，说国内文学批评的职位，全被北京大学和人民大学出来的占了，学文学批评的回去，很难找下对应的岗位，这样他才在读博的第二学年转到心理医学上。

"因为有这个基础，我回国后，一面从医，一面也还留心国内文学创作的状况。国内的文学创作，也跟科技的发展一样，一到九十九做得很漂亮，从零到一几乎没有动静。而看出一个国家一个社会，文学创作的真正实力的，恰是这个零到一，就是文学的原创力。"

这几句话，他是板着脸，很认真地说的，桌上的人也都是用心在听。

接着说，读文学批评那一年，教授给他们开过一门课，叫《名著的复制》。有一次布置作业出的题目是，选一部名著，考察它在你们国家的复制及传播的情形。

"哦，做过这个研究，快说说！"

何其愚深感惊奇，没想到眼前的这个骨相科医生竟做过这么专业的学术研究。

萧东平说，他选择的外国名著是 Marcel Proust 的 A La recherche du temps perdu，他说的是英语还是德语，我们根本听不明白，意识到自己有卖弄的嫌疑，他自个儿翻译了出来，说是马塞尔·普鲁斯特的《追忆似水年华》。那几年电脑还不发达，他做这项研究，主要靠外文索引和他自己的广泛阅读，有的纯粹是无意间撞上的。既是法国小说名家，早期留法学者的著作总要翻翻。真还让他找见了，最早将《追忆似水年华》介绍给国人的，是山西晋南人李健吾先生，普氏全书1928年才出齐，他1935年出版的《福楼拜评传》里有一大段文字，专门介绍了这本书，书名他译作《失去的时间》，还说了这失去的时间是怎么追索回来的。

"李健吾的书里，是这么说的，有一天，主人公在茶里泡了一小块点心，点心的味道勾起另一小块泡在茶里的点心。他想不起什么时候，什么地方，渐渐地他记起这是儿时在姑妈家里。于是他所有的回忆，仿佛死灰复燃，在他心里豁亮起来。而这一切，走出过去，来到现时，仅仅因为他在茶里泡了一小块点心。他重新寻回他的时间，一个内在的时间，经年不凋的观念。"

"这不就是倒叙吗？"

雪姐觉得这么写没什么特别的，外国人就会大惊小怪。

"哈哈，"萧大夫笑了，"全书三百多万字，前几年多少人合译成中文，厚厚的七本呢。"

萧东平继续说他的研究。

中国作家"复制"的情形，他是在一篇德文写成的文章里发现的。文章里说，中国有个当代作家，是蒙古王爷的后人，在中国权势很大，文名卓著。他的一本名为《木偶玩具》的长篇小说里，对普氏的名作有巧妙的"复制"。《追忆》书中，主人公马尔赛勒是由吃了母亲送来的一种叫作"玛德莱娜"的点心，又将一匙茶送到嘴边，茶与点心碎末混在一起接触到上腭的一瞬间，产生的那种极度的快感，回想起列奥妮姑妈，回想起当时在贡布雷所发生的一切。而在《木偶玩具》书中，主人公倪藻在西方那个港口城市，见到父亲的旧友史福岗太太后，"茶水似乎不那么新鲜，也不那么热。史太太端来一盘糕点，他吃了一块蛋糕，很好吃"之后，又由史太太的一番提问和感慨，引发了他的遐想，"忽然发现，旧事并没有消失，依旧存储在每个经历过旧事的人的心里"，于是才有那一章接一章的，对旧事的追溯，最先想到的又是静珍姨妈。那位论文的作者，在文末还幽了一个默，说普氏《追忆》二三百万字，这位蒙古王爷的《木偶》只有二十几万字，不及普氏著作的十分之一。看来中国当代作家的"瞎扯"的本领，不及法国的一个残障作家。

由这个"瞎扯"的本领，又扯到我能不能写小说。

萧东平的看法是，我平日说话羞答答的，根本放不开，写小说要的是"瞎扯"的本事，说废话的本事，我这么拘谨的性格，万万不适合写小说，想写，写点小散文，了了心事可也。

怕我受到伤害，也是仗着她跟萧大夫更熟络些，雪姐当下就怼了萧大夫两句。

"我看你那个瞎扯的本领，才是真正的瞎扯，绒仙的心可细啦！"接下来说了，我曾留意她穿长裙的事，"这么心细的人，还写不成个小说吗？"

平日也还随和的萧大夫，今天忽然变成了个犟驴，绝不承认他在德国大学里学的那一套会有错，又说了他早就认定的一条文学的铁律。

"雪君，你把文学看得太简单了，文学是很神圣的，西方文学理论认为，文学与人生有一种对应关系，只有矢志为文学献身的人，才配从事文学创作，不一定为文学而生，却肯定是为文学而死。这样的作家，中国古代或许有，现在而今眼目下，怕就是打上灯笼也找不到一个了。漂亮的女人，做不了文学，太漂亮了，想头就多了，专不下心来做这种苦营生。"

"舅舅，你净胡说！"

连舒玉也听不下去了，冲着这边叫了一声，为我打抱不平。萧大夫正说在兴头上，一点也不买外甥女的账。

"你叫绒仙说说，她有为文学而献身的精神吗？"

"我没有，一点也没有！"

我能说什么呢，只有坦率承认了。

又上来一瓶"坛儿汾"，何其愚已有几分醉意，忽然就指着任小伍说道："任师傅，你一直给吕会长开车，开完会，我见也是你送他回去的，你说说吕会长对落选的心情吧！"

任师傅开车，滴酒不沾，料不到有人会提出这么个问题要他回答，咳嗽了两声，做出一副豁出去的神态，先把手摊开，在桌面上拍了两下。

"什么心情？吕会长没跟我说过，我也没问过，我只告诉你们一件事就行了。他离开会场，腿软得走都走不动，是我硬扶着，把他拽到车前，推进车里的。会上骂白眼狼的郑主编见了，过来陪上吕会长回的家。小车转过五一大楼，吕会长就哇的一下哭了起来，郑主编怎么劝也劝不住，一直到家门口，还抽抽噎噎地停不下来，老汉太伤心了。"

"就是一伙儿白眼狼！"

何其愚的酒劲儿上来了，大喝一声，端起酒杯，脖子一仰，全灌了下去。

"何先生，"任师傅喊了一声，"你这么说他们，在我看来，你也不是什么好东西，老汉的哭，说不定有三成也是哭你哩。"

任师傅这话，把桌上的人惊呆了，没人催促，可都在盯着他，看他下面会说出什么。

"哦，哭我什么，我又没做下亏心事。"

任师傅嘴拙，也是有些激动，哆嗦着，半天说不成个句子，何其愚沉不住气了，先发出质问。

他这一质问，反让任师傅平静下来。

"你忘了？"任师傅冷笑一声，"7月里你发的那篇"残阳夕照"，叫老汉也够伤心的，要叫我说呀，你们两伙人，拥吴的，拥吕的，做的都是一样的事，一伙是欺师，一伙是灭祖，一伙是打神，一伙是拆庙，他们是欺师打神，你做的就是灭祖拆庙的事呀。"

"啊！"

何其愚的酒劲儿醒了一半。这个惊讶，正好是行文里的一个句号。雪姐知道文史会几个人之间的关系，总怕这伙保吕的人太得意了，冷落了挺吴的邵新一，趁这个句号一画上，马上就另起一行，夸起邵新一在挺吴上的功劳。

"邵老师，我听文史会的人说，在换届这件事上，你的功劳最大。吕汾阳、吴悦台，前后得票各是多少，你事先算的跟他们最后得的，只差下不到十票。十个副会长人选，你说能上三个，果然只上了三个，田瑞哉是从票箱里飞出来的，不作数。他们说这跟你是围棋高手有关，走一步能看五步。"

邵新一显然很受用，拿起他的高级打火机，点着一支中华烟，吸了一口，徐徐吐出，这才接了茬。

"别听他们瞎说，那两三个年轻学者，"说到这里，瞥了谢次陇一眼，谢次陇装作没看见，"要拉夏涑水下来，推田瑞哉上去，我就没算出来。有人说到我跟前，我说夏涑水不用拉也上不去，推田瑞哉上去，绝无可能。组织上定下的名单，又做了会前动员，严格纪律，统一思想，怎么允许出这么大的纰漏。"

雪姐这会儿，只是想着别让邵新一受了冷落，趁邵新一吸烟的空儿，也不在乎谢次陇就在跟前，赶忙说了自己的感受。

"几个年轻人推田瑞哉，那真是不遗余力。"

我瞅瞅雪姐，鼓励她说下去。

"你不知道他们背后的活动，有多厉害，我都答应了，临开会还找我叮嘱一次，说光划掉夏涑水不行，一定要在后面的空格写上田瑞哉三个字。还说哉字要写对，不能写成栽树的栽字，字错了是废票，投了跟没投一样。"

"省上太不公道了，田老师的资历与学术，都不比那几个人差，为什么就不能上，我们就是要打这个抱不平。"

跟前都是朋友，谢次陇也不在乎了，说了自己的态度。邵新一还是大度，不说这个了，只说他在会上最为关心的。

"田上，还是夏上，在这个会上，只能说是插曲。这个会上最为关键的，一是吴能不能上去，再就是副会长能上去几个，这是我最为关注的。"

"新一兄真是神机妙算，在这上头，文史会无人可比。"

何其愚夸邵新一，是很真诚的。这一点，上次在纯阳宫的聚会上，我就感觉到了。两军对垒，都是主将，而有这样的情谊，实在不是多见。

人怕夸奖，谁都一样。邵先生听了，咧嘴一笑，掐灭烟头，说了起来。

"好些人认为复杂的现象，只是简单的数学问题。原先定下八个副会长人选，定的选举规则是十个候选人里，不管得票多少，从高往低截八个，那就肯定能选出八个副会长。后来有那么两三个人，都想把自己的小兄弟拉进来，鼓动着吴会长找省上，硬要上十个副会长，上头拗不过，只好答应了，但变了一下入选规则，不是从高往低截了，是选票必须过半。入选人和候选人比例是一比一点三，选八个候选人是十个，选十个候选人是十三个，我就知道坏了，按老办法怎么也能选出八个，按新办法，能选三个两个就不错了。为啥，选票分散嘛。还有一个嫉妒心理，选的人少，人们还会认真考虑，上的人多了，那些上不去的人，就会心里不服气，怎么他就是候选人而我不是，也是一个重要原因。"

我听了一面佩服，一面又颇不以为然。佩服是佩服他的料事如神，不以为然，是觉得这么聪明的大脑，用在这么无聊的事情上，还这么扬扬得意。这聪明是真聪明还是假聪明，就难说了。

我还是估算错了。邵新一说了这么多，不过是个引子，他后面的话，不是让我吃了一惊，桌上的人没有一个不大吃一惊的。

"要说贡献嘛，我对换届会的贡献——"他拉长了声调，点着刚刚掐灭的半支烟，吸了一口，"不是辅助吴悦台上位，当了会长，而是粉碎了一个阴谋，阻拦了一个不配当会长的人的上位。"

说到这里，特意看了我一眼。

"绒仙，咱们都参加了河津笔会，你知道会上有个人表现很活跃，本来在河津就可开完的会，开个半截子又拉到新绛开，给的礼品还分外的丰厚。好些人以为他是给吴悦台拉票，实际他是给自己造势，选举前几天，他忽然跑到大同，说吴悦台的坏话，还说山西的文史会，该山西人上，不能让一个南方人当了家。大同的朋友告给了我，我赶紧跟吴悦台商议，绝不能让这个人得逞，于是我和吴悦台、张放几个分头去大同、忻州、临汾、吕梁几个估计他能影响了的地方跑了一圈，晋东南没去，那是老吴的根据地。多亏去得及时，要不到了会上，票箱里不是飞出一个副会长，而是飞出一个会长来，那可闹出大笑话了。"

全都心知肚明，没一个问是谁的。

"啊，太卑鄙了。"雪姐大为感慨。

"邵先生你说，"我憨憨地问，"真要选出一个会长，省上承认不承认。"

邵先生吸了一下烟，又抿了口酒。

"我认为会承认的，高层办事，总是工作做在前头，以求万无一失，真要失了不会赖账，只会补救。你问如何补救？那办法多了，总要让你知道不听话的滋味。没有的事就不说了，只怕没人会想到此人，平日那么自高自大，背地里还有这么一手吧！"

"还是新一兄的本事大，既能谋划于前，又能挽救于后，让吴悦台赢了个大满贯。新一兄待在文化界，实在是屈了才，到了政界定会大显身手。"

刘巩义由衷地赞赏，邵新一听了摆摆手。

"那可不行，我是长于推演，短于行动，不是操盘手，算个沙盘手吧。这次是因为事关自身利益，才扑下身子为吴悦台效力，不是事关自身，怕就懒得动这个脑筋了。"

我觉得邵新一这番话，还是真诚的，脑子好的人不会说不靠谱的话。

雪姐提议为选举的成功干杯，大家都举杯喝了，任小伍开车，喝的是茶水，搁下茶杯，说了自己对选举会的一个看法，却是众人没有料到的。

"各位都是文人，就我是一个粗人，开车的，过去叫马夫。我觉得这次换届会，最大的赢家，不是吴会长和他的一帮兄弟，稳拿到手的事，犯不着闹出这么大的动静。谁是最大的赢家呢，我认为是田瑞哉跟他的三个弟子，办公室的张学诚，创联部的李文儒，还有咱们这儿在座的谢次陇，我平常叫他小谢，以后该叫他谢先生了。田先生当了副会长，自然是应该的，可是没有他这三个弟子精心运作，保准没戏。选举会后，你们知道机关里，我们这些普通职工是怎么说的吗？嗯，嗯——"

任师傅平日说话就不利索，偏偏这时分卡了壳，嗯嗯了两下都没嗯出来。

"说呀！"我都为他着急。

"嗯——"第三下嗯出来了，"我们私下里都说，这三个年轻人太厉害了，好比盗御马的窦尔敦，好比过五关斩六将的关云长。会议纪律那么严密，部署那么周全，他们竟能把他们的田老师从票箱里拽出来，当了副会长。李文儒在会上，跟组织部的处长叫板，底下的人都替他捏着一把汗，要是没错，他可怎么下台。谁能晓得，重新计票，还真是错了，厉害厉害！"

谢次陇就在跟前，大家又举杯给他敬酒，羞得谢先生又是摆手，又是捂嘴。

"过奖过奖，惭愧惭愧！"

我看了看邵新一，忽然想起差不多两个月前，在五一广场西侧的纯阳宫，跟他、何其愚、谢次陇三人喝咖啡时的一个感受。见他们三人分属两派，又那么融洽地交谈，觉得这次换届，哪是什么新旧两派势力的较量，分明是年轻人跟老一辈人的较量。当时我是把吕汾阳、吴悦台都算作老一辈人，而把邵新一、何其愚、谢次陇视为年轻人的，现在看来，邵新一、何其愚只能算中年人，谢次陇、张学诚、李文儒，才是真正的年轻人。这一场鏖战，真是应了那个俗透了的成语，螳螂捕蝉，黄雀在后。

"我心说政界够复杂的了，想不到文化界也一样。"

刘局长说罢，看看天色不早，说今天的聚会就到这里，以后有机会还会请大家的。

文史会的人，还是坐任师傅的车，刘局长的车送萧大夫和雪姐，舒玉的家在南边，跟我一路，搭了我的车。

第四十八章

坐在车上，舒玉直埋怨舅舅不该喝了两口猫尿，就说我这儿不对，那儿不对地惹我生气。我说我没生气呀，萧大夫说得多有道理，我们平常上课都听不上。

"你别嘴硬啦，有一阵我看你，眉毛都竖起来了。"

"也是故意发嗲，逗逗他。"

"他说漂亮的女人做不了文学，我先就不同意，要叫我说，漂亮的女人才能写出好作品。"

"哦，你这么认为，我倒想听听。"

"当作家，主要是写出社会的众生相，丑女人没人理会，怎么能结识许多人；漂亮女人阅人无数，只要她用心，不难识破人生种种真相，写下来就是好作品。不是没写的，就看敢不敢写。"

我说我这个人就是心软，一想到写下来别人会怎么着，就不敢下笔了。

"噫，噫，绒姐你也太谦虚了，我看你的心一点也不软，可刁着呢。"

这话是我平素听不到的，没想到待我这么亲热的舒玉，会这么说我。

前面有个巷口，人来人往，我慢了下来。

"你倒说说，我是怎么个刁法。"

舒玉说了，果然件件是实。

她说，你还记得咱们头一次是怎么见面的吗，我说记不得了，总是在文史会院里遇上了。她说不是，是那天我要找何其愚，正好她从办公楼出来，吴会长让她带我过去，她就领我出了文史会的门，去何其愚他们楼下，何家在四层西边。在此之前，她就见过我，也听人议论过我，感觉我这个人挺好的，一见面就亲热得不行，也没有别的话好说，就说

492

我的头型挺好的。实际上是想说发型挺好的，一着急就说成了头型挺好的。

"你还记得你当时怼了我句什么吗？"

想起来了，心里嘀咕了一下，可嘴上没说什么呀。

"你说你是北京周口店猿人的一万代真传，倒是笑着说的，可你知道我听了是个什么感受吗？这女人，看着面善，真是个刁。"

"还有吗？"

舒玉说还有。认识了，又常见面，见了面总要说个什么，女人嘛，不外乎你夸我这个，我夸你那个。有一次在一楼见了，又一起上楼，天热肘子都在外头露着，她走在一侧，见我手臂浑圆白皙，跟藕节似的，就惊叫了一声，说哎呀，绒仙姐，你的皮肤这么白呀。

"你知道你回应了我一句什么吗？"

"你夸我，我能说不好的话吗？"

"你那话也不能说怎么个不好，可听了能把人气死！"

"我说了个啥？"

"你说你夸我皮肤这么白，还不如夸我脚后跟这么圆，想起来了吧！"

我笑了，这是我的话，至少是我说话的路数。我感觉她把两次弄颠倒了，说还不如夸脚后跟在前，说北京猿人后代在后。可有一点，舒玉显然忽略了，只有对感觉好的人，我才反应这么机敏，出语这么刻薄。此一刻不能解释，一解释反而见外了，好像不是我出语刻薄，反倒是人家小肚鸡肠不通人情似的。

过了路口，又快了。但愿这个话头就此打住。今天不是舒玉提起，我断不会想到，我平素说话竟如此任性，如此出语伤人。

"绒姐，对不起，我提起这些陈谷子烂芝麻，你不生我的气吧？"

本来该着我道歉赔不是的，舒玉竟向我认起错来，我原本就喜欢这个白嫩高挑的女孩子，经过此番交流，觉得这孩子越发地可爱了。她的身材，说话的神态，都没弹嫌的，就是下巴短了些，笑起来显得嘴咧的大了，少了些秀媚，多了些憨朴。喜欢她性情的，会觉得格外可爱，不喜欢的，说不定会说，看那个傻样儿。

"还有什么，你多说一些。"

难得遇上这么个直率的朋友，我是真的想听听对我的评价。

"没什么了，你在文史会借调了几个月，可成了这里的大名人。我去过好几个办公室，去了都见人在议论你。"

"议论些什么，你倒是说呀！"

"都夸你长得好看，待人和善，有身份，有教养。"

"教养谈不上，和善还是当得起的。"

不料舒玉马上就接了茬，说才不相信我真的多么和善，她觉得我这人实际上冷傲得很，所谓待人和善，不过跟打发叫花子一样，施舍了一点自己用不着的东西。稍不高兴，骨子里的刁钻劲儿就显露出来了。又是怕我不高兴吧，末了笑着做了补充。

"不过，我倒挺喜欢的，我舅舅也喜欢你这种性格，说有德国女孩子的那个味儿。"

"哦，你舅舅的品位倒是挺高的。"

"绒仙姐，有句话我原打算改天到你家跟你说的，还是现在就说了吧！"

说着话，没小心开过了水西关东口，这段路不能掉头，只有往前走，拐到滨河路上，从西口进水西关。舒玉还未发觉，等发觉了再跟她说。

她要说的话，从口气上我已听出了个大概。这事儿，前两天跟雪姐在一起，她也试探过了，我心里有数，但我还是打算跟舒玉周旋上一阵儿。

"有啥话，你就直说吧。"

"那我就说了，你可别生气。我知道，我舅舅也知道，你前一向就闹离婚，分割财产上有些麻烦，如今也判了。我舅舅早就喜欢上你了，听说你要离婚了，他跟我说，你真的离了，他要娶你呢。"

"你舅舅那么大了，还没结过婚？"

"没有，他是看着老相，实际年龄并不大，才三十五，说不定跟你同岁。"

"我是个离过婚的女人，还带着个孩子，不合适吧！"

"我舅舅不嫌，他说他一见你就喜欢上了。只是没想到你会离婚，他会有娶你的可能——嘿，怎么到了菜园街了。"

我告诉她，刚才光顾了说话，错过水西关东口，现在只有拐到滨河路上，从西口进水西关了。她倒挺高兴的，说可以跟我多说会儿话。

"绒姐，突然提起，你可能一下子给蒙住了，没关系，早点捅破早点考虑。我舅舅人可好了，你要是同意了，往后我不叫你绒姐，要叫你舅妈啦。"

我说感谢你这么热心做媒，我的离婚手续还没办，办了会认真考虑的，不管将来能不能当成舅妈，我俩是好姐妹，这是铁定了的。正在这时，我的手机响了，拿起一看那个号码，本能地想到，马上关掉，又一想，且听听吧。

"是绒仙吧，是绒仙吧！"

电话那头，一个苍老的声音。我不吭声，心想，接通了你就该知道我是谁。车正行驶在拐向滨河路的匝道上，前面有个三角形的空地，我过去将车停住，对舒玉说要接个电话，便下了车。那头的声音很大，我怕我说了什么难听的话，舒玉听了不好。

"我是睿睿爷爷，听出来了吧，绒仙，我是睿睿的爷爷。"

"听着呢，有啥话你说！"

我尽量压住气，仍觉得嘴边带着火星子。

"我来了太原，在省政协参加中小型私营企业振兴座谈会，叫我谈管理经验哩。下午刚到，吃了饭了，我想过去看看你跟睿睿。"

不知为什么，一看是公公渠百堂的电话号码，我就来了气，觉得胸脯像风箱似的呼呼作响，一时间嘴唇都干裂起来，似乎正在冒泡泡。

春天他与婆婆回河北，在嘉士林闹一场，我是挺反感的，同时觉得自己也有过头的地方，心里还有些愧疚。前些日子回柳林，晚上跟渠宝成吵架，婆婆竟搂住我的身子，任宝成殴打，他呢，站在后面，连拦都不拦，算是让我看透了公婆二人的丑恶面目。从那天晚上起，我就下了狠心，不认鲁秀花那个婆婆，也不认渠百堂这个公公了。

奇怪的是，一有了渠家的事，最先想到的还是这个黑黑胖胖的坏女人。好点子没有，坏点子全是她出的。想过了婆婆，才会想到公公。不管怎么说，起初我对这个公公还是有好感的，觉得他是个有文化的农民，趁着改革开放的劲儿，全靠着不停地折腾，居然开了两个煤窑，成了柳林县里有名的有钱人。这个人，就是眼见小，心胸窄，会创业，难守成，叫婆婆攥在手心里，守着这两个煤窑，一步也不敢往前挪。奇怪的是，也正因为没魄力，此前两轮煤炭下跌，他居然没受大的影响，平安地渡过了难关，在县上的名声比先前还大了许多。这不，省政协开振兴中小型私营企业座谈会，都请来了。

电话里，他以为我没听清，又说了一遍，可能是意识到我会有顾虑，特意做了申明。

"没索事，没索事，来了嘛，总要看看你，看看睿睿，还给娃带了一包酥脆饼。"

他一说酥脆饼，我就来了气。酥脆饼，是柳林的特产，苦焦的地方，所谓的特产，不过是哄人的东西，酥脆饼跟普通的饼子没什么不同，只是薄些脆些，好看些。这种东西说白了就是干粮，薄些，脆些，路上带了不发霉。前两年，公公也是来太原开什么会，会前来嘉士林看望我跟睿睿，带了一包酥脆饼，拿报纸包着。他走后我打开一看，哪是什么特意带来看儿媳妇和孙女的，就是他路上带了吃的，没吃完，包装纸又破了，就用会议上搁在房间的报纸包起带来。记得那次用的报纸是《山西经济报》，副刊上有陈侃写的一篇介绍北齐娄睿墓壁画的文章。

我可不想再吃那种报纸包着的酥脆饼了。

"我有事在外面，当下回不去。"

"睿睿呢，今天星期三，该在家里吧？"

"睿睿不在家，去她一个同学家里写作业去了。"

这个我倒没有撒谎，我出来应酬，睿睿去了陈侃家，跟陈侃的女儿一起做作业。

"噢，噢——"

他意识到我的冷漠了，连着"噢"了两声。

"没说的我就挂了。"

再不高兴，这点礼貌还是有的。

"我，我——"

他像是还想说什么，我这边已经挂了。

回到车上，一时气闷不想说话，舒玉意识到什么，问是谁的电话，我说"还能有谁"，她以为是渠宝成，正闹着离婚，来了电话，肯定说了些让我不高兴的话。

"他儿子闹着要离婚，他凑什么热闹！"

这句话，是接着"还能有谁"的，我这么一说，舒玉自然知道是谁的电话让我不高兴了。

"他还要去嘉士林看我和睿睿，我跟他说了，我在外面，睿睿在同学家做作业。舒玉，你家里没急事吧（舒玉说没有），那好，先别回去，前面滨河路边，有个长廊，这会儿不会有什么人，咱俩过去说说话。我怕这会儿回去，正赶上那个人过来。迟上会儿，我不在，睿睿不在，他到了门口进不去，也就走了。"

长廊就在路边，不远，我将车子停在马路牙子上头，坐在长廊下能看得见。怕舒玉劝我做她的舅妈，我不想谈萧大夫的事，突然想起跟舒玉这么惯熟了，她的家庭情况竟一无所知，该补补这个课。

"哎，这么长时间了，还没有问过你爱人是做啥的。"

"省体工队，打篮球的。"

"哎哟，那可矮不了，多高？"

"一米九二，打中锋。"

舒玉的个子，总在一米七五，要是往常心情好的时候，我会开个玩笑，说个子高了好，两个人躺下两头都能对齐，中间也能扣上，舒玉听了，准会捏了小拳头，笑着捶打我。可是今天此刻，心境不爽，也就没了这个兴致。这只是一半的原因，另一半是，方才舒玉说到我的为人，她看出了我的冷傲，看出了我的尖酸刻薄，也让我不想有过分的显露。该刻薄的时候没有刻薄，就跟好饭在眼前却吃不上，让人馋得慌，不由得悄悄咽了口唾沫。

"挺般配的。"

说了就觉得，问了人家那么好的搭配，说上这么一句寡淡的话，连放个响屁都不如。舒玉没有这种觉察，只觉得在习习的秋风中，跟我这么一个可以交心的女朋友在一起畅谈，是平生快意之事。我呢，也是心情好，由不得就说起了饭局上感兴趣的话题。

"舒玉，你们文史会的人，都有两下子！"

"今天去的几个，包括任师傅，都是单位的人尖子。"

"还数邵新一厉害！"

"要说感觉，我还是觉得何老师亲切些。过去只听人说，何老师是名校的高才生，学问好，见识高，很少有私下交流的机会，今天算是领教了，不佩服都不行。"

"一顿饭说了那么多话，我也没觉得他哪句话有多精辟呀。"

"你是有大学问的，听谁说话都平常无奇，我们没文化的人，听了见识高的话，真有醍醐灌顶，棒喝开窍的感觉呢。"

我让她具体说说，她说她舅舅说到西方一个报纸上，有一幅漫画嘲讽中国人常引以为自豪的男女同工同酬，画面上一个女工模样的人，感激地对一个男工模样的人说，感谢妇女地位的提高，可以跟男人同工同酬了。画面下面的文字是，妇女的地位，从来就比男人的地位高，同工同酬能叫提高了吗？

她说她舅舅说这话，是当笑话说的，何先生就此生发出的一番话，才叫个深刻，才叫个精彩。

"他怎么说的，我光顾了吃菜，就没认真听。"

"何先生说，一个长期稳定的社会，总是有些框架性的东西在支撑着，我们的新社会，有许多新的东西，是可取的，但也摧毁了许多传统的好东西。比如新中国成立初期实行的低工资多就业，还有男女同工同酬，这是一个劳动社会的结构，不能说就是文明社会的结构。同工同酬，是把女人纯粹当成了一个劳力，而没有考虑妇女的生理特性，和在家庭生活上的支柱作用。在过去，可不是这样，知识女性，除了极少数特别优异者，大多数人也是把相夫教子，料理好家庭生活当作第一位的使命。赵元任是大学者吧，他的夫人杨步伟，出身名门，留学日本，获医学博士学位，回国后有几年办医院，从事社会工作，三十出头跟赵元任结婚后，基本上是个家庭妇女，打理家庭事务，心安理得，无怨无悔。在20世纪二三十年代，高级知识分子里，这样的家庭组合，这样的家庭格局，绝不是少数，可说这才是文明社会的文明家庭。这样的家庭，不光是对丈夫对子女的关照，形成了一个社会阶层，有示范的作用，成为一个文明社会的阶梯，谁都想走到这一步。大家一起努力，这个社会不就进步了嘛。"

说完之后，舒玉啧啧两声，表示了她的敬佩。

我说，何先生这番话，确有他的道理，文明的社会，该是阶梯型的，文化知识，出身教养，工作能力，还有享受的社会待遇，都互相般配。这个在眼下的中国社会还很难做到，只有大家共同努力，克服了当今社会的种种不公，假以时日，或许有早日实现的一天。

"绒姐，你说得没错。哎，我舅舅说，他们医院又改革了，实行诊医分离，他们科正在建艾灸病房，等病房建了，咱们一起去体验体验。"

我有些犹豫，舒玉看出来了。

"哎哟，又不是缠住你，非得给我当舅妈不行，不说他了，就咱俩躺在艾灸床上聊聊天不行吗？"

她把话说到这儿，我只有欢欢喜喜地应承下来。

既然在一起，又是有意消磨时间，我很想听听舒玉对一些人的看法。我是学术界人，接触人多，对好多人的看法，实际是有先入为主的偏狭。舒玉是个纯真的女孩子，她对同一机关的人的看法，多得诸日常的观察和感受，应当说更直观些，更接近其人的本真。

"哎，舒玉，文史会有作家有学者，作家也是学者，学者也是作家，咱不说学术水平了，光说写作水平，你最佩服谁呢？"

"要说佩服嘛，最佩服的还要数邵新一。"

"噢，那你说说邵新一的小说好在什么地方？"

"我总觉得，小说是开人心智的，看了一个人的小说，哪怕这一会儿变得聪明了，也是好小说。邵老师的小说里面，总有些新的知识，新的见解，两个人对话，也是一个比一个聪明，看了总让人眼前一亮。要说有什么不足的话，他的小说里没有男欢女爱，勾勾扯扯，缠缠绵绵的东西，就是两个恋人在一起，也是一起比心眼，看话语上谁能压住谁，聪明是有了，情感就不足了。难怪有个外地的评论家送了他个头衔，叫他聪明的小说家。前段时间电视上播出他的《蓝冰》，可揪人了，你没有看？"

我说我注意到了，《山河志》编辑部好几个人都追着看，说王志文饰的一个角色，多么机警睿智。我没怎么看，女儿天天晚上有作业，电视机在楼下，声音稍微大点，楼上就听得见，影响孩子学习。不过，邵老师的小说我倒是看过不少，有篇《一个姓赵的河南人》，我看了，跟你的感受一样，作者这么聪明，这么会编故事。那时我还没见过邵老师，来文史会帮忙，打了交道，才知道他的身世，父亲是天津大学的教授。有身世的人，跟没身世的人，就是不一样。

"我们都知道，他是个很讲究的人，做什么都讲究个派儿。再就是舍得花钱，单位的司机都喜欢给他出车，完了怎么也会给你一条好烟。"

舒玉的话，让我加深了对邵新一的了解。一个舍得花钱的人，必定是个有大胸襟的人。毡毛鬼胎——柳林骂人鬼里鬼气的话——的人，终究成不了大事。

听了对邵新一的看法，我就知道舒玉这孩子不简单，论资格，只是个办公室的普通干事，但她观察人真够细的，评价人也真够准的。我来了兴致，既然她有最佩服的作家，必定也有不怎么佩服的，甚至厌恶的。佩服的人，说起来都这么精彩，以常情推断，对不佩服甚至厌恶的人，评说起来当更为精彩。

我提起这个话头，舒玉莞尔一笑，就毫无顾忌地说了起来。

"按说不该背后说人，可我太喜欢绒姐了，别说是说说机关的人，你就是问我爸我妈有什么毛病，我也会说的。文史会写作的人里，我最看不上眼的是黎之诚老师。他那获奖小说《酒盅盅舀米圪堆堆满》，不管别人怎么个说好，我看了，觉得就那么回事，不过是把陕北的酸曲儿敷衍成故事。他在西安上过学，陕北的风土人情不会不知道。大地方来的人，写下的东西，要提升人的品格，广施教化，引人向上。他可倒好，专拣这些落后原始的写，也算是赶上了潮流，叫寻根文学，我看还不如叫刨根文学，把祖先的根全刨了，不要了。"

"哎哟，你这一番话，真可说发聋振聩，你是不写文学评论，要是写了准定一炮走红。天津有个刊物叫《文学自由谈》，专爱发这种逆时而动的文章，你要写了寄去，他们准发。"

"我可不敢写，我要写了，黎老师在机关会上，就不是训斥谢次陇，而是臭骂我这个小妖精了。"

"你是中文系毕业的，不能光是做行政工作，也该练习练习写文章。"

"我念书的时候，小说评奖正热闹，教写作的老师叫我们每人选一篇获奖小说写评论，我选了一篇，叫《我那遥远的清平湾》，详细分析了人物和结构。我说这哪像一个北京知识青年写自己的苦难之地，反倒像一个城里孩子，回到农村姥姥家那么快活。我们的写作老师讲评，拿我做了反面例子，说我思想观念有问题。"

不早了，我又提出一个人，想听听舒玉的看法。

"姜宁亭呢。"

"姜老师，你跟他在一个办公室坐了这么长时间，还能看不透他？"

我说我是有看法，还是想听听她的看法。

"这个人，没什么可说的。机关里的人，背后叫他'姜硬挺'，你就知道他的本事大小了。品行就那么回事，关键是他的文笔不行，也跟他的外号一样，硬硬地挺着，直撅撅的，没有一点活泛气。我们办公室的几个年轻人私下议论，说姜老师最要命的毛病，是文笔不行，生硬，无趣，就不会说一句风趣的话，一写就是几个成语连着上，要不就是用些粗鄙不堪入耳的话。前不久我看他给一个年轻学者写的序，为了说他的写法不循常规，说他这种写法叫'杀猪捅屁股，各有各的杀法'，看了真叫个恶心。"

"邵老师饭局上说的事，我听了很是震惊，怎么能一面帮着吴悦台张罗，一面还想着自己上台当会长。这就不是心眼不正，而是品行不端了。"

舒玉这么坦诚，我也不能藏着掖着。

"他呀，你看吧，跟吴悦台早晚也会闹翻的。"

我一面听一面点头，暗暗佩服舒玉的超卓之见。觉得今天晚上刘局长招集的这个聚会，真是太好了。听了萧东平、邵新一、任小伍等人的高见，又加深了跟舒玉的友谊，太值得了。

快九点了，估计公公不会在门外等着了，该送舒玉回家。

拐进水西关，舒玉家小区旁边，有个晋光剧场，掉头的时候，看见霓虹灯下的演出广告，明晚上是《打金枝》，后天晚上是《红鬃烈马》。领衔主演的，是这几年蹿红的晋剧名角谢涛，晋剧讲究女须生，我看过她的戏，不说唱功了，那扮相真叫个好。这些日子，我正思谋着，小贺媳妇和孩子来了，我已请他们一家吃过一次饭，似乎还不够意思，还该再来个什么，想来想去，只有看场戏了。来到太原，要看只能是看晋剧，晋剧最好的剧目是《打金枝》，那就明天晚上看吧。是远了点儿，可我有车，他们三口，我们两口，正好一车人。

往回走的路上，想起在新绛看过蒲剧的《红鬃烈马》，里面有个情节，深深地触动了我，心想，《打金枝》我看过两次了，晋剧的《红鬃烈马》还没看过，那就请小贺一家看《红鬃烈马》吧。

我得先到陈侃家，接上睿睿一起回。

到了陈家一问，说睿睿早早做完作业，等我等不来，陈侃送她到嘉士林小区门口，看着她进去了才回来。

唉，也怪我，跟舒玉在长廊聊天的时间长了些。

地库停好车，急匆匆上了地面，急匆匆朝家里走去，见一楼窗户亮着，这才放缓了脚步。

"你怎么现在才回来！"

我一进门，睿睿就冲着我大声喊叫，还提起她的不算丰满的腿，狠狠跺了三下。

"妈妈有个要紧的事，多耽搁了一会儿。"

中国人的谎话就在嘴边搁着，舌头一勾就过来了。我的耽搁不是一会儿，七点四十分就吃完了饭，此刻回家已经是九点一刻，我耽搁的不是一会儿，少说也是整整一个钟头。让一个十四岁的女儿，苦苦等着母亲，不论什么年代，都是一种不可饶恕的罪过。

"你也打个电话说说呀！"

女儿的责怪不能说没有道理，最佳的时机，该是六点多，她还在陈侃叔叔家里，至不济，也该八点多打到家里，她已从陈侃叔叔家回到嘉士林，可是无论她在陈侃叔叔家，还是回到嘉士林，我都没有想到打电话，这怎能不让女儿心里窝火，大发怨声呢。

"睿睿，对不起，都怨妈妈工作太忙了。"

都这个时候了，我还这么无耻，不肯对年幼的女儿说一句真诚的道歉的话。至少也该说一句，跟一个年轻的阿姨在一起，说到触动感情的话题，时间过得飞快，忘了女儿有可能回到家里，求女儿能原谅自己的疏忽。一个自负虑事周到的女人，在单位装惯了圆满的形象，怎么会在一个上初中的女儿面前丢了自己的面子呢。

"妈妈，刚才爷爷来了。"

有要紧的话要对我说，女儿不再追究我的迟迟不归，只说眼下遇到的新情况。她知道，这是我必须直接面对的。

"什么事儿，你快说！"

我过去揽住女儿的肩头，将她推到沙发上坐下。一坐下就看见茶几上一张报纸覆盖着一堆什么东西，还未细究这一堆东西是什么，就看见靠近茶几中央的地方，规规矩矩的摆着一个不锈钢钥匙，不用对比，一见那熟悉的花纹，就知道这是我们嘉士林的家门钥匙。

"这钥匙哪里来的？"

睿睿身上有我们的家门钥匙，那是我给的，后面的方形孔上，拴着细塑料绳儿编织的一个小兔子，那是前年，她升入初中一年级，我给她配备的，正是兔年，我特意为她编了这个小动物。

而这个钥匙，尾巴光光的，像是刚从一个钥匙圈上卸下来。

我没有揭开报纸，已经知道下面是什么。

"这钥匙是爷爷送来的？"

"是呀。我八点多，见你还没来接我，跟陈侃叔叔说我要回家，陈侃叔叔说，妈妈说好来接我的，要我再等一等，我不想等了，就要回。陈侃叔叔送我到小区门口，我自个儿回家，老远就看见爷爷在家门口站着。"

"哦，他一直在门外等着？"

"是呀，他说他七点多就等上了，知道不管是我还是你，总有一个先回来的。我开了门，让爷爷坐下，爷爷掏出这把钥匙，搁在茶几上，说爷爷给你们送钥匙来了，这个钥匙给了你们，这个房子就真是你们的了。我奇怪了，说爷爷你有钥匙，怎么不开了门在家里等啊。爷爷说，过去这房子是你们的，也是我的，我有钥匙，什么时候想进，开了门就可以进来，现在不同了，你爸和你妈闹离婚，这房子就是你妈和你的，爷爷有钥匙，也不能随便进来了。"

我听了多少有点感动，我真的没想到，那个叫渠百堂的老人给我打电话，是要送还这所房子在他手中的这把钥匙。见我情绪有波动，睿睿又加了一码。

"妈妈，你揭开报纸看看。"

这时我又一次瞅了一眼报纸，心里有一丝冷笑，送钥匙是他的良心发现，来看我和他的孙女，该不是又带半包酥脆饼吧。既然睿睿说了，不管带的是什么，总得掀开看看。

掀开了，不出我的所料，又大出我的所料。

确实有一包原包装的酥脆饼，草纸包着，还有玫红的店铺商标，捆扎的不是白白的塑料绳，而是两三股拧在一起的细麻绳。确实是柳林名店的出品，我见过不知多少次，每次见了都有一种分外的亲切感。而今天只是扫了一眼，就被旁边一堆百元大钞吸住了，眼睛一动不动，心里不胜感慨。我已猜出钱的来历，仍不解地瞅着睿睿，想听她说个端详。

"爷爷坐下说了钥匙的事，又从他带的一个黑塑料包包里，往出掏钱，掏了一沓子，又是一沓子，掏到后来还把包包倒过来拍了拍，怕有剩下的钱没掏出来。掏完了，码整齐，就码在酥脆饼的一边，这才跟我说话。"

"他都说了什么？"

我急切地问，睿睿倒显得分外地从容，撩了撩耷拉下来的额发，声调也舒缓了许多。

"他说，你爸和你妈离婚的事，已不可挽回，爷爷是个窝囊人，家里的一切都由你奶奶做主。爷爷犯糊涂的地方，是你妈没有生个男孩子，再多的家产也保不住，因此你爸跟你妈离婚，我是赞成的。这程子，我想来想去，觉得对不起良心，事已至此，又无法挽回。这钥匙，是我从你爸的钥匙串上卸下的，他就是知道了，我也敢承担。这堆钱，共是二十万，也不是我的，我的钱都由你奶奶管着，两三千我有，三万两万我取都取不出来。这是我从一个老朋友的公司借出来的，你别怕，爷爷是取不出钱，还钱不是个事。这钱，也不敢说是给你妈的，她会要你爸的，不会要我的，这钱是我给你的，给你做将来上大学、留洋的学费，不够了，我还能克捞下。"

"什么，什么？"

睿睿末后说的一个词儿，我没有听懂，我觉着像是"偷"字。

"爷爷说他能'克捞'下。"

明白了，这是柳林的土话，克捞下，就是打闹下，没有偷的意思。

睿睿的神情突然凝重起来。

"爷爷等了一会儿，像是想等你回来，等不来要走了，特意交代我把这两句话告诉你，一句是你妈是个好女人你要待她好，一句是你爸是个瞎熊，你也不要记他的仇。"

"还说了什么？"

"再没说什么，等不来你，他很是失望，出门前还叮嘱我，一定要把那两句话，原原本本说给你听。"

一时间，我泪如雨下，泪眼迷离中拨通了公公的电话。

那边瞬间接通，知道我打过去的，格外地惊喜。

"绒仙是你吗？绒仙是你吗？"

"爸——"

一声爸过后，我抽泣着，再也说不出话来。

第四十九章

楼上的座机，响了好一阵子我才听见，这铃声也不知哪个讨吃鬼设计的，越响越急促，响到后来，像是要爆粗口似的，我急忙往上跑，还好，接上了。

"绒仙吗？"

"是我，郑老师！"

"能来一下吗？"

"行啊，去编辑部？"

"不，不，我在滨河路这边的碑林公园散步呢，你来吧，说说话。"

我忘了，今天是周日。一时间，竟起了一丝邪念，哟，连郑伯笃这老头子也打上我的主意了，要跟我在公园里幽会呢。只一闪念，马上自个儿又否了，别自作多情，想男人想疯了，郑老头儿若起了坏心，多少机会没有，还犯得着老远的，把你调到滨河路那边的公园去吗？

"怎么在那儿呢？"

我想的是，他家和我家之间，就有个街心公园，要说话去那儿不也挺好嘛。

"这儿离我们小区近些，我平常没事了，在这儿走走。"

"往前走，过了街，不是有个墨艺苑嘛，去那儿吧！"

我总觉得去碑林公园，有些晦气，也是跟老头子惯熟了，知道我这么说，他会答应的。

"好好，我这就过去，你可快点啊！"

走着去也不算太远，可要穿过迎泽大街，就得下到滨河路，过了桥洞再拐上去。开车就省事多了，过了桥洞一掉头，就上去了，路边有停车场，下了车就是墨艺苑。

还是开车快，我刚拐上辅路，就见郑老师提着个白布袋子，才上了人行道。

停好车，走过去，他还没到墨艺苑的入口。

问过好，扶着他，进了公园。

这儿他不熟，我也不熟，两人朝前走，一面看着，想找个僻静又不显得鬼祟的地方。一个亭子，前面有人在舞剑，侧面是几株不大的苦楝树，还有个不长的长椅，太阳照着，也还敞亮。

就它了。

两人坐下，离得不远也不近。

"郑老师周日出来锻炼？"

"我是个锻炼的人吗？今天情绪不好，出来散散心。"

他是有名的乐天派，也会心绪不佳，我听了不由得一愣，细看老头儿的脸色，隐隐的有几分晦暗之气。

"郑老师，家里出啥事了？"

"家里都好好的，没啥事，昨天去看了吕汾阳先生。"

家里没事就好，至于去看望吕汾阳，在我看来是一件再平常不过的事，两人年岁相若，性情相近，又都爱抿两口，你看望我，我看望你，不时走动，多少年都是这样。

他苦笑了一下，显然是认为我太单纯，没有理解他话里的深意。

"我是去医院看他的。"

他的口气，若打比方说，该是响鼓要用重槌，我这个小拨浪鼓，也得用了重槌，才会响一下。

"他住院了？"

"不是他住院了，是叫送到医院了。"

又纠正了一下。这一次我听出来了，吕老的病很重，突发性的，家人或下属将他送到医院做了紧急救治。是明白了，但还是不清楚所以然者何，两个星期前在换届会上，不还好好的，就是受了委屈，也不至于衰老得这么快呀？

这回我没冒傻气，知道说到这个份儿上，不用催促，郑老师会一一道来的。

他说了事情的原委。

换届会上，吕汾阳满以为选举只是个过场，有省委领导的许诺，他又有那么好的群众基础，当选是手拿把攥的事。郑伯笃作为选举委员会主任，宣读选举结果时，按排名顺序，第一个宣布的是他，他听了这个选票数，以为挺高的，就是当选了，正要站起来鞠躬致谢时，是郑伯笃在他后腰上捺了一下。接着宣读了吴悦台的选票数，他就傻了眼，愣在那儿不知如何是好。

"按照选举条例，我接下来宣布，会长候选人未入选者为副会长的当然候选人。这时下面鼓起掌来，吕汾阳也跟上拍了几下，这没什么，礼节性的。可我看他对列为副会长没有丝毫反应，还是那么木木地坐着，知道他是让这个变故一下子打蒙了。趁人不注意，写了个条子推过去，说宣布退出副会长选举，他这才站起来说了，总算扳回了一点面子，要是下午再参加副会长选举，丢人可就丢大了。"

"我好像看见当选会长讲话时，文史会的司机任小伍就把他接走了。"

"那也是我安排的，他不趁这个时候走开，待会儿主持人宣布请老会长讲话，他该说什么。"

"是呀，说什么都不合适，还是走开好。"

"这次落选对老先生的打击太大了。新中国成立后这么几十年，一直顺风顺水，哪受过这种羞辱。司机接上他，先去宾馆他房间里休息。会完了，趁人少的时候才走的，我见了，陪他回的家，一拐过五一大楼，老汉就哇的一声哭了。第二天我就去他家里看他，他倒没事，只是苦笑，他夫人是火暴脾气，见我来了就破口大骂，骂了上头骂下头，把跟前的人都骂遍了。老太太说得很具体，指名道姓，何时何地，这个是怎么表态支持吕老当会长的，那个是怎么表态，谁选不选，他是一定会选吕老师的。全是一伙狼娃子！全是一伙王八蛋！我也不好说什么，只有安慰老朋友，想开点，保重身体。"

这次发病住院，纯属偶然。是落选了，毕竟名气还在，省上有什么高规格的文化活动，还会请他参加，还要请他发言。大前天，省上有个青年作家开研讨会，北京的上海的来了十几个人。会上安排先让外地客人发言，省上的先让在职的发言，他和文联的冯文辉都去了，会上还坐在一起，结果上午冯文辉发了言，他干陪着坐了一上午。午饭后休息了一会儿，接着开会，冯文辉回去了，坐在他跟前的是省作协的古正岳先生，轮到他发言，说了没几句，头一歪，就倒在古正岳先生的怀里。事后有人说，多亏古正岳先生扶住了，要是跟前没人，倒在水泥地上，那就跟胡适先生一样，当下就过去了。

原以为不过是脑梗或心梗，现在医疗条件这么好，经过一番抢救会没事的。料不到的是，都开了颅了，吸净了脑积液了，人还是醒不过来。他夫人想着安排几个平日过从甚密的朋友，去病床前呼喊呼喊，或许会醒过来的。这样，他夫人就电话邀请了郑伯笃。

"去了怎么样？"我急切地问。

"唉，我使劲儿喊了几声，老吕倒是有反应，只是眼珠子动了动，嘴唇似乎也动了动，就是说不出话。像是能认识人，就是不能说话，无法表达。我坐在病床前，一直握着他的一只手，有一阵子，觉得他手上有了劲儿，像是捏了我两下。不能久坐，要走了，我又喊了两句，只见他眼角滚下一颗泪珠，叫人看了，心里不知道怎么个难受。老汉可是为了山西的文史事业，操了半辈子的心哪！"

郑老师说着，声音哽咽了，眼睛都有些红了。

我瞅着，心里很是难受，一时间竟不知说什么宽慰的话才好。原以为他叫我来，就是遇上这么个事，心里憋闷，想找个人聊聊，排解排解。他接下来的一句话，让我警觉起来，知道说吕老先生的事，不过是个开场白，他要说的是他自己的事。

"绒仙，叫你来，是想跟你说说话，也算是最后的告别吧！"

他爱开玩笑，我以为这又是一句开玩笑的话。

"你不是也准备失语，现在就定下，要我在床前把你唤醒吧！"

我这么笑嘻嘻地说，他也笑了，我这才发现他那里，真的是一种苦涩的笑，脸上似乎更晦暗了些。

"你呀，我就知道你来了，我就能高兴。"

他无奈地说，我也就趁势应和了一句。

"还不是你信惯下的，让我见了你，连个正经话都不会说了，你在还好，你不在这个位置上了，人家谁还会这么信惯我。"

"现在就到了这样的时刻。"

郑老师不笑了，神态分外的凝重。

"怎么，你要高就了！"

不是我故意打岔，两年前就有说法，要调他当史志综合局的副局长，那就是副厅级了。

"告老还乡，退居二线。"

"啊，不会吧，你还不到规定的年龄啊。"

坐久了，郑老师做了个手势，我俩相跟着朝苦楝树那边走去，没走远，他的白布袋子，还在长椅上搁着。在一棵树下，他站定了，我也停下脚步。

"我真的要离开《山河志》了！"

"快说说，是怎么回事，太突然了。"

一下子，我也蒙住了。

郑老师说，三天前，周五，他在编辑部，二楼局办公室来电话，叫他去一下杨副书记办公室。他知道，这叫组织程序，正式通知。杨副书记跟他是老朋友，若是私事，或是公事但不是什么大事，自个儿打电话给他就行了，哪用得着局办这么正式通知。会是什么事儿呢？他也想到提拔上，前年什么时候，提他当副局长的传闻，吵吵了好几天。如今再说此事，似乎不太可能，他已五十七岁，提副局长实在意思不大，就在《山河志》做到退休最好不过。一进门，杨副书记倒也热情，又是倒茶，又是递烟，跟平素毫无二致。可是一谈开，口气就变了，说这是局党委会上，大头目让跟他谈的。随即爽朗地一笑说："老郑啊，你也是老同志了，怎么会犯这种低级错误？"他蒙住了，不知道自己犯了什么错误，惊动了组织谈话，还是个低级错误。他让老杨说清楚，杨副书记大概受过大头目的叮嘱，只可暗示，不可明说。

这边来了几个人，像是要跳舞，郑老师过去取了他的白布袋子，指指前面一个亭子，那儿没人，我明白了他的意思，跟着走了过去。

这个亭子更精致些，朝河的横额上，是张额先生的两个篆体字"凝翠"，两旁的对联，是姚奠中的字，要是往常，我会看看，辨认一下姚先生的字。今天没这个心情，只瞥了一眼，觉得姚先生的字，上了牌匾，比张先生的字要有气势。

要上台阶了，郑老师在前面一点，到了台阶前，前脚上去了，后脚提了一下，又退了回去。我赶紧上前扶住，没有松手，一直扶他到了南边的木椅上坐下。说是木椅，实是亭子底层连接的护栏，里面加个宽点儿的木板，就有了椅子的功效和名分。

说是个四方亭子，其基座并非正南正北，可能就了河的弯势，朝西的一面，稍偏了南，若坐在北边的木椅上，脸会朝了堤岸，甚至能看见滨河路上来往轿车的顶部。坐在南边就不同了，身子稍侧一下，等于正对着汾河的河面，好处和不好处，都是能看得见那条花花绿绿俗艳极了的巨龙。

看见巨龙，郑老师发了句感慨。

"龙头朝了北，又修了高速，看我们的大清官能不能调到北京当个副总理。"

四方亭子，一面的木椅比普通长凳还要长，郑老师在中间偏西的地方落了座，空下他右边的地方，让我坐下，两人差不多正在木椅的中间。我坐下了，有意挨他近一些，几十年官场养成的习惯和警觉，他抬起身子朝旁边挪了一点。

我不用抬身子，蹭了一下屁股就撑了过去。

他又挪了一点，我又蹭了一下。

再挪，再蹭，他的左肩已抵住了亭柱，挪不动了，此刻才意识到，我是在跟他"捣蛋"，扑哧一声笑了。

"你呀，真淘气。"

"我就看你还能躲到哪里去，能把柱子撞倒吗！"

这么一闹腾，他的情绪好了许多，再说起来，声调不那么沉重了。

他说，老杨不明说，却也是诚心让他意识到是怎么回事，老杨问他，最近《山河志》是不是报了个副主编的申请，他说是呀，报的是陈侃。老杨问批了没有，他说，你是分管人事的副书记，批了没批你还不清楚。老杨说，我是清楚，我是问你，谁跟你谈话的，谈了些什么。他说，局长跟他谈的，说陈侃政治上不成熟，有时还看港台报刊，传播不良信息。

郑老师说到这儿，我一听就沉不住气了。

"《山河志》的资料室，通过外事局批准定了几种港台刊物，最常看的是《传记文学》和《大成杂志》，看了就不免议论议论，议论最多的是民国初年和抗战期间的山西史实与人物，这怎么能叫政治上不成熟，又怎么能说是传播不良信息？局长这不是睁着眼睛胡说吗！"

郑老师笑笑，抬起手，往下按按。

"我当时也是生这个气，老杨劝我冷静些，多想想，少动怒。又问，陈侃在编辑部跟谁不和睦，我说跟谁都和和气气的，从没跟谁起过纠纷。"

他说着，我也想着，像这种跟谁都和和气气的话，老郑可以说，给了我可不会这么说。我们在大办公室，天天打交道，谁跟谁好，谁跟谁不对付，看得清清楚楚。我就知道陈侃看不上副主编薛文星，时不时背后弹嫌几句，有次竟当面顶撞了两句。

想到这儿，觉得该提醒一下。

"你就没有想到咱们的薛副主编。"

"唉！"显然事后，老郑也想到了，"哪会想到他呢，觉得这就不是他管的事。"

"怎么不关他的事，你提了陈侃当副主编，你退了，老薛当了主编，两人要共事的。"

"老杨又说，局长跟你谈话时，有没有提到另一个人可以考虑，我说提了，局长提的是杜绒仙，说这个女同志业务强，团结同志也做得好，早就是局里培养的对象。我说那可不行，陈侃和小杜是不错，前后一起进的编辑部，可无论从哪一方面说，都应当先提拔陈侃。局长见我仍执迷不悟，点了一句：你应当考虑一下，你退了之后编辑部班子的格局。他这么一说，我一下子明白了，是薛文星递了话，不让提拔陈侃，只是我仍不明白，就算薛文星不同意提拔陈侃，不提拔就算了，我怎么就犯了错误，还是丢人的低级错误，让组织上这么正经地跟我谈话。"

我也觉得不理解，顺嘴就来了一句。

"是呀，犯得着嘛，那人还提了我，让我都觉得怪恶心的。"

郑老师的气倒是平了下来。

"还是老杨的引导启发了我，让我一下子醒悟过来。老杨说，局长跟你谈话后，你回去跟谁谈了话，有人马上到局长办公室又吵又闹，说局长出卖了他，弄得局长下不了台，这下明白了吧！我当下就蔫了，说我明白了，我确实犯了个低级错误，组织上怎么处置我都没有意见。"

"啊，你都认了！"

我大为吃惊。

"认了，不认不行。局长动了怒，不给个处分说不过去。"

奇怪的是，郑老师说到这儿，不光不沮丧，还嘿嘿笑了两声。我拉起他这边的手，在手背上抚了抚，意思是让他消消气，慢慢说。看来处分还不严重，他接受得了。

郑老师说到这里，从身边的白布袋子里摸出一个信封，抽出一张纸递过来。我接过一看，不能不佩服我们局领导的高明。

这是内部文件，也是红头，却简单得多，上面印着——

　　经局长办公会议讨论决定，免去郑伯笃同志《山河志》杂志社主编职务，给予一级调研员待遇，人事关系转至机关人事处；调本局政策研究室主任秦正纲同志为《山河志》杂志社主编；免去薛文星同志《山河志》杂志社副主编职务，提升为本局政策研究室主任，正处级待遇。

"这叫调职呀！"我说。

"是免，从轻处理罢了。"郑老师也乐了。

"是薛文星去找局长闹的吧！"

这个问题，不需要回答，郑老师直接说了事情的原委。

"他以为找局长闹一闹，就把我挤走了，我是挤走了，他的主编梦也断了，去政研室凉快去吧。老杨跟我谈的话，说陈侃提副主编的事先搁下，等秦正纲去了再说，是提陈侃还是提你绒仙，由新主编定，我就别操这个心了。"

这事儿还远着，我不好多说什么，心里打定的主意是，到时候我一定竭力后缩，成全陈侃。到现在仍不明白的是，郑老师究竟犯了一个怎样的错误，给他这么重的处分；他说是从轻处理，我看够重的了，等于叫撤了职。看他的神态，自己一清二楚，我听了却是一头雾水。

"郑老师！"我拉起他的手，又在手背上抚了抚，"你就给我说说，你究竟犯了一个怎样的错误，还有三年，就让人家免了职。"

他的手背光光的，没有什么老年斑。文化人跟下苦人就是不一样，他跟我公公年岁差不多，我公公的手背上，一块一块全是老年斑。

"说说嘛！"

又抚了抚，看得出来，他还是想说的，似乎正在斟酌着怎样说，较为妥当。我又催了催，他清清嗓子，我以为要说了，谁知话到嘴边又改了口。

"说了也没啥，还是不说的好。这种事，不相干的人知道了，不定哪天就惹祸上身。不说编辑部的事了，我给你说一件近期发生的真事，你就知道是怎么回事了。"

"那你就说吧，详细些，让我能听个明白。"

郑老师说的，确实是省城近来发生的一件真事，我也影影绰绰听说过。

山西高等法院院长李毓正先生，是个大法官，同时又是个写旧体诗的诗人，任职资历，工作业绩，都没说的。擅长写旧体诗，古人中崇拜的是李商隐，今人中独独喜欢的是聂绀弩。他看文章，无意中发现聂氏曾在临汾第三监狱关押过，后来借中央特赦在押国民党战犯的机会，将聂绀弩报上去，特赦出狱，回到北京与家人团聚。能如此顺利办成此事，凑巧处在于，第三监狱关押的战犯有多人，其中一个前些年去世了。监狱长有意成全聂先生，正好聂的经历中有曾任国民党中央通讯社副主任的记载，属县团级职务，一起报上去，也就批了。李毓正院长想收集资料，写本聂绀弩的长篇传记，就问第三监狱，那儿可存有聂氏的资料，说关押时全部档案资料转来，特赦时并未转走，在三监档案室存着。于是高院发了文，三监狱就将聂氏档案送到太原，对他写聂传提供了许多方便。在看资料的过程中，他发现北京市公安局据以判处聂氏为"现行反革命分子"，且为无期徒刑的主要依据，竟是聂氏的一个好朋友方某提供的。此人常以老友聚会为名，邀聂出来喝酒消遣，席间故意引诱聂说些反动的言论，回去写成报告送交市公安局的联系人。因为此人也是个社会名流，他在传中只写了事情未写姓名。院长官很大，毕竟是文人，有外地来的名流学者，性情投合的也会设宴招待。聂传出版后，有位颇有名气的学者来了太原，酒席上说起此事，他就将揭发者方某的名姓说了。这位外地学者也有他的好朋友，也是说了之后再三叮嘱慎勿外传，结果还是让一位名气更大的作家写进文章里发表了。方某已去世，他孩子有在重要部门任职的，向更重要部门的负责人告了一状。结果层层批示下来，到了山西，是省委书记谈话，严厉批评，深刻检查，还必须在中央一级媒体上赔情道歉。来头太大，院长只有全都照办。

"说了不该说的话，后果就这么严重。老杨还跟我说，当然是私下里以朋友的身份说的，说若不念及我是个老同志，光这一个错误，就一撸到底，外加党纪处分，现在只是调职，退居二线，你就偷着乐吧！"

太阳转过来了，照在身上暖烘烘的，郑老师像是怕热，撩起衫子前襟，呼扇了几下。

"这地方晒着了，咱们去前面树林子里走走，那边凉快些。"

郑老师应允了，有刚才看他上亭子迈腿的艰辛，下亭子时，我扶住他的胳膊，他也怕跌倒，紧紧扣住我的手。

到了平地上，松开手，郑老师还不忘说了句风趣的话："刚才你抚了我的手背，这会儿我握了你的手，咱俩扯平了，谁也不欠谁的。"

这老汉，明明是他握我的手，握得怪紧的，我什么也不说，彼此心知也就行了，末了还说这种便宜话，我哼了一声，来了情绪。

"郑老师，你这话就不公道了，我多大你多大，我只是抚了抚你的手背，你是握住我的手心，还那么紧，这账不能扯平了事。"

"那你要咋个？"他知道我是跟他淘气，故意板了脸问。

"我还要使劲握握你的手才算扯平了。"

"那你就握着吧!"

他乐了,伸过手,我紧紧地扣住,还甩起胳膊。我知道,以我俩的年岁相貌,就是有人见了,也会以为是父女俩在逗乐子,绝不会想到这是一个女职员对她的即将离任的老上司的一份情谊。

"郑老师,你那错误究竟是怎么回事,给我说了,我把它沤在肚子里,跟谁都不会说。"

"你能做到?"

"对着毛主席保证。"

"唉,说就说了吧。薛文星的身份,我是知道的,有那次派出所来人问话的事,实际你们也知道了,可以说全机关的人都知道,就他自己不知道。我平素能把持住,工作上不会有一句碍着他的事。那天局长跟我谈陈侃提升的事,回来我是一肚子气,觉得跟薛文星两人,各行各的道,互不妨碍就最好。现在我要提个副主编,你竟在背后使绊子,还说是思想政治问题。我坐在办公室,正生闷气,他有个什么事儿过来找我,说完该说的话,他要走了,我叫住他,冷冷地说:'文星,外面的事可以汇报,编辑部的事可不能瞎说。'他没思想准备,冷不防听了这话,一下子也转不过弯来,连声说:'不会的,不会的,我报上去的全是好话。'我也没想到,他竟会认了。从后来他去找局长闹事看,他回到他的办公室,定然是越想越生气。跟我说的话收不回来了,也不能再找我另做解释,于是便将怨恨发在局长身上,他知道,他和局长在这上头没隶属关系,就是闹上一场,局长也把他怎么不了。"

我听了,倒吸一口冷气,原来官场的水,竟如此深不可测。我真有点后悔,不该逼着郑老师说出这个实情,于是连连保证,绝不外传。

"没想到吧?"郑老师笑着说。

"吓死宝宝了。"连着吐了两下舌头。

"记住,知无不言,是有限定的,有的事,知了也不能言。"

又走起来,郑老师缓缓地说,他原来想的是这次把陈侃提成副主编,三年后他退了,推荐陈侃接任主编,叫薛文星这一欺搅,这事就黄了。

树林子里的路窄了,我俩松开手,挨得还是挺近的,路旁的树,枝枝杈杈的,我松开手,是怕哪个枯树枝,会划伤了我的脸面。

"也好!"走出林子,郑老师凶狠地说,"这么安排也好。我没有把该提的提上来,总还是把想当的挡住了。"

"班子调整的事,什么时候宣布?"

"下星期一，局长带了秦正纲主任，亲自来宣布，这也是我今天要跟你聊聊的原因，明天再约你出来，你就不一定给我这个面子了。"

"哎哟哟，看郑老师说的，我是那号人吗？不信你说好，明天下午咱俩再来这个地方会会。"

"不用了，不用了，你呀，一点幽默感也没有。"

我想起个事，对郑老师说，你要调离编辑部，肯定要送您个什么纪念品，大伙送，我随礼，另外我也想单独送你一个纪念品，你说送你个什么好呢。

"郑老师，想要啥你就说，我最近可是发了大财啦。"

"哦，我倒霉了，你发财了，这世界咋就这么不公道。"

"你说怪不怪？该发的财，你就是扔出去了，它又飞回来了。"

郑老师不明白，问此话怎讲。

我就说了，北京的房子拆迁，哥哥怎样打来五十万的拆迁费，我觉得受之有愧，退给哥哥十万，留了四十万。上个星期公公来了，有愧于他儿子跟我闹离婚，趁来太原开会之便，给我送来二十万，说是给我女儿的教育费。

"一下子这么多钱，送郑老师个礼物，还是送得起的吧！"

"是不少，是不少，我都稀罕哩，给我个什么呢，买上一斤上等铁观音吧，你知道我就爱喝个好茶。"

我努努嘴，说不行，郑老师眨了眨眼，说不要上等铁观音了，来上一斤"高碎"也行，高碎是指花茶沫子，我知道他是故意气我。

"茶叶不行！"

"这是为啥。"

"茶叶喝了就没了，我要送你个你喝不了的，见了就能想起我的。"

"那就来一张大大的玉照吧！"

"想得美！"我撇撇嘴，故意带气地说，"我见五一路口有个新开的天福茗茶店，卖冻顶乌龙，还卖精美的茶具，有种实木茶托，非常好看，我就送你一套茶具吧，有茶托，还有茶壶茶碗。"

郑老师说那地方他去过，什么都死贵死贵的，别破费了，还是买上一斤普通铁观音，那种茶都是带铁盒的，他把铁盒留着做纪念就行了。

我说，别争究了，这么多年，你一直关照我，教诲我，就让我大方一回吧。

"是是是，那个茶盘木质细腻得很，我喝着茶高兴了，就伸手摸摸，像是摸了——"

"摸了什么？"

我最想听的是等于摸了我的脸蛋，他还是不行，说等于摸了摸我的手。这让我一下子想起，雪姐说的刘局长介绍画家的趣事，不说画幅美女像，说是画幅女同志像。不由得就笑了，郑老师好生奇怪，问我笑什么。

"你就不能说像是摸了一下我的脸蛋吗！"

他先是一愣，当下就认了错。

"好好好，摸了茶托，就像是摸了绒仙的脸蛋子！"

我嘟起嘴，真的生了气。

"粗俗！一说就是脸蛋子，你就不会说脸蛋蛋吗！"

第五十章

这个桌面真好看，不是简单的好看，该说是典雅，贵相。黑色的，又不是那种贼亮的漆黑，还夹着栗色，也许不是有意的调配，是下面的木质的本色泛了上来。肯定是平的，又有着许多浅浅的凹痕，绝非人工打磨，也不像是天然的花纹，该说是用了什么技术，将木料上原本的纹路，凸显了出来。

桌子和椅子，都是简单到不能再简单。

可就是这样的简单，才显出了一种高贵的精致，配得上它那听来怪怪的店名：半岛咖啡店。先前来过，没在意，以为它的店面一半伸进汾河，形似半岛，才叫了这么个贴切的名字。今天陪着沈翠翠来这里，或许是不愿意跟这个仇敌对视吧，目光多在品目皮夹子上盯了一会儿，见了一面小小的韩国国旗，才想起什么报上说，这是韩国的一个品牌，那么这个半岛该是指朝鲜半岛了。

对了，我是陪沈翠翠来这儿的。

考虑到谈话会不怎么愉快，一进来我就往最里头走，在紧贴西边护栏的一个双人小桌前坐下。点咖啡时随口说了个"蓝山"，又问小点心，说了甜甜圈和薯条。翠翠觉得太简单了，说"姐，我来，再点个什么"，我心想，谁是你姐，说是仇人还差不多。她拿起品目皮夹子，又点了几种，我心想，你爱点啥点去。

很快，都上来了，我不说话。

沈翠翠独自说着，一听就是没话找话。

"下了雨，薛公岭一段路十分难走，又正赶上修路，绕了老远，才下了坡。往常得三四个小时，今天走了五个小时。"

"嗯，嗯。"

我漫应着。

老这么有一搭没一搭地扯闲篇，两个人都不自在。我也不嫌吃相不好，拈起盘子里的薯条，一小段一小段的"咔嚓"着。

不时瞥她一眼，意思是，有什么狗屁话，你就说吧。

茶盘里有两个细瓷的小酒杯，我一直在啜着咖啡，没多留意，也与茶盘靠翠翠那边有关，一个立签，正好挡住了我的视线。她取出来了，我才看见，小酒杯的侧面是精美的花卉图案，两个还不一样，我以为她是闲着无聊，要欣赏杯子上的图案，就这么熬着吧。翠翠来电话，说要去嘉士林看望我，我知道准是要跟我说离婚的事，不愿让睿睿在跟前听着了，便邀了来滨河的这家咖啡店。

有什么你就说吧，不就是个离婚嘛，什么我都能承受得起。心里这么说，脸上的神色，不用照镜子，也知道多么的冷漠。

翠翠还在摆弄着小酒杯，眉头微微紧皱，像是在思谋着什么。一盘薯条，差不多叫我"咔嚓"完了。沈翠翠将两个酒杯分开，一个留在她那边，一个推到我这边，又掂起她那边的蓝山咖啡，给一个杯子里倒了半杯，这才开口说话。

"姐，就权当是酒吧。"

拿不准我跟不跟她碰，她自个儿端起小酒杯，在我面前的酒杯上，轻轻地磕了两下。

又要再碰，我扭过脸，仍不端酒杯。

"姐，听人家说，皇上和侍从外出，酒桌上敬酒，不能下跪，两个手指弯着磕几下，就等于下跪了。姐，是这么磕吧！我也是才听人说的。"

她又磕了两下。我只觉得好笑，这说法，是改革开放初期，从香港传过来的，早就叫人说滥了，酒桌上也用得不待用了。吕梁就够落后的了，柳林更落后，二十几岁的大姑娘，常在场面上混，现在才知道这是两指跪拜。

下面的一句话，让我无法淡定了。

"姐，我求你了。"

又磕了两下，等于说她给我跪下了。

我不能说"平身"，点点头表示领受，没说的意思是，有什么话你就直说吧。

"姐，"她抻过脖子，一脸的庄重，"我怀孕了，六个月了。"

要是没有那么多的前奏和铺垫，这话别说她说到我当面，就是旁人告给了我，我也会怒不可遏，骂出脏话的。可是这是一个女人，一个跟我一样的女人，区别在于，我叫抛弃了，她叫玩弄了，且是这么乞求地看着我，这么哀婉地说了出来，我的心一下子软了。

"姐，一个大姑娘怀了孕，要是还不能结婚，别说我了，我一家子在村里都没脸见人。"

"真的六个月了？"

"真的。"

沈翠翠以为我问六个月了，是对她的同情的预告，殊不知我脑子里在盘算着她这个六个月的上限该是什么时辰。我去中医研究院检查我的抑郁症，是3月底，四五六七八九十，今天是10月5号，差不多正好六个月。我从医院回来上了楼，她和渠宝成从我的房间出来，待我再进去时，床上有人体碾压的痕迹。宝成在我房间里做这种事，只可说找了一个老婆的替身。对于沈翠翠可就不同了，在别人家里做这种事，等于野合，野合最易亢奋，也就最易受孕。这个臭婊子，跟男人乱搞的时候，咋就没想到你个人的脸面，你一家人的体面。

"好姐姐，求求你，如果宝成不能跟我结婚，我真是没脸活在这个世上了。"

"可这跟我有什么关系呢？"

我知道跟我有绝大的关系，故意这么一问，要让她把事情说得清楚些。

"他答应我，一跟你办了手续，就跟我过事，你这儿拖着，我们的事就过不了，再拖上三四个月，孩子就要生下来了。"

她的"过事"，是柳林一带的俗语，就是举行结婚仪式。

"嗯，嗯——"

我仍是漫应着。一瞬间竟想到，宝成因离不成婚，拖下去，惹恼了沈家，带上人把宝成家砸个稀巴烂。

"姐，你看——"

翠翠又弯了食指和中指，从她那边的桌沿"跪"起，两指的关节交替着，朝我这边匍匐而来。其急迫的情形，如同旧戏舞台上憨直的忠臣，以首叩地，向昏庸的君王稽首进谏一样。

我摆摆手，意思是不必这样。

跟渠宝成的婚姻已成死灰，绝不可能复燃，现在所以拖着，主要还是为了自身利益的最大化，尤其是要保住现在嘉士林的住宅。这是最后的防线，绝不能失守。还有一层原因，该是次要的了，就是叫他别想顺顺当当地再婚。我是不打算再婚的了，你也别想怎么快活怎么来，拖下去，熬干你，你陪不起，我陪得起。真的做到了，其快感一点不比守住房子差。房子就该是我的，守住了是本分，而能拖得渠宝成结不成婚，则是赚下的，文雅点说，是意外的欣喜，不战而屈人之兵。

"姐姐——"

翠翠的胳膊又曲了起来，中指和食指并拢，又搁在餐桌的边沿上。

"翠翠，别弄了，我答应了。"

我的心软了。

"姐，你的心真好！"

翠翠还是两个指头交替着，朝着我"匍匐"而来。

"不是我心好，是咱们都是女人。"

"啊！"

她没想到我会说出这样的话。

"这世上，男人对女人不好，女人再对女人不好，女人就更没法活了。"

"姐，你让我明白了许多道理，不是你今天说的，是这些日子你做了的。"

"哦——"

这回轮着我惊讶了，翠翠立马给我做了解释。

"你们打官司的事，那人全告诉过我，有时他跟他妹子在一起，商议怎么对付你，我就在跟前，他们也不避我，该说啥还说啥。他妹子那个女人，可歹毒了，有时宝成还念及夫妻之情，父女之情，假装嫌麻烦，说这不要了，那不要了。他妹子不，一定要那人把嘉士林的房产夺回来，最狠的时候竟说，'那是咱爸掏的钱，你不要了，我还要的，要下来我住'——就是她硬要，宝成才应了第二次的官司。"

"他又赢了。"

翠翠点点头，表示她全都知晓。我觉得脸上无光，扭过脸，远远地看着河面上，那条改了朝向的木架子大龙。

"姐，你看这个——"

我扭回脸时，只见翠翠从她的坤包里取出一个信封，掏出一张折叠的打印纸，展开，推了过来。瞥了一眼，落款是渠宝成三个字。

会是什么呢，渠宝成写给我的道歉信？说不定是恐吓信吧！

顺过来看了，是写给太原市第八中级人民法院民事审判庭的，很简单，除了抬头，只有一句话——

　　本人经再三考虑，决定放弃太原嘉士林别墅小区中路8排5号房屋的所有权，请贵庭复议时判归杜绒仙女士所有。

"送上去了？"

我按捺住心头的惊喜，尽量压低了声音问。

"这是复印件，你不看后面那人的印章是黑的。"

"翠翠，这肯定是你劝那人做的，你的心真好。"

她笑了，重复了一句我刚刚说过的话。

"不是我心好，是咱俩都是女人嘛。"

"你呀！"

这话，我是用夸赞的口气说的，她当下就回了一句。

"姐，你才是真聪明，我是个傻妞儿，不傻办不成这种糊涂事。"

今天太高兴了，不光是房产纠纷得以顺利解决，还高兴的是，结识了这么个灵秀俊气的姑娘。虽说最初是恨她的，恨她从我身边挖走了我的丈夫，可是从我现在对渠宝成人品与行径的双重厌恶说，这婚姻迟早是要破裂的，那么，眼前的这个姑娘应当说是挺身而出，见义勇为，以柔弱的手臂，及早为我搬开了身边的这块臭石头。不光搬开了臭石头，还替我揩干净了臭石头上漉下的臭水水。

真的，我该感谢她才对。

"小哥，过来一下！"

我朝左侧刚给客人上了咖啡的年轻侍者招招手，过来了，问他这儿可有小瓶的竹叶青。小哥迟疑了一下，说柜台没有，实际有，山西客人好这口，小瓶的汾酒也有，我说还是竹叶青吧。小哥说要现结账，一会儿账单上还不能显示，问了价钱，只比市面上多两块钱。

旁边的餐桌上有了人，竹叶青拿来后，我示意翠翠离开餐桌，伏在她身后宽宽的围栏上，面朝河心，一边喝酒一边说话。

那两个细瓷小酒杯派上了用场。端在手里细看才发现，酒杯的外侧画的不是什么青山绿水，而是"宽衣解带"的春宫画。我的这个平常些，只是一个明代服饰的士子，端起一个肥白妇人的玉腿，旁边的衣袖耷拉下来，正好遮住了要紧的地方。

"我的是这个，看看你的。"

我把我的杯子在翠翠面前晃了一下，拨了一下她的手腕，示意她转过来，让我瞅瞅她手里酒杯上的图画。

她的这个暴露多了，也是一男一女，明代服饰，只是那士子正伏在女子的身上，衣衫零乱，而那女子扭过身子，一手揽定了士子的脖颈儿，似乎正娇喘不止。

"哎呀，怎么是这个！"

显然她起初没看见，经我一指点，顿时羞红了脸，轻轻嚷叫了一声。我告诉她，这就是韩国的世俗文化，我曾随机关的文化考察团去过韩国，这样的酒具茶具，在韩国随处可见。韩国的小贩，知道中国客人稀罕这个，大巴车一停，总有几个卖东西的围上来，女人不好意思买，我的一套酒杯，还是暗示我们老主编买下，没人了才给我的。拿回来就给了宝成，宝成挺稀罕的，带回孟门老家去了，听说只有好朋友划拳喝酒，才取出来用用，平时跟宝贝似的，锁在箱子里不让人看。

一人面前一个杯子，我拧开竹叶青的盖子，一人杯子里倒了半杯。

"来，翠翠，为你的侠肝义胆，我俩干上一杯！"

她真喝了，我也真喝了，方才看了杯子上的春宫图，两个人就像一起做过坏事的男人一样，成了黑道上的朋友。

喝了酒，翠翠的豪气上来了，说了她预设的安排。

这次来太原，她是来探路的，成不成，回去都得给渠宝成有个交代。成了，下一步就是如何办离婚手续，事不宜迟，下个星期这个时候，她和渠宝成会再来太原。愿意见面，就一起去法院，不愿意见面，就错开前后，法官那边，由她打点。不错前后进去，跟一起进去是一样的，那边要的是见了本人，捺了手印。

"你见他不见他？"

"见就见，他又不是老虎，能吃了我。"我抿了口酒，也来了豪气。

"姐是好样的，佩服！"翠翠翘起大拇哥。

"哎，如果是他一个人在法院外面等着我，就不说了，要是你也在，我叫上睿睿，咱们两家人在一起吃顿饭怎么样？算是我和他的离婚宴，也算是我和睿睿对你们的祝福宴。"

"哎呀，绒仙姐姐，你不是心肠好不好的事，你是太了不起了，太伟大了！"

"小声点，那边有人瞅着呢。"

我笑着制止了翠翠的欣喜，又自作聪明地来了一番譬解。

我先说，人常说，一世的夫妻，也即是说夫妻一场，不管到头不到头，就等于过了一世，过了一辈子。我跟渠宝成半路上离了婚，也等于过了一世。往后，我就是再世为人了。一般人只能活一辈子，我能再世为人，等于活了两辈子，这是我要感谢渠宝成的，你帮着我做成了这件事，我也要感谢感谢你。

"绒姐不是嘲讽我吧！"

"我恨你早就恨过了，想开了，真的要感谢你。哎，忘了问了，你说都六个月了，肯定做过 B 超了，是男孩儿还是女孩儿？"

"绒姐，我跟你说了，你可别告诉那人。"

"我跟他一点联系也没有，你放心好了。"

"查了，是个女孩儿，我怕将来也会让他家休掉的。"

"不会的，过几年放开了，你还可以再生一个嘛。"

"绒姐，你真的请我和那人吃饭？"

喝了两口酒，河上的凉风吹来，精神特别的爽快，脑子一转，思维又飞扬起来。

我说，不管我跟渠宝成有多大的冤仇，有睿睿在中间牵挂着，就好像两个人围着一个火炉取暖，再你毒我恨，手指头总会磕碰，谁也不会一碰着，就把对方的手摁到火里去。共同的义务，就跟两个人抬一个筐子，偏了侧了对谁都不好。

"说的是，以后我也要对睿睿好，不管怎么说，她跟我肚子里的这个，总是同父异母的姐妹嘛。"

"妹子，你这话说对了，我正要说咱俩的关系呢。"

翠翠对这个格外在意，这从她眉目的变化上，看得出来。

我说，有了渠宝成的联系，我俩更没有结怨的必要，先前我恨你，是我还恋着他，不想离开他。自从他和他妹子想把我的奥迪车偷走，打官司要把嘉士林的房子夺走，在柳林又那样凶残地殴打我，我就看透了这个人，知道他的心地多么阴狠歹毒，再让我跟他重归于好，是绝无这种可能了。但他毕竟这么多年，都是我的丈夫，我也不能跟巫婆似的老咒着他倒霉。现在他成了你的丈夫，我只能把他看成两个人，前一个跟我有了睿睿，后一个跟你有了你肚子里的这个孩子，你说我们的关系该像什么？

"像姐妹？"

“没有那么亲。”

“你说呢？”

“像妯娌。两个女人嫁给了兄弟二人，只是这一次，这个兄弟是一个人分了两个身。”

“那我不是该给你叫嫂子了？”

“叫呀！”

我知道她是在淘气，故意逗逗她。

“我才不叫呢，我就叫你绒姐，绒姐，绒姐，绒姐！”

她故意努起嘴，格外妖媚地一笑，炒豆子似的一连蹦出这么几声。

瓶里还有不多的一点酒，我给两人杯里都倒了一些，将她的杯子端起递过去，这才端起我的一杯。

“翠翠妹子，咱姐儿俩干了这一杯！”

扁扁一小瓶竹叶青，只有二两半，两个女人喝了，都还挺兴奋的。正应了那句古语，酒不醉人人自醉，今天这个聚会，可说各人都称了自己的心愿。我觉得，翠翠的收获固然不小，相比之下，我的收获更大些，真要扛不过去，翠翠可以打胎，渠宝成真要坏了良心，我就别想在嘉士林住下去了。

或许是酒精的作用吧，看着围栏下面，波光粼粼的汾河水，觉得脑子里像清空了一样，满是美好的景象。河西岸的几大建筑里，居中的山西大剧场，不知哪路神仙设计的，正中竟是个空空的四方框，这边能看见那边的蓝天。听人说这个设计的奇妙处，是日落时分，从这个大方框看过去，火烧云像一幅西方的古典油画，给平淡的西岸景色，添加一种壮丽之美。过去不管别人怎么说，总觉得是一种粗鄙的构想，跟后来北京中央电视台大楼那个蹲式建筑，有异曲同工之俗。而今天瞅瞅那个方形大框子，忽然觉得，常人不敢如是之想的，有人做了，总有其过人之处。正如身边的这个翠翠姑娘，她若只图了婚后的富有，可以推迟结婚，可以打胎，怎么也要把嘉士林的房产弄到手，你又能说她有什么不对？

她能这样做，至少有一半是对我与睿睿的愧疚，还有，就是对那个让她怀了孕的男人的品德的鄙弃。

有如此襟怀的人，该有着怎样的身世？自从跟着梁玉阁教授做中国近世社会阶层升降研究这个大课题后，每遇上“各色”的人，我总想探究一下他的身世和经历。身世和经历两项中，又更偏重身世这一块，经历有现世的成色，而身世却有着基因的底蕴。

"翠翠，你家是什么成分，不说现在的，说说改正以前的。"

在中国，要了解一个人的身世，问清了成分，就等于明白了大半个身世。我往她那边靠靠，显得亲热些。未改正成分前，问这话要格外小心，自1979年地主富农成分一律改正后，是没有先前的顾虑了，对在乎的人，还是要加点儿小心。

翠翠瞅了我一眼，像是没有什么不高兴的。

"地主，先前还说是破落地主，跟中农一样，后来就只说地主了。"

"破落了，那就是说很早以前大富大贵过，要不不会穷下来，还叫划成地主。"

"姐，你咋这么聪明呢！"

翠翠接下来说，姐，你是学历史的，肯定知道，山西历史上有个名人叫徐继畲的，写过一本有名的书，叫《瀛环志略》。这个人是五台县人，嘉庆十八年山西乡试中的举，后来人家又中了进士，入了翰林当了大官，那是另一回事。他中举的那一年，我家祖上的老爷爷，跟他是同榜举人，只是我祖上的这个老爷爷，后来考了几次进士都没考上，总是也还优秀，先当了几年小京官，后来外放当了几年知县就告老还乡。在柳林一带办义学，很是有名。我什么都没见着，只是听我奶奶说过，村里某个大院子是土改时叫分了的，看看那院子，就知道老先人那时候有多富了。我曾借故去过那个院子，已破败得不行了，可是正房五孔砖窑还带阁楼，那气势还挺唬人的，尤其是墙上的砖雕，房檐的木雕，精美极了。

"哦，你家祖上是举人，这可是不小的功名。"

对这些，翠翠似乎不怎么感兴趣，手里拿了搅咖啡的木签子，劈开了，掐上一截，往水里一扔，很是无聊，像是想起了什么不愉快的事。

"后来，你爷爷怕是戴过帽子的吧！"

"我爷爷新中国成立前上过中学，新中国成立后一直在孟门镇完小教书，以前只是家里成分是地主，他本人并没有戴地主帽子，挣着工资，是当地有名的高小教员。四清时清理阶级队伍，才戴上帽子回村里做活，叫监督劳动。"

"你爸呢？"

这才是我最想了解的。老地主受的罪，不说也知道，地富子弟，才是那个年代里真正的受罪群体。我刚问了一句，翠翠就将手里的木签子全扔进水里，双臂交叠着，搁在围栏上，将脸面伏了下去。知道触到了伤心事，我伸手抚了抚她的后背，又理了理她的头发，待再抬起头来，翠翠已哭成了泪人，哽哽咽咽说了她父亲的大致情况。

"我爸太苦了。十二三上，小学七年级毕业，那时就等于初中毕业了，同班的孩子都上了高中，就他不能上，家里成分不好，村里不推荐。反正家里也缺劳力，就这么在村里挣工分劳动也就罢了，偏偏过了几年，又兴考大学了。他爱看书，记性又好，兴冲冲地报了名，自己觉得考得挺好的，可就是没录取。村里一个学习不好而成分好的，反倒录取了。他已意识到是哪儿出了问题，硬是强忍着不让自己相信会是真的。第二年又考，成绩比上一次还好，还是没录取，这一次他的一个老师给他点破了，说还是看成分的。再不信不行了，先是哭后是笑，再后来就成了一个人们说的'油疯子'，胡跑乱窜，自己都不知道自己嘴里嘟囔着什么。就在这一年的春天，我妈生下了我。我有时想想真可怕，多亏我爸好的时候，我妈怀了我，要是我爸犯病以后怀上我，我生下不也是个小疯子吗！"

"别胡说，油疯子只是神经偶尔失常，又不是真疯子，你不是还有个弟弟吗，不也好好的。"

"是我爸病好了以后生下的，今年才十岁。"

"妹子，你说的是实情，我全知道，有一个历史细节你疏忽了，你爸也疏忽了，就是1979年1月，中央发了个文件，给地主富农摘了帽子，全按公社社员对待。这一年高考又扩招，再也不看考生的家庭成分了，你爸若是能再坚持一年，人生就完全改观了。"

"真的，绒姐你不是哄我吧！"

刚才，她说她爸的情况时，我已默算了她爸的出生年份，1977年头一次参加高考时的年龄，发现她爸的情况，跟文史会的何其愚的上学经历，几乎完全一样。十二三上初中毕业，也是1977、1978参加了两次高考，成绩还行，就是没有录取。不同的是，翠翠她爸两次没录取就绝了望，不再参加高考了。而何其愚不屈不挠，又参加了一次，不光录取了，考上的还是南开大学这样的名校。

我把这个情况说了，翠翠也就信了，连说这就是命，没办法抗拒。

我问翠翠，她家后来的情况还好吧。她说多亏了她妈能干，又有主意，后来光景还不错，这也得益于她的两个舅舅的帮衬。姥爷家是富农，两个舅舅跟他爸一样，也没上成高中，可两个人都是又聪明又能干，在黄河滩上办渔场。先养黄河大鲤鱼，后来养罗非鱼，卖给离石和太原的大酒店，没几年就赚了个盆满钵满，帮衬姐姐家根本不算个事。

我拍拍她的肩头说："好了，你跟宝成结了婚，那人很能干，你们家的光景会更好的。"

这里得提前补一笔，下个星期，也是星期四。渠宝成和沈翠翠果然来了。办公时间，我和渠宝成一起进了民政大厅，在一个特设的窗口办了无纠纷离婚手续。沈翠翠在外面等着。我在不远处的林祥斋饭店，选了个包间定了一桌饭菜，早早安排睿睿先在那儿待着。睿睿真聪明，猜出这桌饭所为何来，问我说："你们离了婚，你叫他前夫，我是不是叫他前爸？"我笑着在她的脑袋上拍了一下，说血亲就是血亲，他再不好也是你亲爸，称呼是不能改变的。

因此上，我们一进包间，睿睿就亲亲地叫了声"爸爸"，可把宝成喜坏了，搂着睿睿说："还是姑娘跟我亲。"料不到的是，睿睿挣脱出来，对着他说："你不跟妈妈亲了，我这亲是装出来的。"弄得宝成很是尴尬，强笑着说："装出来的，我也喜欢。"吃饭的时候，都很客气，尽量不涉及敏感话题。完了，要结账了，宝成抢了先。我说，谁提议的谁结账，你抢什么，宝成说那是过去，现在你是朋友，当然我这个苦主结账了，别急，下一次我当朋友，你当苦主好了。这个人不管品德多么坏，话语风趣幽默，招人喜欢。我当初因他的话语，喜欢上他，如今离了婚，也不能否认这是他身上的一个亮点。

离了婚，吃了分手宴，我的身心就完全轻松了，换个说法该是，我就是我了。但愿从此之后，我的抑郁症不说全好，也该大大减轻了。

第五十一章

我想去汽修店，我想见见我的小贺。

女人就是这上头"不向前"，只要有过一次，就觉得这男人是她的了。

"不向前"，是柳林乡间的俗语，最早是跟我妈学下的。小时候，大了也是，我有什么小的过失，妈常说的就是"这娃怎么这么不向前"。音是这么个音，字写成什么字，我实在把握不住。有时候想，是不是该写成"不相钱"，意思可解释为"不值钱""不值得敬重"。有时候又想，或许该写成"不镶嵌"，意思是本来好好的一颗珠子，自己不珍惜，不自重，没有镶嵌在正经地方上。掂掂分量，看看成色，觉得还是"不向前"的意思更圆满些。不向前，就是不长进，不学好，比喻跌倒了，自个儿都不知道爬起来。

过去我一直认为这是柳林俗语，自从北京的融江哥哥来过，知道母亲自小在河津城里长大，加上最近去过一次河津，无意间听人说了不向前这个话，才知道我小的时候，母亲说的这个"不向前"，极有可能是一句晋南俗语。

不管哪儿的，这个说法已深深地烙在我的脑子里。

我真的不向前，过去学习上不向前，工作上不向前，现在才知道，自个儿在男女之事上，更是十足地不向前。

自从在柳林宾馆里跟小贺有了那么一次，我就再也忘不了了，老想着什么时候再来上一次。这，不是不向前又是什么。

换届会开过，文史会那边不用去了，我又全职在《山河志》编辑部，过起了老一套的日子。薛文星去政策研究室当了主任，政研室的秦正纲来《山河志》当了主编，他倒是挺重用陈侃的，一时半会儿也不会提拔。

管理方式上，他比郑伯笃还松散，周一的例会依旧，其余时间各自看着办，只要不耽误出刊就行。后来才知道，政研室在全局各处室中，规格是最高的，这儿的主任，要升迁历来是副局长，扭过来当主编，是屈就了。

这可好了我们这些普通编辑，做好本分工作，没人说三道四。

我仍跟过去一样，上午准去，下午高兴了去，不高兴了不去。

今天本来想去的，一想，装什么装，想见小贺就去见见呗。

奥迪车的转向灯似乎有点小毛病，有次在十字路口上竟没亮，让路边的警察给拦住了，都掏出本本要处罚了，我笑笑说回去就弄好，对方收起本本摆摆手，意思是放我一马，快走快走。我知道这是连接灯口的一个线头松了，拿个小扳子拧上两下就好了。

"绒姐来啦！"

小贺见了我，略一羞涩，很快又恢复了正常，还开了句玩笑，说姐的头发是自个儿吹的吧，也没照镜子，乱成狮子狗了。我瞪了他一眼，说滚，你才是狮子狗呢。扫了一眼，发现店里怪冷清的，往常来了，有他，还有个叫小郭的。

"噫，小郭呢？"

"回家收秋去了。"

"你家不收秋？"

"云兰领着马驹回去了，我爸我妈都在，云兰回去只是搭个手，小郭不一样，他爸不在了，地里的活儿全靠他。"

云兰是他媳妇，马驹是他儿子，我也是前段时间，先请他一家吃饭，又请他一家看《红鬃烈马》才记住名字的。他媳妇挺好看的，个子不怎么高。

噢，这里说一下，不太很久以前，从新绛回来，睿睿说她在牛王庙街遇见小贺一家，为何我要反复问睿睿，小贺媳妇的个子有多高，比小贺高还是矮。

这是缘于更早以前，我看过的一本杂志上，说了鲁迅先生在上海的一件逸事。鲁迅晚年在上海，身边有一帮弟子，有次一个弟子结婚，鲁迅随了礼，人没去。第二天见了去了的一个弟子，不问新娘漂亮不漂亮，单问新娘比那位弟子高还是矮，听说矮些，老先生这才舒了口气。文章里就这么说，没说鲁迅认为是高了好还是矮了好。

在编辑部，我曾跟陈侃谈论过这个话题。陈侃说，鲁讯问这个，一定跟他的人生体验有关，依据自己的人生体验，判断是高了好还是矮了好。我说鲁迅，先有朱安，后有许广平，朱安瘦小，当比他低，许广平健硕，当比他高，他不喜欢朱安而喜欢许广平，定然是认为媳妇高了好。这个弟子的媳妇矮些，他觉得预后不良，就叹了口气，听的人不理解，以为是舒了口气。

这是过了年的事，及至到了春天，渠宝成跟我闹起离婚，我才意识到我的推测，或许跟鲁迅的本意正好相反。

为啥，我比渠宝成高了一点点，渠宝成一米六五，我一米六六。

后来见了面，见小贺明显比他媳妇高了许多，这才放下心。以鲁迅的体验推断，他们的婚姻是和谐的，也是稳固的。

"弟妹什么时候回去的？"

"上个星期就回去了，回去得多停几天，等我表弟过了事再回来。"

"那你又得自个儿做饭吃了，想吃好的到我家来，姐给你做好吃的。"

将车开到修理台上，小贺问哪儿出了毛病，我不好说转向灯的线头松了，只好大而化之地说，灯的线路有了毛病，具体哪儿也说不来，你试试就晓得了。又说前座上的显示屏是不是有点糊，你也给看看。说罢离开修理台，朝店后走去，不是要做啥，只是闲溜达。

这个店的面积够大的，后面空荡荡的，靠东南墙角，停着一辆报废的奥迪车，轮胎卸掉了，只留下钢圈，像个大胖子，光脚站在野地里。我过去瞅了一眼，马上就明白了这辆车的用处，来修车的，若新零件一时来不了，就先从这辆车上卸一个，抵挡一阵子。再就是后排的座位，可以作为床铺，供临时休息和值夜班之用。这样的店里是不允许架床板的。

也还干净，我心里说。

"绒姐，好了。"

小贺在那边喊了一句，声儿并不大，我尖着耳朵听，他的声音还没落地，我已移动脚步。迎接我的是又一声话语，还是那么亲热而顽皮。

"这次又是跟谁上演《速度与激情》，石块路上飞车，把线头都震掉了，这该不是谁在追你，是你在追人家吧！"

"能追谁呢，那天你在滨河路上开车，就没觉得有个车在后面撵你吗？"

我就喜欢这种流里流气，又幽默风趣的腔调，也跟他胡搅蛮缠起来。

"噢，前几天我还真的开车去了黄寨，那儿有个客户有点事，撵我做什么?"

还真的给蒙对了。

"你旁边坐了个漂亮的女孩儿,撵着看你又勾搭了谁。"

"哎呀,那是客户的姑娘,在山西医科大学读研,顺便捎她进城,不去医科大,我走滨河路做啥?"

"咯咯咯——"他那么认真,我不由得笑了,"我哪里会在滨河路上撵你,这些日子天天上午在编辑部,下午在家整理论文,连方向盘也没摸过,你不看前面的挡风玻璃上一层浮尘。"

知道自己被骗了,小贺做了个手势要打我,我扭身朝店后跑去,他觉得嘻嘻哈哈怪有趣的,跟了过来,还挓挲着手臂,做出要一举擒拿了我的样子。

到了那辆报废的奥迪车前,我做出跑不动的样子,扶住后面的车门,又像是笑,又像是喘不过气来。

"看你还敢不敢骗人!"

他伸过手,要在我脸上摸一下,我举手挡开,沉下脸,冷冷地盯着他。他意识到自己的举动越过了我们平日说笑打闹的界限,有点不好意思,收回手在工装裤的两侧搓了搓。

"绒姐,你生气了?"

"我不生气,我气的是我自己,人家想怎么就怎么,美上一回,就把你扔过再不理了。"

"姐,我不是那样的人,这些日子,我老想着你呢。"

"想着我咋不来个电话,还让我借了车上的毛病来看你。"

我的口气更严厉了。

"我,我——"

他惶急得说不成个调调。

"我都来了,你还不晓得该做什么吗?"

我气得都想笑出来。

"你是说在这儿?"

"你还想在金銮殿上。"

小贺一下子回过神来,咧开嘴直笑。

我的手刚伸到腰间,他就扑过来抱住我亲了起来,我伸手一摸,他还真行,说来就来了,硬邦邦的。又一次钩住他的脖子,使劲儿蹭了蹭,示意可以了。他扳过我的身子,我知道他要做什么,扭过身子,脸朝了他。

"我要看着你的傻样儿。"

他推推我，要我在后座的皮垫子上躺下，我不，仅半个身子躺下，他自然明白该取怎样的姿势，我忽然想起什么，问他不怕有人进来。

"你一进来我就把玻璃门下了锁。"

"你真坏！"

"你一进来眼睛就放着光，还说我坏，再叫你说我坏！"

做起来了，瞅了一眼他的脸，一脸的贪婪，一脸的满足，我闭上眼，他拨拉了一下，我举起双腿，搭在他的肩头上。

真是个好小伙子，一身的力气全集中在该集中的地方。一进一出，进进出出，我的感觉不是男女的交合，倒像是他在拿着一个气管子，双手握紧气管的木柄，使足力气，一下子一下子给我身子里打气。下边顾不上了，只觉得喉咙干渴，大口大口地喘着气，一面娇喘吁吁，一面想着，这急急喘出的气，正是那气管子一下一下打进去的气吧！

怪不得萧大夫说，男女的交合，能使阴阳相融，郁气化解。

完事了。靠背后头，就有抽纸盒子，小贺努了下嘴，我看见了，伸手抽出几张。浑身慵懒，连坐也不想坐起，脊背耸了耸，将身子往里靠靠，给那头留下宽点的地方，示意小贺坐下。他坐下了，我伸过腿去，搭在他的怀里，他也懂事，撩开裙子，抚摸着我的腿肚子。

"绒姐，你可真白。"

"光是个白吗？"

"真好，全都好，哪儿都好。"

"全没说对，是心好。"

"对对对，是心好。"

浑身上下太舒畅了。头搁在这头，没个枕头，一个胳膊垫在脑勺下面，也不得劲儿，干脆蜷曲起腿，来个鲤鱼打挺儿，让身子掉了过来，头枕在小贺的大腿上，脚伸过去，搭在那边车门的框子上。窗玻璃早就卸了，空空的框子正好将脚踝搭在上面。身子掉了过来，头枕得舒服了，手也不能叫闲着。从衣服下面伸进去，抚摸着他的脊背，汗津津的，可见刚才是拼了全身的力气。又伸过另一只手，抚摸着他的胸前。在柳林宾馆，事出仓促，未细细品尝，只觉得激动，亢奋，这会儿抚摸着他的胸脯，才发现肌肉是那么硬实，可说一疙瘩连着一疙瘩。胸口毛蒺蒺的，想瞅瞅是怎样的情形，工装裤的带子解开了，还未系上，就一个印着白色虎头的黑T恤，撩起瞅了一眼，哇，一蓬子一蓬子，蔓延下来，几乎伸进裤裆里。

太美了，不由得伸手摸了摸。

小贺笑了，突兀地来了一句。

"绒姐，你真浪！"

说罢，还不好意思地笑了笑，像是怕我生气似的。殊不知，我听了这话，分外地熨帖。知道我想到了什么？想到了萧东平大夫，为治愈我的抑郁症，开的两个方子，一个是读研占住心，一个就是这个"浪"。雪姐为我制订的FH计划，精神上与"浪"是一致的。我也努力做了，再努力也没人给我一个"浪"的评价，想不到在小贺这儿，意外地，也轻易地得到了。

可谓得来全不费工夫，我心里默念着，一时高兴，抬起身子，与小贺一并排坐在奥迪的后座上。

正经地坐了起来，就想说几句正经的话。

"哎，小贺，柳林算是一时冲动，今天可是两情相悦，你说是吧？"

"是呀，谁又说不是。"

"正经有了这事儿，我们的关系就不一样了，是不是。"

"操了跟没操是不一样的。"

"哎呀，你怎么这么粗野呀！"

我捏紧了拳头，在他胸前使劲捶了两下。

"我们村里就这么说的，你说咋个不一样法？"

"正经有了这事儿，我就是你的人了。"

小贺一下子坐了起来，推了我一把。

"你想叫我娶你呀，没门儿！"

看他变颜失色的样子，我也笑了。

"谁说叫你娶我啦，听我说嘛，我是说有了这事儿，我成了你的人，我饿了，你总得给我口饭吃吧。"

"不就是操一下嘛！"

"哎呀，你能不能文明些，听我把话说完，说清楚。"

我跟他说，上上个星期，我请他一家看《红鬃烈马》，我和睿睿都去了，他可记得这出戏最后一场，薛平贵坐了皇位，他的原配夫人王宝钏，还有那个在西凉国娶下的代战公主，最后是怎样摆平的。小贺说记得，好像是一个做了正宫娘娘，一个掌了兵权。我说代战公主是掌了兵权，可她的名分还是薛平贵的妻子。最后，代战唱的是"你为正来我为偏"。王宝钏唱的是，说着我唱了起来：

> 说什么正来论什么偏，
> 学一个鸳鸯鸟伴君眠。

唱罢，偎在他怀里。

"憨子，懂吗?"

"你要当正宫娘娘啊!"

"我才不当正宫呢，我就做个代战公主吧，跟云兰一起侍奉你这个小皇上。"

"妈呀，"小贺吐吐舌头，"当皇上了，吓煞我啦!"

"听我说嘛，我可不白占你这个便宜。"

小贺没说什么，神情上看去很是惊讶。

我解释说，我是诚心想跟你和云兰弟妹一起过一种新型的生活，不要名分不要钱财，就图个平安无事，两情相悦。为了让小贺一家能长久在城里住下去，让马驹能在城里上学读书，我准备给小贺在城南买一处单元楼房，不图别的，只求云兰弟妹能接收我，不嫌弃我。

"你也要跟我们住在一起?"

"不，我还住我那儿，只是高兴了在一起聚聚。"

小贺想了想说，这种家庭过去是有的，他大爷爷早年在郑州做生意，家里有妻子，回来带来一个河南的媳妇，在一起生活了好几年。新中国成立后宣传新婚姻法，大奶奶才另嫁了人。

"云兰若是个寻常女子，有这么好的安排，别说房子了，光让马驹在城里上学，她也会同意的，可是你不知道，她多么刚强，跟我的感情有多深，只怕她不会同意。她不同意，我是不敢应承的。"

我听了，一下子没了心劲儿，觉得自己也太下作了，怎么会想出这么个馊主意。

看出我情绪的低落，小贺又说了个情况，让我一下子觉得，还不能说没有一点希望。

"云兰来过太原，知道街上那些按摩店、美发屋，好些背后都做皮肉生意，也知道来打工的男人，熬不住了，会去里面下下火。她给我定了一条，不准去那些地方，实在想了，可以跟干净的女人来上一回两回，就是花几个钱，也不算个什么。"

"啊，弟妹这么开放？"

"她是太爱我了，怕我憋出毛病来。"

"西方好像有个不成文的规定，夫妻分离三个月，可以有婚外性行为，我也是听人说的。"

"她不懂这些，只是觉得性事也跟吃饭一样，不能饿得过了头。"

"哈，这下你拿了令箭，可以放开胆子做了。"

小贺笑了笑，说媳妇给他的令箭，是有条件的，必须是干净的女人，不能高兴上一次，染上肮脏的病，回去把他媳妇也染上。因此上，那些按摩店洗头房之类的地方，他是从不去的，不能花上钱，染个脏病。

"那你就勾搭良家妇女了，是吧？"

我这么说，实际上是想把我跟他有了的这一种关系，责任推到他身上，他清楚我的意思，不理会，自豪地耸了一下鼻梁，说了一句大气磅礴的话。

"我这样的人，还用勾引谁吗？"

想起在柳林那一晚，我进了他的房间，他一点也不讶异，就将我揽在怀里，原来是得到令箭的呀。

"好吧，我就当你要的那种干净女人吧！"

"绒姐，话是这么说，我可是把你当亲人对待的。"

这话不能往下说了，我心里想的是，先这样维持着，只要两人真心相爱，不愁事情没有转机。

"不管怎么说，我是靠住你了，你就是不喜欢我了，我也一样喜欢你，把你当作我最好的男人。"

"绒组，你真好！"

小贺俯下身子，把我紧紧地搂在怀里。

第五十二章

电话铃响了，编辑部的，牛全胜过去接了。

"仙女，你的!"

舒玉来的，在她舅舅那儿。

"快过来吧，昨天说好的，雪姐都到啦，就差你!"

看看表，可不，都十点半啦，说好十点去的。

路上不堵，一会儿就到了。

今天是11月7日，立冬，星期三。昨天舒玉来过电话，说她舅舅的艾灸治疗室，新换了地方，舅舅让她约上雪君和我，一起过来体验一下。且告诉我，医院改革，诊疗分离，艾灸室搬到过去的办公楼上，二楼，对着楼梯就是。

一进门，萧大夫、雪姐、舒玉，果然全在。雪姐正跟萧大夫说什么，舒玉过来拉住我的手。

"怎么电话通了，那边叫你仙女呢?"

"讨厌死了，他们给起的外号。"

说只能这么说，实情是，新来的秦主编，履新一过，也要选个副主编，不想得罪两个前任，用了民主考评的办法，他属意我，编辑部的人，觉得我跟陈侃，谁上都行。民主评议会上，我力主陈侃上，还鼓动老牛支持我的意见。如此一番操作，陈侃通过了，报到局里，近期就会宣布。有这么个事，老牛就套了传说中唐寅的诗，"这个女人不是人，九天仙女下凡尘，儿孙个个都是贼，偷得蟠桃献至亲"，说我品质高尚，在此浊世中，堪比"仙女下凡尘"，就叫我仙女了。

"直担心你不来了呢!"

舒玉说着，把我拉到萧大夫跟前，见了萧大夫，我也乐了。

"光你说要我来，还真不一定来，萧大夫叫我来，怎么能不来呢。"

我故意把她跟萧大夫分开，用意在向萧大夫传递一份好感。投桃报李，萧大夫的李子马上就扔了过来。

"绒仙今天气色这么好，一看就是心情舒畅，百病全消。"

"这病能好了，全要感谢萧大夫给我开的方子。"

"绒仙也太客气了，你头一次来，我一看你的墨迹，就看出你是个有灵性又有决断的女人，这样的病，只要应对得当，很快就会好的。"

"我以为没个三年两年好不了。"

"那是你对精神病学没有理解。奥地利精神病学家阿德勒说过，幸福的人用童年治愈了一生，不幸的人用一生治愈童年。若论你的童年，这种病很难好，可是你太聪明了，又有毅力，才会这么快就好了的。"

"我也助了一臂之力呢！"雪姐说着，一面后退一步，端详着我的衣着，"哟，这个裙子多时兴，羊绒的吧！"

雪姐的夸奖，一惊一乍的，说是夸奖，听着总带点不真实的意味。不过，今天我的穿戴，确实搭配得好，连我都觉得怪美气的。这件羊绒套裙，浅灰色的，又带点绿意，把整个人的精神都提升起来了。

"也是你没来，我们三个，正在捋你的事呢！"

刚才那句是随口夸，这句才是雪姐要说的话。

"捋我的事，多少事要捋呀，萧大夫，准是你又编排我什么吧！"

"我怎么敢编排你，是她们两个在统计你的成绩呢。"

他说的她们两个，显然是指雪姐和舒玉，我瞅了雪姐一眼。

"你可不能背后说我坏话呀！"

"我不说了，你问舒玉吧！"

"舒玉，真的捋我吗？"

一个是舅舅，一个是雪姐，舒玉知道躲不过去了，只好说了实话。

"我舅给你开的方子，他后来告诉我了，雪姐和你一起订的FH计划，她也告诉过我，这不，多半年过去，你的抑郁病好了。刚才你没来，我们三个在一起说闲话，说着说着，就捋起你这病是怎么好的了，一是，专心读博士，集中了精神；二是——"

"舒玉，你别扯下这么远，你就说我们说的后面一部分，她怎么治好自己的病，又治好了别人的病吧，这才是我们刚才说的重点话题。"

舒玉犹豫了。

"这，我可不好意思说，雪姐，还是你说吧！"

"我说就我说，你刚才说的那些话，我也要说的，你可不能否认哪。"

"不会，不会，你就说吧！"

"还有萧大夫，你给绒仙开的方子，也该揭秘了吧，你的第二个方子，就是指着报上的那个字，就是'浪'吧！"

萧大夫点点头，抱歉地看了我一眼。

雪姐说开了。

"萧大夫和我，想的办法，都是为了治好你的抑郁病，说白了，就是要你学坏，有你现在的状态，可说确实见了效。我们没有想到的是，你在这上头，努力是努力了，并没有多大的建树，可是你在努力的过程中，却成全了好几个人。"

"什么什么！"

我急了，在阻止雪姐往下说，雪姐果断地一摆手。

"你别拦着，听我往下说！舒玉，你也别这么看着我，好些事，你不跟我说，我还真不知道。绒仙，咱们一个人一个人地说。"

雪姐扳着指头，一个人一个人地说开了。

"先说何其愚，你和我说过，他跟你说的，他有美女恐惧症，可是最近见了舒玉，就跟舒玉说说笑笑，舒玉跟他开玩笑，说何老师，你不是有美女恐惧症吗，你猜何其愚怎么跟舒玉说的，他说，我这病啊，叫《山河志》的杜绒仙给治好了。"

"哎呀呀！"

一下子，羞得我脸上烫得疼。

"再说第二个，你绝对想不到的，你竟然改变了谢次陇的观念。谢次陇的夫人叫童圣爱吧，就是前一向，圣爱对舒玉说，那个杜绒仙真是个好女人，她跟人交往，有种辉映效应，就是不用做什么，男人跟她说上一阵话，也会受她的感染，精神起来。舒玉说她跟圣爱是好朋友，无话不说，就悄悄地问，是怎样一种辉映效应。圣爱说，那天绒仙来家里，跟次陇和她聊了好半会儿，当天晚上次陇行房事时，格外有力气。哈哈，这个效果，比我家国辉还神奇。连上国辉，算两个，一共三个了吧。"

"雪姐！"

我是嗔怨，也是乞求，雪姐全不理睬。

还是萧大夫体贴人，给了我个喘气的工夫，让我缓过劲儿来。

"雪君，我们叫绒仙来，是要让她体验一下我新开发的艾灸疗法，艾灸的床也换过了，艾炷也改进了，雪君你刚才试过了，且让绒仙试试，她躺下，你接着说好不好？"

舒玉怕我怪罪，格外殷勤，先是扯起袖子，帮我脱了外套，又扶我在新式治疗床上躺下，还给我脱了高跟鞋，脱鞋的时候，故意在我的脚上捏了捏，表示歉意。她不知道，我脸上是不好看，可通心里是喜欢的，喜欢她把这些情况全说给雪姐听，说给她舅舅听。

这个办公楼改成的治疗楼，是南北向的，这时已近中午，窗帘太长，下面遮住了，上面还有一条缝隙，一束阳光斜斜地照进来，正好落在我的脸上。见我眯起眼，不舒服，她找来一张报纸，松松地撑起来，挡在我的脸上。

萧大夫移过椅子，坐在艾灸床的一侧，一个一个，点着艾炷，塞到床下，我已撩起衬衣，不一会儿就闻到浓郁的艾香，感受到炙烤的熨帖。他的手，也开始在我的腹部抚摸起来，我心想，老毛病又犯了。只是这次，他的手劲儿轻了许多，只觉得痒痒，没有捏弄的感觉。

雪姐站在床头，要说什么了，萧大夫做了个什么表示，她就打住了。

"绒仙，有个情况，我要向你解释一下。我在德国，有个女朋友，她是我的小学妹，前半年还在读博，现在已经毕业了。是娶一个德国女人，还是娶一个中国的女人，我一直犹豫不决，听舒玉说你要离婚，我还真的动过心，觉得能娶上你，真是太幸福了。我让舒玉试探一下，有无可能，你跟舒玉说的话，她告诉我了，我知道没有这种可能。我的小学妹，毕业了打算到中国来，我准备她一来就结婚，到时候，你可要来给我贺喜呀！"

"一定！"

我揭开报纸的一角，那么深情地看了他一眼，他满意地笑了。

我这里刚放好报纸，雪姐又开始了她的"揭发"。

"刚才说了三个，现在说第四个。这个不是舒玉告诉我的，是我在河津开会时，听文史会的女孩子聊天时说的，说他们的吴悦台会长，过去绝对不跟机关的女孩子开玩笑，似乎个个都要拉他下水似的。自从《山河志》的杜绒仙来了，陪他参加了两次活动，似乎尝到了什么甜头，现在敢跟女孩子开玩笑了。听说最近还要在机关办一次舞会，让办公室跟舞蹈家协会联系，派两个人过来教教，扫一扫机关里的舞盲。"

我暗自庆幸，还好，她们不知道，我还当过吴会长的"情人"呢。

"这是第四个，还有第五个。也是在河津开会时，听文史会的女孩子说的。说他们那个叫姜宁亭的老作家，一脸粉刺疙瘩，却觉得自己英俊得不行，在男女关系上，跟吴会长正好打了个颠倒。吴会长见了年轻女孩子，老是防着的，这个姜老师，见了年轻女孩子，觉得谁都爱他爱得不行，常是冷不防就抱住要亲上一个，更恶劣的是，你不激烈抗拒，立马就把你扳倒了。自从跟杜绒仙在一个办公室待了几个月，不知杜绒仙怎么开导教化的，现在跟女孩子在一起，居然懂得说笑话了，有时候撩逗几句，还挺在行的。"

我想，这是人家自己的悟性好，关我什么事儿。

报纸捂着脸，我也不嫌害羞了，任由她说去。

"这可不是编的，"雪姐似乎侧过身，对了萧大夫说话，"你是医生，治病救人。是治患者的病，救患者这个人。绒仙也是治病救人，是治自己的病，救了别人的人。光在文史会，借调了几个月，就盘活了这个机关的文化气氛，营造了一个和谐的人情社会。这只是一个方面，另外，我还有一个感触，也是这多半年，绒仙给我最深刻的、最大的。"

报纸遮住脸，总觉得气不顺，我抬起手，将报纸稍稍撑起。

一撑起，就看出来了，是今天的《山西日报》，挡在我脸前的是第四版，也就是通常说的文化版。

无意间看到，这个版面的下部，有一篇报道，名为《山西整顿群众学术团体，立竿见影，卓有成效》，副题为文史研究会撤销编制，人员分流，有条不紊。

又撑开一些，看得清楚了。

响应党中央号召，遵照国务院部署，经过广泛调研，充分征求各界人士意见，省委和省政府联席办公会议决定，撤销山西省文史研究会编制，相关人员分流到山西省社会科学院和山西省作家协会，个别学识丰厚者，安排到山西大学和山西师范大学任教职。研究会会长吴悦台调省社会科学院任副院长、党组书记（正厅级），副会长姜宁亭、黎之诚、邵新一、田瑞哉等人，分别调山西省作家协会、山西大学等社会科研单位，安排相当职务。整体工作，正在有条不紊地进行中。

"啊——"

我惊叫一声，手往下一拍，正好打在萧大夫的肘子上，只觉得他的手掌，往里深深地探了一下，触到的部位，跟春天他头一次给我揣骨时触到的部位一样。

"真是个绒——"

想来他要说"真是个绒仙",不等他说全,我狠狠地瞪了一眼,他立马改了口。是噎回去了,仍不忘换个说法,把要说的意思说了。

"名副其实,名副其实!"

萧大夫抽回手,笑嘻嘻地说,那憨憨的神态,先逗得我笑了。

文史会要解散,这消息太惊人了,舒玉就在跟前,我得问问,刚开了个头,她就说开了。

"绒仙姐,你这一向不去文史会,院子里闹翻了天,谁也没想到省上来这么一手。有人说,早在会前,多次要求增加副会长名额那个时候,省上就考虑过要不要这个机构。会后,正好上头有精简机构的文件,头一批就把文史会算上了。给的待遇也还不错,会长、副会长都做了安排。算下来,吴悦台亏了点,是正厅级,不是单位的正职了。人们议论最多的,不是这些头头脑脑,是那三个把田瑞哉推上台的年轻人。"

"哦,怎么说的!"

我来了兴致,想到任师傅在雁来红茶社说的话。雪姐和萧大夫,也都静下来,听舒玉怎么说。

"换届选举出了这个事,人们都以为省上对这三个年轻人有了成见,不定什么时候会整治整治。后来得到的消息是,这次省上三大文化团体换届,是新来的宣传部部长一手操持的,姓魏。魏部长是从广东来的,来之前是广东一个大市的书记。文史会选举,票箱里蹿出个副会长,都认为是重大失误,来监票的张处长,吓得不轻,回到部里就找部长做检查。料不到的是,魏部长笑了,说这种事,在他们广东那么开放的地方,都没出过,而在山西这么个地方,竟然出了,可见文史会的干部素质之高。还说,真也奇怪了,为了保证选举成功,他们还跟安全部门打过招呼,使用了一些手段,竟然没有测出他们是怎么联系的,不能不说这几个年轻人能力之强。有人还说,部长说过一个笑话,说早上几十年,新中国还没成立,国民党开国代会前,把这三个派过去,说不定选出的副总统不是李宗仁,而是朱德了。"

"文史会解散了,他们三个是怎么安排的?"

连萧大夫都想知道最后的结果,舒玉的回答,确实出乎所有人的意料。

"魏部长以为这三个人都是有用之才,张学诚去了宣传部,说是副部长的后备人选。李文儒干脆调到省文联，当了副书记。谢次陇，按部长的意思，是去社科院历史所当所长，也是副厅级，又听说南方一个大学想聘他当教授，他自己一时还拿不定主意，按他夫人的意思，还是去南方的好。人们笑话姜宁亭那些人，争着闹着，也不过是个副厅，还落了个背叛恩师的名声，太合不来了。"

想到这大半年来，文史会的明争暗斗，我心里不由得喊了声："这是做了场何事！"

我的身子动了一下，雪姐以为我不耐烦了。

"绒仙，你听着，我刚才的话，还没说完呢。这多半年，你给我的一个最大的感触是什么，你知道吗？"

我心里想，由你胡说吧，我的病好了，什么都不计较了。

雪姐提高了声音。

"我最大的感触是，绒仙这种女人哪，就是再教着她，她再想着，想学坏也学不了坏。"

听了雪姐这话，本来该高兴的，可我怎么也高兴不起来，隐约间似乎感到，这并不是什么称赞的话，不由得就来了一句："我就那么没出息吗！"

2024年1月25日于潺湲室